Markus Heitz
Fatales Vermächtnis

Zu diesem Buch

Vermächtnisse und alte Feindschaften bestimmen Ulldarts Zukunft: Lodrik jagt seine Tochter Zvatochna, der er die Magie der Nekromanten weitergegeben hat. Nun schart sie ein Heer aus Seelen um sich, um den Kontinent zu unterwerfen. Aber Lodrik ist nicht der Einzige, der ihr nachstellt. Vahidin, Mortvas Sohn und Abkömmling eines Zweiten Gottes, trachtet danach, Zvatochna als Mörderin seiner geliebten Mutter zur Rechenschaft zu ziehen. Von den Jengorianern erlernt er die Fähigkeit, Geister zu befehligen. Doch Lodrik und er sind Todfeinde. Werden sie sich zusammenschließen, um Zvatochna samt den Verbündeten zu vernichten? Währenddessen verwüsten die mächtigen Qwor das Land. Der Ritter Tokaro und seine Gefährten begeben sich in Kalisstron auf die Suche nach einem mächtigen Amulett, dem einzigen Mittel, das den Untergang Ulldarts noch abwehren kann … »Fatales Vermächtnis« ist der dramatische Abschluss des Erfolgszyklus um den Kontinent Ulldart.

Markus Heitz, geboren 1971, studierte Germanistik und Geschichte und lebt als freier Autor in Zweibrücken. Seit den sensationellen, preisgekrönten Bestsellern »Die Zwerge«, »Der Krieg der Zwerge« und »Die Rache der Zwerge« gehört Markus Heitz zu den erfolgreichsten deutschen Fantasy-Autoren. Zuletzt erschien »Das Schicksal der Zwerge«.
Weiteres zum Autor: www.mahet.de, www.die-maechte-des-feuers.de, www.ulldart.de

Markus Heitz

Fatales Vermächtnis

ULLDART – ZEIT DES NEUEN 3

Piper München Zürich

Mehr über unsere Autoren und Bücher:
www.piper.de

Zu den lieferbaren Büchern von Markus Heitz bei Piper siehe Seite 463.

Originalausgabe
1. Auflage Juli 2007
4. Auflage Oktober 2008

Umschlagkonzeption: Büro Hamburg
Umschlaggestaltung: HildenDesign, München – www.hildendesign.de
Umschlagabbildungen: Iacopo Bruno, Mailand (Landschaft) und
Ciruelo, Barcelona (Emblem)
Karte: Erhard Ringer
Autorenfoto: Arne Schultz
Satz: Filmsatz Schröter, München
Papier: Munken Print von Arctic Paper Munkedals AB, Schweden
Druck und Bindung: CPI – Clausen & Bosse, Leck
Printed in Germany ISBN 978-3-492-26612-3

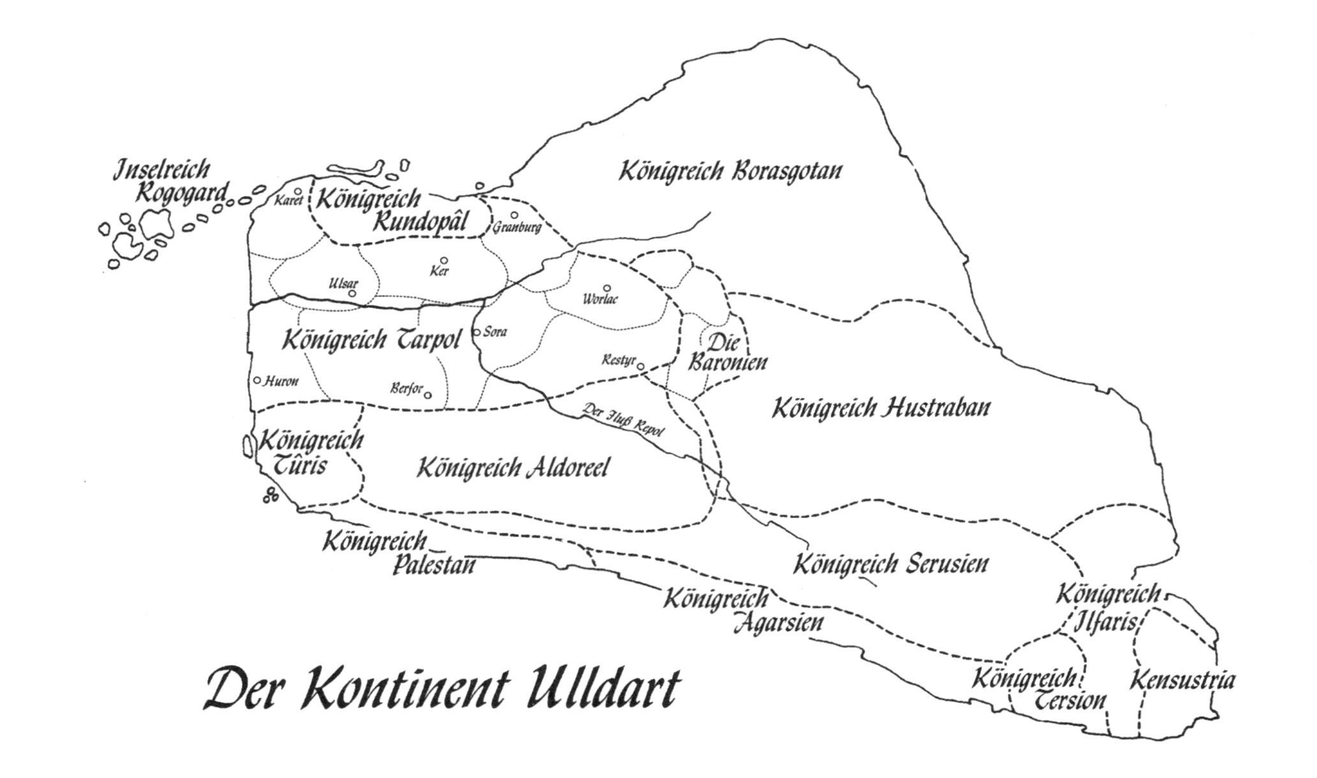

Der Kontinent Ulldart

Prolog

Kontinent Ulldart, Königreich Borasgotan, neue Hauptstadt Donbajarsk, Frühling im Jahr 2 Ulldrael des Gerechten (461 n.S.)

Da kommt sie, die Usurpatorin aus Tarpol.« Hariol, ein Mann von beinahe fünfzig Jahren, spähte durch den schmalen Spalt zwischen den fast geschlossenen Fensterläden. Unter ihm lag der glitzernde Repol, der in Donbajarsk nicht breiter als vier Speerlängen war und erst im Verlauf seiner Reise durch das Land an Breite und Mächtigkeit gewann, bis er zu einem gewaltigen Gewässer anschwoll.

Der warme Wind wehte den Geruch von frischem Backwerk und zarten, knospenden Frühlingsblüten in den Raum; die Gedanken der Versammelten hingegen waren weitaus weniger lebensfroh: Sie kreisten ausschließlich um den Tod.

Hariol sah die vier großen Prunkbarken flussaufwärts zur Anlegestelle am Großmarkt staken; auf den Brücken standen zahllose Bewohner und winkten Kabcara Norina zu. Er hob den rechten Arm und gab den hinter ihm wartenden fünf Männern und der Frau das erste Zeichen.

Sie trugen allesamt leichte Lederharnische und an ihren Schultern das Wappen Borasgotans; auf den Köpfen saßen geschlossene, einfache Helme aus mattiertem Eisen, die sowohl als Schutz in einem möglichen Gefecht als auch dazu dienten, ihre Gesichter unkenntlich zu machen. Sie reichten sich die Hände, schworen der fremden Kabcara noch einmal Verderben.

»Wir sind die Augen des Volkes«, besiegelte Pujlka, die einzige Kämpferin unter ihnen, ihre Worte. »Wir wachen über unser Land.«

»Seht sie euch an, die Verräter«, murmelte Hariol hasserfüllt hinter seinem Visier. Seine Wut richtete sich gegen die jubelnden Menschen. »Man sollte sie ebenfalls umbringen. Wie schnell sie unsere Herrscherin Elenja vergessen haben.« Er ließ die Barken nicht aus den Augen. »Haltet euch bereit. Noch geschätzte elf Speerlängen, dann sind sie genau vor uns. Die Kabcara ist auf der zweiten Barke, ihr müsst nicht einmal weit springen, um auf das Boot zu gelangen.« Er zog sein Schwert. »Für die Freiheit unseres Landes!«, rief er, und seine Mitstreiter stimmten ein.

Die Barken näherten sich langsam.

Die Herrscherin aus Tarpol drehte sich um und wandte sich den Jubelnden am Ufer sowie denen zu, die aus den Fenstern heraus winkten, dann grüßte sie die Menschen auf den Brücken.

Hariol gestand ihr zu, dass sie in dem schlichten dunkelbraunen Kleid gut aussah. Sie wirkte freundlich, die langen schwarzen Haare hatte sie hochgesteckt und mit goldenen Ranken geschmückt; es war das einzige Geschmeide an ihr.

Die Usurpatorin gab sich bescheiden, doch Hariol wusste es besser. Auf den borasgotanischen Thron gehörte eine Borasgotanerin, und alle Lügen, die in den letzten Wochen über Elenja verbreitet worden waren, änderten an seiner Ansicht nichts.

Hariol vermutete hinter den sich überschlagenden Ereignissen die Ränke aus Ulldarts Süden. Norina war eine Vertraute des dicken ilfaritischen Königs, der seine feisten Finger in zu vielen Töpfen hatte und sich in Dinge einmischte, die ihn nichts angingen. Wie zum Beispiel die Belange Borasgotans. Hariols Heimat durfte nicht zu einer heimlichen Kolonie von Ilfaris werden.

Die Barken waren noch sieben Speerlängen von ihnen entfernt.

»Gleich ist es so weit. Kommt zu mir«, sagte er angespannt und stellte den rechten Fuß auf den Schemel, von dem er sich abdrücken wollte, um zu springen. Er musterte noch einmal die jubelnde Menge. »Armselige Verräter«, murmelte er erneut. »Leere Versprechungen und ein hübsches Gesicht genügen, um euch zu täuschen.« Hariol schaute zur ersten Barke, und dabei streifte sein

Blick das Haus gegenüber: Seine Fensterläden waren ebenfalls bis auf eine winzige Lücke zugezogen.

»Wenigstens einer, der sie ebenso missachtet«, bemerkte er, versöhnter mit den Städtern. Dann glaubte er in der Dunkelheit des Raumes gegenüber etwas aufblitzen zu sehen, und im nächsten Augenblick erhielt er einen Schlag gegen die Stirn. Seine Gedanken erloschen, die Welt verschwand in Schwärze.

Pujlka hörte den Einschlag, als der Pfeil mit einem metallischen Laut in den Helm fuhr, durch den Schädel jagte und aus Hariols Hinterkopf austrat. Das Geschoss besaß derart viel Wucht, dass es sich dem hinter Hariol stehenden Mann durchs Visier hindurch ins Gesicht bohrte. Es zertrümmerte Eisen und Knochen und perforierte sogar die Stirn eines dritten Mannes. Das zweite und dritte Opfer wurden durch den blutverschmierten Pfeil verbunden; gemeinsam stürzten sie auf die Dielen.

»Was ...« Pujlka duckte sich rechtzeitig, um dem nächsten Angriff zu entgehen. Dieses Mal durchbrach das Geschoss den hölzernen Laden, traf den vierten Verschwörer am Hals und verletzte ihn schwer; leicht abgebremst setzte der Pfeil seinen Weg fort und tötete einen weiteren Krieger, indem er ihm durch die Rüstung ins Herz fuhr. Rot sprühte das Blut aus der Kehle und benetzte Pujlkas Rücken, während sie hastig zum Ausgang kroch.

»Fort«, rief sie dem letzten Verschwörer zu. »Wir sind verraten worden.«

Der Mann drehte sich zu ihr, machte zwei Schritte nach vorn und wollte sich ebenfalls auf den Boden werfen, da erwischte es ihn: Der Pfeil kam exakt durch das Loch gesirrt, welches das zweite Geschoss hinterlassen hatte – und schien den Mann verfehlt zu haben.

Er langte sich an den Hals und versuchte, das heraussprudelnde Blut aufzuhalten, doch der Strom intensivierte sich und quoll unaufhörlich durch die Finger. Keuchend und gurgelnd brach er zusammen, die Hand fiel kraftlos herab.

Pujlka sah, dass der Hals zu mehr als zwei Dritteln waagrecht aufgeschlitzt worden war, der Pfeil selbst steckte im Türrahmen, der stählerne Schaft zitterte leicht. Sie erkannte eine sichelmondförmige Spitze.

Hastig robbte sie hinaus und kroch die Stufen hinunter, bis sie sich sicher war, dass sie aufstehen und weglaufen konnte, ohne von einem weiteren tödlichen Geschoss getroffen zu werden. Pujlkas Verstand rang um Fassung, sie sah die toten Freunde auf dem Boden liegen und zwang sich dennoch, weiter an ihrem Vorhaben festzuhalten. Jetzt musste die Kabcara erst recht sterben, schon allein um Rache zu üben.

Wer sie verraten hatte, wusste sie nicht. Sie hätte niemals geglaubt, dass es einen Spitzel unter ihnen geben könnte, daher war sie entsprechend erschrocken und verwirrt durch die Geschehnisse. Nicht zuletzt spürte sie große Angst.

Pujlka zog den Helm ab, sodass ihre kurzen braunen Haare zum Vorschein kamen, schleuderte die blutige Rüstung von sich und wurde zu einer gewöhnlichen Bewohnerin Donbajarsks. Das Schwert verbarg sie unter ihrem Mantel.

Sie zwang sich zur Ruhe und lenkte ihre Schritte zum Marktplatz, wo sie einen zweiten Anlauf unternehmen wollte, Elenja und ihre Freunde zu rächen. Aber vielleicht durfte sie sich ihren Versuch ja sparen, und die *anderen* Verschwörer unter Achnovs Leitung besaßen den Beistand der Götter.

Pujlka blieb zuversichtlich, den borasgotanischen Thron verteidigen zu können, während sie sich durch die Menge schlängelte. Ganz wurde sie ihre Angst jedoch nicht los.

Norina freute sich unglaublich über den überschwänglichen Empfang, den sie so nicht erwartet hatte. Donbajarsks Brücken waren geschmückt, die Menschen winkten und jubelten.

Sie lächelte. Wäre Waljakov mitgekommen, hätte er aus Furcht vor Anschlägen jede einzelne Brücke sperren lassen. Doch Perdórs Spione hatten die Bedenken des Leibwächters zerstreut, der auf ihre Anordnung mit Stoiko im fernen Ulsar geblieben war. Donbajarsk galt nicht als Hochburg der Elenja-Anhänger, deren Zahl ohnehin verschwindend gering war. Als Herrscherin durfte sie keine Furcht zeigen, und ein Durcheinander im führungslosen Borasgotan musste vermieden werden, bis sich das Land aus eigener Kraft regieren konnte. Je schneller dies geschah, umso besser.

»Wir haben siebenundneunzig Brücken, hochwohlgeborene Kabcara«, sagte Gouverneur Rystin, der neben ihr in seiner schmucken, hellgrauen Uniform stand und den Reiseführer gab. Er war um die fünfzig Jahre und trug einen kurzen, schwarzen Bart; eine alte Narbe über dem linken Auge war das ewige Andenken an eine Schlacht, die vor langer Zeit geschlagen worden war. Perdór hielt ihn für einen ehrlichen Mann, der sich um die Menschen kümmerte anstatt um seine Reichtümer. Und so hatte sich Krutors Empfehlung, Donbajarsk zur neuen Hauptstadt zu machen, als exzellent erwiesen.

Auf ihrer Barke befanden sich die Stadtoberen und jede Menge Gardisten, die zum einen repräsentierten und zum anderen auf sie achtgaben. Norina verzichtete auch nicht auf eigene Leibwächter, die Waljakovs Schule durchlaufen hatten. Rystin seufzte zufrieden und sah zu den geschmückten Brücken. »Dabei sind die kleinen Überwege nicht eingerechnet. Alle sind zu Eurem Eintreffen beflaggt worden.«

»Ich danke Euch nochmals, Gouverneur«, erwiderte Norina mit einem Lächeln. Er hatte es ihr vor lauter Stolz bereits zum dritten Mal berichtet. Sie winkte den Menschen zu und ließ sich nicht anmerken, dass sie trotz aller Sicherheitsmaßnahmen Sorge in ihrem Herzen trug.

Die Vergangenheit hatte ihr gezeigt, dass es stets Personen gab, die Böses wollten. Stets.

So galten ihre Blicke nicht allein den vielen fröhlichen Menschen, sondern auch der eigenen Sicherheit; lediglich eine Gefahr schloss sie gänzlich aus: Elenja. Sie wurde von Lodrik gehetzt, weit weg von Donbajarsk und auf hoher See zwischen Rundopâl und Rogogard.

Rystin hob den Arm und deutete auf den Hügel, auf dem sich der Palast mit seinen vier Türmchen erhob. Er war nach der Tradition Borasgotans beinahe vollständig aus dunklem Holz erbaut worden; die Schnitzarbeiten hatten die Handwerker sicherlich über Jahre ihres Lebens beschäftigt gehalten. Blattgold und Silberbeschläge blinkten im Sonnenschein, Fahnen flatterten in einer sanften Brise. »Da oben werdet Ihr residieren, hochwohlgeborene Kabcara, über der Quelle des Repol. Wir haben den Palast im Innern umgestalten lassen, damit Ihr Euch mindestens so wohl fühlt wie in Ulsar.«

Norina sah zu einem Fenster, dessen Laden vor und zurück pendelte und in dem ein faustgroßes Loch prangte; die Ränder sahen zersplittert aus, als wäre etwas von außen hindurchgeflogen. Sie schauderte. Es wäre der ideale Ort, um einen Anschlag auszuführen. Ohne dass sie sich zu wehren vermochte, klopfte ihr Herz schneller. Die Erinnerung an die Geschehnisse in Amskwa und die Furcht, die Zvatochna ihr eingeflößt hatte, waren noch zu frisch, zu gegenwärtig. Sie lagen wie grau gefärbtes Glas über allem.

Rystin bemerkte ihren Blick. »Sorgt Euch nicht, hochwohlgeborene Kabcara«, meinte er. »Es droht keinerlei Gefahr. Das Einzige, was mich ärgert, ist, dass meine Anweisung, sämtliche Häuser für Eure Ankunft instand setzen zu lassen, nicht befolgt wurde. Dieser Bewohner wird noch von mir hören.« Er musterte das Loch genauer. »Das sieht freilich merkwürdig aus.« Rystin betrachtete die gegenüberliegende Fensterfront und beugte sich nach hinten, um seinen Begleitern Anweisungen zu geben. »Ich lasse das prüfen, hochwohlgeborene Kabcara.«

Norina winkte zur anderen Uferseite. »Lasst ihn nur in Frieden, werter Gouverneur, ich bitte Euch. So wie es aussieht, ist der Laden noch nicht lange beschädigt. Er wird keine Zeit mehr dazu gehabt haben, ihn herzurichten.« Sie sah ihn lächelnd an, die braunen Augen wirkten beschwichtigend. »Sendet ihm lieber ein paar Münzen, damit er das Geld hat, die Reparatur erledigen zu lassen. Richtet ihm meine besten Wünsche aus.«

Rystin schaute sie verblüfft an, dann verneigte er sich. »Ihr seid so weise, wie man es mir berichtet hat, hoheitliche Kabcara.« Dann wies er seine Leute an, die Umgebung noch genauer zu beobachten.

Norina hob den Arm und grüßte, obwohl ihre Schulter bereits schmerzte. Das Winken gehörte eben zu den Pflichten einer Herrscherin, vor allem wenn sie sich die Herzen ihrer Untertanen erst noch erobern musste. Bei *erobern* dachte sie ohne zu wollen an Gefechte, und ihre Augen zuckten für einen winzigen Moment zum schwingenden Laden hinauf. Ihr wurde erneut bewusst, wie leicht es ein Attentäter hatte. Waljakovs mahnendes Gesicht erschien vor ihr.

Der Palast wurde größer und größer und versprach ihr sicheren Schutz. Erst wenn sie sich hinter seinen Toren befand, würde sie sich wohler fühlen.

Dennoch überwog die Erleichterung, dass es keine Anzeichen für einen Anschlag gab. Sie wunderte sich, was ein pendelnder, beschädigter Fensterladen bei ihr auslöste. *Manches Mal ist ein Fensterladen einfach nur ein Fensterladen,* dachte sie und winkte weiter.

Achnov stand auf der Brücke, auf welche die Barken zusteuerten, und blickte hinauf zum Fensterladen, der vor und zurück schwang. Er trug die schlichte Kleidung eines einfachen Bauern: ein langes weißes Hemd, das über die hellbraune Hose hing; an den Füßen steckten flache Schuhe. Im wahren Leben war er Treidler, und das hatte ihm über die Jahre eine kräftige Statur eingebracht. Ein heller Bart bedeckte sein Gesicht, das lange Haar war zum Pferdeschwanz gebunden. *Wo steckt er?* Hariol zeigte sich nicht, und der passende Zeitpunkt, um in das Schiff der Herrscherin zu springen, verstrich mehr und mehr.

Achnov befand sich nicht allein auf der Brücke, sondern stand umgeben von zahlreichen Männern, Frauen und Kindern, die Norina willkommen heißen wollten. Er beabsichtigte genau das Gegenteil davon, und seine drei Begleiter, die in einfacher Kleidung verteilt um ihn herum warteten, würden ihn dabei unterstützen.

»Ich verstehe das nicht«, raunte Lovoc, der neben ihm lauerte, und schaute absichtlich auf den Repol, um die Aufmerksamkeit nicht auf das Fenster zu lenken. Der Blonde war im Gegensatz zu Achnov jung, ein Mann vom Land und ein leidenschaftlicher Nationalist. Die anderen Verschwörer waren Städter, teilweise von untadligem Ruf und hoch angesehen. Lovoc warf einen raschen Blick auf das Haus, wo sich noch immer nichts tat. »Es wäre …«

»Ich weiß«, unterbrach Achnov ihn missmutig. »Für so feige hätte ich ihn nicht gehalten. Hat seine Krämerseele letztlich doch über die Liebe zu Borasgotan gesiegt.«

Lovoc schnaubte, die Rechte ballte sich zur Faust. »Was nun?«

Er sah zu den Barken, klatschte leidlich begeistert und dachte fieberhaft nach. »Hier ist zu wenig Platz«, entschied er. »Sag den anderen, dass wir uns auf der großen Pelzbrücke treffen. Sie sollen die Wappen offen tragen, damit alle sehen, dass wir aufrechte Patrioten sind und keine gedungenen Attentäter.« Achnov löste sich vom Geländer. »Beeilt euch. Wir müssen vor den Booten dort sein.«

Lovoc nickte und eilte davon, so gut es in der Masse ging. Achnov schlug die andere Richtung ein und zwängte sich durch die Neugierigen. Dabei schaute er mehrmals nach dem Fenster, doch von Hariol fehlte jede Spur. »Feigling«, murmelte er erneut. Beim nächsten Treffen würde er den Ausschluss des Kaufmanns fordern, Geld hin oder her.

Entschlossen schob er sich vorwärts. Es durfte nicht sein, dass die Frau Kabcara von Borasgotan wurde. An das Märchen einer vorübergehenden Lösung, bis sich ein borasgotanischer Adliger gefunden hatte, um den Thron einzunehmen, glaubte er nicht, denn wenn sie erst einmal die Macht erlangt hatte, würde sie diese niemals mehr abgeben.

Die Erzählungen über die finsteren Pläne und angeblichen Verbrechen von Elenja betrachtete er als schiere Lügen. Leider befand er sich zusammen mit einer Handvoll Getreuen in der Minderheit, denn etliche fielen auf die Lügen herein.

Seiner Ansicht nach saß Elenja an einem geheimen Ort gefangen oder war bereits ermordet worden, damit die Tarpolerin freie

Bahn hatte. Er würde die Augen seiner Landsleute mit Gewalt öffnen, und das begann damit, dass er die Thronbesetzung verhinderte.

Achnov hatte den Aufgang zur Pelzbrücke erreicht.

Sie wurde deswegen so genannt, weil Donbajarsks Kürschner sie gestiftet hatten; die farbigen Steine waren so angeordnet worden, dass sie das hellgrün gefleckte Fellkleid eines Serin-Rens nachempfanden; aus größerer Entfernung entstand der Eindruck, sie bestünde in der Tat aus dem kostbaren Pelz. Heute hingen Fahnen wie lange Vorhänge herab und schmückten sie zusätzlich; auf dem Geländer waren Vorrichtungen für ein Feuerwerk montiert worden.

Allerdings lief das normale Leben an dieser Stelle trotz der Ankunft der fremden Thronräuberin weiter. Fuhrwerke rollten auf beiden Seiten entlang, Vieh wurde vorwärtsgetrieben und machte die Wege auf der Brücke zu einem unfeierlichen Ort. Die Händlergilde hatte darauf gedrängt, das Geschäft nicht zu unterbrechen.

Achnov schlenderte hinauf. Es gab nicht mehr als zwei Dutzend Schaulustiger, die sich gegen die kopfhohe Brüstung drückten. Sie hatten sich Kisten und Schemel mitgebracht, damit sie überhaupt über die Mauer schauen konnten.

Er näherte sich ihnen und stellte sich neben eine Frau, die einen Korb mit losen Blütenblättern in der Armbeuge hielt. Ein sanfter, bunter Regen sollte auf die Fremde niedergehen. Nicht weit von ihnen entfernt standen zwei gerüstete Gardisten, welche mit argwöhnischen Blicken über die Zuschauer wachten. Achnov nickte den Männern zu und sah auf den Repol.

Die Barken befanden sich etwa dreißig Speerlängen von ihm entfernt.

Wenn ihr erstes Vorhaben scheiterte, wartete ein nicht ungefährlicher Sprung von drei Schritt in die Tiefe auf ihn. Hatte er diesen unverletzt überstanden, stand ihm der Kampf gegen die Leibgarde der Besatzerin bevor.

Neben ihm erschien Lovoc, er hielt ebenfalls einen Korb in der

Hand, in dem Blüten lagen; sie dufteten herrlich. In seinem Mundwinkel klemmte eine rauchende Pfeife. »Die anderen stehen links von uns«, wisperte er dem Anführer zu und schob die Blätter ein wenig zur Seite. Darunter kamen faustgroße, eiserne Handbomben zum Vorschein. Sicherlich waren sie ebenso verboten wie der Einsatz von Feuerwaffen; aber es war auch verboten, eine Kabcara zu töten. Von daher spielte der Einsatz von höchst ungesetzlichen Mitteln keine Rolle.

»Sie sind sicher?«, vergewisserte sich Achnov und zog seine eigene Pfeife aus einem kleinen Beutel an seinem Gürtel. Sodann stopfte er sie und entzündete sie, indem er sich mit der Messerspitze glimmenden Tabak aus Lovocs Pfeife nahm.

»Ja. Wir haben eine davon gezündet, und sie ging hoch, wie sie sollte. Von den Barken und den Menschen darauf wird nichts bleiben.« Der Verschwörer paffte schneller, um die Glut am Leben zu erhalten. Sie wurde benötigt, um die Lunten der Handbomben zu zünden. Achnov und Lovoc rauchten und warteten. »Schujew und Chosopov kümmern sich um die Stadtwachen.«

»Hervorragend.« Achnov genoss die anregende Wirkung des Tabaks und beobachtete die Barken durch den weißlich-blauen Dunst. Seine Aufregung stieg, er wippte mit dem Fuß.

Keine elf Speerlängen mehr, und ihr Anschlag würde seinen Lauf nehmen.

»Bereithalten«, raunte er und langte in den Korb, warf eine Ladung Blütenblätter und hieß die Kabcara zum Schein mit lautem Rufen willkommen. Aus den Augenwinkeln sah er, wie sich Schujew und Chosopov den Wächtern näherten. Kurz darauf sanken die Gerüsteten erstochen zu Boden; mit einer heimtückischen Attacke gegen sich hatten sie nicht gerechnet. Kurzerhand wurden sie auf einen vorbeifahrenden Wagen geworfen.

Achnov atmete erleichtert auf: Keiner der Jubelnden bemerkte etwas, sie starrten johlend auf den Fluss und die Boote.

Etwas zischte knapp an seinem Gesicht vorbei, er spürte den Luftzug und eine leichte Berührung an seiner Wange. Es krachte und splitterte neben ihm, Lovoc ächzte auf.

»Was hast du getan?« Achnov sah zu seinem Begleiter und erschrak. Ein langer Pfeilschaft ragte aus dessen Mund, die Pfeife lag in viele Teile zersprengt auf den Steinen; einzelne glimmende Tabakfäden hatten sich auf dem Mantel des Mannes verfangen und versengten den Stoff.

Lovoc packte noch den Pfeilschaft, als wolle er ihn aus dem Fleisch ziehen – und brach tot zusammen. Der Korb fiel zu Boden, und unter den Blütenblättern rollten die Handbomben heraus.

Noch immer merkten die Neugierigen neben ihm nichts. Sie hielten ihre Aufmerksamkeit vollends auf die Kabcara gerichtet und gerieten beim ungewohnten Anblick eines gekrönten Hauptes in Verzückung. Das wiederum brachte den Verschwörern genügend Ablenkung.

»Verflucht!« Achnov bückte sich nach den Sprengkörpern und raffte sie an sich; währenddessen erklangen von der anderen Seite der Brücke laute Schreie, und er erkannte die Stimmen seiner Freunde. Der für ihn unsichtbare Bogenschütze hatte anscheinend seine Mitverschwörer unter Beschuss genommen.

Achnov lehnte sich mit eingezogenem Kopf an die Mauer, paffte hektisch und versuchte, die erste Lunte im Pfeifenkopf zu entzünden. Ein Fuhrwerk ratterte an ihm vorbei, und er erbleichte: Daran hing Schujew! Pfeile in Kopf, Brust und Schultern hatten ihn an die Seitenwand genagelt. Das Blut rann aus den Wunden an den Schuhen hinab und malte eine rote Linie auf die Straße.

Zischend zündete die Lunte. Achnov musste aus seiner Deckung gelangen, um nach den Barken zu sehen.

Die erste befand sich unmittelbar unter ihm, die zweite konnte er mit einem halbwegs guten Wurf erreichen.

Er holte aus und schleuderte die Handbombe – als sie eine Haarlänge von seinen Fingern entfernt von einem entgegenkommenden Geschoss getroffen wurde. Es durchbohrte den Sprengkörper, flog weiter und perforierte seinen Handteller. Ein heißer Schmerz fuhr durch seinen Arm.

Der schwere Pfeil besaß so viel Wucht, dass es Achnov nach

hinten riss und er auf die Brücke fiel. Sein Kopf traf auf die Steine, er war für einige Lidschläge benommen.

Er vernahm, wie das Feuerwerk in Gang gesetzt wurde, als wäre nichts geschehen. Die Folter in seiner Hand war immens, und als er endlich wieder klar sah, blickte er auf die Handbombe, die durch den Pfeil mit seinem Fleisch verbunden war.

Die kurze Lunte sprühte noch immer.

»Nein!«, schrie er entsetzt. Während er den Pfeil herausreißen wollte, wanderte der entscheidende Funke in die Zündkammer und brachte sie zur Explosion.

Pujlka eilte am Aufgang der Pelzbrücke vorbei, als das Feuerwerk begann.

Es rumpelte und krachte, bunte Explosionen verzierten den klaren Himmel mit Leuchten und Qualmwolken; dann erklang eine lautere Detonation, die ihrem Empfinden nach nicht recht in die bisherigen Geräusche passte, und gleich darauf prasselten kleine, blutige Fleischstückchen um Pujlka nieder.

Sie wusste, was es bedeutete.

»Hat denn keiner der Götter ein Einsehen mit uns?«, klagte sie, als ihr Blick auf den vorbeiholpernden Wagen fiel, an dem der Leichnam Schujews hing, eines ihrer Mitverschwörer. Die schwarzen Pfeilschäfte, die als Nägel dienten, kannte sie zu gut.

»Bei Ulldrael«, keuchte sie und duckte sich, bog in eine Seitengasse ab und torkelte mehr als sie lief. Der Schreck und die Fassungslosigkeit fuhren ihr in die Beine. Die Spione des ilfaritischen Fettsacks hatten ganze Arbeit geleistet und sie auffliegen lassen. Anscheinend gab es keinerlei Geheimnisse mehr.

Pujlka verharrte und kümmerte sich nicht darum, dass sie mit beiden Füßen in der stinkenden Gosse stand. In ihr wuchs die Überzeugung, nicht mehr lebend aus Donbajarsk herauszukommen. Ja, sie würde nicht einmal den Fuß auf den Großmarkt setzen können, ohne von den Bogenschützen erkannt und erledigt zu werden! Ihr Leben war verwirkt…

Ihr Herz pochte rasend, sie sank voller Verzweiflung an der

Hauswand herab, während die Menschen lachend vorübereilten, um die Kabcara zu sehen, Hochrufe für eine Besatzerin auf den Lippen. Pjulka senkte den Blick und starrte auf die Hosenbeine und Rocksäume. Spritzwasser traf sie.

Irgendwann wurden es weniger Menschen, bis sie den Eindruck hatte, ganz allein in der Gasse zu sein.

»Reiß dich zusammen, Pujlka«, sagte sie zu sich selbst und zwang sich auf die Beine. Sie atmete tief ein und aus, lauschte. Den Rufen nach befand sich die Usurpatorin auf dem Großmarkt.

»Jetzt oder nie«, sagte sie leise und machte sich auf den Weg. »Ich muss meinen Auftrag erfüllen.«

Ein Mann in einem dunkelbraunen Umhang zeigte sich ihr am Ende der Gasse; der Kopf wurde von einer Kapuze verborgen. In der Linken hielt er einen übergroßen Bogen, in der Rechten einen langschaftigen Pfeil mit schwarzen Federn daran.

Pujlka blieb nicht stehen, sondern rannte auf den Unbekannten zu und zog ihr Schwert. Es war Wahnsinn, doch eine andere Möglichkeit hatte sie nicht. Ihr Schicksal war der Tod, der sie lieber durch einen Pfeil als durch den Strang ereilen sollte.

Der Schütze legte den Pfeil auf die Sehne und spannte den Bogen mit einer ruckartigen, kraftvollen Bewegung; enorm muskulöse, lederbandgeschützte Unterarme kamen zum Vorschein. Die Kapuze bewegte sich leicht, und goldene Ohrringe leuchteten in der Dunkelheit auf. Das Gesicht jedoch blieb noch immer durch die Schatten verborgen.

Ein Blinzeln später ging das Geschoss mit der merkwürdigen Spitze auf seine kurze Reise.

Pujlka wurde an der Stirn getroffen, und ihre Kraft wich auf der Stelle. Die Finger ließen das Schwert los, es landete klirrend auf dem Pflaster. Sie brach zusammen und überschlug sich mehrmals, rollte um die eigene Achse und kam in der Gosse zum Erliegen.

Als die Stadtwache herbeieilte, fanden sie eine bewusstlose, gefesselte Frau, um deren Hals ein Band mit einem Brief befestigt war; einen Fingerbreit über der Nasenwurzel zeichnete sich ein münzgroßer, dunkelroter Fleck ab.

Auf dem Umschlag standen in geschwungener, klarer Schrift die Worte *An die hochwohlgeborene Kabcara Norina* zu lesen.
Darunter hatte der Absender notiert: *Ergebenst, Hetrál.*

I.

Kontinent Ulldart, Königreich Ilfaris, Herzogtum Vesœur, Frühling im Jahr 2 Ulldrael des Gerechten (461 n.S.)

Sehr gut.« Nech Fark Nars'anamm schaute sich um. »Es gefällt mir *sehr* gut! Wenn ich vorher gewusst hätte, wie schön es in Ilfaris ist, wäre es mir kaum in den Sinn gekommen, meine Ansprüche auf Kensustria zu beschränken.« Er stand auf der Anhöhe an der Spitze seiner verbliebenen Truppen und übersah die sanft geschwungenen Flussauen, die sich vor ihm ausbreiteten.

Es blühte in allen Farben, das Gras wuchs sattgrün, und die Bienen surrten um die Apfelbaumhaine. Dazwischen schlängelte sich ein kleines Gewässer, das gemächlich dahinzog und keine Eile hatte, den Landstrich zu verlassen; zwei Schlösschen standen verträumt inmitten der Bäume und zeigten deutlich, dass sie allein zur Zerstreuung und Erbauung der Besitzer errichtet worden waren. Es gab keine ausgewiesenen Verteidigungsanlagen, nicht einmal Wegezollkastelle. Die einzigen Soldaten, die Nech seit dem Grenzübertritt von Tersion nach Ilfaris gesehen hatte, waren seine eigenen.

»Das Land hat auf mich gewartet«, lachte er. Seine weiße Lederrüstung war vom Staub der letzten Marschtage bedeckt, doch sie wirkte als Kontrast zu der schwarzen Haut des selbsternannten Kaisers von Angor noch immer eindrucksvoll. Den weißen Helm trug er unter dem Arm, die andere Hand lag am Griff des angorjanischen Bogenschwertes. Wenn man ihn sah, konnte der Eindruck entstehen, er sei ein erfolgreicher Eroberer und kein Geschlagener auf dem Rückzug vor einer Übermacht. »Ich sollte es mir pflücken«, meinte er zu seinem Tai-Sal, der auf den Namen Arrant Che Ib'annim hörte. Es klang ernst gemeint.

Der Mann verneigte sich. Auch er trug die weiße Rüstung, doch sein Gesicht wirkte wesentlich gröber als das seines Herrn. Schweiß glitzerte auf der schwarzen Haut, sie waren schnell marschiert. »Allerhöchster Kaiser, es wäre den vierhundert Besten eine Ehre, Euch das Land zu geben.« Ib'annim sah zu den Kriegern, deren überlange Schilde und Speere einen wehrhaften Wald bildeten, dessen Spitzen metallisch glänzten. Auf dem Rücken trugen sie jeweils ein kurzes und ein langes angorjanisches Bogenschwert; das vordere Ende war schwerer geschmiedet und verlieh den Schlägen eine unbändige Wucht, die sich kaum parieren ließ und Schilde zerschmetterte. »Erteilt den Befehl, und wir legen es Euch zu Füßen.«

Nech räusperte sich, seine Kehle war trocken. »Noch sind wir nichts anderes als Gäste.« Er deutete auf das Schlösschen, das ihnen am nächsten lag und das sie in Kürze erreichen würden. »Laden wir uns dort ein.« Er stülpte sich den Helm auf die langen schwarzen Haare, in die weiße Perlen eingeflochten waren. »Lasst uns herausfinden, wie es um die ilfaritische Gastfreundschaft bestellt ist.«

Der Tai-Sal rief den entsprechenden Befehl, und die Einheit rückte vor.

Der Gleichschritt entfachte ein Grollen, das in die Idylle der Auen einbrach wie ein Sturm, und das Klirren der Schilde und Speere ahmte das helle Krachen von Blitzen nach. Vögel flogen aufgeschreckt davon, Hasen und Eichhörnchen flüchteten vor dem Lärm, den die Krieger schufen. Ein schwarz-weißer, bedrohlicher Strom schoss in die friedlichen Täler und ließ sich nicht aufhalten.

Auch im Schloss hatte man die Fremden bemerkt.

Nech sah, wie die Bediensteten aus dem Tor eilten und die Portale vor ihnen schlossen; als die angorjanischen Truppen vor dem Gebäude standen, waren die Eingänge sowie die bunten Läden verriegelt. Die Schutzmaßnahmen hatten jedoch höchstens sinnbildlichen Charakter: Die dicken Weinranken entlang der Fassade waren besser als jede Leiter.

Nech ließ anhalten, dann trat er zusammen mit Ib'annim und zehn Mann vor. »Ich grüße euch, Bewohner des Schlosses«, rief der Tai-Sal, und seine kräftige Stimme wurde mit Sicherheit hinter den Mauern vernommen. »Wir wollen euch nichts Böses. Eine Mahlzeit und etwas Ruhe, mehr möchten wir nicht. Es wäre eine Ehre für euch, den Kaiser von Angor bewirten zu können.«

»Verschwindet, angorjanische Brut«, schallte es auf sie nieder. Der Rufer hielt sich hinter den Zinnen verborgen. »Wir sind einhundert Mann, und wir haben Steine genug, um jeden einzelnen von euch zwanzigmal zu treffen! Ruht euch woanders aus!«

Nech hob langsam die Augenbrauen.

»Ich ersuche euch mit aller Freundlichkeit: Gewährt uns einen kühlen Trunk und eine Mahlzeit«, versuchte es Ib'annim nochmals und gab sich Mühe, nicht zu ergrimmt zu klingen. »Der Kaiser von Angor ...«

»... soll es ein Schloss weiter versuchen. Wir haben leider schon den Kaiser von ... was-weiß-ich-denn an der Tafel sitzen. Es ist kein Platz mehr für Gäste wie euch«, wurde er unterbrochen. »Zieht von dannen! Einen Trunk hält der Fluss bereit, und gegen den Hunger esst ihr am besten die Blüten. Die Äpfel sind leider noch nicht reif.«

Der Tai-Sal schickte zwei Männer zum Tor. Sie prüften die Beschaffenheit des Holzes, traten dagegen und lauschten auf den Klang, begutachteten die Scharniere und kehrten zu ihm zurück, um zu berichten. Die Schwachstellen waren rasch entdeckt.

Zwei kurze Befehle später wurden Stricke an den Scharnieren befestigt, während die vordere Reihe einen sichernden Schildwall bildete.

Kräftige Männerhände packten die Taue und zogen mit einem harten Ruck daran, dann rissen die Scharniere einfach aus der Mauer; die Holztore neigten sich nach hinten und fielen in den Innenhof, wo sieben bleiche, mit Degen bewaffnete Diener standen. Sie starrten durch die aufwirbelnde Staubwolke auf den Schildwall und die langen Spieße – und wichen langsam vor den waffenstarrenden Angorjanern zurück. Die Lakaien verschwanden rechts und links; rumpelnd fielen Türen ins Schloss.

»Man mag in deinem Schloss gut leben können, aber seine Tore taugen nichts«, rief Ib'annim amüsiert. »Wir haben nicht einmal geklopft, und schon fallen sie um.«

Auf den Zinnen zeigte sich ein zierlicher Mann in einer Art Morgenmantel, auf dem Kopf saß eine graue, sehr ausladende Perücke, deren Seitensträhnen bis auf die Brust reichten. »Ich bin Guedo Halain, der Herzog von Vesœur«, sagte er und bemühte sich um Haltung. »Ich ergebe mich und protestiere gleichzeitig gegen die Vorgehensweise. Ihr werdet für den Schaden am Tor und jeden weiteren, den Ihr meinem Schloss zufügt, bezahlen. Ebenso für jedes Leben eines meiner Diener.«

Tai-Sal Ib'annim gab den Soldaten den Befehl zum Einmarsch. »Erst wenn wir alle Bewohner gefunden haben und es sicher ist, werde ich Euch rufen lassen, mein Kaiser«, sprach er und eilte davon, um die Durchsuchung zu leiten.

Nech Fark Nars'anamm blieb mit einhundert Mann vor dem Schlösschen und lächelte glücklich. Er nahm sich die Zeit, die Umgebung erneut zu betrachten und den Duft der Apfelblüten einzuatmen. Einen derartigen Geruch gab es auf Angor nicht. Jedenfalls nicht im trockenheißen Süden, wo er seine meisten Gefolgsleute besaß.

Der ungewollte Gedankenschwenk verdarb ihm die Laune schneller, als ein Pfeil sein Ziel erreichte. Wegen seines Bruders, Farkon Nars'anamm, war ihm die Stadt Baiuga verloren gegangen, und ausgerechnet sie war sowohl wirtschaftlich als auch strategisch wichtig gewesen, ganz zu schweigen vom errungenen Ansehen, sie eingenommen zu haben. Seinetwegen hatte er Tersion aufgeben müssen.

»Wie hat er davon erfahren können?«, ärgerte er sich. All seine Pläne, Tersion samt Kensustria zu einem zweiten Imperium auszubauen und von dort aus einen Zweifrontenkrieg gegen seinen

Bruder zu eröffnen, um die Alleinherrschaft auf Angor zu erlangen, waren so gut wie hinfällig.

Oder aber es fiel ihm etwas Besseres ein.

Ib'annim hatte indessen die Bewohner zusammengescheucht, trieb sie durchs Tor bis vor Nech und ließ sie vor ihm auf die Knie sinken. »Begrüßt den Kaiser von Angor«, befahl er ihnen. »Die Gesichter in den Staub, bis er euch erlaubt, ihn anschauen zu dürfen.« Die spitzen Lanzenenden überredeten den Schlossherrn, seine Frau, die vier Töchter und die schlotternden Diener in Windeseile, sich zu verbeugen.

»Ihr Räuber«, empörte sich der Herzog dennoch, auch wenn er in den Staub sprach. »Ihr benehmt Euch keinesfalls wie ein Mann von blauem Geblüt ...«

»Blau?«, lachte ihn Nech aus. »Wenn überhaupt, müsste in meinen Adern schwarzes Blut fließen. Wie kommst du auf blau?«

»Es ist eine Redensart, hoheitlicher Kaiser«, antwortete ihm die älteste Tochter. »Unter bleicher, weißer Haut schimmern die Adern blau. Adlige arbeiten nicht auf den Feldern oder im Freien, daher bleiben sie blass. Blaues Blut.«

»Schweig!«, herrschte der Vater sie an. »Wir sprechen nicht mit Fremden, die uns angreifen.«

Nech fand ihre Unerschrockenheit bemerkenswert und betrachtete sie. Sie war nicht älter als er und trug ein hellgraues, schulterfreies Kleid, das mit grünen Bändern auf dem Rücken geschnürt war. An den Füßen steckten Sandalen. Die langen blonden Haare waren zu Zöpfen geflochten, die wiederum in einer kranzähnlichen Form auf dem Kopf miteinander verschlungen waren; kesse Löckchen baumelten von der Stirn. »Wie ist dein Name?«

»Amaly-Caraille, hoheitlicher Kaiser. Ich bitte Euch, meine Eltern und meine Geschwister sowie das Gesinde in Eurer unendlichen Güte und Gnade zu verschonen«, beschwor sie ihn ruhig. »Wir werden Euch unsere Vorratskammern öffnen und Euch versorgen, soweit es uns möglich ist, aber lasst uns das Leben und unser sonstiges Hab und Gut.«

»Schau mich an und erhebe dich, Amaly-Caraille«, erlaubte er ihr. »Erhebt euch alle, Herzog und seine Familie. Ich bin kein Unmensch, sondern ein Kaiser, der die Aufmerksamkeit für sich verlangt, die ihm zusteht. Oder würdest du König Perdór von deiner Schwelle weisen?«

»Perdór ist König von Ilfaris, Ihr dagegen seid ein schwarzer Kaiser von einem anderen Kontinent, von dem ich bislang nichts Gutes vernommen habe«, sagte der Herzog, während er aufstand und sich den Staub von den Beinkleidern streifte.

Einer der Wächter holte zum Schlag mit dem Speer aus, doch Amaly-Caraille fiel ihm mit einem Schrei in den Arm; abwartend sah der Krieger zum Tai-Sal, und Ib'annim wiederum schaute fragend zum Kaiser.

Nech legte die Hände auf den Rücken. »Ich hätte nichts unternommen, um meinen Soldaten davon abzuhalten, dich für deine vorlauten Worte zu bestrafen. Ganz im Gegenteil, ich hätte ihn zuschlagen und immer wieder zuschlagen lassen, bis ich das Krachen deiner Knochen gehört hätte. Dass du keinen einzigen Hieb zu spüren bekommen hast, verdankst du demnach deiner mutigen Tochter, Herzog.« Er lächelte böse. »Wäre ich so schrecklich, wie du glaubst, würde ich nun euch beide züchtigen lassen, bis ihr keine Haut mehr auf den Fußsohlen hättet.« Er schritt auf ihn zu. »Doch so bin ich nicht.« Nech drehte sich zu Ib'annim. »Tai-Sal, lass das Schloss abbrennen und hänge die Menschen oben an die Fahnenstangen. Es soll Abschreckung genug für die Bewohner des Landes sein. Ein gekröntes Haupt und der Stellvertreter des Gottes Angor muss gebührend behandelt werden, ganz gleich aus welchem Land man stammt.«

Der Herzog verlor seine aufrechte Haltung, die Frauen weinten und jammerten, reckten die Hände flehend; lediglich Amaly-Caraille sah ihn aus ihren blauen Augen erwägend an, als glaube sie ihm nicht.

Nech brachte die anderen mit einer Handbewegung zum Verstummen, dann lachte er laut. »Ein Scherz! Nichts weiter als ein Scherz.« Er hielt Amaly-Caraille seine Hand hin. »Niemandem wird ein Haar gekrümmt, das verspreche ich einer tapferen jungen Dame wie dir. Und wenn wir abziehen, werden wir das Tor an Ort und Stelle setzen, das schwöre ich.«

Fassungslos starrten die Adligen den Kaiser an, auch Amaly-Caraille benötigte drei Atemzüge, bis sie sich zu rühren vermochte.

Sie missachtete sämtliche Blicke ihrer Familie und hob langsam den Arm, um ihre Finger in die Hand des Fremden zu legen, der ihr imponierte und den sie anziehend fand. Amaly-Caraille schob es auf das exotische Äußere und die Macht, die er ausstrahlte; dass er ganz nebenbei einen Wuchs aufwies, der ihn allen jungen Adligen in der Region überlegen machte, tat sein Übriges dazu. Ein Krieger durch und durch.

»Darf ich mich Euch als Eure Führerin andienen, hoheitlicher Kaiser Nech Fark Nars'anamm?«, fragte Amaly-Caraille und machte einen formvollendeten Hofknicks. »Ich weise Euch das Schloss, wenn Ihr möchtet.«

Nech zeigte die weißen Zähne. »Ich bestehe darauf.« Er deutete auf den Eingang, und die junge Frau übernahm kaum merklich die Führung. »Tai-Sal, lass den Herzog und seine Familie frei, doch sorg dafür, dass sie auf dem Schloss bleiben.« Er schritt durch den Torbogen, die Augen auf Amaly-Carailles nackte Schultern geheftet und nicht auf die prächtige Fassade des Innenhofs.

Kontinent Ulldart, westliche Inseln des Königreichs Rundopâl, Frühling im Jahr 2 Ulldrael des Gerechten (461 n.S.)

Noch mehr Tote.« Lodrik betrachtete die Hallig, an der sie in langsamer Fahrt vorbeiglitten, vom Schiffsdeck aus. Das Eiland beherbergte drei Häuser, ausnahmsweise kleine Gehöfte und nicht die Hütten von Fischern. Auf den grünen Grasflecken lagen die

Leichen von dreißig Männern, Frauen und Kindern. »Zvatochna verbirgt nicht, dass sie hier war.«

Neben ihm flirrte die Luft, und Soscha erschien als geisterhaftes Abbild ihres menschlichen Äußeren. Die halblangen braunen Haare lagen dicht am Kopf und waren zu einem Zopf geflochten; sie hatte die tarpolische Tracht gewählt, wie sie Norina gerne trug. Lodrik stellte fest, dass sie immer besser darin wurde und sogar das Durchscheinende verlor. Bald würde man sie für einen echten Menschen und nicht für eine verlorene Seele halten. »Sie ist uns weit voraus, Bardri¢«, erstattete sie ihm Bericht. »Ich konnte sie nicht aufspüren.«

Er befahl dem Kapitän, Kurs auf die kleine Mole zu nehmen. »Ich will sehen, was sie angerichtet hat. Vielleicht finden wir einen Hinweis, wohin sie möchte oder was genau sie bezweckt.«

Die *Wellenkamm*, eine neue Variante der Handelskoggen mit zwei Masten sowie einer neuen Segelform, eng an die Bauweise der tarvinischen Dharkas angelehnt, ging längsseits zu der Hafenmauer; die Besatzung vertäute das Schiff und legte die Planke aus.

»Einen solchen Fehler würde sie nicht begehen«, widersprach Soscha.

»*Jeder* begeht Fehler.« Lodrik schritt voran, und der Saum seiner nachtblauen Robe schwang dabei weit vor und zurück. Die Kapuze bedeckte seine dünnen blonden Haare und schützte das fahle, knochige Gesicht vor dem kühlen Wind.

Soscha schwebte neben ihm her. Sie zeigte sich ganz offen und kümmerte sich nicht um die Seeleute. Schließlich hatte sie sich ihre Existenzform nicht ausgesucht.

Sie wechselten vom Schiff hinüber auf das Eiland, doch niemand begleitete sie. Die Mission war den Matrosen schon merkwürdig und gespenstisch genug.

Lodrik besah sich die ersten Toten, die sie fanden. »Aufgeschlitzte Arme und Hälse. Ihr ging es um das Blut, nicht um die Seelen«, stellte Lodrik fest. »Ihr Heer wird ordentlich Hunger haben. Zvatochnas Blut allein reicht nicht aus, um das Verlangen zu stillen.« Er ging achtlos an den Leichen vorüber.

Soscha schwieg und wich nicht von seiner Seite. Weil sie durch ihre eigene Dummheit an ihn gebunden war, blieb ihr nichts anderes übrig, als jedem seiner Schritte zu folgen – es sei denn, er sandte sie weg, um einen Auftrag zu erledigen.

Nur ein bisschen seines Blutes hatte sie getrunken, doch das genügte, um ihm Macht über sie zu verleihen. Sie hasste ihn seitdem noch mehr und dachte mindestens einmal am Tag darüber nach, wie sie ihn vernichten könnte – sobald seine untote Tochter nicht mehr auf Ulldart wandelte, sondern für immer ausgerottet war. Soscha würde ihm den Tod nicht leicht machen.

»Schon wieder in Gedanken dabei, mich umzubringen?«, sagte er ihr auf den Kopf zu.

Sie erschrak nicht und fühlte sich auch nicht ertappt. »Ja.«

»Dann versuche, dich zu gegebener Zeit daran zu erinnern. Ich werde es dir bald erlauben.« Lodrik umrundete ein Haus und betrat die Diele. Er sah eine junge Mutter, die mit ihrem Kind auf dem Arm auf dem dreckigen, von Matsch verschmierten Boden lag. Beiden waren die Adern geöffnet worden, aber von Blut fehlte jede Spur.

»Es ergibt keinen Sinn«, raunte er und ging neben den Leichen in die Hocke. Er betrachtete die entsetzten Züge der verstorbenen Mutter, der unsägliches Grauen das Leben aus der Brust gerissen hatte.

Soscha lachte bitter. »Sie mordet ...«

»Nein, *das* ergibt Sinn. Sie benötigt das Blut«, unterbrach er sie. »Dass sie nach Westen flieht, *das* ergibt keinen Sinn.« Lodrik erhob sich. »Je mehr sie sich auf die Rogogarder Inseln zubewegt, desto schneller wird sie entdeckt werden.« Er schaute Soscha ins Gesicht. »Ich frage mich, warum? Was bezweckt sie?«

Sie wandte sich nicht ab, sondern sah in Lodriks blaue Augen, in denen die schwarzen Einschlüsse deutlicher sichtbar waren als sonst. Bald würde die Farbe getilgt sein, und er hätte die Wandlung zum Nekromanten abgeschlossen. »Es ist *deine* Tochter, Bardri¢. *Du* solltest es wissen.« Soscha betrachtete die Tote voller Mitleid. »Wie jung sie war. Es wird Zeit, dass wir dieses Monstrum in Frauengestalt aufhalten und auslöschen.«

»Da stimme ich dir zu.« Lodriks Blick fiel auf das Vorratsregal, auf dem Marmeladengläser standen. Welch süße Kostbarkeit, umgeben von salzigem Meer und plötzlich sinnlos geworden. Es gab niemanden mehr, der sich darüber freute. »Ich habe den Verdacht, dass sie sich mit ihrem Heer aus Seelen Rogogard erobern möchte. Nur dann ergibt das, was wir beobachtet haben, einen Sinn.« Er grübelte. Etwas an dieser Erklärung gefiel ihm nicht.

»Herr!«, schallte ein lauter Ruf über die Hallig. »Herr, kommt rasch!«

Lodrik und Soscha eilten ins Freie und sahen zur *Wellenkamm*, wo ein Mann hoch oben im Ausguck stand und winkte. »Sieh nach, was er will«, befahl er Soscha.

Sich zu sträuben brachte ihr ohnehin nichts. Sie erhob sich widerwillig, flog hinauf und landete vor dem verblüfften Mann. »Berichte«, wies sie ihn an.

Der Matrose stierte die sacht durchscheinende Frau an und schluckte. Keiner an Bord hatte sich an ihren Anblick gewöhnt, man mied sie, wo es nur ging. In einem Krähennest hoch oben am Ende eines Masts gab es jedoch reichlich wenig Möglichkeiten, dem Geist auszuweichen. Seine Finger packten das Amulett, ein einfacher Talisman aus Bronze mit dem Emblem Kalisstras darauf. »Leichen … Herrin«, sprach er zögerlich.

»Ich bin keine Herrin, das habe ich bereits gesagt«, verbesserte sie ihn und gab sich Mühe, freundlich zu klingen. Ihr Unmut sollte nicht den Falschen treffen. Er konnte nichts dafür, dass sie an den Nekromanten gefesselt war und sklavengleiche Dienste verrichten musste. »Was hast du entdeckt?«

Er deutete nach Osten. »Da treibt etwas im Meer.«

Sogleich flog Soscha zur angegebenen Stelle und entdeckte einen Frauenkadaver, der mit dem Gesicht nach unten in den Wellen schaukelte. Gelegentlich zuckte der Körper; um ihn herum schwammen Fische, die sich an den Überresten gütlich taten. Jedes

Mal, wenn die Tiere Fleisch aus dem Leib bissen, bewegte er sich und erweckte den Anschein, als lebe die Frau noch.

Soscha stieg senkrecht auf und hielt erneut Ausschau. In einiger Entfernung erkannte sie einen hellen Fleck im Wasser. Ihre rasche Überprüfung brachte es an den Tag: noch eine Leiche, ein Mann. Er dümpelte rücklings, und sie sah die tiefen Schnittwunden, die für Zvatochnas Werk sprachen.

Rasch kehrte sie zu Lodrik zurück, der inzwischen die Mannschaft herbeigerufen hatte, um die Leichen in die größte Hütte schaffen zu lassen. Er beabsichtigte, die Toten zu verbrennen. Keiner der Seeleute wagte es, sich seinen Anweisungen zu widersetzen. Seine furchterregende Aura und sein totengleiches Äußeres erstickten sämtliche Widerworte in der vor Angst engen Kehle.

»Ich habe weitere Opfer deiner Tochter gefunden«, sagte Soscha. »Sie treiben von Osten auf uns zu.«

Lodrik dachte nach, dann winkte er einen Matrosen zu sich. »Die Meeresströmung in diesen Gefilden verläuft wie?«

Soscha sah genau, dass sich der Mann einen Schritt Abstand zu ihnen bewahrte; seine Haltung verriet, dass er sich vor dem Nekromanten fürchtete. Dabei hatte Lodrik bisher nicht einmal auf seine Kräfte zurückgegriffen. Zwei Untote auf einem Schiff ertrugen die Männer kaum.

»In diesen Monaten von Osten nach Westen, Herr«, antwortete er mit bebender Stimme. Seine Augen ruhten auf dem Boden, er sah Lodrik nicht an. »Sie bringt die ersten Fischschwärme aus dem Norden an die Küste Rundopâls.«

Lodrik wandte sich abrupt um. »Steckt das Haus an, sobald ihr alle Leichen hineingebracht habt, danach setzt Vollzeug und bringt uns nach Osten«, befahl er ihm und marschierte auf die *Wellenkamm* zu.

Soscha sah dem erleichterten Matrosen hinterher, der raschen Schrittes zu seinen Freunden zurückkehrte, dann heftete sie sich an Lodriks Fersen. »Ich habe sie aber beim letzten Mal nach Westen segeln sehen, Bardri¢«, entgegnete sie. »Und als ich ihr gerade so entkommen war, hatte sie den Kurs immer noch eingeschlagen.«

»Sicherlich. Damit wir wie die Narren einer falschen Spur folgen.« Lodrik stapfte die Planke hinauf und schritt auf den Kapitän zu, um ihm die neuen Anweisungen persönlich zu erteilen. Seine Stimme wirkte beflügelnd. »Zvatochna konnte sich denken, dass du mir von ihrer Route berichtest, und hat uns glauben lassen, sie wolle sich absetzen. Vielleicht hat sie ein paar lebende Soldaten mitgenommen und sie angewiesen, mit einem Boot die Halligen anzufahren und die Spuren für uns zu hinterlassen.« Er nickte nach Osten. »Dabei ist sie sicherlich seit geraumer Zeit nach Borasgotan unterwegs.«

»Warum sollte sie?« Soscha hielt den Gedanken für unsinnig. »Wir haben sie erst aus dem Land verjagt, und sie ist als Elenja vom Thron verstoßen worden. Sie besitzt keinerlei Rückhalt bei der Bevölkerung ...«

»Wer benötigt das schwache Fleisch der Menschen, wenn er Seelen sein Eigen nennt?«, meinte Lodrik düster. »Zvatochna hatte in Nesreca einen perfekten Lehrmeister und wird auf vieles vorbereitet sein, was wir ihr entgegenwerfen. Ich nehme an, dass sich in Borasgotan etwas befindet, wo sie Zuflucht finden wird, ohne dass wir sie entdecken.« Er sah hinauf zu den Wanten, in denen die Matrosen kletterten und die Segel setzten. »Es wäre besser, wenn wir sie vorher aufspüren und auslöschen würden.«

Die letzten Seeleute kehrten auf die *Wellenkamm* zurück, während die Flammen aus der Tür und den Fenstern des Hauses mit den Toten schlugen. Man sah dem Qualm an, welche Nahrung das Feuer gerade verschlang, und als er rußig und fett aus den Öffnungen und den ersten Löchern im Dach drang, wussten alle auf der Kogge, dass die Leichen verbrannten.

Lodrik aber hatte keine Augen für die Hallig hinter ihnen. Er stand am Bug, das bleiche Antlitz nach vorn gerichtet.

Kontinent Kalisstron, an der Küste von Bardhasdronda, Frühling im Jahr 2 Ulldrael des Gerechten (461 n.S.)

Als das Schiff unter seinen Füßen zerbrach und Tokaro ins eisige Wasser stürzte, glaubte er für wenige Lidschläge, dass sein Leben vor der fremden Küste zu Ende gehe.

Doch der Trotz erwachte in ihm, er trat und strampelte, bis er an die Oberfläche gelangte und eine leere Kiste zu fassen bekam, die ihm Halt gab. *Wenn ich sterbe, will ich mein Schwert in den Fingern halten,* dachte er grimmig. *Wie es eines Ritters würdig ist.*

Die Flut spülte ihn umgeben von Wrackstücken an den Strand. Er zog sich über das Geröll den weichen, dunklen Sand hinauf, bis er sich schwankend erhob und keuchend umschaute. Seine Linke fuhr unwillkürlich über den Schädel, der bis auf den bürstenkurzen braunen Haarstreifen obenauf kahl war, und wischte das Wasser heraus.

Vor ihm ragten schwarze Felsen in die Höhe, darauf standen die Überreste eines Turmes, aus dem schwache Qualmwolken aufstiegen; weitere dickere Rauschschwaden, die er bereits von Deck aus gesehen hatte, erhoben sich landeinwärts. Bardhasdronda stand in Flammen, und wenn er das Gebrüll vor dem Zerbersten des Schiffsrumpfes richtig vernommen hatte, traf die Qwor die Schuld daran.

Tokaro sah an sich hinab. Er trug nichts am Leib als seine Wäsche und einen wattierten Waffenrock. Seine kostbare Rüstung und alles, was er auf das Schiff mitgenommen hatte, lagen längst auf dem Grund des Meeres. Was mochte mit seinen Begleitern und mit Estra sein? Er weigerte sich zu glauben, dass er der einzige Überlebende war.

Bevor er sich weitere Gedanken machen konnte, brachten ihn ein lautes Wiehern und das Trappeln von Hufen dazu, sich nach rechts zu wenden. »Treskor!«, rief er freudig und sah den weißen Hengst auf sich zupreschen. »Wenigstens du bist mir geblieben.«

Er ging dem Pferd entgegen, streichelte den nassen Hals und die weichen Nüstern, dann schwang er sich auf den Rücken. »Gehen wir nachschauen, was in der Stadt geschehen ist.« Treskor trabte los.

Tokaro glaubte fest daran, dort auf die Überlebenden des Schiffsunglückes zu stoßen. Der Grund dafür lag auf der Hand: Die Galeere war vorher schon verlassen gewesen, wahrscheinlich hatten sich die Matrosen mit den Beibooten abgesetzt, als sich die Kollision mit dem Riff abgezeichnet hatte. Ihn hatten sie einfach vergessen, sagte er sich.

Doch die Selbstlüge fiel ihm nicht leicht.

Unvermittelt sah er die veränderte Estra vor seinem inneren Auge, die über ihn hergefallen war. Er schauderte, als er sich an die leuchtenden Augen und die langen Zähne erinnerte. Ein Ungeheuer, wie einst ihre Mutter. »Es war ein Traum«, murmelte er und verdrängte die Erinnerung an das mit Blutspuren übersäte Deck. Estra *durfte* damit nichts zu tun haben.

Der Himmel über ihnen war schwarz, die Wolken wälzten umeinander, und in ihrem Inneren leuchtete es auf, ohne dass Donner ertönte. Dafür erklang gelegentlich ein weit entferntes Brüllen, das Tokaro einem Qwor zuordnete.

Kein auf Ulldart bekanntes Tier erzeugte ähnliche Laute, und am nervösen Ohrenspiel des Hengstes erkannte er, dass es auch ihm zu schaffen machte; bei aller Treue und Unerschütterlichkeit im Kampf waren dem Hengst die Geräusche nicht geheuer.

Sie näherten sich der Stadt, und die Ausmaße der Zerstörung wurden nun erst richtig ersichtlich. Ein Viertel der Gebäude brannte noch immer, andere wirkten, als seien sie von Giganten eingerissen oder achtlos zur Seite gefegt worden.

»Angor behüte uns. Welche Mächte besitzen diese Wesen? Jetzt müssen wir vorsichtig sein«, sagte Tokaro zu Treskor und lenkte ihn durch das Stadttor in das Gassengewirr hinein.

Schutt und Trümmer lagen auf dem Kopfsteinpflaster, die Steine zeigten glasige Riefen und Abdrücke, sogar die dicken Balken der Fachwerkhäuser waren zerbrochen.

Bei allem Durcheinander hatte Tokaro noch keine Leichen gesehen, anscheinend hatten sich die Bewohner rechtzeitig in Sicherheit bringen können. Hatte der Qwor deswegen derart gewütet, weil er kein Futter vorfand?

»Hallo?«, wagte Tokaro den Ruf. »Jemand da?«

Treskor schnaubte, die Nüstern blähten sich ohne Unterlass. Es war offenkundig, dass er die zerstörte Stadt verlassen wollte. Hier brachte ihm seine Geschwindigkeit nichts, falls sie vor einem Qwor flüchten mussten.

Tokaro erreichte das andere Ende Bardhasdrondas. In einem zur Hälfte zerschmetterten Turm erspähte er Waffen, Rüstungen und Schilde. Er rutschte zu Boden, warf sich ein knielanges Kettenhemd über, gürtete sich und nahm ein Schwert sowie Schild und Helm an sich; ein Speer machte sein Arsenal vollständig. Das Gewicht auf seinen Schultern und der Schaft in der Hand gaben ihm Sicherheit.

Etwas mehr wie ein Ritter ausgestattet, wenn auch nicht standesgemäß wie ein Tokaro von Kuraschka, setzte er die Erkundung fort.

Doch so sehr er suchte, er fand keine Menschenseele. Die Stadt war aufgegeben.

Für Tokaro bedeutete es, dass er weiterreiten musste. Er nahm er sich Kleider, Proviant und andere brauchbare Dinge, die man auf einer Reise benötigte, aus den Ruinen.

»Kehren wir zum Strand zurück«, sagte er zu Treskor und erlaubte sich, etwas von der Anspannung abzulegen, die jegliches Grübeln über seine Lage zurückgedrängt hatte. Kaum ließ sie nach, sah er wieder das schöne Gesicht seiner verzweifelten Geliebten vor sich, die seine Unterstützung gegen den Dämon in ihrem Inneren dringend benötigte.

Die Vergangenheit war lebendig geworden und wollte sich wiederholen. Nerestro von Kuraschka, sein Ziehvater, hatte Estras Mutter aufgegeben und sie alleingelassen. Im Stich gelassen. Tokaro hatte Estra jedoch geschworen, sie nicht aufzugeben, und daran würde er sich halten.

Sinnierend kehrte er an den Strand zurück und ritt in die andere Richtung.

Vielleicht hatte es die Mannschaft der Galeere angesichts der sterbenden Stadt vorgezogen, mit den Beibooten weiter zu rudern, bis sie in sicheres Gebiet gelangten. Aber gab es das noch? Die Rauchsäulen, die allerorten in den schwarzen Himmel wuchsen, sprachen dagegen.

Gegen Abend erreichte er eine Sackgasse.

Die schwarzen Klippen schoben sich vor bis zum Wasser, und unmittelbar zu deren Füßen fiel der Strand steil ab. Ein starker Wind erhob sich und peitschte das Meer auf; die Brandung erlaubte es ihnen nicht, das Hindernis zu umschwimmen.

Tokaro sammelte Treibgut ein und entfachte im Schutz eines Felsüberhangs ein Feuer, das ihm Wärme und Licht spendete; für ihn gab es ein karges Mahl aus Brot und Wasser, der Hengst fraß die spärlichen Halme, die er in der Nähe der Unterkunft fand – da hob er ruckartig den Kopf und schnaubte warnend.

»Wer da?« Tokaro packte Schild und Speer, stand auf und schaute in die Dunkelheit.

Ein riesiger Umriss trat in den Lichtschein und offenbarte sich. Gàn!

Die gewaltige Kreatur war unverwechselbar, erst recht in diesem Teil Kalisstrons, wo man Sumpfkreaturen nicht kannte. Seine weißen Augen mit den schwarzen Doppelpupillen waren auf den Ritter gerichtet, er wirkte unsicher.

Gàn hatte seine Rüstung angelegt, an der Algen wie große, feuchte Blätter hafteten, und trug seinen massiven, vier Schritt langen Speer. An der Seite seines Gürtels baumelte die geraubte aldoreelische Klinge. Demütig senkte er den Kopf, die beiden langen der insgesamt vier Hörner surrten leise, und langsam ging er auf die Knie.

Zuallererst freute sich Tokaro, den Nimmersatten lebend vor sich zu sehen. Erst nach einigen Lidschlägen wurde ihm wieder bewusst, dass er den Räuber seines Schwertes vor sich hatte, und er senkte seinen Speer nicht.

»Du weißt, was du mit deiner Tat angerichtet hast?«, sprach er düster zur Begrüßung. »Wegen dir sind Männer gestorben, ein Schiff ist gesunken, und nur Angor weiß, was sich in der Zwischenzeit auf Ulldart ereignet!«

»Meine Schuld ist groß«, nickte Gàn. »Doch hätte ich es nicht getan, würden die Qwor unaufhörlich über Kalisstron herfallen und es auslöschen. Niemand vermag ihnen Einhalt zu gebieten, und wie ich an Euren Spuren sah, habt Ihr Bardhasdronda bereits gesehen. Was sagt Ihr dazu, Herr Ritter?«

Tokaro behielt seinen ernsten Blick bei. Der Nimmersatte musste begreifen, dass er seinem Ziel, ein Ritter Angors zu werden, schwer geschadet hatte. »Du hast mich bestohlen und Estra niedergeschlagen, um an das Amulett zu gelangen. So handelt kein Ritter!«

Gàn senkte die Augen und löste die Befestigung der aldoreelischen Klinge am Gürtel, dann hielt er sie Tokaro hin. »Ich gestehe, dass ich nicht rechtmäßig gehandelt habe, doch ich tat es aus einer hehren Absicht heraus. Gleichzeitig müsst Ihr Euch den Vorwurf gefallen lassen, Schutzbedürftigen aus eigensüchtigen Gründen den Beistand verweigert zu haben. So handelt auch kein Ritter.« Er sagte es voller Überzeugung und Aufrichtigkeit.

Tokaro nahm sein Schwert und sah Gàn nachdenklich an. Die Worte beinhalteten eine schmerzende Wahrheit. »Wir beide haben Unrecht getan. Deines wiegt in meinen Augen schwerer: Durch den Raub der Amuletthälfte bringst du ganz Ulldart in Gefahr. Die Ničti erkennen Estra nur als ihre Gebieterin an, wenn sie den Schmuck in Gänze trägt, und *nur dann* werden sie ihren Befehlen gehorchen.« Er schob die Speerspitze unter das Kinn des Nimmersatten und schob es nach oben, um ihm in die leuchtenden Augen zu schauen. »Wir haben ein halbes Jahr, um ein Unglück abzuwehren, sonst bricht ein Sturm los.« Er reckte die Hand. »Gib mir das Amulett, und dann suchen wir Estra.«

Gàn atmete tief ein. »Ich habe es nicht, Herr Ritter«, sagte er gequält.

Tokaros Herz schlug schneller. »Was soll das heißen?«

»Ich habe es in der Brandung verloren. Ich musste mich entscheiden, das Schwert zu retten oder das Amulett ...« Er stockte.

»Du lügst!«, schrie Tokaro, warf den Speer weg und zog die aldoreelische Klinge. »Erst ein Räuber, nun ein Lügner dazu! Gàn, sage mir auf der Stelle, was mit dem ...«

Treskor schnaubte erneut, tänzelte rückwärts und rammte dabei den Nimmersatten, ohne ihn umwerfen zu können.

Sie vernahmen ein lautes, dunkles Grollen: Im Schein der Gestirne kam ein furchteinflößendes Wesen den Strand heraufgepirscht. Die enormen Pranken gruben sich tief in den Sand, und die schuppige schwarze Haut machte es nahezu unsichtbar. Verräterisch funkelten die diamantengleichen Augen in dem gestreckten Schädel, der es als Raubtier auswies.

Das Tier war sicherlich viermal so lang wie der Hengst und ragte zweifach über den Rist hinaus. Gàns Speer schien eine angemessene Waffe dagegen zu sein.

Der Nimmersatte erhob sich. »Was tun wir, Herr?«

»Ob es ein Qwor ist?« Er musste sich von der Überraschung erholen, schon jetzt auf eine der Kreaturen zu treffen, aber wenigstens besaß er seine aldoreelische Klinge. Sie gab ihm die notwendige Zuversicht. Lorins Schilderungen über die Macht der magiebegabten Wesen huschten durch seine Gedanken, und diese wiederum ließen nur einen Schluss zu: Ein rascher Sieg musste her. »Angreifen«, entschied er, das Schwert verstauend, und hob seinen Speer auf. Dann schwang er sich auf Treskor. »Schauen wir, was ein Qwor alles beherrscht.« Er preschte an dem Wesen vorbei, um ihm in den Rücken zu fallen, während Gàn sich dem Gegner frontal näherte. »Gib acht!«, rief er dem Nimmersatten zu. »Sei auf alles gefasst!«

Der Qwor entblößte seine zweifache Zahnreihe in der langen Schnauze und fauchte tief, sah zu dem Nimmersatten, dann zu Tokaro. Anscheinend versuchte er abzuschätzen, welcher der beiden Angreifer die größere Gefahr darstellte – und entschied sich für Gàn. Mit einem Brüllen hetzte er auf ihn zu.

Gàn senkte den Spieß, um ihn dem Wesen in den weit geöffneten Rachen zu stoßen. Tokaro lenkte den Hengst mit Schenkeldruck, damit er die Hände frei hatte, und galoppierte von hinten an den Qwor heran.

Das Wesen stemmte seine Pranken vor Gàn tief in den Sand und bremste seinen Lauf abrupt, sodass der Nimmersatte mit Sandkörnern überschüttet wurde. Sie raubten ihm die Sicht, doch er hielt die Spitze unbeirrt nach vorn gerichtet.

Da setzte der Qwor seine Magie ein.

Eine unsichtbare Macht traf Gàn gegen die Brust und schleuderte ihn fünf Schritt weit rückwärts durch die Luft. Erschrocken, erbost schrie er auf und fiel mitten in das kleine Feuer. Flämmchen umspielten ihn und leckten über die Rüstung, Funken stiegen auf. Lange durfte er nicht liegen bleiben, wollte er nicht bei lebendigem Leib geröstet werden.

Tokaro wollte es kaum glauben: Der Qwor rannte *derart* schnell, dass Treskor ihn nicht einzuholen vermochte! Die Geschwindigkeit galt Tokaro als eine späte Warnung, den Kampf nicht auf die leichte Schulter zu nehmen. Dass die Magie ihm nichts anhaben konnte, bedeutete nicht, dass er vor den tödlichen Zähnen sicher war.

Er schleuderte den Speer, um das Ungeheuer von Gàn abzulenken, der sich aus dem Feuer befreien wollte. Doch die geschuppte Haut bot Widerstand. Mit vernehmbaren Klirren und einem Schaben glitt die eiserne Klinge von der Panzerung ab und fiel in den Sand.

»Schneller«, rief Tokaro dem Hengst ins Ohr und zog sein Schwert.

Der Qwor warf sich fauchend auf Gàn, wich dem emporgereckten Spieß aus und biss ihm in die Schulter. Dass sich beide noch im Feuer befanden, störte das Wesen nicht. Die Flammen beleuchteten das Schuppenkleid und brachten die Diamantaugen zu intensiverem Schimmern.

Der Nimmersatte brüllte wütend und voller Schmerzen. Er versuchte, die Kiefer des Angreifers zu packen.

Stattdessen schnappte der Qwor erneut zu, und es gelang Gàn

gerade noch, die Arme wegzuziehen, sonst hätte er beide Hände zwischen den Zahnreihen verloren. Er drosch der Kreatur die geballten Fäuste auf die Augen und versuchte, ihr mit den Hörnern die Kehle aufzuschlitzen. Aber die Spitzen raspelten sich an den Schuppen ab, es roch nach verbranntem Horn.

Wenigstens zeigten die Attacken auf die Augen Wirkung; zischelnd sprang der Qwor zurück und blinzelte. Es war die bislang einzige Schwachstelle des Räubers.

Tokaro war endlich heran und holte auf dem Pferderücken zum Schlag mit der aldoreelischen Klinge aus. Einen besseren Zeitpunkt würde es so rasch nicht mehr geben. Und was er gesehen hatte, machte deutlich, dass ein Qwor tödlicher war als jeder andere Gegner: machtvolle Magie, unfassbare Geschwindigkeit und unglaubliche Kraft. »Stirb!«

Da löste sich ein blauer Blitz aus der Brust des Wesens und traf Treskors Hals; dem Hengst blieb nicht einmal mehr Zeit, einen Laut von sich zu geben. Die Vorderläufe knickten kraftlos ein, der Oberkörper senkte sich ruckartig, und Tokaro wurde durch die Luft geschleudert.

Während sich Treskor mehrmals im Sand überschlug, flog der Ritter einige Schritt weit und landete in der starken Brandung. Er bekam Salzwasser in den Mund, und die Kälte verdrängte die Benommenheit nach dem Sturz. Die Wogen wirbelten ihn trotz seines Gewichts nach oben und zurück an den Strand.

Prustend und voller Schmerzen im ganzen Körper richtete er sich auf. Tokaro ahnte, dass der Qwor seine Überlegenheit auskostete und sich mit ihnen einen Spaß erlaubte, bevor er sie töten wollte. Unbändiger Zorn erwachte in ihm.

Gàn spürte derweil, dass ihn unsichtbare Hände berührten und unter seinen Körper glitten. Gleich danach schoss er senkrecht nach oben, vorbei am Rand der Klippen, höher und höher, den Sternen entgegen. Er schrie vor Überraschung – und die Hände ließen ihn los!

Wie ein Stein stürzte er Hunderte Schritt nach unten, Richtung

Strand. Der Qwor wich ihm aufreizend tänzelnd aus, um nicht versehentlich getroffen zu werden.

Gàn wusste, dass er einen solchen Aufprall nicht überleben konnte, trotz des weichen Sandes. Dann schoss er dicht an der Klippenwand vorbei und versuchte verzweifelt, sie mit den Fingern zu erreichen und sich festzuklammern.

Doch sein Flug änderte plötzlich die Richtung, und magische Kräfte trugen ihn weg vom rettenden Felsen. »Drecksvieh!«, brüllte er dem Qwor zu und erwartete den Aufprall.

»Angor steh mir bei!« Tokaro torkelte den Strand hinauf und rannte, sobald er trockenen Sand erreicht hatte. Das Schwert hielt er in beiden Händen, um einen gewaltigen Schlag zu führen, der dem Wesen die Seite aufschlitzen sollte. Er hörte Gàn von oben brüllen und sah ihn als mit Armen und Beinen rudernden, stürzenden Schatten.

»*Das* ist *nicht* würdig!«, rief Tokaro und schlug zu.

Der Qwor sprang zur Seite, ließ den Hieb damit fehlgehen und funkelte den Ritter an. Es sah sehr hämisch und nach Vorfreude aus.

Gleich darauf wusste Tokaro, weswegen.

Der Flug des Nimmersatten nahm erneut einen Wechsel vor. Anstatt auf dem Boden aufzuschlagen, beschrieb er plötzlich eine Kurve und prallte gegen den überraschten Ritter, den es von den Beinen fegte.

Von einer Katapultkugel getroffen zu werden, hätte nicht schlimmer sein können. Der junge Mann bekam keine Luft mehr, hörte seine Rüstung scheppern und glaubte zu spüren, wie seine Brust zerquetscht wurde. Er sah Sterne vor den Augen, die Welt überschlug sich mehrmals, und er bekam Sand in den Mund. Benommen blieb er liegen und schmeckte das Blut, das ihm aus der Nase über die Lippen lief.

Der Qwor hatte allem Anschein nach genug mit ihnen gespielt.

Er stand unvermittelt vor dem angeschlagenen Ritter, drehte den Kopf und schnappte nach seiner Körpermitte, um ihn zu zerteilen.

Kaum berührten die Zähne den Leib des jungen Mannes, erklang ein grelles Sirren. Die Zähne leuchteten gleißend auf, und blaue Blitze schossen aus dem Rachen sowie der Brust. Sie jagten in Tokaros Körper – ohne ihm etwas anhaben zu können.

Das Wesen zischte und fauchte kehlig, doch es vermochte sich nicht von seiner Beute zu lösen. Der Geifer, der eben noch milchig von den Lefzen geronnen war, wurde schwarz und zähflüssig.

Tokaro spürte ein anhaltendes Rütteln, das durch seinen Körper jagte, doch es schadete ihm nicht. Und er kannte es sehr gut, auch wenn er dieses Mal keine Schmerzen verspürte: Seine Fertigkeit, Magie von anderen zu rauben und aufzunehmen, hatte ihn vor dem Tod gerettet! Der Qwor war nicht in der Lage, die Kiefer zu schließen und ihn zu zerteilen. Trotzdem war es nicht gerade eine angenehme Erfahrung, zwischen den gefährlichen Zähnen zu hängen.

Tokaro lehnte sich zur Seite. »Das hast du davon«, keuchte er und drosch mit der aldoreelischen Klinge zu.

Die Schneide kappte die Ohren des Qwor, der sich aufheulend losriss. Er wich vor dem Ritter zurück und stieß ein Klagegeheul aus, das viele Meilen weit zu hören war.

Tokaro stand auf, sein Blick fiel auf Gàn, der regungslos im unteren Teil des Strandes lag und von den Wellen umspült wurde; Treskor ruhte am Fuß der Klippen und bewegte sich ebenfalls nicht. Zwei wertvolle Begleiter waren ihm von der Bestie genommen worden.

»Das hast du nicht umsonst getan, Bestie! Für Angor!« Er rannte auf den Qwor zu, die Klinge zum Stoß gereckt.

Sein Angreifer sandte ihm einen Strahl blauer Energie entgegen, und die Diamanten der aldoreelischen Klinge glommen auf. Eine schillernde Sphäre bildete sich vor Tokaro, die Magie wurde von dem Schwert abgefangen.

Der Qwor wandte sich zur Flucht, aber er schwankte und konnte sich kaum mehr auf den Beinen halten. Der Raub seiner Magie hatte ihn gleichermaßen überrumpelt wie entkräftet.

Tokaro holte ihn ein und durchtrennte den rechten Hinterlauf. »Du bleibst, wo du bist!«

Den zweiten magischen Angriff gegen sich nahm er als einen Streifen wahr, als wäre er durch eine Tür voller Spinnweben gegangen. Er nahm an, dass der Qwor versucht hatte, ihn in die Luft fliegen zu lassen wie den bemitleidenswerten Gàn.

Die Kreatur spürte, dass sie sich in diesem Zweikampf allein auf ihre Muskeln und Zähne verlassen musste. Sie fuhr herum und biss nach dem Ritter – dann entsann sie sich, welche verheerenden Auswirkungen die letzte Berührung nach sich gezogen hatte. Sie hielt mitten in der Angriffsbewegung inne.

Dafür schlug Tokaro zu. Die Klinge zischte nach vorn und traf unterhalb der Kehle in die Brust. Die Schneide zerteilte die Panzerung spielend leicht und durchtrennte die Adern, die Luft- und die Speiseröhre; schwarzes Blut sprühte heraus.

Im Todeskampf biss und schlug der Qwor wild um sich, für ihn gab es nichts mehr zu verlieren.

Für Tokaro wurde es noch einmal gefährlich. Er parierte die Angriffe mit Gegenschlägen, welche die Kreatur Prankenstücke und Zähne kostete, bis der letzte Schlag von oben gegen den Kopf den endgültigen Tod brachte. In zwei Hälfte gespalten fiel der Schädel nieder, der Kadaver des Qwor stürzte und wirbelte zuckend den Sand auf.

»Bei Angor, das war ein Gegner, wie ich ihn so schnell nicht noch einmal haben möchte.« Tokaro machte ein paar Schritte zurück, wischte sich den Schweiß von der Stirn und eilte zuerst zu seinem Hengst. Zu seiner Freude hatte sich Treskor halb erhoben und wirkte verwirrt und verängstigt.

»Er wird dir nichts mehr tun.« Beruhigend streichelte er ihm die Blesse, danach tastete er rasch die Beine und Fesseln ab; glücklicherweise schien er unverletzt zu sein. »Ruh dich aus. Ich sehe nach Gàn.«

Er eilte zu dem Nimmersatten, der mit geschlossenen Augen in den Wellen lag. Er betete, dass der Kampfgefährte noch lebte. »Gàn, hörst du mich?«

Tokaro wunderte sich, weswegen er den Sturz besser überstanden hatte als der körperlich überlegenere Nimmersatte. Als er ihn genauer betrachtete, verstand er den Grund: Der eigene Spieß hatte sich vermutlich durch den Einfluss des Qwor und dessen magische Kräfte durch Gàns Unterleib gebohrt und war abgebrochen. Er benötigte schnellstens Hilfe.

»Treskor, auf!«, rief er den Hengst und holte das Seil, das er aus Bardhasdronda mitgenommen hatte. Das Pferd trabte gehorsam an den Strand. »Ich weiß, ich habe dir gesagt, dass du dich ausruhen darfst. Aber du musst mir helfen, Gàn aus dem Wasser zu schleppen«, sagte er und fuhr dem Tier behutsam über die Flanke.

Er band dem Hengst das Seil um den Hals, das andere Ende befestigte er an der Rüstung des Nimmersatten. »Zieh!«, befahl er und zerrte ebenfalls am Tau.

Es war äußerst anstrengend, den drei Schritt langen und schweren Körper durch den weichen Sand zu ziehen, doch mit vereinten Kräften gelang es ihnen.

Gàn erwachte stöhnend und hielt sich die durchbohrte Stelle, aus der Blut sickerte. »Das ist der Lohn für meine Tat«, ächzte er. »Angor hat mich bestraft ...«

»Unsinn.« Tokaro entfachte ein neues Feuer und betrachtete die Verletzung. »Wenn er dich hätte bestrafen wollen, wärst du tot.« Er legte eine Hand an das herausstehende Ende des Eisenschafts. »Er muss raus, sonst richtet er noch mehr Schaden an.«

»Es kann sein, dass Ihr die Blutung nicht zu stillen vermögt«, sagte Gàn gepresst. »Falls ich sterben sollte, müsst Ihr eine Sache erfahren: Ich habe das Amulettstück nicht verloren. Ich habe es absichtlich weggeworfen.«

Tokaro wollte aufbrausen, doch er hielt sich zurück, denn er ahnte, dass der Nimmersatte schwerwiegende Gründe dafür hatte.

»Ich habe die Zeichen an Estra gesehen, Herr, von denen die Kensustrianer damals am Strand sprachen. Nach Eurer Flucht, erinnert Ihr Euch?« Gàn schloss die Lider, er kämpfte gegen die Schmerzen. »Sie verlor die Beherrschung über sich, und ich habe die Augen der Inquisitorin leuchten sehen, ihre Zähne waren lang und kräftig. Ihr Gesicht wirkte dämonisch und grausam. Mir wurde bewusst, dass sie etwas in sich trägt. Etwas Furchtbares ...«

»Deswegen hast du ...«

»Nein, nicht nur. In der Nacht, als ich ihr das Amulett stahl, war ich in ihrem Haus und habe mich umgeschaut«, erklärte er stockend. »Herr, ich fand Zeichnungen bei ihr. Landkarten mit neuen Grenzverläufen und Straßen, deren Ausrichtung auf Ammtára zuläuft. Die Stadt wird das neue Herz des Kontinents werden, wenn wir ihr ihren Willen lassen. Die Nič̌ti werden alles für sie tun, sobald sie im Besitz des Amuletts ist.« Gàn rang nach Atem und hielt sich die Wunde. »Sie plant, Ulldart umzubilden, und das Amulett ist der Schlüssel.«

Tokaro starrte den Nimmersatten an. Mit dieser Eröffnung hatte er nicht gerechnet. »Das glaube ich nicht! Wo sind diese Zeichnungen?«

»In Ammtára. Ich hatte sie dort gelassen, um sie Pashtak als Beweis zeigen zu können, wenn wir nach Ulldart zurückkehren«, keuchte er. »Ich mochte die Inquisitorin, Herr Ritter. Doch sie hat sich verwandelt. Dieses Wesen, das ich gesehen habe, wird die Nič̌ti anführen und uns niederwerfen.« Die Lider flatterten. »Das wollte ich nicht zulassen. Wenn uns die Nič̌ti angreifen, sollen sie weder die Anführerin noch das Amulett bekommen. Ohne diesen Antrieb können wir sie vielleicht bezwingen, aber wenn sie erst haben, was sie wollen ...« Er schnaufte und verlor das Bewusstsein.

»Angor sei mit uns.« Nachdenklich betrachtete Tokaro den großen Kopf des Nimmersatten. »Da habe ich einem wachen Verstand anscheinend Unrecht getan und ihn voreilig beschimpft.«

Im Stillen sah er sich in seinem Schwur bestärkt, Estra von diesem Fluch zu erlösen. Nicht nur, weil er die Frau zurückhaben wollte, die er liebte, sondern auch wegen seiner Heimat.

Niemand wusste, wie viele Nič̌ti es gab, wie schnell sie an den vielen Küsten des Kontinents landen und wie man sie schlagen konnte. Sie waren den Kensustrianern überlegen – was hatten die Menschen ihnen entgegenzusetzen?

Selbst die Bombarden würden keine Wende bringen, und seines Wissens nach gab es keine Magier auf Ulldart. Oder zumindest keine ausgebildeten.

»Lorin!«, murmelte er. Sein Halbbruder besaß gewisse magische Kräfte, und unter Umständen wurden diese bald auf Ulldart benötigt. Nach der unfreundlichen Behandlung, die Tokaro ihm hatte angedeihen lassen, würde es schwierig sein, ihn zur Mitarbeit zu bewegen.

»Verfluchte Vorsehung. Keine Prüfung nach meinem Geschmack«, ärgerte er sich und zerschnitt Kleider aus dem Rucksack zu Lappen und Binden. Dann umfasste er die blutigen Spießreste und zog sie langsam aus Gàns Körper. Das Blut gluckerte aus dem Loch, und Tokaro versuchte, die Quelle des kostbaren Lebenssafts zu stopfen.

II.

Kontinent Ulldart, Nordwesten Borasgotans, Kulscazk, Frühling im Jahr 2 Ulldrael des Gerechten (461 n.S.)

Das Klirren aus der kleinen Hütte erklang von Sonnenaufgang bis Sonnenuntergang. Schmied Padur sowie seine beiden Gesellen Ileg und Armov durften sie nicht mehr verlassen, zwei Wachen standen vor dem Ausgang und ließen sie nicht einen Schritt im Freien ohne Aufsicht tun.

Die drei Männer waren typische Borasgotaner mit kurzen dunklen Haaren und braunen Augen; sie trugen Tücher vor ihren Gesichtern, um die Bärte vor Hitze und den Funken der Esse zu schützen. Die freien, muskulösen Oberkörper wurden jeweils von einer Lederschürze geschützt, und der Schweiß rann in Strömen an Rücken und Brust hinab.

Dabei waren sie lediglich die Handlanger; die eigentliche Arbeit verrichtete ein Fremder, der von den Besatzern des Dorfes vor einer Woche angeschleppt worden war. Man sah seinen Blessuren im glatt rasierten Gesicht an, dass auch er nicht freiwillig schuftete. Dem Zungenschlag nach, den sie bei seinen kargen Anweisungen vernahmen, stammte er aus Tarpol oder einer der Baronien; er wechselte ansonsten kein Wort mit ihnen.

Es war dem kräftigen Schmied und seinen Gesellen nicht entgangen, dass er niemals Wächter zur Seite gestellt bekam.

»Haben sie deine Familie als Geisel?«, fragte Padur, während der Mann den absonderlich harten Stahl trieb und die Funken weit durch die Schmiede schossen; wenn sie auf Fleisch trafen, tat es weh wie ein tiefer Schnitt.

»Ja«, erwiderte er knapp und hielt den Rohling prüfend vor die dunkelgrünen Augen; das immer noch glühende Metall beleuchtete sein Gesicht tiefrot. Es nahm mehr und mehr die Form einer vielzackigen Speerspitze an.

Padur blickte zu den massiven Metallblöcken, die ihnen die Wärter gebracht hatten und die im hinteren Teil der Werkstatt standen. »Was ist das? So etwas habe ich noch niemals zuvor in meinem Leben bearbeitet. Ist es reines Iurdum? Es lässt sich erhitzen und schmelzen, aber nicht trennen ...«

»Ich darf mit dir nicht darüber sprechen«, unterbrach ihn der Fremde leise. »Es ist mir verboten worden.« Er kühlte den Rohling im Wasserbad und warf ihn danach zurück in die weiße Glut, dann wies er die Gesellen an, den Blasebalg zu betätigen.

Der Schmied grummelte und wischte sich die Hände an der Lederschürze ab. »Es wird zu heiß.«

»Wird es nicht«, widersprach der Mann und setzte sich auf den zweiten Amboss, nahm einen Becher und trank von dem Wasser. »Dieses Metall vermag mehr, als es den Anschein hat.«

»Iurdum«, sagte Ileg, der jüngere Geselle, ehrfürchtig. »Bei Ulldrael, wir haben ein Vermögen vor uns stehen, das uns reicher macht als den wohlhabendsten Brojaken des Landes!« Er lachte ungläubig auf.

Armov rempelte ihn an und bedeutete ihm, den Mund zu halten. »Es ist nicht unser, und du wirst auch niemals die Gelegenheit bekommen, diese Blöcke zu erlangen.«

»Dennoch ist es reichlich seltsam, dass sich jemand daraus Waffen fertigen lässt anstelle von Geschmeide oder einer hübschen Skulptur«, erwiderte Ileg.

Padur sah an dem Blick des Fremden, dass er ein Geheimnis verbarg. »Wie viele hast du schon angefertigt? Aus diesem Grund haben sie dich zu uns nach Kulscazk gebracht, ist es nicht so?«

»Ich habe diesem silberhaarigen Scheusal das erste Schwert aus einem solchen Block geschmiedet, und es hat sich meiner erinnert. Meiner und meiner Familie«, flüsterte der Fremde und bedeckte das Gesicht mit einer Hand. »Ich habe keine Wahl, wenn ich mein Weib und meine Kinder lebend sehen möchte.«

Padur trat neben ihn und legte ihm die Hand auf den Rücken: Mitgefühl und das Wissen, was in dem Mann vorging, weil sie die quälenden Empfindungen teilten. »Es ergeht uns ebenso wie dir. Wir wissen nicht, was die Besatzer von uns möchten, und wir haben alle Angst um unsere Lieben und Freunde.«

Der Fremde erhob sich, wischte sich die Tränen der Verzweiflung aus den Augen und begab sich zur Esse, um den Rohling aus dem Bett aus glühenden Kohlen zu ziehen. »Was haben sie euch gesagt?« Er legte es wieder hinein, es dauerte noch.

»Nichts.« Padurs Antlitz verdüsterte sich. »Sie kamen her, haben die Wachen der Miliz getötet und unser Dorf besetzt. Danach trennten sie die Männer von den Frauen. Ihr Anführer ist dieser junge Silberschopf. Er sagte, dass niemandem etwas geschieht, wenn wir seine Forderungen erfüllen.«

»Wir sollten gegen sie aufbegehren«, sagte Armov mit gedämpfter Stimme, damit es die Wärter vor der Tür nicht erfuhren. Er nahm einen Schmiedehammer zur Hand und wog ihn abschätzend. »Wir sind mehr als sie, und wir haben immer noch kräftige Männer, die ordentlich austeilen …«

»Nein.« Der Fremde starrte in die Glut. »Es würde euch nicht bekommen.« Er sah den Männern der Reihe nach in die Augen. »Ihr wisst wirklich nicht, mit wem ihr es zu tun habt?«

»Nein«, sagte Padur. »Ist der Anführer denn ein hohes Tier? Wir dachten, er wäre ein Adliger auf der Flucht vor der Obrigkeit.«

»Er ist kein Geringerer als der Sohn der einstigen Kabcara Aljascha Bardri¢, den sie Vahidin nennen. Sie hat sich nach dem Krieg gegen ihren Sohn zur Herrscherin von Kostromo aufgeschwungen …«

»Was?«, brach es ungläubig aus Ileg hervor. »Vahidin müsste ein kleines Kind sein, er kam doch erst vor zwei oder drei Jahren zur Welt, wie man hörte.«

»Ich *habe* ihn gesehen«, sagte der Fremde. »Zum ersten Mal als einen Jungen, obwohl er erst ein Jahr alt war, und vor einer Woche als blühenden Mann.«

»Sicher. Und die Vögel am Himmel fliegen rückwärts«, grummelte Armov.

»Wenn *er* es wollte, müssten sie es tun.« Er packte den Rohling mit einer Zange an und legte ihn auf den Amboss, dann begann er, das weiß leuchtende Iurdum in Form zu schlagen; der Schmied half ihm dabei. »Es ist Vahidin, und nur Tzulan weiß, woher er seinen raschen Wuchs und seine Kräfte nimmt.«

»Kräfte«, wiederholte Padur; ihm war unwohl.

»Ich habe gesehen, dass er die Klinge seines Schwertes schwarz färben kann, und dann vernichtet sie alles, was von ihr berührt wird«, berichtete der Mann leise. »Er hat eine Gabe, mit der ich, du und euer gesamtes Dorf nicht fertig werden.« Er arbeitete weiter, ohne abzusetzen, bis das Iurdum seine Hitze verlor. »Das ist der Grund, weswegen ich mich nicht länger widersetze und ihm zu Diensten bin. Das Gleiche rate ich dir, wenn du willst, dass du in ein Dorf zurückkehrst, sobald sich die Türen zur Schmiede öffnen, und nicht vor einem rauchenden Schutthaufen stehst.«

Armov warf den Hammer auf den Tisch mit den Werkzeugen. »Tzulansbrut«, spie er aus.

Der Fremde tauchte den Rohling ins Wasser; zischend und Blasen werfend rebellierte das kalte Nass gegen das heiße Metall. Dann hob ihn der Fremde aus dem Bottich und legte ihn wieder in die Glut.

Keiner sprach mehr ein Wort.

Schritte näherten sich der Hütte, es gab einen kurzen Wortwechsel, dann öffnete sich das kleine Tor. Der Wind wehte eisige Luft zu den drei Männern, die ihre Lider schlossen und in die Helligkeit blinzelten, die hereinfiel. Schnee und Licht blendeten sie, die hier im Halbdunkel arbeiteten und lebten. Sie sogen die frische Luft gierig ein, ehe das Tor wieder hinter dem Besucher zufiel.

»Was machen meine Waffen, ihr Meister?« Vahidin trat zu ihnen. Er trug einen dicken Mantel aus weißem Pelz. Die kinnlangen Silberhaare hingen ihm offen ins Gesicht, Flocken schmolzen drauf und wurden zu glitzernden Wassertropfen. Er trat zu ihnen an den Amboss. »Oh, du arbeitest an dem Speer, mein Guter. Das freut mich.«

Padur musterte unauffällig den jungen Mann, der kaum zwanzig Jahre alt schien. So nahe war er ihm noch niemals gekommen. Um die Hüften trug er einen Waffengurt mit einem Schwert daran, und was sich unter dem Mantel verbarg, blieb ein Geheimnis.

Der Fremde hielt ihm den bearbeiteten Rohling hin, er glomm bereits wieder. »Herr, es wird. Ich gebe mir große Mühe.«

»Ich weiß.« Vahidin betrachtete die Form eingehend. »Das wird eine gute Waffe.« Er sah zu den Blöcken. »Es sind nur noch vier, dann hast du es geschafft, und ich entlasse dich. Wie schnell kannst du mir diese Waffen anfertigen?«

Der Mann verneigte sich. »Es ist nicht leicht. Eure Zeichnungen sind genau, aber die Formen, die Ihr gewählt habt, sind sehr anspruchsvoll. Ich rechne mit mindestens bis zum Sommerbeginn.«

Vahidin tauchte den Rohling ins Wasser, wartete und nahm den halbfertigen Speer in die Rechte. Padur und seine Gesellen staunten, denn das Iurdum besaß noch immer eine enorme Temperatur. Selbst alte, erfahrene Schmiede, deren Hände von einer dicken Hornschicht überzogen waren, würden es nicht lange halten können.

Vahidin prüfte die Anordnung der Haken. »Sehr ordentlich«, lobte er den Fremden.

»Ich habe ausgezeichnete Helfer, Herr«, gab er die Anerkennung weiter.

Vahidin richtete die braunen Augen auf Padur. »Wer hätte gedacht, dass in einem einfachen Dorfschmied und in seinen beiden Gesellen solche fähigen Geister stecken?«, sagte er kalt lächelnd und reichte Padur den Rohling. Das Iurdum war so heiß, dass der Mann es sofort fallen lassen musste. »Aber sie vertragen die Glut nicht sonderlich, wie es den Anschein hat«, fügte er spöttisch hinzu. Er langte unter seinen Mantel und zog neue Zeichnungen von Hieb- und Stichwaffen hervor, wie sie keiner von ihnen zuvor gesehen hatte. »Da ihr so gut seid, erwarte ich von euch, die restlichen Aufträge bis zum Ende des Frühlings fertig zu haben und nicht später. Im Sommer gedenke ich nicht hier zu sein. Zu viel Schlamm.« Er senkte den Kopf und betrachtete Padur. »Die besten und liebevollen Grüße von deiner Frau und deiner Tochter. Sie vermissen dich, soll ich dir ausrichten, und freuen sich, wenn ihr wieder eine Familie seid.« Er lächelte falsch. »Das wird sicher sehr rasch geschehen: Bei jedem *Kling* denkst du an deine Frau, und bei jedem *Klang* an deine Tochter. Aber sobald der Hammer schweigt, wirst du meine Männer vor dir sehen, die sich über deine Frauen hermachen und mit ihnen Dinge tun, die jenseits deiner Vorstellungskraft liegen. Das wird dir Ansporn genug sein, hoffe ich. Du wirst meinen Freund sicherlich anzutreiben wissen.«

Padurs Armmuskeln schwollen abrupt an, und er wollte die Hände nach dem Hals des jungen Mannes ausstrecken – da wechselten Vahidins Augen die Farbe und schimmerten magentafarben, die Pupillen erschienen ihm dreifach geschlitzt. Erschrocken wich er vor ihm bis an die Esse zurück. Er fürchtete sich vor ihm mehr als vor der sengenden Hitze.

»Weiser Schmied«, lobte ihn Vahidin und hob das Iurdumstück auf, legte es auf den Amboss. »Bringt den Hammer zum Singen, und alles ist gut.« Er drehte ihnen den Rücken zu und schritt zum Ausgang.

Armov packte unvermittelt eine schwere Zange und schlug nach Vahidin, bevor ihn jemand daran hindern konnte. »Du verfluchter …«

Der junge Mann drehte sich leicht zur Seite, der linke Arm schnellte nach oben und fing die Zange ab. Mit einem Ruck nahm er sie an sich und drosch sie Armov mitten ins Gesicht, sodass er nach hinten torkelte und von Ileg aufgefangen werden musste. Sie hatten das Knacken gehört, mit dem die Nase gebrochen war. Blut quoll aus der offenen Stelle zwischen Knorpel und Knochen.

Blitzschnell zog Vahidin sein Schwert, und mitten im schwungvollen Hieb gegen den aufständischen Mann erklang ein dunkles Fauchen, die Klinge verfärbte sich schwarz. Dann hielt er den

Schlag an – in den Spalt zwischen Armovs Nasenspitze und Schneide hätte kein Staubkorn mehr gepasst. Der Geselle spürte ein Kribbeln im Gesicht, das Schwert verströmte unsichtbare Energie.

»Das nächste Mal greif mich von vorne an«, sagte Vahidin ruhig. »Dann gewähre ich dir einen Kampf. Solltest du es jedoch ein weiteres Mal auf diese Weise versuchen, wirst du zusehen, wie ich alle Menschen in diesem Dorf enthaupte. Und bei jedem Schlag rufe ich deinen Namen, damit sie wissen, wer ihnen den Tod gebracht hat.« Die Klinge schimmerte unvermittelt wieder so, wie eine Klinge es tun sollte, und Vahidin verließ die Schmiede.

Der Fremde machte einen Schritt auf Armov zu und schlug ihm ins blutige Gesicht. Der Geselle stürzte auf den rußigen Boden. »Spiel mit deinem Leben, aber nicht mit dem der anderen!«, zischte er und legte den Rohling zurück ins Feuer. Er betätigte den Blasebalg selbst und mit solcher Wut, dass Funken prasselnd umherstoben.

Padur half seinem Gesellen auf die Beine. »Er wird es nicht noch einmal versuchen«, versicherte er beschwichtigend.

Armov wischte sich das Blut, das aus der gebrochenen Nase und den aufgeplatzten Lippen lief, mit dem Ärmel weg, öffnete das Fenster und brach einen Eiszapfen ab, um die Schwellung zu kühlen. »Doch, das werde ich«, sagte er zu sich, setzte sich auf die Werkbank und wartete, bis der Schwindel sich legte. Aber er zweifelte selbst an seinen Worten.

Vahidin schlenderte durch Kulscazk und genoss die Ruhe und den Frieden.

Er war mit seinen Leuten einmarschiert und hatte die wenigen Bewaffneten des Dorfes im Handstreich niedermähen lassen. Jetzt war er der Machthaber, und diese Macht nutzte er weidlich, auch wenn es sehr anstrengend war.

Doch anders ging es nicht. So wie der Schmied und seine Gesellen ihre Arbeit verrichteten, so verrichtete er seine. Er bestritt nicht, dass es ihm Vergnügen bereitete.

Er kehrte zu seiner Unterkunft zurück, dem Haus des Bürgermeisters. Es war wie alle Fachwerkhäuser im Norden Borasgotans klein und gedrungen, damit sich die Wärme in den strengen Wintern besser in den vier Wänden hielt; im unteren Stockwerk stand das Vieh, darüber schliefen die Menschen. Jetzt gehörte es ihm allein; der Bürgermeister steckte bei den anderen Männern, zusammengepfercht in der Zehntscheune und streng bewacht.

Vahidin betrat das Haus, warf seinen Mantel einem Jungen zu, den er zu seinem Diener ernannt hatte, und eilte hinauf, wo es wärmer war und nicht nach Stall stank.

Er trug, was er sich aus dem Kleiderschrank des Bürgermeisters genommen hatte. Ein Wams in Burgunder, darunter ein weißes Hemd, eine schwarze Hose und Stiefel. Nicht schlecht, aber auch nicht wirklich gut. Das Leben war kein Vergleich zu dem, was er einst mit seiner geliebten Mutter geführt hatte, doch er würde es wieder führen. Nachdem er Rache an Zvatochna genommen hatte.

Er betrat das Schlafgemach – und erstarrte: Vor ihm stand eine junge Frau, nicht älter als zwanzig, und sie trug lediglich ein Nachthemd. Schüchtern hatte sie die Hände zusammengelegt und den Kopf geneigt, die langen dunklen Haare ruhten offen auf den Schultern. Sie roch gut. Man hatte sie seiner Anweisung nach gebadet und mit Duftöl eingerieben. Er hatte sie beinahe vergessen.

»Meine Schöne«, sagte er lächelnd und kam näher, streckte die Hand aus. »Sei nicht ängstlich, wir tun nichts Schlimmes. Es wird dir gefallen. Und wenn nicht, sage nur ein Wort, und ich lasse dich wieder gehen.«

»Ja, Herr.« Sie schluckte. »Man sagte mir, dass Ihr meine Familie töten lassen würdet, wenn ich nicht zu Euch komme.«

»Nun, du bist ja zu mir gekommen, also wird ihr nichts geschehen.« Vahidin stellte sich vor sie, drückte ihr Kinn mit dem Zeigefinger nach oben, dann nach rechts und links. Das Mädchen war nicht hübsch, die Nase war schief und die Ohren standen für seinen Geschmack zu weit vom Kopf ab, aber das zählte nicht. Sie musste eine Frau sein, mehr brauchte er nicht von ihr. Sogar ihr

Name hatte keine Bedeutung für ihn. »Schenkst du mir ein Lächeln?«

Sie sah ihm in die Augen und wollte etwas erwidern, was keinesfalls freundlich war, doch sobald sich ihre Blicke trafen – war es um sie geschehen.

Vahidin setzte eine Prise Magie ein und benebelte ihren Verstand. Von nun an war er in ihrer Vorstellung genau der Mann, nach dem sie sich immer verzehrt hatte. Sie würde es nicht erwarten können, sich ihm hinzugeben. Nur darauf kam es ihm an.

Das Mädchen lächelte, nein, es strahlte ihn an und streckte die Hand sehnsüchtig nach seinem Gesicht aus. »Wie sehr ich mich nach dir gesehnt habe, Liebster«, raunte sie verlangend.

Vahidin führte sie ans Bett und zog sie mit sich nach unten auf das Lager. »Zeige mir, wie sehr«, antwortete er und küsste sie auf den Mund.

Nicht lange danach verließ die junge Frau sein Gemach, und Vahidin nahm die Liste vom Nachttisch, die er mit der beschrifteten Seite nach unten abgelegt hatte.

Es dauerte etwas, bis er ihren Namen zwischen den einundfünfzig anderen fand und dahinter einen Haken setzte. Ein Samen mehr war eingepflanzt worden, siebenundzwanzig weitere müssten folgen, während die übrigen hoffentlich bereits keimten und ihm *die* Art von Verbündeten brachten, die er gegen Zvatochna benötigte. Mächtige Verbündete, versierte Verbündete, halbgöttliche Verbündete.

Vahidin schenkte sich Wein ein, stand auf und warf sich den Morgenmantel über seinen perfekten Körper. Er sah aus dem Fenster und verfolgte, wie sie zurück zu ihrem Haus ging. Immerhin war es keine Jungfrau gewesen.

»Es war bisher eine einzige Unbefleckte darunter«, murmelte er belustigt und nippte an seinem Getränk. »Da sage mir einer, dass es ein züchtiges Leben auf dem Land gebe.« Lachend trat er zum Schrank, aus dem er sämtliche Kleider des Bürgermeisters geworfen hatte, und sperrte ihn auf.

Darin befanden sich vier Waffen, denen man die Besonderheit auf den ersten Blick nicht ansah: die zwei Schwerter, das Beil sowie der Morgenstern wirkten wie gewöhnliche Instrumente des Todes. Doch bei Zugabe von Magie verwandelten sie sich in überirdische Waffen, die alles, was sie berührten, vernichteten. Aus den ehemaligen aldoreelischen Klingen, die sein Vater Mortva hatte stehlen und einschmelzen lassen, waren neue Artefakte geworden, die lediglich Kriegern dienten, die ein magisches Talent besaßen.

Vahidin berührte sie der Reihe nach. »Bald«, flüsterte er ihnen zu, als verstünden sie ihn, dann schloss er die Türen.

Im gleichen Augenblick wurde der Eingang geöffnet, und Sainaa eilte wutentbrannt ins Schlafzimmer. Die Federn, die in ihr dunkelbraunes Haar eingearbeitet waren, wehten. Sie trug ein dickes, beigefarbenes Winterkleid, darüber eine lederne Jacke und flache Schuhe an den Füßen; an ihrem breiten Gürtel baumelten kleine Lederbeutelchen.

Sie sah sich um, bemerkte die zerwühlten Laken und warf Vahidin einen empörten Blick aus ihren Mandelaugen zu. »Du hast es schon wieder getan!«, rief sie ihm vorwurfsvoll entgegen, dann stellte sie sich vor ihn hin und holte zu einer Ohrfeige aus.

Vahidin hielt ihren Arm fest. »Ich kann dir nicht versprechen, es nicht mehr zu tun«, erwiderte er freundlich, aber bestimmt. »Du weißt, dass mir eine Frau nicht ausreicht, Sainaa.« Er ließ sie los und sank vor ihr auf die Knie. »Doch danach überkommt mich die Reue, Liebste. Ich fühle mich widerlich und verabscheue mich aus tiefstem Herzen, weil ich unsere Liebe damit jedes Mal mit Füßen trete.« Er klammerte sich an ihre Oberschenkel. »Es bleibt mir nur, dich um Verzeihung zu bitten.«

»Das ist sehr bequem ...«

»Es ist wie eine fremde Macht, die mich überkommt. Deswegen möchte ich so sehr die Welt der Geister verstehen, Sainaa! Sie sollen mich auf den Pfad der Rechtschaffenheit bringen, mir Einsicht geben und beistehen, dir allein die Treue zu halten.« Vahidin hob den Kopf und sah ihr in die Augen. »Ich flehe dich an, Liebste!«

Die junge Jengorianerin hatte die Fäuste geballt, ihre Pupillen versprühten Funken – doch sie verlor ihre Rage bereits wieder. »Es fällt mir schwer, die jeden deiner Fehltritte zu verzeihen, Vahidin«, sprach sie bebend und reichte ihm die Hand, um ihm aufzuhelfen. »Weil ich weiß, dass du gegen diesen unglückseligen Drang ankämpfst, bleibe ich an deiner Seite und führe dich tiefer in die Welt der Geister.« Sie schlang die Arme um seinen Hals und drückte ihn an sich. »Darin ruht meine Hoffnung, dich eines Tages ganz für mich allein zu haben.«

»Es wird so kommen, Liebste«, versprach er ihr und strich ihr über das Haar; die geflochtenen Strähnen mit den Federn und Knochenperlen darin erinnerten an die Herkunft der Jengorianerin. Und an ihre Macht, die sie als Tochter eines Tsagaan vererbt bekommen hatte. Eine neue Welt hatte sich für ihn durch sie geöffnet. Deswegen war sie seine wichtigste Figur im Kampf gegen Zvatochna. »Was unternehmen wir heute? Worin möchtest du mich unterrichten?«

Sainaa nahm ihn bei der Hand und führte ihn hinaus, ging die Stufen zum Dachboden hinauf und stieß ein kleines Fenster auf. Ohne eine Erklärung kletterte sie hinaus, und Vahidin folgte ihr neugierig.

Sie standen auf dem Dach des Bürgermeisterhauses und überblickten das Dorf. »Da hinauf«, wies Sainaa ihn an. Sie erklomm einen Pfahl, der hinauf zu einem alten Kutschrad führte, auf dem ein Storchennest ruhte. Sie stellte sich trotz ihres Kleides sehr geschickt an.

Die Stange schwankte unter ihren Kletterbewegungen, und es war nicht leicht, in das Geflecht aus dicken Zweigen, Ästchen und Blättern zu steigen. Es neigte sich nach rechts und links, während der Wind um sie herumstrich und ihr die Wärme aus dem Leib fegte. Ein Morgenmantel und ein Kleid – sie trugen die falschen Sachen, um sich lange im Freien aufzuhalten.

»Was lerne ich heute, Sainaa?«, fragte Vahidin wieder, als er sah, dass sie einen kleinen eisernen Feuertopf aufgestellt hatte. Im Innern glühte ein Kohlestück.

»Dass der Geist stärker als der Körper ist, Vahidin.« Sie nahm ein Beutelchen von ihrem Gürtel und gab die Pulver eines nach dem anderen hinein, bis dunkelgelber Qualm entstand. Er stieg zäh und behäbig auf, widersetzte sich den Kräften der Böen und bildete eine Wand zwischen ihr und Vahidin. »Atme tief ein, Liebster. Konzentriere dich und verlasse deine menschliche Hülle, wie ich es dir beigebracht habe. Die Geister des Windes werden uns mit auf eine Reise nehmen.«

Vahidin sog den berauschenden Rauch tief in sich ein und spürte die Wirkung auf der Stelle. Die Macht der jengorianischen Tsagaan beruhte darauf, dass sie ihren Verstand durch die verschiedensten Substanzen ausschalteten und sich ganz auf die innere Stimme verließen. Sie gewährten ihr die Oberhand.

Ihm war es inzwischen gelungen, diesen Zustand auch ohne diese Rauschmittel herbeizuführen und sich mit der veränderten Wahrnehmung umherzubewegen, doch es fiel ihm noch schwer. Er befand sich in den Lehr-, nicht in seinen Meistertagen. Aber Vahidin wusste, dass es nicht lange dauern würde, bis er Sainaa überrundet hätte.

Nach dem fünften oder sechsten Atemzug driftete er aus seinem Leib. Die Sicht veränderte sich, er sah die wirkliche, stoffliche Welt heute in dunkelblauen Farben, die der Geister in leuchtendem Grau. Auch das veränderte sich jedes Mal aufs Neue, und es irritierte ihn nach wie vor. Es gab wenig Gesetze auf dieser Seite.

Sainaa schwebte neben ihm. »Du bist schon da?« Sie wirkte erstaunt. »Das letzte Mal hast du viel länger benötigt.«

»Ja. Ich weiß. Freust du dich nicht über meine Fortschritte?«, fragte er und klang dabei selbstherrlich.

Da packte ihn der Geist des Windes und wirbelte ihn wie ein schnödes, einfaches Blatt immer höher und höher.

Vahidin versuchte, sich gegen die Kraft zu stemmen, doch es war vergebens. Die Erde unter ihm wurde kleiner und kleiner, die Hausdächer und rauchenden Schlote wurden zu Punkten, während um ihn herum Schneeflocken tanzten.

Vahidin verzweifelte. Er fühlte sich, als werde er von einem reißenden Fluss gepackt und mitgeschwemmt. Kein Ufer, kein rettender Ast, um sich festzuklammern. Er trieb aufwärts, durch die Wolken, die eine wunderbare, intensiv grüne Farbe besaßen, bis er schließlich durch sie hindurchstieß und von gleißendem Licht geblendet wurde. Er schloss die Lider – aber es brachte nichts.

»Sainaa!«, schrie er mutlos. »Hilf mir! Die Sonnen verbrennen mich!«

Du wirst nicht verbrennen, Vahidin, hörte er sie in seinen Gedanken. *Sprich mit dem Geist des Windes. Es ist der Nordwind, der mit dir spielt, und er möchte dir zeigen, wie weit seine Macht reicht. Er ist wie ein junger, ungestümer Hund, der einen neuen Spielgefährten bekommen hat. Ein Kräftemessen.*

Vahidin spürte, dass sich die Richtung seines Fluges geändert hatte, und er blinzelte. Die Sonnen befanden sich in seinem Rücken, die Wolken lagen unter ihm, und er raste voran.

»Wie tue ich das?«, brüllte er ängstlich und streckte die Arme und Hände aus, als gäbe es einen Widerstand. Entsetzt bemerkte er, dass ihn der Wind wieder nach oben schob, dem Firmament entgegen, wo es dunkler wurde und die Gestirne verheißend leuchteten. »Ich steige noch immer, Sainaa!«, kreischte er und verlor jegliche Fassung. »Ich fliege …«

Sie erschien neben ihm, und sie sah nicht einmal angestrengt aus. »Das ist die beste Lektion, die ich dir erteilen konnte, Liebster. Du magst sehr begabt sein, doch du bist noch weit davon entfernt, ein Tsagaan zu sein.«

Vahidin begriff, dass sie sich eine kleine Rache an ihm gönnte und ihm gleichzeitig seine Grenzen zeigte. Er wurde sich bewusst, wie überheblich er geworden war. Überheblich und unvorsichtig.

»Verzeih mir, Liebste«, raunte er und klang sehr aufrichtig.

»Ich habe dir bereits verziehen, sonst würde ich dich dem Wind überlassen«, sagte sie zu ihm. »Ungestüme Hunde töten manchmal, obwohl es nicht in ihrer Absicht liegt.« Sainaa legte einen Arm um seine Schulter, und sofort sanken sie abwärts. Es ging durch die Wolken, vorbei an den trudelnden Schneeflocken auf das Dorf zu, genau zum Storchennest auf dem Pfahl, hoch über dem Dach des Bürgermeisterhauses.

»Was wäre geschehen, wenn du mich nicht gefunden und zurückgebracht hättest?«, erkundigte sich Vahidin zögerlich.

Sie drückte seinen Geist in seinen Leib, es gab einen Schlag, und er spürte starken Schwindel. Als er die Augen öffnete, saß er der leiblichen Sainaa gegenüber. Er fühlte unglaubliche Kälte, die Zehen und Finger spürte er nicht mehr – Anzeichen von drohenden Erfrierungen.

»Dann würdest du bis zum Ende deiner Tage durch die Welt fliegen, ganz nach dem Belieben des Windes. Dein irdischer Leib würde sterben und vergehen, verhungern und verdursten«, eröffnete sie ihm. »Ist es dir Ansporn genug, dich anzustrengen und dich gleichzeitig demütig vor den Geistern zu verhalten, Vahidin?« Sie lächelte und erhob sich, das Nest neigte sich zur Seite. »Wir sind nur Gast in der Geisterwelt, Liebster. Sie haben dort mehr Macht als wir.«

Sainaa kletterte nach unten, und er folgte ihr. Sie rutschten zum Ausstieg und kehrten in die warmen Räume zurück.

Im Schlafgemach fachte Vahidin den Ofen an und rutschte anschließend unter die Decke. »Kommst du?«, bot er ihr lächelnd den Platz neben sich an.

Sie schüttelte den Kopf, die Knochenperlen der Haarsträhnen stießen klickernd aneinander. »Nein. Erst heute Nacht.« Sainaa deutete auf die Laken. »Und wenn es frisch bezogen ist. Der Geruch, der von dort aufsteigt, passt mir nicht.« Sie hob die Hand zum Gruß und schritt hinaus.

Sobald sich die Tür geschlossen hatte, wurde aus Vahidins Lächeln reine Verachtung. Dann nahm er sich die Liste mit Namen, die immer noch neben dem Bett lag, wählte einen davon aus und zog die Klingelschnur, um seinen Diener herbeizurufen.

Erst würde er essen und danach die nächste Frau schwängern. Das war seine Art der Rache an Sainaa für die Erniedrigung. Die große würde sie am eigenen Leib erfahren.

III.

Kontinent Ulldart, Südwestküste Borasgotans, Frühling im Jahr 2 Ulldrael des Gerechten (461 n.S.)

Lodrik sah sich in seiner Vermutung bestätigt, auf dem richtigen Weg zu sein. Denn bisher hatten sie auf ihrer Suche mit der *Wellenkamm* keine Spuren mehr in Form von ausgebluteten Leichen gefunden. Zvatochna war angeschlagen und viel zu vorsichtig, um das Wagnis einzugehen, sich selbst Verfolger auf den Hals zu hetzen.

Allerdings benötigten sie mehr denn je die Hilfe des Zufalls oder der Götter, um die Nekromantin zu entdecken. Soscha konnte schließlich nicht jeden Winkel des Landes absuchen.

Der Kurs führte sie entlang der Küste, und Lodrik ließ den Kapitän jedes noch so kleine Hafennest anlaufen, um Erkundigungen einzuziehen. Jedes Mal fragte Lodrik die Fischer nach einem ungewöhnlichen Schiff, dessen Anblick genügte, um einem den Angstschweiß auf die Stirn zu treiben, und das jeden vernünftigen Menschen zum Abdrehen brachte.

Er erhielt lediglich zwei Hinweise, und die stammten von Fischern, die mitten in der Nacht ein großes Schiff unbekannter Bauweise gesehen haben wollten, das nach Norden segelte. Den vagen Beschreibungen nach schien es sich um ein tzulandrisches Schiff zu handeln, das angeblich ohne Besatzung fuhr. Lodrik wusste, weswegen.

Lodrik stand wieder am Bug, die schwarzblauen Augen auf die hohen Brecher gerichtet. Seine Robe war durchnässt, die langen blonden Haare klebten am knochigen Schädel, doch die über die Bordwand schwappenden Wellen vermochten ihn nicht niederzuwerfen; seine Füße schienen mit den Planken verbunden zu sein. Er empfand angesichts der immensen Naturgewalten keine Furcht; gelegentlich hörte er undeutliche Rufe hinter sich, die Anweisungen des Kapitäns an die Mannschaft. Es kümmerte ihn nicht.

»Bardri¢, wenn du sterben willst, lass es mich wissen.« Soscha trat neben ihn, und er sah voller Erstaunen, dass sie von einem herkömmlichen Menschen nicht mehr zu unterscheiden war. Sie hatte ein dunkelbraunes Kleid mit schwarzen Stickereien sowie braune Stiefel gewählt, und die Haare reichten zu seiner Verwunderung bis zu den Schulterblättern. Anscheinend konnte sie die Länge ebenso aus eigener Kraft bestimmen wie die Kleidung, die sie trug.

Er streckte die Hand aus, die Finger tauchten in ihre Schulter ein. Anfassen konnte er sie trotz ihres täuschend echten Äußeren nicht. »Du wirst immer besser.«

Soscha lächelte unterkühlt. »Was tust du hier inmitten des Sturms?«

Lodrik blickte auf das Meer und die Wellen. »Ich bilde mir ein, dass ich das Unheil abwehren kann, solange ich hier stehe. Das Schiff besitzt keine hölzerne Galionsfigur, und ein toter Kabcar wäre ein guter Ersatz, dachte ich. Ich erschrecke die Wogen mit meinem Anblick, Soscha, und sie verlieren an Gewalt. Vielleicht kann ich die See bezwingen?«

Sie lachte. »Manchmal erstaunst du mich, Bardri¢. Dir ist das letzte bisschen Sinn für Humor nicht vergangen.«

»Er siecht gleich neben dem letzten Rest von Empfindungen für Norina dahin«, sagte er und senkte den Kopf, als ein Brecher am Bug zerschellte und das Deck zum Erbeben brachte. Die Reste der aufspritzenden Woge warfen sich gegen ihn und richteten doch nichts aus. Unerschütterlich hielt Lodrik stand.

»Ja, das mag sein. Dennoch erntest du kein Mitleid bei mir.« Obwohl die Gischt sprühte, war Soscha trocken. Es gab nichts, worauf die Flüssigkeit hätte haften können. »Wie töten wir deine Tochter?«

»Wir stellen ihr eine Falle, du lenkst sie und ihr Heer ab, während ich sie vernichte«, sagte er ruhig. »Ich bin gespannt, wie du es anstellst.«

Sie lachte. »Sicher, Bardri¢! Das ist ja die einfachste Sache der Welt, nicht wahr?«

»Sicher, Soscha«, nickte er ihr zu. »Du bist an mich gebunden und musst meinen Befehlen gehorchen. Und da du den Befehl von mir erhalten wirst, solltest du dir bereits jetzt Gedanken machen, wie du dich gegen Tausende von tzulandrischen Seelen zur Wehr setzen möchtest.« Lodrik wischte sich das salzige Wasser aus den Augen. »Wenn du dabei untergehen solltest, bist du wenigstens erlöst. Ich werde auch ohne deine Hilfe sterben, da bin ich sehr zuversichtlich.«

»Aber wenn *ich* nicht sterben will?«

Jetzt sah Lodrik sie überrascht an. »Welche Vorteile hat es, als Geist unter den Menschen zu leben? Du bist nicht mehr ein Teil dieser Welt.«

»Ich habe eine Aufgabe. Es gibt Männer und Frauen auf dem Kontinent, die der Magie kundig sind, und diese haben eine Ausbildung verdient. Zu ihrem eigenen Schutz und dem der Menschen in ihrer Umgebung.« Soscha sah die nächste Welle heranrollen, der Rumpf wurde angehoben und bewegte sich den finsteren Wolken entgegen; Wind pfiff schrill in der Takelage.

»Ich erinnere mich an Perdórs Vorhaben, eine Universität einzurichten.« Das Wasser ging auf Lodrik nieder, doch er schwankte nicht einmal, während das Schiff ächzte und hinter ihm Schreckensschreie erklangen. Die Mannschaft sorgte sich im Gegensatz zu ihm sehr. »Ein Geist als Mentorin mag passend sein. Hoffentlich vermagst du, ihnen etwas beizubringen.«

Soscha setzte zu einer Erwiderung an, da sah sie Steuerbord einen schwarzen Schatten, der unbeweglich im Meer lag und an dem sich die Wogen brachen. Sie flog hinüber – und erkannte ein tzulandrisches Schiff!

Rasch glitt sie durch die Planken und durchforstete die Räume.

Soscha huschte durch Kajüten und Lager, durch enge Gänge. Es gab keine Leichen darin, die Beiboote fehlten, und die Vorratsfässer waren bis auf zwei zerstörte ebenfalls verschwunden. Im Rumpf entdeckte sie ein Loch, durch das die See ein- und ausströmte. Sie war sich sicher, das Schiff endlich entdeckt zu haben.

Soscha kehrte zu Lodrik zurück und erstattete ihm Bericht. »Es ist auf ein Riff aufgelaufen, wohl schon vor längerer Zeit«, sagte sie und deutete nach Osten. »Sie haben sich abgesetzt.«

Lodrik ließ sie stehen und rannte über das schlingernde Deck zum Kapitän, der am Heck stand und zusammen mit drei Männern das Steuer hielt, um sie am Riff vorbeizulenken. Sie trugen dicke Lederjacken gegen Wind und Wasser. »Wir müssen sofort an Land! Da, an den Strand«, brüllte er gegen den Sturm und deutete auf das Wrack. »Wir haben sie beinahe.«

»Das geht nicht, Herr«, schrie der Kapitän zurück. »Das Riff ist uns im Weg und würde uns die Spanten zerschlagen. Erst brauchen wir einen sicheren Ankerplatz.«

Lodrik ließ seine Aura aus Furcht mit voller Macht aufleben, und es wurde schlagartig dunkler um ihn herum.

Die Männer fuhren schreiend vor ihm zurück und gaben das Steuer frei, das im Durchmesser wohl anderthalb Schritt maß. Nun bediente das Meer mit seiner unbändigen Macht das Ruder, und das Rad drehte sich surrend von selbst. Niemand konnte es mehr halten.

Der letzte Tapfere bekam die Hände nicht mehr rasch genug aus den Speichen und wurde eine halbe Umdrehung mitgerissen, bevor er mit gebrochenen Fingern und Armen zu Boden fiel. Eine Woge spülte den Hilflosen von Deck.

Die *Wellenkamm* neigte sich ächzend zur Seite. Der Kiel durchschnitt die Meeresoberfläche und hielt genau auf das Wrack der Tzulandrier zu.

»Niemand widersetzt sich meinen Anordnungen«, grollte Lodrik düster. »Wenn ich sage, dass wir an Land gehen, tun wir das.« Er hob ein zerbrochenes Holzstück auf, das aus der geborstenen Rahe gefallen war, und rammte es ins Steuer.

Das Rad arretierte knarrend, und die *Wellenkamm* schoss eine halbe Taulänge entfernt an dem Riff vorbei.

»Wäre es Vinteras Wille gewesen, dass wir ihre Sichel zu spüren bekommen, lägen wir auf dem Grund der See. Ihr seht, wir sind gut behütet.« Sein knochiger Finger zeigte auf den Strand. »Da werdet ihr mich absetzen. Danach wartet von mir aus auf das Ende des Sturmes und kehrt in euren Heimathafen zurück. Ich brauche euch nicht mehr.« Lodrik stieg die Stufen hinab und kehrte an den Bug zurück.

Aus den Augenwinkeln sah er das blaue Flimmern, als sich die Seele des ertrunkenen Seemanns aus dem Wasser erhob und nach oben stieg.

»Bleib«, murmelte Lodrik und reckte den Arm. »Ich brauche dich vielleicht noch.«

Knirschend rannte der Bug den flachen Sandstrand hinauf; der Kiel zog eine tiefe Spur, bis der Schwung nicht mehr ausreichte. Mit einem vernehmlichen Knarren kam die *Wellenkamm* zum Stillstand und kippte langsam auf die rechte Seite, weil das stützende Meer fehlte.

Der Kapitän schrie seine Befehle über das Deck, um das Schiff zu sichern. Lange Bohlen wurden eilig aus dem Bauch der *Wellenkamm* geholt und dienten zur Abstützung.

Lodrik warf ein Tau von der Reling hinab und ließ sich daran zu Boden. Er stand knietief im schwappenden Wasser; die nächste Welle zwang ihn zu etlichen Schritten vorwärts, damit er im weichen Sand nicht fiel.

Er nahm nichts mit, weder frische Kleidung noch Geld. Was er unterwegs benötigte, würde er bekommen. Niemand wagte es, einem Nekromanten einen Wunsch abzuschlagen. Ohne sich noch einmal umzuschauen, lief er zu den Klippen. Bald fand er eine grob behauene Treppe – und eine Spur.

»Soscha«, rief er, und sie erschien auf der Stufe über ihm. »Sieh dir das an!«

Sie beugte sich nach vorn und betrachtete einige schwarze

Fäden, die sich an einer scharfen Felsnadel verfangen hatten und abgerissen waren. »Sie könnten von ihrem Kleid stammen.«

»Etwas mehr Gewissheit wäre schön.« Lodrik ließ seinen Robensaum sich an der gleichen Felsnadel verfangen und tat so, als gerate er ins Straucheln, kippte nach vorn und fing sich mit den Händen ab. »Sieh dich um, ob es hier ...« Er stockte und hob den Fetzen eines schwarzen Schleiers auf. Es gab keinen Zweifel. »Sie ist an dieser Stelle an Land gegangen«, raunte er aufgeregt und spurtete die Treppe hinauf.

Soscha hob das verschmutzte Schleiertuch auf. Darin hatte sich viel Dreck verfangen; ihrer Ansicht nach lag es schon längere Zeit an diesem Ort. Wieder war die Hoffnung bei ihr zunichtegemacht, die Nekromantin endlich zu stellen.

Andererseits wusste sie nicht, wie sie gegen die unzähligen tzulandrischen Seelen bestehen sollte. Bardri¢ opferte sie bewusst, um sein eigenes Ziel zu erreichen. Rücksichtslos – so hatte er sich auch zu Lebzeiten verhalten.

Sie schwebte die Klippe hinauf und erreichte ein Plateau, das leer und verlassen vor ihr lag. Der Wind peitschte Schnee über die Fläche, türmte nach seinem Belieben kleine Hügel auf und schuf Verwehungen, um den Wanderer über die wahre Höhe zu täuschen. Keine Spuren.

Lodrik erreichte sie und betrachtete die Umgebung. Sie sah ihm an, dass er enttäuscht war, er presste die schwarzen Fäden von Zvatochnas Kleid in der Faust zusammen. »Such sie«, befahl er ihr zähneknirschend. »Finde sie oder das nächste Dorf, wo wir eine Unterkunft bekommen.« Er stapfte los. Der untere Teil seiner Robe und des Mantels darüber klirrten, weil das Wasser darin gefror; seine Bewegungen zerbrachen das Eis.

»Ich eile«, entgegnete sie spöttisch und schnellte los, mitten durch das Gestöber. Ihr machte es nichts aus.

Lodrik setzte einen Fuß vor den anderen. Er musste aufpassen, dass er nicht einfror und sich eine Gliedmaße abriss. Sein immer geringer werdendes Schmerzempfinden brachte auch Nachteile mit sich.

Seine Gedanken schweiften von seiner Tochter zu Norina, die ihren Amtsantritt in Donbajarsk beging.

Zuerst hatte er sich unwohl gefühlt, sie allein reisen zu lassen. Da aber die Tzulani eine Art Waffenstillstand geschlossen hatten und sich Elenja am anderen Ende des Königreichs Borasgotan befand, war er das Wagnis eingegangen. Waljakov hatte ihr seine besten Männer mitgegeben, Stoiko regierte Tarpol derweil als weiser Kanzler und besaß mit Krutor einen zusätzlichen Bonus beim Volk.

Lodrik wusste, dass die Tarpoler einverstanden mit der Entscheidung waren. Sie liebten Stoiko, weil er einer von ihnen war. Aus dem einfachen Diener des TrasTadc, des Keksprinzen, war der wahrscheinlich mächtigste Mann im Königreich geworden. Das imponierte und schmeichelte dem Volk. Auch Norina genoss dieses Ansehen, wenngleich sie immerhin die Tochter eines Brojaken war.

»Alles verläuft gut«, sagte er zu sich und stemmte den dürren Leib gegen die Böen, die ihm den harten Schnee ins Gesicht schleuderten und die Haut abzutragen schienen. *Mit dem Tod von Zvatochna ist meine Schuld erloschen.*

Plötzlich trat ihm eine Gestalt aus dem tosenden Weiß entgegen.

Zuerst hielt Lodrik sie in dem schwarzen, langen Kleid für Zvatochna; die Enden wurden umhergepeitscht und wallten um sie herum gleich dunklen, finsteren Flammen. Aber er blickte in das Gesicht einer alten Frau, das er schon einmal gesehen hatte. An ihrem Gürtel hing eine Sichel mit einer schwarzen Klinge, in der Rechten hielt sie ein getrocknetes Ährenbündel, die Halme rieben raschelnd aneinander. Er blieb stehen, dann neigte er das Haupt vor ihr und sank auf das linke Knie.

Die Frau mit dem mageren Gesicht lächelte, und die Haut schien zu spannen. »Lodrik Bardri¢, hast du mich demnach gleich erkannt?«, grüßte sie ihn.

»Wie könnte ich die Todesgöttin nicht erkennen?« Er hob die Augen und sah sie an. »Ihr seid gekommen, um meine Verpflichtung einzufordern. Ich bitte Euch: Verschont mich zu diesem Zeitpunkt, Göttin. Ich muss …«

»Ich weiß, was du musst oder was du möchtest. Dennoch zählt es für mich nicht«, fiel sie ihm ins Wort. »Du stehst zu allererst in *meiner* Schuld, und das thront über allem Menschlichen.« Vintera, die Schwester Ulldraels des Gerechten, musterte ihn. »Du wirst mir helfen, Fuß auf dem Kontinent zu fassen. Das verlange ich von dir als Gegenleistung für das Leben, welches ich deiner Norina gewährte. Damals, nach der Schlacht.«

Lodrik runzelte die Stirn. »Fuß zu fassen?«

Vintera streckte die Hand aus und berührte ihn am Haaransatz. »Ich mache dich zu meinem Hohepriester, Lodrik Bardri¢. Und ich unterstelle dir den Orden der Schwarzen Sichel.«

»Die Schwarze Sichel? Sie existiert nicht mehr, dachte ich. Seit der Vernichtung des …« Er stockte, weil er das Lächeln auf Vinteras Gesicht bemerkte.

»Du bist nicht der Einzige, Lodrik Bardri¢, der Verbindlichkeiten bei der Göttin des Todes zu begleichen hat«, deutete sie an. »Ulldrael besaß genügend Gelegenheiten, den Menschen seine Macht zu zeigen, und hat sie nicht genutzt, wie er es hätte tun sollen. Daher halte ich es für richtig, den Bewohnern des Kontinents eine Wahlmöglichkeit anzubieten. Du wirst das Oberhaupt der neuen Bewegung sein.«

Lodrik starrte sie an, dann lachte er. »Seht Euch an, wie ich aussehe, Göttin!«, schleuderte er ihr entgegen. »Ich mag Eurer Sichel entgangen sein, aber ich bin tot, ohne zu sterben. Zu einer solchen Kreatur gehen die Menschen nicht in den Tempel, um Rat und Beistand zu erhalten.«

»Ich bin mir dessen bewusst.« Vintera berührte ihn mit dem Ährenbündel an der Schulter.

Ein schwarzer Blitz schoss durchs Lodriks Verstand, jegliche Kraft floss aus ihm heraus, und er fiel in sich zusammen.

Das Herz schlug dreimal so schnell, es pochte in seinen Ohren und Schläfen, dann kamen die Schmerzen. Sie rasten durch seine

Adern, sickerten in die Knochen und bohrten sich in die Hautschichten. Er schmeckte Blut im Mund und roch es.

Im nächsten Augenblick spürte er die Kälte seiner Umgebung überdeutlich, und seine Zähne klapperten, die Glieder zitterten. Lodrik strengte sich an und hob den Blick, um nach Vintera zu schauen.

Sie stand über ihm und lächelte. Ihre klauenhafte linke Hand langte an den Sichelgriff. Sie zog die Waffe und stieß sie mit Macht in seine Brust. Sie traf den Solarplexus, sirrend blieb die Spitze stecken. Lodrik schrie gellend auf.

»Ich ziehe dir den Tod aus dem Leib, Lodrik Bardri¢. Von diesem Augenblick an wirst du kein Nekromant mehr sein«, eröffnete sie ihm. Sie drehte die Sichel, mit einem leisen *Kling!* brach die Spitze ab. »Ich gebe dir jedoch einen Teil meiner göttlichen Macht, damit du Todgeweihte zu heilen vermagst, an denen selbst Cerêler scheitern. Nutze sie weise und mehre meinen Ruhm.« Sie steckte die Sichel zurück in den Gürtel. »Solltest du versagen, werde ich mir dein Leben nehmen. Und das von Norina dazu.«

Lodrik war noch immer gelähmt, warm lief sein Blut aus der Wunde. Er sah, wie Vintera sich rückwärts in die Schneeschauer bewegte.

»Die Schwarze Sichel wird dir bald gehorchen, darauf gebe ich dir mein Wort. Füge Vinteras Bund fester zusammen und zeige den Menschen meine Macht«, sprach sie, und dann war sie verschwunden.

Lodrik ächzte. Unter Aufbietung sämtlicher Kräfte stemmte er sich in die Höhe und stand schwankend auf den Beinen. Er streifte die störende Kapuze ab und betastete die Brust durch das Loch in seiner Kleidung. Den vertikalen Schnitt fühlte er deutlich, und auch das Fragment der Sichelklinge.

»Nein«, flüsterte er entsetzt und betrachtete seine blutigen Finger. Sie sahen aus wie die eines gewöhnlichen Mannes: rosafarben, gesund und nicht zu abgemagert. Sogar die Fingernägel besaßen die gewöhnliche Länge.

»Nein, nein, nein!«, stöhnte er laut und sah nach der Stelle an seinem Unterarm, wo sich einst eine klaffende, offene Wunde befunden hatte. Er hatte sie nähen müssen, damit sein verrottendes Fleisch sich überhaupt verband.

Das lose Garn kam ihm entgegengerutscht, und sein Unterarm sah aus, als habe er niemals auch nur einen Kratzer davongetragen. Er wusste, was es bedeutete: Jegliche Wunde an seinem Leib war verheilt.

»Soscha!« Lodrik rief sie, wie er sie in den letzten Wochen seit der Bindung stets gerufen hatte.

Sie erschien nicht.

»*SOSCHA!*«, schrie er gegen den pfeifenden Wind. Doch er fühlte, dass er keine Macht mehr über sie besaß.

Keine Macht mehr über ihre Seele – oder die eines anderen Toten.

Kontinent Kalisstron, an der Küste von Bardhasdronda, Frühling im Jahr 2 Ulldrael des Gerechten (461 n.S.)

Tokaro wich nicht von Gàns Seite.

Er verbrachte Tage neben dem Nimmersatten, wechselte die Verbände und achtete darauf, dass sich die Wunde nicht entzündete. Mehrfach reinigte er sie mit Meerwasser, und als sie nicht eiterte, vernähte er die Ränder.

Nur wenn er angeln ging, um sich eine Mahlzeit zu beschaffen, ließ er Gàn unter dem Felsvorsprung zurück; Treskor suchte sich sein Futter selbst und kehrte jedes Mal zu seinem Herrn zurück.

Es war der Nachmittag des fünften Tages. Tokaro sah zum Qworkadaver, der inzwischen einen widerlichen Geruch verströmte. Faulgase hatten den Leib aufgebläht, Fliegen umkreisten ihn, und Krebse zwackten sich Fleischbröckchen heraus. Bald wäre nichts übrig als das Schuppenkleid.

Der Nimmersatte hob unvermittelt die Lider. »Ihr?« Er schaute Tokaro verwundert an. »Ihr habt mich nicht liegen und sterben lassen?«

Der junge Ritter grinste. »Ich wäre verrückt, wenn ich meinen einzigen Verbündeten, der dazu noch ein Anhänger Angors ist, am Strand elend verrecken ließe.« Er reichte ihm die Hand. »Willkommen unter den Lebenden.«

Gàn ergriff die Finger und schüttelte sie, dann stand er vorsichtig auf, eine Hand hielt die verwundete Körperstelle. »Es schmerzt, aber es geht«, stellte er fest. »Ihr habt gute Arbeit geleistet.«

»Nur das Nötigste, denn mehr hatte ich nicht«, wehrte er ab. »Ihr Nimmersatten seid schwer kleinzukriegen.«

Gàn lächelte. »Ich danke Euch, Herr Ritter.«

Tokaro schüttelte den Kopf. »Lass es gut sein. Ich habe mir in den letzten Tagen viele Gedanken über das gemacht, was du sagtest. Die Geheimnisse, welche die Inquisitorin umgeben, werden wir nur eines nach dem anderen lösen können.« Er betrachtete die Rostflecke auf dem Kettenhemd. Das unfreiwillige Bad im Meer und die salzige Luft taten dem Eisen nicht gut, und Waffenöl besaß er keines. Ein Ritter sollte so nicht aussehen. »Suchen wir am Strand weiter nach den Überlebenden des Untergangs, und wenn wir keine Spuren von ihnen finden, wenden wir unsere Schritte landeinwärts. Irgendwo muss es Menschen geben, die uns sagen können, was aus Estra, Lorin und den Übrigen geworden ist.«

Gàn lauschte, anschließend hob er den Kopf und witterte. »Ich rieche nichts. Der zweite Qwor zeigt sich nicht. Dabei hat der andere doch um Beistand gerufen.«

»Du meinst das Brüllen?« Tokaro sah zum Kadaver. »Ich glaube eher, dass er den anderen gewarnt hat. Vor *mir* gewarnt hat.« Der Anblick der schwarzen Schuppen brachte ihn auf einen Gedanken, und er lief hinüber zu dem Kadaver.

Klackernd wichen die Krebse vor seinen Stiefeln zurück, und die Fliegen erhoben sich summend. Er zog seinen Dolch und stach erneut gegen die Schuppenpanzerung. Sie war fest und wies nicht einmal einen Kratzer auf. »Gutes Material für eine außergewöhnliche Panzerung«, befand er und steckte den Dolch weg, um den Qwor mit der aldoreelischen Klinge zu häuten.

Tokaro schnitt mehrere große Stücke heraus und trennte sie einige Schritte entfernt vom stinkenden Leichnam am Strand von der Haut; danach wusch er sie im Meer und packte sie in den Rucksack. Gàn sah ihm dabei zu und räumte das Lager zusammen.

Gegen Abend brachen sie auf und machten sich auf die Suche.

Erst nach zwei weiteren Tagen erhielten sie in einem Fischerdorf einen Hinweis auf Fremde, die umgehend landeinwärts marschiert sein sollten; also hielten es Tokaro und Gàn ebenso.

Während einer Rast machte der junge Ritter eine merkwürdige Entdeckung.

»Sieh dir das an, Gàn«, sagte er verdutzt und bückte sich. Eine Qworschuppe war durch einen Schlitz im Rucksack auf die Erde gefallen und hatte die Farbe des Bodens angenommen. »Das ist unglaublich!« Er drehte die handtellergroße Platte hin und her; währenddessen nahm sie den graurostigen Ton des Kettenhemdes an.

Gàn brummte, es ließ ihn unbeeindruckt. »Ich weiß von einigen Bewohnern Ammtáras und manchen Tieren in den Sümpfen, die Ähnliches vermögen. Sie passen sich ihrer Umgebung an. Die einen, um zu jagen, die anderen, um nicht gejagt zu werden.«

»Für einen Ritter Angors ist das Anschleichen nicht sonderlich ehrenhaft, aber da wir es mit einem Feind zu tun haben, der sich an keinerlei Abmachungen hält, wird eine Rüstung aus diesem Material sehr geeignet sein.« Tokaro zerschnitt die Platten mit der aldoreelischen Klinge in feine Lamellen, danach versah er sie mit Löchern an jeder Ecke. »Erinnere mich daran, dass ich bei nächster Gelegenheit Lederschnüre besorge«, sagte er zu Gàn.

Der Nimmersatte nickte anerkennend. »Ihr macht Euch eine eigene Rüstung.«

»Ein Diener Angors sollte so etwas können«, lachte er zufrieden. »Der Qwor wird mich nicht einmal mehr kommen sehen.«

»Dazu brauchtet Ihr noch Helm, Handschuhe und Stiefel, oder?«

»Und Hosen. Ich habe genügend Streifen, um mir etwas anfertigen zu können.« Tokaro überprüfte einmal mehr Treskors Vorder- und Hinterläufe und dankte seinem Gott, dass der wertvolle Hengst die Attacke des Qwor unbeschadet überstanden hatte. »Ich fürchte, dass diese zweite Kreatur uns ausweichen wird.« Er stieg auf. »Die Rüstung aus Schuppen ist das Beste, was uns passieren konnte. Ohne einen Hinterhalt werden wir ihn nicht stellen können.« Dann ließ er den Hengst auf die menschenleere Straße einschwenken, die durch die grasbewachsenen Hügel und weg von der Küste führte. »Doch zuerst müssen wir Lorin und Estra finden.«

Gàn folgte dem Ritter. Er betrachtete die geschundenen Hornspitzen, die er mit seinem Dolch notdürftig begradigt hatte; die Schmerzen warnten ihn, nicht zu tief zu schneiden, sonst träfe er das empfindliche Mark. »Ich werde mir eiserne Schützer machen lassen«, sagte er zu sich selbst und blickte zurück zu den Klippen. »Zu Hause hatte ich welche. Eine praktische Sache.«

Der Nimmersatte war gespannt, wie Estra auf den Verlust des Amulettstückes reagieren würde und ob er damit den Fluch gebrochen hatte.

Die veränderten Landkarten Ulldarts, die er gesehen hatte, ließen ihn nicht mehr los. Er war sich sicher, dass die Muster mehr zu bedeuten hatten – ähnlich wie damals die Anordnung von Ammtáras Straßen: ein gesamter Kontinent als Tempel eines unbekannten Gottes!

Das durfte nicht sein. Dagegen würde er ankämpfen.

IV.

Kontinent Ulldart, Königreich Ilfaris, Herzogtum Vesœur, Frühling im Jahr 2 Ulldrael des Gerechten (461 n.S.)

Nech stand zusammen mit Amaly-Caraille auf dem südlichen der zwei Türme und ließ sich von ihr die Umgebung erklären.

Er mochte ihre ungewöhnlich helle Haut sowie die langen blonden Haare, die sie heute offen trug, und den Umstand, dass sie sich keineswegs vor ihm fürchtete. Sie hatte verstanden, was er von Menschen, die unter seinem Stand waren, erwartete. Ilfaris gefiel ihm zunehmend.

Die Mauern und der andere Turm waren von seinen Soldaten besetzt, die restlichen Krieger hatten sich auf die Zimmer des Schlosses verteilt und ruhten sich aus. Diese Rast hatten sie sich wahrlich verdient.

»Das Schloss, das Ihr in unserer Nachbarschaft seht, gehört Graf Pontainue«, sagte Amaly-Caraille. »Vater und er sind leidenschaftliche Spieler.«

»Was spielen sie?«

»Alles, auf das man Geld wetten kann. *Plock* mögen sie gerne. Dazu muss man einen kleinen Ball mit einem Schläger …« Amaly-Caraille endete abrupt, als sie vier Reiter auf das eigene Schloss zukommen sah. Sie saßen auf Tieren, die sie in Ilfaris noch nie zu Gesicht bekommen hatte. Zwar ähnelten sie einem gewöhnlichen Pferd, waren aber fast doppelt so groß. Der Kopf war schlanker, und die Beine wirkten kräftiger; einen Schweif besaßen sie nicht.

Nech bemerkte ihre Verwunderung, da bekam er den warnenden Ruf eines Wachpostens zu Ohren. »Nički«, sagte er beruhigend nach einem kurzen Blick zu ihr. »Es sind unsere Verbündeten im Kampf gegen Kensustria. Sie haben sicherlich eine Botschaft für mich.« Er eilte davon, die Stufen nach unten zum Tor. »Wir sehen uns später. Bring deinen Vater mit, ich möchte wissen, was *Plock* ist.«

Unterwegs begegnete er Tai-Sal Ib'annim. »Höchster Kaiser, wir bekommen Besuch von unseren …«

»Ich weiß. Amaly-Caraille sieht besser als meine eigenen Leute«, unterbrach er ihn. »Gib den Wachen zehn Hiebe mit der Peitsche. Die Schmerzen werden ihre Augen schärfen.« Er war neugierig, welche Nachricht die Boten brachten. »Es wäre schön zu hören, dass wir die Kensustrianer vernichtet haben.« Sie erreichten das Tor, als die Boten von den angorjanischen Wachen aufgehalten und zum Absteigen gezwungen wurden. Verbündete waren nicht selbstredend Freunde, denen man rückhaltlos vertraute.

Nech musterte die vier Ničti, an denen der Staub einer langen Reise haftete. Ihre Reittiere dagegen zeigten weder Ermüdung noch Schweiß auf dem kurzen braunen Fell; einer der Ničti hielt die Zügel, die drei übrigen kamen auf den Kaiser zu und gingen vor ihm auf die Knie. Sie kannten seine Insignien von Beschreibungen und wussten, was sich gebührte.

»Wir grüßen den höchsten Kaiser Nech Fark Nars'anamm«, sprach der Ničti in der Mitte in der ulldartischen Gemeinsprache. »Ich bin Mi'in und ausgesandt worden, Euch von der Entwicklung der Dinge in Kensustria und auf Ulldart zu berichten.« Er sah aus wie alle Ničti mit ihren grünen Haaren, der bronzefarbenen Haut und den hell leuchtenden Bernsteinaugen. Das Wilde in ihren Gesichtern und die Frisur unterschied sie deutlich von den Kensustrianern: Wölfe und Hunde. Die Abzeichen auf seiner Gliederrüstung blieben für Nech kryptisch, es interessierte ihn auch nicht. Als Kaiser stand er über allen, mochten sie Heerführer oder Könige sein.

Mi'in zog ein versiegeltes Schriftstück aus einer Umhängetasche, das Ib'annim entgegennahm und auf ein Zeichen von Nech öffnete; es war die vereinbarte Losung und somit die Legitimierung seiner Worte.

Der Kaiser lächelte. »Sieg?«

Mi'in sah Nech an, als versuche er abzuschätzen, welche Laune bei dem Angorjaner vorherrschte und was er dachte. »Waffenstillstand, höchster Kaiser. Wir halten die Stellungen und warten ab.«

»Was?!«, schrie Nech ihn erbost an. »Wir hatten die Vereinbarung, dass wir erst ablassen, wenn die Kensustrianer vernichtet sind!«

»Ich verstehe Eure Wut, höchster Kaiser. Doch unsere Befehlshaber beschlossen, dass wir neue Verhandlungen eingehen.«

»Dann werde ich mein angorjanisches Kontingent, das in Kensustria steht, anweisen, mit dem Vormarsch fortzufahren«, brauste Nech auf. »Ich habe keinen Waffenstillstand ausgerufen.«

»Davon rate ich Euch ab, allerhöchster Kaiser von Angor«, warnte Mi'in. »Eure Männer sind tapfere und gute Kämpfer, was ich keinesfalls in Abrede stelle. Gegen die Kensustrianer wären sie ohne unsere Schlagkraft auf verlorenem Posten.« Der Ničti verneigte sich. »Lasst mich erklären, wie es dazu gekommen ist. Ihr werdet erfahren haben, dass Euer Bruder Farkon Nars'anamm ebenso Anspruch auf den Thron Angors erhebt. Wir dachten, dass uns mit Euch der alleinige Herrscher Angors unterstützt, doch Euer Bruder hat Euch aus Tersion vertrieben und deutlich gemacht, dass er wenig von Eurem Vorhaben hält, Kensustria auszulöschen. Für uns ist diese Lage irritierend.«

Nech schäumte und hätte auf der Stelle jemanden umbringen können. »Mein Bruder ist ein Verräter! Sein Anspruch ist erstunken und erlogen!« Er sah zu seinem Tai-Sal. »Ich frage mich, wie er von meinen Unternehmungen erfahren hat und es wagen konnte, sich gegen mich zu erheben.«

»Ihr seid dazu im richtigen Land, um nachzufragen, höchster Kaiser«, merkte Mi'in an. »Unseres Wissens hat König Perdór seinen besten Spion nach Angor gesandt und ein Treffen mit Eurem Bruder zustande gebracht.«

Nech überlegte blitzschnell. »Ein Bündnis! Der fette König und mein verräterischer Bruder haben ein Bündnis gegen mich geschmiedet!« Er grinste raubtiergleich, als er erkannte, dass ihm soeben eine Tür aufgestoßen wurde. »Wer hätte gedacht, dass es so einfach wird?«

Mi'in zog die Augenbrauen zusammen. »Was wird einfach?«

Ib'annim hatte längst verstanden, was folgen würde. »Damit gehört Ilfaris zu den unmittelbaren Feinden meines Herrn«, übersetzte er für den Ničti.

»Hiermit erkläre ich Ilfaris den Krieg«, rief Nech begeistert und kreuzte die Arme vor der breiten Brust. »Perdór hat sich mit meinen Feinden verschworen, und das macht ihn zu meinem Feind. Es war sehr unklug von dem feisten Königlein, mich derart herauszufordern.« Er sah zu Mi'in. »Melde den Befehlshabern, dass die Truppen, die untätig in Kensustria herumstehen, ein neues Ziel haben.«

»Ich werde die Order gern Euren Soldaten ...«, setzte der Ničti an.

»Nicht nur ihnen. Ich meinte deinen Befehlshaber, Mi'in. Wir sind Verbündete, und da sich Ilfaris gegen mich stellt, erwarte ich Unterstützung von euch.« Nechs Ausdruck wurde lauernd. »Vergesst nicht, wem ihr euer Wissen über die Lage von Kensustria verdankt. Ohne mich könntet ihr keinen Krieg gegen die führen, welche ihr schon so lange vergebens gesucht hattet. Es ist eine Schande, dass ich es überhaupt aussprechen muss, um an die Pflichten der Ničti zu erinnern.«

Mi'in war nicht überrascht. »Fünfzehntausend sind bereits auf dem Weg hierher, aber ich weiß nicht ...«

»Schweig!«, brüllte Nech herrisch. »Du bist ein Bote, du musst nichts wissen.« Er zeigte auf die Reittiere. »Setz dich in den Sattel und überbringe meine Worte. Ich will eure und meine Krieger in wenigen Tagen in ganz Ilfaris sehen! Wenn ich schon Kensustria nicht haben kann, nehme ich mir dieses schöne Land.«

Mi'in und seine Begleiter drückten die Stirn in den Staub, erhoben sich und eilten zu ihren Reittieren, dann jagten sie die Straße entlang.

Ib'annim verneigte sich vor Nech. »Welch ein weiser, taktischer Zug, allerhöchster Kaiser«, sagte er ergriffen und ehrfürchtig.

»Das nennt sich die Gunst der Stunde, Tai-Sal.« Er wandte sich um und sah Amaly-Caraille in der Tür stehen. »Es ist eine Kunst, sie zu erkennen, und es bedarf Mut, sie zu ergreifen. Bald gehören uns zwei Länder auf Ulldart: Ilfaris und das einstige Kensustria. Ich kann mein Imperium doch noch errichten, und mein Bruder wird in meinen Zangengriff geraten und sich wünschen, niemals den Aufstand gegen mich angezettelt zu haben.« Nech schritt an ihm vorbei und folgte Amaly-Caraille, die ins Schloss trat.

Wenn er ihren Blick richtig gedeutet hatte, gab es bald eine zweite Gunst der Stunde. Und er war ein mutiger Mann.

Kontinent Ulldart, Inselreich Rogogard, Verbroog, Frühling im Jahr 2 Ulldrael des Gerechten (461 n.S.)

Torben Rudgass saß in dem Haus, in dem er damals Norina gelassen hatte, während er über das Meer bis nach Kalisstron gesegelt war, um die verschollenen Freunde Stoiko und Waljakov zu suchen.

Nun war das Haus sein Refugium.

Er trug sein weißes Hemd nachlässig offen, die Stiefel waren schon lange nicht mehr geputzt worden, die braune Hose schimmerte speckig. Anstatt den Kamin anzufachen, hatte er sich eine Decke umgelegt und in den Schaukelstuhl gesetzt. In ihm verbrachte Torben sehr viel Zeit, um mit seinen Gedanken ins Reine zu kommen. Zu viele Gefühle machten ihm zu schaffen.

Das Vorhaben, mit Lodrik Bardri¢ gemeinsam Zvatochna zu jagen, war durch den überraschenden Alleingang des Nekromanten zunichtegemacht worden. Er hatte niemandem Bescheid gesagt, sondern die Verfolgung auf eigene Faust begonnen. Also hatte Torben beschlossen, mit Sotinos Puaggi nach Verbroog zu segeln.

Als er angelangt war, hatte ihn die Kraft verlassen. Es war anfangs nichts Körperliches gewesen, was ihm zu schaffen gemacht hatte – die Erinnerung hatte sie ihm geraubt.

Er schwang im Schaukelstuhl vor und zurück und sah durch die dicken Butzenscheiben, ohne etwas von draußen wahrzunehmen. Fast wünschte er sich, dass er einer gleichen gnädigen Gedächtnislücke anheimfallen würde wie einst Norina. Vielleicht mit genügend Njoss?

Er wollte sich nicht ständig an den Tod von Varla erinnern. Nicht ihr Gesicht vor sich sehen, ihr fröhliches Lachen hören und sich nicht an die vielen schönen gemeinsamen Abenteuer erinnern.

Doch die Vergangenheit holte ihn ein. Mehrmals am Tag. Und in der Nacht.

Vor allem in der Nacht, und wenn er sich nicht mit Branntwein den Verstand betäubt hatte, war es kaum auszuhalten.

Seine grüngrauen Augen richteten sich auf die Flasche, die auf dem Tisch neben dem dampfenden Tee stand. Er widerstand dem lockenden Angebot, sich einen Grog zuzubereiten. Der Rausch würde ihm keine Lösung bieten.

Von draußen erklangen die gedämpften Geräusche einer umtriebigen Stadt. Die westliche Hauptinsel des Inselreiches baute nach wie vor an ihren Festungen, die in den Kriegen stark unter Lodriks und Govans Angriffen gelitten hatten. Sollte es jemals wieder zu einer Auseinandersetzung kommen, würde die Festung nicht mehr fallen.

Doch das alles scherte Torben nicht.

Seine Gedanken drehten sich seit einer Woche darum, wie er sich möglichst rasch in Vinteras dunkle Arme werfen könnte, ohne dass man viel Aufhebens darum machte. Er galt als Held, sowohl in seiner Heimat als auch im restlichen Ulldart. Helden brachten sich nicht um, selbst wenn das Schicksal sie noch so hart strafte.

Torben betrachtete die Gewichte neben der Tür, welche die Fischer nutzten, um schwere Netze nach unten sinken zu lassen und Fischschwärme in größeren Tiefen zu erreichen.

Das wäre zumindest ein Ausweg: Auf den Meeresgrund tauchen, verschwinden. Die Menschen könnten rätseln, was mit ihm geschehen wäre, und Geschichten erfinden: von einer letzten Fahrt, von Freitod, von einem Unfall …

Der Gedanke gefiel ihm, sein Weggehen mystisch anzulegen.

In diesem Augenblick öffnete sich die Tür, und das schmale, spitze Gesicht von Sotinos Puaggi schob sich durch den Spalt.

»Kalisstra zum Gruße«, sagte er und bemerkte Torbens Blick. Er sah auf die Gewichte. »Habt Ihr vor, fischen zu gehen, Kapitän?«

»Etwas in der Art«, erwiderte Torben und gab sich Mühe, freundlich zu klingen. Er mochte den Palestaner, der sich im Gegensatz zu seinen Landsmännern gar nicht geckenhaft benahm und mehr eine Freibeuter- als eine Krämerseele besaß. Seine Robe war palestanisch, aber nicht überbordend verziert. Vom Altersunterschied her könnten sie Vater und Sohn sein. »Kommt herein, Commodore.«

»Sehr gern.« Puaggis dünnes schwarzes Haar war in eine neue Form geschnitten worden, und er sah mit einem Mal männlicher aus. »Wie geht es Euch, Kapitän?« Er hielt seinen Dreispitz in der Linken, zog einen Stuhl heran und setzte sich vor den Freibeuter und Freund. »Man hat Euch schon lange nicht mehr im Freien gesehen.« Er beherrschte sich, um seinen Schrecken nicht allzu offen zu zeigen. Die Falten und Furchen in Torbens Gesicht reichten tief hinab; er hatte sich zudem die langen Bartsträhnen abrasiert, und die Haare sahen fettig und verschuppt aus.

»Ich denke nach, Commodore.«

»Wir Ihr es auf der Fahrt von Ulsar nach Rogogard bereits gehalten habt«, stimmte Puaggi ihm zu. »Und auch das gefiel mir schon nicht.« Sotinos blickte auf die Branntweinflasche. »Ich vermag mir in meinen schwärzesten Träumen nicht auszumalen, wie es in Euch aussieht, Kapitän, doch ich ahne, was Euch in die Verzweiflung trieb.« Er sah ihm ergründend in die Augen. »Niemand verlangt von Euch, Varla zu vergessen ….«

»Sagt jetzt nicht *aber*, Commodore, oder ich vergesse mich und die Tatsache, dass wir Freunde und Kampfgefährten sind«, warnte ihn Torben knurrend.

Sotinos lächelte, den rauen Ton verzeihend. »Das würde ich niemals tun, Kapitän. Ihr habt mich missverstanden.« Er streckte sich und nahm die Branntweinflasche. »Seht Ihr, bevor Ihr in diesem Haus sitzt und Euch die Decke auf den Kopf fällt«, er zog den Korken aus der Flasche, »dachte ich mir, dass es mehr Sinn macht«, er goss den Inhalt auf die Holzdielen, »wenn wir uns an der Jagd nach Zvatochna beteiligen. Sie befindet sich, wie man gehört hat, auf See, irgendwo zwischen Rundopâl und Borasgotan. Das Schiff, das ich von König Perdór geschenkt bekommen habe, läuft durch die Wellen, als bedeute Wasser gar kein Hindernis.« Er stellte die leere Flasche auf den Tisch und warf den Korken daneben. »Würdet Ihr mich begleiten? Diese Gewässer sind mir eher unbekannt, und ich brauche einen erfahrenen Seemann wie Euch. Einen Helden, um ein Monstrum zu vernichten.«

Torben war gerührt. Er hatte längst verstanden, was den jungen Mann wirklich zu ihm getrieben hatte: Besorgnis. Er schlug dem Palestaner auf die Schulter. »Ihr seid aus dem rechten Holz geschnitzt, Commodore. Aber ich werde ablehnen müssen. Nicht wegen mir, ich würde gern in den Tod gehen, wenn ich Zvatochna dafür vernichten kann …« Er brach ab.

»Sondern wegen mir.« Sotinos erkannte es in den Augen des Freibeuters.

»Ja«, nickte er. »Ihr seid jung, habt eine Frau in Palestan, die auf Euch wartet, und einen Aufstieg vor Euch. Wie könnte ich es verantworten, Euch mit auf eine Mission zu nehmen, die mehr als riskant ist?« Er lächelte ihn väterlich an. »Was für ein Freund wäre ich Euch dann, Commodore?«

Sotinos lächelte zurück. »Der beste, den es gibt, Kapitän. Denn andernfalls würdet Ihr mich allein segeln und die Frau jagen lassen, welche Euch Gefährtin und Lebenswillen geraubt hat. Das wäre viel gefährlicher.« Er nahm seinen Dreispitz und setzte ihn auf den Schopf. »Mein Schiff läuft morgen früh aus, und ich vertraue darauf, dass ich Euch neben mir am Ruder stehen sehe.« Er stand auf und verneigte sich, schritt langsam zur Tür.

Torben schaute ihm hinterher und musste seine neuerliche Rührung durch die eng gewordene Kehle hinabschlucken. Was der junge Mann beabsichtigte, war klar und offensichtlich wie ein Riff bei Ebbe. »Commodore?«

Puaggi drehte sich zu ihm um. »Ja?«

Torben deutete auf die Branntweinpfütze. »Ihr schuldet Ingor Bartulssohn eine halbe Flasche seines besten Gebräus.«

Sotinos machte ein verdutztes Gesicht. »Da hol mich doch der Tiefseekraken! Ich dachte, es sei Eure!«

»Nein. Meine steht da hinten«, er zeigte auf den kleinen Vorratsschrank, »bei den anderen.« Torben musste laut lachen, weil sich der Commodore noch immer nicht von seiner Verwunderung erholt hatte. »Ich schwöre Euch, dass ich sie nicht anrühren werde. Wenn ich meinen Dienst bei Euch antrete, möchte ich einen klaren Kopf haben.«

»Das freut mich!«, rief Sotinos und kam auf den Freund zu, legte ihm die Hände auf die Schultern. »Ich vermag gar nicht zu sagen, wie sehr!«

»Das müsst Ihr nicht. Ich sehe es Euch an.« Torben reichte ihm die Hand. »Danke, Commodore.«

Sotinos schlug ein. »Ich wusste, dass Ihr annehmen werdet. Um mich macht Euch keine Sorgen, wir überstehen dieses Vergnügen beide lebendig.«

»Dann habt Ihr eine Strategie, wie wir mit der Nekromantin fertig werden?«

Der Palestaner wandte sich zum Gehen und bückte sich, um mit Hut unter dem Türsturz durchzupassen. »Die habe ich in der Tat. Ihr erfahrt sie unterwegs«, zwinkerte er und trat hinaus.

Durch das Öffnen war frische Luft in die Hütte geströmt, und

Torben sog sie tief in sich ein: Salz, Meer und frischer Tang, begleitet von den ergrünenden Wiesen. Dazu drangen die Geräusche der Menschen herein.

Ihn hielt nichts mehr in der Behausung, die er mit einem Mal als muffig empfand. Er streifte die Decke ab und warf sich den Mantel um, dann trat er hinaus in den Sonnenschein und ließ den Blick schweifen.

Es war ihm, als kehre er von den Toten zurück.

Am nächsten Morgen, der Nebel lichtete sich mit den aufgehenden Sonnen, standen Torben und Sotinos gemeinsam auf dem Ruderdeck und beobachteten die Matrosen. Auf die Befehle des Bootsmanns hin hissten sie Segel und zogen an Tauen, ließen Rahen in die Höhe schnellen und bedienten Winden, um die beiden Anker vom Grund des Hafenbeckens zu hieven.

Die *Fiorell*, der Zweimaster mit einem verbesserten Rumpf und einer neuartigen Kielspitze, welche die Wellen regelrecht spaltete, lief unter Vollzeug aus und legte sich in den Westwind; der Kiel wurde durch die hohe Geschwindigkeit leicht angehoben. Sie tat ihrem Namensgeber alle Ehre und schien grazil über die Wellenkämme zu tanzen, ohne dabei an Stabilität zu verlieren.

»Ein gutes Schiff«, merkte ein gewaschener, gepflegter Torben an und schaute zu Sotinos. Er hatte einen Lederharnisch übergezogen, um seine Hüfte lag ein Waffengurt mit einem Säbel daran. Er stand für den zurückgekehrten Kampfgeist.

»Es ist kaum mit Worten zu fassen, wie gut«, stimmte der Palestaner ihm zu. »Perdór hatte mich angelogen, als er sagte, dass ein Palestaner es ›vergessen‹ habe. Ich habe herausgefunden, dass er es hat bauen lassen, für welchen Zweck auch immer.« Er zog sein Wams zurecht und deutete zum Bug. »Diese Struktur habe ich noch niemals bei einem ulldartischen Schiff gesehen.«

»Mir scheint, er hat Teile der Kriegskoggen und der tarvinischen Dharkas übernommen, um etwas vollkommen Neues zu schaffen«, gab ihm Torben recht. Er bewegte das Ruder, und die *Fiorell* gehorchte auf der Stelle. »Der Druck auf das Heck macht das Schiff unglaublich manövrierfähig. Damit gewinnen wir jedes Rennen.«

»Perfekt, um Zvatochna zu stellen.« Sotinos legte die Arme auf den Rücken und genoss es, sich wie ein Commodore zu fühlen – auch wenn er streng genommen noch immer den Rang eines Adjutanten besaß. Ihn kümmerte es nicht; der ilfaritische König vertraute ihm ein eigenes Kommando an. Der Kaufmannsrat würde ihm das Patent nicht verweigern, sobald er von seiner Mission zurückgekehrt war und seine Frau in die Arme schließen durfte.

»Darf ich wohl nach unserer Strategie fragen, Commodore?«, rief sich Torben in Erinnerung.

»Ihr werdet sie bald erfahren, Kapitän.«

Torben lachte schallend und zeigte seine falschen goldenen Zähne. »Ich wusste es.«

»Was wusstet Ihr?«

»Dass Ihr keine habt.«

Sotinos grinste ihn an. »Vielleicht habe ich eine geheime Waffe an Bord, die mir König Perdór gegeben hat.«

»Vielleicht brennt Ihr aber auch nur wie ich darauf, die Mörderin zur Strecke zu bringen.« Torben wurde ernster. »Commodore, ich verspreche Euch, dass Ihr lebend nach Hause kommen werdet.«

»Das Gleiche für Euch, Kapitän«, sagte Sotinos ehrlich. Er hob und senkte die Schuhspitze. »In diesem Schiff befindet sich wirklich eine besondere Waffe. Ihr werdet sie sehen, wenn es so weit ist. Nicht früher. Ich musste es König Perdór versprechen«, kam er Torbens Nachfrage zuvor. »Es gibt Hinweise darauf, wie man eine Nekromantin vernichten kann, ohne einen weiteren Nekromanten zu benötigen.« Er nickte ihm zu. »Bringt die *Fiorell* sicher durch die Riffe und Untiefen, den Rest machen wir gemeinsam.« Sotinos ging die Treppe hinab, um in seiner Kajüte zu verschwinden.

Torben hielt den Kurs und achtete darauf, dass das Schiff voll im Wind lag. Die Neuigkeiten erfüllten ihn mit Zuversicht.

Kontinent Kalisstron, an der Küste von Bardhasdronda, Frühling im Jahr 2 Ulldrael des Gerechten (461 n.S.)

Lorin öffnete die Augen – und sah nichts.

Angst befiel ihn, er tastete um sich und spürte kalten, feuchten Stein. In seiner Nähe gluckerte Wasser, es schwappte gleichmäßig gegen Widerstand. Seine Füße waren nass, die Kleidung an ihm feucht und kalt.

Zitternd richtete er sich auf und stöhnte, als ihm ein heißer Stich durch den Schädel fuhr. Er tastete an seiner Stirn und fühlte einen klaffenden Schnitt. Er musste mit etwas zusammengestoßen sein. Hatte ihm der Schlag das Augenlicht genommen?

»Ist da wer?«, hörte er eine aufgeregte Frauenstimme, die er als Estras erkannte.

»Ja, hier«, antwortete er. »Lorin. Siehst du mich?«

»Nein«, kam die Antwort, und sie klang dennoch erleichtert. Die Ungewissheit hatte ein Ende. »Hier ist es stockdunkel, ich glaube, wir sind in einer Grotte. Sprich weiter, damit ich zu dir kommen kann.«

Lorin tat, was sie verlangte, und vernahm ihre vorsichtigen, tastenden Schritte, die sich wirklich näherten. Dann spürte er ihre Hand an der Schulter, und er packte zu, um ihr Halt zu geben. »Der Bleichen Göttin sei Dank«, sagte er. »Was ist geschehen?«

»Woran erinnerst du dich?«, fragte sie, und er meinte, Unsicherheit in ihrer Stimme zu bemerken.

Lorin strengte sich an, sich die Geschehnisse auf der Galeere ins Gedächtnis zu rufen. »Ich bin nachts wach geworden und an Deck gegangen«, erzählte er halblaut. »Es war aber niemand da, keine Schiffswache und keiner im Krähennest. Ich habe den Kapitän gesucht …« Er schwieg, Schwindel überfiel ihn. »Mir dröhnt der Kopf«, gestand er. »Ich muss ihn mir angeschlagen haben.«

»Das Schiff ist mit falschen Leuchtfeuern auf ein Riff gelockt worden und gesunken«, sagte Estra neben ihm, und ihr Atem umwehte ihn. »Es ging alles sehr schnell, wir sind über Bord gestürzt. Eine Strömung muss uns in die Grotte getrieben haben …«

»Nein«, widersprach er ihr. »Es waren keine Matrosen an Deck. Und …« Lorins Erinnerung zeigte ihm Blut auf den Planken. »Und da war Blut. Viel Blut!«

»Es gab einen Kampf. Die Strandpiraten sind herübergekommen und wollten uns ausrauben, weil sie dachten, wir hätten das Schiff verlassen«, gab sie ihm eine Erklärung.

»Tokaro?«, rief Lorin und stand vorsichtig auf. Strandpiraten vor Bardhasdronda – das hatte es noch nie gegeben. »Tokaro, bist du hier?«

»Wir sind die Einzigen hier. Bis vorhin dachte ich, ich sei allein.« Estra stand ebenfalls auf. »Was tun wir jetzt?« Ihre Stimme verriet aufkommende Todesfurcht. »Wir haben nichts zu essen, nichts zu trinken.«

Lorin ertastete ihre Schultern. »Wir finden hinaus. Die Bleiche Göttin steht uns bei.« Er bemühte sich, Hoffnung zu verbreiten. »Gehen wir mit Umsicht vor. Hast du schon etwas von unserem Gefängnis erkundet?«

Sie schniefte. »Wände, rau und feucht. Sie führen senkrecht nach oben, und auf der rechten Seite ist so etwas wie ein Tunnel. Aber ich habe mich nicht hineingewagt.«

»Wir sind irgendwie hereingekommen, also finden wir auch wieder einen Weg in die Freiheit hinaus. Schauen wir uns …« Er musste lachen. »Nein, ertasten wir uns den Tunnel. Mit dem Sehen ist es nicht so weit bestellt.«

Estra musste auch lachen, und er freute sich, dass sie neuen Mut schöpfte.

Gemeinsam kletterten sie über Steine und stützten sich gegenseitig; gelegentlich zertraten sie Krebs oder irgendwelche Schalentiere, und von der hohen Decke tropfte Wasser auf sie nieder. Aus weiter Entfernung donnerte es regelmäßig. Zu regelmäßig für ein Gewitter.

Lorin kostete die Tropfen. »Salz«, stellte er fest. »Über uns ist das Meer.«

»Über uns?« Estra suchte nach seiner Hand und hielt sich daran fest.

»Vermutlich sind wir nach dem Kentern in eine Strömung geraten und wurden unter Wasser in diese Grotte gespült.« Lorin entsann sich, dass es eine alte Legende über eine Grotte in der Nähe von Bardhasdronda gab. »Wie ging sie noch mal?«, murmelte er.

»Was?«

»Nicht so wichtig, Estra.« Er zog sie weiter, und sie fanden in den Tunnel, von dem sie ihm berichtet hatte.

Schweigend tasteten sie sich vorwärts. Mit einem Fuß sicherten sie zuerst den Untergrund, und dann wagten sie den nächsten Schritt.

Hinter ihnen erklang Rauschen, und plötzlich umspülte kalte Nässe ihre Füße.

»Wasser!«, kreischte Estra und presste Lorins Finger zusammen. »Die Flut!«

Lorin hielt es nicht für die Flut, sondern eine Meeresströmung, welche ihre Richtung geändert hatte und die Kammer voll laufen ließ. Er musste die neuerliche Angst niederringen. »Estra, beherrsche dich!«, forderte er sie auf. »Es bringt nichts, du brauchst deinen klaren Verstand. Den einer Inquisitorin.«

Sie schluchzte. »Ja. Ja, es tut mir leid.«

Lorin erkannte sie kaum wieder, ihre Besonnenheit schien von der Dunkelheit verzehrt worden zu sein. Behutsam setzte er den Weg fort.

Das Wasser stieg und reichte ihnen bald bis an die Knie, während der Tunnel immer niedriger wurde. Boden und Decke bewegten sich aufeinander zu.

»Wir laufen in ein totes Ende«, jammerte Estra. »Wir sind verloren!« Sie klammerte sich an ihn. »Halt mich fest, Lorin!«

Er war von ihrer Kraft ebenso überrascht wie von ihrem Verhalten. »Wir kommen lebend aus der Grotte, Estra.« Lorin versuchte, ihre Arme von sich zu lösen, aber sie ließ nicht los. Selbst als er sich anstrengte, vermochte er nicht, die Umklammerung zu sprengen. »Was soll das? So hilfst du uns nicht!«

»Lorin, ich möchte dich lieben«, hauchte sie und drückte sich an ihn, und ihre Stimme klang nicht wie ihre eigene. »Es soll meine letzte Tat sein, bevor ich sterbe.«

»Du liebst Tokaro, Estra, und ich gehöre Jarevrån«, wies er sie zurück. »Verflucht, was ist mit dir?« Endlich hatte er sich aus ihren Armen befreit und machte zwei schnelle Schritte weg von ihr in die Dunkelheit. »Erinnere dich: Wir haben über uns schon gesprochen, und ich werde mein Weib und meinen Bruder nicht hintergehen.«

»Wir werden sterben«, sagte sie hohl und kam auf ihn zu. »Bitte …«

Er wich vor ihr zurück. »Und selbst wenn, steht mir keinesfalls der Sinn danach, mich mit dir zu vergnügen. Bei Kalisstra! Komm zu dir, Estra!«

Im nächsten Augenblick glommen zwei kleine grellgelbe Sonnen im Tunnel auf. Es dauerte nicht lange, bis er sie als ein Augenpaar erkannt hatte. Das Licht beschien Estras verzerrte Züge, sie wirkte dämonisch und schrecklicher als jede Albtraumgestalt. Sie hatte den Mund halb geöffnet, Gier und Verlangen lagen auf dem Antlitz.

»Ich kann nichts dafür, Lorin«, flüsterte sie und hob den rechten Arm, um nach ihm zu greifen. »Es hat Macht über mich und treibt mich an, zwingt mich, Dinge zu tun, die ich nicht tun will.« Die Finger stießen nach vorne, und er sprang zurück. Sie riss einen Fetzen Stoff aus seiner Jacke und warf ihn mit einem enttäuschten Aufkreischen ins Wasser. »Bleib! Ich bin hungrig! Hungrig nach so vielem!«

»Bleiche Göttin schütze mich!« Lorins Erinnerung an den Tag des Schiffsuntergangs kehrte schlagartig zurück: Er hatte *sie* beobachtet! Er hatte eine Gestalt gesehen, die sich an einem der Matrosen gelabt hatte, und diese Gestalt war Estra gewesen.

»Es ist der gleiche Fluch, an dem bereits meine Mutter litt«, sagte sie. »Ich habe mich vor dem Tag gefürchtet, an dem er ausbricht, und auf dem Schiff gab es kein Halten mehr. Ich kann es nicht aufhalten, es ist stärker als ich, als mein Wille …« Estra hob die Arme, doch es hatte den Anschein, als gehorchten ihre Gliedmaßen nur langsam, widerwillig. Sie schluckte, öffnete den Mund, um etwas zu sagen, und auf ihrer Miene stand trotz der Wildheit für einen winzigen Augenblick deutliche Scham. Dann versuchte Estra wieder, ihn zu packen.

Lorin zog den Kopf ein und ging rückwärts. »Was immer es ist, kämpfe dagegen an. Du wirst uns sonst beide umbringen!« Er überlegte, ob er sie niederschlagen sollte. Da sprang sie ihn an.

Gemeinsam fielen sie ins Wasser, und ihre brutale Umarmung trieb ihm die Luft aus den Lungen. Ihre Kraft lag bei Weitem über dem, was eine junge Frau ihrer Statur besitzen durfte. Es gelang ihm nicht, sich zu befreien, dann spürte er eine Berührung am Hals. Zärtliche Lippen legten sich daran – und Estra biss zu.

Lorins Schrei wurde vom Meer ertränkt. Er bäumte sich auf und drückte Estra nach oben. Sie prallten gegen etwas, und er kam an die Oberfläche.

Keuchend sog er Luft ein, während sich der Griff seiner Angreiferin gelockert hatte. Sie musste mit der Tunneldecke kollidiert sein. Rasch wand er den rechten Arm frei und schlug ihr gegen den Kopf, sodass auch die letzte Spannung aus ihrem Körper wich.

Ein lautes Gurgeln erklang in dem sich weiterhin verjüngenden Tunnel. Die Geräusche, die auf sie zuhielten, versprachen eine enorme Woge, die durch den Gang rollte. Alsdann schlug sie über den beiden zusammen und schob sie unnachgiebig vorwärts.

Lorin versuchte, Estra zu fassen, aber sie glitt an ihm vorbei. Er fühlte sich wie ein Pfropfen, die Felswände schabten an ihm und zerrissen seine Kleidung, Haut wurde abgeschürft. Allmählich wurde ihm der Atem knapp.

Abrupt ging es in völliger Dunkelheit nach oben, und der Schacht wurde wieder enger, sodass Lorin fürchtete stecken zu bleiben.

Sein Bewusstsein schwand, doch gerade, als er ohnmächtig zu werden drohte, flammte Sonnenlicht auf!

Lorin hatte das Gefühl zu fliegen, der Druck der Röhre war verschwunden. Noch immer war er umgeben von Wasser, aber es erlaubte ihm, die Lungen mit Luft zu füllen. Gleich darauf sah er auch blinzelnd den Grund dafür: Er stürzte in einer Kaskade nach unten, auf einen Weiher zu!

Der Einschlag traf seinen ganzen Leib. Es kostete ihn Kraft, sich ein weiteres Mal nach oben zu strampeln. Hustend kam er an die Oberfläche und sah ein von Laubbäumen gesäumtes Ufer. Er schwamm, bis er Grund unter den Füßen spürte, und watete an Land.

Erleichtert sank Lorin unter einem Baum ins trockene Laub und ließ sich die Sonnen ins Gesicht scheinen. Insekten summten um ihn herum, und die Vögel sangen in seinen Ohren niemals schöner als jetzt. Er hatte überlebt!

Estra! Er musste wissen, was aus ihr geworden war. Auch wenn er sich nicht sicher fühlte, was er mit ihr tun sollte, glaubte er sich verantwortlich für sie. An welchem Fluch sie auch immer litt, es gab sicherlich ein Gegenmittel oder etwas, um die Verwünschung zu brechen.

Lorin stand auf und suchte den kleinen Weiher mit den Augen ab.

Es musste sich nicht lange umschauen. Ganz in der Nähe, zu seiner Rechten, lag eine Gestalt am Ufer. Die Wellen, welche der tosende Wasserfall aufwarf, hatten sie angespült.

Vorsichtshalber hob Lorin einen Prügel vom Boden auf und lief zu der jungen Frau. Sie lag mit dem Rücken im feuchten Gras, die Augen waren geschlossen, aber ihre Brust hob und senkte sich. Sie trug ein sandsteinfarbenes Kleid, das Risse bekommen hatte, und ihr rechter Schuh fehlte.

Lorin betrachtete ihr Gesicht. Das Unheimliche war gegangen, sie sah aus wie immer. Wie die Estra, die er in Ammtára kennengelernt hatte. Er beugte sich zu ihr, wischte die Strähnen der schulterlangen dunkelbraunen Haare aus ihrem Antlitz und berührte ihre Schulter. »Wach auf. Wir müssen weiter und nach den anderen suchen.«

Estras Lider zuckten in die Höhe. Die Augen waren karamellfarben, die Pupillen umgeben von einem gelben Ring. Erschrocken richtete sie den Oberkörper auf. Dann schlug sie die Hände vors Gesicht. »Es tut mit leid, was in der Höhle geschehen ist«, sagte sie weinend. »Beinahe wünschte ich, dass ich ertrunken wäre.«

»Es ist gut, dass du lebst. Für alles andere finden wir einen Ausweg«, sprach er ihr zu. Er dachte an die Besatzung der Galeere, die der anderen Estra zum Opfer gefallen war, und musste die eigene Unsicherheit niederringen.

»Ich habe schreckliche Angst«, gestand sie, ohne die Finger wegzunehmen. »Um mich. Um Tokaro und um Ulldart. Ich glaube«, sie flüsterte plötzlich, »dass alle Ničti in ihrem Innersten so sind wie ich. Dass sie diesen Dämon in sich tragen und ... ihn ausleben.«

»Du wehrst dich dagegen.«

»Aber mit welchem Erfolg?«, schluchzte sie auf und sah ihn aus geröteten Augen an. »Ich hätte dich fast umgebracht, und ich weiß, dass ich auch Tokaro beinahe ermordet hätte. Und die vielen Männer, die ich auf dem Schiff getötet und manchen von ihnen verschlungen habe ...« Sie würgte. »Das andere in mir wartet nur auf eine günstige Gelegenheit, um auszubrechen. Es ist ungeheuer schwer, es zurückzudrängen.« Estra seufzte und verstummte, ihre Blicke schweiften über den Weiher. »Ich fürchte mich vor dem, was geschehen wird.«

Lorin wusste nicht, was er sagen sollte. »Eines nach dem anderen. Suchen wir nach Tokaro und Gàn.« Er schaute auf das halbe Amulett. »Vielleicht hat es etwas damit zu tun?«

Sie sah überrascht auf den Talisman. »Weil er zerbrochen ist?«

»Kann es nicht sein, dass es den Fluch ausgelöst hat?« Lorin streckte ihr die Hand hin, um ihr beim Aufstehen zu helfen. »Ich werde dich nicht verurteilen, Estra. Dein Leid ist unverschuldet, und du bist nicht Herrin deiner Sinne. Ich verspreche dir meinen Beistand.«

Sie lächelte zögerlich und schlug ein, er zog an und sie erhob sich. »Möglich, dass ich darauf zurückkomme.« Estra tat einen Schritt nach vorn, damit die Sonnenstrahlen sie trafen und wärmten. »Wo sind wir?«

»In der Nähe von Bardhasdronda, aber wo genau …« Er versuchte, sich an den Weiher zu erinnern. »Wir müssen uns im Hinterland befinden. Hier war ich jedenfalls noch nicht.« Lorin zeigte auf den kleinen Berg, aus dessen oberem Teil sich die Kaskade ergoss. Er kostete von dem Wasser und schmeckte das Salz darin. Im flachen Teil erkannte er einen Kali-Fisch sowie Krebse. Allesamt Meeresbewohner. Der Salzwasserweiher bildete ein Kuriosum, von dem er als kleines Kind gehört hatte.

Lorin bemerkte, dass der Wasserfall deutlich an Wucht verlor. Vermutlich hatte sich die Meeresströmung abgeschwächt, welche als Pumpe diente. »Lass uns den Berg erklimmen. Von da oben werden wir sehen, wohin es uns verschlagen hat.« Er schüttete das Wasser aus den Stiefeln, seine Kleider mussten am Leib trocknen.

Estra nickte. Sie zog sich den anderen Schuh aus und ließ ihn liegen.

Gemeinsam bahnten sie sich einen Weg durchs Unterholz, kletterten die Wand hinauf, die ihnen erfreulicherweise genügend Spalten zum Festhalten gab, und standen am Nachmittag auf dem schmalen Gipfel, auf dem drei besonders zähe Bäumchen ihre Wurzeln in den Stein geschlagen hatten.

Der Ausblick war gigantisch und zugleich beängstigend.

»Da drüben«, sagte Lorin mit erstickter Stimme, »ist meine Heimatstadt.«

Über Bardhasdronda stand eine schwarze Qualmwolke, die sich aus vielen kleinen, kräuselnden Rauchsäulen speiste. Aus der stolzen Siedlung war ein einziges Trümmerfeld geworden. Lorin drohten die Beine zu versagen; ohne den Halt des Baumstamms wäre er eingeknickt und den Berg hinabgefallen. »Ich komme zu spät. Sie sind tot …« Jarevråns Gesicht erschien vor seinem inneren Auge. »Nein …«

Estra spürte, dass es nun an ihr war, Trost zu spenden. »Wir sehen eine zerstörte Stadt, aber mehr nicht. Vielleicht ist deinen Leuten die Flucht gelungen. Die Qwor werden sie sicherlich nicht überrascht haben.« Sie sah sich weiter um und wollte eigentlich etwas Aufmunterndes hinzufügen, aber die unzähligen dunkelgrauen und schwarzen Schwaden rings um sie herum ließen sie Schlimmes befürchten. Wenn jeder Brandherd für eine Siedlung stand, hatten die Qwor schrecklich gehaust.

Dann entdeckte Estra ein merkwürdiges Gespann auf einer Straße, die tiefer landeinwärts führte: Ein Reiter auf einem Schimmel, neben dem eine enorme menschenartige Kreatur mit zwei langen Hörnern herlief. »Da sind sie!«, rief sie erfreut und deutete hinab. »Da sind Tokaro und Gàn.«

Lorin kannte den Weg, den sie nahmen. »Wohin wollen sie? Sie marschieren an Bardhasdronda vorbei.«

»Sie waren sicherlich schon dort und haben uns nicht gefunden«, folgerte sie. »Wir müssen ihnen nach!« Estra suchte nach einer geeigneten Stelle für den Abstieg.

»Ich will zuerst nach Bardhasdronda«, hielt Lorin dagegen. »Ich möchte Gewissheit, was Jarevrån und meine ganzen Freunde angeht.«

Sie wandte sich zu ihm. »Aber wenn wir Gàn und Tokaro verlieren? Sie sind außerdem viel schneller unterwegs als wir. Wenn der Nimmersatte einen Schritt macht, brauche ich vier.«

Doch Lorin wollte nicht aufgeben. »Gàn wird überall auffallen, wir finden sie immer wieder.«

Estra kletterte nach unten, das Kleid behinderte sie nicht weiter. »Dann geh du nach Bardhasdronda und komm uns nach«, entschied sie. »Ich möchte die beiden so rasch wie möglich einholen.«

Lorin sah auf die vernichtete Stadt. *Was tue ich, wenn Fatja, Arnarvaten und die anderen von den Qwor ermordet worden sind? Will ich diese Gewissheit wirklich, oder benötige ich die Hoffnung, sie lebend anzutreffen?* Lorin betrachtete Estra und dachte an ihre Verwandlung. Er schluckte und machte sich an den Abstieg.

Schweigend liefen sie quer durch den dichten Nadelwald und brauchten bis zum Abend, um die Straße zu erreichen, die sie von der Bergspitze aus gesehen hatten. Als Estra den Weg nach Osten einschlug, wich Lorin nicht von ihrer Seite.

Er hatte sich für die vage Hoffnung entschieden.

V.

Kontinent Ulldart, Nordwesten Borasgotans, Kulscazk, Spätfrühling im Jahr 2 Ulldrael des Gerechten (461 n. S.)

Zeig es mir«, befahl Vahidin, die Hand am Griff seines Schwertes.

»Aber es ist tot, Herr!«, rief die ältere Hebamme. Sie hatte sich vor der Tür aufgebaut und verteidigte den Zutritt, obwohl sie wusste, wem sie gegenüberstand. »Es kam zu früh ...«

»Es kam recht!«, schrie er sie an und stieß sie aus dem Weg. Sie prallte gegen die Wand und verlor ihre Haube, während er die Kammer betrat.

Vahidin befand sich in einer der kleineren Hütten am Dorfrand. Mit dieser jungen Frau hatte er als Erster auf seiner Liste eine Nacht verbracht. Der Same war aufgegangen und ihr Bauch rasch gewachsen, wie ihm seine treuen Tzulani gemeldet hatten.

Er sah die schwarzhaarige Frau, deren Name er ohne seinen Zettel nicht einmal mehr wusste, erschöpft im Bett liegen. Zwei ältere Frauen hatten blutige Tücher in eine Wanne gelegt. Vahidin entdeckte eine zarte Hand unter dem Stoff; sofort eilte er heran und deckte den kleinen Leib auf.

Das Neugeborene besaß die richtige Größe, etwa unterarmlang und gut entwickelt. In dem halboffenen Mund schimmerten spitze Zähne auf, und auf dem Kopf sah er dünnes, silbernes Haar. Die Herkunft ließ sich nicht verbergen. Die magentafarbenen Augen starrten tot an die Decke, das Gesicht war blau angelaufen.

»Es ist erstickt, Herr«, wimmerte die zweite Hebamme, und sie wichen vor ihm neben das Bett der Mutter zurück. »Die Nabelschnur hatte sich um den Hals gewickelt ...«

Vahidin sah das rote Mal am Hals des Neugeborenen. Keine Nabelschnur würde sich ohne Zutun mit solcher Macht zuziehen. »Ihr habt es umgebracht!«, grollte er und richtete sich auf. Er zog das Schwert. »Ihr habt meinen Sohn umgebracht!«

»Es war eine Missgeburt!«, schrie die Mutter ihn an. »Ein dämonisches Wesen wie sein Vater! Es durfte nicht lebe …«

Vahidin machte einen großen Schritt und schlug zu. Die Schneide färbte sich mit einem Fauchen schwarz. Der vordere Teil der Klinge fuhr durch die hölzerne Seitenwand des Bettgestells hinter der jungen Frau und zerteilte es, als bestünde es aus Papier, die Mitte trennte ihr den Kopf von den Schultern. Das abgeschnittene Holz fiel auf den Leichnam und drückte ihn nach vorn. Polternd stürzte der Torso auf den Boden; die Hebammen schrien ihr Entsetzen hinaus.

»Schweigt, Weiber!«, herrschte Vahidin sie an und richtete die Waffe drohend gegen sie. »Ihr werdet zu jeder Mutter gehen und ihr sagen, was ich mit denen mache, die es wagen, meinen Kindern etwas anzutun. Das Leben meiner Nachkommen ist tausendmal mehr wert als jedes gewöhnliche.« Er senkte das Schwert. »Wird noch eines sterben, rotte ich das gesamte Dorf aus, und ich werde mir dabei Zeit lassen. Keine Grausamkeit, die Brojaken oder Räuber an euch begangen haben, wird ausreichen, damit ihr euch ausmalen könntet, wozu ich in der Lage bin.« Er trat zur Seite und deutete auf die Tür. »Hinaus mit euch. Sorgt dafür, dass die anderen Kinder munter sind, wenn ich sie mir anschauen komme.«

Die Hebammen stolperten weinend aus der Kammer.

Vahidin strich sich die silbernen Haarsträhnen aus dem Gesicht, stieg dabei über die Wanne mit dem toten Neugeborenen und über den Frauenleichnam hinweg. Er hatte das Interesse an ihnen verloren.

Es war ärgerlich, doch gleichzeitig schalt er mit sich selbst, dass er die Handlung der Frauen nicht hatte vorhersehen können. Das war umso unerfreulicher, weil er annahm, dass es einige Missgeburten und unverschuldete Todesfälle geben würde. Das Erbe seines Vaters, einer der Zweiten Götter, ging nicht mit jeder Frau friedlich um. Es konnte durchaus zu ihrem Tod führen oder ein Wesen entstehen lassen, das entstellt und lebensuntüchtig war. Auch diese Nachkommen wusste er nicht zu gebrauchen. Seine künftigen Mitstreiter mussten vollkommen sein. Vollkommen wie ihr Vater und Großvater.

Vahidin verließ die Hütte und blieb vor der Tür stehen. Die Handvoll Tzulani unter Lukaschuks Führung waren ihm gute Verbündete. Zusammen mit den Modrak, die rabengleich auf den Dächern saßen, kontrollierte er das Dorf vollständig. Niemand entkam ihm.

Vahidin sah, dass sich Lukaschuk mit einer der Wachen unterhielt und sich daraufhin auf ihn zubewegte. Der Hohepriester Tzulans trug einen knielangen dunkelbraunen Mantel, darunter lag ein eiserner Brustharnisch verborgen. Er hatte die Mitte Vierzig erreicht und zu Aljaschas Gespielen gehört; zum einen, weil er ein attraktiver Mann war, zum anderen, weil sie ihn als Verbündeten benötigt hatte. Sein Gesicht wirkte besorgt.

»Schlechte Kunde, Lukaschuk?«, sprach Vahidin ihn an und bemerkte, dass sich feine Wassertröpfchen in dessen Oberlippenbart verfangen hatten. »Noch mehr tote Kinder?«

Der Mann verneinte und verneigte sich. »Die Modrak haben uns gemeldet, dass sich ein Trupp Bewaffneter auf das Dorf zubewegt. Allem Anschein nach handelt es sich dabei um Offizielle. Sie tragen borasgotanische Uniformen, ein halbes Dutzend Soldaten zu Pferd und zwei Schlitten.«

»Wahrscheinlich Steuereintreiber oder Boten des Gouverneurs.« Vahidin lehnte sich an die Hauswand. »Wir werden ihnen ein kleines Stück vorspielen.«

»Ich hielte einen Rückzug für besser.«

»Wir haben zu viele Schwangere, die meine Nachkommen in sich tragen und die ich nicht alleinlassen möchte. Ich bin ein stolzer Vater«, entgegnete Vahidin böse lächelnd. »Ordne an, dass die Männer von der Straße verschwinden. Ein paar von ihnen sollen ihre Mäntel gegen Kleidung der Dörfler tauschen und sich als Bewohner ausgeben. Die Modrak werden sich in die Häuser zurückziehen und meine ungeborenen Kinder bewachen. Danach schicken wir den Bürgermeister nach draußen.« Vahidin sah zum Himmel, der aufklarte und ihnen einen kalten, aber nicht mehr eisigen Tag versprach. »Umbringen können wir diese Delegation immer noch, falls etwas schiefgehen sollte. Aber zuerst lassen wir sie im Glauben, dass sich in Kulscazk alles zum Besten verhält.« Er ging los und marschierte zum Bürgermeisterhaus. »Weitere Fragen von deiner Seite, Lukaschuk?«

»Nein, Herr.« Er lief neben Vahidin her. »Ich wollte noch einmal zum Ausdruck bringen, wie sehr es mich freut, dass es bald zahlreiche Nachfahren eines Zweiten Gottes auf Ulldart geben wird. Damit sollte es uns gelingen, die Macht in unsere Hände zu bekommen.«

Vahidin blieb stehen und sah Lukaschuk an. »Eines nach dem anderen. Zuerst müssen wir Zvatochna vernichten, sonst bringt jede andere Unternehmung nichts. Sie muss den Tod meiner Mutter mit ihrer Vernichtung bezahlen. Erst wenn uns das gelungen ist, Lukaschuk, denke ich über die Zukunft Ulldarts nach.« Er sah, dass der Tzulani gerne etwas angemerkt hätte, es aber nicht wagte. »Sei geduldig. Deine Zeit wird kommen.« Er betrat das Fachwerkhaus und schloss die Tür hinter sich.

Die Schlitten kamen die Straße ins Dorf gefahren, drei bewaffnete Reiter vor ihnen, drei Reiter hinter ihnen.

Bürgermeister Ulmo Radoricz erwartete sie vor seinem Haus. Neben ihm stand Vahidin, die silbernen Haare unter einer Pelzmütze verbergend.

Die Tzulani hielten sich in ihrer Nähe auf; sie taten so, als seien sie Dorfbewohner und gingen alltäglichen Tätigkeiten nach: Holz hacken, Schnee zum Kochen in Eimer packen oder dergleichen. Andere steckten scheinbar schwatzend die Köpfe zusammen.

Die Schlitten schossen auf das Fachwerkhaus zu und hielten an. Darin saßen jeweils fünf Männer in hellgrauen Uniformmänteln ohne ein militärisches Abzeichen: Hajduken, Beamte der Obrigkeit.

»Ulldrael mit Euch«, grüßte Radoricz und ging den Männern, die einer nach dem anderen ausstiegen, entgegen; Vahidin folgte ihm unverbindlich lächelnd. »Was führt Beamte der Kabcara in diese Region?«

»Der Wille der *neuen* Kabcara«, entgegnete ein stämmiger, hochgewachsener Mann, der sich einen grauen Schal gegen den Fahrtwind vor das Gesicht gebunden hatte. Er streckte die Hand aus; mit der anderen zog er den Stoff nach unten, und ein dichter Vollbart kam zum Vorschein. Er klopfte sich den Schnee ab. »Mein Name ist Hajduk Brahim Fidostoi, das ist Hauptmann Wanjatzi. Wir sind hier wegen der Volkszählung.«

Vahidin verzog augenblicklich den Mund, was Fidostoi bemerkte.

»Es bereitet mir ebenfalls wenig Spaß, junger Mann, durch die Gegend zu fahren und verlauste Kammern zu durchforsten, um die letzte kleine Seele Borasgotans ausfindig zu machen. Aber die neue Kabcara möchte einen Überblick, und den soll sie bekommen. Ich gestehe, dass die Kriege Spuren hinterlassen haben, die ich jetzt erst richtig zu sehen bekomme. Wenigstens muss ich nicht ins Gebiet der Jengorianer.« Er winkte hinter sich, und einer seiner Bediensteten eilte heran, um ihm eine Tasche zu reichen. »Muss ich das Dekret ihrer hochwohlgeborenen Kabcara Norina der Ersten verlesen, damit Ihr mich unterstützt, oder wird es auch so gehen, Bürgermeister?«

Radoricz verbeugte sich. »Es geht selbstverständlich so, Hajduk.« Er warf einen kurzen, nervösen Blick zu Vahidin, um zu ergründen, was in ihm vorging, dann schaute er den Beamten an. »Wie verfahren wir?«

»Wie ich schon andeutete: Üblicherweise gehen meine Leute von Haus zu Haus, notieren die Anzahl der Menschen darin und deren Alter, danach ziehen wir unserer Wege. Es wird nicht lange dauern.« Fidostoi wandte sich um und ließ den Blick schweifen. »Obwohl es ein nicht gerade kleines Dorf zu sein scheint.«

»Meine Leute würden sich über eine Rast, die länger als drei Stunden währt, freuen«, rief Wanjatzi vom Pferderücken herab.

Vahidin schätzte ihn auf Mitte Dreißig, er trug einen hellbraunen Knebelbart, der sein Kinn länger machte, als es war. »Wir könnten die Nacht hier verbringen«, schlug er müde vor und hielt sich die rechte Seite. »Was wäre ich froh, wenn die Kälte nachließe.«

»Mein Vater, Bürgermeister Radoricz, weiß, wie viele Menschen hier leben«, meldete sich Vahidin und trat nach vorn. »Es genügt Euch sicherlich, wenn Ihr die Gesamtzahl wisst, Hajduk, nicht wahr?« Er setzte etwas von seinen magischen Kräften ein, um den Verstand des Mannes zu beeinflussen – doch zu seinem Erstaunen reagierte er nicht.

Stattdessen sah Fidostoi ihn missgelaunt an, als habe Vahidin eine Beleidigung ausgesprochen. »Junger Herr, ich vertrete den Willen der hoheitlichen Kabcara, nicht meinen. Ich würde mich sogar mit einer groben Schätzung zufriedengeben, aber Norina die Erste möchte es genau wissen.«

Vahidin verneigte sich vor dem Hajduk. »Ich verstehe voll und ganz, Herr. Aber ich dachte mir, Ihr seid müde und erschöpft, und wollte Euch die Arbeit erleichtern.« Er wandte sich an Radoricz, auf dessen Stirn der Schweiß stand. »Vater, lass mich und ein paar Freunde die Erhebung machen, während der Hajduk und die Leibwache unsere Gäste sind.«

»Möchtet Ihr das, Ihr Herren?«, gab der Bürgermeister die Frage weiter.

Fidostoi sah zuerst zu seinen Begleitern, dann zu Wanjatzi. »Es geht leider nicht, so sehr mich das Angebot lockt. Wir werden heute Abend in der Garnison von Dabinsk erwartet, und wenn wir nicht rechzeitig ankommen, werden sie ein Suchkommando entsenden.« Er griff in die Tasche, nahm Papier, Tinte und Federkiel hervor. »Am besten beginnen wir gleich.« Er gab den Hajduken den Befehl, am Ende der Straße zu beginnen und sich von oben nach unten durchzuarbeiten.

Vahidin bemerkte, dass Lukaschuks Hand sich dem Säbelgriff näherte, und schüttelte langsam den Kopf. Die Beamten sollten sich ruhig verteilen, damit wurden sie leichte Beute für die

Modrak. Die Soldaten würde er in eine Falle locken. »Kommt, Hauptmann Wanjatzi, wir hätten wenigstens für Euch und Eure Männer einen heißen Gewürzwein.«

»Einen würde ich auch nehmen«, sagte Fidostoi und folgte den Männern in die Stube des Bürgermeisterhauses.

Vahidin ließ sie vorgehen und winkte Lukaschuk zu sich. »Tötet die Hajduken leise. Ich möchte keine Schreie hören. Ich übernehme die Soldaten.«

Der Hohepriester nickte. »Aber was machen wir mit den Leichen? Die Männer werden doch heute Abend in der Garnison erwartet.«

Vahidin lächelte stumm und ging ins Haus. Der Gewürzwein wartete bereits und wurde an die Soldaten, den Hauptmann und den Hajduken ausgegeben. Lachend tranken die Gäste, drängten sich um den großen Ofen in der Mitte des Raumes und unterhielten sich leise.

Vahidin näherte sich Fidostoi, der eben mit Radoricz anstieß. »Verzeiht, dass ich meinen Vater daran erinnere, dass er dringend von meiner Mutter benötigt wird«, unterbrach er jegliche Konversation. »Ich werde Euch solange Gesellschaft leisten, Herr.« Er lehnte den Wein, der ihm von seinem jugendlichen Diener angeboten wurde, mit einer knappen Handbewegung ab.

Radoricz starrte Vahidin an, dann gab er auf und senkte den Blick. »Wie nachlässig von mir«, murmelte er und schritt auf die Treppe zu. »Gebt auf Euch acht, Fidostoi«, wagte er eine ominöse Warnung, ehe er ging.

»Achtgeben?« Der bärtige Mann hob die Augenbrauen. Er zog die Kappe vom Kopf, das volle, braune Haar wirkte zusammengedrückt. »Wie hat Euer Vater das gemeint?«

»Wir haben Räuber in der Umgebung«, log Vahidin. Er war sehr neugierig, weswegen der Mann seinen magischen Fähigkeiten trotzte. Er versuchte seine Einflüsterung ein weiteres Mal, doch wieder wurde sein Vordringen abgewehrt. Es war, als schwappte Wasser gegen Glas.

Fidostoi bemerkte die Attacken anscheinend unbewusst und

warf ihm einen abweisenden Blick zu. »Was ist Eure Aufgabe im Dorf … wie war noch gleich Euer Name, junger Mann?«

»Hidin«, antwortete er und beobachtete jede Regung auf dem Gesicht seines Gegenübers. »Ich unterstütze meinen Vater und leite die Miliz.«

Fidostoi nahm einen Schluck. »Ihr seht nicht aus wie ein Kämpfer. Nehmt mir die Worte nicht übel, doch Ihr seid sehr … dünn.«

»Man muss nicht fett sein wie Ihr, um ein Schwert zu führen, Hajduk«, erwiderte Vahidin freundlich lächelnd. »Ich weise es Euch.« Blitzschnell zog er seine Waffe, sprang an dem erschrockenen Beamten vorbei mitten unter die Soldaten. Die ersten vier Männer waren unter seinen erbarmungslosen Schlägen gefallen, bevor der Rest überhaupt an Gegenwehr dachte.

Vahidin parierte einen Hieb und ließ Magie in die Klinge fahren. Fauchend verwandelte sie sich und sprengte das Eisen der gegnerischen Waffe. Die Splitter verletzten den Soldaten im Gesicht; schreiend taumelte er rückwärts und kollidierte mit dem glühenden Ofen. Es zischte, eine stinkende Wolke stieg auf, und sein Schreien steigerte sich.

»Bei allen Göttern: ein Wahnsinniger!« Wanjatzi zog seinen Säbel und attackierte Vahidin, doch gleich beim ersten Schlag zerbarst auch seine Klinge. »Das …«

Vahidin drosch zu und jagte ihm sein Schwert in die rechte Seite. Sterbend fiel der Hauptmann auf den Fußboden. Vahidin wandte sich zu Fidostoi, der seine Waffe ebenfalls in der Hand hielt, sich aber nicht rührte. »Habt Ihr gesehen, wozu ein dünner Mann fähig ist, Hajduk?«, höhnte er und steckte das Schwert weg. »So schnell kann das Leben zu Ende sein.« Er hob die Linke und richtete sie auf den Mann; gleich darauf setzte er magische Energie frei, um ihn damit zu vernichten.

Ein dunkelroter Blitz jagte gegen Fidostoi, doch kurz bevor er in den Körper eindrang, flammte es grün vor dem Mann auf, und der Angriff verpuffte wirkungslos. Aufschreiend ließ er seinen Säbel fallen, als könnte die Waffe etwas dafür.

»Das war verblüffend, wenn auch nicht unerwartet«, kommentierte Vahidin gebannt.

»Ich ... was war das?«, stammelte Fidostoi und tat zwei Schritte rückwärts, bis er gegen einen Stützpfosten lief und aufgehalten wurde.

»Das würde ich auch zu gerne wissen«, sagte Vahidin und zog die Mütze von den silbernen Haaren. »Ich wusste, dass es Magie auf Ulldart gibt, doch dass ich ausgerechnet an jemanden gerate, der das Talent besitzt, ist ... unwahrscheinlich.« Er legte die Hände auf den Rücken, wie es sein Vater immer zu tun gepflegt hatte. »Wisst Ihr eigentlich, welche Gabe Euch zuteilwurde?«

Fidostoi umrundete den Pfeiler und schob sich auf den Ausgang zu. »Nein. Doch solange es mich vor dem schützt, was du gegen mich schleuderst, Dämon, nehme ich es gerne an!«

»Kein Dämon. Ein Abkömmling des Zweiten Gottes, Hajduk. Mein Vater war Mortva Nesreca, Ihr werdet von ihm gehört haben«, stellte sich Vahidin vor.

Fußschritte näherten sich der Tür, sie wurde aufgerissen, und ein weiterer Hajduk kam ins Haus gestürmt. »Fidostoi, wir müssen sofort nach Dabinsk!« Sein Gesicht zeigte blutige Spuren, wie sie die Krallen der Modrak verursachten, und ein Dolch steckte in seiner Schulter. Er hatte die Verwundung in seinem Schock noch nicht bemerkt.

Er öffnete den Mund, starrte auf die Toten – dann gab es einen Schlag, und eine Klingenspitze fuhr in Bauchhöhe durch seine Kleidung. Als sie zurückgezogen wurde, stürzte der Mann regungslos nieder. In der Tür stand Lukaschuk, einen langen Dolch mit blutiger Klinge in der Hand haltend.

»Damit seid Ihr der Letzte, Hajduk Fidostoi«, merkte Vahidin an. »Was fange ich mit Euch an? Denn Eure Fähigkeit ist bemerkenswert. König Perdór würde viel dafür geben, Euch in die Finger zu bekommen und ausbilden zu lassen. Zu einem ... Magier oder etwas in der Art. Und *das* wiederum gefiele mir gar nicht.«

»Ich ...«, stotterte Fidostoi und wandte sich um, nahm Anlauf und sprang durch das geschlossene Fenster in die Freiheit.

»Fangt ihn«, befahl Vahidin. »Und von mir aus bringt ihn um.«

Lukaschuk nickte und rannte davon; seine Befehle hallten über die Dorfstraße.

Vahidin konzentrierte sich und nahm Kontakt zu den Modrak auf. *Versammelt euch, meine Diener,* rief er sie. *Bringt die Leichen der Hajduken und Soldaten zehn Warst weg von hier, danach verfahrt ebenso mit den Kutschen und Pferden.*

Wie Ihr befehlt, Hoher Herr, erschallte es in seinem Verstand, und gleich darauf hörte Vahidin den leisen Flügelschlag seiner Modrak. Sie warfen Schatten in den tauenden Schnee, bevor sie vor dem Haus landeten und auf den Eingang zuhopsten.

Vahidin machte ihnen Platz, damit sie die Soldaten hinausschleifen konnten. *Richtet den Ort her, als wären sie Opfer eines Überfalls geworden, danach treibt die Pferde davon.*

Wie Ihr befehlt, Hoher Herr. Sie begannen mit ihrer Arbeit.

Ein klein gewachsener Modrak wandte sich an ihn, die purpurn leuchtenden Augenhöhlen richteten sich auf ihn. *Ich möchte den Fetten jagen, Hoher Herr. Lasst ihn mir! Euren Männern wird er ansonsten entkommen!*

Vahidin schaute den Modrak an. Der Anblick des kahlen, totenkopfähnlichen Schädels schreckte die meisten Menschen, doch ihm bereitete es keinerlei Abscheu. *Wieso möchtest du das?*

Um mich zu beweisen!

Mir musst du nichts beweisen. Du bist ein Diener wie alle anderen auch.

Nicht Euch, Hoher Herr. Der Modrak sah zu seinen Artgenossen. *Auch unter uns gibt es Rangfolgen. Ein Erfolg, der mich in Eurem Ansehen steigen lässt, würde mich gegenüber einem anderen erheben, dessen Zeit eigentlich abgelaufen ist.*

Rangkämpfe kann ich mir nicht leisten, erwiderte Vahidin.

Aber unter meiner Führung wären sie effizienter als unter meinem Rivalen, Hoher Herr. Der Modrak stand ungewöhnlich aufrecht. *Ihr würdet eine Verbesserung erfahren.*

Vahidin war neugierig geworden und zeigte zum Ausgang. *Es sei dir gewährt. Aber wenn meine Leute ihn vor dir finden und zurückbringen, werde ich dich töten.* Er schritt an dem Wesen vorbei hinaus und verfolgte, wie die geflügelten Diener zu zweit oder dritt einen Leichnam packten und ihn durch die Luft trugen. *Fliegt nicht zu hoch. Ich will nicht, dass man euch sieht. Bleibt knapp über den Wipfeln,* wies er sie an.

Der einzelne Modrak aber schwang sich empor, glitt mit ausgebreiteten Flügeln in eine enge Kurve und schoss in die entgegengesetzte Richtung davon.

Fidostoi beging nicht den Fehler und lief auf der Straße zurück.

Er hatte sich einen Weg unmittelbar bis zum Waldrand gesucht, zwischen den Häusern hindurch, und nun befand er sich inmitten der Bäume und rannte um sein Leben.

Hinter ihm erklang das Knacken von Ästen und Zweigen, gelegentlich vernahm er den Ruf eines Verfolgers.

Er keuchte, presste die Hand in die Hüfte und versuchte, dem Seitenstechen Herr zu werden. Solange es Schnee gab, konnte er sich anstrengen, wie er wollte: Die Spur verriet ihn. Es gab keinen Ausweg, der Himmel war blau und klar. Keine Flocken eilten ihm zu Hilfe, kein Wind verwehte die Abdrücke. Er müsste rennen und rennen, bis er entweder eingeholt wurde oder Unterschlupf fand.

Er erinnerte sich nicht mehr, in welcher Richtung die Garnison lag. Der einheimische Kutscher hatte den Weg gekannt, er nicht. Es war nicht seine Aufgabe.

Er wusste noch immer nicht, was sich vorhin beim Bürgermeister ereignet hatte. Anscheinend war er auf magische Weise angegriffen worden und hatte überlebt – aber was, bei Ulldrael, wollte der junge Mann, der sich als Nachfahre des verdammten Nesreca bezeichnete? Welches Geheimnis verbarg das Dorf?

Diese Gedanken blitzten nur hin und wieder in seinem Verstand auf; meistens dachte Fidostoi gar nichts und konzentrierte sich aufs Rennen.

Die Beine schienen schwer wie Eisenklötze zu sein, die Stimmen der Häscher rückten gnadenlos näher. Sie waren Krieger, er dagegen ein zu dicker Hajduk, der es gewohnt war, hinter einem

Schreibtisch zu sitzen, Tee aus dem Samowar zu trinken und Zahlen zu sortieren.

Ein weiterer Schritt, und der Boden brach knirschend unter ihm ein. Er sackte nach unten, währenddessen vernahm er das Klirren von berstendem Eis. Dann schlug er in flüssige Kälte ein, geriet mit dem Kopf darunter und hielt den Atem an.

In seiner Hast hatte er den zugefrorenen, breiten Bachlauf nicht bemerkt. Die Brücke aus Spritzwasser und Eis hatte unter seinem Gewicht nachgegeben, und das Gewässer spülte ihn mit sich.

Prustend und hustend kam er an die Oberfläche, er hechelte und zitterte am ganzen Körper. Die Kälte würde ihn umbringen, wenn er sich nicht bald daraus befreite.

Aber der Bach führte erste Schmelzwässer mit sich und besaß unvermutete Kraft, gegen die Fidostoi nicht ankam. Das einzig Gute daran war, dass er auf diese Weise seinen Verfolgern entging. Niemand wagte es, sich in den Bach zu werfen, um dem Hajduken nachzustellen.

Er wurde müde, seine Arme und Beine versagten nach und nach ihren Dienst. Ständig geriet er unter Wasser, schluckte davon und sank schließlich nach unten – als ihn ein Ast am Kragen erwischte und nach oben schleuderte.

Fidostoi baumelte in der Luft und fiel hustend in den Schnee, erbrach sich und hustete weiter.

Dass ein sehr breiter Schatten auf ihn fiel, merkte er zunächst nicht.

Dann entdeckte er krallenbewehrte Füße unmittelbar vor sich, der Blick lief an den sehnigen Beinen nach oben, und er erkannte ein Paar ausgestreckte graue Hautflügel. »Bei Ulldrael!«, entfuhr es ihm, und er richtete sich auf.

Ich bin ein Modrak, wisperte es in seinem Verstand. *Ich habe dich zuerst gefunden, wie es aussieht.* Das Wesen begab sich an seine Seite und packte ihn im Nacken, zog ihn auf die Beine. *Du musst dich bewegen, wenn du leben willst. In dieser Richtung liegt die Garnison.* Der Modrak deutete nach Westen. *Du wirst sie bald erreicht haben, der Bach hat dich weit abgetrieben.*

»Aber du dienst doch …« Fidostoi riss sich los. »Eine Falle! Du wirst mich in eine Falle locken, damit mich dieser … Junge …«

Sein Name ist Vahidin, und er ist der Sohn von Mortva Nesreca, erklärte ihm der Modrak. *Du musst leben, um es zu berichten. Danach reist du in den Süden zu König Perdór. Sag ihm, dass du das magische Talent in dir birgst und er sich deiner annehmen soll. Und dass Vahidin Nachkommen zeugt, welche die gleichen Fertigkeiten haben werden wie er. Du bist einer der wenigen Hoffnungsträger gegen das Böse, das sich auf dem Kontinent aufhält.* Der Modrak scheuchte ihn mit einer Bewegung, als wolle er ein Huhn verjagen. *Lauf zu, Mensch. Ich werde dir den Rücken frei halten.* Er sprang in die Höhe und schlug die Krallen in die Borke. Katzenflink kletterte er den Stamm hinauf.

Fidostoi zitterte und war kaum fähig, einen vollständigen Satz zustande zu bringen. »Wieso schaffst du mich nicht dorthin, wo du doch fliegen kannst?«

Der Modrak saß bereits auf dem Wipfel der Eiche und musterte ihn. *Du bist zu fett, Mensch.* Er stieß sich ab, breitete die Hautschwingen aus und segelte davon.

»Verdammt.« Fidostoi stakte los und hatte das Gefühl, dass seine Kleidung an seinem Leib gefror. Auch wenn es ihm schwerfiel, er zwang sich zu einem Laufschritt, um die Muskeln warm zu halten.

Nach einem Marsch, der ihn an den Rand seiner Kräfte führte, lichtete sich der Wald, und die Mauern der Garnison erhoben sich keinen ganzen Warst vor ihm. Die Sicherheit lag zum Greifen nahe. Doch er fühlte sich zu schläfrig, um noch weiter gehen zu können.

»Ulldrael sei Dank und Lob«, seufzte Fidostoi, machte einen Schritt nach vorn und sank mit dem Rücken gegen einen Baum. »Ein kurzes Nickerchen, damit ich die Strecke schaffe«, murmelte er und schloss die Augen. Er konnte sich nicht dagegen wehren.

Vahidin wartete ungeduldig vor dem Haus des Bürgermeisters. In seiner Linken hielt er einen Becher mit heißem Tee, die braunen Augen suchten unablässig den Himmel ab.

Weder hörte er etwas von seinem Suchtrupp noch von dem Modrak, den er ausgesandt hatte, den dicken Hajduken zu fangen.

»Kann ein fetter Mann derart schnell rennen, dass er Krieger *und* ein geflügeltes Wesen hinter sich lässt?«, murmelte er und sah zu Lukaschuk, der nicht minder beunruhigt wirkte. »Oder hat er es tatsächlich geschafft, sie alle zu töten?«

Lukaschuk biss die Zähne zusammen. »Ich stelle einen weiteren Trupp zusammen, Hoher Herr.«

Ein geflügelter Schatten schoss heran, beschrieb eine enge, ungelenke Bahn über den Dächern und landete mit enormer Geschwindigkeit vor ihnen im Schnee. Der Modrak wirbelte bei seiner missglückten Landung flirrende Schneewolken auf, einige Kristalle landeten im Tee und vergingen.

Vahidin sah die Verletzungen am Körper des geflügelten Wesens und den zerschnittenen Flügel. Ein Wunder, dass es sich hatte in der Luft halten können. »Es gab einen Kampf?«, sagte er laut, damit Lukaschuk seine Fragen hörte.

Hoher Herr, ich kam zu spät, raunte der Modrak in ihrer beider Köpfe. *Zu spät, um Euren Kriegern gegen den Fettsack beizustehen. Ich stieß zum Kampf dazu, als er bereits drei von vieren niedergestochen hatte. Er hatte ihnen wohl eine Falle gestellt.*

»Was ist dann geschehen?« Vahidin schmunzelte, was sowohl Lukaschuk als auch den Modrak irritierte.

Er zerschlitzte mir den Flügel, und ich stieß ihn in einen Bach. Ich nehme nicht an, dass er es überleben wird.

»Und was geschah mit dem letzten Krieger?«

Ich habe ihn getötet.

»Was?!« Lukaschuk zog seinen Säbel. »Du ...«

»Warte«, hielt ihn Vahidin zurück und fragte, zum Modrak gewandt: »Warum hast du das getan?«

Der Modrak warf sich in den Schnee. *Ich war verletzt, und*

bevor der Krieger den Fetten vor mir erreichte, habe ich ihn umgebracht. Er sah Vahidin von unten herauf an. *Ihr sagtet, dass Ihr mich töten würdet, wenn Eure Leute ihn vor mir finden und zurückbringen. Das durfte ich nicht zulassen, wollte ich mich selbst bewahren.*

Vahidin lachte auf. »Einen schlauen Modrak haben wir hier. Er hat sich aus der Falle manövriert.« Er sah zu Lukaschuk. »Du darfst ihn töten. Er hat versagt, und das schützt ihn nicht vor seiner Strafe.« Er wandte sich ab und kehrte ins Bürgermeisterhaus zurück.

Hinter ihm gab es einen Schlag, zusammen mit einem widerlich ratschenden Geräusch, dann fiel ein Körper in den Schnee. Das laute Scharren stammte von den zuckenden Gliedmaßen des Modrak. Schnee wirbelte erneut auf und landete auf seiner Schulter und den Haaren.

Vahidin kümmerte sich nicht weiter darum. Die Liste in seinem Schlafzimmer wartete und war wesentlich wichtiger.

Kontinent Ulldart, Südwestküste Borasgotans, Spätfrühling im Jahr 2 Ulldrael des Gerechten (461 n. S.)

Lodrik wankte vorwärts und stemmte sich gegen den heftigen Wind.

Es war eine trostlose Gegend; hier gab es weder Baum noch Strauch, um sich vor den eisigen Böen zu schützen. Borasgotan bestand an diesem Flecken Erde aus einer Ebene, die bis zum Horizont reichte und auf der glitzernde Eiskristalle umhergeweht wurden. Lodrik hoffte, dass Zvatochna mit den gleichen Schwierigkeiten zu kämpfen hatte.

»Sag mir, was geschehen ist, Bardri¢«, vernahm er Soschas Stimme und schaute nach rechts. Sie lief neben ihm her, ohne

Fußabdrücke im Weiß zu hinterlassen, während er bei jedem Schritt bis zur Hüfte einsank und sich vorwärtsquälte. Er hatte sie nicht bemerkt. Dafür hatte *sie* sehr wohl bemerkt, dass er sich verändert hatte.

»Ich schätze, ich habe mich verlaufen.«

»Du bist zum ersten Mal an diesem Ort, und schon deswegen kannst du dich nicht verlaufen haben. Du irrst durch die Gegend, das ist etwas anderes«, befand sie. »Aber das meinte ich nicht. Du hast mich freigegeben und von der Bindung entlassen, die ich eingegangen bin, als ich von deinem Blut trank ...« Sie schwebte vor ihn und sah unter die schneebedeckte Kapuze. Mit einem überraschten Ausruf fuhr sie zurück. »Bei den Göttern! Jetzt verstehe ich es. Du bist kein Nekromant mehr!« Sie umkreiste ihn. »Wie ist das vonstattengegangen? Ich glaube nicht, dass du einfach so ...« Unmittelbar vor ihm verharrte sie. »Da ist etwas. In deiner Brust, Bardri¢. Es gehört nicht in diese Welt, und es schimmert sehr merkwürdig.« Soscha versuchte, durch ihn hindurchzugehen – und scheiterte. »Was ist geschehen, während ich weg war?«, flüsterte sie.

Lodrik blieb stehen, zog seine Robe enger um den dünnen Leib. Jetzt hätte er jede noch so kleine Unze Fett am Körper dringend nötig gehabt, und er verspürte einen Hunger wie seit Jahren nicht mehr. Ein ganzes Schwein wäre nicht genug. »Hast du sie entdeckt?«, fragte er bibbernd.

»Ich sage erst etwas, wenn du mir berichtest, was vorgefallen ist!«, verlangte sie.

»Sobald ich in einer warmen Hütte sitze.« Er zitterte vor Kälte. »Lange halte ich es nicht mehr durch.«

Soscha verzog den Mund. »Es gibt eine Schneehütte, etwa einen halben Warst von hier. Sie ist von Jägern errichtet worden, steht jedoch leer. Du wirst Feuerholz und ein paar Vorräte vorfinden.« Sie schwebte voran. »Ich führe dich.«

Es waren die längsten fünfhundert Schritte seines Lebens – jedenfalls kamen sie ihm so vor. Als er sich endlich durch die vom Wind aufgehäufte Wand aus Schnee vor dem Eingang gegraben hatte, kroch er entkräftet über die Schwelle und benötigte etliche Anläufe, bis er das Feuer im Ofen entzündet hatte.

Dann zog er die Kleidung aus, setzte sich nackt vor den heißen Herd und ließ die Wärme auf sich wirken. Dabei sah er an sich herab und bekam die Gewissheit, dass es keinerlei Narben an ihm gab. Und er war nicht mehr totenbleich, sondern besaß die gewöhnliche Hautfarbe eines Lebendigen.

Soscha stand neben dem Herd und betrachtete ihn nicht minder fasziniert. »Du bist wieder ein Mensch, Bardric!«, staunte sie und fühlte zugleich Neid und Zorn in sich. »Wie können die Götter *dir* dieses Privileg gewähren, der du Unschuldige ohne Zögern getötet und den Kontinent beinahe ins endgültige Verderben gestürzt hast?! Du hast so viel Leid gebracht, dass alle Buchseiten Ulldarts nicht ausreichten, es niederzuschreiben. Aber *mich* lassen sie als Seele über den Kontinent ziehen! Was habe ich mir zuschulden kommen lassen, um diese Ungerechtigkeit zu verdienen?«, haderte sie laut und richtete die Augen anklagend zur Decke.

»Ich habe nicht darum gebeten«, murmelte Lodrik und massierte die tauben Füße. Nicht mehr lange, und sie wären abgestorben. Der Duft von Hartwurst stieg ihm in die Nase; je wärmer es in der Hütte wurde, umso intensiver entfaltete die Umgebung ihre Gerüche. Er sah die Wurst über sich am Balken baumeln. Hungrig riss er sie von der Decke und schlug die Zähne hinein. »Vintera hat entschieden, dass ich wieder ein Mensch sein soll«, sagte er mit vollem Mund.

Es war ein besonderes Erlebnis. Die Wurst besaß einen *Geschmack!* Weder fühlte er sich abgestoßen noch nach einem Bissen satt. Er schlang sie gierig in sich hinein. Und er wollte mehr davon.

»Vintera? Sie ist dir erschienen?

Lodrik nickte kauend.

Soscha stieß einen lauten Fluch aus. »Dann ist es ihr Mal, das ich in deiner Brust sehe und das mich hindert, dich zu durchdringen. Verstehe einer die Götter! Wäre ich sie, hätte ich dich eher vernichtet als erlöst.« Bebend stierte sie ihn an und beobachtete ihn beim Essen. »Weißt du dieses Geschenk zu schätzen, Bardri¢?«

Lodrik schluckte. »Ich halte es für unangebracht, wenn man die Folgen daraus bedenkt«, antwortete er besonnen.

Sie verstand sofort. »Wenn du kein Nekromant mehr bist, wie sollen wir dann Zvatochna vernichten? Es gibt keinen anderen, der ihr Einhalt gebieten kann«, grübelte Soscha und setzte sich ihm gegenüber. »Hat Vintera dich zu einem Menschen werden lassen, um Zvatochna zu beschützen?«

»Eine interessante Frage. Aber ich kann sie dir nicht beantworten, Soscha.« Er stand auf und suchte sich eine Decke, um seine Blöße vor ihr zu verbergen. Dann legte er weitere Scheite ins Feuer und ließ die Klappen offen stehen, damit noch mehr Wärme in die Hütte gelangte.

»Hat sie dir gesagt, warum sie dich von dem Fluch erlöst?«

»Nein.«

Sie schnaubte noch immer zornig. »Du hättest sterben müssen, anstatt zu einem Menschen zu werden! Du warst bereits tot und kehrtest als Toter zurück. Wegen der Magie, nicht wegen der Götter.«

»Anscheinend stehen die Götter über der Magie. Sie werden sie erschaffen haben und sind in der Lage, ihr zu gebieten.« Lodrik hob beide Hände. »Sieh sie dir an: makellos. Machtlos. Ich verfüge weder über die Magie noch über die Nekromantie.« Er betrachtete sie nachdenklich. »Wie viele Mitglieder besitzt diese magische Universität, die Perdór ins Leben gerufen hat?«

»Ich habe vier Empfehlungen abgegeben, ehe ich nach Ulsar ging und Zvatochna zum Opfer fiel. Mehr werden es nicht geworden sein«, erwiderte sie. »Talente, keine ausgebildeten Magier, wie ich es einst war. Sie wissen nicht …« Ihre Augen wurden größer, weil sie nun erst begriff, weswegen er sie gefragt hatte. »Oh, ihr Götter! Du denkst noch immer lebensverachtend wie ein Nekromant, Bardri¢!«

»Kennst du einen besseren Weg?« Er langte nach einer weiteren Wurst und machte sich darüber her. »Wenn wir sie töten, bestehen die besten Aussichten, dass sie zu Nekromanten werden. Die Magie entscheidet darüber, was mit dem Menschen geschehen soll. Haben wir Glück, entscheidet sie zu unseren Gunsten.« Er aß und sinnierte. »Ich kenne die Formeln und Beschwörungen der Dunklen Kunst noch, du bist die Gelehrte in Sachen Magie. Gemeinsam können wir sie unterweisen. Vorausgesetzt, sie werden zu Nekromanten.«

Soscha schüttelte sich. »Vintera hat dir die Grausamkeit nicht genommen, Bardri¢. Das ist wohl das Schlimmste.«

»Flieg zu Perdór und frag ihn, was er darüber denkt«, empfahl er. »Befehlen kann ich es dir nicht mehr.«

»Niemals.« Soscha sah ihn fest entschlossen an. »Wir beide, Bardri¢, bringen Zvatochna unter die Erde. Kein Unschuldiger wird deswegen sein Leben verlieren …«

»Und wenn wir scheitern, Soscha?«, unterbrach er sie harsch. »Wie viele Unschuldige verlieren dann ihr Leben? Sind drei Tote nicht gerechtfertigt, um größeres, tausendfaches Unglück zu verhindern?«

»Kein einziges unschuldiges Leben ist gerechtfertigt, solange du lebst, Bardri¢. Kein einziges! Vintera mag dich verschont und dir Gnade gewährt habe, *ich* tue es nicht.« Sie langte neben sich, wo ein Messer auf dem kleinen Tisch lag. Sie hob die Schneide, das Schimmern des Feuers spiegelte sich darauf, dann zuckte sie schneller als der Schatten eines herabstoßenden Raubvogels nach vorne und schnitt ihm über die Brust. Rotes Blut quoll aus der schmalen Wunde und sickerte über den Bauch.

Lodrik stieß die Luft durch die Zähne und fiel rücklings vom Hocker.

Soscha stand bereits wieder an ihrem Platz neben dem Herd und betrachtete die Klinge. »Das, Bardri¢, war eine Warnung. Die Vorzeichen haben sich umgekehrt. Nun habe ich Macht über dich. Du hast mich gebeten, dich zu töten, wenn wir unseren Auftrag erfüllt haben. Daran«, sie legte das Messer sanft auf den Tisch zurück, »werde ich festhalten.« Mit diesen Worten schoss sie durch die Decke davon und war verschwunden.

Lodrik erhob sich und betastete die diagonal verlaufende Wunde. Sie brannte und schmerzte.

Wie früher.

Lodrik harrte einen Tag in der Hütte aus, dann zog er sich seine alte Robe sowie den Mantel an, warf sich zusätzlich zwei grobe Säcke zum Schutz gegen den Wind über und verließ seine Behausung, die ihn vor dem sicheren Erfrierungstod bewahrt hatte.

Wo sich Soscha aufhielt, wusste er nicht, und es war ihm gleich.

Er hatte sich Gedanken zu seinem Vorschlag gemacht und fand ihn nach wie vor gut; dennoch betrachtete er es als seine Verpflichtung, die Jagd fortzusetzen. Er zählte darauf, dass ihm unterwegs eine Lösung einfiel.

Während er durch den Schnee stapfte, ausgestattet mit genügend Proviant und einem kleinen Bündel Feuerholz, sah er Norinas Gesicht vor sich. Wie würde sie auf seine Menschwerdung reagieren? Oder besser gesagt: Würde er ihren Vorstellungen noch gerecht werden können?

Lodrik dachte an sie – und empfand enormes Glück und überwältigende Liebe. Seine Gefühle hatten sich vor der Nekromantie in einem kleinen Winkel seines Körpers verborgen und breiteten sich rasend schnell in ihm aus. Sie trieben ihm zu seinem eigenen Erstaunen die Tränen in die Augen, und er weinte voller Erleichterung. Voller Freude, diese Empfindungen nicht rettungslos verloren zu haben.

»Danke, Vintera«, sagte er. Es waren die ersten Worte des Dankes für ihr Geschenk, das er zusehends zu schätzen wusste.

Das Leben hielt auch in seine Gedanken Einzug, und mit jedem Schritt, den er tat, kam ihm sein Vorschlag, die jungen magischen Talente auf gut Glück zu töten, um sie möglicherweise zu Nekromanten zu machen, abgeschmackt vor. Taktisch klug, aber skrupellos und eines Mortva Nesreca würdig.

Lodrik schauderte.

Mit der Menschwerdung fielen auch die Schuldgefühle mächtiger als jemals zuvor über ihn her und pressten sein Herz zusammen, dass es schwer wurde und schmerzte.

Er sah all die Toten der vergangenen Jahre an sich vorüberziehen, sah die Schlachten, an denen er teilgenommen hatte. Und er sah seine Kinder. Krutor, Tokaro und Lorin besaßen seinen ganzen Stolz, aber Govan und Zvatochna …

»Ich werde Ulldart erlösen«, versprach er und marschierte, so rasch es ihm der Schnee erlaubte.

VI.

Kontinent Ulldart, Königreich Borasgotan, neue Hauptstadt Donbajarsk, Spätfrühling im Jahr 2 Ulldrael des Gerechten (461 n.S.)

Norina hielt den Zettel in den Händen. »An die hochwohlgeborene Kabcara Norina«, las sie wieder. »Ergebenst, Hetrál«. Sie legte ihn zurück auf den Tisch. »Und Ihr habt Leichen gefunden?«

»Ja«, nickte Gouverneur Rystin und wirkte tief betroffen. »Es waren nicht nur die Toten auf der Brücke, wir fanden weitere Leichen in dem Haus mit dem beschädigten Rollladen. Alle waren von Pfeilen getroffen worden, und ich kann Euch sagen, dass ich solche Pfeile in meinem ganzen Leben noch nicht gesehen habe.« Er rief einen Gardisten zu sich, der die Beweisstücke in den Händen hielt. »Besondere Formen, unglaubliches Gewicht, hoheitliche Kabcara«, erklärte er ihr. »Mit einem herkömmlichen Bogen lassen sie sich nicht verschießen.«

Norina betrachtete die ungewöhnlichen Spitzen. »Es spricht wirklich alles für Meister Hetrál oder einen Menschen, der seiner Schule entspringt«, sagte sie nachdenklich.

»Meister Hetrál ist tot, dachte ich«, erwiderte Rystin und drehte die Pfeile, darauf achtend, dass er sich nicht an den Spitzen verletzte. »Hat er die Festung Windtrutz damals nicht verteidigt?«

»Ja.« Norina winkte den Diener zu sich, um sich Tee bringen zu lassen. Der Samowar war schon lange leer. »Was ist mit der Überlebenden? Sie hat Euch gesagt, um wen es sich bei den Attentätern handelt?«

»Pujlka Ermiskova. Sie und ihre Freunde gehören zu denen, die anzweifeln, dass Ihr den Thron räumen werdet, sobald Borasgotan einen würdigen Mann oder eine würdige Frau für das Amt des Herrschers gefunden hat.« Rystin seufzte. »Ich kenne zwei der Toten persönlich und wäre niemals darauf gekommen, dass sie derartige Gedanken hegten.«

»Und ich fürchte, sie sind nicht die Letzten und Einzigen gewesen.« Norina war bestürzt und traurig, dass die Menschen von dieser unnötigen Furcht beseelt waren. »Mehr als vor aller Augen und Ohren darauf hinzuweisen, dass ich mich als Verwalterin sehe, kann ich nicht.«

Der Gouverneur verneigte sich. »Offen gesprochen: Mir würde es nichts ausmachen, wenn Ihr bliebet, hoheitliche Kabcara. Meiner Auffassung nach gibt es kaum eine bessere Wahl, doch warten wir ab, was die Adligen Borasgotans präsentieren.«

Es klopfte, und ein Diener in einer unauffälligen, blassroten Livree trat mit Tee, Gebäck, einem Kännchen Sahne und einem Schälchen Kirschmarmelade auf einem Tablett ein. Er war um die fünfzig Jahre, hatte kaum mehr Haare auf dem Kopf, aber dafür einen umso längeren Bart. Etwas beschäftigte ihn sehr, wie von seiner Miene abzulesen war. »Verzeiht, hoheitliche Kabcara, doch ein Mann wünscht Euch zu ... sprechen ...« Er hüstelte aus Verlegenheit. »Ich meine, er möchte mit Euch ...« Wieder schwieg er.

Rystin rügte ihn mit Blicken. »Was ist denn?«

»Nun, er ist stumm, und ich weiß nicht, wie ich es sagen soll, dass er sich mit der Kabcara unterhalten möchte«, erklärte der Diener seine Not. »Denn reden kann er eben nicht.«

»Hetrál!« Norina freute sich. »Schick ihn herein und bringe eine Tafel sowie Kreide. Rasch!«

Rystin sah dem Diener nach. »Nun sehe ich den legendären Meister der Bogenschützen endlich einmal selbst.« Er winkte den Männern am Eingang zu, die Waffen zu ziehen. »Vermutlich ist er auch im Umgang mit Wurfmessern und derlei geübt.«

Norina erinnerte sich an die Kunststücke, die Hétral vollbracht hatte. Es bedeutete keinerlei Anstrengung für ihn, eine Münze auf zehn Schritt Entfernung mit einem dornartigen, fingerlangen Eisenstab zu treffen. Er warf und durchbohrte so leicht, als schreibe er seinen Namen nieder. »Das ist er.«

Der Diener kehrte mit Tafel und Kreide zurück. Ihm folgte ein nicht allzu großer Mann mit einer einfachen Topffrisur der dunkelbraunen Haare. Man sah an den Falten um Mund, Nase und Augen, dass er gealtert war, aber sie standen ihm gut. Ein dichter Bart wuchs um Unterkiefer und Mund, über dem linken Auge saß eine mit silbernen Brokatfäden bestickte Klappe. Goldene Creolen schimmerten in den Ohrläppchen, unter der Lederrüstung schaute ein einfaches, schwarzes Hemd hervor. Zur Lederhose hatte er die passenden Stiefel aus weichem Leder gewählt; sie hörten keinen seiner Fußschritte.

Ein zweiter Diener lief hinter ihm und hielt einen Bogen, der so groß war wie er selbst, sowie zwei Köcher mit Pfeilen.

Norina erhob sich. »Meister Hetrál«, begrüßte sie ihn mit einem aufrichtigen Lächeln und reichte ihm die Hand. »Euch und Eurer Kunst verdanke ich mein Leben.« Während sie ihn begrüßte, versuchte sie zu erkennen, ob es sich bei dem Mann um einen Doppelgänger handelte oder der wahre Hetrál vor ihr stand.

Hetrál verbeugte sich tief, erst dann nahm er die Finger der Kabcara und drückte sie. Er bekam die Tafel und die Kreide gereicht. »Ich tat es gern«, schrieb er.

Sie bot ihm einen Platz an. »Aber bevor Ihr mir erzählt, was sich in der Hauptstadt ereignet hat, möchte ich erfahren, wie Ihr die Vernichtung der Festung überstanden habt und wo Ihr in den letzten Jahren gewesen seid. Alle hielten Euch für tot.«

Hetrál lächelte. »Das war der Sinn. Ich entkam mit einem Gleiter.« Norina wusste nicht auf Anhieb, was er meinte. »Die Kensustrianer hatten Konstruktionen bei sich, um durch die Luft zu fliegen und sich den Bombarden auf diesem Weg zu nähern. Mehrere davon gab es in Windtrutz, und ich stürzte mich wie einige andere Männer mit ihnen in den Abgrund. Ich dachte mir, dass ich lieber auf die Weise zu Tode komme als durch den Angriff von

Govan und Nesreca.« Er wischte das Geschriebene weg, um Platz für neue Buchstaben zu schaffen. »Einer nach dem anderen stürzte ab, wir waren es nicht gewohnt, die Gleiter zu lenken. Ich entkam, flog und flog, doch mein Apparat war beschädigt, und ich konnte nicht wirklich damit umgehen. Nach einem Zusammenstoß mit einem Felsen fehlen mir die Erinnerungen. Ich wurde aber gefunden und gepflegt. Es dauerte lange, bis meine Brüche verheilt waren.«

Norina las gebannt, was er mit schöner Schrift notierte. »Das ist unglaublich aufregend, Meister Hetrál. Mein Mann und alle Freunde von Euch werden sich freuen, von Euch zu hören.«

»Ich bin mir nicht sicher.« Er sah zu Gouverneur Rystin. »Schickt ihn bitte hinaus. Was ich Euch zu sagen habe, muss ein Geheimnis bleiben.«

Norina bat den Mann und ihre Leibwächter, das Zimmer zu verlassen, was sie nur unter Protest taten. »Mein Vertrauen in Euch ist groß genug, Meister Hetrál«, sprach sie und wartete, bis sie allein waren. »Welche schlechten Nachrichten habt Ihr?« Sie bedeutete ihm, sich vom Tee zu nehmen.

»Ich habe versucht, Euren Gemahl zu töten, hoheitliche Kabcara. Damals, vor der Kathedrale, als er aus dem Loch stieg und seinen Sohn Govan gerettet hatte. Damals wurde mit Bolzen auf ihn geschossen, die vergiftet waren, und einige davon sandte ich ihm. Aus dem Verborgenen heraus.«

»Was?« Sie erschrak. »Aber …«

Hetrál blickte sie besorgt an. »Ich bin immer noch der Überzeugung, dass *er* für alles Unheil, was meine Heimat in den kommenden Jahren heimsucht, verantwortlich sein wird. Die Prophezeiung über den TrasTadc habe ich nicht vergessen. Ich neige zur Auslegung, dass man ihn töten muss, um Schaden vom Kontinent abzuwenden. In den vergangenen Jahren kam nichts Gutes über Ulldart, und Lodrik Bardri¢ lebt. Erkennt Ihr den Zusammenhang?«

Norinas freundschaftliche Zuneigung für den Mann aus Tûris schwand. »Er hat hinreichend gebüßt. Einmal muss es genug sein.

Er hat keinerlei Ämter inne, auf *eigenen* Wunsch, wohlgemerkt, und er jagt Zvatochna, um das letzte Stückchen Wurzel des wahren Übels auszureißen. Wenn er danach Vahidin vernichtet, hat ihm keiner mehr etwas vorzuwerfen.« Sie sprach laut und deutlich; die braunen Augen hielt sie fest auf den Gast gerichtet. »Solltet Ihr ihn nicht in Ruhe lassen, Meister Hetrál, sage ich Euch den Kampf an!« Norina deutete mit dem Löffel auf den Bogen, der auf einem Sessel abgelegt worden war. »Ihr mögt ein begnadeter Schütze sein, der mich gewiss dreimal am Tag von irgendwelchen Hausdächern oder aus Fenstern heraus ermorden könnte, aber ich lasse nicht zu, dass Ihr meinen Ehemann jagt. Sollte ich dadurch Eure Feindschaft erlangen, ist es nicht zu ändern.«

Hetrál lächelte. »Ihr erlangt durch Eure Äußerung allenfalls meinen tiefen Respekt, hoheitliche Kabcara. Ihr seid seine Gemahlin, und würdet Ihr Euch nicht für ihn einsetzen, hättet Ihr den Titel wohl nicht verdient.« Er betrachtete sie und überlegte; dieses Mal schrieb er langsam. Es sah beinahe so aus, als zeichne er. »Ihr werdet niemals meine Feindin sein, hoheitliche Kabcara. Ganz im Gegenteil, ich wache über Euch. Ihr werdet keinen Wimpernschlag mehr allein sein, Ihr müsst weder Licht noch Dunkelheit fürchten. Es wird stets ein wachsames Auge da sein, um einen lauernden Feind abzuwehren – solange er in menschlicher Gestalt daherkommt.«

»Dafür danke ich Euch, aber glaube nicht, dass Ihr es allein schafft.« Norina versuchte, den Gegenstand ihrer Unterhaltung zu wechseln. Sie wollte nicht länger über den Tod ihres Gemahls sprechen.

»Wer sagt, dass ich allein bin?«

Norina schaute sich um. »Sind wir das nicht?«

Hetrál schüttelte den Kopf. »Ihr hattet mich gefragt, warum ich so lange verschwunden blieb.« Die Kreide quietschte ein wenig. »Es gab Vorbereitungen zu treffen. Eine alte Organisation ist auferstanden. Oder besser gesagt, sie ist aus dem Schlaf erwacht. Wir sind derer viele, hoheitliche Kabcara, und die wenigsten von uns sind im Umgang mit Pfeil und Boden schlechter als ich. *Wenn* sie es sind, so bestehen geringe Unterschiede.« Er unterbrach sein Schreiben und genoss einen Schluck Tee mit Kirschmarmelade und Sahne. »Es gibt kaum ein besseres Getränk. Ich glaube fast, das hat mir am meisten während meiner Rast im Krankenbett gefehlt.«

Norina versuchte zu erkunden, wohin sie das Gespräch führte und ob sie es guthieß. »Ihr wollt mir damit sagen, dass meine Schritte den ganzen Tag überwacht werden?«

»Alle Königshäuser Ulldarts haben Beschützer in den Schatten. Mit Beginn des Sommers stehen wir auf unseren Posten«, erklärte Hetrál. »Wir sind gegen Umstürze und Attentate, gegen Aufstände und ständige Thronwechsel. Ulldart muss Frieden finden, denn wer weiß, was uns in den kommenden Jahren noch alles von außen an Gefahr angetragen wird.«

»Ich hätte nicht gedacht, dass Perdór Männer hat, die mehr als Spione sein können.«

»Perdór hat mit den Menschen, die ich erwähnt habe, nichts zu tun. Die Schwarze Sichel hat sich in alter Stärke erhoben und ihre Vorränge neu verteilt. Wir werden unser Können im Gegensatz zu früher ausschließlich in den Dienst des Guten stellen, ohne dass wir jemandem Rechenschaft ablegen. Wir sind nicht mehr die gedungenen Mörder von einst.« Hetrál erhob sich und verbeugte sich vor ihr. »Ich empfehle mich, hoheitliche Kabcara. Eine Sache noch: Wenn Ihr Perdór demnächst sprechen solltet, warnt ihn vor den K'Tar Tur. Es gibt einen unter ihnen, der die Fäden in Tersion zieht.«

»Die K'Tar Tur? Ich dachte, dass sie seit dem Aufstand gegen Alana die Zweite vor einigen Jahren sämtlicher Macht beschnitten worden wären.«

»Offiziell sicherlich«, schrieb er und sah besorgt aus. »Richtet Perdór meine Worte aus. Und sagt ihm auch, dass die Hauptgefahr nicht in Tersion sitzt. Mehr wissen auch wir nicht. Mögen Euch die Götter leiten.« Hetrál schritt rückwärts zur Tür, verneigte sich ein weiteres Mal und verließ das Zimmer.

Norina schwieg, stand auf und ging zu einer großen, gläsernen Tür, die von der Stadt abgewandt lag. Hinter dem Palast erstreckte sich ein Garten, wie ihn die Ulldrael-Klöster anlegten, und sie mochte es, darin zu wandeln und zu sinnieren.

Sie trat hinaus, lief den hellen Kiesweg entlang und berührte die Blätter rechts und links von ihr gedankenverloren mit den Fingerspitzen, wie sie es als Kind gern in der Natur getan hatte. Sie spürte die verschiedenen Beschaffenheiten der Pflanzen: flaumig, glatt, rau.

Norina war sich sicher: Hetrál hatte ihr eine Drohung überbracht, die er eher Hinweis genannt hätte. Diese Organisation hatte sich zur Kontrollinstanz über die gekrönten Häupter aufgeschwungen, die den Frieden und die Ruhe über alles stellte.

Somit gerieten nicht nur Attentäter und Aufrührer auf die Liste, sondern auch all diejenigen, welche durch ihr Handeln Verwirrung schufen. Aber ab wann würde diese Organisation zu handeln beginnen? Müsste jeder Reformer einen Pfeil aus dem Hinterhalt fürchten? Was verstanden sie unter *Frieden*?

Norina bog in den Teil des Gartens ab, in dem die kleineren Blumen wuchsen, und sah einen Gärtner bei der Arbeit; neben ihm lagen die Gerätschaften, die man zur Pflege benötigte, und darunter befand sich auch eine Sichel.

Beim Anblick des gekrümmten Schneidenblatts durchzuckte sie es. »Die Schwarze Sichel ist zurück«, sagte sie zu sich selbst, wandte sich auf den Absätzen um und eilte ins Arbeitszimmer. Norina war sich sicher: Hetrál hatte es ihr mit Absicht offenbart, damit sie alle anderen Regenten *warnte!*

Sie setzte sich und schrieb Perdór einen Brief, in dem sie die Ereignisse schilderte. Haarklein berichtete sie jede Einzelheit der Unterredung.

Abschließend möchte ich anmerken, lieber Freund, dass auch die Angst eine wirksame Instanz ist.
Die Herrscherinnen und Herrscher sollten sich bei ihren Entscheidungen allerdings nicht von dem Wissen um den Antrieb

der Schwarzen Sichel beeinflussen lassen. Die Souveränität muss gewahrt bleiben. Andernfalls können wir die Schwarze Sichel gleich als Könige einsetzen.
Ich überlasse es Euch zu entscheiden, ob wir den Herrscherinnen und Herrschern die volle Wahrheit sagen oder sie im schmeichelnden Glauben lassen, sie verfügten über geheime Leibwächter.

Sie unterschrieb, siegelte das Papier und übergab es einem Boten, der sich sofort auf den Weg zu Perdór machte.

Norina verfasste weitere Zeilen für Lodrik, in denen sie ihn über Meister Hetrál und die Schwarze Sichel aufklärte; insgesamt fertigte sie fünf Abschriften an. Eine davon würde ihren umherreisenden Gemahl erreichen.

»Das hat Ulldart noch gefehlt, dass sich Meuchler zu Königen aufschwingen.« Sie sandte fünf Boten, die sie lediglich in eine ungefähre Richtung schicken konnte. Die letzte Meldung über Lodriks Aufenthaltsort lag lange zurück, deswegen griff sie auf mehrere Reiter zurück. Einer würde ihn sicherlich finden.

Dann nahm sie die Niederschriften zur Hand, die ihr der Gouverneur zum Studieren mitgebracht hatte. Darin ging es um die Staatsfinanzen Borasgotans, doch so sehr sie sich bemühte, in den Zahlen etwas zu erkennen und Schlüsse daraus zu ziehen, wie sich der marode Haushalt in den kommenden Jahren verbessern lassen könnte, in Gedanken war sie bei Hetrál und Lodrik.

Kontinent Kalisstron, 21 Meilen östlich von Bardhasdronda, Spätfrühling im Jahr 2 Ulldrael des Gerechten (461 n.S.)

Tokaro!«

Der Ruf traf ihn unvorbereitet in den Rücken, und auf den Klang der Stimme hatte er sich gefreut und gleichzeitig davor gefürchtet.

Er wendete Treskor und sah Estra, die neben Lorin auf der Straße lief und winkte. Seine blauen Augen huschten zwischen den beiden hin und her, während er versuchte, seine verwirrenden Empfindungen zu ergründen. Liebe, Eifersucht, Wut, Sorge – sie tanzten umeinander.

Gàn blieb stehen und drehte sich auch um. »Und ich dachte, wir werden sie lange suchen müssen«, murmelte er. Auch ihm hörte man an, dass er das Wiedersehen mit gemischten Gefühlen betrachtete. Bezeichnenderweise rührten er und Tokaro sich nicht, sondern verharrten und warteten, dass Lorin und Estra zu ihnen aufschlossen.

»Es ist schön zu sehen, dass ihr alle unverletzt …« Lorin entdeckte die Wunde am Nimmersatten.

»Es geht schon«, brummte Gàn. »Dafür ist der Qwor tot.«

Lorins Augen wurden groß. »Ihr habt einen von ihnen getötet?«

»Wenn du uns nicht glaubst …«, erwiderte Tokaro und klang selbstherrlich wie eh und je. Er warf den Rucksack vor die Füße seines Halbbruders. »Da drin sind die Überreste von ihm. Den Rest verzehren die Möwen, die Krebse und das Meer.«

Estra sah am Ausdruck in den Augen ihres Liebsten, dass er seine Überlegenheit und Kühle vortäuschte; in Wirklichkeit fühlte er sich mindestens so unsicher wie sie. Doch sein Verhalten ärgerte sie schon wieder. »Ich sehe, du hast deine aldoreelische Klinge wieder«, begann sie und blieb zum Schein ebenso gelassen. »Was ist mit meiner Amuletthälfte?« Sie sah den Nimmersatten an und streckte die Hand aus. »Ich hätte sie gern wieder. An ihr hängt zu viel, als dass ich sie in deiner Obhut lassen kann.«

»Sie ist an einem sicheren Ort«, warf Tokaro ein. »Und da wird sie bleiben, bis sich einige Begebenheiten aufgeklärt haben und der letzte Qwor ausgerottet ist.«

Sie wollte etwas entgegnen, aber Lorin war schneller. »Du warst in Bardhasdronda. Was hast du vorgefunden?«

»Wo wart *ihr* denn?«, konterte der Ritter misstrauisch, der die alte Eifersucht einfach nicht zu unterdrücken vermochte.

»Wir haben die Nächte miteinander verbracht, um dich zur Weißglut zu bringen und weil uns die Schicksale der Menschen hier und auf Ulldart gleichgültig sind«, fauchte Estra aufgebracht.

Tokaro richtete sich gerade auf, eine Hand stützte er auf den Oberschenkel und sah noch hochmütiger aus, trotz des stoppeligen Bartes in seinem Gesicht und dem ungepflegten Äußeren. Er hatte die arrogante Haltung der Hohen Schwerter ebenso verinnerlicht wie sein Ziehvater. »Bardhasdronda ist vernichtet, Lorin«, antwortete er. »Zu deiner Beruhigung sei dir gesagt, dass wir so gut wie keine Leichen fanden. Ich denke, dass die Bewohner das einzig Richtige getan haben und geflüchtet sind, bevor die Qwor angegriffen haben. Wir haben nach ihnen gesucht, weil wir dachten, euch beide zu finden.« Sein Tonfall wurde schneidend. »Ich ahnte ja nicht, dass ihr lieber ...«

»Steig ab«, sagte Lorin wütend.

Tokaro lachte ihn aus und tat überlegen. »Weswegen?«

»Steig ab und rede mit Estra über euch, über alles, was geschehen ist! Über eure Gefühle füreinander und den Fluch, der auf ihr lastet«, brach es aus ihm heraus. Er kam auf den Ritter zu, bis er neben dem Schimmel stand. Gàn hielt sich bereit einzugreifen. »Meinetwegen versuche wieder, mich umzubringen, oder prügele dich mit mir, nur *hört* endlich auf«, er drehte sich zu Estra, »hört *endlich* auf mit dem Theater!«

»So, denkst du, ich sollte das tun?« Tokaro verzog den Mund.

»Lass das Getue, Tokaro!«, herrschte er ihn an. »Wir haben Besseres zu tun, als uns gegenseitig zu verdächtigen. Ich hatte nichts mit Estra, auch wenn du es vielleicht gern so hättest, um endlich recht zu haben. Meine Liebe gehört einzig meinem Weib, und wenn mich etwas mit Estra verbindet, dann ist es Freundschaft und die Sorge um geliebte Menschen.« Er starrte ihn an, der Blick war eine einzige Aufforderung. »Los, jetzt! Wir müssen zwei Kontinente vor Schlimmerem bewahren, aber vorher will ich Frieden zwischen euch beiden haben.« Er deutete auf sich. »Wie es zwischen uns beiden aussieht, Tokaro, spielt weniger eine Rolle, aber geh zu der Frau, die du liebst. Auch wenn du uns etwas anderes glauben lassen möchtest.«

Und wirklich glitt der Ritter vom Pferderücken, unmittelbar vor Lorin. Er schwieg und sah ihm in die Augen. Blau traf auf Blau.

»Hilf ihr, gegen den Fluch anzukommen«, sagte Lorin leise und weniger wütend. »Überwinde deinen Stolz, der höher als ein Berg ist. Ihn und deine Vorbehalte, wenn du sie retten möchtest. Sie und eure Liebe.« Lorin streichelte Treskors Nüstern und machte seinem Halbbruder Platz.

Gàn gab dem Kalisstronen nicht recht. Wegen der Vergangenheit. »Herr Ritter, bedenkt, worüber wir gesprochen haben«, mahnte er mit tiefer Bassstimme. »Die Zeichen!«

»Ich habe es nicht vergessen.« Tokaro ging an Estra vorbei und bedeutete ihr mit einem für ihn ungewöhnlich scheuen, knappen Blick, ihn zu begleiten. Sie folgte ihm neugierig und überließ es ihm, den ersten Satz zu sagen.

Als sie geschätzte zehn Schritte von den anderen beiden entfernt waren, begann er: »Es ist schwierig für mich. Ich weiß, dass du dich verändert hast und dass du an der gleichen Verwünschung leidest wie deine Mutter. Gàn hat es auch gesehen.« Er schluckte. »Ich will nicht, dass es so endet wie bei ihr und deinem Vater.« Tokaro blieb stehen und legte ihr die Hände auf die Schultern, er schluckte. »Meine Verunsicherung und mein …«

Estra neigte sich nach vorn und küsste ihn sanft auf die Lippen, dann nahm sie ihn in die Arme und legte den Kopf gegen seine Brust. »Ich brauche dich«, flüsterte sie. »Ich brauche dich, um meinen Verstand zu behalten und diejenige zu bleiben, die ich sein möchte. Die Estra ohne Fluch, ohne die anfallhaften Begierden und das Verlangen nach Fleisch.« Sie sah ihm in die blauen Augen. »Lass nicht zu, dass ich zum Monstrum werde! Steh mir bei und zweifle nicht an meiner Liebe zu dir! Denk daran, dass ich in solchen Momenten nicht ich selbst bin.« Sie hob die Linke und berührte sein Gesicht, ihre Augen hatten sich mit Tränen gefüllt. »Wenn du mich aufgibst, habe ich keinen Grund zu leben. Nicht einmal für das Schicksal von Ulldart.«

Tokaro empfand tiefe Rührung angesichts des Geständnisses ihrer großen Liebe zu ihm. »Ich werde dir beistehen«, entgegnete er mit belegter Stimme und drückte sie fest an sich. »Ich möchte mit dir leben, so lange wie möglich, und Frieden finden. Ohne die Ničti, ohne die Qwor oder neue Feinde. Ich bete zu Angor, dass er es uns ermöglicht.«

Sie standen mitten auf der Straße, eng umschlungen und die Wärme des anderen genießend. Zweifel und Verzweiflung schwanden, wurden kleiner und schrumpften zu nichts, während sie sich mit geschlossenen Augen hielten und die Zeit vergaßen.

Gàn gab einen Laut von sich, der seine Ungeduld ausdrücken sollte, Treskor zuckte erschrocken zusammen und wieherte. Der Hengst hatte sich zwar an die Nähe des Nimmersatten gewöhnt, doch er traute ihm noch immer nicht.

Lorin betrachtete das Paar lächelnd; in ihm festigte sich die Zuversicht, seine Frau bald ebenso in die Arme schließen zu dürfen.

»Wo sind wohl die ganzen Menschen abgeblieben?«, sagte Gàn zu ihm. Seine Bauchwunde schmerzte, doch er behielt es für sich. Sie hatte sich entzündet. Bei einer Rast würde Zeit sein, sich darum zu kümmern.

Lorin überlegte, welcher Ort als Refugium vor den übermächtigen Qwor taugte. »Ich kann es Euch nicht mit Sicherheit sagen. Es müsste eine Art Höhle mit einem sehr engen Durchgang sein, in welche die Wesen nicht hineinpassen.«

»Ihr klingt nicht so, als würdet Ihr einen derartigen Ort kennen.«

Jetzt rächte es sich, dass Lorin sich nie besonders weit von Bardhasdronda wegbewegt hatte, und wenn doch, dann immer entlang der Küste und niemals tief ins Hinterland. Er hatte es stets als langweilig empfunden. »Nein. Ich fürchte, wir müssen weiter umherlaufen und die Augen offen halten.« Er nickte zu Estra und Tokaro. »Falls die beiden sich jemals wieder loslassen.« Dann wandte er sich an den Nimmersatten. »Ihr wisst von dem Fluch?«

Gàn nickte. »Ich sah es deutlich, und ich habe Angst davor, dass auch Ritter Tokaro ihm zum Opfer fällt.«

»Ihr habt das Amulett zerbrochen, richtig?«, wollte Lorin wissen, und der Nimmersatte nickte. »Ist der Fluch unter Umständen dadurch ausgelöst worden?«

»Nein. Ich habe die Zeichen an der Inquisitorin gesehen, bevor ich sie überfiel.« Gàn grübelte. »Um ehrlich zu sein, bin ich nicht ganz so zuversichtlich wie Ihr, was die Aufhebung angeht. Was tun wir, wenn sich die Inquisitorin weiter zum Schlechten wandelt?« Seine großen, hellen Augen mit den zweifachen Pupillen richteten sich auf Lorin. »Euch könnte es gleichgültig sein, weil sich die Bedrohung gegen Ulldart richtet, aber ich ...«

»Ich werde nicht zulassen, dass Ulldart etwas geschieht«, sprach Estra dazwischen. Sie und Tokaro waren unbemerkt zu ihnen zurückgekehrt und hatten einen Teil der Unterredung vernommen. »Die Ničti werden sich von mir befehligen lassen.«

Gàn sah zu den beiden. »Wie kommt es dann, Inquisitorin, dass ich Pläne bei Euch gefunden habe? Pläne für einen veränderten Kontinent mit anders verlaufenden Handelsstraßen und Grenzen«, hielt er ihr vor. »Sogar Flüsse sollen umgeleitet werden! Auch wenn ich die Muster, die dabei entstehen, nicht begreife, weiß ich doch, dass Ammtára der Mittelpunkt der neuen Ordnung sein soll.« Er schnaubte. »Das alles weckte in mir den sicheren Verdacht, dass Ihr es alles andere als gut zu meinen scheint.«

Tokaro schwieg und wartete bangen Herzens, was Estra auf den Vorwurf erwiderte. Er hatte den Bericht des Nimmersatten vor Freude über die Aussöhnung mit ihr vergessen.

»Was du gefunden hast, Gàn«, erklärte Estra freundlich, »waren nicht meine Karten und Zeichnungen. Ich habe sie im Nachlass meiner Mutter gefunden und wollte sie zur Erinnerung behalten. Ich schwöre, dass ich niemals beabsichtigt habe, diese Pläne in die Tat umsetzen zu lassen. Ulldart ist auch meine geliebte Heimat.« Sie lächelte. »Ich verzeihe dir, dass du in mein Haus eingebrochen bist und mich niedergeschlagen hast, Gàn, weil ich weiß, dass du aus Sorge gehandelt hast.«

Gàn schnaufte und bleckte die Zähne; er war unsicher, ob er ihr glauben durfte. »Ihr werdet mir verzeihen, wenn ich abwarte, was wir in den kommenden Tagen mit Euch erleben«, antwortete er schließlich. »Bis dahin sage ich zum Amulett nichts.«

»Du?«, machte sie verwundert. »Was hast du denn …?« Sie schaute zu Tokaro. »Ich dachte, dass du es verwahrt hättest?«

Der Ritter machte eine beschwichtigende Geste. »Wo es ist, ist es sicher. Erst die Qwor, Estra. So haben wir es besprochen.«

»So soll es auch sein«, stimmte sie zu und sah zu Lorin. »Suchen wir Jarevrån.«

»Ist Euch inzwischen eingefallen, wo man sich vor den Kreaturen verbergen könnte?« Gàn hielt die breite Hand unwillkürlich auf die Wunde, in der es zog und die sich wärmer anfühlte.

Lorin zuckte mit den Achseln. »Ich kann es nicht sagen.« Er deutete die Straße entlang. »Gehen wir und halten Ausschau.«

Mit diesen Worten setzte er sich an die Spitze. Tokaro stieg auf Treskor und zog Estra zu sich in die Höhe; den Abschluss bildete Gàn.

Das Quartett marschierte durch eine verlassene Welt.

Alles, was ihnen unterwegs rechts und links der Straße begegnete, waren zerstörte Siedlungen, brennende Gehöfte und leere Ruinen. Sie marschierten bereits drei Tage nach Osten, und außer den Qworspuren und gelegentlichem Gebrüll, das sich stets weit weg von ihnen befand, entdeckten sie nichts. Den Spuren nach gab es nach wie vor nur den einen Qwor, was sie erleichterte.

Die wenige Zeit der Rast nutzt Tokaro, um die Arbeiten an

seiner neuen Rüstung abzuschließen; er hatte in den verlassenen Behausungen genügend Material und Werkzeug gefunden.

Auf einer Kreuzung hielten sie an. Lorin bückte sich, fuhr mit den Fingern durch den Dreck und suchte nach Hinweisen. »Das gibt es doch nicht!«, machte er sich Luft. »Bleiche Göttin, wo sind sie abgeblieben?« Er stand auf und ging zu einer großen Tanne, um nach oben zu steigen. »Das kann nicht sein«, sagte er dabei. »Tausende Menschen sind nicht in der Lage, einfach zu verschwinden.«

»Und wenn sie die Qwor doch gefressen haben?« Gàn beobachtete so unauffällig wie möglich, was Estra und Tokaro trieben. Er verstand sich als Beschützer des Ritters, und sobald die Inquisitorin einen Hauch des Fluches zeigte, würde er sich zwischen sie und Tokaro werfen. »Ich wünsche es mir selbstverständlich nicht, doch ...« Er dachte nach. »Sie könnten die Menschen zusammengetrieben haben. Wie Vieh auf einer Weide.«

»Glaube ich nicht«, kam es aus der Baumkrone, Äste knirschten und Laub raschelte. Lorin befand sich weit oben. »Die Qwor sind zwar mächtig, doch so viele Menschen vermögen sie nicht in Schach zu halten.«

»Doch, könnten sie«, meinte der Nimmersatte leise, damit er ihn nicht vernahm. »Herr Ritter, was denkt Ihr, wie groß die Ausgeburten inzwischen geworden sind?«

Tokaro, der hinter Estra auf Treskor saß und sich eng an sie schmiegte, tat sich schwer, die Hände und die Aufmerksamkeit von ihr zu lösen. Er genoss die gewonnene Eintracht. »Wieso sollten sie rasch wachsen?«

»Ich habe etwas gesehen!«, rief Lorin nach unten. »Es sieht aus wie die Überreste einer alten Festung, größtenteils zerfallen. Es scheinen sich einige Menschen dort aufzuhalten.«

»Warte, ich komme zu dir.« Tokaro gab Estra einen Kuss auf den Hinterkopf und rutschte zu Boden, um gleich danach den Baum zu erklimmen. Trotz des Kettenhemdes kam er sehr gut voran und erreichte bald seinen Bruder. Er blickte in die angegebene Richtung.

Dort erhob sich ein Bollwerk, wie man seinesgleichen sogar auf dem festungsreichen Ulldart suchen müsste.

Es stand inmitten eines Waldes, teilweise von Bäumen überwuchert, teilweise hatten sich die Grundmauern der Natur erfolgreich entgegengestemmt. Die Reste eines viereckigen Turmes ragten neben einer Goldtanne schief nach oben. Tokaro kam es so vor, als veranstalteten Stein und Baum ein langsames Um-die-Wette-Wachsen, wer zuerst den Himmel berührte. Die Menschen sah er als bunte, sich bewegende Punkte. »Was für eine Festung war das?«

Lorin erinnerte sich an die Legende des alten Bardhasdronda. »Ich glaube, es ist die alte Stadt, die Vorgängerin des heutigen Bardhasdronda. Damals reichte das Meer bis hierher, und als sich die Wellen auf Geheiß der Bleichen Göttin zurückzogen, eilten die Menschen ihnen nach.« Er ließ den Blick schweifen. »Es müssten die Reste der Zitadelle sein, die Stadt selbst wird nicht mehr existieren.«

»Warum sollten sich die Flüchtlinge hierher zurückziehen?« Tokaro verfolgte, wie die Menschen auf den Mauern umherliefen; andere hingen mit Seilen an der Außenwand des Turmes, um auf die Plattform zu gelangen.

»Sieh nach Norden«, rief Lorin aufgeregt.

Tokaro drehte den Kopf – und der Schreck fuhr ihm so sehr in die Glieder, dass er sich festhalten musste: Weniger als eine Meile von ihnen entfernt tobte ein riesiger Qwor durch den Wald. Im Vergleich zu dem Wesen, das er und Gàn am Strand getötet hatten, erreichte dieses Exemplar die doppelten Ausmaße! Es fegte Bäume zur Seite, immer wieder rumpelte und krachte es, und der Qwor brüllte.

»Angor stehe uns bei«, sagte er. »Er hält in gerader Linie auf die Ruine zu.«

»Das habe ich auch bemerkt.« Lorin sah seinem Halbbruder in die Augen. »Wir müssen ihn aufhalten, bevor er die Flüchtlinge erreicht.«

»Das sehe ich ebenso.« Tokaro machte sich an den Abstieg,

Lorin folgte ihm. »Gàn, halte dich bereit!«, rief er nach unten. »Schnitz dir eine Keule oder einen dicken Speer. Wir haben den Qwor entdeckt.« Als er keine Antwort erhielt, spähte er durch die Äste und sah den Nimmersatten zusammengebrochen auf der Straße liegen. »Gàn?« Obwohl er es nicht wollte, verdächtigte er Estra sofort, etwas damit zu tun zu haben.

Er sprang auf den Boden und rannte zu dem Krieger, der auf dem Rücken lag, eine Hand in Höhe der alten Wunde unter die Rüstung geschoben. Tokaro legte die Stelle frei: Blut und Eiter sickerten zwischen den großen Fingern hervor. Lorin kam zu ihm gelaufen. »Die Wunde hat sich entzündet. Aber ich hatte sie gereinigt.« Die Wundränder färbten sich dunkler, es sah gefährlich nach Brand aus; trotz allem war er froh, dass seine Geliebte nichts damit zu tun haben konnte.

Estra erschien auf der Kreuzung, in der Hand hielt sie ein Büschel frischer Kräuter. »Diese hier kenne ich von Ulldart«, sagte sie und zerrieb sie. Es duftete intensiv, und eine ölige Flüssigkeit trat aus den zerbrochenen Stängeln. »Ich habe seine Wunde gesehen und mich auf die Suche nach Arznei gemacht. Die Kräuter werden den Eiter restlos herausziehen und die Entzündung bekämpfen.« Sie presste die Halme fest zusammen und ließ die Tropfen in das blutige, eitergefüllte Loch sickern. »Was ist das für ein Lärm?«, fragte sie, während sie sich um die Versorgung der Wunde kümmerte.

»Der zweite Qwor. Er hat die Flüchtlinge entdeckt.« Auf den Nimmersatten konnten sie im Kampf nicht zählen, und Estra durfte er nicht in Gefahr bringen. Er tauschte das Kettenhemd gegen seine Lamellenrüstung aus und legte die Beinlinge, die umgearbeiteten Handschuhe und den Helm an. »Es bleibt an uns allein hängen«, sagte er zu Lorin und schwang sich auf Treskor, dann zog er die aldoreelische Klinge. »Du wirst ihn ablenken oder anlocken, während ich ihn erledige.«

Lorin starrte ihn an. »Allein? Du hast gesehen, wie groß …«

»Mir wird nichts geschehen«, unterbrach Tokaro seinen Bruder und machte eine ungeduldige Handbewegung. »Steig auf, damit wir ihn einholen. Die Bäume halten ihn auf. Danach müssen wir sehen, wie wir weiter vorgehen.«

Lorin hatte nicht die notwendige Überzeugung, es allein mit der Kreatur aufnehmen zu können – und stieg dennoch auf. »Ich vertraue dir, Tokaro«, sagte er ernst.

Der Ritter sah zu Estra. »Warte hier auf uns.«

Sie schüttelte den Kopf. »Das wäre mir nicht recht. Ich will ihn wenigstens auf die Beine bringen. Wir versuchen, das Lager zu erreichen. In welcher Richtung liegt es?« Tokaro zeigte nach Osten. »Dann treffen wir uns dort.« Sie schenkte ihm ein warmes, liebevolles Lächeln. »Ihr werdet es schaffen.«

Tokaro lenkte Treskor nach Norden, um auf dem Weg entlangzureiten, bis sie die Schneise fanden, welche der Qwor hinterlassen hatte. Staub wirbelte hinter den Hufen auf, bald waren sie verschwunden.

Das Lächeln auf Estras Antlitz wandelte sich zu etwas Bösartigem, als sie sich zu Gàn wandte. »So, mein nimmersatter Freund, der gern ein Ritter sein möchte«, raunte sie und zog weitere Kräuter aus den Taschen ihres Kleides. »Gleich unterhalten wir uns über das fehlende Amulettstück.« Sie schob die Blätter in den Mund, kaute sie und drückte dann den schleimigen Klumpen in Gàns Mund. Er schluckte von selbst.

Estra setzte sich auf seine Brust und wartete, bis er die Augen aufschlug. Derweil rann sein eitriges Blut aus der offenen Stelle und lief auf die Erde. Sie kümmerte sich nicht weiter darum, sondern lauerte.

»Von dir lasse ich mir mein Amulett nicht ungestraft rauben«, sagte sie zu ihm und bereitete die nächste Portion Kräuter vor. Sie kannte sich aus, ihre Mutter war eine gute Lehrerin gewesen.

Dem Hengst fiel es nicht schwer, durch die Schneise zu galoppieren. Aber es forderte ihn.

Gerade wegen der vielen umherliegenden Baumstämme benötigte er Schwung, um sein eigenes Gewicht und das seiner beiden

Reiter über die Hindernisse zu wuchten. Er atmete laut im Laufrhythmus, der Schweiß rann ihm von den Flanken.

Tokaro streichelte seinen Hals. »Guter Junge«, lobte und spornte er ihn gleichzeitig an. »Wir holen den Qwor ein«, sagte er über die Schulter zu Lorin, der sehr genau darauf achtete, nicht vom Rücken des Hengstes zu fallen oder durch einen Zufall die bloße Haut seines Bruders zu berühren; beides bedeutete Schmerzen.

»Hast du deinen Plan verfeinert?«, wollte er wissen.

»Nein«, gab Tokaro zurück. »Angreifen und schauen, wie wir das Monstrum in die Knie zwingen.« Er sah den nächsten Stamm auf sie zukommen und bereitete sich auf den Absprung vor, um Treskor die Arbeit zu erleichtern.

Für einige Lidschläge lang setzte das Trommeln der Hufe aus, als sie über den Stamm hinübersetzten, dann kehrte es umso lauter zurück. Der aufgewühlte Waldboden flog hinter ihnen auf, und der Hengst galoppierte unaufhörlich, als sei er eine tadellos funktionierende Maschine.

»Ich möchte, dass du weißt, dass ich niemals ein Auge auf Estra geworfen habe«, rief Lorin und betrachtete die Lamellenrüstung, die sein Bruder trug; sie hatte sich der Umgebung angepasst und ahmte die Fellfarbe des Schimmels nach.

»Wieso sagst du das jetzt?«

»Weil ich nicht weiß, ob ich lebend aus dem Kampf gegen den Qwor hervorgehen werde«, erwiderte er ehrlich. »Es ist mir wichtig, dass diese Sache zwischen uns klargestellt ist. Wenn Estras Fluch erst einmal gebrochen ist, soll es keinen anderen Makel zwischen euch beiden geben.«

Tokaro hielt sich in der weißen Mähne des Hengstes fest. »Ich entschuldige mich«, brüllte er über die Schulter, damit er gegen den Wind und das Stampfen der Hufe verstanden wurde. »Ich war … nein, ich *bin* viel zu oft ein aufbrausender Narr, der die Dinge nicht immer richtig versteht. Meine Eifersucht und meine Unsicherheit …«

»Du musst nichts sagen«, unterbrach ihn Lorin erleichtert. »Tu dir und den Menschen um dich herum den Gefallen und entsinn dich, woher dein Aufbrausen rührt.« Er bekam Dreck ins Gesicht und schwieg notgedrungen. Rasch wischte er sich den Schmutz ab. »Du wirst sehen, dass du mit Estra eine wunderbare Zukunft vor dir hast.«

»Und du mit deiner Jarevrån«, gab Tokaro zurück. Eine immense Last war von ihm genommen worden. Die Unsicherheit, die Ängste der letzten Wochen hatten sich schlagartig verringert, auch wenn die Sorge um Estra geblieben war. Noch gab es den Fluch, der von ihr genommen werden musste, und davor wartete eine andere Prüfung: Er lenkte seine Gedanken auf das bevorstehende Gefecht. »Wir schneiden den Qwor in Streifen und machen für dich auch so eine schöne Rüstung, wie ich sie habe.« Er brachte Treskor zum Stehen und lauschte. »Wir sind nicht mehr weit entfernt.«

Lorin sprang auf den Boden. »Rennen wir lieber. Das macht weniger Lärm als dein Pferd.«

»Einverstanden.« Tokaro fiel es schwer, aber er sah die Notwendigkeit ein. »Treskor, warte hier.« Er streichelte den Hengst und lief neben seinem Bruder her.

Die Geräusche klangen sehr bedrohlich. Der Qwor fräste sich rücksichtslos vorwärts. Gelegentlich sahen sie alte Fundamente aus dem Boden ragen, welche die Kreatur bei ihrem Marsch freigelegt hatte – Zeugen einer Stadt aus fernen Tagen.

»Die Flüchtlinge haben wohl gehofft, dass der Wald sie schützt«, keuchte Tokaro.

Lorin konnte es ebenfalls nur annehmen. »Oder es gibt in der Zitadelle mehr als wir ahnen.«

»Eine Falle für den Qwor?« Der Ritter schwenkte nach links ins Unterholz. »Hier entlang. Ich will ihn von der Seite her überraschen.« Er sah hinauf zu den Bäumen.

»Was tue ich dabei?«

»Die Aufmerksamkeit auf dich lenken«, beschied Tokaro. »Ich bleibe und verberge mich, und du wirst ihn zu meinem Versteck locken. Das Biest wird deine Magie haben wollen und sich ködern lassen.« Er zeigte auf einen Busch an der Schneise. »Du musst es bis hierher schaffen. Denkst du …«

»Das werde ich. Ich war immer schon ein guter Läufer.«

Tokaro kauerte sich in den Busch und wurde durch die Tarnung seiner Rüstung unsichtbar. Er verschwand zwischen den Ästen und Blättern. »Deine Götter mögen dir schnelle Beine geben.«

»Die hatte ich schon immer.« Lorin spurtete die Schneise entlang und gab sich keinerlei Mühe, leise zu sein.

Auch wenn er sich noch so sehr anstrengte, meldete sich eine leise Stimme in ihm, die ihn davor warnte, seinem Halbbruder zu sehr zu vertrauen. Er wollte nicht daran denken, was geschehen würde, wenn Tokaro *nicht* erschien.

Aber seine Vorstellungsgabe hielt die passenden Bilder parat.

VII.

Kontinent Ulldart, Königreich Ilfaris, Herzogtum Dûraïs (Süden), Spätfrühling im Jahr 2 Ulldrael des Gerechten (461 n.S.)

Wer nicht wusste, worum es sich bei dem gewaltigen Bau aus Sandstein, Marmor und unzähligen Säulen handelte, nahm an, es sei ein Theater. Die Kuppel, die herausragte und weithin sichtbar war, legte die Vermutung nahe, dass sich darunter die Bühne befand.

Die Ausmaße versprachen reichlich Platz – allerdings hatte das Herzogtum Dûraïs in dem Landstrich, in dem sich das Bauwerk befand, kaum Einwohner. Selbst wenn diese ihren gesamten Tierbestand mitgebracht hätten, wäre es nicht eng darin geworden.

Brahim Fidostoi blieb vor der langen Treppe stehen, legte den Kopf in den Nacken und schaute die riesige Front entlang, erst nach rechts, dann nach links; dabei wischte er sich den Schweiß von der Stirn, dem Hals und dem Nacken. Er war die Wärme, wie sie hier herrschte, nicht gewohnt. Was die Ilfariten einen kühlen Frühling nannten, galt ihm als Sommer.

Dies war sein neues Zuhause, wobei es ihm sehr einsam und still vorkam. Gab es überhaupt noch andere Menschen hier?

Der einstige Hajduk hatte den Rat des Modrak befolgt und war nach der Ankunft in der Garnison unverzüglich nach Süden gereist, um bei König Perdór mit seiner Botschaft vorstellig zu werden. Der König hatte ihn daraufhin fürstlich entlohnt und ihn nach Rücksprache mit Kabcara Norina der Ersten rekrutiert: Brahim würde die Ausbildung eines Magiers erhalten!

Nun stand der aufgeregte Mann, der sich niemals hatte träumen lassen, mit seinen mehr als vierzig Jahren einen Neubeginn zu wagen, vor seinem Heim. Frau und Kinder würden ihm bald nach Ilfaris folgen, der König kümmerte sich um alles.

»Ah, da ist er ja!«, hallte ihm die Stimme einer jungen Frau aus dem Säulenwald entgegen, dann zeigte sie sich. Sie hatte lange blonde Haare, ein ansprechendes, vielleicht etwas breites Gesicht und trug eine Tunika. Die Füße steckten in offenen Sandalen, und ihre Haut war sehr braun. Er schätzte, dass sie aus Tersion stammte. Sie wandte sich nach hinten. »Kommt schon.« Dann eilte sie die Stufen hinab. Jetzt sah Brahim, dass sie keine fünfzehn Jahre alt war.

Hinter den Säulen erschien ein Mann, sicherlich über sechzig, wie er an dem grauen Haar und der leicht gebeugten Haltung erkannte. An der Seite trug er ein Kurzschwert; er hatte von Kopf bis Fuß Leder angelegt, was angesichts der Temperaturen nicht unbedingt die beste Wahl war. Auch er näherte sich, und Brahim erkannte, dass er an der rechten Schulter ein tûritisches Militärabzeichen trug. Somit war auch seine Herkunft geklärt.

Die junge Frau stand vor ihm, machte einen Knicks. »Ich grüße Euch, Hajduk Fidostoi. Mein Name ist Alsa, und das ist Ormut.« Sie deutete auf den alten Mann, der lange benötigte, um zu ihnen zu gelangen.

»Keine Umstände. Bleibt doch lieber oben«, rief Brahim ihm zu. »Es strengt Euch zu sehr an.«

»Sagt das nicht«, raunte Alsa. »Er ist sehr ...«

»Was glaubt Ihr, wer Ihr seid, Jungspund?«, rief Ormut prompt und reckte sich. »Ich habe Schlachten und Kriege überstanden, habe mein Leben für die Freiheit Ulldarts aufs Spiel gesetzt, und Ihr wollt mir verbieten, eine Treppe nach unten zu gehen? Ihr, ein einfacher Beamter?«

Alsa seufzte und zwinkerte Brahim zu. »Willkommen an der Universität zur Erforschung der magischen Künste und Phänomene«, sagte sie. »Valeria hat es vorgezogen, sich im Innern zu verkriechen. In den Kellern, wenn man es genau nimmt.«

»Und die anderen?«

»Welche anderen?«, meinte sie irritiert. Sie erklomm die Stufen, und Brahim folgte ihr. Auf halber Höhe trafen sie auf Ormut.

»Er denkt, es gibt noch mehr außer uns«, lachte er, wie es alte Menschen gern taten, wenn sie etwas besser wussten, und schlug mit der flachen Hand auf das glatte Geländer. »Nein, Hajduk, wir vier sind die Einzigen, die es bislang an diesen trostlosen Ort geschafft haben. Ihr werdet an den Tag denken, an dem Ihr ihn betreten habt«, orakelte er. »Ich hätte ihn gleich wieder verlassen sollen ...«

»Hört nicht auf ihn«, winkte Alsa ab. »Er ist mit Feuereifer bei der Sache, aber tut so, als foltere und quäle es ihn.«

Sie hatten den obersten Absatz erreicht, durchschritten einen Torbogen und ein geöffnetes Portal.

Getönte Fensterscheiben in der Kuppel schufen bunte Sonnenstrahlen, die in einen kreisrunden Saal fielen, an dessen Wänden sich Bücherregale stapelten. Die Weitläufigkeit des Gebäudes beeindruckte Brahim, er schätzte den Durchmesser des Saales, von dem vier weitere Türen abgingen, auf dreißig Schritte.

»Man muss schwindelfrei sein, wenn man sich Bücher von ganz oben nehmen möchte.« Brahim warf einen Blick auf die Leitern. Seine Stimme wurde von den Wänden verstärkt zurückgeworfen, jeder Schritt auf dem Marmorboden klang wie ein lautes Hämmern.

»Es sind genau elf Schritte bis zum obersten Stockwerk«, sagte Ormut. »Und zieht in Zukunft Filzpantoffeln an. Es wird sonst zu laut.«

Brahim wusste nicht zu sagen, ob es ihm in der Universität gefiel. »Wer stellt denn ein solches Gebäude mitten ins Nirgendwo?«, staunte er.

»Der alte Herzog von Dûraïs, Tadeus Jalicón«, bekam er die Erklärung von schräg oben.

Er hob die Augen zum Regal neben ihm. In vier Schritt Höhe stand ein Livrierter auf der Leiter und hielt drei Bücher in den Armen; offenbar wollte er sie gerade zurückstellen.

»Das ist Démòn, unser Verwalter, Koch und Mädchen für alles«, stellte Alsa ihn vor. »Die eigentliche Belegschaft wird noch zusammengestellt, und bis dahin hat uns der König seinen besten Mann gesandt.«

Démòn rutschte die Leiter nach unten und verbeugte sich. Er war ungefähr im gleichen Alter wie Brahim, trug lange schwarze Kotletten und kurze helle Haare; die Nase hatte ungewöhnlich breite Flügel, und die Augen wirkten glasig, als ob er den Alkohol sehr möge. »Euer Gepäck ist bereits angekommen, Hajduk. Ich führe Euch gern in Eure Gemächer. Dort warten auch kommodere Kleider als diese Uniform auf Euch.«

Brahim fühlte sich nach der langen Reise müde. So müde wie damals, kurz bevor er die Garnison erreicht und tatsächlich noch ein Schläfchen gehalten hatte; der Drang war trotz der Verfolger im Nacken einfach zu beherrschend gewesen. »Ein kleines Nickerchen täte mir jetzt gut.«

Démòn nickte. »So folgt mir.«

Alsa winkte ihm. »Wir sehen uns später beim Essen.«

Brahim hängte sich an Démòns Fersen, der die rechte Tür nahm und in einen Korridor trat. Die Opulenz endete auch hier nicht. »Was hatte Jalicón denn hier draußen vor?«

»Eine Stadt allein für Künstler zu errichten«, antwortete ihm der Diener. »Mit dem Theater begann er, doch der Bau ruinierte ihn. Er starb als armer Mann, und die Stadt wurde niemals Wirklichkeit.«

»Er hätte sich vorher denken können, dass es teuer wird.«

Démòn wandte sich einer Treppe zu, es ging zwei Stockwerke nach oben. »Herzog Jalicón war ein sehr, sehr reicher Mann. Der Untergrund wurde ihm zum Verhängnis.« Démòn pochte mit dem Knöchel auf das Geländer. »Er ist teilweise sandig, sodass unterirdische Stützen angebracht wurden, damit das Theater überhaupt hielt. Jalicón war kein Mann, der rasch aufgab, und das hat ihn sein Vermögen gekostet. König Perdór hat den Bau schließlich übernommen, um die Universität daraus zu machen.«

Brahim folgte ihm in einen Gang, in dem der Diener vor einer

Tür stehen blieb und sie mit einem Schlüssel öffnete, den er danach an ihn aushändigte.

»Dies ist Euer Gemach, Hajduk. Solltet Ihr etwas benötigen, nutzt die Klingelschnur, und ich tue mein Bestes, um rasch zu Euch zu gelangen.« Démòn lächelte entschuldigend. »Ihr habt gesehen, dass die Entfernungen nicht ohne sind. Wenn Ihr es vorzieht, auf dem Zimmer zu speisen, solltet Ihr lauwarme Gerichte mögen. Andernfalls werde ich Euch zum Abendessen rufen.« Er nickte und wollte gehen.

»Warte«, hielt ihn Brahim zurück. »Wann beginnt der Unterricht?«

»Wann es Euch beliebt«, bekam er zur Antwort.

»Das verstehe ich nicht ...«

»Auf dem Schreibtisch dort findet Ihr eine Abschrift der Aufzeichnungen von Soscha Zabranskoi, der ersten Magischen auf Ulldart, die das Phänomen wissenschaftlich anging und ihre Erkenntnisse aufgeschrieben hat. Derzeit ist sie jedoch in geheimer Mission unterwegs und wird erst später zu Euch stoßen. Ihr werdet Euch selbst einlesen müssen.« Er verneigte sich wieder. »Solltet Ihr diesbezüglich Fragen haben, richtet sie an Alsa. Sie hilft gern.« Mit diesen Worten wandte sich Démòn zum Gehen.

Brahim betrat das Zimmer, das durchaus herrschaftlich zu nennen und nur mit feinsten Möbeln und Teppichen ausgestattet war. Es hing Kleidung in seiner Größe auf den Bügeln, und seine Koffer standen säuberlich aufgereiht neben dem Bett, in dem zwei Männer von seiner Statur übernachten konnten, ohne sich im Schlaf zu berühren. Es war besser als sein bisheriges Leben im Dienste von Elenja, Raspot und wie die Herrscher Borasgotans alle geheißen hatten.

Er räumte seine Sachen ein, wusch sich auf die Schnelle und verlor dabei seine Müdigkeit. Die Neugierde hatte gesiegt, er wollte das ehemalige Theater erkunden. Also tauschte er die staubige Reisekleidung gegen frische und verließ die Unterkunft. Er streifte durch die Korridore, betrat den Vorstellungsraum und erkundete die Bühne, stieß in die Gewölbe darunter vor, fand den wunderschön angelegten Garten auf der Rückseite des Gebäudes, wo Blumen, Büsche und Bäume in voller Pracht standen.

Die Blüten verströmten einen betörenden Geruch, und ein leises Plätschern führte ihn zu einem Springbrunnen. Brahim legte sich auf eine Bank in die Sonnen, schloss die Augen und genoss die Wärme – bis ein Schatten über ihn fiel.

Blinzelnd öffnete er die Lider und sah eine Frau, die er auf dreißig Jahre schätzte. Die in irdenen Farbtönen gehaltene Kleidung verriet nichts über ihre Herkunft, Brahim unterstellte ihr, dass sie aus Aldoreel kam. Die Haare waren dunkelbraun und reichten bis ans Kinn. »Ich grüße Euch«, sagte er und musste sich räuspern. Die Wärme hatte ihm den Hals ausgetrocknet.

»Ihr seid Brahim«, stellte sie fest, und es klang – unfreundlich. »Ich bin Valeria, und auch wenn Ihr nichts dafürkönnt, stelle ich fest, dass ich Euch nicht leiden kann.« Sie sah ihn aus dunkelgelben Augen an und schien auf eine Erwiderung zu warten.

»Das tut mir leid«, entgegnete er freundlich und richtete sich auf. »Gibt es einen Grund dafür? Habe ich Euren Platz am Teich besetzt, oder ist es einfach nur ein Gefühl?«

»Es ist ein Gefühl.« Valeria machte nicht den Eindruck, als wäre es ihr unangenehm, darüber zu sprechen; eher wirkte es, als sei es für sie eine Selbstverständlichkeit. »Mag sein, dass es sich wieder legt und wir die besten Freunde werden, doch ich zweifle daran.« Die gelben Augen schweiften über ihn. »Man sieht Euch an, dass Ihr ein Mann aus dem Norden seid: kräftig, ein langer Bart und die Hitze nicht gewohnt.«

Er wischte sich den frischen Schweiß unter den Augen weg. »Und Ihr verkriecht Euch gern in die Gewölbe, habe ich vernommen«, hielt er dagegen.

Valeria legte die rechte Hand an ihre schlanke Hüfte. »Nur Narren und Bauern halten sich in den prallen Sonnen auf.« Sie wandte sich um. »Es gibt Essen, soll ich ausrichten. Ihr seht zwar so aus, als würde Euch etwas weniger auf dem Teller nicht schaden, aber dennoch rufe ich Euch. Ich bete zu den Göttern, dass Ihr nicht schmatzt wie Ormut oder plappert wie Alsa. Bisher ist mir

Démòn noch der Liebste von diesem Haufen.« Ohne ein weiteres Wort ging sie davon. Ihr Kleid bestand auf dem Rücken aus ein paar dünnen Schnüren, die den Stoff vorne festhielten. Es sah verlockend aus.

»Eine nette Dame«, murmelte er in seinen Bart und machte sich auf ins Haus.

Er lief sehr lange, bis er im großen Speisesaal angelangt war und auf die Bewohner der Universität traf.

Démòn hatte ihnen wunderbar duftende Köstlichkeiten aufgetischt, die Brahim nicht kannte. Etwas anderes als borasgotanische Küche hatte sein Gaumen bislang nicht gekostet. Er setzte sich auf den freien Platz und sah sich in dem Saal um. Zahlreiche alte Gemälde hingen an den Wänden und zeigten Landschaften, Szenen aus Schaustücken und Künstler bei der Arbeit.

»Dieser Raum war einst als Foyer gedacht, in dem sich die Besucher der Vorstellungen in den Pausen aufhalten sollten«, erklärte Démòn, während er das Essen verteilte. »Da es gleich neben der Küche liegt, haben wir es zu unserem Speisezimmer gemacht.«

Valeria setzte sich und goss sich Rotwein ein, Alsa hatte Wasser vor sich stehen, und Ormut bevorzugte es, Saft zu trinken. Brahim hatte man Bier kredenzt.

Das gemeinsame Mahl begann, bei dem Ormut wirklich laut schlürfte und Alsa unentwegt redete, ganz gleich ob es Wolken waren, die sie gesehen oder Dinge, welche sie gelesen hatte, oder Gedanken, die ihr just in diesem Augenblick durch den Verstand gingen. Valeria dagegen aß schweigend und schien nichts zu hören. Démòn versorgte alle mit Nachschlag und schenkte nach.

»Welche Ansicht habt Ihr, Fidostoi?«, fragte Valeria unvermittelt und mitten in Alsas Erzählung hinein. »Wie sollte man Magie anwenden?«

»Nur zum Wohle der Menschen …«

»Ich fragte nicht, *wann*«, korrigierte sie ihn und langte nach ihrem Glas. »Ich fragte, *wie* man sie anwenden soll.«

Alsa verzog das Gesicht. »Nicht schon wieder, Valeria. Außerdem hat er keine Ahnung, wovon Ihr sprecht, das seht Ihr doch. Er ist heute erst angekommen und hatte sicherlich keine Gelegenheit, sich die Aufzeichnungen von Meisterin Zabranskoi anzuschauen.«

Valeria bedachte Brahim mit einem blasierten Lächeln. »Weil er im Garten lag und schnarchte. Doch sagt mir, Hajduk, wie Euch Zabranskoi gefunden hat.«

Brahim nickte ihr zu. »Ihr habt es geschafft: Nun kann ich Euch *auch* nicht leiden.«

»Oh, Ulldrael«, seufzte Alsa. »Dabei hatte ich gehofft, es wird alles angenehmer.«

Ormut schaute auf und aß weiter. Schmatzend.

Brahim legte sein Besteck weg, er hatte den Teller geleert. »Es war keine Zabranskoi.« Er überlegte, was er ihnen erzählen sollte, und entschied sich, es bei Andeutungen zu belassen. »Ich geriet in einen Hinterhalt und wurde angegriffen, als sich meine Fertigkeiten von selbst rührten und mich vor der Attacke bewahrten. Ich entkam meinen Feinden, und mir wurde geraten, mich an Perdór zu wenden.« Er breitete die Arme aus. »Deshalb sitze ich hier. Eine Zabranskoi kenne ich nicht.«

»Mmh.« Valeria rieb sich mit dem Zeigefinger über die Unterlippe, sie starrte den Hajduken an. »Dann werdet Ihr meine Frage auch nicht beantworten können. Ihr hattet keine Gelegenheit, Eure Begabung einer tieferen Prüfung zu unterziehen.«

»Es wäre schön, wenn ich verstünde, worum es geht.« Brahim ließ sich von Démòn ein neues Bier bringen und sah zu Alsa.

Sie lächelte ihn an. »Man unterscheidet zwischen Begabten, welche die Magie benutzen, und denen, bei denen die Magie von selbst entscheidet, wann sie sich rührt. Ihr, Brahim, scheint demnach zu Letzteren zu gehören.«

Er kniff die Augen ein wenig zusammen. »Ist das schlecht?«

»Es bedeutet, dass Ihr uns in unserer kleinen Debatte nichts nutzt.« Valeria behielt ihr Glas in der Hand, streckte den Zeigefinger aus. »Plappermäulchen und ich bevorzugen es, die Magie wie ein Wesen zu behandeln, das sich auf der gleichen Stufe mit uns befindet. Wir versuchen, sie durch respektvolles Handeln zur Mitarbeit zu bewegen, während Ormut sie in die Knie zwingt.«

»Unsinn«, brabbelte er und rülpste. »Ich erziehe sie, wie ich einen Hund oder ein Pferd erziehe. Magie benötigt eine feste Hand, und dabei bleibe ich. Da kann in dem Buch stehen, was will.« Er schob den leeren Teller von sich und putzte sich das Kinn mit dem Handrücken ab. »Zabranskoi ist ja selbst noch ein halbes Kind. Was weiß sie schon?«

Brahim runzelte die Stirn. »Und was ist daran schlimm?«

Alsa wackelte mit dem Kopf. »Zabranskoi weist darauf hin, dass der rücksichtslose Umgang mit Magie dazu führen kann, dass der Körper des Menschen, der sie benutzt, rapider verfällt. Das ist sozusagen die Strafe dafür.«

»Und daher wäre Eure Ansicht wichtig gewesen. Aber anscheinend seid Ihr ein Intuitiver.« Wie Valeria es sagte, klang es nach einer Krankheit, nach etwas Niederem und Minderwertigem.

Brahim hatte beschlossen, sich nicht auf das Spiel einzulassen. »Wieso befinden sich keine Cerêler in der Universität? Ihre Art war doch lange Zeit die einzige, die mit Magie umzugehen wusste. Ich hätte damit gerechnet, zumindest einen Vertreter anzutreffen.«

Démòn ergriff das Wort. »Erstens gibt es nach der Zeit der Bardri¢s und deren Verfolgungen kaum mehr Cerêler, zweitens scheinen sie sich geschlossen dafür entschieden zu haben, die Universität nicht zu unterstützen.«

»Sie haben Angst, dass sie ihre Stellung im Land verlieren«, merkte Ormut an und schlug mit der Faust auf den Tisch. »Diese kleinwüchsigen Lumpen! Ich verwette meine Zähne, dass sie schon viel früher gewusst haben, dass es außer ihnen noch andere magisch begabte Menschen gibt. Entweder haben sie diejenigen umgebracht, oder sie blieben schweigsam.«

»Aber bitte!« Alsa war empört. »Das sind doch nur Eure Hirngespinste!«

»Solche Dinge gibt er von morgens bis abends von sich«, sagte

Valeria und verdrehte die Augen. »Abgesehen von seinem Rülpsen und Furzen.«

»Ich habe den Zwergen nie getraut und keinen an mich herangelassen. Wenn einer von ihnen hier wäre, würde ich ihm auf den Kopf spucken.« Ormut stand auf und hinkte ohne einen Gruß hinaus.

Valeria verfolgte ihn mit Blicken, bis er die Tür hinter sich zuwarf. »Ich frage mich, ob er jünger wäre, wenn er mit der Magie anders umspränge.«

Alsa schaute niedergeschlagen in ihre Suppe, die kalt geworden war. »Ich hatte mich so auf die Universität gefreut, aber alles, was ich bislang erlebt habe, nimmt mir jeglichen Spaß an der Sache. Wenn Zabranskoi nicht bald erscheint, werde ich Seiner Majestät Perdór schreiben, dass er etwas unternehmen muss, damit ich bleibe.« Sie sah demonstrativ zu Valeria, die sich von ihrem Platz erhob und das Esszimmer verließ. Démòn räumte ein Gedeck nach dem anderen ab.

Brahim sah in Alsa seine einzige Verbündete. »Es wäre sehr freundlich, wenn Ihr mir etwas mehr über Magie erzählen könntet, Alsa«, bat er sie freundlich und lächelte sie an.

Aber die junge Frau sah unglücklich aus. »Wenn es recht ist, dann lest zuerst das Buch der Meisterin und fragt mich morgen nach den Dingen, die sich Euch nicht erschließen. Wir können gemeinsam nach offenen Fragen suchen. Mir ist die Laune wegen des alten Furzes und der Gemeinheit in Person gründlich verdorben, verzeiht mir.« Sie verschwand ebenfalls.

Allein mit den Bildern und dem kalten Essen, seufzte der Hajduk und wünschte sich beinahe wieder zurück nach Borasgotan. So schlecht war das Leben dort auch nicht gewesen.

Kontinent Kalisstron, 82 Meilen östlich von Bardhasdronda, Spätfrühling im Jahr 2 Ulldrael des Gerechten (461 n.S.)

Gàn tat Estra endlich den Gefallen und öffnete die Augen. »Was ...« Er kaute und spürte den ungewohnten Geschmack in seinem Mund. Fragend sah er zu ihr, die noch immer auf seiner Brust saß.

»Tokaro und Lorin stellen dem Qwor nach, und du wurdest von einer Vergiftung außer Gefecht gesetzt. Ich habe ihnen versprochen, mich um dich zu kümmern.«

Gàn fühlte deutlich, dass sein Blut aus ihm rann und seine Kräfte rapide schwanden. »Wieso tut Ihr es dann nicht?« Er konnte sich nicht bewegen, sondern lag steif wie ein Brett im Dreck.

»Weil ich gelogen habe«, lächelte sie. »Du hast mir meine Amulethälfte gestohlen. Ein bisschen Vergeltung wirst du mir zugestehen, oder?« Estra nahm noch ein Bündel Kräuter hervor. »Diese hier habe ich gefunden, und sie sagen mir gar nichts. Wir werden sehen, was sie anrichten, wenn man sie in eine offene Wunde steckt.« Sie drehte sich und schob die Halme in das Loch in seinem Bauch.

Gàn spürte ein heißes Brennen, und er stöhnte. »Ich werde es Euch nicht sagen!«

Estra lachte. »Wir verstehen uns. Doch mich interessiert das Amulett, denn ich muss es vervollständigen, um meine gesamte Macht zu besitzen. Die Nički scheren sich nicht um mich, wenn ich ihnen lediglich als eine halbe Göttin und Königin gegenübertrete. Also?«

»Ich ahnte es«, ächzte Gàn. »Ein Schauspiel, um Ritter Tokaro zu täuschen.«

»Ihn, Lorin und dich. Es fiel mir rasch auf, dass du viel zu aufmerksam bist. Diese Gelegenheit musste ich einfach ergreifen. Lakastra ist mit mir.« Estra sah, dass Gàns Pupillen größer und größer wurden, wie schwarze Tinte, die in Milch zerfloss. »Die anderen Kräuter, die ich gefunden habe, lockern deine Zunge, ohne dass ich dir etwas antun muss. Zwar hätte ich dich auch gefoltert, um die Wahrheit zu erfahren, aber so ist es besser.«

Gàn versuchte erneut, sich aufzubäumen, doch alles, was sein Leib zustande brachte, war ein merkliches Zucken und Zittern sämtlicher Glieder. Er ließ seiner Enttäuschung mit einem lauten Schrei freien Lauf.

Estra betrachtete ihn, und die Augen wandelten sich zu grellgelben Kugeln. »Wo ist das Amulettstück, Gàn?« Ihre Stimme war bedrohlich und zeigte, dass sie zu allem bereit war. Sie neigte sich nach vorn. »Wo finde ich es? Oder hat Tokaro es doch?«

»Ich …« Eine unglaubliche Leichtigkeit breitete sich in ihm aus, gleichzeitig wurde er müde, und sein Verstand wurde mehr und mehr eingeschläfert. Eine dicke, weiche Decke umgab sein Denken, und er fühlte sich unglaublich wohl. »Fortgeworfen«, antwortete er mit schwerer Zunge.

»Fortgeworfen. Wohin?«

Gàn grinste wonnig. »In Bardhasdronda.«

»Wo genau dort, mein Freund?«, säuselte sie und streichelte seine Stirn. »Wie finde ich den Platz?«

»Tauchen«, brabbelte er.

Estra wurde heiß. »Du hast es ins Meer geworfen?«, schrie sie bestürzt auf.

Er nickte und schmatzte. »Hafenbecken, weit, weit hinaus.«

Sie versetzte ihm eine kräftige Ohrfeige, die seinen Kopf nach links schleuderte, als sei er von einer Keule und nicht von einer flachen Hand getroffen worden. »Verdammter Idiot!«, keifte sie ihn an. »Bleib wach und beschreibe mir die Stelle, von der aus du geworfen hast!«

Kichernd kam Gàn ihrem Befehl nach, und sie prägte sich seine Worte genau ein.

Dennoch war sie alles andere als zufrieden. Die Strömungen im Hafen hielten sich gewiss in Grenzen, aber das Amulettstück konnte schon abgetrieben sein. Die Suche würde nicht einfach werden und kostbare Zeit in Anspruch nehmen.

Während sie nachdachte, legten sich die merkwürdige Wut und der Hass, die in sie gefahren waren. Ein Teil des Fluches. Die starken, aufbrausenden Gefühle verliefen wie stürmische Wellen, türmten sich auf und warfen sich gegen das Nächstbeste, was ihnen im Weg stand. Doch solange ihr Wille dem Bann unterworfen war, gab es nichts, was die gefährliche Wildheit aufzuhalten vermochte.

»Ich verlasse dich, Gàn«, sagte sie betreten und stand auf. »Richte Tokaro aus, dass es nicht anders geht ....« Sie wünschte sich, dass sie ihrem Liebsten die Dinge selbst erklären könnte, aber er würde es nicht verstehen. Sie verstand viele ihrer Taten selbst nicht mehr.

Als Estra den Nimmersatten hilflos liegen sah, befiel sie ein Gefühl der Scham und der aufrichtigen Reue; rasch versorgte sie die Wunde und zerrte ihn ins Gebüsch, ehe sie sich umdrehte und die Straße zurückrannte, auf der sie gekommen waren.

Lorin näherte sich dem gepanzerten Rücken des Qwor, der mit seinen Pranken kleinere Bäume ummähte. Die Hornplatten hatten die verschiedenen grünen Farben des Waldes angenommen, doch seine Größe machte es unmöglich, sich in dieser Umgebung zu verbergen. Allem Anschein nach handelte es sich um ein Weibchen, und der dicke Bauch versprach eine baldige Steigerung der Qwor-Plage!

Jetzt, wo Lorin das Wesen vor sich sah, glaubte er plötzlich nicht mehr daran, dass sie es nur zu zweit besiegen könnten. Reckte die Qwor ihren Hals, reichte Tokaro niemals mit dem Schwert bis an den Kopf; er würde schon springen müssen, um den Bauch aufzuschlitzen.

Lorin verlangsamte seine Schritte. »Bleiche Göttin, was tue ich?«, betete er. Er entschied sich, von dem simplen Vorhaben abzulassen und einen echten Plan auszuarbeiten. Da aber drehte die Kreatur den Kopf, duckte sich an den Boden und sah ihn an.

Das Fauchen verkündete, dass die Qwor den Menschen aus der Nähe betrachten wollte. Wie ein Raubtier wandte sie sich ihm zu und zischelte.

Mit einem Mal war Lorin die Entscheidung abgenommen worden. »Verflucht!« Er rannte los, zurück in die Richtung, aus der er gekommen war. Mal sprang er, mal bückte er sich und hetzte unter den umgestürzten Stämmen hindurch, während hinter ihm die Qwor brüllte. Und sie holte auf!

Lorin musste die Schneise verlassen und sich in den Wald retten, sonst würde sie ihn erwischen, bevor er überhaupt in die Nähe des Verstecks gelangte, in dem Tokaro lauerte.

Die Qwor grollte wütend und folgte ihm unbeirrt.

Bäume stürzten rechts und links von Lorin nieder, aufwirbelnder Dreck und fliegende Blätter raubten ihm die Sicht, die Krone einer rotrindigen Eiche verfehlte ihn knapp. Lorin rannte und rannte. Er hielt auf das Gebüsch zu, in dem er seinen Bruder vermutete, hustete und hielt sich die Seite; seine Lunge schmerzte, brannte wie Feuer.

Hinter ihm blitzte es.

Eine Ramme traf seinen Kopf und schleuderte ihn auf einen Baum zu. Von vorn prallte er gegen die borkige Rinde, die kaum Federung bot, und fiel rücklings auf den Waldboden.

Links neben seinem Kopf krachte die Pranke der Qwor nieder. Warmer Geifer traf sein Gesicht und erstickte den Hilfeschrei.

Tokaro verfolgte den Wettlauf zwischen dem Qwor und seinem Halbbruder gebannt.

So groß wie ein Haus ragte die Kreatur hinter ihm in die Höhe, und der Ritter erkannte auf Anhieb, dass der Abstand nicht ausreichte – der Qwor würde Lorin rasch eingeholt haben.

»Vermaledeites Vieh!« Tokaro bewegte sich durch das Dickicht auf die beiden zu, doch es wurde viel zu schnell viel zu knapp. »Angor, ich weiß, er preist dich nicht, doch bewahre sein Leben!«, sprach er ein Stoßgebet und zog die aldoreelische Klinge. »Er hat nichts Unrechtes getan.«

Tokaro spornte sich selbst an, um rechtzeitig bei Lorin zu sein. Er sah, dass sein Halbbruder in den Wald spurtete. Doch das Knirschen und Krachen ließ Böses erahnen. Der ungestümen Gewalt des Qwor hatten vor allem die kleineren Stämmchen nichts entgegenzusetzen.

Tokaro bewegte sich parallel zu dem Qwor und Lorin, um der Kreatur in die Flanke fallen zu können. Deren erschreckende Ausmaße würden es schwierig machen, sie mit einem einzigen Hieb zu vernichten, aber vielleicht genügte für den Anfang eine einfache Berührung mit der Hand, um sie zu schwächen. Er schleuderte die Handschuhe davon.

Ein blauer Blitz flammte auf. Der Qwor hatte Lorin mit Magie getroffen und ihn gegen einen Baum geschleudert. Tokaro sah, wie er benommen zwischen die Pranken des Wesens fiel, das gierig grollend den Kopf senkte.

Der Ritter brach aus dem Unterholz und legte die fünf Finger der linken Hand gegen das Schuppenkleid am Bein des Monstrums.

Der Qwor brüllte vor Pein und zog das Bein weg. Er schnellte herum, und die Hintertatze zuckte. Doch Tokaro setzte nach und schlug mit dem Schwert zu. Die Klinge schlitzte die empfindlichen Ballen auf, Blut sprühte gegen ihn und machte ihn blind.

Tokaro drosch weiter um sich und folgte dabei den Geräuschen, welche der Qwor von sich gab. Mehrmals sah er es um sich herum leuchten, weil die Kreatur ihn mit magischen Attacken aufzuhalten versuchte, aber sie vergingen wirkungslos an ihm. Gegen die Magie, die einst seinem Bruder gehört hatte, war er immun. Für alles andere gab es noch die aldoreelische Klinge.

»Das reicht nicht, um mich zu töten!«, lachte er und wischte sich die Augen frei.

Es war rechtzeitig genug, um den Qwor flüchten zu sehen. Vermutlich hatte er sich an die Warnung seines Artgenossen erinnert und zog es vor, nicht weiter gegen diesen Gegner anzutreten.

Tokaro sah Lorin, der sich auf den Bauch wälzte und sich klebrigen Qworspeichel abwischte. *Er lebt noch. Gut!* Er pfiff nach

Treskor, und der Hengst erschien kurz darauf. »Wir haben noch einen. Den bekommen wir«, sagte er zu ihm, während er aufstieg. »Flieg wie der Wind, guter Knabe!«

Sie hetzten den Qwor. Glücklicherweise schien dieses Monstrum anzunehmen, dass sich der magische Schutz des Mannes auch auf das Pferd ausweitete, und so unternahm es keinen Versuch, sie mit Magie anzugreifen; blindlings zwängte es sich durch die Stämme und hielt nun wieder auf die Ruine der Zitadelle zu.

Tokaro duckte sich so tief, wie es ihm möglich war, um dem Wind keinen Widerstand zu bieten, während Treskor die letzten Kräfte aufbot und schneller galoppierte als jemals zuvor. Er spürte, was auf dem Spiel stand.

Als sie den Qwor erreicht hatten, stellte sich Tokaro auf den Rücken des Hengstes und drückte sich ab. Mit einem tollkühnen Sprung und die Klinge mit beiden Händen haltend, prallte er gegen die Seite der Kreatur. Er führte das Schwert zu einem Stoß von oben nach unten.

Die Klinge glitt zuverlässig durch die Panzerung, und Tokaros Gewicht sorgte von selbst dafür, dass sie einen schrägen Schnitt hinterließ. Er wurde von Blut und anderen Flüssigkeiten aus dem Inneren überschüttet, bevor er auf dem Boden aufschlug. Der Qwor kreischte und bäumte sich auf, er schnappte nach dem Mann, doch der Ritter befand sich außerhalb der Reichweite für die doppelten Zahnreihen.

Der Leib des Wesens platzte auseinander, weil die Haut nicht mehr in der Lage war, den Druck der Innereien zu halten; sich windend stürzte der Qwor und wälzte sich in Agonie, während der Schnitt riss und aufklaffte. Tokaro sprang in Sicherheit, sonst wäre er von dem Leib niedergewalzt worden.

Mit gerecktem Schwert stand er vor dem sterbenden Qwor und lachte ihn aus. »Vernichtet von Angors Diener und durch Angors Gnade«, rief er ihm entgegen. Der Gestank der verteilten Gedärme störte ihn in dem Augenblick des Triumphes überhaupt nicht. »Damit hast du nicht gerechnet, du Ausgeburt …« Da sah er zwischen den manndicken Magenwindungen etwas, was ihn seinen Sieg vergessen ließ: Eier. Korbgroße Eier.

Er hatte ein *Weibchen* niedergestreckt. Es lagen mindestens drei Dutzend Eier um ihn herum verteilt, und die ersten Schalen zersprangen bereits! Er hatte zwar die Mutter getötet, doch der Nachwuchs der Qwor hatte kurz vor der Ablage gestanden.

»Lorin!«, schrie er und schlug auf den Teil des Geleges ein, das sich unmittelbar vor ihm befand. Das urplötzlich losbrechende Knistern sagte ihm, dass er es nicht alleine schaffen konnte, zumal es sicherlich Eier zwischen den Innereien gab, die er noch gar nicht gesehen hatte. Wie viele Eier legten diese Bestien? »Lorin, eile! Sonst wird Kalisstron bald vor noch größeren Schwierigkeiten stehen als die, welche es bisher hatte.«

Tokaro watete durch den stinkenden Brei. Die aldoreelische Klinge fuhr nach allen Seiten nieder und zerschnitt Schalen samt Inhalt. Es blieb ihm keine Zeit, die kleinen Qwor darin genauer zu betrachten, es gab zu viel zu tun. Was er jedoch sah, erinnerte ihn an Echsen.

Unvermittelt spürte er ein Brennen im rechten Unterschenkel. Eines der Kleinen hatte sich unbemerkt angeschlichen und ihn ohne Rücksicht auf den eigenen Untergang gebissen. Die magievernichtende Eigenschaft des Ritters reagierte, und es verging auf der Stelle mit einem kläglichen Laut; die Schmerzen in Tokaros Bein aber blieben.

Endlich näherte sich ein schweißüberströmter Lorin, der sich vor Erschöpfung kaum auf den Beinen halten konnte.

»Du bist mir keine große Hilfe«, empfing ihn Tokaro, dem die Arme und Schultern schwer geworden waren. »Rasch, vernichten wir das Gelege, sonst habt ihr bald eine Qwor-Plage!«

Keuchend zerschlugen und töteten sie den Nachwuchs. Sie wühlten sich durch die stinkenden Innereien, um bloß kein einziges Ei übersehen zu haben; danach zählten sie die Schalen und die Kadaver.

Lorin erbleichte. »Es fehlen drei«, sagte er erstarrt.

»Sicher?« Tokaro unersuchte die Überreste ein weiteres Mal.

»Gelobt sei Angor: Du hast nicht ganz recht. Es sind nur zwei entkommen.« Vor Erschöpfung konnte er kaum mehr aufrecht stehen, er torkelte und sank weit genug von dem Schlachtfeld entfernt auf den Boden, einen Baumstamm als hartes Kissen im Rücken. »Wir suchen sie morgen. Du vermagst doch Spuren zu lesen.«

Lorin sah zu Treskor. »Nein. Wer weiß, wie schnell sie vorwärts kommen. Wenn wir sie nicht mehr finden, wird das Übel noch schlimmer, als es bisher war.«

Tokaro winkte ab, rieb sich über den fast kahlen, verschmierten Schädel. Der Arm fühlte sich bleischwer an. »Ich bewege mich nicht mehr. Ich bin erschöpft, Treskor ist erschöpft, und es wird dunkel. Sobald ich ein Feuer entzündet habe, werde ich schlafen.«

»Aber …«

»Lorin, du siehst noch entkräfteter aus, als ich es bin«, warnte er ihn. »In unserer Verfassung sind wir selbst für kleine Qwor eine leichte Beute.« Er zog den Stiefel aus und betrachtete die Bisswunde. »So ein erbärmliches Drecksvieh«, schimpfte er und pfiff den Hengst zu sich. Mit dem Schwert kappte er die Befestigung des Proviantrucksacks und suchte sich etwas zu essen.

Lorin sah ein, dass sein Bruder recht hatte. »Sobald die Sonnen aufgehen, machen wir uns auf die Jagd.« Er suchte Kleinholz und setzte ein wärmendes Feuer in Gang; dann schabte er über seine dreckige Haut.

»Was soll ich da sagen?«, meinte Tokaro amüsiert. »Die Kruste auf mir ist fingerdick, und sicher kann ich mich morgen nicht mehr bewegen, wenn alles getrocknet ist.« Er warf seinem Bruder ein Stück Brot zu. »Iss was. Sonst brichst du mir zusammen.«

Lorin nickte. Sie kauten schweigend, starrten in die Flammen; für eine Unterhaltung reichte es nicht mehr. Tokaro dachte an Estra und Lorin an seine Jarevrån.

Doch keiner der beiden erahnte im Ungefähren, was in der Zwischenzeit geschehen war.

Die Sonnen erhoben sich und weckten die jungen Männer.

Lorin war bei der Nachtwache eingeschlafen, aber Tokaro winkte ab. »Wie wir stinken, wird sich niemand freiwillig in unsere Nähe begeben«, meinte er und stand auf. Er spürte jeden Knochen, und die Bisswunde schmerzte höllisch. »Sind Qwor giftig?«

»Keine Ahnung«, meinte Lorin. »Ich hoffe, dass sie es nicht sind. Es wäre schade um dich.« Er erhob sich ebenfalls.

»Hätte nicht gedacht, dass ich dich so etwas jemals sagen höre ...«

»Fangen wir nicht wieder mit der Vergangenheit an, Tokaro«, sagte Lorin freundlich. »Vergessen und vergeben.«

»Vergessen und vergeben«, wiederholte er die Formel und hielt sich den Rücken. »Ich verstehe allmählich das Genörgel meines Ziehvaters, was das Übernachten in Feldbetten angeht.«

»Matratzen sind eine wunderbare Erfindung«, stimmte Lorin ihm zu. »Ich werde eine Woche lang nur schlafen, wenn wir die restlichen Qwor gefunden und getötet haben.«

Tokaro stieg umständlich auf Treskor. »Das verstehe ich sehr gut. Wenn wir Glück haben, sind sie Gàn und Estra begegnet. Mit diesen kleinen Biestern wird ein Nimmersatter sogar im Schlaf fertig.«

Lorin wurde bei dem Gedanken unwohl. »Denkst du?«

Sein Bruder zeigte auf die Erde. »Sie sind nach Nordwesten gerannt, wenn ich es richtig sehe.«

Lorin nahm die Spur auf und bestätigte, was Tokaro erkannt hatte. »Machen wir uns auf die Jagd.« Er betrachtete den imposanten Kadaver der Qwor. »Unfassbar, dass du das alleine vollbracht hast.«

»Nicht allein, Bruder. *Wir* beide – und natürlich Angor. Wenn man es so sieht, waren wir sogar in der Überzahl.« Er zwinkerte und verströmte gute Laune, über die er seit der Aussprache mit Estra und seinem Bruder im Überfluss verfügte.

Lorin ließ sich gern davon anstecken. Es gab keinen Grund, Ängste zu hegen, und auch wenn noch zwei Gegner auf sie warteten, würde es nicht lange dauern, bis sie zu ihren Frauen zurückgekehrt waren.

Lorin beneidete den Ritter nicht. Für ihn würde es auf Ulldart erst richtig schwierig werden. Einen Qwor oder einen anderen Feind konnte eine aldoreelische Klinge zerteilen wie Wasser. Aber ein Schwert nützte auf Ulldart derzeit nichts. Es würde alles diplomatische Geschick bedürfen, um die Nič̌ti und Kensustrianer voneinander zu trennen, um einen ausufernden Krieg zu verhindern; Feder und Sprache waren wichtiger als eine scharfe Klinge.

Tokaro streckte ihm die Hand hin und half ihm beim Aufsteigen, Lorin lehnte ab. »Ich möchte die Spur nicht verlieren«, erklärte er und ging zügig los.

Der Schimmel lief im Schritt hinter ihm her, und der Ritter betrachtete aufmerksam die Umgebung, um weitere Spuren oder die jungen Qwor selbst von erhöhter Position aus zu entdecken.

Schweigend und aufmerksam eilten sie durch das Hinterland, durch den Wald, zwischen den Bäumen hinaus ins offene Land. Die jungen Qwor fühlten sich in den wachsenden Getreidefeldern und den hohen Wiesen anscheinend wohler. Die Spuren waren eindeutig, doch Lorin und Tokaro schienen zu den Kreaturen nicht aufschließen zu können.

»Was mich die ganze Zeit beschäftigt: Wie gut beherrschst du deine Magie noch?«, fragte Tokaro gegen Mittag. »Hast du sie seit der Schlacht gegen Govan wieder eingesetzt?«

Lorin hörte sehr genau, dass sich in der Frage mehr verbarg als reine Neugier. »Jeder Cerêler ist gefährlicher als ich«, antwortete er. »Mit meinen Kräften ist es im Großen und Ganzen vorbei, Tokaro.« Lorin schaute zu ihm. »Hättest du Verwendung für sie gehabt?«

Tokaro nickte. »Ja, ich habe in Gedanken bereits den Zeitpunkt geplant, an dem Gàn, Estra und ich nach Ulldart zurückkehren. Angenommen, wir fänden das Amulettstück nicht mehr, stünde uns vielleicht ein Krieg gegen die Nič̌ti ins Haus. Ich habe angenommen, dass sie der Magie nichts entgegenzusetzen haben, und da dachte ich an dich. In Erwiderung für meine Hilfe gegen die Qwor.«

Lorin lächelte ihn an. »Ich wäre sicherlich mit euch gegangen, aber ich bin nutzlos. Es ist mir nichts mehr geblieben, jedenfalls nichts mehr, was ich gezielt einsetzen könnte. Was dir fehlt …«

»… ist ein Qwor!«, ergänzte Tokaro begeistert.

»Ich dachte mehr an einen echten Magier.«

Tokaro wehrte ab. »Wir fangen einen Qwor *lebendig*. Oder am besten: *beide!*« Er setzte sich aufrecht und wirkte sehr zufrieden mit sich und seinem Einfall. »Sollten die Ničti etwas wie Magier besitzen, habe ich mit den Kreaturen die beste Erwiderung.«

Lorin wollte nicht glauben, was er vernahm. »Verzeih mir die Worte, aber hast du den Verstand verloren? Erinnerst du dich an Bardhasdronda? An die Zerstörung? An den Kampf gegen die beiden Bestien?«

»Sehr genau.« Tokaro tätschelte die aldoreelische Klinge. »Und ich bin der Einzige, der die Qwor vernichten kann. Ich kenne mich mit Tieren aus, Lorin, und ich weiß, wie man sie abrichtet.«

»Du hast deinen Hengst vorbildlich ausgebildet, wie ich gern zugebe, aber wir reden von einem Raubtier!«, rief Lorin aufgebracht, weil er sah, dass es dem Ritter ernst war.

»Angor führt ein Raubtier in seinem Wappen. Es ist naheliegend.« Tokaro hatte seine Entscheidung getroffen. »Sie werden verstehen, dass meine Berührung ihnen Schmerzen zufügt, und damit richte ich sie ab. Einfach und wirkungsvoll. Ohne Magie wachsen sie nicht, jedenfalls nicht so rasch.«

»Das wissen wir nicht«, widersprach Lorin. »Du hast die beiden gesehen. Hausgroß.«

»Ach, und selbst wenn, habe ich meine aldoreelische Klinge«, sagte Tokaro achselzuckend. »Es ist beschlossene Sache: Wir fangen die Qwor bei lebendigem Leib, sperren sie ein, und ich nehme sie mit nach Ulldart.«

Lorin sah den Ritter an. »Ich kann es dir schwerlich verbieten, was du mit auf dein Schiff nimmst, doch mir ist nicht wohl dabei«, gestand er. »Es könnte zu einer ähnlichen Katastrophe führen wie bei uns.«

»Nein, Lorin. Wäre ich zur Stelle gewesen, lägen die Qwor schon lange tot danieder. Ich kontrolliere sie.« Tokaro glaubte, eine

Bewegung im Gras ausgemacht zu haben. »Ich reite ins nächste Dorf und beschaffe uns Käfige oder etwas in der Art. Du wartest hier.« Er wendete und galoppierte davon.

»Dieser Mann und seine Einfälle«, murmelte Lorin verständnislos. So sicher wie Tokaro die Qwor auf Ulldart einführte, so sicher würde es zu einem Unglück kommen. Er entschied sich, König Perdór wenigstens einen warnenden Brief zukommen zu lassen. Gàn würde sich sicherlich für den Botengang bereit erklären, sobald er von seiner Wunde genesen war. Dass sich das stattliche Wesen mit dem einschüchternden Äußeren und der guten Seele bereits erholt hatte, bezweifelte Lorin nicht.

Kontinent Ulldart, Königreich Ilfaris, Herzogtum Turandei, Spätfrühling im Jahr 2 Ulldrael des Gerechten (461 n.S.)

Perdór saß am Schreibtisch, eine Hand stützte den Kopf, die Finger der anderen schnippten ein Papierkügelchen vom ausladenden Schreibtisch.

Das leichte Geschoss erreichte den auf dem Sofa schlafenden Hofnarren und Spion erst gar nicht, sondern fiel auf den teppichgezierten Boden. Fiorell blieb von dem Attentat verschont.

Perdór seufzte tief wie ein Brunnen. Es wollte ihm einfach kein Mittel gegen Nech Fark Nars'anamm und seine Nički-Freunde einfallen, um sie aus seinem schönen Königreich zu vertreiben. Friedlich zu vertreiben. Er wechselte den stützenden Arm und betrachtete die goldenen Fäden auf seinem grünbrokatigen Wams.

»Das nächste Mal«, sagte Fiorell und schmatzte, »solltet Ihr besser zielen, Majestät. Und Eure Finger ertüchtigen.« Er drehte sich und wandte seinem Herrn den Hintern zu. »Bitte, versucht es erneut. Ich halte still.«

»Dein kleines knochiges Hinterteil ist nicht leicht zu treffen.«

Fiorell lachte. »Nicht alle Menschen in Ilfaris müssen die Gestalt ihres Herrschers teilen.«

Perdór schnalzte mit der Zunge. »Ich weiß nicht, ob ich das noch bin, mein alter Freund.«

Der Hofnarr setzte sich auf, dabei klingelte es leise. Er trug kein Rautenkostüm, wie er es früher gehalten hatte, sondern angenehm luftige Kleidung in hellem Beige, aber die Schuhe zierten noch Schellen als Zeichen seiner Zunft. Er verstand sich als Hofnarr nach Bedarf. »Nimmt man es genau, seid Ihr es nicht mehr, Majestät. Man muss Nech und den Nicti lassen, dass sie die Kunst, ein Land im Handumdrehen einzunehmen, äußerst gut beherrschen.« Er grinste. »Nech und die Nicti – das klingt nach einer Schauspieltruppe für groteske Aufführungen.«

»Mit einem sehr fragwürdigen Stück, wenn du mich fragst. Es geht zu meinen Lasten.« Er deutete mit einer lahmen Bewegung auf die Tür, die zur Veranda führte; davor zeichneten sich die Schatten der wuchtigen angorjanischen Soldaten ab. Sie waren allgegenwärtig. »Hausarrest ...«

»Schlossarrest, Majestät.«

»Was auch immer. Letztlich eingesperrt.« Perdór betrachtete die Briefflut, die sich auf seinem Schreibtisch stapelte. »Die Barone, Grafen und Herzöge überschütten mich mit Gesuchen und Beschwerden infolge der angorjanischen Anweisungen und neuen Gepflogenheiten.« Verzweifelt warf er die Hände in die Luft. »Sehe ich so aus, als könnte ich im Augenblick etwas dagegen unternehmen?«

Fiorell legte den Kopf schief und betrachtete ihn stumm.

»Was?«, blaffte der König.

»Ich versuche zu erkunden, ob Ihr so ausseht«, erwiderte Fiorell gespielt ernsthaft, »und so leid es mir tut: nein. Ihr seid absolut nicht in der Lage, Majestät.«

»Danke«, grummelte Perdór und schob Papier nebst Tinte zu ihm. »Schreib ihnen das. Mit meinen besten Wünschen.«

Fiorell schrieb nicht und schwieg, und auch der König sagte keinen Ton mehr.

»Wir könnten es mit untätigem Widerstand versuchen«, äußerte sich der Hofnarr nach einer Weile.

»Wie soll das aussehen?«

»Ihr wisst doch sehr gut, wie es geht: faul herumliegen und nichts mehr tun«, zwinkerte Fiorell. »Ernsthaft, Majestät. Wir stellen jegliche Zusammenarbeit mit den Besatzern ein, sodass sie alles selbst machen müssen …«

Perdór winkte ab. »Du kennst Nech Fark Nars'anamm schlecht, den Kaiser von Angor und Stellvertreter des Gottes Angor. Geh nach Tersion und sieh dir an, was er mit Baiuga getan hat. Meinem Land will ich nicht das gleiche Schicksal zuteilwerden lassen. Es gibt kaum einen Ort, an dem die schwarzhäutigen oder grünhaarigen Fremden nicht zu finden sind.«

»Baiuga hatte einen Aufstand angezettelt und seinen Zorn herausgefordert.«

»Das wird für einen Mann wie Nech keine Rolle spielen. Wenn er seinen Willen nicht bekommt, lässt er sich etwas einfallen, um ihn durchzusetzen. Gewalt ist ein sehr guter Hebel.« Perdór seufzte wieder kellertief, stand auf und wanderte durch den Raum, die Hände auf den Rücken gelegt. Der hellblaue Brokatrock, der erst vor Kurzem genau an seinem runden Körper gesessen hatte, spannte merklich vor dem Bauch und schaffte es nicht, das Wams darunter zu verdecken. Aus Sorge hatte er zu viel gegessen.

»Es ist einfach ungewohnt für mich«, gestand er Fiorell und blieb vor der Bücherwand stehen. »Ich bin der Herr der Spione und habe mehrmals in den letzten Jahren versucht, den Kontinent vor allzu schweren Schlägen zu bewahren. Oftmals waren die Götter mit mir, aber jetzt sitze ich da, gefangen in meinem eigenen Königreich und zur Untätigkeit verdammt.« Sogar die grauen Korkenzieherlöckchen seines Bartes hatten ihre Spannkraft verloren und erinnerten an zerkochtes Sauerkraut.

Fiorell sah, dass es schlecht um seinen Herrn bestellt war. »Ihr werdet doch nicht abdanken wollen, wie es der schwarze Mann von Euch gefordert hat, Majestät?«, erkundigte er sich besorgt.

Dass er zunächst keine Antwort erhielt, ließ ihn unruhig werden. Perdór stand mit hängenden Schultern da und sah geschlagen aus. »Majestät?«

»Ja, ja, ich höre dich, Possenreißer«, machte er und kehrte an den Schreibtisch zurück. Er wühlte in den Papierhaufen, ließ einzelne Blätter auf den Boden fallen, bis er das gefunden hatte, auf dem die Formulierung geschrieben stand, die seiner Regentschaft ein Ende setzen konnte. Für immer. »Da ist es«, hauchte er.

»Und da wird es auch schön bleiben, Majestät!« Fiorell sprang auf, schnappte es sich und hopste rückwärts, weg von seinem Herrn. »Oder ich verwahre es bei mir, bis der Anflug von Niedergeschlagenheit vorüber ist. Ich und Ilfaris möchten nicht, dass Ihr eine Dummheit begeht.«

»Ilfaris und du?« Perdór suchte etwas zum Werfen. »Ich bin König, Fiorell. Schaff dich her!«

»Sofort, Majestät.« Er legte das Schriftstück in das kleine Kohleschälchen, in dem wohlriechende Hölzer schwelend verbrannten und dem Raum einen besonderen Wohlgeruch verliehen. Mit einem leisen Auffauchen ging das Papier in Flammen auf, dann marschierte Fiorell zu Perdór.

Der König sprang auf und starrte ihn an, dann die züngelnden Lohen. »Bist du wahnsinnig?«, flüsterte er entgeistert.

»Ihr wolltet, dass ich zu Euch komme, aber hattet mir nicht verboten, diese erpresserischen Zeilen zu verbrennen«, sagte er unschuldig. »Jetzt habe ich Euch eine schwere Entscheidung abgenommen, Majestät, und von mir aus kann mich Nech Farz …«

»Fark, Fiorell. Du weißt, dass er Nech Fark heißt.« Aufseufzend ließ er sich in seinen Sessel sinken. »Auch wenn ich dir dankbar bin, mir diese Versuchung vom Hals geschafft zu haben, sind wir keinen Schritt weiter: Die Angorjaner sind immer noch da.« Sein Kopf wurde wieder wie ein Amboss.

Fiorell sah zur Verandatür, wollte einen Witz machen – und stutzte. »Sind sie nicht.«

»Ich wette, dass du mich einmal mehr veralbern möchtest.«

»Gut. Wetten wir«, erwiderte Fiorell rasch. »Ich setze …«

Suchend blickte er sich um und entdeckte ein Gemälde von der Gegend in Ilfaris, in der er geboren worden war. »Ich setze meine Haarpracht gegen das Bild.«

»Das ist ein Erbstück.«

»Kommt schon, Majestät. Ihr habt es nicht vererbt bekommen. Es hat zum Schloss gehört«, feilschte Fiorell. »Ich nehme es auch ohne Rahmen.«

»Entweder das Bild, oder du wirst einen Tag lang auf dem Turm stehen und laut *kikeriki* krähen«, änderte Perdór die Wette.

»Abgemacht.« Schnell schlug der Narr ein und zeigte auf die Tür. »Schaut selbst.« Lachend ging er zur Wand und griff nach dem Bild.

Perdór entdeckte wirklich niemanden. Seine Aufpasser waren verschwunden. »Wieso das?« Er runzelte die Stirn und ging zum Ausgang, schob die Vorhänge zur Seite und schaute hinaus auf die Veranda, die Stufen nach unten und den weiten Garten. Zwischen den frisch gestutzten Hecken eilten drei Angorjaner und hielten die Speere wurfbereit. »Was, zum Tzulan, geht da unten vor?« Er legte die Hände an die Klinken.

»Lasst die Tür zu, Majestät.«

Perdór wirbelte herum und sah Fiorell vor dem Bild stehen, die Finger am Rahmen. Er sah ebenso verdutzt zum Kamin wie er: Von dort war die flüsternde Stimme gekommen.

»Seit wann können die Ratten in dem Schloss sprechen?«, wisperte Fiorell und ließ das Bild los.

Dreck rieselte aus dem Schlot in die Feuerstelle, dann kam eine Frau herabgesprungen. Sie trug ein sehr enges, schwarzes Kostüm, das vom Schnitt her dem eines Artisten nachempfunden war. In der Rechten hielt sie einen Leinensack. »Das nehme ich dir übel, Liebster«, sagte sie zu Fiorell und lächelte. Der Ruß auf ihrem Gesicht konnte nichts daran ändern, dass sie hinreißend aussah.

»Paltena!«, freute sich der Hofnarr und lief zum Kamin.

»*Liebste*r?«, entfuhr es Perdór, und er musste schmunzeln. »So ein Schwerenöter!«

Die serusische Spionin hob einen Arm. »Nein! Bleib, wo du bist. Die Wachen werden nicht ewig den merkwürdigen Geräuschen im Garten nachjagen und merken, dass es meine Frettchen sind. Gebt euch so, als würdet ihr das tun, was ihr immer tut, falls jemand durchs Fenster hereinschaut.«

»Dann müsste er Pralinen essen«, grinste Fiorell.

»Und er schlafen.« Der König kniff die Augen zusammen. »So, so. Eine junge Dame hat das Herz meines Oberspions erobert. Dass ich das noch erleben darf.«

»Ich hatte auch so meine Zweifel. Bei dem Leben, das Ihr führt«, gab er neckend zurück. Es war nicht leicht für ihn, sich zurückzuhalten und nicht in den Kamin zu steigen, um Paltena mit einem Kuss zu begrüßen.

»Ihr habt es schön geheim gehalten.« Perdór lachte und klatschte in die Hände. »Doch das kann ich von Spionen wohl erwarten, nicht wahr?«

»Er war schon immer mein Vorbild«, sagte Paltena leise.

»Der Altersunterschied schreckte uns zunächst, aber wir haben beschlossen, mich einfach als ihren Vater auszugeben, und schon ist alles in bester Ordnung. Auf dem Land ist es egal, und in eine Stadt bringt man mich ohnehin nicht.« Fiorell behielt die Veranda im Auge. »Du hast sicherlich eine Nachricht?«

Paltena nickte. »Da wir nicht mehr auf Brieftauben zurückgreifen können, musste ich mich selbst auf den Weg machen. König Fronwar und Fürst Arl von Breitstein lassen Euch ausrichten, Majestät, dass sich ein Heer zur Rettung von Ilfaris formiert. Das Geeinte Heer wird noch bis zum Sommer zusammenfinden und in Serusien stehen, ohne dass es die Angorjaner oder die Ničti mitbekommen.«

Perdór wollte seinen Ohren zunächst nicht trauen. »*Das* haben sie vor?«

»Es hat bereits begonnen, Majestät. Als die Kunde umlief, dass Nech Fark Nars'anamm nach Ilfaris marschiert, war für die meisten Herrscherinnen und Herrscher entschieden, dem Treiben nicht länger zuzuschauen.« Paltena sah einen Angorjaner auf der

Veranda und zog sich tiefer in den Kaminschatten zurück. »Wir haben in der Vergangenheit zu oft gezögert.«

»Das ist zu gefährlich für mein Land«, kam es Perdór über die Lippen. »Der Wahnsinnige wird alles in Brand stecken, und die Ničti werden gezwungenermaßen auf seiner Seite eingreifen müssen.«

»Es wird schnell gehen, Majestät. Mein Herr hat einen Plan ersonnen, wie wir die Angorjaner vertreiben, ohne die Waffen gegen die Ničti erheben zu müssen.« Paltena sprach ruhig und versuchte, ihm die Bedenken zu nehmen.

Perdór dagegen hatte eine Sache deutlich herausgehört. »Kann es sein, dass dieser Plan auch ohne meine Zustimmung in die Tat umgesetzt werden soll?«

»Ja, Majestät«, bestätigte sie ihm. »Es gibt den Beschluss, dem Angorjaner nichts durchgehen zu lassen, was sich östlich, westlich und nördlich von Kensustria abspielt. Er hat nichts auf Ulldart verloren, und wenn er Krieg mit seinem Bruder um den Kaiserthron führen möchte, soll er das zu Hause tun. Er von Süden und sein Bruder von Norden. Aber *nicht* auf Ulldart.«

Perdór kratzte sich im Bart. »Es ist mir nicht recht. Wir sollten nach einer anderen Lösung suchen.«

»Ich fürchte, es gibt keine andere, Majestät. Wir müssen dem Mann zeigen, dass wir uns nicht alles gefallen lassen. Ihm und den Ničti. König Fronwar und Fürst Arl von Breitstein sind davon überzeugt, dass uns die Grünhaare nicht angreifen, wenn wir sie in Ruhe lassen und uns lediglich um die Angorjaner kümmern.«

Fiorell kam seinem Herrn zu Hilfe. Auch er hielt wenig von dem doch sehr abenteuerlichen Vorhaben mit ungewissem Ausgang. »Haben sie wenigstens versucht, mit den Anführern der Ničti zu sprechen?«

»Nein. Es könnte uns den Vorteil der Überraschung rauben.« Paltena sah sie an. »Aber wir haben die Zusage von Farkon Nars' anamm, dass er uns seine Truppen weiterhin borgt, ähnlich wie bei dem Angriff auf Baiuga, als wir Nech geschlagen haben. Nach

Möglichkeit möchte er seinen Bruder lebend in die Finger bekommen.«

»Wie wir es schon einmal vorgesehen hatten«, fügte Perdór bitter an. »Ich wollte den Möchtegern-Kaiser gefesselt an Angor ausliefern, aber nun bin ich auf deren Hilfe angewiesen.« Er wirkte tief unglücklich.

»Majestät, das ist das erste Mal, dass Ihr in einer derartigen Bedrängnis seid und in der Falle sitzt wie noch niemals zuvor«, sprach ihm die junge Spionin zu. »Ich verstehe, dass es Euch schwerfällt, die Arbeit anderen überlassen zu müssen.«

»Das hat weniger etwas mit Arbeit zu tun, sondern damit, dass ich mich vollständig in die Hände von König Fronwar und Fürst Arl von Breitstein begebe! Mich und mein Land! Meine Untertanen!«, machte er sich Luft, und sogleich hielt Fiorell warnend den Zeigefinger an die Lippen.

Paltena wusste nicht, wie sie den König noch zu beruhigen vermochte. »Ihr könnt ihnen vertrauen, Majestät.«

»Ich würde es gern, mein Kind«, seufzte er. »Möge Ulldrael der Gerechte uns beschützen und den Menschen von Ilfaris gnädig sein, wenn der Angriff des Geeinten Heeres beginnt.« Er setzte sich in den Sessel und lugte zu den Pralinen. Rasch nahm er sich eine. »Werde ich vorher in Kenntnis gesetzt?«

»Ich schaue wieder vorbei, Majestät«, versprach sie ihm.

Fiorell tat so, als wolle er nach dem Kamin sehen, fegte darin herum und gab seiner Liebsten zum Abschied einen Kuss, ehe sie sich den Schlot hinaufschwang.

Paltena verschwand in den Schacht, und die schwarzen Bröckchen wurden von Fiorell zusammengefegt. »Da geht sie hin«, meinte er leidend.

»Und sie kommt wieder.« Perdór nahm die Schale mit Pralinen, ging zur Verandatür und öffnete sie, um die frische Frühlingsluft hereinzulassen. Ein angorjanischer Soldat stand keine Armlänge von ihm entfernt, und er grinste hinunter in den Garten. »Was gibt es denn?«

»Frettchen«, sagte der Mann amüsiert. »Sie versuchen, die Biester zu fangen, um ihr Fell an den Speer zu heften, aber sie sind einfach zu flink.« Perdór bot ihm ein Konfektstück an, und der Angorjaner kostete nach kurzem Zögern davon. »Sehr freundlich von Euch, Majestät.«

»Nicht der Rede wert.« Kauend und schwelgend verfolgten sie, wie die beiden anderen Krieger zwischen den Rabatten hin und her sprangen, mit den Speeren stocherten und doch nichts erreichten.

Perdór genoss das Schauspiel, und als Fiorell sich zu ihnen gesellte und die Angorjaner mit anfeuernden Rufen unterstützte, musste er herzhaft lachen. Unauffällig gab er Fiorell ein Zeichen, die Rußspuren rund um den Mund zu entfernen.

Die Krieger nahmen es ihm nicht übel und stimmten in das Gelächter ein. Sie gaben auf und kehrten auf die Veranda zurück.

»Hier.« Der König hielt ihnen die Schale mit den Köstlichkeiten hin, und sie griffen zu. Als Perdór in ihre Gesichter schaute, glaubte er Wissen darin zu erkennen: das Wissen, dass es mit der Eintracht bald vorbei sein würde.

VIII.

Kontinent Ulldart, Nordwesten Borasgotans, Kulscazk, Spätfrühling im Jahr 2 Ulldrael des Gerechten (461 n.S.)

Vahidin schritt an den Wiegen entlang, in denen sein Nachwuchs lag.

Mehr als sieben gesunde Kinder waren nicht geboren; die Übrigen waren grausamst entstellt zur Welt gekommen und gleich danach gestorben. Keine der Hebammen hatte es mehr gewagt, Hand an die Neugeborenen zu legen.

»Sieben«, raunte Vahidin und besah sich jedes einzelne Kind. »Vier Mädchen und drei Jungen.« Obwohl sie vor wenigen Tagen erst das Licht der Welt erblickt hatten, besaßen sie bereits eine ungewöhnliche Größe, und ihre Auffassungsgabe lag weit über der eines herkömmlichen Menschensäuglings. »Zwei Waffen für mich, die restlichen an meine Kinder«, sagte er und winkte Lukaschuk zu sich. »Wir verschwinden. Lade die Kinder und die dazugehörigen Mütter in die Wagen. Wir ziehen uns nach Osten zurück, am besten an die Küste. Dort wird uns niemand vermuten, und wir können sie in Abgeschiedenheit großziehen.« Er streichelte einem Jungen den silberhellen Schopf und sah, dass er lachte; scharfe Zähne blitzten auf. »Hast bringt niemandem etwas. Erst muss mein zweites Heer alt genug sein und meine Schule durchlaufen haben.«

»Sehr wohl, Hoher Herr.« Lukaschuk erteilte die ersten Befehle. »Ich nehme an, wir brennen das Dorf nieder?«

»Ja. Es ist das Beste. Tötet die Einwohner vorher, ich möchte nicht, dass einer von ihnen entkommt. Das Feuer wird die Spuren verwischen. Die Menschen der Umgebung sollen annehmen, dass es die gleichen Räuber waren, die auch die Hajduken ermordet und ausgeplündert haben.« Er ging nach oben ins Schlafzimmer und öffnete den Schrank, in dem die fertigen Waffen lagerten.

Eine nach der anderen nahm er hervor und schlug sie in Ölpapier ein, danach packte er sie in eine Kiste, die ihm die Dörfler gebaut hatten.

Die Waffen hatte er im Traum gesehen und sie stets nach dem Erwachen fein säuberlich aufgezeichnet. Überwiegend waren Schwerter mit einer völlig andersartigen Form dabei herausgekommen, aber auch zwei widerhakenbesetzte Speere und zwei Hiebwaffen, deren Enden krumm nach vorne gebogen waren. Vahidin wusste nicht, wie man damit kämpfen sollte, doch er vertraute auf die Eingebung seiner Nachkommen.

Sorgsam schloss er den Deckel. Er hatte die Klingen den Geistern des Feuers und des Windes geweiht, damit die Waffen noch größeren Schaden anrichteten, wenn sie einen Gegner trafen. Sainaa hatte ihn hervorragend geschult, und das würde er weitergeben. Mit dieser Übermacht an seiner Seite fürchtete er keine Zvatochna und keine tote Seele mehr.

Als sein Blick dabei zufällig auf den Nachttisch fiel, bemerkte er, dass die Liste fehlte, auf der er Datum und Namen der Frauen vermerkt hatte. »Sei's drum«, sagte er und wandte sich zur Tür, um nach den Tzulani zu rufen. Die Kiste musste aufgeladen werden.

Unvermittelt stand Sainaa vor ihm, und sie hatte Tränen in den Augen. In der Linken hielt sie sein Verzeichnis. »Ich glaube dir kein einziges Wort mehr«, sagte sie hohl. »Alles, was du tust, gehst du mit einem Plan an, Vahidin.« Sie reckte ihm die Liste entgegen. »Es gibt keine Triebe, kein unkontrollierbares Verlangen, das dich dazu gezwungen hat, die vielen Frauen zu schwängern. Du hast das Dorf mit Absicht ausgewählt, weil es abseits der Hauptverbindungen liegt, und du wolltest so viele Kinder wie möglich zeugen.« Die Finger ließen das Papier los, es glitt zu Boden. »Worum geht es, Vahidin? Was bezweckst du?«

Er betrachtete sie und entschied sich, es mit einer weiteren Lüge zu versuchen. Die Alternative dazu war ihr Tod, und der käme entschieden zu früh. Sie musste ihn noch einige Dinge lehren.

»Ich werde unschuldig verfolgt, Sainaa«, begann er ein neues Geflecht zu weben, in dem sich ihre Wachsamkeit und ihre verletzten Gefühle verfangen sollten. »Die Männer, die mich begleiten, sind die letzten Getreuen, die ich noch besitze.« Er setzte ein Quäntchen Magie ein, um sie ein weiteres Mal zu beeinflussen. »Gleichzeitig hetze ich die Mörderin meiner Mutter. Sie heißt Zvatochna und steht mit finsteren Mächten und verlorenen Seelen im Bunde. Wenn ich sie auslösche, werde ich auf Ulldart als Held gefeiert werden. Und ohne deine Ausbildung wäre ich hilflos gegen sie. Sie sieht schrecklich entstellt aus und ist eine Untote, die sich …«

»Aus diesem Grund haben wir das Dorf besetzt und die Hajduken getötet?«, sponn sie den Faden fort. »Wo ist der Sinn?«

»Es waren keine Hajduken, sondern Spione, die erkunden sollten, wo es Spuren von mir gibt. Sonst hätte ich sie nicht töten müssen.« Er sank vor ihr nieder und fasste ihre Hand. »Sainaa, ich flehe dich an, mir zu glauben!«

Sie erwiderte den Druck seiner Finger nicht. »Wieso hast du mir nicht von Anfang an die Wahrheit gesagt?«

»Um dich nicht in Gefahr zu bringen«, sagte er sofort. »Ich bin der Anwärter auf die Baronie Kostromo. Jetzt sammle ich meine Gefährten …«

»Die Kinder«, unterbrach sie ihn. »Was willst du mit den Kindern, Vahidin? Sie wachsen ebenso rasch wie du und besitzen Reißzähne, wie ich sie bei jungen Hunden und Katzen gesehen habe, doch niemals bei Menschen.« Sainaa berührte den Anhänger aus Knochen um ihren Hals. »Die Manen hatten mir und allen Angehörigen unseres Lagers ein Zeichen gesandt, doch ich wollte es nicht sehen. Sie sagten, du bringst den Tod und das Verderben über uns. Anstatt ihnen zu glauben, lehrte ich dich die Geheimnisse der Geisterwelt.«

Vahidin sah, dass seine leichte Dosis Magie nicht ausreichte, um sie zu beeinflussen. Doch er fürchtete, dass sie einen stärkeren

Eingriff spüren könnte und sich endgültig hintergangen fühlte. »Die Manen irren sich!«, sagte er inbrünstig.

»Wieso sind alle meine Freunde und Verwandten dann gestorben?«, widersprach sie und beugte sich zu ihm, legte die rechte Hand an seine Schläfe. »Wer bist du wirklich, Vahidin? Du kannst kein Mensch sein.«

Er lächelte Hilfe suchend. »Das stimmt in der Tat, Liebste. Ich bin kein Mensch. Jedenfalls nicht von Grund auf, und auch deswegen werde ich verfolgt.« Vahidin schloss die Augen und lehnte den Kopf gegen ihre Handfläche. »Du gibst mir Geborgenheit, die ich so benötige. Die Männer, die uns begleiten, schützen meinen Körper, doch du bewahrst meine Seele.« Ein kluger Satz, wie er fand.

Umso verwunderter war er, als sich ihm ihre Hand entzog.

Kleidung raschelte, und er hörte Schritte, die sich von ihm entfernten. Erst jetzt hob er die Lider und sah Sainaa, die auf den Ausgang zuschritt. »Liebste, wohin …«

»Du benötigst mich nicht, Vahidin. Und was immer du mir sagen wirst, es ist eine Lüge.« Sie blieb stehen und sah über die Schulter hinweg zu ihm. »Die Manen sprachen zu mir in der letzten Nacht und offenbarten mir, wer du wirklich bist. Ich wollte sehen, wie ehrlich du mir gegenüber bist, bevor ich eine Entscheidung fälle.« Sainaa wandte den Kopf geradeaus und ging weiter.

»Bleib!«, rief er gebieterisch und sprang auf.

»Oder du wirst mich umbringen wie die Hajduken? Wie meine Leute? Wie die Dorfbewohner?« Sie setzte ihren Weg unbeirrt fort. »Ich fürchte mich nicht vor dir, Vahidin. Ich gehe hinaus und suche mir ein neues Lager. Vielleicht werde ich Jengorianer finden, die mich aufnehmen. Mit dir möchte ich nichts mehr zu schaffen haben.«

Vahidin eilte ihr nach, packte sie an der Schulter und zwang sie zum Verweilen. Die Augen der Frau zeigten ihm, dass es ihr ernst war. »Bitte, tu das nicht«, bat er sie leise und umfasste den Schwertgriff.

Sainaa lächelte über die stumme Drohung. »Ich habe meine

Seele dem Geist des Feuers verschrieben. Die Tochter eines Tsagaan besitzt mehr Macht, als du es für möglich hältst.« Sie ließ die Hand nicht aus den Augen. »Solltest du mich töten, bin *ich* dein Tod, Vahidin. Und danach gehört deine Seele mir. Bedenke das.«

Er hielt sie noch immer fest. »Du wirst mich verraten.«

»Nein, das werde ich nicht. Sollte mich jedoch jemand nach dir fragen, werde ich ihm von dir berichten. Von dir und deinen Taten, auch wenn meine Schmach damit wächst. Doch ohne einen Anlass werde ich kein Wort über dich verlieren. Für den Rest meines Lebens.« Sainaa streifte seine Hand von ihrer Schulter. »Ich bete, dass man dich aufhält, wonach auch immer du trachtest.« Sie durchquerte den Flur und ging die Stufen hinab.

Vahidin folgte ihr, hatte den Mund zu einem Ruf geöffnet, doch er schwieg. Er wusste nicht, was er tun sollte. Sainaa hatte ihn verwirrt, denn sie meinte stets, was sie sagte. Weder hatte er Furcht noch Lüge erkennen können, und das hinterließ – Angst? Unbehagen?

Etwas hielt ihn davon ab, die Hand zu heben und sie mit einem magischen Strahl zu vernichten. Die Finger am Waffengriff blieben unbeweglich. Vahidin sah der Tsagaan hinterher, die durch die getrockneten Blutlachen in der Diele lief und zur Tür hinausschritt.

Die Wachen sahen fragend zu ihm hinauf, doch er gab keinen Befehl, sie aufzuhalten oder zu töten. Er wunderte sich über sich selbst; stattdessen winkte er die Männer zu sich und wies sie an, die Kiste nach unten zu bringen. Er stand weiterhin am Geländer und sah auf die Tür, durch die Sainaa verschwunden war.

Lukaschuk betrat das Haus. »Wir haben Eure Befehle ausgeführt, Hoher Herr«, meldete er, und er brachte den Geruch von brennendem Holz mit sich. »Es ist sichergestellt, dass niemand das Dorf verlassen kann.« Er zeigte durch die Tür auf die Straße. »Ich habe Sainaa gesehen. Sie ist mit einem Rucksack an mir vorbeigelaufen. Ist das alles, was sie mitnehmen möchte?«

»Sainaa hat uns verlassen, Lukaschuk.«

Der Hohepriester glaubte, sich verhört zu haben. »Mit welchem Auftrag, wenn ich fragen darf? Haben Euch meine Männer …«

Vahidin winkte ab. »Sie ist *gegangen*. Meine Lehrzeit bei ihr ist beendet, und sie kann gehen, wohin immer sie möchte.«

»Aber sie … weiß von uns«, sagte Lukaschuk überrumpelt. »Was wir getan haben und …«

»Sainaa wird nichts sagen. Wir sind sicher vor ihr.« Vahidin kam die Treppe hinab und gesellte sich zu ihm. »Sie weiß weniger als du vermutest. Und auf eine Gräueltat mehr oder weniger, die mir angelastet wird, kommt es mir auch nicht an. Sie weiß nicht, wohin wir als Nächstes reisen werden, also betrachte ich sie als ungefährlich.« Er ging an ihm vorbei und bestieg den zweiten Schlitten.

Der Tross formierte sich, während die Flammen um sie herum tobten und das Dorf auffraßen.

Der lange Weg in den Osten des borasgotanischen Reiches begann, und die leisen Schreie seiner Nachkommen erinnerten Vahidin, dass sich alles fügen würde. Er besaß die besten Karten in dem Spiel um Ulldarts Zukunft.

Kontinent Kalisstron, 82 Meilen östlich von Bardhasdronda, Spätfrühling im Jahr 2 Ulldrael des Gerechten (461 n.S.)

Lorin saß auf Treskor, Tokaro lenkte den Wagen mit der wertvollen Beute.

Beide Qwor waren ihnen vor einem Tag lebend in die Hände gefallen, und darauf war der Ritter stolz. So stolz, dass er sie nicht aus den Augen ließ. Es war keine große Sache gewesen, sie zu fangen. Beide Jungtiere waren hungrig und müde gewesen, der Köder hatte sie in die Falle gelockt. Zwei Männchen.

Danach hatten sie sich und ihre Kleider gründlich gewaschen, um den Gestank loszuwerden. Als Lorin und Tokaro sich auf dem verwilderten Weg auf die vom Wald verschlungene Stadt zubewegten, wurde der rumpelnde Karren bald von den Posten bemerkt und mit freudigen Rufen begrüßt. Von der Ladefläche fauchte und heulte es laut; die Plane darüber dämpfte die Laute nicht.

Die Posten führten Lorin und Tokaro zu Bürgermeister Sintjǿp, der sie in der Turmruine erwartete. Der lockenhaarige Cerêler, der einen ledernen Harnisch und ein Kurzschwert trug, bestaunte Tokaros Rüstung. Er hatte die Herkunft der Schuppen, die unentwegt ihre Farbe wechselten und versuchten, einen Hintergrund zu finden und sich ihm anzupassen, auf Anhieb erkannt. »Ich lobe die Bleiche Göttin und wage es kaum zu fragen: Ihr habt einen Qwor vernichtet?«

»Ja, Bürgermeister. Mit Angors Hilfe haben mein Bruder und ich die Kreaturen ausgelöscht. Was Ihr an mir seht, ist das Geschenk des Qwor an mich.« Der junge Ritter stellte sich in Pose, die eines Helden würdig war, und vergaß dabei das Offensichtliche.

Lorin reichte Sintjǿp die Hand und schüttelte sie glücklich. »Wie freue ich mich, Euch gesund zu sehen, Bürgermeister! Wo sind meine Frau und die Einwohner abgeblieben?«

»In Sicherheit – falls es das gegen die Qwor geben kann.« Er schielte zwischen ihnen hindurch zum Wagen. »Was ist das?«

»Ein Mitbringsel für Ulldart«, antwortete Tokaro ausweichend. Er fürchtete Racheakte an den Kreaturen, die seiner Ansicht nach unermesslich wichtig für seine Heimat waren. »Ein paar wilde Hunde, die mir sehr gut gefallen haben und mit denen ich eine Zucht beginnen möchte.«

»Hunde?« Der Cerêler kratzte sich am Kopf.

»Da Ihr nicht wisst, was passiert ist, Bürgermeister«, hakte Lorin besorgt ein, »habt Ihr keinen Besuch von einer jungen Dame namens Estra und einer sehr beeindruckenden Gestalt namens Gàn erhalten?«

Sintjøp legte die Stirn in Falten. »Nein, beim besten Willen nicht, Seskahin.«

»Angor!« Tokaro wurde eisig kalt. »Ich muss los und sie suchen«, sagte er fahrig zu seinem Bruder und rannte zu Treskor. Ohne eine Erwiderung abzuwarten, saß er auf und sprengte davon, den Weg zurück, den sie gekommen waren.

»Es sind zwei gute Freunde, die uns gegen die Qwor beistehen wollten«, erklärte Lorin rasch. »Wir benötigen eine Suchmannschaft, Bürgermeister.«

»Wir können keinen Mann gegen die Qwor entbehren.« Sintjøp zeigte auf die Spitze des Turmes, die mit zahlreichen Seilen abgespannt worden war. »Wir haben eine Falle vorbereitet, als wir sahen, dass das Monstrum sich uns näherte, und ...

»Es gibt keine Qwor mehr, die uns gefährlich werden können«, fiel er ihm in die Erklärung.

»*Beide?*« Sintjøp konnte es nicht glauben. »Aber der eine war riesig, was uns die Flüchtlinge berichtet haben. Wie ...«

»Nehmt es so hin, Bürgermeister. Ich brauche zuerst die Männer, Suchhunde und ein paar Hundegespanne.« Lorin sah, dass sich ihnen eine schwarzhaarige Frau näherte, die er unsagbar vermisst hatte. »Jarevrån«, flüsterte er bewegt und eilte ihr entgegen.

Sie warfen sich einander in die Arme, umschlangen sich und versanken in einem tiefen, langen Kuss.

»Mein Mann«, sagte sie unter Tränen der Freude, streichelte sein Gesicht, den Hals und die Haare. »Die Bleiche Göttin hat meine Gebete erhört.«

Lorin nahm ihre Hände und küsste sie, die Rührung und die Freude schnürten ihm den Hals zu. »Das hat sie«, sprach er heiser. »Die Qwor sind tot, Tokaro sei Dank.« Wieder nahm er sie in den Arm und drückte sie an sich. Wie gern wäre er bei ihr geblieben. »Wir reden später über das, was geschehen ist, aber jetzt muss ich erneut los. Wir suchen zwei gute Freunde, die bei der Jagd verschollen gingen.« Der Blick aus ihren grünen Augen gab ihm neue Kraft und zeigte ihm, wie sehr sie ihn liebte. Mit keiner anderen Frau hätte er glücklicher sein können als mit ihr.

Er lief am Turm vorbei auf den Weg, auf dem sich bereits die ersten Männer mit Hunden und Gespannen versammelt hatten.

Als er sich umdrehte, stand Jarevrån noch immer da. Sie hob den Arm und winkte kurz, dann zog sie die Stola enger um die Schultern.

Lorin winkte zurück und wandte sich an die Milizionäre, die mit ihm ihren alten Befehlshaber zurückbekamen. Sie betrachteten ihn mit Neugier und Bewunderung. »Suchen wir, Männer. Enttäuschen wir nicht diejenigen, die unsere Hilfe benötigen.«

Treskor raste die Straße entlang, und es hatte den Anschein, als berührten seine Hufe nicht mehr den Boden; lediglich das dumpfe Trommeln erbrachte den Gegenbeweis. Tokaro schmiegte sich an den Hals des Schimmels.

Ohne Sattel war es nicht leicht, bei der mörderischen Geschwindigkeit des inzwischen wieder ausgeruhten Hengstes das Gleichgewicht zu halten, doch einem überragenden Reiter wie ihm gelang es.

Geschätzte sieben Meilen lagen zwischen der Ruinenstadt und der Stelle, wo sie Gàn und Estra zurückgelassen hatten. Zwei Tage hatten sie benötigt, um die erwachsenen Qwor zu töten und die kleinen zu fangen. Das hätte selbst für den verletzten Nimmersatten ausgereicht, um die Stadt zu erreichen.

Tokaro vermochte sich nicht vorzustellen, welchen beruhigenden Grund es geben könnte, dass seine Gefährtin und Gàn das Ziel nicht erreicht hatten. Die schlechten Gründe ließ er bei seinen Überlegungen lieber außen vor.

Er erreichte die Kreuzung und sah – niemanden. Weder Gàn noch Estra, noch Hinweise am Boden; weder Stöckchen, die eine Richtung angaben, noch eine Nachricht.

»Estra!«, schrie Tokaro und ließ Treskor sich um die eigene Achse drehen, während er Ausschau hielt. »Gàn! Wo steckt ihr?« Seine blauen Augen richteten sich auf das Unterholz, und er meinte, dass es zu seiner Linken einige zerbrochene Zweige aufwies, als habe sich jemand in das Dickicht geschleppt.

»Estra?« Er lenkte Treskor durch das Gebüsch und zog die aldoreelische Klinge. Wenn es sich um Räuber handelte, die eine Falle stellen wollten, würden sie ein blutiges Wunder erleben. Doch dahinter erkannte er eine tiefe Schleifspur im Boden, die ihn etliche Schritte entfernt in den Wald hineinführte.

Schließlich stand er vor Gàn.

Der Nimmersatte lag rücklings auf der Erde, die tellergroßen Augen geschlossen, und die Brust bewegte sich nicht …

»Gàn!« Tokaro sprang auf die Erde und kniete sich neben den Nimmersatten. Seine Finger suchten die Schlagader, um das Pulsieren des Herzens daran zu fühlen. Ein mattes Klopfen, mehr war es nicht, was er spürte. »Gàn, wach auf!«, schrie er ihn an und schüttelte ihn. »Was ist geschehen? Wo ist Estra?« Er schüttete ihm Wasser ins Gesicht, und als die Lider zuckten, drückte er ihm die Öffnung des Schlauchs an die aufgesprungenen Lippen.

Gàn trank, die Schluckbewegungen waren schwerfällig. »Weg«, hauchte er. »Überfall …«

Also doch! »Wer hat sie mitgenommen, Gàn? Wohin sind sie gegangen?«

»Sie … hat mich …« Der Nimmersatte hustete. »Amulett. Sie wollte das …«

Tokaro weigerte sich, es zu glauben, und gab ihm hastig noch mehr zu trinken. »Komm zur Besinnung, Gàn. Sammle deine Gedanken und sag mir, wer euch überfallen hat!«

Aber er war zu schwach, um weitersprechen zu können. Sein rechter Arm zuckte, die Finger deuteten auf die Straße, nach Westen. Nach Bardhasdronda.

»Verdammt!« Tokaro erhob sich und starrte auf ihn hinab. Estra hätte es niemals allein geschafft, den Nimmersatten so tief in das Unterholz zu zerren. Sicherlich besaß sie, wenn sie wollte, Kraft, aber Gàn wog mindestens so viel wie drei ausgewachsene Männer.

Mit Schaudern dachte er an die zweite Estra. Hatte sie nicht mehr Kraft? War sie nach Bardhasdronda gegangen, um nach dem

Amulettstück zu suchen, oder durfte er noch hoffen, dass es sich um einen Überfall von Räubern gehandelt hatte?

Oder hatte jemand Gàns Aussehen missgedeutet und sie aus Versehen angegriffen? Aber wo steckte dann Estra?

Er wollte alles annehmen, aber nicht das Wahrscheinlichste und Offensichtlichste. Es hätte eine zu schmerzvolle Enttäuschung bedeutet. Nach der Aussöhnung, dem Schwur, den Küssen und dem Vertrauen weigerte er sich anzunehmen, dass Estra ihn belogen hatte.

»Was soll ich tun, Angor?«, sagte er hilflos und sank auf die Knie. Er zog die aldoreelische Klinge, küsste die Blutrinne und betete mit geschlossenen Augen um Beistand. Ganz gleich, wie dieser aussähe.

Ächzend richtete sich Gàn auf, dann öffnete er den Mund. Ein dunkler, inbrünstiger Schrei verließ seine Kehle, der Tokaro durch und durch erschütterte; er musste das Schwert loslassen und sich die Hände gegen die Ohren pressen. Treskor wieherte erschrocken und machte einen Satz nach hinten.

Der Nimmersatte sprang auf die Beine, als habe er niemals schwach und kurz vor dem Sterben auf dem Boden gelegen. Die Hörner fegten die Zweige zur Seite. Die schwarzen Doppelpupillen schweiften umher und erkannten Tokaro. Seine gewaltige Hand packte ihn im Nacken. »Auf die Beine, Herr Ritter«, grollte er. »Wir müssen sie aufhalten, bevor sie die Amulettteile zu einem verbindet.«

»Gàn?« Tokaro betrachtete den Nimmersatten und wunderte sich über das ungewohnte Verhalten. Die Augen schimmerten, als seien sie von etwas beseelt, als leuchte etwas in Gàn, das ungeheuerliche Energie und Kraft besaß. »Was …«

»Angor hat zu mir gesprochen«, sagte er, und es lag etwas Majestätisches in seiner Haltung. »Er hat meinen Verstand erweckt, Herr Ritter.« Gàn schnallte den Panzer ab und betrachtete seine Wunde. »Und ich denke, dass er mich von der Vergiftung geheilt hat, die mir Estra zufügte.« Er richtete seinen wütenden Blick auf Tokaro. »Sie hat uns beide verraten, Herr Ritter. Ich habe ihr sagen müssen, wo ich das Amulett hingeworfen habe. Sie wird es suchen, bis sie es gefunden hat.« Er bückte sich und hob einen langen Ast auf, wog ihn in der Hand. »Sie wusste sehr genau, was die Zeichnungen, die ich in ihrer Wohnung fand, zu bedeuten haben. Es ist ihr fester Wille, das fortzuführen, was ihre Mutter begonnen hat.« Er stapfte an Tokaro vorbei. »Ich werde mich von ihren Worten nicht mehr bezaubern lassen, Herr Ritter. Wenn ich sie finde, schlage ich sie tot.« Er schwenkte den Knüttel. »Das hat mir Angor befohlen.«

Tokaro wich ihm aus und ließ ihn passieren. Er bückte sich und nahm seine Waffe auf, reinigte sie und schleppte sich wie ein gebrochener Mann zu Treskor. Unbehände kletterte er auf den Rücken des Hengstes und folgte dem Nimmersatten, der in einen raschen Trab verfallen war, um das zerstörte Bardhasdronda zu erreichen.

Die Enttäuschung ließ Tokaro schweigen, und sein Herz schmerzte.

Kontinent Kalisstron, Bardhasdronda, Spätfrühling im Jahr 2 Ulldrael des Gerechten (461 n.S.)

Tokaro und Gàn erreichten die zerstörte Stadt, in der die letzten Brände erloschen waren, und hielten auf den Hafen zu.

Gelegentlich sahen sie Ratten und Hunde durch die Ruinen huschen, die zwischen den Trümmern nach Essbarem suchten. Nach wie vor lag die Stadt ausgestorben vor ihnen, es gab nicht einmal Plünderer, mit denen Tokaro längst gerechnet hatte.

Der junge Ritter schwieg noch immer.

Er betete ohne Unterlass, dass sich Estras Tat, wie Gàn sie ihm unterwegs in allen Einzelheiten geschildert hatte, als ein Irrtum herausstellen würde. Er war überzeugt, dass es die andere Estra gewesen war, die animalische und gefährliche, nicht die zarte und freundliche, in die er sich verliebt hatte. Die er liebte. Obwohl es ihm schwerfiel, Tokaro sagte sich nicht von ihr los und erneuerte stumm den Schwur, seine Gefährtin niemals aufzugeben, selbst wenn er sich unter Umständen gegen Gàn stellen musste.

Sie gelangten an die Molen, vor denen gesunkene Fischerboote lagen.

Der Nimmersatte stieß ein dunkles Schnauben aus. »Das war nicht das Werk der Qwor«, sagte er. »Als ich zum ersten Mal hier war, schwammen die Schiffe noch.«

»Sie hat es gefunden«, sprach Tokaro leise und blickte zum Horizont, wo der blaue Himmel und das dunkle Meer aufeinanderstießen. »Sie ist mit dem intakten Amulett auf dem Weg über die See und hat dafür gesorgt, dass wir ihr so schnell nicht folgen können.« Er beugte sich nach vorne und streichelte Treskors Stirn; der Hengst schnaubte glücklich.

Gàn hob ebenfalls den Kopf. »Ich sehe ein Segel«, rief er und lief auf der Kaimauer entlang. »Es ist ein kleines Schiff.«

»Es wird ausreichen, sie überzusetzen.« In Tokaro wuchs die Sicherheit, dass Estra es auf den Heimatkontinent schaffen und weder ein Opfer der See noch von Meeresungeheuern werden würde, auch wenn sie keine Erfahrung mit dem Segeln besaß. Er konnte seine Sicherheit nicht begründen, aber er wusste, dass er sie wiedersehen würde.

Gàn begutachtete die Wracks. »Welches würde für eine Verfolgung taugen?« Er lief wie ein aufgeregtes Kind an der Mole entlang, als könne er sich nicht entscheiden. »Es muss raus und flottgemacht werden.«

»Du fragst *mich*? Du weißt, dass ich es hasse, auf dem Meer zu sein.« Er sah, dass Treskors Ohren sich drehten und seine Nüstern sich blähten. Er wendete den Hengst und schaute, wer ihnen gefolgt war; jetzt hörte er Hundegebell und das Rattern von Rädern. Zu seiner Verwunderung sah er Lorin und etwa dreißig Bewaffnete mit Hundegespannen angefahren kommen. »Ihr wart schnell«, begrüßte er sie.

»Meine Freunde kennen den Weg besser als ihr«, erwiderte Lorin mit einem Lächeln und nickte Gàn zu. »Ich freue mich, Euch wohlbehalten zu sehen«, rief er. »Eine Spur von Estra?«

Rasch erklärte ihm Tokaro, was sich ereignet hatte. »Wir müssen sie verfolgen, so geschwind es geht!«

Lorin betrachtete die gekenterten Schiffe verärgert. »Das wird so schnell nicht möglich sein. Wir brauchen mindestens zwei Tage, bis wir eines davon instand gesetzt haben, und was ich hier liegen sehe, besitzt nicht die Tauglichkeit, sich den Wogen der offenen See für längere Zeit zu stellen.« Er unterhielt sich kurz mit einigen seiner Begleiter. »Es kann sein, dass es bessere Schiffe in Vekhlahti gibt. Die Stadt selbst wurde vernichtet wie Bardhasdronda, aber die Qwor werden sich weniger für die Schiffe interessiert haben.«

»Wir brauchen eine Mannschaft«, sagte Tokaro seufzend, dem die Aussicht nicht gefiel, schon wieder hinaus aufs Meer zu müssen; doch es gab keinen anderen Weg. »Kannst du uns eine besorgen?«

»Sicher. Ich lasse die besten Seefahrer kommen, und sie bringen auch den Wagen mit deinen *wilden Hunden* mit.« Lorin betonte die Worte, um zu zeigen, dass niemand Argwohn hegte gegen das, was sich auf der Ladefläche verborgen hielt. »Auch wenn ich es nach wie vor nicht gutheiße.«

»Ich weiß«, entgegnete Tokaro. »Es geht nicht anders. Ich halte es für den wirksamsten Schutz.«

»Warten wir also nicht länger!« Gàn sah Lorin ermunternd an. »Wo geht es am schnellsten nach Vekhlahti?«

Zwei Tage darauf war die *Ølminh* bereit, in See zu stechen. Die Bauart des recht kleinen, doch soliden Einmasters kannten weder Tokaro noch Gàn, eine solche Form gab es auf Ulldart nirgends.

»Die *Ølminh* ist dazu gedacht, weitere Strecken entlang der Küste von Kalisstron zurückzulegen, und wird es auch schaffen, euch heil nach Ulldart zu bringen«, erklärte ihnen Lorin. »Die

Mannschaft besteht aus zwanzig Fischern, die sich mit der Klasse der *Ølminh* gut auskennen.«

Tokaro beobachtete, wie der letzte Proviant verladen und der Käfig mit den Qwor an Bord gebracht wurde. Auf sie achtete er sehr genau. Niemand durfte das Tuch anheben; es würde die Bindung an ihn schädigen, falls sie einen anderen Menschen als ihn zu Gesicht bekämen, erklärte er immer wieder. Die anderen akzeptierten seinen merkwürdigen Wunsch. »Wir werden zu spät kommen«, prophezeite er halblaut.

»Zu spät vielleicht, aber nicht vergebens«, hielt Gàn dagegen und setzte an, die Planke hinaufzuschreiten. Ein Fuß genügte, sie sich unter seinem Gewicht durchbiegen und laut knirschen zu lassen. »Angor ist mit mir.« Er blieb stehen und reichte Lorin die Hand. »Nehmt meinen Dank, Herr Seskahin. Ihr seid eingeladen, mich jederzeit in Ammtára zu besuchen. Denn es wird den Sturm überstehen, der sich über ihm zusammenbraut, das ist gewiss«, sprach er getragen.

Lorin lächelte. »Die Bleiche Göttin sei mit Euch, Herr Ritter von der mächtigen Gestalt und mit dem großen Herzen«, verabschiedete er sich und umschloss die breiten Finger mit beiden Händen. »Ihr seid mir sehr ans Herz gewachsen, daher bitte ich Euch zweifach so sehr, auf Euch achtzugeben.«

»Dafür bin ich Euch dankbar. Euch und Eurer Familie alles Gute.« Gàn nickte und betrat die *Ølminh*, als sei er der Kapitän.

»Er ist selbstbewusster geworden, ist das möglich?«, merkte Lorin an.

»Ja. Seit dem Vorfall mit Estra habe ich es festgestellt. Es kann sein, dass Angor seinen Geist aufgeweckt hat.« Tokaro sah seinen Bruder an. »Wie wird es weitergehen?«

»Bei uns?« Lorin zeigte zu den Ruinen. »Wir errichten Bardhasdronda neu, doch ein Teil der Menschen möchte in der Stadt bleiben, die ihnen sichere Zuflucht vor den Qwor gewährt hat. Ich schätze, dass es eintausend Männer und Frauen sein werden, die den Wald roden und die Mauern des alten Bardhasdronda auferstehen lassen. Es ist ein Kanal geplant, um die Städte miteinander zu verbinden und die Wege zu verkürzen.«

»Ich habe gehört, sie wollen dich als Bürgermeister?«

Lorin nickte stolz. »Eine ehrenvolle Aufgabe, und ich denke, ich werde sie annehmen.«

»Dann hast du viel zu tun«, sagte Tokaro gedämpft. »Ich mache mir immer noch Vorwürfe. Wir hätten viele Städte und Menschenleben retten können, wenn ich …«

»Nein, Tokaro. Diese Gedanken bringen niemandem etwas«, unterbrach ihn Lorin. »Letztlich warst du es, der weitere Opfer verhindert hat. Ohne dich wäre es viel übler um den Kontinent bestellt. Das werden wir dir niemals vergessen. Sobald du einen Fuß auf Kalisstron setzt, wirst du als ein Held behandelt. Wo auch immer du sein wirst, niemals wirst du deine Börse zücken müssen, um etwas zu bezahlen. Der Anblick deiner aldoreelischen Klinge wird den Menschen Beweis genug sein, es mit dir persönlich zu tun zu haben. Ich sorge dafür, dass bald jeder sie und dich auf Kalisstron kennt.« Er zwinkerte. »Arnarvaten hat sogar schon Lieder über dich geschrieben. Du wirst hier schneller berühmt als auf Ulldart.«

Sie schüttelten sich die Hände, und da Tokaro Handschuhe trug, geschah Lorin nichts. Die Leinen wurden gelöst, und der junge Ritter eilte an Deck, wo Gàn stand und den versammelten Kalisstronen an der Mole feldherrengleich zuwinkte.

»Achte auf die *Hunde*«, rief Lorin. »Wenn sie sich nicht zähmen lassen, dann erschlage sie. Versprich es mir!«

Statt einer Antwort hob Tokaro den Arm zum knappen Gruß und verschwand dann im Laderaum, um den Käfig zu kontrollieren und mit der Dressur zu beginnen; seinen Hengst hatte er vorsichtshalber weitab von den Qworjungen untergebracht.

Er ging auf den Käfig zu und lüftete das Tuch. Die Qwor saßen einer Ecke zusammen und kuschelten sich aneinander, wie es junge Tiere taten, wenn sie Wärme und Geborgenheit suchten.

Ihr Äußeres hatte sich verändert. Sie besaßen die Ausmaße eines mittelgroßen Hundes, die Schuppen waren schwarz und schienen sich der Umgebung noch nicht anpassen zu können. Diamanten blitzten in ihren Augen, aus denen sie den Ritter neugierig anschauten.

»Ihr habt noch einiges zu lernen«, sagte er zu ihnen. Tokaro wusste, dass er sich in Pferde gut einfühlen konnte, wie ihm seine Erfahrung mit Treskor gezeigt hatte; ob diese Fähigkeit auch bei so ungewöhnlichen Kreaturen wie den Qwor griff, würde sich im Verlauf der Reise zeigen.

Er ging zur Tonne, in der er Frischfleisch aufbewahrte, nahm sich einen blutigen Klumpen heraus und kehrte zum Käfig zurück. »Ihr werdet lernen, mir zu gehorchen«, flüsterte er und hielt das Fleisch an die Stäbe.

Der erste Qwor, auf dessen Stirn eine Schuppe saß, die eher dunkelgrau als schwarz wirkte, schnupperte, erhob sich und kam geduckt nach vorne geschlichen. Es erinnerte an eine pirschende Katze.

Tokaro öffnete den Verschlag und hielt das Fleisch davor, um ihn zu locken. »Welchen Namen gebe ich dir?«, fragte er lockend.

Der Qwor sah auf den Köder, dann auf den Menschen und wieder auf den Köder. Es kostete ihn sehr viel Überwindung, den Hals nach vorn zu schieben und sich nach dem Fleisch zu strecken. Er knabberte vorsichtig daran und behielt Tokaro dabei immer im Auge.

Der junge Ritter hob langsam die andere Hand und streichelte den Hals des Wesens. Durch den Handschuh spürte er nicht, ob er sich warm oder kalt anfühlte.

Anfangs ließ sich der Qwor die Berührung der fremden Finger gefallen, dann knurrte er unvermittelt und zog die Lefzen zurück.

»Still«, befahl Tokaro und sah den Qwor ernst an, aber er reagierte nicht, sondern grollte noch lauter. Der Ritter drehte die freie Hand, sodass seine bloße Haut am Gelenk freilag. »Still«, wiederholte er energisch, und als der Qwor die Schuppen im Nacken aufstellte, berührte Tokaro ihn leicht mit der ungeschützten Stelle.

Es gab eine leichte Entladung, und an Tokaros Gelenk kribbelte es. Der Qwor dagegen jaulte auf und zog sich blitzschnell zu seinem Bruder zurück.

»Das hast du davon, mich anzuknurren.« Er schwenkte das Fleisch wieder, dieses Mal näherte sich der zweite Qwor. Er schlich heran und zeigte bereits mehr Demut; friedfertig machte er sich über das Fleisch her und ließ es zu, dass Tokaro ihn zuerst behutsam am Hals und dann am Kopf berührte. Der Schweif zuckte; ganz wohl war es dem Wesen nicht, dass es von einem Menschen berührt wurde.

»Du bist ein braver und schlauer Kerl«, lobte ihn Tokaro und entfernte sich zwei Schritte vom Käfig. »Komm zu mir!«

Der Qwor sprang ohne zu zögern hinaus auf die Planken und folgte ihm, die Augen blieben auf dem zur Hälfte verzehrten Brocken Fleisch liegen.

Tokaro ging in die Hocke, und sofort schnappte das Wesen nach dem Fressen. »Nein!«, rief er, berührte ihn ohne Handschuh, und der Qwor zuckte erschrocken zusammen. Im Gegensatz zu seinem Bruder rannte er jedoch nicht weg, sondern löste sofort die Doppelreihe Zähne aus seinem Mahl. Er hatte verstanden, dass er eine Erlaubnis von dem Menschen benötigte.

Tokaro hielt ihm das Fleisch wieder hin. »Friss«, sagte er und unternahm nichts, als der Qwor behutsam zubiss. Der junge Ritter überließ ihm das Fleisch ganz. »Sitz«, befahl er und drückte den Hinterleib herab.

Der Qwor setzte sich.

»Das geht besser, als ich gehofft habe«, befand Tokaro und nahm einen weiteren Fleischfetzen aus der Tonne, mit dem er die zweite Kreatur zu sich rief. Sie folgte seinen Worten, auch wenn ihr Schweif dabei aufgeregt hin und her peitschte.

Tokaro war von den Qwor fasziniert. Es waren Tiere, die sich für einen Anhänger des Gottes der Jagd, des Krieges und der Ehrenhaftigkeit als würdig erwiesen.

Das Beste daran war: Kein Magier würde Ulldart jemals wieder etwas antun können.

IX.

Kontinent Ulldart, Königreich Ilfaris, Herzogtum Dûraïs (Süden), Frühsommer im Jahr 2 Ulldrael des Gerechten (461 n.S.)

Sie saßen in der großen, lichtdurchfluteten Bibliothek. Während im Freien der ilfaritische Sommer herrschte, ließ es sich in dem weitläufigen Gebäude sehr gut aushalten. Valeria bevorzugte dennoch den Aufenthalt in den Gewölben, was Brahim zunehmend mit Argwohn betrachtete.

Er lernte viel von und mit Alsa, die er beinahe als seine Tochter ansah. Ormut ließen sie ebenso in Ruhe wie Valeria. Von König Perdór erhielten sie die Nachricht, dass er ihnen eine Leibwache senden werde und Soscha Zabranskois Rückkehr auf sich warten lasse; sie mögen noch Geduld bewahren. Die Kunde über die vorrückenden Truppen des Besatzers Nech Fark Nars'a namm zusammen mit den verbündeten Ničti sorgte nicht dafür, dass sich die Laune in der Universität verbesserte.

Ganz im Gegenteil.

Es bereitete vor allem Ormut Spaß, sich in allen Einzelheiten auszumalen, wie er sich gegen die Angreifer mit Magie zur Wehr setzen und das Heer des machthungrigen Angorjaners im Alleingang vernichten würde. Alsa dagegen fürchtete sich sehr, und Valeria sagte kein Wort dazu. Démòn hingegen wurde nicht müde zu versichern, dass der Ort von den Truppen nicht gefunden werden würde.

Und dennoch erhielten sie unerwarteten Besuch.

Brahim und Alsa saßen in der Bibliothek und diskutierten darüber, welche Versuche sie als Nächstes beginnen sollten, um seine Kräfte aus der Reserve zum erneuten Zuschlagen zu bewegen. Es reizte sowohl Brahim als auch die junge Tersionin zu sehen, was geschehen würde.

Das Hauptportal wurde geöffnet, und ein verunsichert blickender Démòn trat ein. Ihm folgten drei hochgewachsene, muskulöse Männer und eine sehr elegant gekleidete Frau; sie überragten den Ilfariten und trugen einfache, helle Kleidung sowie eine Art gewickelter Kappe auf den Köpfen. Leichte Umhänge schützten sie vor Staub, an den Füßen hatten sie schwere Stiefel. Brahim erkannte die Männer als Kämpfer; Statur und Gang verrieten sie.

»Ich störe nicht freiwillig«, begann der Livrierte nervös. »Die Herrschaften ließen sich nicht von mir zurückhalten und verlangten danach, die Besitzer des Anwesens zu sprechen.« Dabei blinzelte er vieldeutig. Es wurde Zeit für ein Schauspiel.

Brahim erhob sich vom Stuhl und riss das Wort an sich. »Den habt Ihr gefunden. Ich bin Herzog Jalicón der Dritte. Was führt Euch unangemeldet hierher? Meine Tochter und ich waren gerade mitten in einer wichtigen Besprechung.«

»Und beeilt Euch. Wir sind noch lange nicht fertig.« Alsa hatte begriffen, was vor sich ging. Die Fremden mussten nicht wissen, wo sie sich befanden.

Brahim zweifelte jedoch im Stillen, dass das Erscheinen Zufall war. Sie trugen weder die Farben des Königreichs Ilfaris, noch sahen sie aus wie Ničti oder Kensustrianer oder hatten die schwarze Haut der Bewohner Angors. Die Bräune verriet, dass sie aus dem Süden stammten, das war aber auch schon alles, was er an Schlüssen zog.

»Verzeiht unsere Aufdringlichkeit.« Die Frau verbeugte sich, die Männer hingegen rührten sich nicht. Als Démòn Anstalten machte, die Bibliothek unauffällig verlassen zu wollen, schob sich ihm einer der drei in den Weg. Der Diener blieb stehen und lächelte verkrampft. »Wir suchen eine Lehrstätte, die angeblich in Sachen Magie unterrichten soll.«

»Und habt ein Anwesen gefunden, das einmal ein Theater gewesen ist. Ich weiß nicht, wovon Ihr sprecht«, polterte Brahim vorsorglich und legte den Ton an den Tag, den er als Hajduk gerne gegenüber Untergebenen angeschlagen hatte. »Wenn das alles gewesen ist, verlasst mein Haus und geht Eurer Wege. Das ist keine Lehrstätte.«

»Ich wiederum glaube, dass wir sie gefunden haben«, sagte die Frau verschlagen lächelnd. »Ansonsten wüsste ich mir nicht zu erklären, wie ein Mann aus dem Norden nach Ilfaris gelangt und sich dabei noch als Herzog ausgibt, während seine angebliche Tochter spricht, als ob sie aus den Gassen von Tersion stammt.«

Brahim ging zum Angriff über. »Ihr wagt es …«

»Wir sind zugezogen und haben das Anwesen gekauft«, krähte Alsa rasch.

»Und den Titel?«, merkte die Frau an, die noch immer nicht ihren Namen genannt hatte. »Gut, ich spiele mit und tue so, als sei es ein Anwesen exilierter Adliger. Aber nehmen wir einmal an, es sei *doch* jene Lehrstätte für Magie und *Ihr* wärt magisch Begabte, *hätte* ich eine Offerte.« Sie schaute auf die Türen. »Mehr als zwei Eurer Art hat …, verzeiht, *hätte* es hier nicht?«

Brahim und Alsa schwiegen.

Die Frau lächelte noch immer. »Wir sind keine Räuber oder gar Mörder, versteht unser Erscheinen nicht falsch. Ich bin eine Unterhändlerin, die ihre Sicherheit gewahrt wissen will. Auf den Straßen von Ilfaris ist derzeit einiger Abschaum unterwegs.« Sie sah zu Démòn. »Hole die anderen zwei zu uns, bitte. Sie sollen hören, was ich im Auftrag meines Herrn vorzuschlagen habe.« Ihr Leibwächter versetzte dem Diener einen Stoß, sodass er beinahe gestürzt wäre. »Ich schwöre, dass sie frei entscheiden dürfen.«

Démòn wollte sich zuerst widersetzen, aber Brahim sandte ihn hinaus. Je mehr Magische sich im Raum befanden, desto größer war die Wahrscheinlichkeit, die Fremden überwältigen zu können. »Setzen wir uns«, bot er ihnen Plätze am Tisch an.

Die Frau lehnte ab. »Wir stehen lieber, danke.« Sie kreuzte die Arme unter der Brust und schaute sich um. »Ich möchte nicht wissen, welche Summen hier verbaut wurden. Der echte Herzog könnte mir die Frage beantworten, aber Ihr nicht«, sagte sie scherzend zu Brahim. »Borasgotaner, richtig?«

Er gab keine Antwort.

Schweigend warteten sie, bis Valeria und Ormut zu ihnen gestoßen waren. Beide wirkten keineswegs ängstlich, sondern vielmehr neugierig. Die Leibwächter grinsten beim Anblick der unterschiedlichen Schüler. Démòn blieb ebenfalls, er wollte wissen, was sich ereignen würde.

Brahim war erleichtert, alle versammelt zu wissen. Zwar waren sie noch Anfänger in Sachen Magie, doch es würde ausreichen, die Unbekannten mindestens zu vertreiben. »Höre ich jetzt Euren Namen?«

Die Fremde verbeugte sich wieder. »Ich bin Brujina und geschickt worden, um den magisch Begabten der Universität ein Geschäft anzubieten. Mein Auftraggeber bietet denjenigen, die mich und meine Männer begleiten, einen guten Lohn und verspricht, alles Erdenkliche zu unternehmen, um ihr magisches Talent zu fördern. Im Gegenzug erwartet er Treue. Persönliche Treue.« Brujina schaute sie der Reihe nach an. »Im Grunde ist es nichts anderes als das, was Euch Perdór bietet. Die Bezahlung fällt jedoch weitaus höher aus.«

Brahim wusste wie alle im Raum, was vor sich ging: Jemand wollte sich einen eigenen Magier sichern, einen Hausmagier, der seine Interessen wahrte und mit dem er sich Macht verschaffen konnte. Das war gefährlich.

»Müssen wir das gleich entscheiden?«, fragte Valeria als Erste, und es wunderte Brahim nicht im Geringsten, dass sie das Angebot in Erwägung zog.

»Nein. Doch bis morgen brauchten wir die Antwort, sonst wird es abenteuerlich, die Grenze zu passieren. Nechs Truppen marschieren schnell und würden uns ansonsten den Weg abschneiden.«

Brahim sah Brujina ohne Furcht an. »Ich kann dir jetzt schon absagen. Meine Familie kommt in wenigen Tagen, und ich werde ihnen nicht zumuten, auf eine gefährliche Reise zu gehen.«

Sie wirkte sogleich verständnisvoll, als ob sie nachempfinden konnte, was er fühlte. »Sicher. Wir werden niemanden zwingen.

Zumal wir es nicht einmal könnten. Ihr verfügt über Magie, gegen die Schwerter und jede andere Waffe nicht bestehen können.« Brujina wartete, ob sich Valeria, Ormut oder Alsa zu ihrem Angebot äußerten. »Wir sehen uns morgen früh«, verabschiedete sie sich dann und wandte sich um.

»Wie genau«, sagte Ormut mit der Hochmut des Alters, »soll unsere Ausbildung vonstattengehen, Kindchen? Kann Euer Auftraggeber mit einer Meisterin wie Zabranskoi aufwarten?«

»Das weiß ich nicht«, gestand sie. »Ich soll Euch ein Angebot unterbreiten und Euch sicher zu meinem Auftraggeber bringen. Das ist alles.«

»Und wie viel ist ihm diese Treue wert, von der Ihr spracht?« Ormut legte beide Hände auf den Gehstock.

Brujina griff an ihren Gürtel, nahm ein doppelfaustgroßes Säckchen ab und schleuderte es auf den Boden; vor den Füßen der fünf schlug es auf, und goldene Münzen rollten klingelnd hervor. Es waren Iurd-Kronen, die wertvollsten Münzen Ulldarts! »Eine Anzahlung, mehr ist es nicht. Wer mir den Beutel morgen als Erster weist, den nehme ich mit.« Sie schritt hinaus, die Leibwachen folgten ihr.

Fünf Augenpaare blickten auf die schimmernden Scheiben, die sich auf dem Marmorboden verteilt hatten und lockend in den Sonnenstrahlen blinkten.

»Dafür«, sagte Ormut leise, »bekommt man …« Ihm fehlten die Worte.

Brahim überschlug den Wert und kam auf einen Betrag, den er selbst in einem Leben als hoheitlicher Beamter der Kabcara nicht verdient hätte. Nicht einmal mit Bestechungsgeldern. Davon konnte er sich ein Haus, ein ganzes Anwesen mit Hof und Bediensteten kaufen, sich die Ställe mit Vieh füllen und viel Land erstehen. Selbst wenn alles bezahlt wäre, bliebe immer noch etwas übrig, um sich und seiner Familie weitere Träume zu erfüllen.

»So viel Geld habe ich noch niemals gesehen«, sprach Alsa und ging in die Hocke, um sich die Münzen zu betrachten. Ihr rechter Arm bewegte sich vor.

»Wenn Ihr sie anfasst«, warnte Démòn, »besiegelt Ihr damit den Pakt. Den Pakt mit einem Unbekannten und einer ungewissen Zukunft.«

Alsa verharrte erschrocken, und Valeria lachte laut. »Wer würde ein solches Vermögen für einen von uns ausgeben? Wir können doch so gut wie nichts.«

»Ihr vielleicht«, korrigierte sie Ormut und hörte sich beleidigt an. Er stampfte mit dem Gehstock auf. »Wenn ich ehrlich bin, überlege ich es mir.«

Démòn war entsetzt. »Nein, bei den Göttern! Ich beschwöre Euch, Ormut!« Er sah ihn flehentlich an. »Ich bitte Euch im Namen meines Königs und zum Wohle der Menschen: Bleibt! Hier werdet Ihr ausgebildet, um Gutes zu tun. Wer weiß, was der Unbekannte von Euch verlangt?«

Valeria setzte sich auf den Tisch, goss sich Wein ein und betrachtete die Kronen von dort aus, schwieg aber.

Ormut hinkte um das Säckchen herum und schaute zum Portal. »Kann uns das nicht gleichgültig sein? Wie wird er uns aufhalten können, wenn wir uns weigern, seinen Befehlen zu gehorchen?« Er lachte trocken, und in der Halle klang es lange nach, vermengte sich mit dem nächsten Satz, den er sprach: »Wir sind Magier!«

»Wir sind nichts weiter als Rohlinge, die noch viel an Arbeit bedürfen, bis sie zu einem Schwert werden.« Brahims Entschluss war unverrückbar. Er entsann sich sehr genau der Bedrohung, die er durch den silberhaarigen jungen Mann am eigenen Leib zu spüren bekommen hatte. Er wollte seinen Beitrag dazu leisten, Mortva Nesrecas Sohn aufzuhalten, aber der Rest der Gruppe wirkte anfällig für die Macht des Geldes. Sie kannten die Gefahr nicht so gut wie er und ahnten nichts von der Dringlichkeit. »Ich unterstütze Démòn und bitte Euch ebenso darum, die Universität nicht zu verlassen.«

Der Diener warf ihm einen dankbaren Blick zu. Alsa nickte, wenn auch zögerlich, und stellte sich an seine Seite. »Ich bleibe ebenfalls«, sagte sie. »Es fällt mir nicht leicht, aber ich will auf der

Seite der Guten stehen. Bei Perdór bin ich mir sicher, dass es so ist.«

Valeria blieb weiterhin stumm und kostete vom Wein.

»Schnickschnack«, schnaufte Ormut. Er bückte sich und grabschte den Beutel.

»Nicht!«, rief Brahim inständig, und unvermittelt wurde es dunkler in der Halle. »Legt ihn wieder zurück, ich bitte Euch!« Alsa murmelte etwas, es klang unfreundlich, und Démòn seufzte.

Ormut schenkte ihnen keine Beachtung. Er wog den Beutel in der Hand, während er die losen Münzen ignorierte. »Ich habe meine Entscheidung getroffen. Ich war zu lange arm, um mir diese Gelegenheit entgehen zu lassen. Wer weiß, wie viele Jahre ich noch lebe.« Er schob die herumliegenden Kronen weg von sich. »Die sind für Euch, und eine ist für den König. Damit sind meine Kosten beglichen.« Er hinkte hinaus, das Klirren der Münzen hörten sie lange.

Valeria grinste. »Ich wette, dass er sie zählen wird.« Sie schwenkte den Wein und beobachtete, wie er von den Rändern herabrann. »Wenigstens wird der Unbekannte nicht lange etwas von dem alten Furz haben. Bei seiner Vorgehensweise ist er innerhalb eines Jahres tot.« Sie wirkte erleichtert. »Ich bin wieder bei den wichtigen Dingen des Lebens«, verabschiedete sie sich und ging hinaus.

Brahim sah zu Alsa. »Tut es Euch leid, dass Ihr Nein gesagt habt?«

Die junge Frau seufzte und hob eine Münze auf. »Diese wird mir ein Andenken sein. Entweder ich bereue es, an diesem Tag nicht zugegriffen zu haben, oder ich werde mich freuen, die bessere Entscheidung getroffen zu haben.«

Démòn verneigte sich tief vor ihnen. »Meinen aufrichtigsten Dank, dass Ihr bleibt.« Er grinste gemein. »Auch ich denke, dass wir den Verlust des alten Furzes verschmerzen können. Aber jetzt entschuldigt mich. Perdór muss eine Brieftaube mit einem Bericht erhalten.«

Alsa begleitete ihn, weil sie in ihr Zimmer wollte, und Brahim blieb in der Bibliothek. Er dachte über die letzten Geschehnisse nach. Der Gedanke daran, dass Fremde hergefunden hatten, sorgte ihn. Bald würde sich seine Familie hier befinden, und wenn der Auftraggeber der Fremden beschloss, die restlichen Magier anzugreifen, geriet sie unweigerlich in Gefahr. Perdór war demnach nicht der Einzige mit einem Netz aus Spionen, und das beunruhigte Brahim. Sie benötigten mehr Schutz als eine abgelegene Gegend.

Des Weiteren gelangte er zur Überzeugung, dass Valeria sich den Beutel genommen hätte, wenn Ormut es nicht getan hätte. Brahim hatte genau gemerkt, dass die Frau erleichtert gewesen war, die Entscheidung doch nicht treffen zu müssen.

»Gut, dass sie geblieben ist.« Er schlenderte zum Ausgang und betrachtete die vielen Buchrücken. »Aber warum kann sie mich nicht leiden?«

Brahim hob den Kopf, die Sonnen schienen bereits durch die Fenster. Hastig sprang er aus dem Bett. Er wollte dabei sein, wenn Ormut den Beutel an Brujina übergab. Brahim hegte die Hoffnung, dass sich der alte Mann vielleicht besann.

Er eilte durch die Gänge und die Bibliothek zur Ausgangspforte, die weit offen stand. Ormut wollte seine Abkehr von der Universität wohl deutlich machen.

Alsa erschien und begab sich an seine Seite. »Guten Morgen! Wir sind wohl zu spät«, sagte sie verschlafen und rieb sich die Augen.

»Scheint so.« Brahim trat hinaus in den Säulengang und sah auf die schmale, unbefestigte Straße.

Der warme Wind führte bereits den Geschmack von trockener Luft und Staub mit sich; um die Mittagszeit würde es sicherlich sengend werden. Ein Tag zum Hassen, wenn man aus Borasgotan stammte.

Als er die Straße genauer betrachtete, sah er die vier Fremden angeritten kommen, sie führten ein fünftes Pferd mit sich. »Wir sind doch nicht zu spät«, murmelte er und schaute zur Bibliothek. Von Ormut entdeckte er nichts.

»Vielleicht ist er schon rausgegangen?«, meinte Alsa und schirmte die Augen gegen die Helligkeit ab. »Da!«, rief sie. »Da, neben der Straße! Sitzt da nicht jemand?«

Brahim musste ihr recht geben. Wegen der sandfarbenen Kleidung hatte er die Gestalt zunächst nicht bemerkt. »Ist das nicht … Valeria?«

Alsa trat einige Schritte vor, um besser sehen zu können. »Was will sie denn?«

Es kamen einige Möglichkeiten in Betracht: Sie konnte ihnen auflauern, um sie zu töten oder um sie zu verhören, oder aber …

»Démòn?«, rief Brahim. »Démòn, hast du heute schon Ormut gesehen?«

Der Diener gab keine Antwort.

Alsa hegte noch keinen Verdacht, aber Brahim hatte als Hajduk zu viel von den Niederungen der menschlichen Seele zu Gesicht bekommen, um nicht argwöhnisch zu sein. »Bleibt im Schatten der Säule und beobachtet, was geschieht«, sagte er und wandte sich um. »Ich suche Démòn.«

Brahim rannte zuerst in die Gemächer des Dieners, fand sie jedoch verlassen vor. Das Bett war nicht benutzt, und das machte ihn stutzig und nährte seine schlimmsten Befürchtungen.

Er hetzte in Ormuts Gemach und fand den Alten im Bett: Aus seiner haarlosen, faltigen Brust ragte ein Messergriff, und zwei Blutrinnsale hatten ihren Weg aus der Wunde bis aufs weiße Laken geschafft; zwischen den Fingern der rechten Hand klemmte ein abgerissenes Stück Lederband, und neben dem Bett lag eine Iurd-Krone.

»Oh, Ulldrael«, stöhnte der Hajduk entsetzt und wandte sich um. Valeria hatte es sich demnach doch anders überlegt.

Noch ganz im Schrecken seiner Entdeckung gefangen, wollte er zurück zum Eingang eilen, um Alsa gegen einen möglichen Angriff beizustehen – da bemerkte er durch die offene Tür zu Valerias Zimmer einen menschlichen Umriss am Boden. Brahim hielt inne, kehrte zum Eingang zurück; vorsichtig schaute er hinein.

Valerias unbekleideter Körper lag verdreht auf dem Teppich vor ihrem Bett. Sie hatte vier Messerstiche zwischen den Rippen und entlang des Rückgrats zugefügt bekommen; ihr Gesicht war selbst im Tod voller Verwunderung, als könnte sie nicht glauben, gestorben zu sein.

In dem Moment hörte er den spitzen Schrei, der aus Alsas Kehle stammte.

»Ich komme!« Brahim flog durch die Korridore und nahm sich eines der Zierschwerter von der Wand. Er keuchte, seine Beine schmerzten, und er schwor endgültig, an Gewicht zu verlieren, sofern er den Tag überstand.

Nach schier endlosen Augenblicken gelangte er durch die Bibliothek zum Ausgang; zwischen den Säulen lag die regungslose Gestalt der jungen Tersionin. Weit von ihnen entfernt ritten die Fremden mit einem weiteren Begleiter auf dem fünften Pferd.

Brahim kümmerte sich nicht um sie, er kniete sich neben Alsa, deren linke Schulter verbrannt war, als sei sie von Feuer oder glühender Kohle getroffen worden. Zu seiner Erleichterung lebte sie noch. Sie kam in diesem Moment wieder zu sich und wimmerte herzzerreißend. »Das wird wieder heilen«, versprach er ihr. »Atmet tief ein und aus.«

»Es war Démòn«, weinte sie. »Ich habe ihn erkannt, als der Wind ihm die Kapuze von den Haaren wehte. Ich habe nach ihm gerufen, und dann weiß ich nichts mehr ...« Ihr Gesicht verlor sämtliche Farbe.

»Ruhig. Wir können es nicht mehr ändern.« Brahim hob sie vom Boden auf und trug sie in die Küche, um ihre Wunde mit kaltem Wasser zu kühlen. »Er hat uns alle getäuscht.« Er legte sie auf den Tisch, dann pumpte er frisches Wasser in einen Topf und goss es sachte über die verbrannte Stelle. Alsa ächzte auf und klammerte sich mit der linken Hand an seinen Oberarm. »Es muss sein. Es schmerzt, aber es kämpft gegen die Hitze der Verbrennungen an.« Er wiederholte die Prozedur unaufhörlich, bis die

Haut nicht mehr krebsrot war. Der Schreck hatte ihr mehr zu schaffen gemacht als die Verwundung als solche.

»Was ist mit Ormut und Valeria?«, fragte sie schniefend.

»Beide tot. Erstochen von Démòn.« Für einen Augenblick war seine Angst vor weiterem Verrat so groß, dass er auch ihr unterstellt hätte, an den Morden beteiligt zu sein, aber er verwarf den Gedanken. Alsa hatte zu ehrliche Augen für derlei Hinterlist. »Wir müssen dem König Bescheid geben, damit er die Fremden aufhalten kann.« Er sah sie abschätzend an. »Kann ich Euch allein lassen?«

»Ja«, sagte Alsa und richtete sich langsam auf. »Es geht schon.«

Brahim schrieb in aller Hast eine Botschaft, packte sie ein, rannte zum Verschlag mit den Tauben und schnallte einem Vogel das Ledergeschirr um, an dem die kleine Kapsel mit dem Papier angebracht wurde.

Das Tier flatterte davon.

»Hoffentlich bist du schnell genug«, sagte Brahim leise. »Sonst entkommt ein Mörder und gewissenloser Schurke.«

Tief in sich wusste er, dass die Taube seine Nachricht zu spät überbringen würde.

Kontinent Ulldart, Königreich Ilfaris, Herzogtum Vesœur, Frühsommer im Jahr 2 Ulldrael des Gerechten (461 n.S.)

Nech hatte das Schlösschen nicht verlassen.

Ganz im Gegenteil, er hatte es zu seinem neuen Domizil erhoben und einen großen Teil seiner vierhundert Besten im benachbarten Schlösschen untergebracht; der einschüchternde Körperbau der Angorjaner und die Waffen unterdrückten jeden Widerstandswillen der Bewohner.

Er stand auf dem Turm, wo er sich wegen der Aussicht am liebsten aufhielt. Als er hinter sich leise Schritte vernahm und ihn ein vertrauter Geruch umwehte, sagte er: »Ich liebe deine Heimat, Amaly-Caraille. So etwas gibt es im Süden Angors nicht. Du wirst es selbst sehen.«

Er streckte den Arm aus, ohne sich umzuwenden, und die Hand wurde von schmalen Fingern erfasst. Die junge Adlige kam an seine Seite und verbeugte sich tief vor ihm. Es bedeutete ein Privileg, dass sie sich nicht auf den Boden werfen musste.

Dieses Privileg hatte sie sich mit vielen Nächten an der Seite des jungen Kaisers verdient, der nicht genug von ihr bekommen konnte.

Amaly-Caraille war niemals berechnend gewesen, und dass sie derart von Liebe überfallen werden konnte, hätte sie nicht für möglich gehalten. Sich auf den ersten Blick in einen Fremden zu verlieben, das gab es nur in Geschichten, hatte ihre Mutter stets gesagt. Seit dem Erscheinen von Nech wusste sie es besser.

»Ich freue mich schon, wenn Ihr mir Eure Heimat zeigt, höchster Kaiser«, antwortete sie und verneigte sich. Was sie sah, machte ihr Angst. Die Auen hatten sich in ein Sammellager verwandelt. Zelte standen dicht an dicht, und sie sah grünhaarige Fremde und Angorjaner. »Wozu benötigt Ihr die vielen Soldaten?«

Nech wusste, dass sie sich große Sorgen machte. »Sie werden den Menschen nichts tun. Ich bereite mich darauf vor, von meinen Feinden angegriffen zu werden. Sollten sie es tun, werde ich sie vernichten«, erklärte er ruhig. »Mein Tai-Sal Ib'annim und ich sind der Meinung, dass es zu einem Angriff kommen wird. Da wir keine Spione außerhalb von Ilfaris haben, bleibt uns nichts anderes übrig, als immerzu wachsam zu bleiben.«

Amaly-Caraille betrachtete das Heer. »So viele Krieger. Das gab es in Ilfaris noch nie.«

Nech wandte ihr den Kopf zu. »Ich werde dich zu meiner Gemahlin machen.«

Sie wagte es zuerst nicht, sich zu bewegen. Dann drehte sie sich zu ihm. »Spielt nicht mit meinen Gefühlen, höchster Kaiser. Mir ist bewusst, dass Ihr niemals …«

»Ich werde dich zu meiner Gemahlin machen, Amaly-Caraille«, wiederholte er. »Wirst du mir folgen?«

Sie schluckte. »Ich weiß nicht, was es bedeutet, die Frau eines angorjanischen Kaisers zu sein«, sprach sie ihre Bedenken aus. »Werde ich Euch nicht enttäuschen? Mache ich nicht alles falsch, was man nur falsch machen kann?«

Nech lachte und strich über ihr blondes Haar. »Es gibt Menschen, welche dir alles beibringen, was du wissen musst. Doch erst gilt es, den Krieg gegen meinen Bruder zu gewinnen. Danach mache ich dich zur mächtigsten Frau von Angor. Zur Kaiserin eines riesigen Reiches, in das Ilfaris einhundertmal hineinpasst.« Er blickte sie ernst an, und es sah mehr nach einer Kriegserklärung als nach einem Eheversprechen aus.

Amaly-Caraille bemerkte, wie tief bewegt er war, und deswegen verstand sie seinen Ton richtig. »Ich möchte von ganzem Herzen«, sagte sie laut und verneigte sich. »Doch nicht ohne das Einverständnis meines Vaters.«

»Wozu? Er sollte stolz auf dich sein!« Nech bemühte sich, nicht aufzubrausen. »Er würde es nicht wagen, deine Wahl infrage zu stellen.« Kurzerhand ging er die Treppe des Turmes hinab und zerrte Amaly-Caraille mit sanfter Gewalt hinter sich her. »Wir fragen ihn auf der Stelle.«

Sie hasteten durch die Gänge und Zimmer des Schlösschens, begleitet von sechs Leibwachen, bis sie den Herzog und den Grafen Pontainue in einem Salon bei einem Spiel fanden.

Amaly-Caraille kannte die Regeln. Die Adligen hielten lange Stöcke in der Hand, mehrere farbige Kugeln lagen auf dem umrandeten Tisch, dessen fünf Ecken Taschen besaßen. Man musste versuchen, eine schwarze Kugel mit einem langen Stock zu treffen und dabei andere Kugeln in den Löchern zu versenken; für eine Kugel gab es einen Punkt. Ein sechstes Loch befand sich genau in der Mitte. Die Kugeln, die hier hineinrollten, wurden dem Verursacher wieder abgezogen. Natürlich fanden sich auf der Umrandung zwei Beutelchen. Der Wetteinsatz.

Der Graf, ein Mann mit einer großen Perücke auf dem Kopf

und einem Gehrock aus schimmernder roter Seide, sah beunruhigt zu den Bewaffneten. Er hatte sich das glatt rasierte Gesicht weißlich geschminkt, die blauen Adern waren aufgemalt worden. Durch die Schminke hindurch war es schwierig, sein Alter zu schätzen, doch fünfzig Jahre hatte er sicherlich auf dem Buckel. »Nanu?«

Guedo Halain Herzog von Vesœur stöhnte entnervt auf. »Los, auf den Boden«, sagte er zu seinem Gast. »Er besteht darauf, dass man …«

Doch Nech hielt ihn auf. »Nein, bleib stehen und vernimm, was ich zu sagen habe. Herzog, ich halte um die Hand deiner Tochter an.«

Hätte man Guedo seinen Stock ins Ohr gesteckt oder ihn zum Schlucken einer der faustgroßen Kugeln aufgefordert, hätte er nicht entsetzter schauen können.

»Das nenne ich resolut«, merkte Pontainue an und setzte sich halb auf den Tisch. »Meinen Glückwunsch, Herzog! Ihr bekommt einen mächtigen Schwiegersohn. Ich würde vieles geben, wenn es meine Tochter wäre.«

»Welchen Zwang habt Ihr meinem Kind angetan?«, stammelte Guedo bleich. Er gab auf die Worte des Bekannten nichts.

»Vater, ich möchte es«, warf Amaly-Caraille strahlend ein. »Aus der Tiefe meiner Seele!« Sie warf Nech einen langen Blick zu, dabei sprach sie weiter. »Ich habe so viele Übereinstimmungen zwischen ihm und mir gefunden wie bei keinem anderen Mann zuvor. Niemals mehr möchte ich einem anderen gehören.«

»Eine Schwärmerei, mehr wird es nicht sein.« Guedo sah sie an, als handele es sich bei ihr um ein schreckliches Monstrum und nicht um seine Tochter. »Und zudem gebe ich dich nur an einen Mann aus Ilfaris und nicht an einen …«, er sah zu Nech, musterte ihn von den langen schwarzen Haaren bis zu den Sandalen, »… an einen ungehobelten Eindringling.«

»Ich bin König von Ilfaris, Herzog.«

»*Ihr*? Ihr habt *erklärt*, dass Ihr der König *sein wollt*, doch ich habe keinerlei Kunde darüber, dass unser alter König Euch zu

Gunsten gegangen wäre«, schmetterte er ihm entgegen. »Ihr seid so viel Ilfarit wie ich Angorjaner, o höchster Kaiser!«

»Ist es das, woran mein Antrag scheitert, der jeden anderen Vater stolz und überglücklich gemacht hätte?«, verlangte Nech bebend zu wissen. Er hatte seinen Leuten schon lange ein unauffälliges Zeichen gegeben, sonst hätten sie den Herzog niedergestochen. Wieder verdankte der Mann sein Leben der Tochter. »Dass ich kein Ilfarit bin?«

»Ja«, sagte Guedo rasch und erleichtert.

Nech schaute auf den Grafen Pontainue. »Du! Du bist Ilfarit?«

»Ja«, entgegnete er zögernd und stand langsam vom Tisch auf.

»Dann adoptiere mich. Auf der Stelle!« Nech wartete einen Lidschlag lang, bis er sein Bogenschwert zog. »Hast du nicht verstanden, Graf?«

Pontainue zuckte zusammen und starrte auf die schimmernde Schneide. »Es ... sicher ...« Er sah zu Guedo. »Es tut mir leid.«

»Wagt es nicht, Graf«, flüsterte Guedo und neigte drohend den Kopf. »Lasst Euch nicht auf die Spiele des Mannes ein.«

»Überlass mir das Reden, Herzog. Du wolltest einen Ilfariten als deinen Schwiegersohn, du wirst ihn bekommen. Da es dein einziger Einwand war, steht einer Hochzeit nichts mehr im Wege.« Nech zeigte mit der Waffe auf Pontainue. »Höre ich endlich etwas von dir?« Er wandte sich zu einem Leibwächter um und sandte ihn fort, um Tinte, Papier und Siegelwachs zu holen. »Wir schreiben es auf und machen es mit deiner Unterschrift und dem Siegelring an deinem Finger für alle sichtbar.«

Der Graf trat nach vorn, während der Herzog von Vesœur ohnmächtig zusehen musste, wie aus Nech mit wenigen Worten und einer symbolischen Berührung am Kopf ein Ilfarit wurde – und dazu noch ein adliger Ilfarit. Kurz darauf war der Vorgang schriftlich festgehalten, gesiegelt und das Blatt sicher von einer Wache verwahrt.

Nech nahm Amaly-Carailles Hand. »Höre ich nun deine Erlaubnis, Herzog?«

Guedo musste mehrmals schlucken, bis er seine Stimme wiedergewonnen hatte. »Werde glücklich mit ihm«, sagte er heiser und mit Tränen in den Augen. »Von heute an bist du nicht länger meine Tochter ...«

»Vater!«, rief Amaly-Caraille aus und wollte zu ihm eilen, aber Nech hielt sie fest.

»Da siehst du, meine Gemahlin, was der Lohn für deine Liebe ist«, meinte der junge Kaiser abschätzig. »Dein Vater erkennt sie nicht.« Er gab ihr einen Kuss auf die Hand und sandte sie hinaus; weinend rannte die junge Frau aus dem Zimmer.

»Ihr habt meine Familie zerstört, o höchster Kaiser«, sagte Guedo voller Verachtung. »Benimmt man sich bei Euch auf Angor so?«

Nech schlug ihm die flache Seite des Bogenschwertes gegen die rechte Wange, und der Herzog brach zusammen. »Du bist eingebildet und überheblich! Du hast deine Tochter verstoßen, weil sie sich ihren Mann selbst erwählte. Weil sie ihrem Herzen folgte.« Drohend stellte er sich über ihn und stellte ihm den rechten Stiefel auf die Brust. Vorsichtig erhöhte er den Druck, bis der Mann kaum noch Luft bekam. »Wenn du deine Tochter das nächste Mal zu Gesicht bekommst, Herzog, wirst du vor ihr knien müssen, und falls du Glück hast, wird sie dich vielleicht als ihren Vater wieder annehmen. Andernfalls habe ich etwas ganz Besonderes mit dir vor.« Nech wandte sich ab und wollte den Raum verlassen, blieb jedoch auf der Schwelle stehen. »Graf Pontainue, komm zu mir.«

Pontainue hatte sich zu seinem Bekannten gebeugt, nun richtete er sich hastig auf. »Wie könnte ich Euch helfen, höchster Kaiser ...«

Er hatte den Satz noch nicht zu Ende gesprochen, da kam eine der Wachen auf ihn zu, packte ihn im Rücken und schob ihn ruppig vorwärts.

»Wenn ich rufe, folgen die Menschen«, lächelte Nech und ging weiter. Guedo blieb hinter ihnen auf dem Boden zurück und stemmte sich auf die Ellbogen. Er hielt sich das gerötete Gesicht und prüfte, ob nichts gebrochen war.

»Verzeiht mir, höchster Kaiser«, beeilte sich Pontainue zu sagen und verneigte sich im Gehen so tief, dass er stolperte. »Wie kann ich Euch dienen?«

»Du scheinst begriffen zu haben, wer herrscht. Das gefällt mir. Das wiederum bedeutet für dich ein Leben in Reichtum, der nach Maßstäben auf Ulldart unermesslich ist«, erklärte Nech ihm beiläufig. »Sofern du mir einen Gefallen erweist.«

Der Graf zögerte nicht. Wenn er schon keine Tochter hatte, um sie mit dem Kaiser zu vermählen, wollte er sich auf andere Weise bereichern.

Kontinent Ulldart, Nordwesten Borasgotans, Frühsommer im Jahr 2 Ulldrael des Gerechten (461 n.S.)

Boguslawa sah die zusammengesunkene Gestalt erschöpft neben dem kleinen Brunnen am Marktplatz kauern. Es war eine Bettlerin, die sich in Lumpen gehüllt hatte und wohl auf eine milde Gabe wartete. Boguslawa, eine Magd in den Diensten eines Brojaken, rührte es sehr, und sie empfand Mitleid; langsam ging sie auf die Bettlerin zu. Dabei holte sie die Börse aus der Tasche ihres abgetragenen weißgrauen Mantels.

»Hier«, sagte Boguslawa freundlich und nahm einige Münzen heraus. Ihr Herr würde Verständnis zeigen.

Als die Bettlerin den Kopf hob, fuhr die Magd zusammen, und die Münzen fielen auf das Pflaster. »Bei Ulldrael!«, krächzte sie entsetzt. »Du musst sofort in ein Totendorf!«

Das Gesicht der Frau bestand überwiegend aus verrottendem Fleisch; die bleichen Knochen schauten an den Wangen hervor, Augenbrauen und Wimpern gab es gar keine mehr. Boguslawa dachte an die Sumpfleichen, wie man sie gelegentlich beim Torfstechen aus dem trockengelegten Moor zog.

Dennoch schaffte es die Kranke zu lächeln. »Ich *bin* in einem

Dorf voller Toten, törichtes Ding!« Sie schnellte in die Höhe und breitete die Arme aus. »Findet und tötet alle!«, kreischte sie mit sich überschlagender Stimme. »Bringt mir ihre Seelen, meine Liebsten, und labt euch danach am Blut der Sterblichen!«

Die Menschen auf dem Marktplatz wandten sich um. Mütter zogen ihre Kinder zu sich und weg von der Umgebung der kranken Bettlerin. Es musste die Fäule sein, an der die Frau litt, und unverantwortlicherweise hatte sie die Nähe der Gesunden gesucht. Jemand rief nach der Stadtwache.

»Sie hat den Verstand verloren.« Boguslawa brachte einen Gemüsestand zwischen sich und die Bettlerin, die lachend auf den Stufen stand.

Im nächsten Augenblick brauste und donnerte die Luft.

Ein Sturm hob an, doch er pfiff und säuselte nicht, wie man es kannte. Boguslawa vernahm ein Kreischen wie von Tausenden Menschen, mal lauter, mal leiser – dann brach der Händler vor ihr zusammen. Er kippte nach vorn auf seine Auslage und blieb still liegen. Sie wagte es nicht, sich ihm zu nähern.

Als Nächstes fielen Frauen und Kinder zu ihrer Linken in sich zusammen, als sei ihnen von einem unhörbaren Meister der Befehl zum Schlafen gegeben worden.

Boguslawa wandte sich um und rannte in die Gasse, aus der sie gekommen war.

Der schreiende Wind verfolgte sie und traf sie mit voller Wucht in den Rücken. Etwas Eisiges fuhr durch sie hindurch, sie wurde angehoben und emporgerissen. Plötzlich fand sie sich in der Gesellschaft von unzähligen leuchtenden Lichtern wieder, die meisten von ihnen schimmerten blau, andere dagegen waren grau oder eher weißlich.

Boguslawa blickte nach unten. Sie sah die Gasse – und ihren eigenen Körper! Er lag mit dem Gesicht nach vorn auf dem Pflaster; unter ihrem Antlitz sickerte ein Blutstrom hervor. »Nein«, wollte sie sagen.

Etwas packte sie und zog sie unbarmherzig zu sich. So sehr sie versuchte, zu ihrem Leib zu gelangen, sie konnte der Kraft nicht widerstehen. Ängstlich schrie sie und vermochte doch nichts zu ändern.

Boguslawa wandte sich um und schaute, wohin sie gezerrt wurde.

Die ganze Stadt *leuchtete!*

Überall sirrten diese kleinen Lichter umher, durchdrangen Häuser und alles, was im Leben ansonsten fest und sicher war. Sobald sie durch einen Menschen jagten, erschien ein neues Licht, während der Mensch augenblicklich zusammenbrach und sich nicht mehr rührte.

»Was geschieht hier?«, wisperte Boguslawa voller Grausen. War sie tot und zu einem Geist geworden?

Sie flog trotz allem Widerstand zurück auf den Marktplatz, wo sich eine große rotierende Wolke aus Lichtern gebildet hatte.

Getrieben von einem unerklärlichen Drang, reihte sie sich unter ihnen ein und sah, dass sich im Mittelpunkt der Brunnen mitsamt der vermeintlichen Bettlerin befand. Boguslawa erschrak noch mehr: Aus dieser Perspektive sah die Frau viel furchtbarer aus. Sie wurde von einer schwarz-roten Aura umgeben, die sich unentwegt bewegte und wie Flammen um sie loderte. Solche Angst hatte die Magd ihr ganzes Leben nicht verspürt.

»Seelen«, vernahm sie die heisere Stimme der Frau, »ihr seht eure neue Meisterin! Ich habe euch an mich gebunden und werde euch nähren mit meinem Blut, auf dass ihr an Macht gewinnt.«

Boguslawa wollte aufschreien und aufbegehren, doch die unsichtbare Kraft der Frau bezwang ihren Willen. Sie fühlte sich wie ein widerborstiger Hund, der an seiner Kette zog und zerrte, doch der Besitzer am anderen Ende war zu stark. Der Klang der Stimme genügte, um sie gehorchen zu lassen.

»Wenn ihr euch verhaltet wie ich es von Dienern erwarte, werde ich euch bald in die Freiheit entlassen. Andernfalls jedoch ahnde ich jeden Verstoß mit Vernichtung.« Sie langte abrupt in die Wolke, und zwei der schwirrenden Lichter zerstoben und zerspritzten gleich einem aufschlagenden Wassertropfen. Je weiter sich die glimmenden Teile voneinander entfernten, desto mehr verloren sie ihre Leuchtkraft, bis sie verschwanden. Restlos.

»Mein Name«, brannte sich die Stimme der Frau in Boguslawas Ohren, »ist Zvatochna. Seid gefügig, und der Albtraum ist rasch zu Ende.«

Boguslawa roch Blut. Selten zuvor hatte sie solchen Hunger verspürt, und das war ihr gleichzeitig unerklärlich. Wenn sie gestorben war, weswegen verlangte es sie nach Blut? *Was hast du mir angetan?*, dachte sie und starrte ihre Herrin an. Ein weiteres Mal versuchte sie zu flüchten, doch mehr als ein kaum merkliches Zucken gelang ihr nicht.

Auf der anderen Seite der um sich selbst kreisenden Lichtwolke sah sie breite, rote Rinnsale in den Gossen. Die Seelen, welche Zvatochna vorher schon zu Willen gewesen waren, zerschmetterten die Leichen oder rissen ihnen die Adern auf, damit sich das Blut verteilte und durch die Gassen und Straßen lief wie Wasser nach einem Regenschauer. Eine große Lache bildete sich rund um den Brunnen.

Zvatochna bewegte sich vorwärts, und die Seelen wanderten mit ihr, hielten sie stets im Kern ihrer Wolke. Sie streifte die Ärmel hoch und ritzte sich mit einem langen, dünnen Messer die Arme auf. Es waren flache Schnitte, ihr Blut war zu kostbar, um es zu verschwenden. Sie gab nur das Nötigste.

Wohldosierte Tropfen sickerten heraus und rannen beinahe schwarz über die Haut, bis sie in die riesige Lache tropften und kleine Wellen auslösten. Der Geruch, der von dem Blut ausging, intensivierte sich und steigerte Boguslawas Gier.

»Es ist angerichtet, meine treuen Seelen!«, rief Zvatochna mit knarrender Stimme und verschloss ihre Adern mit Nadel und Faden, während die ersten Lichter herbeischossen und knapp über die Lache hinweghuschten, wie es trinkende Schwalben taten.

Der Geruch wurde anziehender, bis Boguslawa sich nicht mehr zurückhalten konnte und mit den anderen hinabstieß, um davon zu kosten.

Als sie das Blut der Bettlerin in sich aufnahm, schien sie ungeahnte Energien in sich aufzurütteln. Sie spürte, dass sie aufleuchtete wie all die anderen und sich überschwängliche Freude in ihr ausbreitete, gefolgt von einem Schwindel, wie ihn selbst der stärkste Alkohol niemals hätte auslösen können. Sie war diesem Gefühl unverzüglich verfallen, nichts ließ sich damit vergleichen.

Dann war es vorbei – doch Boguslawa verlangte nach mehr.

Sie drehte sich um und wollte einen zweiten Anflug wagen, da wurde sie von anderen hungrigen Seelen weggedrängt. Sie wurde angeschrien und angezischt, und sie erwiderte die Drohgebärden. Bis sie endlich eine Lücke in dem Ansturm gefunden hatte, gab es nichts mehr. Sie war maßlos enttäuscht.

»Wir ziehen weiter, meine Seelen«, vernahm sie Zvatochnas Stimme. »Ich will noch mehr von euch mein Eigen nennen.« Die Bettlerin wandte sich dem Tor zu und schwankte vorwärts, sie wirkte angeschlagen.

Boguslawas Wut auf die Frau und all die Zurückhaltung, der Wunsch nach Freiheit waren verschwunden. Sie folgte ihrer Meisterin, von deren Blut sie unbedingt wieder trinken musste. Dafür würde sie alles tun. Alles! Etwas Unvorstellbares gab es für sie nicht mehr.

Zvatochna wankte zu einem herrenlosen Pferd und zog sich in den Sattel, dann ritt sie aus der Stadt, die für sie nur eine von vielen war.

Es ging ihr um Seelen, so rasch und so viele wie möglich, um gegen Ulldart in den Krieg zu ziehen.

Ihr Plan war einfach: Es würde keine entscheidenden Schlachten gegen irgendwelche Heere geben. Sie würde von Norden nach Süden marschieren und ihre Seelen alles vernichten lassen, was sich ihr nicht unterwarf. Gleich einer langen, geraden Linie bewegte sie sich gen Süden. Einer so breiten Front konnte niemand die Stirn bieten.

Zumal: Womit?

Doch um eine solche lange Linie zu bilden, benötigte sie Seelen, Seelen und nochmals Seelen. Solange sie eine Kette bildeten, spielte es keine Rolle, wie viele Glieder diese Kette besaß. Zvatochnas Befehle erreichten auch das letzte Ende innerhalb weniger Herzschläge. Wichtig war nur, dass der Kontakt zu ihr aufrecht gehalten wurde. Und dass sie Lodrik tötete. Er konnte ihr Vorhaben untergraben, und sie wusste, dass er sie verfolgte.

Sie nahm nicht an, dass die falsche Spur, die sie mit Hilfe der letzten Tzulandrier gelegt hatte, auf längere Sicht Wirkung zeigte. Es würde bald herauskommen, dass sie sich nicht in Rundopâl aufhielt, sondern im Norden Borasgotans. Die entvölkerten Städte waren unübersehbar, und deswegen legte sie eine mörderische Geschwindigkeit an den Tag.

Zvatochna sandte die Seelen aus, um die nächsten Siedlungen und Städte ausfindig zu machen. Sie trieb das Pferd an und preschte die matschige Straße entlang.

Der Winter und der kurze Frühling waren gegangen, der Boden taute unter den Sonnenstrahlen auf und schmolz das Eis. Dabei entstand ein stinkender Morast, die Straßen wurden zusehends schwerer zu passieren; oftmals betrug die Schlammschicht eine Tiefe von einem Schritt, was den Pferden rasch die Kraft raubte.

Zvatochna kannte kein Mitleid. Wenn das Pferd verreckte, würde sie es als untote Kreatur weiterschinden, bis es nicht mehr genügend Knochen besaß, um laufen zu können. Der Matsch spritzte gegen den Bauch des Tieres, gegen ihre Beine und gegen ihren Oberkörper; ständig musste sie sich die Augen wischen, um etwas sehen zu können.

Da trat das Pferd fehl und stürzte.

Zvatochna wurde abgeworfen und fiel in den Morast; die nasse, klebrige Erde hielt sie fest. Wiehernd erhob sich das Tier und lief weiter, seine Reiterin ließ es hinter sich. Es schien froh, der Frau entkommen zu können.

Die Nekromantin versuchte, sich in die Höhe zu stemmen, die dürren Arme rührten im weichen Schlamm und fanden keinen Widerstand.

Die Anstrengung zog die Kraft aus dem Körper, die unentwegten Seelenfütterungen auf ihrem Weg hatten sie unglaublich viel

Blut und damit Energie gekostet. Bislang hatte sie sich keine Erholung gegönnt.

Wie es aussah, rächte sich das.

Feurige Kreise drehten sich vor ihren Augen, ihre Muskeln erlahmten. »Das kann nicht sein«, schrie sie wütend. Sie würde nicht enden wie eine Fliege in einem zähen Brei. Sie dachte dran, ihre Seelen zu sich zu rufen – doch dann würde sie ihnen wieder Blut als Entlohnung geben müssen. Es war zu wertvoll, um es wegen einer solchen Lappalie zu vergeuden.

Zvatochna drückte sich mit den Beinen ab und kam langsam vorwärts. Als sie erneut die Hände ausstreckte und nach einem Halt tastete, um sich vorwärtszuziehen, spürte sie einen dumpfen Schmerz, der sich quer über ihren rechten Unterarm zog. Sie dachte sich nichts dabei und vervielfachte ihre Anstrengungen.

Je weiter sie vorwärts gelangte, desto schwächer wurde sie. Der Rand der Straße verschwamm vor ihren Augen und schob sich unendlich weit an den Horizont zurück. Vielleicht waren die Seelen zur ihrer Rettung doch notwendig.

»Was ...« Zvatochna reckte den Arm zitternd nach den dickhalmigen Grasbüscheln, die ihr Halt versprachen. Da sah sie, dass ihr rechter Unterarm vollständig aufgeschlitzt war und auseinanderklaffte, Morast stak in der Wunde und hatte sich rot gefärbt. Etwas hatte sich in der Brühe befunden, das ihr den Schnitt zugefügt hatte, eine Scherbe vielleicht, ein verlorenes Messer oder ein Hufnagel.

»Nein!«, kreischte sie und wand sich, um dem Schlamm zu entkommen, während sie immer kraftloser wurde. Sie musste sich rasch versorgen, sonst ...

Zvatochna bekam das Gras zu fassen und zog sich aus dem Sumpf; noch mehr Blut wurde durch die Bewegung herausgepresst – dann versiegte das rote Rinnsal.

Sie spürte, wie alles in ihr verharrte und starr wurde. Sie war leer, ausgeblutet durch einen unvorhergesehenen Schnitt.

»Nein«, hauchte Zvatochna und sackte mit dem Oberkörper nach hinten.

X.

Kontinent Ulldart, Nordwesten Borasgotans, Frühsommer im Jahr 2 Ulldrael des Gerechten (461 n.S.)

Schiff voraus«, brüllte der Ausguck zu Torben und Sotinos aufs Ruderdeck. »Tarpolische Flagge, eine umgebaute Kogge. Sie läuft unter der Flagge Tarpols!«

Torben war sofort hellwach. Er sehnte sich nach einem Jagderfolg oder zumindest nach Neuigkeiten oder Nachrichten über den Verbleib von Zvatochna. Die letzten fruchtlosen Wochen auf See hatten ihm eine gewisse Gleichgültigkeit beschert, die kurz davorstand, in Apathie überzugehen. Wie vor der Abreise mit dem Commodore. Der Ruf kam rechtzeitig.

Sotinos atmete laut auf. »Ich dachte schon, ich würde auf See nur noch alten Fischern begegnen«, sagte er und sandte einen Mann mit den Signalwimpeln an den Bug. Er und Torben folgten ihm.

Der Freibeuter hatte seine ehrwürdige Lederrüstung, eine leichte Leinenhose und seinen Waffengurt angelegt. Er stellte die Verkörperung eines rogogardischen Piratenkapitäns dar, wie man sie aus Geschichten und Legenden kannte. Nicht zuletzt war Torben selbst Teil so mancher Geschichte geworden. Sotinos bevorzugte einen palestanischen Gehrock, ohne viel Schnörkel, dazu kurze Hosen und Beinstrümpfe.

»Denkt Ihr, dass Bardri¢ an Bord ist?« Torben nahm das Fernrohr und betrachtete das andere Schiff. »Keine Spuren eines Kampfes.« Seine Laune sank. »Sie sind umgekehrt, weil sie niemanden gefunden haben.«

»Wartet es ab und verfallt nicht wieder in Eure alte Schwarzseherei, Kapitän«, bat ihn der Palestaner teils im Scherz, teils mahnend. Der Rogogarder verhielt sich unstet wie ein kleines Kind.

Er wies den Signalisten an zu fragen, mit wem sie es zu tun hatten, und hob das Fernrohr ans Auge. »Aha, es ist das Schiff, das sich Bardri¢ genommen hat. Sie sagen, dass sie ihn abgesetzt haben, etwa dreiundzwanzig Meilen weiter nördlich von unserer Position. Wir sollen nach einem gestrandeten Schiff Ausschau halten und in die Bucht eine halbe Meile nördlich davon segeln. Aber wir sollen auf den Sand achten. Sie haben lange benötigt, um die Kogge flottzubekommen.« Sotinos schob sein Rohr zusammen, zog den Dreispitz grüßend zum anderen Schiff und kehrte mit Torben zum Ruder zurück. »Perfekt! Seht Ihr? Wir haben eine Spur.«

»Eine Spur zu Bardri¢, nicht unbedingt zu Zvatochna«, verbesserte der Freibeuter und übernahm das Steuerrad, um den neuen Kurs anzulegen.

»Er wird einen Grund gehabt haben, dort an Land zu gehen, Kapitän. Ich bitte um etwas mehr Zuversicht, wenn es recht ist«, entgegnete Sotinos in seiner heiter-vorwurfsvollen Art, sodass man ihm nicht böse sein konnte. »Ihr werdet mir wieder zu griesgrämig.«

»Ich kann nichts dafür. Verzeiht mir meine Launen«, sagte Torben und sog die salzige Seeluft tief in sich ein. »Ihr wisst, woher sie kommen.« Allmählich wurde es wärmer, der Sommer meldete sich auch auf dem Meer zurück und erleichterte das Arbeiten inmitten der Elemente. Doch Torbens Augen machten backbord kleinere dunkle Wolken aus. »Ein Sturm zieht auf, Commodore.«

Sotinos nickte und hielt das schmale Gesicht in den auffrischenden Wind. »Ich habe es auch bemerkt. Wir werden es bis zur Bucht schaffen und dort in Sicherheit vor Anker gehen.« Er rechnete stumm. »Der Vorsprung von Bardri¢ beträgt zwei Wochen. Wenn er an Land zu Fuß weitergezogen ist, kann er nicht weit gekommen sein. Nehmen wir elf bis dreizehn Warst am Tag …«

»Lassen wir die Annahmen, Commodore«, schlug Torben vor.

»Sonst wird die Verfolgung gleich wieder aussichtslos, und ich stürze in das nächste Jammertal, was Ihr wiederum nicht wollt.« Er machte sich wegen des Unwetters Sorgen. Die *Fiorell* war ein gutes Schiff, aber bislang waren sie mit ihr noch nicht in raue See geraten.

Die Wolken rückten schneller zu ihnen auf, als sie gedacht hatten. Bald hob und senkte sich der Rumpf unter den aufgepeitschten Wellen, und trotz aller Kniffe beider erfahrener Befehlshaber war es ihnen nicht möglich, die Bucht anzulaufen. Sie passierten die Küste und sahen die Reste des tzulandrischen Wracks, das von den Wogen zerschmettert wurde und gänzlich im schäumenden Wasser versank.

Das kleine Sturmsegel blähte sich bis kurz vorm Bersten und trieb die *Fiorell* unfassbar schnell nach Norden. Sie trieben weit von ihrer eigentlichen Landungsstelle ab, und erst gegen Abend ließ der starke Wind nach. Keiner der Männer an Bord trug noch trockene Sachen am Leib.

Torben und Sotinos hielten gemeinsam Ausschau nach einem sicheren Hafen für die Nacht, bevor sie am nächsten Morgen die lange Strecke zurück bis zur Bucht reisen wollten.

»Da drüben brennt ein Leuchtfeuer«, sagte der Palestaner noch vor dem Ruf aus dem Krähennest.

Torben nickte und drehte das Steuerrad. »Was ist das nun für eine Geheimwaffe im Bauch des Schiffs, Commodore?«, fragte er, um die Gunst der Stunde zu nutzen. »Da wir die *Fiorell* höchstwahrscheinlich bald verlassen, werden wir sie nicht mitnehmen können. Es wäre nur gerecht, wenn ich es gesagt bekäme, wenn ich sie schon nicht sehe.«

Sotinos schüttelte seinen Dreispitz aus, die Tropfen flogen über das Deck. »Nein, Kapitän. Das werdet Ihr entweder mit eigenen Augen sehen oder nichts davon erfahren«, schmetterte er den Versuch ab. »Ich musste es König Perdór schwören. Seid nicht auf *mich* böse.«

»Ich werde es ihm selbst sagen, wenn ich ihn das nächste Mal sehe.« Torben gab das Ruder an einen Matrosen ab und übernahm die Standortbestimmung mittels der Sterne und einer Karte. Im Schein einer schaukelnden Laterne kam er zu dem Ergebnis, dass sie unglaubliche vierundachtzig Meilen von der Bucht entfernt waren.

»Was für ein Schiff!«, entfuhr es ihm, und er zeigte dem Commodore seine Berechnungen. »Es fliegt über die Wellen!«

»Schlecht für uns. Ohne einen zweiten Sturm, der uns zurückträgt, werden wir einen ganzen Tag lang unterwegs sein.« Sotinos zog sein Fernrohr und betrachtete das Fischerdorf. »Ein kleines Nest. Wir gehen vor dem Hafen vor Anker. Ich weiß nicht, wie viel Tiefgang im Becken herrscht. Es wäre eine Schande und eine Peinlichkeit obendrein, wenn wir ein Unwetter überstehen, um uns anschließend in einem Hafenbecken zu versenken.«

»Ganz Eurer Meinung«, nickte Torben und sah wieder auf die Karte. »Unglaublich. Wie der echte Fiorell.«

Bald darauf betraten sie die Mole des Dorfes, das nicht auf der Landkarte eingezeichnet war.

Sotinos und Torben bildeten die Spitze, ihnen folgten ein Dutzend Matrosen. Sie wurden bereits von einer Handvoll Dörfler erwartet, die zum einen neugierig auf das große Schiff, zum anderen noch neugieriger auf die unerwarteten Besucher starrten. Sie trugen allesamt einfache Kleidung, der Stoff war von Sonnen und Salzwasser ausgebleicht.

Noch bevor Sotinos etwas sagen konnte, trat ein älterer, bärtiger Mann mit schütterem dunkelblondem Haar vor, verneigte sich und sprach: »Das ging rasch, Herr. Wir sind sehr froh, dass Ihr uns von der Kabcara Norina der Ersten gesandt wurdet.« Er wirkte sichtlich erleichtert. »Mein Name ist Wuscko, und wir ...«

Sotinos hob die Hand, um den Redeschwall zu unterbrechen. »Einen Augenblick, Herr Wuscko. Wir sind mehr durch eine Fügung hier, nicht auf das Geheiß ...« Er stockte. »Wegen welchen Umstandes habt Ihr denn um Unterstützung gebeten?«

»Wegen der Heimsuchung.« Wuscko beugte sich nach vorn. »Rings um uns herum sind die Menschen in den Städten ausgerottet worden. Wir wagen kein Schritt mehr ins Hinterland, und da haben wir einen Boten mit dem Schiff ausgesandt, um die Kabcara um Hilfe zu bitten.« Er sah zwischen Torben und Sotinos hin und her. »Wir hielten Euch für die Männer der Kabcara, weil Ihr doch die Standarte der Hochwohlgeborenen führt.«

Der Palestaner und der Rogogarder sahen sich an: Sie waren ihrem Ziel dicht auf den Fersen.

»Schneller, sonst entkommt sie uns!« Torben sah kurz nach den zwanzig Männern, die ihm folgten. Sie sprachen nicht, sondern keuchten und schnauften, und der Schweiß stand ihnen auf der Stirn.

Man merkte ihnen an, dass sie es nicht gewohnt waren, lange Strecken an Land zu laufen, und dazu auch noch durch zähen Matsch, der an Schuhen und Stiefeln haftete und sie beschwerte.

»Seemannsbeine wollen Planken und Wanten unter sich haben, keine Erde«, rief Sotinos. »Es blieb nicht einmal Zeit, unsere Waffe im Laderaum zusammenzusetzen und mitzunehmen, so hetzt Ihr uns! Jetzt haben wir nur unseren Verstand, um gegen sie anzutreten, und bei allem Respekt, es könnte gegen das, was sie mit sich führt, ein bisschen wenig sein. Wir rennen nun seit drei Tagen hinter Euch her, geschätzter Kapitän ...«

»Wir haben sie bald, Commodore«, unterbrach Torben ihn und schaute nach vorne auf den sumpfigen Weg, auf dem ihnen niemand begegnet war, seit sie das Fischerdorf verlassen hatten.

Die letzte Stadt hatten sie im wahrsten Sinn des Wortes ausgestorben vorgefunden, die Handschrift von Zvatochna war eindeutig zu erkennen gewesen: ausgeblutete Leichen von Männern, Frauen, Kindern.

»Die Verwesung der armen Leute war noch nicht so weit fortgeschritten. Ich ...« Torben wurde langsamer und blieb stehen. Er hatte eine reglose Gestalt am Straßenrand entdeckt. »Da!«, rief er aufgeregt.

»Wartet, bevor wir näher herangehen.« Sotinos zückte sein Fernrohr und schaute hindurch; schlagartig verlor er jegliche

Farbe im Gesicht. »Bei Ulldrael«, sagte er mit belegter Stimme. »Kann es sein?«

»Gebt her.« Torben nahm es ihm aus der Hand und richtete die Linse auf die in Lumpen gekleidete Person. Sie war von Kopf bis Fuß in getrockneten Schlamm gehüllt und erinnerte an eine Statue aus Lehm. Das hagere Gesicht war bereits zu großen Teilen verwest, aber er erkannte die Frau dennoch. »Kalisstra sei gepriesen«, raunte er. »Da ist die Mörderin.«

»Aber warum liegt sie einfach nur da?« Sotinos sah sich um, als könne er die Seelen entdecken, mit denen die Nekromantin sich sonst umgab. »Hat sie am Ende der Tod ereilt?«

Torben gab Sotinos das Fernrohr zurück und ließ sich eine Armbrust reichen. »Schauen wir, was sie macht.« Er spannte die Waffe, legte einen Pfeil auf und zielte auf den Kopf. Ohne Wind und bei stehendem Ziel war er leicht zu treffen.

Sotinos gab den Männern ein Zeichen, sich für einen schnellen Angriff bereit zu machen; dann hob er das Fernrohr vor das rechte Auge. Zvatochna regte sich noch immer nicht. »Ist das ein guter Einfall, Kapitän? Sie hat uns bislang nicht bemerkt. Möglich, dass sie mit ihren Seelen spricht oder sonst abgelenkt ist. Vielleicht sollten wir uns anschleichen?«

»Nein.« Torben schoss.

Der Bolzen flog zischend davon, und Sotinos sah, wie er sich neben dem Ohr in den Schädel bohrte. Das Geschoss zertrümmerte die Knochen, durch die Wucht wurde der Kopf zur Seite geschleudert. Zvatochna rührte sich nicht.

»Ausgezeichneter Treffer!«, jubelte Sotinos und beobachtete sie. »Sie liegt still.« Er sah den Freibeuter an.

»Sollte es so einfach sein?« Torben war auf eine merkwürdige Weise enttäuscht. Er rannte auf die Nekromantin zu, umrundete die enorme Fläche aus Schlamm, aus der sie anscheinend gekrochen war, und lief auf der Grasnarbe zu ihr.

Ihre Augen waren weit geöffnet und blind, seelenlos. Das verdreckte Gesicht besaß nichts mehr von seiner einstigen Schönheit, die junge Frau war ihr eigenes Zerrbild geworden. Sie verströmte keine besondere Aura des Schreckens, der Tod hatte sie ihr geraubt. Der Bolzen ragte zu einem Drittel aus dem Kopf; er hatte den Schädel gebrochen und die Haut auf der anderen Seite nach außen gedrückt.

»Sie ist … tot«, sagte er fassungslos.

Sotinos kam an seine Seite. »Was ist ihr zugestoßen, dass sie ausgerechnet hier gestorben ist?«

Torben sah auf den blutverkrusteten Unterarm und zuckte mit den Schultern. »Eine Vergiftung womöglich.« Er versetzte der Leiche einen Tritt, der Kopf pendelte auf die andere Seite. »Sie ist wahrhaftig tot.«

Dem Palestaner war es nicht geheuer. »Es könnte eine List sein, um uns genau dies glauben zu lassen.«

»Dann sorgen wir dafür, dass nichts mehr von ihr bleiben wird.« Torben bückte sich und schleppte die Tote am Kragen hinter sich her, etwas weg von der Straße auf ein Feld. Flugs zog er seinen Säbel. »Ich hatte mich auf einen Kampf gefreut, Commodore«, gestand er und holte aus. »Damit ich mich für das, was sie Varla angetan hat, mit Hieben und Schlägen an ihr rächen kann.« Sein Arm stieß herab und trennte ihren linken Fuß vom Bein. »Stattdessen finde ich sie tot.« Torben hob seine Stimme voller Wut auf die Nekromantin. »Und alles, was ich ihr antun kann, ist sie nach ihrem Tod in Stücke zu hacken!« Wieder schlug er zu, dieses Mal fiel der zweite Fuß. »Und bei Kalisstra, ich werde dich zerlegen wie ein Stück Schlachtvieh!«, schrie er Zvatochna ins bleiche, zerfressene Gesicht. Gleich darauf folgte der nächste Hieb. Und der nächste und noch einer, und immer wieder aufs Neue einer …

Torben ließ seinem Hass freien Lauf.

Er führte die Waffe mit zwei Händen und endete nicht eher, bis die Gliedmaßen um ihn herum auf dem Feld verteilt lagen. Mit einem letzten Hieb und einem gewaltigen Brüllen spaltete er den Schädel der Frau der Länge nach.

»*Jetzt* bin ich mir fast sicher, dass Zvatochna kein Unheil mehr anrichten kann.« Schwankend richtete er sich auf. »Lasst Eure

Männer Holz bringen, Commodore. Jeder Fetzen soll verbrannt werden und zu Asche vergehen. Erst *danach* hat Ulldart sicher Ruhe vor ihr.« Torben setzte sich unter einen Baum und senkte die Stirn auf die Knie.

Er fühlte keine wahre Befriedigung. Man konnte eine Tote nicht mehr für ihre Taten zu Lebzeiten bestrafen, und das fand er niederschmetternd.

»Sie hat viel zu wenig für das gebüßt, was sie den vielen Menschen angetan hat, ihr Götter«, betete er und schloss die Augen. »Ihr wart zu gnädig zu ihr. Hättet ihr sie mir gelassen, hätte sie einen Eindruck von dem Leid erhalten, das sie anderen brachte.« Er bohrte die Absätze in die weiche Erde. »Lasst ihre Seele für immer verloren sein und niemals mehr zur Ruhe kommen, das ist alles, was ich von Euch möchte.«

Feuer knisterte und prasselte, der Wind wehte stinkenden Qualm zu ihm. Die Männer warfen die zerstückelten Gliedmaßen nacheinander in die Flammen.

Die Leere in Torben war nicht von ihm gewichen.

Er hatte sich zwar nicht der Illusion hingegeben, dass mit Zvatochnas Tod all seine Lebensfreude zurückkehrte, aber er hatte auf eine kleine Erlösung oder eine Verbesserung gewartet.

Es lag daran, dass er zu spät gekommen war. Zu spät, derjenige zu sein, welcher der Nekromantin den entscheidenden Stoß versetzte.

Schritte näherten sich ihm. »Auch wenn Ihr es vielleicht nicht hören möchtet: Ich bin froh, dass wir sie als Leichnam vorgefunden haben«, sagte Sotinos zu ihm.

Torben hob den Kopf und seufzte. »Ich verstehe das, Commodore.«

Sotinos setzte sich neben den Rogogarder; beide schauten schweigend zu, wie die Männer die Lohen anfachten und sogar ihren Branntweinvorrat opferten, um das Feuer heißer und höher werden zu lassen. Schwarz stiegen die Wolken in den Himmel.

»Besser so als ein verlustreicher oder gar aussichtsloser Kampf gegen sie«, hob Sotinos nach einer Weile an zu sprechen. »Es ist ein gutes Gefühl zu wissen, dass die Seelen, die an sie gefesselt waren, zu den Göttern fahren durften.«

Torben nickte. »Das ist es.« Er ahnte, dass es niemals eine *besondere Waffe* an Bord der *Fiorell* gegeben hatte, einmal von der tiefen Freundschaft der beiden ungleichen Männer abgesehen. Er fragte nicht weiter nach, es fiel nicht ins Gewicht.

Sotinos sah ihn an. »Kehren wir zurück und erstatten Perdór Bericht?«

»Tut das, mein junger palestanischer Freund. Aber ladet mich zuerst auf Verbroog ab.«

»Das klingt, als hättet Ihr dort dringend etwas zu tun.«

Der Rogogarder dachte an das kleine Zimmer, in dem er gesessen hatte. »Wer weiß. Wenn ich dort bin, werde ich mir etwas einfallen lassen, was mich beschäftigt. Sie suchen immer Freiwillige, die beim Aufbau der Festungsanlagen helfen.«

Sotinos kniff die Augen zusammen. »Ihr wollt kein Kommando über ein Schiff übernehmen?«

Torben hob einen Ast vom Boden auf und schabte mit dem Fingernagel die dünne Rinde ab. »Es zieht mich nicht mit einem eigenen Schiff aufs Meer hinaus.« Er sah zu den Flammen, in denen die Überreste der Nekromantin vergingen. »Ich muss erst verstehen, dass ich am Ende meines Rachewegs angelangt bin. Ich werde einen neuen Sinn für mein Leben suchen.«

»Ein Freibeuter wie Ihr findet immer einen Sinn, Kapitän.« Sotinos erhob sich und reichte Torben die Hand, um ihm aufzuhelfen. »Kommt, ich segle Euch nach Hause.« Er wies einen seiner Matrosen an, die heiße Asche in einen Lederrucksack zu packen. Perdór sollte das bisschen, was von der gefürchteten Zvatochna Bardri¢ übrig geblieben war, mit eigenen Augen sehen.

Kontinent Ulldart, Nordwesten Borasgotans, Frühsommer im Jahr 2 Ulldrael des Gerechten (461 n.S.)

Lodrik rastete in einem Gehöft und wurde wegen seiner Kleidung misstrauisch beäugt.

In einer nachtblauen Robe, einem zerschlissenen Mantel und mit Säcken darüber konnte man in Borasgotan nicht erwarten, wie ein normaler Wanderer behandelt zu werden. Man ließ ihn nicht ins Haus, sondern verwies ihn auf die Scheune, in der er übernachten sollte. Niemand kam zu ihm, um sich mit ihm zu unterhalten.

So saß er allein auf einem Strohhaufen und schaute durch das geöffnete Tor hinaus in den strömenden Regen. Pfützen hatten sich am Boden gebildet, und es sah aus, als wäre das Gehöft von einem See umgeben. Das bedeutete für Lodrik, wieder einen Tag in nassen Stiefeln und nasser Kleidung unterwegs zu sein. Seine Füße scheuerten sich wund, sie schmerzten und waren aufgequollen.

Und keine Spur von Zvatochna. Niemand hatte von einer schrecklich entstellten Frau außerhalb eines Totendorfes gehört; es gab ein paar Hinweise auf Totendörfer, doch sie hatten sich als ein Irrtum herausgestellt. »Soscha?«, rief Lodrik und hoffte, dass sich seine gespenstische Begleiterin zeigte.

Stattdessen betrat eine Gestalt mit einem Rucksack den Innenhof und marschierte auf den Eingang des Hauptgebäudes zu. Sie klopfte, es wurde ihr geöffnet, und der Knecht zeigte nach einem knappen Wortwechsel auf Lodrik. Die Gestalt nickte und kam auf die Scheune zu.

Lodrik wurde neugierig. Ein Bote?

Die Gestalt war eine Frau. Sie trug lederne Kleidung und einen Lederumhang; unter der Kapuze sah er ein hübsches Gesicht mit hohen Wangenknochen, die ihn an Norina erinnerten. Angesichts des Schmucks in ihren Haaren schloss er darauf, eine Angehörige des Volksstammes der Jengorianer vor sich zu haben.

Enttäuschung breitete sich in ihm aus.

Es war keine Botin, sondern eine Ausgestoßene, der es ähnlich erging wie ihm. Die wenigsten Menschen wollten etwas mit den Jengorianern zu tun haben, die bewusst an ihren uralten Riten und Vorstellungen von Geistern festhielten. Ulldrael war für sie zwar ein Gott, aber nicht wichtig für sie.

Die Frau trat in den Schutz der Scheune und warf den regengetränkten Umhang samt Rucksack ab. »Ich grüße dich«, sagte sie zu ihm und schien keine Angst vor ihm zu haben. »Die Menschen dieses Hofs sind nicht sehr zutraulich, wenn sie all ihre Gäste im Stroh schlafen lassen.« Sie fröstelte. »Das wird eine unangenehme Nacht.«

»Im Stroh ist es warm. Du musst tief genug hineinkriechen«, empfahl er ihr und bot ihr etwas von seinen Vorräten an. »Als Jengorianerin müsstest du Ablehnung gewohnt sein.«

Sie sah ihn verwundert an und schnitt sich mit ihrem Dolch ein fingerlanges Stück Wurst ab. »Danke sehr. Umso mehr freut es mich, dass du mit mir teilst.«

Lodrik betrachtete sie genauer. Der Rucksack beulte sich nicht über die Maßen aus, also führte sie kaum etwas mit sich und war auf einen langen Marsch nicht vorbereitet. »Ungewöhnlich«, sagte er dann.

»Was ist ungewöhnlich?« Sie setzte sich etwas entfernt von ihm ins Stroh.

»Eine einzelne von euch anzutreffen. Ich frage mich, warum du allein unterwegs bist.«

»Mein Lager existiert nicht mehr, und so suche ich ein neues«, gab sie zur Antwort. »Eine Krankheit, die ich als Einzige überlebte.«

Lodrik lauschte auf das Rauschen des Regens, der sich auf dem Dach sammelte und vor dem Tor wie klare, lange Schnüre herabrann. »Bist du viel herumgekommen?«

Sie nickte. »Ich möchte ganz in den Norden, dort gibt es die meisten von uns. Ich hoffe, dass sie Verwendung für eine Tsagaan haben.«

Lodrik wusste mit dem Titel nichts anzufangen, es kümmerte ihn auch nicht, was sie war. Er wollte lediglich wissen, was sie unterwegs gesehen hatte. »Ich suche jemanden«, sagte er bedächtig. »Eine Frau, die Zvatochna heißt und von Antlitz und Gestalt uralt wirkt, obwohl sie kaum älter als du sein dürfte. Wenn sie keinen Schleier trägt, hat sie ein furchtbar entstelltes Gesicht und ähnelt einer Toten ...« Er bemerkte, dass die Jengorianerin mit dem Kauen innegehalten hatte. Ihr Ausdruck verriet ihm, dass sie wusste, wovon er sprach. »Wo?«, rief er angespannt und richtete sich auf. »Rasch, sage mir, wo ich sie finden kann! Sie muss gefunden und getötet werden!«

Sie hob abwehrend die Hände. »Ich habe sie nicht selbst gesehen. Aber ich kenne jemanden, der das gleiche Ziel verfolgt wie du«, erwiderte sie vorsichtig. »Nun frage ich mich, ob es gut oder schlecht ist, dich getroffen zu haben. Welche Geister haben uns zusammengeführt?«

»Von wem sprichst du? Wer hat sie verfolgt?«

»Und wer bist du?«

»Das tut nichts zur Sache, Jengorianerin!« Lodrik wollte auf seine nekromantischen Fähigkeiten zurückgreifen und ihr den Mund mit Furcht öffnen, doch es geschah – nichts. Es würde dauern, bis er sich daran gewöhnt hatte, wieder ein wahrer Mensch zu sein. Er entschied sich daher, ihr die Wahrheit zu sagen. »Verzeih mir. Die Nachricht hat mich aufgewühlt. Zvatochna ist meine Tochter, und ich trage Verantwortung an dem, was sie dem Land und den Menschen antut.« Er räusperte sich. »Mein Name ist Lodrik Bardri¢.«

Sie atmete tief ein. »Der einstige Kabcar von Tarpol und Unterdrücker von fast ganz Ulldart. Und ich treffe ihn in einer borasgotanischen Scheune.« Sie strich sich das feuchte braune Haar nach hinten. »Ich bin Sainaa. Der Mann, dem ich eine Zeit lang folgte und durch den ich von deiner Tochter erfuhr, heißt Vahidin ...«

»Verfluchte Ausgeburt!«, entfuhr es ihm. »Ein Knabe mit silbernen Haaren und einem schönen Gesicht, war er das?«, meinte er sicherheitshalber.

»So lernte ich ihn kennen«, berichtigte sie ihn. »Inzwischen ist er zum Mann geworden, und er verfügt über Kräfte, die ich mir nur mit Magie zu erklären weiß.«

»Du hast ihn verlassen. Weswegen?«

»Es gab Streit«, entgegnete sie knapp und schien nicht weiter darüber sprechen zu wollen.

Lodrik lehnte sich nach vorn. »Das, was du gesehen hast, Sainaa, und dem du lebendig entkommen konntest, ist kein Mensch. Es ist ein Dämon, der Nachfahre eines Zweiten Gottes, und er wird sich Ulldart unterwerfen wollen, wie ich es einst versuchte«, sagte er eindringlich. »Ich muss wissen, was er getan hat.«

Sainaa wich dem Blick aus. »Sieben Kinder mit anderen Frauen gezeugt«, flüsterte sie aufzählend. »Waffen aus Blöcken von Iurdum schmieden lassen.« Ihre Stimme wurde dünner und verstummte, weil Tränen der Scham aus ihren Augen flossen. Sie wurde sich bewusst, wie viel sie gewusst und wie wenig sie sich gegen das Treiben des Mannes gewehrt hatte. »Ich habe die Augen vor dem Offensichtlichen verschlossen«, weinte sie. »Dabei kann ich mir nicht erklären, wieso ich es *jetzt* klar sehe und bis zum Tag meines Abschieds von ihm kaum.«

Lodrik sah ihre Verzweiflung. »Er hat dich benutzt, Sainaa, wie es sein Vater und seine Mutter mit anderen Menschen taten. Er hatte die besten Lehrer, um zum Meister der Beeinflussung zu werden«, tröstete er sie.

»Sobald ich mit ihm sprach, schwanden die Zweifel, und ich glaubte seinen Worten.«

»Du sagtest es bereits selbst: Magie, Sainaa. Er wird sie angewandt haben, um deinen Verstand zu benebeln.« Lodrik schaute auf ihren Bauch. »Was wollte er von dir: ein Kind?«

Sie schüttelte den Kopf. »Die Macht, in die Welt der Geister zu schauen und mit ihnen in Verbindung zu treten. Ich habe ihm als Tsagaan die Geheimnisse meines Volkes verraten. Das werden mir die Manen niemals vergeben.«

»Sie wissen, warum du es tatest. Gegen seine Magie konntest du dich nicht erwehren.« Lodrik musterte sie. Sainaa hatte Vahidin die Macht gegeben, Zvatochnas Heer aus Seelen zu sehen und möglicherweise gegen sie vorzugehen. Oder sie am Ende gar zu übernehmen? »Wo finde ich ihn?«

»Er hat das Dorf verlassen wollen«, sagte sie. »Er und seine bewaffneten Begleiter. Sie sind sicherlich nach Osten unterwegs. Jedenfalls nehme ich es an.«

Lodrik überlegte fieberhaft. Vahidin durfte Zvatochna keinesfalls vor ihm erreichen. Er fürchtete, dass der Sohn von Mortva Nesreca als Sieger aus der Auseinandersetzung hervorgehen würde. Ein mit magischen Fertigkeiten und Waffen ausgestatteter Halbgott, der einem Heer aus Seelen gebot und auf nicht weniger als sieben Nachfahren zurückgreifen konnte – das wäre noch verheerender für den Kontinent als seine Tochter.

Er richtete die blauen Augen auf Sainaa. »Wirst du mir helfen, gegen ihn zu bestehen?«

»Ich wüsste nicht, wie. Wenn ich mich ihm nähere, kann er mich mit seiner Magie zwingen, meine Absichten zu offenbaren.«

»Du bist eine Tsagaan, du kannst den Geistern gebieten, was ich nicht vermag.« Ihm fiel ein, dass er auch ansonsten wenig gegen Vahidin und Zvatochna auszurichten wusste, dank Vinteras Gnade. Ob man jemanden zu Tode heilen konnte?

Unvermittelt erschien Socha neben Sainaa, und die Jengorianerin rutschte mit einem Aufschrei von ihr weg. »Sie ist tot, Bardri¢!«, jubelte sie und drehte sich tänzerinnengleich auf der Stelle. »Die Nekromantin ist ausgemerzt!«

»Zvatochna? Hat Vahidin sie bereits erreicht?« Er sprang auf.

Soscha stutzte. »Was sollte *er* damit zu tun haben?« Sie schaute auf die Tsagaan. »Ich grüße dich. Fürchte dich nicht vor mir, ich bin eine Seele ...«

»Ich weiß«, unterbrach Sainaa sie, nachdem sie sich vom ersten Schrecken erholt hatte. »Ich sehe es.

Jetzt war Soscha verwundert. »Du *siehst* es? Dabei schimmere ich nicht mehr ...«

»Sie ist eine jengorianische Geisterseherin«, kürzte Lodrik ungeduldig ab. »Was ist mit ihr geschehen, Soscha?«

Sie lächelte grausam und sehr zufrieden. »Ich kam hinzu, als der tapfere Freibeuter Torben Rudgass und eine Abteilung Bewaffneter die Leiche der Nekromantin zerhackten und sie dem Feuer übergaben«, berichtete sie singend. »Sie ist nichts mehr als ein Bündel verkohlter Knochen und Asche, die einer von ihnen in einen Rucksack gepackt hat.« Soscha juchzte. »Ach, wie herrlich!«

»Bist du sicher, dass sie ...«

Soscha lachte. »Es war nichts mehr von ihr übrig. Die Seelen waren verschwunden und sind frei.« Ihre gute Laune verschwand, und Besorgnis zeigte sich auf ihrem Antlitz. »Was ist mit Nesrecas Sohn? Was hat er damit zu schaffen?«

Rasch erklärte Sainaa ihr, worüber sie und Lodrik gesprochen hatten.

»Und ich hatte so sehr gehofft, dass die Jagd zu Ende sei und ich den zweiten Teil meiner Rache genießen dürfte.« Vieldeutig sah Soscha zu Lodrik. »Also suchen wir ihn anstelle von Zvatochna?«

Lodrik nickte. »Wir gehen zurück zu dem Dorf, wo du ihn verlassen hast. Soscha wird versuchen, ihn ausfindig zu machen. Und wenn dir dabei die Geister helfen können, Sainaa ...«

»Es bedeutet für mich keine Schwierigkeit, die Geister anzurufen und sie um Beistand zu bitten«, bot sie sich an. »Ich mache mich unverzüglich daran.« Sie ging in den hinteren Teil der Scheune, kehrte das Stroh zur Seite und malte einen Kreidekreis auf den Boden. Dann nahm sie Lederbeutelchen und andere Utensilien aus ihrem Rucksack; die Vorbereitungen begannen.

Soscha trat näher an Lodrik heran. »Eine Geisterseherin?«, flüsterte sie. »Ich wusste nicht, dass die Jengorianer so etwas beherrschen.« Sie sah hinüber zu Sainaa. Mit einem Mal entstanden in ihr Fragen über Fragen, die von der aufkeimenden Hoffnung genährt wurden, dem Dasein als verlorene Seele zu entkommen.

»Du hast dich auch niemals darum gekümmert. Die meisten tun den Glauben an diese Mächte als Gerede ab.« Lodrik zog das Tor der Scheune zu.

Niemand musste sehen, was sie anstellten. Mochten die Bewohner des Gehöftes glauben, dass er und die Jengorianerin sich die Zeit anders vertrieben.

Kontinent Ulldart, im östlichen Borasgotan, Anslizyn, Frühsommer im Jahr 2 Ulldrael des Gerechten (461 n.S.)

Vahidin stand inmitten seiner Söhne und Töchter. Er führte sein Schwert und wies ihnen die Bewegungen, die angehende Kämpfer benötigten. Sie trugen einfache Stoffhosen, darüber verschiedenfarbige lange Hemden und Gürtel um die Taillen.

Die Jungen und Mädchen waren äußerlich nicht von sechsjährigen Altersgenossen zu unterscheiden, und niemand wäre auf den Gedanken gekommen, dass sie vor wenigen Wochen noch in den Windeln gelegen hatten. Man mochte sie für Pagen zu Beginn ihrer Ausbildung halten.

Die Art und Weise, wie gekonnt sie sich bewegten, wie akkurat die Führung der Holzschwerter war, und die ernsten Blicke legten allerdings die Vermutung nahe, dass es sich um ganz besondere Kinder handelte.

»Zeig es uns noch einmal, Vater!«, bat Daggan begeistert und senkte das Schwert, als sie das Ende der Übung erreicht hatten.

Vahidin lächelte seinen ältesten Sohn an und fuhr ihm durch die kurzen silbernen Haare. Die Kinder hatte sehr viel Ähnlichkeit mit ihm, das Erbe ihrer Mütter war hingegen nicht zu erkennen. »Nein, Daggan. Jetzt müssen wir uns wieder mit der Magie beschäftigen. Sie darf nicht zu kurz kommen, wenn wir uns gegen unsere Feinde mit allem verteidigen wollen, das uns zur Verfügung steht.«

»Wieso hassen sie uns, Vater?« Dobra sah ihn an und legte

das Schwert zu den anderen Holzwaffen, die sie gebrauchten. Es waren exakte Nachbauten ihrer Waffen, die sie in wenigen Wochen, wenn ihre Muskeln erstarkt waren, einsetzen würden. »Wir haben ihnen nichts getan.«

Vahidin ging zu ihr und ließ sich in die Hocke hinab. »Weil wir anders sind, Dobra. Weil wir mächtiger sind als sie. Und weil sich die Menschen davor am meisten fürchten, trachten sie danach, uns zu vernichten«, erklärte er ihr und winkte seine übrigen Kinder zu sich. »Denkt immer daran, dass wir über den Menschen stehen, aber lasst uns nicht zu herablassend werden. Bemitleiden wir sie für ihre Unvollkommenheit und schwingen wir uns zu ihren Herrschern auf, damit wir sie führen und leiten können.« Die Kinder nickten eifrig. Er zeigte aufs Haus. »Hinein mit euch. Esst ein wenig! Ich komme bald nach, und wir beginnen mit der Unterweisung.«

Sie liefen übermütig wie alle Kleinen durch den Innenhof zum großen Eingang des Hauses und hopsten hinein; zwei Tzulani erschienen, um ihnen ihr Mahl zuzubereiten.

Vahidin blickte ihnen voller Stolz hinterher, während Lukaschuk sich ihm näherte; auch er sah den Jungen und Mädchen nach. »Was sagst du zu ihnen?«, wollte Vahidin wissen.

»Sie sind die Zukunft Ulldarts.« Der Hohepriester lächelte verzückt, er hatte an den Kindern einen Narren gefressen und kümmerte sich aufopfernd um sie. »Eine wahrhaft göttliche Zukunft!«

»Besser kann man es nicht sagen.« Vahidin sah zum Tor. Auf der anderen Seite lag die Hauptstraße von Anslizyn, eine Stadt etwa in der Größe von Ulsar, wenn auch lange nicht so prächtig anzuschauen und wesentlich schmutziger.

Niemand hatte sich um sie gekümmert, als sie vorgefahren waren und sich in dem Haus niedergelassen hatten. Die Tzulani hatten die Besitzer, ein altes Ehepaar, noch am selben Tag ermordet und deren Leichen verschwinden lassen.

Das gewaltige Anwesen war hervorragend gelegen und bot genügend Platz für alle; ungesehen lehrte Vahidin seine Kinder, was immer sie benötigten, um über den Kontinent zu herrschen.

Wichtig war es, ihnen das überlegene Selbstverständnis zu vermitteln.

»Wie lange werden wir bleiben, Hoher Herr?«

Vahidin bemerkte, dass er gedankenverloren auf die Maserung des Holzes gestarrt hatte, anstatt Lukaschuk zuzuhören. »Bis sie den nächsten Wachstumsschub hinter sich gebracht haben«, antwortete er abwesend. »Es ist besser, wenn wir es abwarten. Sie werden dann unruhig und quengelig. Ich möchte nicht mit der Rasselbande durch die Lande ziehen und ihnen ständig Wünsche erfüllen müssen. Auf diese Weise schonen wir unsere Nerven, Lukaschuk.«

»Nichts ist mir lieber, Hoher Herr.« Der Tzulani schaute sehr mit sich zufrieden, was Vahidin natürlich nicht entging.

»Du hast mir etwas zu sagen? Etwas Erfreuliches?«

»Das habe ich, Hoher Herr.« Lukaschuk langte in seine Manteltasche und zog ein Papier hervor, das er den Spuren nach irgendwo abgerissen hatte. »Eine Bekanntmachung, die in der ganzen Stadt verlesen und angebracht wird. Wollt Ihr es selbst lesen oder soll ich …«

Vahidin lachte. »Sag es mir.«

»Zvatochna ist vernichtet, Hoher Herr!«, rief er und hielt ihm das Blatt hin, auf dem die Nachricht in großen Lettern geschrieben stand. »Der Gouverneur verkündet im Auftrag von Norina der Ersten, dass die verbrecherische Elenja nicht länger gesucht wird – und wir wissen, wer sich hinter Elenja in Wahrheit verbirgt. Die tapferen Männer Torben Rudgass, Freibeuterkapitän aus Rogogard, und Sotinos Puaggi, Commodore der palestanischen Flotte, haben die Despotin gestellt und vernichtet. Ihre leiblichen Überreste wurden verbrannt, damit nichts von ihr weiter existiere.« Lukaschuk ballte die Rechte zur Faust. »Lob und Ehre sei dem Gebrannten! Die Mörderin Eurer Mutter ist nicht mehr. Was sagt Ihr dazu, Hoher Herr?« Er reichte ihm den Anschlag.

Vahidin starrte auf die Lettern. »Wie soll ihnen *das* gelungen sein?« Er schleuderte das Papier von sich und lachte ungläubig. »Niemals! Sie befiehlt Seelen, Lukaschuk! Wie können ein Pirat und ein Krämer die gefährlichste Frau des Kontinents überwältigen und das vollbringen, was selbst einem Bardri¢ nicht gelungen ist, der ein Nekromant ist wie sie?«

Lukaschuk sah auf das am Boden liegende Blatt. »Ihr haltet es für eine List, damit das Volk sich in Sicherheit wähnt?«

»Ich vermute es. Wir haben einen Wechsel der Herrscherinnen erlebt. Nichts darf an die alte Kabcara erinnern, die Menschen sollen sie vergessen und sich über die neue freuen.« Vahidin überlegte nochmals, ob die Nachricht stimmen könnte. »Andererseits würde Norina an Glaubwürdigkeit verlieren, wenn sich herausstellte, dass Elenja beziehungsweise Zvatochna noch lebte.«

»Wie finden wir es heraus?«

»*Wir* nicht, Lukaschuk. Aber die Geister.« Er wandte sich zum Haus und eilte hinein. Es wurde Zeit, auf seine Kräfte als Tsagaan zurückzugreifen. »Sag meinen Kindern, dass es später wird. Sie sollen die Lektionen von gestern wiederholen, Dobra hat die Aufsicht über sie.«

»Sehr wohl, Hoher Herr.«

Vahidin erreichte das Obergeschoss und stieg über die enge Wendeltreppe in die zweite Ebene, die aus einem kleinen, runden Turm bestand.

Große Glasflächen ermöglichten einen Rundumblick auf die Stadt, während Vorhänge verhinderten, dass jemand von unten hineinschaute. Die Tücher konnte man wahlweise vollständig zur Seite ziehen oder aber sie spaltbreit öffnen, um nicht gesehen zu werden, aber umgekehrt sehen zu können. Das Ehepaar hatte einige Fernrohre aufgestellt, Vahidin konnte sich denken, zu welchem Zweck.

Er hatte das Zimmer von Anfang an gemocht, weil es Freiheit und den Eindruck vermittelte, über den Menschen zu thronen.

Nacheinander öffnete er die Fenster, und warmer Wind spielte mit den Vorhängen. Sie zuckten und tanzten, als seien sie lebendige Wesen.

In der Mitte des Raumes ließ er sich nieder, winkelte die Beine an und entzündete das kleine Kohlefeuer, gab Pülverchen hinein und sprach die jengorianischen Formeln, um die Geister des Windes anzurufen.

Die Gesten, die er dabei vollführte, waren ihm vertraut und doch nach wie vor fremd. Es war eine so gänzlich andere Kultur, und er ermahnte sich, dass er die verschiedenen jengorianischen Lager unbedingt ausrotten musste, sobald die Eroberungen abgeschlossen waren. Er mochte keine Nebenbuhler. Niemand sollte ihm seine Macht über Geister streitig machen können.

Vahidin fiel in Trance, und seine Sicht veränderte sich.

Zwischen den wehenden Stoffbahnen sah er die Stadt in mattem Graublau. Es gab nichts, was auf ungewöhnliche Vorgänge hindeutete. Der Ostwind strich als ockerfarbene Bahn über die Dächer und durch die Gassen; wo er stärker wurde, intensivierte sich der Farbton.

»Geist des Ostwindes«, sprach Vahidin. »Ich grüße dich und trete mit einer Bitte an dich heran. Finde jemanden für mich.«

Der Geist, nichts weiter als schimmernde braungelbe Bänder, die sich umeinander wickelten, verknoteten und sich ebenso entwirrten, näherte sich ihm. »Ich habe dein Rufen vernommen, doch du bist kein Tsagaan und kein Mensch«, hörte er das Säuseln des Windes, in dem Neugierde lag. »So etwas wie dich habe ich noch nie gesehen.«

»Es tut nichts zur Sache, was ich bin. Ich bitte dich, mir einen Gefallen zu tun«, sagte Vahidin mit tiefer Kehlkopfstimme, die wie aus einer anderen Sphäre klang; nur damit erreichte man die Geistwesen, normale Stimmen wirkten weitaus schlechter auf sie. »Ich breite meine Erinnerung an die Frau vor dir aus, Geist des Ostwindes, und ich bitte dich, die Suche nach ihr umgehend zu beginnen.« Er dachte an Zvatochna, an ihr schrecklich entstelltes Gesicht und die dürre Gestalt. Es kostete ihn Überwindung, seine Gedanken nicht in Abscheu abgleiten zu lassen, sondern sich allein auf Zvatochnas Äußeres zu konzentrieren. Dann langte Vahidin neben sich und nahm ein weiteres Beutelchen, schüttete den Inhalt in die glühenden Kohlen. Dicke gelbe und rote Schwaden stiegen auf und wurden gierig vom Wind umspielt. »Ich opfere dir dafür Kapelium, Goldstaub und Lemsanium, um dich gnädig zu stimmen und deine Hilfe zu erlangen.«

Der Geist des Ostwindes fuhr durch die Rauchwolke und sog sie in sich auf. »Du hast mein Wohlwollen, Wesen«, sagte er zu Vahidin. »Ich habe die Frau gesehen und schaue, was ich für dich tun kann.« Das Ockerfarbene verschwand aus dem Raum, und als Vahidin hinausblickte, sah er es bereits in weiter Entfernung schimmern. Geister des Windes waren unglaublich schnell.

Für Vahidin begann die Zeit des Wartens.

Doch als sich die Sonnen eine nach der anderen dem Horizont zuneigten und er keine Nachricht erhalten hatte, verlor er die Geduld.

Er wagte einen weiteren Versuch, seinen Geist vom Körper zu trennen und zu reisen. Zwar erinnerte Vahidin sich sehr genau, was beim letzten Mal geschehen war, doch er nahm sich vor, es nicht noch einmal so weit kommen zu lassen.

Er gab die notwendigen Kräuter in die Glut, atmete den Rauch tief ein und konzentrierte sich, um sein Bewusstsein abzusondern und aufsteigen zu lassen. Es gelang ihm, und er ließ sich in die Höhe treiben, bis er sich genügend orientiert hatte, um sich zurechtzufinden. Dann schwebte er auf einem freundlichen Wind nach Westen, wo sich die ungeheuere Begebenheit zugetragen haben sollte. Der angebliche Sieg über die Nekromantin.

Vahidin genoss diese Art des Reisens. Vögel fühlten sich gewiss so: erhaben, unantastbar und frei ohnegleichen. Er verlor das Zeitgefühl, und wenn sich die Taggestirne nicht unablässig gen Erde geneigt hätten, wäre ihm verborgen geblieben, wie lange er bereits reiste.

Die Landschaft flog unter ihm davon; für die raue Schönheit Borasgotans verschwendete er keine Aufmerksamkeit, sondern hielt den Blick nach vorn gerichtet, um mögliche Auffälligkeiten zu entdecken.

Im trüben Dämmerlicht bemerkte er etwas: eine enorme Wolke aus flirrenden, glitzernden Lichtern, die sich wie ein Vogelschwarm verhielt und unvermittelt die Richtung änderte, ehe sie sich zum Boden senkte. Aufgeschreckt stieg sie empor und drehte sich dabei spiralengleich, als wolle sie sich in den dunkelnden Himmel schrauben.

»Seelen!«, sagte Vahidin fasziniert. »Von wegen besiegt.« Die immense Anzahl der schimmernden, kugelähnlichen Gebilde ließ ihn annehmen, dass es sich um Zvatochnas Heer handelte.

Weit und breit sah er keine Stadt oder einen Hinweis auf menschliche Behausungen. Hatte er ihr Versteck erkundet?

Er senkte sich weiter ab und schoss knapp über die Wipfel eines Tannenwaldes, um sich der Wolke unbemerkt zu nähern.

Irgendwo am Boden würde er die Nekromantin ausfindig machen. Vahidin bedauerte es, dass er die Modrak in seiner geisterhaften Form nicht herbeizurufen vermochte. Mit etwas Pech gab es die Gelegenheit, Zvatochna einfach zu überrumpeln, niemals mehr wieder.

Zwischen den Stämmen gelang es ihm, auf den Boden zu sinken. Vor ihm türmte sich die Seelenwand gleich einer silbrigen Wasserhose auf, er vernahm Stöhnen und Rufen, das sich zu einem schrecklichen Tosen vermengte. Sie flehten um Erlösung und Gnade.

Vahidin ahnte, dass es gefährlich war, sich der Erscheinung weiter zu nähern. Er umkreiste die heulenden Seelen, ohne eine Spur von Zvatochna zu entdecken. Entweder hatte sie die Seelen allein ausgesandt, oder sie war doch tot und ihr Heer ohne einen Anführer. Wartete es womöglich auf einen begabten Geisterseher wie ihn?

Jetzt stieg seine Anspannung ins Unendliche. Die Zweiten Götter schienen ihn zu diesem Ort geleitet zu haben, um sich der Seelen zu bemächtigen. Viel früher, als er eigentlich gedacht hatte.

»Vater, steh mir bei«, bat er leise und schwebte aus dem Wald senkrecht nach oben bis zur Mitte der dröhnenden, rotierenden Walze aus Licht und Funkeln. Er schätzte die Entfernung auf weniger als zwanzig Schritte.

»Holla, ihr Seelen!«, rief er sie an und meinte, dass ein Ruck durch den Schwarm gegangen sei. »Ich bin Vahidin, Sohn von

Mortva Nesreca und künftiger Herrscher über Ulldart. Mir ist die Macht verliehen, Seelen zu sehen und sie zu leiten, wie ich es möchte. Folgt mir freiwillig nach Anslizyn, und es soll euer Schaden nicht sein. Zwingt ihr mich dagegen, Gewalt anzuwenden, macht ihr es für euch lediglich schlimm.«

Nachdem keine abweisende Reaktion erfolgte, wagte er sich ein paar Schritte heran. »Ich möchte euch ein strenger, gerechter Meister sein, der euch, nachdem ihr mir …«

Mit einem grellen, wütenden Brüllen tat sich ein riesiges Loch in der Wand auf, und ein schwarzrotes Schimmern schoss kreischend auf ihn zu.

Vahidin floh auf der Stelle.

Was ihm an Hass, Wut und Feindseligkeit entgegenschlug, brachte Berge zum Bersten und Gemüter zum Zerbrechen. Angst durchfloss ihn, abgründige Gräuel, unbeschreiblich und packend, die nichts aufhielt.

Er sah nicht hinter sich, sondern hielt auf Anslizyn zu, um sich zurück in seinen Körper zu begeben und seine Seele vor dem zu bewahren, was auf ihn einstürmte.

Vahidin verirrte sich, wie er viel zu spät bemerkte, und es fiel ihm schwer, die Stadt in der hereingebrochenen Dunkelheit auszumachen. Die schwachen Lichter waren kaum wahrzunehmen, und erst mit großer Verspätung schwebte er über Anslizyn; erlöst tauchte er in den wartenden Körper ein.

Es gab einen Ruck; Leib und Seele waren miteinander verschmolzen. Vahidin spürte ein Beben überall an sich sowie Feuchtigkeit im Schritt, denn er saß in einer erkalteten Urinpfütze. Die Furcht vor dem, was ihn verfolgt hatte, hatte sich selbst auf die immense Distanz auf den Körper übertragen.

Er wusste, was er gesehen hatte.

Doch er wusste nicht, was er allein dagegen unternehmen konnte.

XI.

Kontinent Ulldart, im Westlichen Borasgotan, Anslizyn, Frühsommer im Jahr 2 Ulldrael des Gerechten (461 n.S.)

Lodrik betrachtete das Tor des Anwesens aus dem Schutz einer Hausecke heraus.

Dahinter erwarteten ihn bis an die Zähne bewaffnete Tzulani und ein ihm von den Kräften her weit überlegener Vahidin.

Seine blauen Augen schweiften über die Dachfirste; natürlich erkannte er die Umrisse der geflügelten Beobachter oder auch Modrak, wie sie sich selbst nannten. Noch mehr Verbündete für Nesrecas Sohn und das Übel in Menschengestalt.

Sainaa stand hinter ihm. »Er ist nicht da«, flüsterte sie. »Ich habe vorhin nachgesehen. Er ist auf dem Weg nach Westen.«

»Er?«

»Seine Seele«, berichtigte sie sich. »Er kann uns derzeit nicht gefährlich werden.«

Soscha materialisierte neben Lodrik. »Ein Kinderspiel, Bardri¢. Ich öffne das Tor und kümmere mich um die Wachen ...«

Er sah sie an. »Du hast recht, es ist ein Kinderspiel: *für dich!* Wieso lasse ich dich nicht alles machen, Soscha? Du kannst hineingehen und die Tzulani töten. Es wäre so einfach. Ich habe gesehen, dass du Dinge festhalten und bewegen kannst, warum demnach nicht auch Schlafenden die Kehle durchschneiden?«

Sie verzog den Mund. »Weil es deine Verantwortung ist, Bardri¢. Ohne dich gäbe es keinen Vahidin, keine Tzulandrier und keine Tzulani. Ich werde dir helfen, sie zu überwältigen, doch die Hände machst du dir schmutzig. Sicherlich nicht ich.«

Lodrik nickte. Er verstand ihre Haltung, er würde sich an ihrer

Stelle nicht anders geben. Unterwegs hatte er darüber nachgedacht, wie er sie von ihrem Vorhaben abbringen konnte, ihn zu töten. Letzten Endes blieb ihm die Wahrheit: Soscha würde ihm Gnade gewähren, wenn sie hörte, dass sie dadurch das Leben der Kabcara Norina der Ersten rettete. Gnade wegen Norina, nicht um seinetwillen.

Aber jetzt mussten sie Vahidin umbringen, nachdem sich das Übel Zvatochna wie durch ein Wunder von selbst erledigt hatte.

»Ich gehe voraus und überwältige die Wachen«, sagte Soscha und wurde durchschimmernd. »Wenn du sie töten willst, tu es selbst, Bardri¢.«

Sainaa hielt Lodrik am Arm fest. »Vergieße nicht mehr Blut als notwendig, sonst erlischt der Beistand der Geister des Lebens, den ich uns erbeten habe.«

Lodrik gab keine Antwort, sondern behielt den Eingang im Auge. Bald schwang er einen Spaltbreit auf, und er lief zusammen mit Sainaa los. Er wollte nicht auf sie verzichten, falls Vahidin von seinem Ausflug zurückkehrte und sich mit Geistern zur Wehr setzte. Die Jengorianerin war seine Absicherung dagegen.

Sie schlichen in den sehr weitläufigen Innenhof, nahmen den Arkadengang zu ihrer Linken, auf dem Soscha vor ihnen schimmerte. Die beiden Torwächter lagen besinnungslos in einer schattigen Ecke. Man würde sie auf den ersten Blick nicht bemerken.

»Er ist im Turm«, sagte Soscha leise und deutete auf den Glasbau, in dem die Vorhänge im Wind flatterten. »Klettert ihr die Fassade hinauf, oder schlagen wir uns durch das Anwesen durch?«

»Nicht klettern«, sagte Sainaa sofort. »Ich bin darin nicht sonderlich gut.«

Lodrik ging weiter, während Soscha ihnen die nächste Tür öffnete. Sie erfüllte ihre Aufgabe hervorragend und überwältigte eine Wache nach der nächsten; gegen die Angriffe eines überraschend auftauchenden Geistes gab es kein Mittel, sich zur Wehr zu setzen. Einzig das Scheppern auf den Boden fallender Bewaffneter konnte dafür sorgen, dass die Eindringlinge entdeckt wurden.

Die kleine Gruppe hatte das erste Geschoss erreicht und pirschte sich zur Treppe, die in den Turm führte.

»Wie kommt ihr herein?«, hörten sie eine fordernde Kinderstimme hinter sich. Lichtschein flammte auf und riss Lodrik und Sainaa aus der schützenden Dunkelheit.

Sie wandten sich um und blickten auf eine Ansammlung von sieben Jungen und Mädchen, die ihre langen, weißen Nachtgewänder trugen und gefährlich aussehende Waffen in den Händen hielten. Ihr Alter mochte um die acht Jahre liegen, die silbernen Haare auf den Köpfen zeigten überdeutlich, mit wem sie es zu tun hatten.

Lodrik verstand es als schlechtes Zeichen, dass Vahidins Kinder nicht nach den Tzulani gerufen hatten. Wenn sie der Meinung waren, es mit den Fremden selbst aufnehmen zu können, bedeutete dies, dass sie mit ihrer Ausbildung weit fortgeschritten waren. Oder eine gehörige Portion Übermut zusammen mit Selbstüberschätzung besaßen.

»Wir wollen euch nichts Böses«, log er. »Wir sind unbewaffnet.« Er hob die Arme, und Sainaa tat es ihm nach. »Wir sind von den Besitzern bezahlt worden, nach dem Rechten zu sehen, solange sie auf Reisen sind.«

Die Kinder lachten. »Zwei schlechte Einbrecher und ein miserabler Lügner obendrein«, sagte das Mädchen, das sie angesprochen hatte. »Welcher von unseren Feinden hat euch geschickt, um uns zu ermorden?«

»Keiner«, antwortete Sainaa. »Wir sind hier …«

»… um dem mächtigen Vahidin unsere Aufwartung zu machen«, übernahm Lodrik. »Wir wissen, wer er ist, und haben sein Kommen lange ersehnt. Wir sind Tzulani, möchten ihm dienen und wollten ihm unsere Tauglichkeit dadurch unter Beweis stellen, indem wir unbemerkt eindringen und an seinen Wächtern vorbei bis zu ihm gelangen.« Er verneigte sich. »Dass er so wachsame Kinder hat, ahnten wir natürlich nicht.«

»Noch mehr Lügen.« Das Mädchen betrachtete zuerst die Jengorianerin, dann ihn. »Denn ich erinnere mich an dich«, sprach sie zur Frau. »Dein Name ist Sainaa, und du hast unseren Vater ausgebildet, damit er die Geister rufen kann. Du hast uns verlassen.«

»Aber ... nein. Es ist unmöglich! Du warst ein Säugling, als ich ...« Sie wusste nicht, was sie sagen sollte.

Das Mädchen richtete die Augen auf ihn. »Dein Name ist Lodrik Bardri¢. Ich habe dich anhand der Beschreibung meines Vaters erkannt. Er nannte dich einen unserer größten Gegner, die wir niederwerfen müssen, bevor wir die Macht über den Kontinent erlangen und die Menschen führen. Dich und Zvatochna.«

Lodrik seufzte. Es sah alles nach einem Kampf aus, und er wusste nicht, ob er sich gegen Kinder stellen konnte. Er rief sich in Erinnerung, dass diese Wesen weit davon entfernt waren, menschlich zu sein. Ganz zu schweigen von kindlich.

Das Mädchen, das wohl die unbestrittene Anführerin war, machte es ihm leichter, indem sie ihre magentafarbenen Augen mit den dreifach geschlitzten Pupillen zeigte. »Ihr werdet unsere Bewährungsprobe sein«, eröffnete sie ihnen. »Die Zeit des Übens ist vorbei, wir treten gegen echte Widersacher an.« Bei diesen Worten wandelte sich die Klinge des Schwertes zischend von Eisengrau zu Schwarz, und eine Hitzewelle rollte auf Lodrik und Sainaa zu. Sie setzte zu einem Angriff an, zwei Jungen folgten ihr, während die übrigen drohend an ihren Plätzen verharrten und den Rückzug abschnitten.

Lodrik sah nicht ein, sich auf das Gefecht einzulassen. »Nach oben!«, schrie er Sainaa an und stieß sie zum Aufgang. Sie taumelte zu den Stufen und fiel beinahe, doch er packte sie grob in den Haaren und verhinderte den Sturz. »Weiter, weiter!«

Die Treppe war schmal und bot lediglich Platz für einen Menschen. So konnten sie nicht von Vahidins Kindern überholt werden.

Lodrik nahm eine der Petroleumlampen von der Wand und schleuderte sie auf den Boden. Die Flüssigkeit entzündete sich, eine feurige Lohe schnellte empor und leckte an der Decke entlang. »Das wird sie kurz aufhalten«, rief er zu Sainaa und schob sie, weil sie ihm viel zu langsam war.

Sie erreichten den Raum mit den gläsernen Wänden. Am Boden, genau in der Mitte, saß Vahidin mit geöffneten Augen; seine Sinne befanden sich in der Geisterwelt, er nahm die Bedrohung durch die beiden Menschen nicht wahr.

»Bardri¢«, hörten sie die leise Stimme von Soscha. »Ich … sie haben eine gute Ausbildung genossen. Ich kann dir nicht beistehen …« Sie schwieg unvermittelt.

»Diese Kinderwesen setzen ihr zu«, erklärte Sainaa. »Vahidin muss ihnen schon beigebracht haben, wie man gegen Seelen vorgehen kann.«

»Handeln wir also rasch.« Lodrik ging auf Vahidins Rücken zu, dabei trat er mit dem Fuß in eine gelbe Lache. Urin? Er zog einen Dolch aus der Scheide an seinem Unterarm und richtete die Spitze auf den schutzlosen Nacken.

Ein dunkelroter Strahl traf ihn seitlich und schob ihn vorwärts. Schreiend prallte Lodrik gegen das Fenster rechts von Vahidin, und der Druck steigerte sich – bis die Scheibe klirrend zerbarst und er zwei Schritt tief stürzte, ehe er auf dem Dach des Anwesens aufschlug und keuchend nach Luft rang.

Qualm umgab ihn, es roch angesengt. Stöhnend wälzte er sich durch die Scherben auf den Rücken. In der gläsernen Kammer über ihm leuchtete es mehrmals hintereinander auf, und er hörte Sainaa gellend aufschreien.

Lodrik stemmte sich in die Höhe und erklomm die Außenwand des Turmes. Alles andere hätte zu lange gedauert.

Vahidin war in Gedanken noch bei dem, was er gesehen hatte, als er hinter sich einen Luftzug und die Gegenwart eines Menschen verspürte.

Ehe er etwas unternehmen konnte, wurde er von rotem Licht überschüttet, dann brach ein menschlicher Umriss links von ihm durch die Glasfront und verschwand in der Dunkelheit.

»Was geht …« Er zog sein Schwert und merkte, wie ihm das Zittern der Gliedmaßen noch immer zu schaffen machte. Vahidin sah sich um und erkannte – Sainaa!

Sie stand mit dem Rücken zu ihm und hielt sich Dobra mit einem langen Kerzenleuchter vom Hals. Dobra hatte sie mehrmals an den Beinen getroffen und machte sich einen Spaß daraus, mit der Jengorianerin zu spielen.

Aber das Mädchen hatte Sainaa unterschätzt. Die Tsagaan täuschte einen Schlag vor und trat noch während der Finte nach ihr.

Vahidin wollte das nicht erlauben. Er jagte einen schwachen Strahl Magie gegen seine einstige Geliebte, um sie zu lähmen. Er wollte zunächst herausfinden, was sich ereignet hatte. Töten würde er sie danach.

Sainaa schrie auf und krümmte sich unter der magischen Attacke, Rauch kräuselte an der getroffenen Stelle auf. Sie rief etwas auf Jengorianisch, und im nächsten Augenblick ertönte ein gewaltiges Rauschen.

Eine Böe fuhr durch das Zimmer und sprengte die Scheiben, die Splitter verschonten einzig sie. Die Kinder und Vahidin wurden von den gläsernen Klingen gleich mehrmals getroffen.

Es geschah so rasch, dass nur Vahidin nach einem Treffer in den rechten Oberschenkel eine Barriere um sich herum errichten konnte, an dem die Fragmente knisternd und klirrend zersplitterten. Die umherwirbelnden Vorhänge raubten ihm die Sicht auf das weitere Geschehen.

Der starke Wind wehte seine Utensilien davon, mit denen er für eine Beruhigung des Windgeistes hätte sorgen können.

»Vater!«, hörte er Dobra schreien und erspähte seine Tochter gelegentlich durch die Stoffbahnen hindurch. Sie und drei ihrer Brüder waren blutüberströmt, in den kleinen Körpern steckten die rot gefärbten Scherben; Finger waren abgetrennt worden, Arme waren nur mehr blutige Fetzen oder unförmige Stummel. Klingen hätten nicht schrecklicher wüten können.

Sainaa stand plötzlich neben ihm, eine Hand führte einen Dolch. Sie zielte auf sein Herz und stieß zu.

Vahidin parierte den Angriff mit einem Schwertschlag. Es fauchte, und die Klinge der Tsagaan zerbarst. »Wie konntest du es wagen, meine Kinder anzugreifen?«, brüllte er und schlug nach ihr. Sie sprang zurück und entging dem Hieb.

»Sie sind das Böse, ebenso wie du«, hielt sie dagegen. »Du hast mich lange genug kontrolliert, Vahidin. Die Geister des Nordwindes sind mit mir. Weder du noch deine Nachkommen werden sie bannen können, dafür reicht eure Macht nicht aus.« Sie sah sich um und entdeckte ein herrenloses Schwert am Boden; eines der Kinder hatte es verloren. Ein Griff, und sie besaß wieder eine Waffe.

Die Böen rauschten um sie herum und stürzten sich in den Treppenaufgang, um die nachfolgenden Kinder zurückzudrängen. Dobra lag wie ihre Brüder regungslos auf dem Boden der Kammer; um sie herum hatten sich Blutlachen gebildet.

»Du hast keine Vorstellung davon, was du mir angetan hast«, grollte Vahidin und attackierte sie rasend. Seine Schläge führte er beidhändig immer wieder von oben gegen ihren Kopf. Sainaa vermochte nichts anderes zu tun, als die eigene Klinge schützend über sich zu halten. »Und du hast keine Ahnung, was ich dafür mit dir tun werde!« Er trieb sie auf eine offene Seite des Turmes zu, an der es senkrecht in die Tiefe ging.

Sainaa rutschte in einer Blutlache aus und wurde gezwungen, ihre Aufmerksamkeit aufzuteilen; den nächsten brachialen Schlag parierte sie zwar, doch die eigene Klinge drehte sich dabei. Sie federte mit der scharfen Seite gegen ihren Kopf und blieb im Schädelknochen stecken! Sie schrie voller Schmerz.

Lachend schlug Vahidin wieder zu und traf ihr Schwert ein weiteres Mal, die Schneide fuhr vollständig in den Kopf, und Sainaas Augen wurden stumpf. Er sah, dass sie noch lebte, aber ihr Verstand schien ausgeschaltet zu sein.

Als sie steif zur Seite fallen wollte, jagte er ihr einen Strahl seiner Magie in den Körper und beförderte sie vier Speerlängen weit hinaus in die Nacht und ließ sie frei über der Erde schweben. »Ich hätte dich verschont, doch *du* musstet mich suchen«, sagte er und schaute zu seinen toten Kindern. Er unterbrach den magischen Fluss, und ihr Leib stürzte in die Tiefe; es gab einen dumpfen Laut, als sie auf dem Pflaster aufschlug, und es klirrte. Vermutlich war das Schwert aus ihrem Schädel herausgesprungen.

Der Wind legte sich unvermittelt, und die zwei Vorhänge, die nicht aus ihrer Verankerung gerissen waren, hingen schlaff zu Boden.

Wieder hatte Vahidin das Gefühl, dass sich in seinem Rücken jemand befand, dann hörte er das Knirschen von Glassplittern unter Fußsohlen. Er wirbelte herum und schlug mit dem Schwert zu, doch die Gestalt bückte sich und entging der Attacke. Auch sie hielt ein Schwert in der Hand, das eigentlich seinen Kindern gebührte.

»Noch mehr von euch?«, rief er dem Angreifer entgegen und sandte einen dunkelroten Strahl gegen ihn. »Ihr werdet nicht gegen mich bestehen!«

Der Mann wich der düsteren Energie aus und schlug zu, dabei rutschte seine Kapuze herab und gab strohblonde Haare frei. Die blauen Augen strahlten voller Entschlossenheit, und das Gesicht blickte ernst, doch keineswegs eingeschüchtert oder furchtsam. »Doch, das werde ich, Vahidin.«

»Bardri¢!« Vahidin führte einen Schlag gegen ihn, scheppernd trafen die Klingen aufeinander. »Du?« Sie starrten sich gegenseitig an. »Wie kann es sein, dass ich einen kerngesunden Menschen anstelle eines wandelnden Geistes vor mir sehe?«

»Wie kann es sein, dass ich einen jungen Mann vor mir sehe, obwohl du noch nicht lange auf Ulldart weilst?«, erwiderte Lodrik. »Mir scheint, jeder von uns trägt etwas Göttliches in sich.« Er packte den gegnerischen Waffenarm mit der freien Hand und hielt ihn fest, dann trat er ihm in den Unterleib. Vahidin stöhnte auf. Schon bekam er einen Schlag auf die Nase, und Lodrik gab ihn frei, damit er rückwärts taumelte. »Ich bin hier, um meine Schulden bei den Menschen Ulldarts abzuzahlen. Zvatochna ist tot, und das letzte Vermächtnis von Mortva Nesreca darf nicht bestehen bleiben. Der Kontinent soll zur Ruhe kommen.«

Vahidin fiel rückwärts über Dobras Leiche. Er war zu überrascht und versuchte, seine Gedanken zu ordnen. Schnell sandte er einen weiteren magischen Blitz gegen Lodrik, der sich gewandt aus dem Angriff drehte und mit dem Schwert in Vahidins linke Schulter stach.

Die einstige aldoreelische Klinge besaß zwar nicht mehr ihre alles durchdringende Schärfe, doch das geschliffene Iurdum glitt durch die Knochen und Sehnen mit überlegener Gleichmut; es bedurfte nicht einmal großer Kraft.

»Das schaffst du nicht, Bardri¢!« Vahidin stieß ebenfalls zu und traf den Mann im Unterbauch, dann legte er magische Kräfte in das Schwert, wie er es bislang noch niemals getan hatte. Er freute sich darauf, den Bezwinger seines Vaters auseinanderplatzen und die Fetzen davontrudeln zu sehen.

Aber es geschah nichts.

Lodrik lächelte, obwohl es ihm schwerfiel. Flüssige Säure jagte durch ihn hindurch; gleichzeitig schien dort, wo die abgebrochene Sichelspitze steckte, Glut aufzulodern und sich bis in seine Wirbelsäule zu brennen. Magie und göttlicher Beistand rangen miteinander, bis die Magie unterlag. Die schwarze Klinge flackerte und nahm ihre ursprüngliche Farbe wieder an.

Vahidin starrte zuerst das Schwert, dann seinen Feind an. »Unmöglich!«, stammelte er.

»Und dennoch wahr.« Lodrik zog sein Schwert zurück und führte es nach rechts. Die Spitze schlitzte die Kehle auf, und ein Blutstrom sprühte empor.

Vahidin ließ seine Waffe los; sie glitt aus Lodriks Körper und fiel klirrend auf die Scherben. Er hielt sich die Wunde und wollte sie mit magischen Fertigkeiten heilen, da versetzte ihm Lodrik einen harten Tritt gegen den Kopf.

»Es ist zu Ende, Vahidin.« Er hob sein Schwert und holte aus. Da aber wurde er von einem roten Strahl erfasst und erneut zurückgetrieben.

»Holt Vater!«, befahl ein Junge mit silbernen kurzen Haaren und einem Speer in der Hand. Zwei Mädchen rannten zu Vahidin und zerrten ihn über den Boden zur Treppe, während sich der Junge Lodrik in den Weg stellte, den Speer in beiden Händen schräg vor den Körper haltend. »Du wirst ihn nicht bekommen, Lodrik Bardri¢.« Er senkte den Kopf und reckte die Speerspitze gegen ihn.

Lodrik betrachtete die verbrannte Kleidung auf seiner Brust, die Haut darunter wirkte unversehrt. Vintera hatte ihn mit einem übermächtigen Geschenk gesegnet, das sich erst jetzt in seiner ganzen Macht offenbarte. Er musste nichts Irdisches fürchten, solange er die Spitze in sich trug. »Du irrst dich.« Er hob seine Waffe und sprang vorwärts.

Lodrik sah den Jungen an, der sich ihm todesverachtend in den Weg gestellt hatte. »Du hast gesehen, dass weder du noch deine Waffe mich töten können«, sagte er und hob sein Schwert. »Was willst du also gegen mich tun, Kind?«

»Damit du weißt, wem du gegenüberstehst: Mein Name ist Daggan, nicht Kind.« Er wirbelte den Speer und begann seinen Angriff.

Lodrik musste zugeben, dass Daggan sehr geschickt und schnell handelte. Er parierte die vorzuckende Speerspitze, die mit unzähligen Widerhaken besetzt war, und dies forderte seine gesamte Aufmerksamkeit. Zwischendurch sah er zu den beiden Mädchen, die ihren Vater nach unten schleiften. Zeit zu handeln.

Er fing den nächsten Stoßangriff mit einem Schwertschlag ab und zielte auf die rechte Hand des Knaben, der aber äußerst behände auswich und Lodrik die Speerspitze durch den Bauch schob. Daggan drängte den Mann weiter nach hinten, bis er an einen gemauerten Stützpfeiler angelangte. Es fauchte, der Speer in Lodrik wurde heiß und bohrte sich durch das Fleisch mit Wucht in die Steine.

Daggan ließ den Schaft los und machte zwei Schritte nach hinten, um sein Werk zu betrachten. Der Speer steckte mit der ausgetretenen Spitze fest im Mauerwerk, die Widerhaken hielten Lodrik gefangen. Er war wie ein Falter an einer Nadel aufgespießt. »Ich kann dich vielleicht nicht töten, aber ich kann dich unbeweglich machen.«

Lodrik versuchte, sich nach vorn zu bewegen, aber die Schmerzen, die er dabei empfand, brachten ihn zum Schreien. Die Haken hatten sich in seine Gedärme geschlagen und würden sie bei der kleinsten Bewegung auseinanderreißen. War Vinteras Geschenk so mächtig, dass sie ihn auch bei allerschwersten Verletzungen vor dem Tod bewahrte? In seinem Solarplexus tat sich nichts...

Daggan schaute sich um und entdeckte weitere Waffen. »Wenn ich mit dir fertig bin, Lodrik Bardri¢, wirst du für alle Ewigkeiten an diesem Pfeiler hängen bleiben.« Er nahm einen zweiten Speer auf. »Wir werden dich füttern und dich ausstellen. Ein Wagen wird dich durch Ulldart fahren, und die Leute werden dich bestaunen. Jeder soll sich anschauen können, was wir mit unseren Gegnern anrichten.«

Lodrik tat so, als verliere er das Bewusstsein. Daggan näherte sich lachend und nahm für den nächsten Speer Maß.

Kurz vor dem Stoß schnellte Lodrik nach vorn; er führte seine Klinge kraftvoll gegen den Jungen und verletzte ihn schwer am rechten Arm. »Noch hast du nicht gewonnen!« Er stemmte sich mit aller Macht gegen die Widerhaken und drückte sich ab; dabei fühlte er, wie sie ihn innerlich in Fetzen rissen, und er schrie voller Qual, bis ihm das Blut aus dem Mund strömte und ihn zum Schweigen brachte.

Daggan hielt sich den Arm, wich zurück und stöhnte dumpf. Die Augen schimmerten magentafarben, und er raffte den verlorenen Speer an sich. Die Erfahrung des Schmerzes war ihm anscheinend neu, er benötigte etwas Zeit, um sich davon zu erholen.

Lodrik hatte es geschafft. Er brach in die Knie und hielt sich das Loch im Bauch, aus dem zähes Blut und andere Flüssigkeiten liefen. Die Sinne schwanden ihm, und Daggan wurde zu einem undeutlichen Schatten, der auf ihn zukam und den Speer mit einer Hand hielt.

Da schien die Sichelspitze in seiner Brust zu explodieren.

Die Hitze verjagte den Tod ein weiteres Mal aus seinem Körper, brannte ihn aus. Die Kraft kehrte in ihn zurück, und mit einem wütenden Schrei parierte er Daggans Stoß, der auf den Kopf gezielt hatte; wieder fiel der Speer auf den Boden und schlitterte davon.

»Dieses Spiel wird mir zu langweilig«, sagte der Junge wütend und richtete die Finger des unverletzten Armes gegen ihn. Doch bevor er Magie gegen seinen Feind fließen lassen konnte, ergriff Lodrik die Finger und brach das Handgelenk mit einer ruckartigen Bewegung. Daggan heulte auf.

»Mir auch.« Lodrik zog ihn nach vorn und hob dabei das Schwert. Die Klinge fuhr durch die Brust und zerteilte die Knochen und die darunter liegenden Organe.

Daggan schaute entsetzt auf die Klinge, die in ihm steckte, dann nach vorne. »Du wirst nicht entkommen«, flüsterte er.

Lodrik sah ihm an, dass er eine erneute magische Attacke vorbereitete, und presste die Finger des Jungen gegen die Schwertklinge.

Dunkel zischend färbte sie sich tiefschwarz und gab die Entladung weiter an Daggan. Blutige Risse zeigten sich an den Stellen, wo die Haut nicht von Stoff bedeckt war, dann zerbarst der Junge in viele kleine Stückchen, noch bevor er einen Schrei auszustoßen vermochte.

Das bekam Lodrik nicht mehr mit. Er sank nach hinten und verlor das Bewusstsein, während die Wärme in seiner Brust sich noch einmal steigerte.

Als Lodrik zu sich kam, stellte er fest, dass er in einem Bett lag.

Das Zimmer war ihm fremd, es roch sauber, und als er unter die Zudecke schaute, sah er den Verband um die Körpermitte. Jemand hatte sich ihm ihn gekümmert.

Die Läden waren geschlossen, es fiel Tageslicht durch die Ritzen. Behutsam erhob er sich von seinem Lager, was ihm leichtfiel und nicht mehr als ein sanftes Ziehen im Bauch verursachte. Vinteras Segen lag nach wie vor auf ihm.

Er kleidete sich an, auch wenn es nicht seine ursprünglichen Sachen waren, die er vorfand. Nun trug er eine dunkelgelbe Hose, dazu ein besticktes weißes Hemd und darüber einen beigefarbenen Überwurf. Die Füße bekamen Socken und ein Paar hohe Stiefel, in die er die Hosenbeine stopfte. Im Spiegel, der an der Wand lehnte, sah er aus wie ein Brojak. Ein unrasierter Brojak.

Behutsam öffnete er die Tür und stand in einem Gang, der in einen großen Raum mündete, aus dem er Stimmen hörte. Rauch lag in der Luft, es roch nach Essen, und Lodriks Magen knurrte – trotz der erlittenen Verletzung.

Da es ihn offensichtlich nicht zu Feinden verschlagen hatte, ging er dorthin, wo das Gespräch erklang, und zeigte sich offen. Er war gespannt, wer ihn erwartete, zumal er unbedingt erfahren musste, was in der Zwischenzeit geschehen war. Die Jagd auf Vahidin durfte nicht ins Stocken geraten.

Er sah den breiten Rücken eines Mannes, der auf einem Stuhl saß und gestikulierend erzählte. »Und ich sagte ...«, hörte er noch, dann hielt der Mann inne, wandte sich zu Lodrik um und sprang auf. »Exzellenz, Ihr seid schon erwacht?«

Lodrik wunderte sich über die ehrenvolle Anrede und näherte sich der Versammlung.

Sie bestand aus zwei weiteren Männern und einer Frau, die nicht weiter auffällige Kleidung trugen und keine sichtbaren Waffen mit sich führten. Sie saßen um einen flachen Tisch, auf dem ein Samowar und Gebäckschälchen standen; außerdem dampfte Suppe in einer großen Schüssel. Das Mittagessen war angerichtet.

Die Männer und die Frau erhoben sich und verneigten sich vor ihm, als sei er noch immer der Herrscher über Ulldart. Dann nannten sie ihre Namen.

Lodrik nicke ihnen zu. »Es schmeichelt mir zwar, doch meine Zeiten als Kabcar und weitaus größenwahnsinnigerer Herrscher sind vorbei. Wer seid Ihr?«

Die Frau, die sich als Evlova vorgestellt hatte, warf den Männern einen knappen Blick zu, bevor sie das Wort ergriff. »Wir haben uns nicht deswegen vor Euch verbeugt, Exzellenz. Ihr seid der Hohepriester Vinteras und auserkoren, ihren Glauben zu verbreiten. Jedenfalls wurde uns das zugetragen.«

»Und Ihr gehört demnach zur Schwarzen Sichel …«

Evlova sah belustigt aus. »Nein, Exzellenz. Wir gehören Vinteras Bund an. Unser Wissen kam Euch zupass, auch wenn Ihr unverkennbar von unserer Herrin gesegnet seid. Ein normaler Mensch hätte die Wunden, die wir an Euch sahen, niemals überstehen können. Nicht einmal einen Wimpernschlag lang.«

Lodrik betrachtete sie und überlegte, was er über Vinteras Bund wusste. Es war ein Zusammenschluss von Gelehrten und Wundheilern, die sich ausschließlich mit dem wissenschaftlichen Erforschen des menschlichen Körpers und den Mysterien seiner Funktion beschäftigten. Das Sezieren von Toten machte ihn bei den Menschen nicht vertrauenswürdiger, und daher praktizierten die Mitglieder des Bundes im Verborgenen. Es hieß, dass sie oder ihre Häuser geheime Erkennungszeichen trugen. Vier davon schien es in Anslizyn zu geben, und er wollte gar nicht darüber nachdenken, woher sie wussten, dass Vintera ihn zu ihrem Hohepriester ernannt hatte.

»Meinen Dank für Eure Hilfe«, sagte er und setzte sich; die anderen nahmen ebenfalls Platz. »Berichtet mir bitte, was geschehen ist, während ich schlief.«

Evlova goss ihm Tee ein. »Es gab einen Hinweis, dass wir Euch hier finden würden. Es hat sich unter Vinteras Anhängern herumgesprochen, dass wir einen neuen Führer haben. Eure Ankunft in Anslizyn war nicht unbemerkt geblieben, und als die Ereignisse in Koszmans Anwesen gar zu merkwürdig wurden, dachten wir uns, dass Ihr unter Umständen darin verwickelt sein könntet, Exzellenz. Wir waren noch vor der Stadtwache dort, fanden Euch und brachten Euch zu mir. Wir haben Eure Wunden versorgt und Euch Ruhe gegönnt.«

»Ihr wisst, wer Vahidin ist?«

»Der junge Mann mit den vielen Kindern und den silbernen langen Haaren, ja«, antwortete sie. »Wir wissen nicht, wo er abgeblieben ist. Wir haben die Leichen von fünf Kindern gefunden. Und von einer Frau.«

»Bleiben noch zwei der grässlichen Monster«, sagte Lodrik und kostete vom Tee. Er spürte, wo er den Hals hinabrann, es brannte etwas, doch er hielt die Schmerzen aus. Um Sainaa tat es ihm leid; außerdem hätte er ihre Dienste gern noch öfter in Anspruch genommen. Eine wichtige Verbündete war zu früh gestorben. »Wisst Ihr, wohin sie geflüchtet sind?«

Sie schüttelten nacheinander die Köpfe. »Nein. Es gab ein Gefecht zwischen der Stadtwache und Männern, die noch im Anwesen verblieben waren. Keiner von ihnen hat überlebt, heißt es. Sie ließen sich nicht gefangen nehmen, sondern stürzten sich in die eigenen Waffen, als sich ihre Niederlage abzeichnete.« Lodrik beschrieb Lukaschuk, und Evlova nickte. »Ja, auch er befand sich unter den Toten.«

»Dann kann sich Vahidin allein auf seine Töchter und die Modrak verlassen«, resümierte Lodrik beruhigter. »Er ist schwer verletzt, aber er wird sich erholen.« Der Tee weckte seine Lebensgeister. »Hat sich eine junge Frau gezeigt, die sich Soscha nannte?«

»Nein, Exzellenz. Es blieb die letzten fünf Tage ...«

»Fünf Tage?« Lodrik bekam einen Schrecken. In der Zwischenzeit konnte sich Vahidin bereits wieder weit von ihm abgesetzt haben – in alle möglichen Richtungen des Kontinents. »Ich brauche zwei Pferde, eines zum Reiten, das andere für meine Ausrüstung«, sagte er zu ihnen. »Ich muss Vahidin folgen.«

»Wir stellen Euch alles zur Verfügung, was Ihr benötigt, Exzellenz«, sagte Evlova und deutete wieder eine Verbeugung an.

»Ich erwarte nicht, dass Ihr mich begleitet. Ihr seid Wundheiler, keine Krieger«, fuhr er fort. »Habt Ihr Verbindungen zur Schwarzen Sichel?«

Sie sahen sich erstaunt an. »Nein. Niemand könnte das. Die Schwarze Sichel existiert nicht mehr. Oder wisst Ihr mehr darüber?«

Lodrik behielt für sich, was Vintera ihm offenbart hatte. »Nein. Ich hoffte, eine Handvoll erfahrene Mörder an meiner Seite zu haben, wenn ich ausziehe.«

Evlova lächelte kühl. »Erfahrene Mörder sind wir alle«, sie deutete sehr elegant in die Runde, und leises, wissendes Gelächter erklang, »doch wir taugen im Kampf nicht viel.« Sie stand auf und nahm Schreibutensilien zur Hand. »Diktiert mir, Exzellenz, was immer Ihr braucht. Ich lasse die Dinge umgehend besorgen.«

Lodrik blickte in die harmlosen Gesichter seiner neuen Anhängerschaft und konnte sich nicht ausmalen, welche Gedanken dahinter herrschten. Die Anspielung, als es um Mörder ging, ließ ihn erahnen, dass er sich unter Leuten befand, die buchstäblich über Leichen gingen.

Auch wenn er kein Nekromant mehr war, ließen ihn die Toten nicht los.

Lodrik bereitete sich auf die Abreise vor.

Es würde ein schwieriges Unterfangen, gänzlich ohne Verbündete gegen Vahidin auszuziehen, weder mit Soscha noch mit Sainaa.

Auch die Reihen seines Gegners hatten sich gelichtet, der nun aber den Vorteil besaß zu wissen, über welche Kräfte Lodrik verfügte. Beim nächsten Zusammentreffen wäre der Kampf ungleich härter und gnadenloser, weniger herablassend-überheblich. Vermutlich würde ein einzelner kurzer Schlagabtausch darüber entscheiden, wie sich das Schicksal des Kontinents entwickelte.

Lodrik stand in seinem Zimmer, die Läden weit geöffnet, um Licht und Luft hereinzulassen. Als Nekromant hatte er die Sonnen gehasst, als ein wiedergeborener Mensch liebte er die hellen, wärmenden Gestirne umso mehr. Lodrik packte die Wäsche in den wasserdichten Seesack.

Ein Schatten huschte am Fenster vorbei, ein Schaben und Kratzen erklang, und mit einem leisen Geräusch sprang jemand in sein Zimmer.

Lodrik nahm das Schwert und wandte sich um; inzwischen schützte er seinen Körper mit einer eisenringbesetzten Lederrüstung. Nach Möglichkeit wollte er darauf verzichten, unentwegt auf Vinteras Gnade zurückzugreifen.

Vor ihm stand – *ein Modrak!*

Das Wesen hopste geduckt aus dem Licht und drückte sich in

die Ecke neben dem Schrank. *Ich will Euch nichts tun,* sagte es in Lodriks Verstand. *Ich habe ein Angebot für Euch.*

Lodrik richtete die Klingenspitze auf den Modrak. »Verschwinde.«

Ihr sucht doch nach Vahidin.

»Ihr seid schon immer Intriganten gewesen. Ihr steigt mit dem Wind auf, der euch am günstigsten erscheint.«

Die Menschen sehen es falsch. Wir sind treu, wenn man uns gerecht entlohnt und uns das Ziel dessen, dem wir folgen, greifbar erscheint. Der Modrak faltete die Flügel so auseinander, dass sie ihn weiter gegen die Sonnenstrahlen abschirmten; jetzt leuchteten seine Augen kräftig, der kahle, skelettartige Schädel war auf den Mann gerichtet.

»Und du willst mir sagen, dass Vahidin sein Ziel aus den Augen verloren hat und ihr ihn deshalb aus dem Weg schaffen wollt?«

Der Modrak mahlte mit den Zähnen, es schabte und klickte. *Das stimmt. Er ist nicht mehr von Nutzen, und er hat uns gedroht. Wenn wir ihm nicht zur Seite stünden, würde er Geister gegen uns hetzen.*

Lodrik spürte die Furcht. »Ich verstehe. Einem Pfeil oder einer magischen Attacke könntet ihr entkommen, aber Geister sind überall. Ihr würdet ausgerottet werden und könntet euch nicht einmal dagegen wehren.« Er senkte das Schwert und lachte das Wesen aus. »Von mir aus.«

Aber wir verlangen eine Gegenleistung ...

Lodrik lachte noch immer. »Nein. Ich meinte, von mir aus kann Vahidin euch mit in den Untergang reißen. Niemand auf Ulldart wird euch vermissen.« Er zeigte zum Fenster. »Verschwinde. Ich finde ihn auch ohne euch.«

Aber ... Der Modrak hüpfte auf ihn zu und gab winselnde Laute von sich. *Aber wir wissen alles über ihn! Wir sind unschätzbar wertvoll ...*

»Verschwinde!«, schrie ihn Lodrik an und hob das Schwert. »Du hast meine Worte vernommen. Wenn ihr ihn loshaben wollt, bringt ihn doch selbst um.«

Das Wesen zuckte zusammen und machte sich klein, die Flügel formten sich zu einer schützenden Halbkugel. *Das können wir nicht. Er ist wachsam und gebietet den Geistern.* Es richtete sich auf. *Was können wir Euch noch anbieten?*

Lodrik legte den Kopf schief. »Wie viele gibt es noch von euch?«

Das werde ich Euch nicht sagen … Wortlos zeigte Lodrik aufs Fenster. *Wir sind etwa dreihundert. Die wenigsten von uns befinden sich in der Nähe von Vahidin, die Übrigen sitzen auf Ulldart verteilt und beobachten.*

»Dann höre, was ich von euch verlange.« Lodrik baute sich vor dem Modrak auf. »Ihr werdet mich zu Vahidin führen und dann nach Ilfaris zu König Perdór fliegen, wo ihr euch freiwillig einschließen lasst.«

Der Modrak fauchte laut und zeigte sein spitzes, scharfes Gebiss aus verfärbten Zähnen. *Weswegen?*

»Zur Sicherheit. Ich werde den Kampf gegen Vahidin nicht eher beginnen, bis ich von Perdór die Nachricht erhalten habe, dass ihr euch an einem sicheren Ort befindet. Wenn ich gewonnen habe, verhandeln wir darüber, was mit euch in Zukunft geschehen soll.«

Das Wesen wand sich, schon der Gedanke an einen steinernen Turm ohne Fenster ließen ihn leiden. *Was haben wir Euch getan …*

»Spar dir die Worte«, unterbrach ihn Lodrik. »Entweder ihr nehmt mein Angebot an, oder ihr werdet Vahidin in die endgültige Vernichtung folgen.«

Die Augen schimmerten tückisch. *Wenn wir dich nun umbrächten?*

Lodrik sah ihn abschätzend an. »Versuche es.« Er breitete die Arme aus, damit sich das Wesen ihm nähern konnte. »Ich werde mich nicht wehren, wenn du mir die Kehle aufschlitzen möchtest.«

Der Modrak musterte ihn von Kopf bis Fuß. *Du bist kein Nekromant mehr. Jeder kann fühlen und sehen, wie du dich verändert hast. Es wäre dein Tod.*

»Nein. Ich bin ferner vom Tod als jemals zuvor, Modrak. Ich

stehe über ihm, dank Vinteras Gnade.« Lodrik ging langsam auf ihn zu. »Sind wir uns darüber einig geworden, wie unser Handel ablaufen soll, oder nicht?«

Der Modrak fauchte und grummelte, knirschte erneut mit dem Gebiss und schien in Gedanken Rücksprache mit den anderen zu halten. *Wir gehen das Geschäft mit Euch ein, Bardriç. Auch wenn es ein großes Wagnis für uns bedeutet.*

»Ich werde den Brief noch heute an König Perdór senden«, sagte Lodrik zufrieden.

Und ich bringe ihn selbst zu ihm, damit es schneller geht. Vahidin muss ohne Verzögerung vernichtet werden. Der Modrak kehrte in die finstere Ecke zurück und wartete. *Schreib, Mensch.* Er legte die Flügel über sich und verbarg seinen dürren Leib vollständig vor den Sonnen; gelegentlich erklang das Knirschen.

Lodrik setzte den Brief auf, und sobald er geendet hatte, erhob sich das Wesen. Verlangend reckte es den Arm. *Lasst mich lesen, bevor Ihr das Papier versiegelt.* Es bekam den Brief, die Augen lasen die Zeilen, die den Wortlaut enthielten, wie sie ihn vereinbart hatten. *Gut. Setzt Euer Siegel darunter, und ich mache mich auf den Weg.*

Lodrik tat es, packte die Pergamentrolle in eine schützende Hülle aus Leder und Wachspapier und reichte sie dem Modrak. »Beeil dich. Es ist in deinem eigenen Interesse.«

Mit einem Fauchen kletterte das Wesen auf den Sims, schaute nach rechts und links, dann stieß es sich ab und schwang sich in die Luft. Ein, zwei Flügelschläge waren zu hören, dann wurde es still.

Lodrik erlaubte sich erst jetzt ein zufriedenes Lächeln. Briefe an den König der Spione enthielten stets Geheimnisse, die lediglich kundige Augen erkannten.

Und solche besaßen die Modrak nicht.

XII.

Kontinent Ulldart, Königreich Ilfaris, Herzogtum Dûraïs (Süden), Sommer im Jahr 2 Ulldrael des Gerechten (461 n.S.)

Brahim saß König Perdór im Speisesaal der Universität gegenüber und sah dem von der Sorge gezeichneten Monarchen dabei zu, wie er die Wurzelgemüseschnitze auf seinem Teller in Reih und Glied legte, um sie anschließend zur Seite zu schieben. »Was haben Eure Untersuchungen ergeben, Majestät?«, fragte er, weil er die Spannung nicht länger ertrug.

Perdór seufzte. »Verzeiht mir meine Schweigsamkeit, doch es war wieder alles etwas viel in den letzten Wochen. Dort marschieren Soldaten durch mein Land, hier muss ich ein Heer auf die Beine stellen, und als ich glaubte, es sei einigermaßen im Lot, bekam ich Eure Nachricht vom Tod zweier Anwärter, und der dritte ist mir abspenstig gemacht worden!« Er lehnte sich zurück und rief nach der Nachspeise. »Wenn ich keine Schokolade bekomme, überstehe ich den Tag nicht.«

Alsa sah zu den Soldaten, welche die Türen bewachten. Seit den Geschehnissen rund um Ormut, Valeria und Démòn besaß die Universität eine eigene Schutzeinheit. Sicherer fühlte sich Alsa wahrhaftig nicht, sie sah immer noch Brujina und ihre Bewaffneten vor sich. »Hat man den echten Diener gefunden, Majestät?«

Er nickte. »Ja, wir haben seine Überreste entdeckt. Drüben, im Garten, unter einem Gottesbusch. Der Mann, der sich als Démòn ausgab, heißt Gistan. Er hatte den Diener anscheinend schon tot vorgefunden und bestattet, doch nicht selbst umgebracht, wie es aussieht.« Ein Lächeln huschte über sein Gesicht, als der Koch die

Mousse hereinbrachte und sie vor ihm abstellte. Seelennahrung. »Was genau sich vor Eurem Eintreffen abgespielt hat, werden wir erst erfahren, wenn wir Gistan in die Finger bekommen.«

Brahim kostete von der süßen, dunklen Creme und verstand mit einem Mal, weswegen der König voller Verzückung mit den Augen rollte. Im Innern der Mousse stieß er auf eingelegte Kirschen, deren zähe Soße Aromen von Nüssen, Weinbrand und Beeren in sich barg und sie auf der Zunge langsam abgab. Er bedauerte, dass der Genuss von den unerfreulichen Ereignissen überschattet wurde.

»Ich habe absolut nichts Ungewöhnliches bemerkt«, sagte Alsa und tat sich schwer, sich keinerlei Vorwürfe zu machen. »Er hat sich benommen wie ein Diener und alles getan, was man von ihm verlangte.«

»Kein Wunder. Gistan war zuvor Diener, und zwar bei einem Adligen in Hustraban. Es bereitete ihm keine Schwierigkeiten, in diese Rolle zu schlüpfen.« Perdór löffelte langsam, doch mit Leidenschaft. »Meine Theorie ist, dass er den Diener tot vorfand und beschloss, an seine Stelle zu treten, um sich aus dieser Tarnung heraus erst mal ein Bild von der Universität und den Menschen zu machen, die hierherkommen. Ich kann mir gut vorstellen, dass er sich nicht sicher war, was die Entscheidung anging, sich ausbilden zu lassen.«

Für Brahim klang es sinnvoll. »Dass er nicht glücklich war, zeigten sein Entschluss und sein Handeln.«

»Aber *zwei Morde!*«, empörte sich Alsa. »Wie konnte er zwei Leben einfach auslöschen?«

»Ormut wird ihm den Beutel nicht freiwillig überlassen haben, und Valeria …« Brahim dachte an die Tote. »Sie war eine hübsche Frau. Vielleicht wollte er vor seiner Abreise mehr von ihr, und sie verweigerte sich.«

»Wir müssen ihn schnappen, anders erfahren wir es niemals.« Perdór hatte seine Nachspeise aufgegessen und rief nach dem Koch, um sich eine zweite Portion bringen zu lassen. »Meine Leute haben sich bereits auf die Suche gemacht, doch es wird schwer. Die Spur führt nach Süden, macht aber einen Schwenk nach Norden. Das deutet auf Hustraban hin.« Er sah zu den beiden magisch Begabten. »Und es fiel kein Name?«

»Außer Brujina«, meinte Alsa nach kurzem Nachdenken.

»Ihre Begleiter sagten nichts, und es war lediglich von einem Auftraggeber die Rede«, ergänzte Brahim. »Der Kleidung nach hätte ich vermutet, dass sie entweder aus dem südlichen Teil von Ilfaris, Tersion oder Agarsien stammen.«

»Und«, warf Alsa ein, »sie hat mich sofort als eine Tersionin erkannt.« Sie blickte den Hajduken an. »Gut, sie hat Euch ebenfalls auf den Kopf zugesagt, woher Ihr stammt. Vielleicht kam sie viel herum?«

Perdór rieb sich den spiralförmig gelockten Bart, drehte die Strähnen um den Finger und ließ sie wieder schnellen. »Spekulationen bringen uns leider nicht weiter, so spannend sie auch sein mögen. Wir müssen warten und meine Leute ihre Arbeit tun lassen.«

Der Koch brachte ihnen jeweils ein Tellerchen mit schokolierten Gebäckstückchen, über die sich die drei hermachten. Als Perdór eines mit Löffel und Gabel zerteilte, lief eine sirupartige Masse heraus, die er mit einem seligen Lächeln als Karamell erkannte. Brahim war es viel zu süß, und er überließ seine Portion Alsa, der es sichtlich schmeckte.

»Es wird Zeit«, sagte der König schließlich und lehnte sich zurück, »dass Ihr Eure Ausbilderin kennenlernt.« Die Tür öffnete sich, und eine junge Frau betrat den Raum. Sie hatte lange braune Haare und trug ein leichtes ilfaritisches Sommerkleid in hellem Rot, dazu Sandalen an den Füßen. »Das ist Soscha Zabranskoi, die Verfasserin des Buches, das Ihr studiert habt.«

Alsa und Brahim erhoben sich und verneigten sich, wie sie es vorhin vor Perdór getan hatten.

»Es ist uns eine Ehre«, sagte Alsa aufgeregt und betrachtete die Meisterin neugierig. »Wir brennen darauf, von Euch in die Künste der Magie eingeweiht zu werden und sie besser zu verstehen.«

Soscha reichte beiden die Hand, etwas, das sie noch nicht lange beherrschte, und setzte sich an den Platz neben dem König. »Ich freue mich sehr, dass Ihr beide gekommen seid und trotz der schrecklichen Dinge auch bleiben möchtet«, sagte sie zu ihnen. »Die Ausbildung verläuft anders, als Ihr Euch vielleicht gedacht habt, aber dennoch wird sie erfolgreich sein.«

Brahim und Alsa wechselten einen raschen Blick. »Sie wird *anders* verlaufen?«, meinte der Hajduk.

Soscha lächelte schwach – und verschwand im nächsten Moment vor den Augen der Menschen. »*Das* meinte ich«, hörten sie sie sagen. »Ich bin ...« Sie hielt unvermittelt inne.

Alle lauschten in die Stille und warteten auf ein Lebenszeichen.

»Soscha?«, rief Perdór schließlich.

Mit einem Schimmern erschien sie wieder, sie stand hinter dem König und legte eine Hand auf dessen Schulter. »Kann ich mit Euch sprechen, Majestät?« Sie sah alarmiert aus.

»Sicher«, sagte Perdór und erhob sich. »Wir sind gleich wieder bei Euch, liebe Freunde«, wandte er sich an Brahim und Alsa. »Ich lasse Euch einen tarvinischen Würz-Tee zur Verdauung bringen.«

Soscha führte ihn in die Bibliothek, dann wies sie die Wachen an, hinauszugehen und die Türen zu schließen. »Keine Störung«, befahl sie und bat den König, sich hinzusetzen. Rumpelnd schlossen sich die Eingänge, und in der Halle grollte es leise wie Donner.

Perdór fand ihr Verhalten besorgniserregend, er suchte auf ihren Zügen nach einem Hinweis und entdeckte ... Angst. »Soscha, bei allen Göttern! Was ist geschehen, dass Ihr mich regelrecht entführt? Habt Ihr eine Spur von Gistan entdeckt?«

Soscha setzte sich auf die andere Seite des Tisches. »Nein, Majestät. Nicht von ihm. Aber etwas anderes. Etwas Schreckliches. Und wir werden auf der Stelle entscheiden müssen, wie wir handeln.«

Brahim und Alsa unterhielten sich über das Kunststück, das ihnen ihre Ausbilderin gewiesen hatte. Sie fanden es äußerst beeindruckend und beängstigend zugleich, was sich bei der Tersionin darin äußerte, dass sie ohne Unterlass redete und laut nachdachte, ob sie eines Tages dazu auch in der Lage sein würde und vor allem, was man mit einer solche Gabe alles anstellen könnte.

»Unsichtbarkeit. Oh, ich hätte mich damals heimlich davonstehlen können und zu meinem Liebsten gehen«, sagte sie sehnsüchtig. »Meine Eltern hätten es niemals erfahren.«

Brahim lachte über die romantische Vorstellung. »Beneidenswert, wie harmlos und gutmütig Ihr seid, Alsa. Ich kenne Menschen, die eine solche Macht ohne zu zögern einsetzen würden, um zu rauben und morden.«

»Wie schrecklich!« Sie schüttelte den Kopf. »Das käme mir niemals in den Sinn. Ich …«

Die Tür wurde geöffnet, Perdór und Soscha kehrten zu ihnen zurück, und ihre Mienen waren deutlich besorgter als zuvor. Brahim und Alsa sprangen auf und verneigten sich erneut; sie wagten nicht zu fragen.

Perdór bedeutete ihnen, sich zu setzen, und wählte seinen alten Platz, Soscha blieb schräg hinter ihm stehen. Dann forderte er sie auf, etwas von ihrem alten Leben zu erzählen und davon, wie sich die Magie zum ersten Mal gezeigt hatte.

Alsa machte den Anfang, danach war die Reihe an Brahim, der den Eindruck gewann, dass der König und Soscha bei ihm doppelt so aufmerksam zuhörten; mitten in der Episode seiner Flucht vor Vahidin unterbrach ihn Soscha.

»Ihr seid den Strahlen entkommen, weil Eure Magie eine Art Schild errichtete«, hakte sie ein. »Welche Farbe besaß diese Wand?«

»Grün«, erinnerte sich Brahim sofort. »Es war eine grüne, halb durchsichtige Wand, die erschien und gleich wieder verschwand.«

Soscha nickte und legte den rechten Zeigefinger an ihr Kinn. Sie war hochgradig aufmerksam. »Danke. Berichtet weiter.«

Brahim kam der Aufforderung nach und erzählte von der Begegnung mit dem Modrak. Prompt unterbrach sie ihn wieder. »Habt Ihr Wunden davongetragen?«

»Es kam nicht zum Kampf, Meisterin«, sagte der Hajduk. »Er hat mich aus dem Wasser gezogen.«

»Hattet Ihr das Bewusstsein verloren?«

»Nein, zu keiner Zeit.« Brahim wunderte sich über die herausfordernde Unfreundlichkeit in ihrer Stimme. Er war sich keiner Schuld bewusst, und es machte ihn unwirsch. »Ich möchte wirklich wissen, weswegen Ihr mir ständig Fragen stellt, während Ihr Alsa nicht ein einziges Mal unterbrochen habt!«

Soscha zeigte keinerlei Regung. »Brahim, Ihr seid ein Schüler, kein Hajduk mehr. Ihr habt nicht länger das Sagen gegenüber anderen«, hielt sie ihm deutlich seine Stellung vor Augen. »Ihr werdet demnach weiterhin so freundlich sein, meine Neugierde zu stillen, ohne dass ich Euch irgendetwas erklären müsste.«

Perdór trank von seinem Tee und verhielt sich vollkommen still; dabei ließ er Alsa nicht aus den Augen. Sie schien vom Tonfall ihrer künftigen Lehrerin verstört zu sein.

Brahim biss die Zähne zusammen und nickte, dann fuhr er mit der Erzählung fort – und kam nicht weit.

»Ihr habt Euch zu einem Nickerchen an einen Baum gelehnt, obwohl Ihr die Garnison vor Augen hattet?« Soschas Antlitz zeigte ein unerklärliches Leuchten, als sei sie auf die Lösung eines Rätsels gestoßen. »Hattet Ihr nicht erwähnt, dass es eisig kalt war?«

»Ich trug dicke Sachen ...« Brahim zögerte.

»Dicke Sachen, die durch und durch nass waren und am Leib frieren würden«, stellte sie richtig und sah triumphierend zu Perdór. »Wie lange habt Ihr gedöst?«

»Nicht mehr als ein paar Augenblicke lang, sonst wäre ich ja erfroren«, gab er zurück. »Ich schleppte mich bei Sonnenaufgang vor die Tore der Garnison und entkam knapp dem Tod.« Er rieb sich über die Arme. »Obwohl ich schwitze, ist mir selbst heute noch nicht richtig warm. Jedenfalls bilde ich mir das ein.«

Soscha sah ihn an, danach schaute sie zu Perdór. »Er weiß es nicht, Majestät.«

Der König legte die Hände zusammen und tippte sich mit den

Spitzen gegen den Mund. »Herrje, herrje«, war alles, was er von sich gab, und er schenkte Brahim einen mitleidigen Blick.

»*Was* weiß ich nicht?«, donnerte Brahim und stand auf, der Stuhl kippte und fiel mit einem Krachen zu Boden.

Perdór hielt die hereinstürmenden Wachen mit einer Handbewegung auf. »Wir müssen es ihm sagen«, richtete er das Wort an Soscha.

Sie nickte, ihre Lippen waren schmal. »Ihr schwitzt nicht, weil Euch die Hitze zu schaffen macht, Brahim, sondern weil Euer Körper das Wasser ausstößt. Ihr seid im Begriff auszutrocknen. Ihr werdet bemerkt haben, dass Ihr Gewicht verloren habt, Euer Appetit hat nachgelassen, stimmt es?«

»Ich bemühe mich, weniger zu essen ...« Brahim schluckte. »Was ist mit mir geschehen?«

Soscha deutete auf ihn. »Als Ihr im Wald vor der Garnison ein kleines Schläfchen gemacht habt, seid Ihr gestorben. Erfroren.« Sie neigte sich nach vorn. »Jetzt seid Ihr dabei, Euch in einen Nekromanten zu verwandeln.«

»Was?«, kam es schrill aus seinem Mund, und er schwankte. Alsa starrte ihn von unten herauf an. »Ihr irrt Euch ...«

»Eure Aura kann mich nicht belügen, so sehr ich mir wünschte, dass es anders wäre«, unterbrach sie ihn. »Ihr seid gestorben, und Eure Magie hat entschieden, Euch nicht sterben zu lassen. Also hat sie Eure Seele im toten Körper behalten und ihm falsches Leben gegeben.«

Brahims Beine gaben nach, er sackte schwer auf den umgestürzten Stuhl und hob die Arme. Ungläubig betrachtete er seine Finger, bewegte sie. »Aber wieso ...«, raunte er. »Wieso ich?«

»Die Magie hat ihren eigenen Willen. Noch ist es uns nicht möglich, sie nach ihren Gründen zu fragen, doch das wollen wir an der Universität ändern«, sagte sie und nahm die Schärfe aus ihrer Stimme. »Ich entschuldige mich für meinen Ton, aber ich hatte in den letzten Jahren zu viele schlechte Erfahrungen mit Euresgleichen gemacht ...«

»*Euresgleichen*?«, schrie Brahim. »Ich will kein Untoter sein!«

Er sprang auf und kam auf sie zu. »Tut etwas dagegen! Ihr seid doch …«

»Ich bin kein Mensch mehr, Fidostoi. Ich wurde Opfer einer Nekromantin, und was Ihr vor Euch seht, ist nichts weiter als eine Seele.«

»*Deswegen* meintet Ihr, die Ausbildung werde anders verlaufen«, flüsterte Alsa, die bleich wie ein Leintuch geworden war. Sie stand auf und berührte Brahim an der Schulter. »Ich werde Euch helfen, gegen den Fluch anzukämpfen. Wir forschen, damit Ihr Euer altes Leben zurückbekommt.«

Er wandte sich zu ihr um und strich ihr über den Schopf. »Was für eine nette junge Frau«, sagte er gerührt und beruhigte seine Wut; zurück blieben Angst und Verzweiflung. Valeria hatte gespürt, dass er ein Nekromant war, daher ihre Ablehnung ihm gegenüber. Sie hatte es nicht grundlos getan. Er stützte sich am Tisch ab. »Was sage ich meinem Weib, meinen Kindern?« Er schluchzte.

Soscha und Perdór sahen sich an. »Ich kann Euch nichts befehlen, aber ich rate Euch, sie nicht herkommen zu lassen«, sagte der König. »Ich werde mir eine Ausrede einfallen lassen, die alle Schuld auf mich lädt, damit sie auf mich und nicht auf Euch wütend sind.« Er nickte Alsa zu. »Ich teile Brahim Fidostois Meinung über Euch. Und zudem seid Ihr gewillt, einem Menschen zu helfen, der Euch erst vor wenigen Tagen begegnet ist. Ihr habt ein gutes Herz. Ich bin bester Dinge, dass wir alle gemeinsam etwas für Fidostoi unternehmen können. Wir lassen den Tod nicht siegen.«

Brahim trocknete sich die Tränen mit einem Taschentuch, er hatte sich entschlossen. »Ich werde den Kampf aufnehmen und ihn führen, so lange es mir möglich ist. Aber wenn ich eine Gefahr zu werden drohe, werdet Ihr mich vernichten.«

»Darauf gebe ich Euch mein Wort«, sagte Soscha sofort. »Ich habe in so etwas Erfahrung. Nun verzeiht, ich muss einige Vorbereitungen treffen.« Sie verneigte sich und schritt hinaus.

Soscha erlaubte sich endlich Mitleid. Sie konnte nicht anders, als dem aufrechten Borasgotaner tiefen Respekt zu zollen. Seine Aura war noch nicht vollkommen vom Schwarz durchwirkt, und das Grün schien sich dagegen zur Wehr zu setzen.

Sie wurde den Verdacht nicht los, dass die Magie ein Gespür dafür besaß, wann es wichtig war, einen Nekromanten zu schaffen. *Welchen Grund könnte es dieses Mal geben?*

Kontinent Ulldart, an der Ostküste Borasgotans, Sommer im Jahr 2 Ulldrael des Gerechten (461 n.S.)

Vahidin saß an einem grasbewachsenen Steilhang und beobachtete die niemals müde werdenden Wellen, die sich weit unter ihm gegen die Klippen warfen, schäumend und sprühend an ihnen zerschellten und den nächsten Wogen Platz machten, die einen weiteren Angriff gegen den beständigen, unverrückbaren Stein unternahmen.

Und dennoch war das Anstürmen nicht zwecklos.

In einigen Jahren wären die Felswände der Steilküste weniger geworden, andere vielleicht sogar ganz verschwunden. Das Meer ließ sich bei seinen Eroberungen meistens Zeit und siegte immer.

Vahidin bewunderte die Erhabenheit der See. Er besaß nicht derlei Geduld, und er konnte sie sich auch nicht erlauben. Die Klippen, gegen die er ankämpfte, marschierten vorwärts und wichen den Angriffen aus. Insofern hatte es das Meer einfacher als er.

Vahidin sah hinauf zu den Sonnen und wärmte sich in ihren Strahlen. Sie gaben ihm ein gutes Gefühl und hielten seine Zuversicht nach der Niederlage in Anslizyn am Leben.

Es war eine niederschmetternde Erfahrung, die Erfolge der letzten Wochen waren in einer einzigen Nacht zunichtegemacht worden. Mehr als seine beiden Töchter und die Modrak sowie vier der besonderen Waffen besaß er nicht mehr.

Gras raschelte, und dann erschien Kalkaya neben ihm. Sie war die ältere der Schwestern und glich ihrer Großmutter Aljascha sehr, wenn man über die silbrigen Haare hinwegsah. Äußerlich besaß sie die Gestalt einer jungen Frau, ganz genau so wie ihre Schwester Unda. Sah man die drei zusammen, glaubte man Geschwister vor sich zu haben und nicht einen Vater mit seinen Töchtern. Sie trug ein weißes Kleid, darüber einen leichten Umhang aus Leinen. »Machst du dir wieder Sorgen, Vater?«

Er lächelte und strich ihr über den Schopf. »Nein. Ich mache mir Gedanken über das, was wir als Nächstes anfangen.«

Kalkayas grüne Augen leuchteten erwartungsvoll. »Und zu welchem Entschluss bist du gekommen?«

»Wir suchen uns eine neue Bleibe. Das Haus des Leuchtturmwärters ist nicht länger sicher. Er wird bestimmt bald vermisst werden.« Er zwirbelte eine Strähne zwischen den Fingern. »Wir werden uns die Haare färben, sonst fallen wir zu sehr auf.«

»Das bedeutet, dass wir längere Zeit untertauchen?« Kalkaya wirkte enttäuscht.

Vahidin nickte. »Ich möchte euch neue Geschwister schenken, die ihr ausbilden werdet. Ihr seid in Anslizyn zu früh in die Schlacht gegangen, die Leben wurden sinnlos vergeudet. Das darf sich nicht wiederholen.«

Kalkaya zog die langen Beine an und stützte das Kinn auf die Knie. »Unda und ich dachten es uns beinahe«, gestand sie. »Wir kamen zu einem ähnlichen Entschluss.«

Er lachte und sah wieder aufs Meer. »Wir brauchen lediglich etwas länger, als wir geplant hatten. Sollen sich Lodrik und seine Freunde vorher um die freien Seelen kümmern, die ich gesehen habe.«

»Sie wandeln immer noch umher.« Kalkaya überlief es kalt. Sie hatte ebenfalls eine Reise außerhalb ihres Körpers unternommen, um das flirrende, gewaltige Gebilde zu betrachten. »Etwas Schreckliches führt sie an und scheint sie gleichzeitig nicht kontrollieren zu können. Nicht, wie es ein Nekromant vermochte.«

»Es soll vorerst nicht unsere Sorge sein.« Vahidin hatte eine

Vermutung, was sich hinter dem Anführer der freien Seelen verbarg. Noch immer hatte er die See nicht aus den Augen gelassen und sah ein Schiff in vier Warst Abstand an der Küste vorbeiziehen, es lag voll im Wind und segelte mit hoher Geschwindigkeit. »Wir kümmern uns darum, wieder ein Heer aufzubauen.« Er sah über die Schulter nach dem Leuchtturm, in dem Unda auf sie wartete.

Auf dem Dach saßen drei Modrak und achteten auf die hügelige Umgebung. Niemand konnte sich ungesehen nähern, seine Verbündeten wachten Tag und Nacht.

Neben dem Turm stand die Hütte des Wärters, die sie lediglich als Lagerraum nutzten. Sie bevorzugten es, sich in den beiden oberen Stockwerken des Turmes aufzuhalten. So war man den Geistern des Windes näher als am Boden.

Er stand auf und half Kalkaya auf die Beine. Nebeneinander liefen sie auf dem ausgetretenen Pfad, der sich am Turm vorbei weiter nach Norden erstreckte, zurück zu ihrer kargen Bleibe und betraten den Vorraum, in dem sich die Stufen nach oben wanden. Vahidin ging voran.

»Fünfhunderteinundzwanzig«, atmete Kalkaya schwer und lachte dennoch. »Es stählt die Muskeln ungemein, wenn man den Weg mehrmals täglich geht.«

»Sicherlich. Es tut uns gut.« Vahidin öffnete die Tür zum großen Aufenthaltsraum, der im Durchmesser zehn Schritte maß. Es gab Betten, einen kleinen Herd, Fässer, um das Regenwasser aufzufangen und sogar einen Abort. Über ihnen befand sich der gläserne Raum mit dem Leuchtfeuer, das von Petroleum und Tran genährt wurde. Sie entzündeten es jede Nacht, um den Eindruck zu erhalten, der Wärter sei noch immer auf seinem Posten.

Vahidin sah zum Herd, auf dem das Essen brodelte; es roch nach angebrannter Linsensuppe. »Unda?«, rief er fragend und zog den Kessel mit dem Schürhaken von der Platte.

»Kochen kann sie einfach nicht«, kommentierte Kalkaya den Misserfolg stichelnd und wandte sich zur Treppe, die nach oben führte. »Ich wette, dass sie oben auf dem Turm sitzt und sich wieder mit den Windgeistern beschäftigt.«

»Sieh nach ihr. Wir essen, was übrig geblieben ist.« Vahidin nahm drei Teller und füllte sie mit der Kelle, ohne umzurühren, damit das Angebrannte am Boden haften blieb. Er stellte die Teller auf den Tisch, danach folgten Brot, Messer und Schneidbrett. »Kinder, was treibt ihr?« Vahidin lief zur Treppe und schaute hinauf. »Unda, Kalkaya, kommt!«, rief er und ließ seinen Unmut durchklingen. Das sollte genügen, um die Töchter anzutreiben.

Es blieb still.

Flüssigkeit troff unvermittelt von oben herab und traf ihn ins Gesicht sowie auf die Schulter. Sie war warm und stank.

Vahidin wischte sie sich aus den Augen und betrachtete sie. »Modrakblut?«, murmelte er. »Was, bei dem Gebrannten, tun sie?« Er eilte die Treppen hinauf und betrat den gläsernen Raum.

Die kleinen Scheiben waren teilweise angelaufen und von der Witterung arg mitgenommen, sodass er die Umgebung außerhalb des Raumes nur verschwommen sah. Die Böen pfiffen um die Kanten, mal säuselten sie, mal klangen sie bedrohlich, um gleich darauf wieder abzuflachen.

Er stapfte durch den See aus Modrakblut auf die halb geöffnete Tür zu, die hinaus auf die Balustrade führte. Vorsichtshalber zog er sein Schwert, bevor er sie aufstieß und hinaussprang.

In einer Höhe von fünfzig Schritten pfiff ein ungestümer Wind und riss an seiner Kleidung sowie an seinen Haaren. Sie raubten ihm die Sicht, und er musste sie mit der Hand zurückstreichen und sich umdrehen. »Kalkaya?«

Vahidin pirschte los und folgte dem Blutstrom am Boden; er vernahm leises Flügelschlagen und stand plötzlich vor einem enthaupteten Modraktorso. Die ledernen Flügel zitterten, falteten sich auseinander und wieder zusammen, die krallenbewehrten Klauen krampften und schnappten nach einem unsichtbaren Feind.

»Unda?«, rief Vahidin nun wahrhaftig besorgt und eilte los, um das Gebäude gänzlich zu umrunden. Er fand die sterblichen Überreste der beiden anderen Modrak, aber nichts von seinen Töchtern.

Voller dunkler Vorahnungen lehnte er sich über die Brüstung und schaute hinunter ins Meer.

Siedend heiß durchfuhr es ihn: Unten, in der Brandung, schwappten zwei helle Punkte und wurden soeben wieder gegen die Klippen geschmettert!

»Nein«, kam es brüchig aus seinem Mund, und er hielt sich an den Steinen fest. Die Tiefe wollte auch ihn ansaugen und hinabziehen …

»Es ist schon merkwürdig«, sagte eine vertraute Stimme über ihm. Vahidin drehte sich um und sah Lodrik mit blutigem Schwert auf dem kupferbeschlagenen Dach der Leuchtturmkammer stehen. »Wie viele Schicksale um mich herum durch Verrat entschieden werden statt durch einen ehrenhaften Kampf.« Er deutete nach unten in die See. »Die Modrak haben einmal mehr die Seiten gewechselt, Vahidin. Es war ein Fehler, ihnen zu vertrauen.«

Vahidin antwortete mit einem magischen Strahl, doch Lodrik wich der dunkelrot-schwarzen Energie aus.

Ein Schwall stinkender, zäher Flüssigkeit ergoss sich von oben auf Vahidin, es brannte in den Augen und schmeckte furchtbar. Der Geruch verriet, womit er getränkt worden war.

»Petroleum und Tran«, hörte er Lodrik rufen, der sich nicht zeigte. »Du wirst den Schiffen als lebendige Fackel den Weg weisen, Kind eines Scheusals. Damit ist der Fluch, den ich dem Land gebracht habe, unwiderruflich gebrochen.«

Vahidin verfiel in Kopflosigkeit. Er durchlöcherte die gläserne Kammer mit magischen Attacken, bis das Dach einstürzte, doch Lodrik sah er nicht. »Wo steckst du, Bardric?«, brüllte er und jagte Blitze in den Schutt.

Sämtliche Kontrolle war ihm entglitten, und die Mächte, die er einsetzte, wirkten viel zu stark. Sie frästen sich nicht nur durch die Trümmer, sondern zerschlugen auch den Stein darunter und schufen gewaltige Löcher. Stücke des Turmes brachen heraus und rauschten in die Tiefe. Berstend schlugen sie ein, und ein deutliches Rütteln durchlief das Bauwerk.

Vahidin bemerkte es nicht in seinem Verlangen nach Rache. Strahl um Strahl fegte alles beiseite, der Boden brach großflächig ein und senkte sich in den Aufenthaltsraum ab. Staub flog in die Höhe und brachte ihn zum Husten. »Wo bist du, Mörder?« Vahidin weinte, und die Tränen zogen Spuren auf dem schmutzigen Antlitz.

»Hier«, sagte Lodrik neben ihm und versetzte ihm einen Schlag mit dem Schwertknauf gegen die Stirn, so fest er nur konnte. Der junge Mann fiel nieder. »Ich hing außen am Turm und habe gewartet, bis du dich ausgetobt hast.« Wieder schlug er zu, dieses Mal zertrümmerte er Vahidin die Nase. Er wollte sichergehen, dass dieser sich nicht mehr genügend konzentrieren konnte, um seine Kräfte zum Einsatz zu bringen. Er nahm Feuerstein und Stahl hervor und hielt sie knapp über die Kleidung seines Feindes. »Vergehe zu Asche und kehre niemals mehr wieder, Sohn des Ischozar!«

Der Turm sackte auf der linken Seite nach unten, ein reibendes Geräusch erklang.

Vahidin hob um Gnade flehend eine Hand. »Ihr braucht mich aber. Sonst besitzt niemand die Macht, um Zvatochna aufzuhalten.«

Lodrik lachte. »Sie ist bereits tot, Vahidin.«

»Aber ich sah ihre Seele inmitten einer gewaltigen Wolke aus anderen Seelen«, ächzte er und hustete erneut. »Ihr habt vielleicht ihren Körper vernichtet, doch das Schlimmste von ihr habt ihr in die Welt hinausgeschickt.« Er hustete. »Ich bin das Gegenmittel, Bardrić. Wie töricht bist du, die einzige Aussicht auf Erfolg gegen deine Tochter zu vernichten?«

»Mit Lügen kommst du bei mir nicht weit.« Lodrik rieb mit dem Stahl über den Stein, und die ersten Funken flogen. Sie genügten aber nicht, um das Petroleum in Brand zu stecken, der Staub hatte ein Großteil der Flüssigkeit gebunden.

Lodrik versetzte Vahidin einen weiteren Schlag, sodass er die Augen verdrehte, und ging hinüber zur zerstörten Leuchtturmlampe. Im unteren Teil schwamm noch etwas von dem Petroleumgemisch. Er riss die Überreste aus der Verankerung und kippte sie Vahidin über, der prustete und aufstöhnte. »Jetzt wird es etwas mit dem Feuer.«

Stahl und Stein rieben übereinander, die Funken flogen – und entfachten einen Brand, der sich langsam, doch beständig über Vahidins Leib ausbreitete.

Lodrik trat zurück und sah zufrieden zu, wie sich die Flammen über den jungen Mann hermachten. Sie fraßen sich durch die Kleidung, die sich in verkohlten Stoff verwandelte und zu Asche verging. Vahidin schrie und zappelte und versuchte aufzustehen.

»Bleib und verbrenne!« Lodrik riss eine Strebe aus dem Schutt und schlug Vahidin damit wieder gegen den Schädel, dann presste er ihn auf den Steinboden. »Brenne!«

»Warte, Bardri¢!« Soscha materialisierte neben ihm und sah entsetzt auf den kreischenden, von den Lohen bereits unkenntlich gemachten jungen Mann. »Wir brauchen ihn wahrhaftig!«

Lodrik achtete nicht auf sie, sondern verfolgte, wie die Haare knisternd verschmorten und, sich kräuselnd, zu nichts vergingen. Die Haut platzte auf, und als Vahidins gesprungene Lippen sich zu einem weiteren Schrei öffneten, schien es, als inhaliere er die Flammen.

»Hörst du nicht? Wir brauchen ihn!« Sie warf sich gegen Lodrik und drängte ihn ab.

Augenblicklich schlug er mit der Strebe nach ihr, aber sie fuhr durch Soscha hindurch, ohne etwas anzurichten. Fluchend wollte er sich wieder auf Vahidin stürzen, doch der lag regungslos da und krümmte sich immer weiter zusammen, zog Arme und Beine an. Die Haltung der Finger erinnerte an Vogelklauen.

»Es ist ohnehin vorüber«, meinte Lodrik zufrieden und warf das Metallstück zu Boden. Ein weiteres Rütteln lief durch den Turm, und er senkte sich allmählich zum Meer hin. »Ich muss hinunter.«

Soscha versperrte ihm den Weg. »Ich kann dafür sorgen, dass du mit dem Turm untergehst«, drohte sie. »Rette Vahidin!«

Lodrik schüttelte den Kopf. »Hat er dich unterworfen, wie ich es einst getan habe?«

»Zvatochnas Seele existiert nach wie vor, Bardri¢!«, zischte sie ihn an.

»Sie ist vernichtet …«

»Rudgass hat ihren Leichnam gefunden und ihn vernichtet. Damit hat er ihre Seele anscheinend … befreit. Losgelassen. Was auch immer.« Es krachte laut, und die Seitwärtsbewegung des Turms nahm zu. Lodrik musste einen Ausfallschritt machen, Soscha nicht. »Wir brauchen das, was vor deinen Augen verbrennt. Ausnahmsweise ist eine Hinterlassenschaft Nesrecas von Wert für uns alle.«

Lodrik wurde unsicher. Bis eben hatte er fest an ein Täuschungsmanöver geglaubt, doch Soscha klang nicht, als scherze sie. Und er entsann sich an ein Kapitel in dem dunklen Werk über die Nekromantie. »Wie …«

Ein weiteres Beben erschütterte die Grundfeste des Turms, und seine Fallrichtung änderte sich. Die Spitze schwang herum und neigte sich dem Festland zu. Einen Aufprall aus fünfzig Schritt Höhe auf soliden Fels – da würde vermutlich selbst Vinteras Geschenk an ihn versagen.

Fluchend wandte sich Lodrik um und packte den brennenden Vahidin, rannte zur Brüstung und sprang hinauf. Er nutzte den Schwung, um sich zu einem gewaltigen Satz abzustoßen. Er musste über das Festland hinaus und an den Klippen vorbeigelangen, um im Wasser zu landen.

Lodrik sah im Fallen, dass sein Augenmaß ihn nicht getrogen hatte. Er brachte Vahidin im Fallen unter sich, um ihn als Schutz beim Aufprall ins Meer zu benutzen. Dieses Monstrum vertrug sicherlich mehr als er.

Umlodert von Flammen, die auch ihm zusetzen, ging es steil nach unten. Sie schossen an der Klippenkante vorüber, die schwappende, gischtschäumende Oberfläche der See kam rasend schnell auf sie zu.

Dann erfolgte der Aufprall mitten in die Brecher.

Es gab einen unglaublichen Schlag, der sie abrupt abbremste; zischend erlosch das Feuer um die beiden Männer und kühlte die heiße Haut samt der Wunden.

Lodrik tauchte tief ein und trudelte unter Wasser. Obwohl er die Lippen fest zusammenpresste, spürte er das Salz im Mund, ein Rauschen und Blubbern erklang in seinen Ohren. Umgeben von unzähligen kleinen und großen Luftblasen, verlor er die Orientierung, für ihn gab es kein Oben und kein Unten mehr. Die Strömungen zerrten an ihm.

Aber Vahidin wollte er nicht aufgeben. Er durfte nicht entkommen. Lodrik griff um sich, bis er einen Arm zu fassen bekam.

Die Luft wurde knapper, mit lahmen Bewegungen schwamm er in eine Richtung, ohne zu wissen, ob es die richtige war.

Lodrik zog sich hustend und würgend auf die flacheren Felsen.

Als er sicher lag, zerrte er Vahidin hinter sich her und ließ ihn niedersinken. Um sie herum stiegen die Wasserfontänen weit in die Höhe, das Rumpeln der Wellen übertönte jedes Geräusch.

Lodrik schaute auf die schwarze, aufgerissene Haut, aus deren Wunden das Blut lief. Keuchend legte er eine Hand auf Vahidins Brust und konzentrierte sich auf die Heilung.

Wieder begann das Wunder im Sonnengeflecht.

Es wurde warm und steigerte sich zu regelrechter Hitze, die am Hals entlang durch die Schulter in den Arm jagte und ihn durch die Fingerkuppen verließ. Im selben Augenblick schlug Vahidin die Augen auf und rang röchelnd nach Luft. Er hustete Wasser aus den Lungen, während sich die alte, verbrannte Haut durch die herüberwehenden Gischtschleier ablöste und darunter frische zum Vorschein kam.

Die Sonne in Lodriks Brust erlosch, die Sichelspitze hatte ihre Arbeit verrichtet. »Ich hoffe«, keuchte er, »dass es stimmt, was Soscha sagte.«

Vahidin richtete sich auf und besah seinen Leib. »Ich war tot«, raunte er fassungslos. »Ich habe gespürt, wie das Leben aus mir wich, aber …« Er schaute zu Lodrik. »Wie ist das möglich?«

»Nicht nur die Zweiten Götter haben Hinterlassenschaften«, sagte er absichtlich vage. »Dein Leben wurde bewahrt, weil du uns helfen musst. Du hattest eine Fürsprecherin, und ohne sie wärst du so tot wie deine Töchter.«

Vahidin erhob sich und sah in die Brandung. »Du wirst sie ebenfalls aus dem Jenseits zurückholen, Bardri¢«, verlangte er.

»Deine Töchter bleiben, wo sie sind. Ich werde gar nichts tun, Vahidin. Du und deine Brut, ihr habt schreckliche Dinge getan und hättet noch weitaus Schrecklicheres begangen, wenn ich euch nicht daran gehindert hätte.« Lodrik stand ebenfalls auf.

Vahidin verzog den Mund. »Dann werde ich nicht gegen Zvatochna ...«

Lodrik schlug ihn ohne Vorwarnung nieder. Gerade noch gelang es Vahidin, sich abzufangen, sonst wäre er zurück in die See gestürzt. »Göttliche Macht brachte dich zurück ins Leben, und ich kann dir das Leben durch göttliche Macht ebenso leicht wieder nehmen. Es kostet mich lediglich einen Gedanken, und du wirst sterben, Vahidin«, drohte er ihm und gab sich Mühe, den jungen Mann mit seinen Worten überzeugend zu täuschen.

Soscha erschien neben Lodrik; sie hatte die durchscheinende Form gewählt. »Und ich werde deine Seele nicht ziehen lassen, das verspreche ich dir. Du wirst auf ewig mein Sklave sein, Vahidin. Wie gefällt dir die Vorstellung?«

Vahidin strich sich über den kahlen Schädel. Die Haare waren trotz der Heilung noch nicht nachgewachsen. Als er die magentafarbenen Augen zeigte, wirkte er erschreckend fremdartig und mehr wie ein Sumpfungeheuer. Erneut sah er dorthin, wo er die Leichen seiner Töchter vermutete. »Ich werde darüber nachdenken«, antwortete er leise.

»Es bleibt keine Zeit zum Nachdenken.« Soscha schwebte zwischen sie. »Ich habe die Wolke gesehen, und ihre Anführerin ist Zvatochna.« Sie wandte sich an Lodrik. »Was ist geschehen? Hast du eine Erklärung?«

»Ja.« Lodrik erinnerte sich an das, was er über Nekromantie gelesen hatte. Und es schmeckte ihm keineswegs. »Sie hat noch nicht verstanden, was ihr widerfahren ist, aber je länger wir warten, desto größer ist die Gefahr, dass sie sich ihrer neuen Macht gänzlich bewusst wird.«

»Neue Macht?«, stöhnte Soscha und nahm eine feste Form an. »Kann es denn eine Steigerung geben?«

Lodrik fröstelte. »Nicht hier und jetzt. Wir sollten eine Hütte suchen und uns aufwärmen.« Er zog seinen Mantel aus und reichte ihn Vahidin, damit er sich ihn umlegen konnte.

Vahidin löste widerwillig die Augen vom tosenden Meer, das seine letzten beiden Kinder verschlungen hatte. Die weißen Punkte waren verschwunden, vermutlich auf den Grund gesunken. Der Verlust nahm ihn mit, was er nicht geglaubt hätte. Es war wohl die menschliche Seite in ihm, die Trauer empfand. Wortlos schritt er an Lodrik und Soscha vorbei zum Ufer.

»Ich führe euch«, sagte sie und schwebte voraus.

Es war ein langer Marsch an der verwaisten Küste entlang, bei dem sie oft klettern mussten. Am späten Nachmittag hatten sie ein kleines Dörfchen erreicht, das scheinbar verlassen war.

Auf ihre Nachfrage im einzigen Gasthaus hin erfuhren sie, dass die kräftigen Bewohner zum eingestürzten Leuchtturm gelaufen seien, um nach dem Wärter zu suchen.

Lodrik, Vahidin und Soscha nahmen sich ein Zimmer, man gab ihnen frische, trockene Kleidung, und sie setzten sich in die Stube neben den Kamin, um sich aufzuwärmen. Auch wenn es Sommer war, die See und der Wind waren an diesem Tag kalt gewesen und hatten sie ausgekühlt.

»Wie verhält es sich nun mit Zvatochna?«, wollte Soscha ungeduldig wissen. »Du weißt es, Bardri¢!«

Lodrik winkte den Wirt herbei und bestellte zwei Becher mit heißem Tee. Vahidins Blick war mörderisch, sobald er in seine Richtung ging. Anscheinend hatte er die Lüge über seine Fähigkeit, ihm jederzeit das gewährte Leben rauben zu können, geschluckt. Er betete zu Vintera, dass es lange so bliebe. »Ich habe einen Abschnitt darüber gelesen, was mit einem Nekromanten nach seinem körperlichen Tod geschieht. Der Körper selbst zerfällt, wie ihr es an mir und Zvatochna gesehen habt, früher oder später wäre er demnach aufgelöst. Auch bei mir.« Er wartete, bis der Wirt den Tee gebracht hatte, einen dritten Becher stellte er vor Soscha. »In dem Buch hieß es, dass die Seele danach entweder vergeht oder sich loslöst und als Geist umherzieht, der in der Lage ist …«

Rumpelnd wurde die Tür aufgestoßen, und acht Männer betraten das Wirtshaus. Sie waren verschwitzt, auf ihren Gesichtern stand die Erschütterung.

»Gib uns Schnaps«, rief einer von ihnen, und sie setzten sich an einen Tisch.

»Ihr wart lange weg. Was ist mit dem Turm? Ein Kantenabbruch?« Der Wirt stellte ihnen eine Flasche und Gläser hin. »Er stand doch eigentlich weit genug weg von den Klippen.«

»Die Klippen stehen auch immer noch«, meinte ein anderer aus der Gruppe. »Es ist einfach umgefallen.«

»Die Modrak«, warf einer ein. »Du vergisst die toten Modrak, die wir gefunden haben.« Er lehnte sich nach vorn. »Sie waren enthauptet«, sagte er. »Und zwar gewiss nicht von den Steinen des Turms. Ich bin mir sicher, dass der arme Leuchtturmwächter keine Waffe besaß, um diese Viecher zu köpfen.«

Der Wirt drehte den Kopf langsam zu Lodrik, Vahidin und Soscha, dann wanderten seine Augen zu den Schwertern, welche die Fremden trugen. »Wisst Ihr etwas?«, rief er, und es schwang eine unverhohlene Herausforderung in seiner Frage mit.

»Wie wir Euch sagten«, erwiderte Lodrik und wandte sich zu den Dörflern. »Wir hatten eine Segelfahrt unternommen und sind gekentert, keinen Warst von hier. Die Wellen haben uns den Rumpf zerschlagen, und wir mussten den Segler verlassen.«

»Und Ihr kommt von woher, sagtet Ihr?«

Soscha lächelte freundlich. »Wir stammen aus Ulsar und wollten einige Tage in Borasgotan verbringen. Wo wir doch ein Königreich sind.«

Die Männer tauschten einige leise Worte und ließen sie in Ruhe.

»Wir sollten von hier verschwinden«, sagte Vahidin. »Sie starren mich an.«

Lodrik sah auf seine Glatze. »Besser keine Haare als die silbernen, die dich auffälliger gemacht hätten«, gab er leise zurück.

»Was ist nun mit der Seele eines Nekromanten?« Soscha war ungeduldig. »Was geschieht nach seinem Tod?«

Lodrik schloss die Augen, um sich an den genauen Text zu erinnern. »Entweder sie vergeht«, setzte er erneut an, »oder sie ist frei und kann …«

»Wir glauben euch nicht«, sagte der Wirt. »Bartlov, einer unserer Fischer, war zur gleichen Zeit wie Ihr auf See, aber einen Segler hat er nicht gesehen.«

Vahidin schnaubte. »Was genau willst du damit sagen?« Der Tonfall war lauernd und herablassend zugleich. Er stand dicht vor einem Ausbruch, und das spürten auch die Männer.

»Wenn wir wirklich im Turm gewesen wären, wieso waren wir dann nass?«, erwiderte Lodrik, um die Gedanken der Dörfler in eine andere Richtung zu lenken. »Sollten wir von den Klippen gesprungen sein? Es sah von unserem Boot aus sehr hoch aus … ich schätze, wenigstens dreihundert Schritte hoch. Wie hätten wir das überleben können?«

Die Männer sahen sich an.

»Und sagt nicht, dass wir eigens ins Meer gesprungen wären, um unsere Geschichte glaubhaft zu machen«, lachte Soscha gewinnend. »Wir hatten eine Havarie, gute Leute. So wahr wir vor euch sitzen.«

Der Wirt brummte etwas und schüttelte den Kopf. »Es stimmt. Lassen wir sie in Frieden.« Er redete mit den anderen über weitere Theorien, was sich am Turm ereignet haben könnte.

Vahidins Hand spannte sich um den Becher, knisternd zogen sich Risse durch das Material. »Ich vermag es nicht mehr«, flüsterte er.

»Du hast ihn mit Magie beeinflusst?« Lodrik lächelte.

Vahidins Ausdruck blieb missgelaunt. »Ich hatte ihn eigentlich töten wollen. Ihn und die stinkenden Fischköpfe. Aber es gelang mir nicht, also versuchte ich einen anderen Weg.« Er sah zu Lodrik. »Was hast du mir noch angetan, außer mir meine Kinder zu rauben?«

Er war sich keiner Schuld bewusst. »Ich weiß nicht, was meine Gabe bei dir sonst noch angerichtet hat. Das müsstest du Vintera fragen.« Lodrik sah zu Soscha. »Oder sie.«

Sie schenkte ihm einen bösen Blick. »Die Aura hat sich geändert. Sie ist deutlich heller geworden, aber immer noch finster genug, um zu zeigen, wessen Sohn du bist«, antwortete sie.

»Ich werde üben müssen, um meine alte Macht zu erlangen. Sonst könnte ich gegen Zvatochna nicht bestehen.« Er trank seinen Becher leer. »Wenn ich sie vernichtet habe, wer garantiert mir, dass du mir das Leben lässt, Bardri¢?«

»Wir werden sehen, welche Entwicklung du nimmst, Vahidin. Es wird keine Entscheidung von heute auf morgen sein – es sei denn, du lässt mir keine andere Wahl«, gab sich Lodrik gnädig. »Zuerst töten wir Zvatochnas Seele, dann schauen wir, was wir mit dir machen.«

Soscha nickte Lodrik zu. »Versuchen wir es ein drittes Mal mit Nekromanten und deren Seelen nach ihrem Tod.«

Lodrik nahm einen Schluck. »Es wird eine rastlose Seele sein, die in alles einfahren kann, was eine Kreatur war und tot ist. Diese Leichname steuert sie, als wären sie lebendig. Vernichtet man die leeren Hüllen, geschieht ihr hingegen nichts.«

Soscha dachte nach. »Du hast die Seelen mit deinem Blut an dich gebunden«, sprach sie, und sie schüttelte sich bei dem Gedanken, dass es ihr einst ebenso ergangen war. »Wie bringt es Zvatochna nun zustande, wo sie über keinen eigenen Körper mit Blut in den Adern verfügt? Ich habe die Seelen um sie kreisen sehen, demnach scheint sie noch immer Macht über sie zu besitzen.«

Lodrik zuckte mit den Achseln. »Darüber stand nichts in dem Buch. Es mag sein, dass die alten Seelen ihr die Treue halten und sie keine neuen hinzugewinnen kann. Vielleicht hat sie deshalb keinen weiteren Angriff unternommen: Sobald die Seelen ihren

Lohn verlangen und sie nicht zahlen kann, werden sie einen Aufstand anzetteln.«

Vahidin fuhr die Maserung des Tisches mit dem Fingernagel nach. »Also ist sie auf der Suche nach dem richtigen Ziel für ihren Angriff.«

Lodrik stimmte ihm zu. »Du wirst nachsehen, wohin die Wolke mit ihr treibt. Wir folgen ihr und stellen sie, sobald sich die Gelegenheit ergibt.« Er zeigte nach oben. »Legen wir los, Vahidin. Geh und finde sie, wie es dir schon einmal gelungen ist. Soscha wird dich begleiten, ich wache über deinen Leib.« Er sah ihm in die braunen Augen. »Bedenke: Es kostet mich einen Gedanken, und du bist ausgelöscht.« Lodrik stand auf und ging voran, Vahidin und Soscha folgten ihm.

Die Dörfler schauten ihnen nach, dann steckten sie die Köpfe zusammen.

XIII.

Kontinent Ulldart, Baronie Serinka, Nordgrenze, Spätsommer im Jahr 2 Ulldrael des Gerechten (461 n.S.)

Gistan saß zusammen mit Brujina und ihren Begleitern auf der Veranda eines gewaltigen Anwesens, das hoch oben auf der Spitze eines stattlichen Hügels thronte und von dem aus man einen ausgezeichneten Blick über die künstlich angelegten Weinberge hatte; vor ihnen standen Gläser mit Wasser und Saft.

Sie trugen einfache, weite Straßenkleider, unter denen sich wiederum Lederrüstungen verbargen. Ihre Waffen lagen in den Falten des weichen Stoffes geschickt versteckt.

Brujina sah hinüber zu einem schroff abfallenden Berg, dessen eine Wand beinahe senkrecht nach unten verlief. Schmale Terrassen zogen sich ringsherum, auf denen Rebstöcke standen und sich im Lufthauch wiegten. Der Fels dahinter war schwarz wie die Nacht. »Das Wasser wird mit Seilzügen nach oben geschafft. Es kommen jedes Jahr Erntehelfer ums Leben, weil sie sich nicht sichern, wenn sie auf den schmalen Terrassen arbeiten«, erklärte sie Gistan.

»War das früher ein Steinbruch?« Er deutete zum Berg. »Seine Form erinnert mich daran.«

»Das stimmt. Serinka ist für zwei Dinge berühmt: die besten Weine des Kontinents und den schwarzen Marmor, den es in dieser Güte ansonsten nirgends mehr gibt.« Brujina nahm sich einen Bittersüß-Apfel aus der Schale, die auf dem Beistelltisch stand, und zog ihr Messer, um ihn zu schälen. »Der Berg war einst ein Steinbruch, und als es keinen Marmor mehr gab, hat Baron Remhold Erde auffüllen und Rebstöcke pflanzen lassen. Angeblich sind sie nun mehr als vierhundert Jahre alt und lassen die besten Trauben an ihren Zweigen wachsen.«

»Aha.« Gistan war beeindruckt. Er wusste von Serinka nur, das es die älteste der Baronien war und sich vor mehr als sechshundert Jahren schon als unabhängig erklärt hatte. Dunkel war das Kapitel der Geschichte, als Sinured an die Macht gekommen war: Serinka hatte sich ihm unterworfen und einen blutigen Sturm verhindert. »Wen treffen wir, sagtet Ihr?«

Brujina lachte. »Ihr seid ungeduldig.«

»Wärt Ihr das nicht?« Gistan legte die Füße auf den Stuhl neben ihm und verschränkte die Arme vor der Brust. »Wir waren wochenlang unterwegs ...«

»Das musste sein. Wegen der Spione des Dicken«, sagte Brujina. »Es gab doch keinen Grund zur Beschwerde, oder? Ihr hattet stets die beste Unterkunft, tragt neue Kleidung und habt immer Geld in der Tasche.«

Gistan nickte, war aber alles andere als glücklich. »Ich möchte mein eigenes Zuhause, wie es mir versprochen wurde. Und ich will denjenigen kennenlernen, der Euch den Auftrag gab.«

»Das werdet Ihr.« Brujina hatte die Schale entfernt und teilte den Apfel in acht gleich große Stücke. Eines bot sie Gistan an, der ablehnte. »Eure Morde, das war sehr beeindruckend«, sagte sie und biss ein Apfelstück ab. Ihre Begleiter nahmen sich ebenfalls welche. »Das wollte ich Euch noch sagen. Es scheint, als hätten wir den Richtigen unter den Kandidaten herausgefunden.« Die Männer lachten.

Gistan streckte sich und roch den Mittagswind, der ihm den Geruch von frischen Blättern und warmem Stein zutrug, dazu gesellten sich Blüten von wilden Kräutern. »Hier kann man es aushalten«, meinte er müde. »Es ist lediglich etwas zu einsam und still hier.«

»Die Abgeschiedenheit ist ein wertvolles Gut«, meinte Brujina. »Man kann tun und lassen, was man möchte.« Sie deutete mit dem Messer nach Nordosten. »Da hinten, hinter dem Berg, liegt Rublizca, keine zwei Stunden mit einem guten Pferd. Es ist eine kleine Stadt, mehr als zweitausend Seelen werden da nicht leben, doch sie bietet alles, was man benötigt.«

»Mir ist unterwegs aufgefallen, dass sehr viele tersionische Banner an den Häusern wehten«, sagte Gistan und goss sich Saft ein. »Ist das nicht etwas weit weg? Wie kam die Verbindung denn zustande?«

»Graf Tandewôl der Lange hat seine Cousine vor ein paar Jahrzehnten an den damaligen Kronprinzen von Tersion verehelicht. Das war noch vor Alana der Zweiten«, erklärte sie. »Sein Sohn Tandewôl der Dicke hat eine Vorliebe für das Reich der Regentin und ist ganz vernarrt in alles, was von dort kommt und was er für Geld kaufen kann. Daran hat sich bis heute nichts geändert. Es gibt einige Exilanten aus Tersion hier, die nach dem Durcheinander geflüchtet sind und abwarten, wie sich ihre Heimat entwickelt.«

»Sind nicht sehr viele Edelmänner in Serinka eigentlich aus Aldoreel?« Gistan fühlte den Schlaf in sich aufsteigen. Noch eine halbe Stunde, und er würde auf seinem Stuhl eindösen.

»Ja, und die Neulinge machen sie reichlich nervös«, lachte Brujina. »Sie bangen nun um ihre Stellung, ihre Privilegien und ihren Einfluss bei Tandewôl.«

Sie sahen eine Staubwolke zwischen dem Rebenwald aufsteigen, bald hörten sie Hufschlag. Brujina erhob sich. »Ihr wartet«, sagte sie zu Gistan und ging mit einem der Männer ins Haus zurück.

Gistan hob die Hand als Zeichen, dass er verstanden hatte. Er nickte seinen Begleitern zu, die ihn wie meistens missachteten, und nahm sich einen Apfelschnitz.

Er kaute und überlegte, wie er sein Leben gestalten wollte. Er würde ein Magier in den Diensten eines Unbekannten sein, was ihn nicht sonderlich störte. Alles war besser, als Diener in Hustraban zu sein. Dass er für ein besseres, sorgenfreies Leben morden konnte, hatte er bewiesen.

Gistan hielt sich nicht für schlecht, er betrachtete sich vielmehr als Söldner: Wer am meisten gab, dem folgte er; und Konkurrenz räumte er aus dem Weg, wie Valeria und Ormut.

Der Alte hatte sich geweigert, den Beutel abzugeben, und die hübsche Frau hatte ihn überrascht und ihn in ihr Zimmer gezerrt.

Gistan grinste, als er Valeria vor sich sah, die das Gleiche wie er vorgehabt hatte: den Alten zur Herausgabe der Münzen zu bewegen. Aber sie war zu spät gekommen, und als sie es bei ihm versucht hatte, hatte er sie töten müssen. Sie hätte ihn niemals davonkommen lassen.

Er vernahm Schritte und dann eine Unterhaltung. Eine Stimme erkannte er als Brujinas, die andere war eine Männerstimme. Gistan blieb sitzen. Sie wollten etwas von ihm, nicht er von ihnen. Auch wenn er die Krieger beeindruckend fand, die Brujina als Leibwächter engagiert hatte, er fürchtete sich nicht vor ihnen. Auf seine Magie war Verlass, das wusste er.

»Hier ist er«, sagte Brujina deutlich und stellte sich vor ihn. Sie wurde von einem großen, muskulösen Mann begleitet, der lediglich eine breite Schärpe um den Oberkörper trug. Er war nicht älter als dreißig Jahre, aber die vielen Narben auf seiner Haut verrieten, dass er einige Wunden und Kämpfe überstanden hatte. Die Beine steckten in voluminösen hellen Hosen, und auf dem Rücken trug er ein Schwert mit einem ungewöhnlich langen Griff; am Gürtel baumelte ein Dolch.

Der Mann zog den Lederhelm vom Kopf; darunter kamen halblange weiße Haare mit der roten Blutsträhne zum Vorschein. »Ich grüße dich, Gistan. Ich bin Ni'Sìn.«

Er wusste bei dem Anblick sofort, was der Mann war. »K'Tar Tur«, murmelte er in einer Mischung aus Verwunderung und Schrecken. Einen Nachfahren Sinureds hatte er nicht erwartet, schon gar nicht als seinen Auftraggeber und neuen Herrn.

»In der Tat, ich bin ein K'Tar Tur und ein Shadoka dazu«, bestätigte der Mann und setzte sich ihm gegenüber. »Von nun an gehörst du zu uns, Gistan.«

»*Wenn* wir uns einig geworden sind, was die Bezahlung angeht. Und *was* meine Aufgabe ist.« Gistan hatte die Überraschung bereits verdaut und dachte nach. Hatten die Shadoka damals nicht versucht, einen Aufstand gegen die Regentin anzuzetteln, der fehlgeschlagen war? »Es geht um einen weiteren Aufstand in Tersion?«

Ni'Sìn lachte, und die Muskelberge an seinem Oberkörper und den Armen zuckten. »Du kombinierst schnell, doch falsch. Nein, wir wollen keinen Umsturz. Tersion soll unter der Führung des Hauses Malchios zur Ruhe kommen.« Er lehnte sich nach vorn und schien Gistans Geruch aufnehmen zu wollen. »Wir möchten nicht, dass sich daran etwas ändert. Doch es schien uns an der Zeit, uns um einen eigenen Magier zu kümmern. König Perdór soll nicht das Privileg genießen, allein eine Universität zu besitzen und die magisch Talentierten um sich zu scharen.« Er lächelte. »Deswegen sandte ich Brujina los, um ein Angebot zu unterbreiten. Ich habe gehört, was du alles unternommen hast, um es annehmen zu können. Das beweist mir, dass ich es mit einem willensstarken Mann zu tun habe. Mit dem richtigen Mann für unsere Sache.«

Gistan legte die Stirn in Falten. »Verstehe ich das richtig, dass Ihr mich anheuern wollt, *falls* Ihr und Eure Freunde mich eines Tages benötigen könntet?«

»In der Tat, Gistan. Du wirst bis dahin vermutlich das beste Leben der Welt auf Ulldart führen. Brujina sorgt dafür, dass es dir an nichts fehlt. Dafür erwarte ich, dass du deine magischen Talente auf eigene Faust schulst, damit sie wachsen und uns zu irgendeiner Zeit, die kommen wird, zur Verfügung stehen werden.« Ni'Sìns Blick wurde lauernd. »Wie steht es? Klingt das für dich nach einem guten Angebot?«

Gistan betrachtete Brujina, die er ungemein anziehend fand. »Wie sehr wird sie dafür sorgen, dass es mir an nichts fehlt?«

»Sie ist vergeben, Gistan. Aber du wirst genügend andere finden, die dir zu Willen sind.« Ni'Sìn hob den Kopf und schaute an ihm vorbei, winkte. Zwei Männer schleppten eine kleine Truhe heran, stellten sie ab. Der K'Tar Tur öffnete den Deckel, und Iurd-Kronen blinkten auf. »Das ist ein Vermögen«, sagte er. »Es gehört dir, wenn du bereit bist, dich und deine Kräfte ohne Wenn und Aber in unsere Dienste zu stellen.«

Gistan vermochte nur zu nicken, die Münzen blendeten seine Augen und seinen Verstand zu sehr. Klare Gedanken konnte er nicht fassen.

»Darf ich jedoch zuerst um eine Kostprobe deiner Kunst bitten? Lass mich sehen, was ein Magier zu tun vermag.« Ni'Sìn schlug den Deckel zu. »Aber bitte, ohne jemanden zu verletzen oder zu töten.«

Gistan hob die Augen, die rechte Hand deutete auf die Apfelschalen, und sie fügten sich so zusammen, als umschlössen sie eine Frucht. »Das war die leichteste Übung.« Er sah Ni'Sìn an. »Ich vermute, Euch ist mehr nach Zerstörung als nach Filigranem zumute? Dann sucht ein Ziel für mich aus.«

Der K'Tar Tur ließ den Blick schweifen, bis er den Berg nicht mehr aus den Augen ließ. »Kannst du ihn zum Beben bringen?«

»Ich werde sehen, was meine Magie und ich vermögen.« Gistan konzentrierte sich, schloss die Lider zur Hälfte und reckte die Arme, bis er beinahe an das Sonnensegel griff, machte einen Stampfschritt mit dem rechten Bein nach vorn und reckte die Linke gegen den Hang.

Sie sahen einen blassen Blitz aus seinen Fingern jagen, und schon gab es zwischen den Rebstöcken einen gewaltigen Einschlag. Im Berg entstand ein Loch vom Durchmesser eines Fassbodens und der Tiefe eines Speeres. Es hagelte Geröll auf die Pflanzen nieder, Staub stieg auf und wurde vom Wind erfasst.

»Hervorragend! Mehr muss ich gar nicht sehen, Gistan.« Ni'Sìn war begeistert. Brujina goss auf sein Zeichen hin Wein für alle ein. »Besiegeln wir unsere Abmachung mit einem ausgezeichneten Serinka-Tropfen, der vier Dekaden in einem Fass reifte und dem Anlass würdig ist.«

Sie lachten sich gegenseitig zu, alle wirkten zufrieden; klirrend und klingend stießen die Gläser aneinander, der K'Tar Tur, die Frau und Gistan leerten den Wein in einem Zug.

»Wie geht es nun weiter?«, erkundigte sich der Magier.

»Ich habe gehört, dass dir das Anwesen gefällt. Also bleibe, solange du möchtest. Du kannst dich in der Baronie frei bewegen, solange Brujina und zwei Männer bei dir sind.« Der K'Tar Tur grinste. »Es geht nicht darum, dass du dich nicht verteidigen könntest. Doch sie erkennen mögliche Spione, die uns Perdór sicherlich senden wird. Er ist ein schlechter Verlierer, und es muss nicht sein, dass er deinen Aufenthaltsort erfährt.« Er erhob sich. »Brujina wird dir alles sagen, was du über dein neues Leben wissen musst.« Er deutete eine Verbeugung an. »Es war mir eine Freude, Gistan. Du wirst deine Entscheidung nicht bereuen.«

Er wollte gehen, da hielt ihn der Magier am Arm fest. »Angenommen, ich würde mich entschließen, unseren Vertrag aufzukündigen …«

Ni'Sìn schien ihm die Andeutung nicht übel zu nehmen. »Wir haben die Vereinbarung auf Lebenszeit abgeschlossen.«

»Auf Lebenszeit?«, begehrte Gistan auf.

»Ich sagte, dass du so lange in unseren Diensten bist, bis wir dich brauchen. Das kann morgen sein, das kann in zehn Jahren sein oder erst in vierzig. Du bist jung, Gistan.« Er sah auf seinen Arm und signalisierte ihm, dass er die Finger wegnehmen sollte.

»So hatte ich das nicht verstanden, Ni'Sìn!« Er hielt ihn nach wie vor fest.

»Dann hättest du besser zuhören müssen.« Brujina lächelte und lehnte sich mit der Hüfte an den Tisch.

Gistan lachte höhnisch. »Ihr würdet mich nicht aufhalten können, wenn ich morgen beschließe, Euch zu verlassen und mir einen neuen Herrn zu suchen. Ihr habt Schwerter, sicher, aber ich habe Magie!«

Ni'Sìn täuschte übertrieben Furcht vor, hob die Arme und klapperte mit den Zähnen. »Ja, übermächtiger Magier, Gistan der Unbezwingbare!«, verspottete er ihn. »Wir würden zu Staub zerfallen, wenn du uns anblickst.«

Gistan lachte laut und zeigte auf den Berg. »War das kein guter Vorgeschmack? Stellt Euch vor, was meine Magie mit Euch und

Euren Leuten machen würde, wenn sie soliden Fels zerschmettert, als wäre er nichts anderes als trockenes Brot.«

Ni'Sìn wurde schlagartig ernst. »Ich weiß es sehr wohl. Wegen deiner Macht haben wir dich genommen.« Er riss sich los. »Wir könnten nicht verhindern, dass du gehst. Nicht mit Waffengewalt.« Seine Finger schlossen sich um das Weinglas. »Hat es dir geschmeckt?« Die Frage kam sanft und schmeichelnd.

Gistan machte sich sofort einen Reim darauf. »Was habt Ihr hineingetan?«, wisperte er und glaubte, ein Brennen im Rachen zu spüren.

»Ein Mittel, das wir K'Tar Tur gelegentlich anwenden, um sicherzugehen, dass ein Freund unser Freund bleibt und Verrat mit dem Tod bestraft wird«, antwortete Ni'Sìn. »Es war in dem Apfelstück, das du gegessen hast. Brujinas Klinge ist auf einer Seite vergiftet. Am Glasrand befand sich das Gegenmittel, sonst wärst du bereits tot, Gistan. Es hat sich in deinem Körper festgesetzt und wird durch das Gegenmittel im Zaum gehalten. Sobald du nicht einmal am Tag das Gegenmittel von Brujina erhältst, wirst du keinen weiteren Sonnenaufgang mehr erleben.« Um Ni'Sìns Lippen spielte ein grausames Lächeln. »Es hält Jahre, Gistan. Geld und Gift, damit ist die Treue doppelt gesichert.« Er legte ihm kurz die Hand auf die Schulter. »Wo wir doch wissen, wozu du fähig bist.« Lachend schritt Ni'Sìn an ihm vorbei und verschwand. Die Truhe ließ er unangetastet, während Gistan ins Nichts schaute und die rechte Hand langsam an den Hals führte.

Brujina lachte und ging ebenfalls. Seine beiden Wächter verließen ihn dagegen nicht und standen wie Kriegerstatuen an ihren Plätzen.

Gistan setzte sich langsam auf den Stuhl. Er war in die Falle gegangen und hatte sein Leben in die Hand des K'Tar Tur gelegt, ohne es zu wollen und zu wissen. Diese Menschen beherrschten das Spiel des Verrats wesentlich besser als er, das musste er ihnen lassen.

Sein Hochgefühl war verflogen. Er hatte nicht einmal mehr

Lust, den Deckel zu öffnen und seinen Reichtum zu betrachten. Gistan konnte nur an das Gift in seinem Körper denken, das sich eingenistet hatte und wartete.

Er kannte einige Geschichten über die Nachfahren Sinureds, die von Kampfkraft und Heimtücke gleichermaßen berichteten. Sich jetzt darüber zu ärgern, dass sie ihm zu spät eingefallen waren, brachte nichts mehr. Er ihnen auf den Leim gegangen. Tödlichen Leim.

Gistan betrachtete die Weinflasche, griff nach ihr und setzte die Öffnung an den Mund. Ihm war mehr nach Trunkenheit.

Kontinent Ulldart, im Zentrum Borasgotans, Spätsommer im Jahr 2 Ulldrael des Gerechten (461 n.S.)

Zvatochna hatte ihn gespürt, den Ruck, den Riss, mit dem ein Teil ihres Lebens für immer hinter ihr geblieben war.

Als Kind hatte sie einmal einen Drachen steigen lassen, und sie hatte sofort an das Gefühl einer reißenden Schnur denken müssen.

Sie verglich sich mit jenem Drachen: ohne Halt, dem Wind ausgesetzt, ziellos und ohne ein Zuhause oder einen Landeplatz. Es gab nichts mehr, wo sie niedergehen konnte, und das Gefühl machte sie verzweifelt, wütend und rasend zugleich.

Blind war sie umhergestürmt, war über das Land geflogen und hatte nicht gewusst, was zu tun war. Sie gehörte plötzlich zu dem Heer der verlorenen Seelen, ihrem eigenen Heer, und war vom Befehlshaber zu einem Soldaten herabgestuft worden.

Irgendwann hatte das Denken wieder eingesetzt, und sie zwang sich zur Ruhe. Die Seelen – das war das Gute – gehorchten ihr noch immer, auch wenn es schwerer fiel, Anweisungen durchzusetzen. Ihre neue Daseinsform bedeutete lediglich, dass sie ihre

Pläne anders angehen musste, aber nicht, dass sie vollkommen verloren waren.

Zvatochna hatte den Seelen befohlen, sich nicht von der Stelle zu rühren und auf sie zu warten. Sie selbst war auf der Suche nach dem passenden Objekt für ein Experiment.

Sie wurde fündig: ein Totendorf.

Leichname gab es hier meistens mehr als genug, und sie wählte den erstbesten, den sie finden konnte.

Man hatte eine Tote auf einen Stapel Holz gelegt und sie zum Verbrennen vorbereitet; überall auf der Haut hafteten Teer und Pech. Sie war höchstens dreißig Jahre und an den Folgen der Fleischfäule gestorben. Zvatochna störte sich nicht daran, dass ihr die rechte Brust und der rechte Arm fehlten, sie wollte lediglich etwas herausfinden.

Und so senkte sie sich in die Leiche und nahm Besitz von ihr.

Es fiel ihr leicht, hatte jedoch gleichzeitig etwas von Puppenspiel. Dann aber öffnete Zvatochna die Augen der Toten und sah wirklich! Sie richtete sich auf und bewegte die Arme und Beine, den Kopf, Hände und Füße – aber sie spürte gleichzeitig, dass es nicht sie war. Es fühlte sich an, als trüge sie einen zu großen Mantel, die falsche Kleidung.

Zvatochna stand auf, rutschte vom Scheiterhaufen und ging umher, schwankte und fiel zweimal, bis sie sich an den fremden Körper gewöhnt hatte. Sie atmete nicht, es gab keinen Herzschlag. Eine Marionette für ihre Seele.

Auf der Straße war man auf sie aufmerksam geworden. Laute Rufe erklangen, und die Menschen eilten herbei; einige zeigten schreckliche Entstellungen, andere trugen vereiterte Verbände und durchgeblutete Lappen über ihren Wunden. »Schaut, sie lebt noch!«, erklang der Ruf zwischen den schiefen Hütten.

Zvatochna war angewidert, sowohl von den Menschen als auch von dem Leib, den sie sich geborgt hatte.

»Verschwindet!«, schrie sie ihnen entgegen, und der Leichnam öffnete den Mund und gab ihren Ruf mit fremder Stimme wieder. Sie musste raus aus dem verrottenden, hässlichen Körper!

Mit einem Schrei fuhr sie aus der Toten und schwang sich empor, flog weit hinauf, ohne sich noch einmal nach dem Dorf umzusehen.

Sie fasste den Entschluss, ein weiteres Experiment anzugehen.

In der nächsten Siedlung schwebte sie nieder und betrachtete die Einwohner in aller Ruhe. Sie suchte nach einer Frau, die ihren Ansprüchen genügte. Einer jungen und schönen Frau.

Zvatochna fand wirklich ein Mädchen von geschätzten siebzehn Jahren, in voller Blüte und doch eine halbe Knospe. Sie saß an einem Tisch und schnitt Wurzelgemüse klein.

Die Nekromantin versuchte, Besitz von ihr zu ergreifen, aber es gelang ihr nicht, in den Leib einzudringen. Das Leben, das in der Heranwachsenden pulsierte, hielt sie ab.

Die junge Frau spürte, dass sie von etwas umgeben war, das ihr Böses wollte, und schaute sich furchtsam um, ohne etwas erkennen zu können. Sie schlang die Arme um sich, Gänsehaut bildete sich, dann ging sie zum Küchenherd und warf ein Scheit ins Feuer, um die Kälte zu vertreiben.

»Werde ich dich erst töten müssen?« Zvatochna machte sich bereit, sie zu attackieren – und entschied sich anders.

Nicht weil sie Erbarmen gehabt hätte, sondern weil sie zwei Gedanken beschäftigten.

Zum einen würde sie wieder nur in eine tote Hülle einfahren und zur Puppenspielerin werden, zum anderen entdeckte sie, dass das Mädchen doch nicht makellos war, wie sie zuerst geglaubt hatte: Eine Warze stand kurz vor dem Haaransatz auf seiner Stirn, und damit kam es nicht mehr infrage.

Zvatochna verließ das Haus samt der ängstlichen jungen Frau und kehrte zu ihren Seelen zurück. Sie hatte eine neue Aufgabe: jemanden zu finden, der ihren Ansprüchen genügte und den sie als neues Zuhause nutzen konnte.

Sie wollte die Schönste des Kontinents für sich, die Vollkommenste, um sie so lange zu besitzen, bis der Tod erste Schrammen schlug und sie ein neues Zuhause benötigen würde.

Zvatochna kehrte in die Seelenwolke zurück und verkündete ihr Vorhaben, dann flog sie nach Süden.

Ein Königreich nach dem anderen würde Besuch von ihr erhalten. Irgendwo musste es die perfekte Frau für ihre Seele geben. Töten würde sie die Auserwählte selbst.

Kontinent Ulldart, Königreich Serusien, Herzogtum Breitstein, Spätsommer im Jahr 2 Ulldrael des Gerechten (461 n.S.)

Paltena, eine Lederrüstung tragend und mehr Kämpferin als Spionin, stand zusammen mit den Heerführern um den Tisch, auf dem die Karte mit dem ilfaritisch-serusischen Grenzverlauf ausgebreitet worden war.

Sie erklärte den Männern und wenigen Frauen, wie es sich mit den neuesten Entwicklungen verhielt und wo sich die Truppen der Nič̌ti befanden.

»Hier«, sagte sie und legte den Finger auf die Markierung, die für das Schlösschen stand, in dem sich Nech Fark Nars'anamm aufhielt. »Da finden wir ihn. Er ist heute Morgen zur Inspizierung seiner Truppen angekommen und wird den ganzen Tag dort verbringen.« Sie verbeugte sich und trat einen Schritt zurück. Ihre Aufgabe war damit erfüllt.

König Fronwar, einundsechzig Jahre alt und der Gestalt nach ein Kämpfer, dankte ihr mit einem freundlichen Nicken. Er trug einen Plattenpanzer und darüber einen Waffenrock in Grün-Weiß; der lange schwarze Kinnbart fiel dadurch noch mehr auf. Er warf eindringliche Blicke in die Reihen der Gerüsteten. »Ich sage es noch einmal, und es muss selbst dem einfachsten Soldaten in euren Abteilungen klar sein: Niemand greift die Grünhaare an! Unsere Gegner sind die Angorjaner. Wenn wir seine Leibgarde, die vierhundert Besten, bezwungen haben, gehört der falsche Kaiser uns. Wie liefern ihn an seinen Bruder aus, und die Ničti haben ihren Verbündeten verloren.«

Die Männer und Frauen bestätigten mit leisem Murmeln.

Bis auf Wanzolef.

Der schwarzhaarige Mann mit den langen Kotletten und dem Oberlippenbart war der Abgesandte Hustrabans und als Ersatz für den unerwartet erkrankten Hauptmann Suschkin angereist; es war das erste und zugleich letzte Treffen, an dem er teilnahm. »Nennt mich einen Mann, der gern das Schlechteste annimmt, aber was machen wir denn, wenn es die Ničti nicht schert, dass wir sie schonen, und sie sich trotzdem an dem Gefecht beteiligen? Wie erkläre ich meinen Leuten, dass sie sich abschlachten lassen sollen? Die Geschichten über die kensustrianischen Krieger beim letzten großen Krieg vor zwei Jahren sind bei allen in bester Erinnerung.« Wanzolef zog die Nase hoch, eine hässliche Marotte von ihm. »Dass die Ničti ungleich wilder als die bereits gefährlichen Kensustrianer aussehen, wird die Gerüchte über sie ins Kraut schießen lassen.«

Fronwar winkte Paltena zurück an den Tisch. »Sag ihm, was deine Beobachtungen ergeben haben«, bat er sie.

Die junge Frau wurde nervös, weil sie von so vielen beobachtet wurde; ihre Tätigkeit verlief normalerweise im Geheimen. »Die Ničti halten sich bei den Eroberungen in Ilfaris vollkommen zurück. Sie haben nicht ein einziges Mal ihre Waffen gezogen, wie ich erfahren habe. Sie beschränken sich darauf, neben den Angorjanern herzugehen.«

Wanzolef fiel ihr mit einem sehr lauten, hohen Lachen ins Wort. »Und daraus schließt Ihr, König Fronwar, dass die Ničti sich ebenso untätig verhalten, wenn ein Heer auf sie zustürmt?« Er schüttelte den Kopf. »Ich sollte wohl die Schilde meiner Soldaten mit beruhigenden Zeichen und Parolen beschriften lassen. Das wäre immerhin besser als dieser Plan.«

Fronwar bemerkte, dass die Bemerkung des Hustrabaners Unruhe bei den Heerführern hervorrief. Seine Überzeugungsleistung der vergangenen Wochen und Tage geriet in Gefahr. »Ich kann Euch nicht mein Ehrenwort geben, doch ich sehe es als sicher an, dass die Ničti keinerlei Lust verspüren, sich auf ilfaritischem Boden in einen Krieg verwickeln zu lassen, den sie eigentlich gegen Kensustria führen wollen«, erwiderte er energisch. »Wir können uns Nech nur vom Hals schaffen, wenn wir auf diese Taktik zurückgreifen. Für einen langen Krieg gegen die Angorjaner ist keine Zeit. Er würde zu viele Unschuldige das Leben kosten.«

»So kostet es das Leben meiner Leute«, hielt Wanzolef dagegen.

»Es sind Soldaten!«, kanzelte ihn Arl von Breitstein ab. Er trug die schwerste Rüstung von allen, man konnte ihn fälschlicherweise für einen Ritter Angors halten. Arl hatte die weißen Haare kurz geschnitten, das rasierte Gesicht war oval und fast weiblich. »Sie wissen, was es bedeutet, in die Schlacht zu ziehen. Hört auf zu jammern, Wanzolef, sondern richtet Euer Augenmerk auf Eure Aufgabe.« Er deutete auf den Mann im vornehmen, verzierten Gehrock mit Perücke und Dreispitz auf dem Kopf. »Nehmt Euch ein Beispiel an den Palestanern. Sie haben sich von Zärtlingen zu ehrbaren Mitgliedern des Geeinten Heeres gemausert. Wollt Ihr an die Stelle des alten Palestans treten, Wanzolef?«

Der Kommandant der Palestaner schwieg zu dem zweifelhaften Kompliment, auch wenn es ihm schwerfiel, und der hustrabanische Hauptmann räusperte sich verlegen.

Fronwar war erleichtert, dass der Graf in die Bresche gesprungen war. »Dann bleibt es dabei. Wir beginnen heute Nacht mit dem Vormarsch, überqueren die Grenze nach Ilfaris und stehen beim Aufgang der Sonnen vor dem Schloss, in dem sich Nech niedergelassen hat. Dann ist dieser Spuk für uns beendet, und Ulldart hat eine Sorge weniger.« Der König gab den Wachen am Eingang des Zeltes ein Zeichen; gleich danach trat ein Ulldrael-Priester herein.

Gemeinsam beteten sie zum Gerechten, dass er sich auf ihre Seite stellen möge.

Auf Angor, den Gott des Krieges, durften sie nicht zählen. Er würde sich sicherlich auf die Seite von Kaiser Nech stellen.

Das Geeinte Heer hatte eine Größe erreicht, mit der es sich lediglich nachts ungesehen bewegen konnte. Die Schwärze schluckte die verräterischen Staubwolken, die von den Stiefeln, Rädern und Hufen herrührten, sowie das Blinken der Waffen und Rüstungen.

Zu den mehr als dreizehntausend Fußsoldaten kamen zweitausend Bogen- und Armbrustschützen aus den verschiedenen Königreichen Ulldarts, dazu gesellten sich viertausend Berittene; um ganz sicher zu gehen, wurden sie von einer kleinen Einheit von Mineuren und Belagerungstruppen begleitet, auch wenn keiner mit einem langen Ringen um den Sieg rechnete.

Mit der ansehnlichen Streitmacht waren durchaus Kriege zu gewinnen, und sie sollte ausreichen, um ein Schlösschen zu erstürmen, das zum Vergnügen und nicht zur Verteidigung errichtet worden war.

König Fronwar von Serusien ritt an der Spitze der Haupttruppe und hielt den Oberbefehl über das Heer; die jeweiligen Hauptmänner führten ihre eigenen Leute in den Kampf. Fronwar unterhielt sich leise mit Arl von Breitstein, als Wanzolef zu ihnen geritten kam.

»Ich grüße Euch«, sagte der Hustrabaner knapp und schob sein Pferd zwischen die beiden Reittiere der Männer. »Ich habe einen Vorschlag zu unterbreiten.«

»Die Taktik ist festgelegt worden, Hauptmann«, entgegnete Fronwar kühl. »Wir ändern nichts mehr daran.«

»Es geht um die Marschordnung, König«, hielt er dagegen. »Meine Reiterei steckt zwischen den Fußsoldaten und den Karren fest. Wenn wir einem Überfall begegnen müssten …«

»Niemand weiß, dass wir kommen, Hauptmann. Es kann keinen Überfall geben«, schaltete sich Arl ein. »Die Kavallerie muss hinten reiten, weil ich den Soldaten nicht zumuten möchte, den Staub zu fressen, den die fünfzehntausendsechshundert Hufe aufwirbeln. Außerdem haben wir die Vorhut, sie würde uns warnen.« Er dachte an Paltena. Sie befand sich bei der Vorhut, eine einhundert Mann starke Truppe aus hustrabanischen Reitern, die den

Weg erkundete und eventuelle Patrouillen der Angorjaner ausschalten sollte.

Wanzolef war damit nicht zufrieden. »Dann lasst wenigstens nochmals einhundert Berittene nach vorn verlegen, solange die Vorhut unterwegs ist«, bat er. »Es geht um die Sicherheit des Trosses.«

»Oder eher um Euer persönliches Geltungsbedürfnis, Hauptmann Wanzolef?« Fronwar erzwang sich mit seinen deutlichen Worten den Blick des Mannes. »Ich habe mich umgehört und erfahren, dass Ihr nicht als Ersatz vorgesehen wart, sondern es einem Gönner verdankt, dass Ihr die Reiterei befehligt.« Der König konnte trotz des wenigen Sternen- und Mondenlichts das Erschrecken auf Wanzolefs Zügen erkennen. »Diese Unternehmung ist zu wertvoll, als dass Ihr sie benutzt, um hustrabanische Machtspielchen auszufechten. Ihr benötigt Ansehen? Schön, holt es Euch in der Schlacht, Hauptmann, aber stellt nicht die Marschordnung infrage. Wir haben uns dabei etwas gedacht.«

Die Erwiderung des Hustrabaners wurde durch ein leises Pfeifen und Surren unterbrochen; gleich danach schepperte es metallisch, als prassele Hagel gegen die vorderen Reihen des Geeinten Heeres.

Schmerzensschreie gellten durch die Nacht und wurden von Alarmrufen gefolgt, als die nächste schwarze Wolke rasch an den Sternen vorbeiflog und sich in die Reihen der Soldaten stürzte.

»Das habt Ihr von Eurer durchdachten Marschordnung, König!«, rief Wanzolef und wendete sein Pferd, um zu seinen Leuten zu gelangen.

Der Spitze des Zuges näherte sich unterdessen lautes Donnern, und die feindliche Kavallerie warf sich mit gesenkten Lanzen gegen die überraschten Krieger des Geeinten Heeres.

Paltena kroch schlangengleich durch das hohe Gras und sah zum Schlösschen, das sich keinen Pfeilflug von ihnen entfernt befand. Der Rest der Vorhut befand sich hinter der Biegung und wartete auf ihre Rückkehr.

Das Schlösschen lag am Ende eines idyllischen Tals und bildete damit die perfekte Falle, um Nech festzusetzen.

Doch als sie das Fernrohr hob und das Lager betrachtete, das um das große Gebäude errichtet worden war, musste sie mit dem Schrecken ringen. »Sie sind fort, Kystrin«, wisperte sie ihrem Begleiter zu.

Der Hustrabaner zog sein eigenes Fernrohr und verschaffte sich einen Überblick. »In der Tat!« Er sah die offen stehenden Zelteingänge und die verlassenen Feuerstellen. Nach einer Weile entdeckte er tiefe Spuren, die einen sanft geschwungenen Hügel hinaufführten. »Schaut nach rechts, Paltena. Sie haben den beschwerlichen Ausgang gewählt.«

»Um uns zu täuschen.« Die junge Frau fluchte und schaute sich noch immer um; es gab keinen einzigen Menschen, sogar die Zinnen des Schlösschens lagen verwaist vor ihnen. »Die Schatten hinter den Fenstern bewegen sich nicht«, teilte sie Kystrin mit. »Ich wette, sie haben Rüstungen aufgestellt, um uns glauben zu machen, sie seien noch dort.« Paltena erhob sich, drehte sich um und stieß einen langen Pfiff aus.

»Was tut Ihr?« Kystrin lag immer noch im Gras. »Sie sehen uns!«, sagte er aufgeregt.

Sie winkte der Vorhut, die sogleich angeprescht kam und ihnen die Pferde brachte. Paltena stieg in den Sattel. »Wer sollte uns sehen? Hier ist niemand.« Sie schickte zehn Mann zum Schloss, um nach dem Rechten zu schauen, und zwei Mann zurück zum Geeinten Heer, um König Fronwar in Kenntnis zu setzen. »Steigt auf, Kystrin. Wir folgen den Spuren. Ich möchte wissen, was der Angorjaner geplant hat.«

Der Hustrabaner erhob sich und schwang sich auf den Pferderücken. Gemeinsam mit den Soldaten der Vorhut ging es in raschem Galopp den Hügel hinauf. Der Himmel klarte auf, die Spur war im Licht der Monde und Sterne einfach zu verfolgen.

»Wie viele hat Nech dabei, was schätzt Ihr?« Kystrin blickte zurück, wo die zehn Mann herangaloppiert kamen, um Paltena zu berichten, was sie im Schloss vorgefunden hatten: nichts.

»Es sind nicht mehr als dreitausend. Ich denke, dass er gewarnt wurde und vor uns geflohen ist«, antwortete sie. »Er wird nicht so wahnsinnig sein und unser Heer angreifen.« Sorge bereitete ihr die Tatsache, dass es einen Verrat gegeben haben musste. Da sich kein Angorjaner wegen seiner Hautfarbe unbemerkt in das Geeinte Heer einschmuggeln konnte, musste der Verräter aus den eigenen Reihen stammen. Wer wusste, was er noch alles berichtet hatte?

Sie ritten so schnell es ging über den Kamm des Hügels.

Die Angorjaner hatten sich den kürzesten Weg ausgesucht, wie ihnen die Spuren sagten, und waren querfeldein über Anhöhen und durch Täler geeilt.

Auf der nächsten Kuppe ließ Paltena anhalten. Sie standen vor einem ausgetrockneten Flussbett und schauten erschüttert auf ihre neue Entdeckung: Die Spuren der Dreitausend mündeten in eine wesentlich breitere, gewaltigere Fährte!

»Bei Ulldrael«, ächzte Paltena. »Der Angorjaner ist nicht geflüchtet. Er hat uns eine Falle gestellt.«

»Das sind ...« Kystrin gelang es nicht, die Zahl des Heeres, das seine Spuren tief in das Erdreich eingedrückt hatte, zu schätzen.

»Mindestens so viele wie das Geeinte Heer«, brach es aus der jungen Spionin hervor. »Sie werden König Fronwar überrumpeln.«

»Und es ist gewiss, dass sich ein Verräter unter uns befindet«, setzte der Hustrabaner hinzu. »Nechs Schlag ist von langer Hand vorbereitet worden.« Er sah Paltena an. »Was tun wir?«

»Ich ... schlage vor ...« Die Gedanken kreisten in ihrem Kopf, es fiel ihr schwer, eine Entscheidung zu treffen. Ob es die richtige war? Sie nahm die Karte unter ihrer Lederrüstung hervor und versuchte, sie im silbrigen Licht zu entziffern. »Bei dem Gerechten!« Das leere Flussbett führte genau auf die Straße zu, auf der das Geeinte Heer marschierte!

Kystrin sah, dass sie überfordert war. Eine Spionin besaß nicht unbedingt das taktische Denken eines Soldaten. »Wir senden nochmals zwei Mann zurück zum Heer, um es zu warnen, und verfolgen Nechs Heer, um es von hinten anzugreifen, falls der Kampf schon entbrannt sein sollte.«

Paltena stimmte erleichtert zu, die Entscheidung war ihr abgenommen worden.

Die Vorhut schwenkte in das Flussbett ein und sprengte voran.

XIV.

Kontinent Ulldart, Königreich Ilfaris, Herzogtum Vesœur, Spätsommer im Jahr 2 Ulldrael des Gerechten (461 n.S.)

Fronwar und Arl von Breitstein begaben sich unter dem Schutz besonders dicker Schilde weiter nach vorn, um erkennen zu können, was sich an der Spitze des Geeinten Heeres tat.

Immer wieder surrte es laut, und die Schreie der Soldaten hallten durch die Nacht.

Es war ein Krieg der Schemen und Schatten.

Der König sah, wie Nechs Kavallerie sieben, acht Schritte tief in den Tross vorstieß, der seine Gegenwehr unter diesen Gegebenheiten nicht zu formieren vermochte. Sie droschen von oben auf die Krieger ein, die aus Palestan stammten. Die Bogenschwerter durchschlugen jegliches Hindernis und richteten schreckliche Verluste unter den Männern an, während die Geschosse unaufhörlich in die Reihen dahinter hagelten und Tod streuten.

»Ein Gefecht in der Nacht gegen Feinde mit schwarzer Haut«, stöhnte Fronwar. »Das fehlte noch.« Er hatte bemerkt, dass die Feinde ihre weißen Rüstungen zu allem Überfluss gegen dunklere ausgetauscht hatten.

Arl von Breitstein horchte, und auch der König vernahm ein Hornsignal. Die Feinde zogen sich zurück. »Es waren nicht viele Angreifer«, resümierte Arl nüchtern, was er von dem kurzen Zusammenprall gesehen hatte. »Vielleicht nur eine Patrouille? Wenn wir sie aufhalten, können wir Nech immer noch überraschen.«

Fronwar sah über die Schulter zur Kavallerie. »Es würde Wanzolef gefallen, sich beweisen zu dürfen.« Er sandte einen Meldereiter zum Hustrabanen, und kurz darauf donnerten zwei Drittel der berittenen Einheiten rechts und links an den Fußsoldaten vorbei, um sich an die Verfolgung der Angorjaner zu machen.

»Wir sind weniger als vier Meilen vom Schloss entfernt«, sagte Arl und gab den Befehl, im schnellsten Laufschritt vorzustoßen. »Ihr seid meiner Meinung, dass wir Nech fassen müssen?«

Fronwar nickte und versuchte zu erkennen, was sich auf der Straße vor ihnen tat. »Die Verwundeten bleiben hier«, ordnete er an. »Wir lassen fünfzig Gesunde bei ihnen, welche sich um die Verletzungen kümmern sollen.« Er dirigierte ungeachtet der Proteste von Arl sein Pferd an die Spitze. Seine Anwesenheit sollte den Soldaten nach dem überfallartigen Angriff die Zuversicht geben, Nech Fark Nars'anamm fassen zu können.

Der König wurde mit lauten, begeisterten Hochrufen begrüßt, während die Hufe durch Schlamm stampften.

Wäre es Tag gewesen, hätte man gesehen, dass das Blut der Toten und Verwundeten die Erde weich gemacht hatte.

Wanzolef hatte seinen Säbel gezogen und hielt ihn am ausgestreckten Arm, dabei gab er seinem Pferd die Sporen. Die feindliche Kavallerie befand sich nicht mehr weit voraus.

»Heja! Schneller!«, peitschte er sein Tier an. Es dröhnte in seinen Ohren, er schmeckte den Staub und freute sich, die Angorjaner endlich niedermachen zu dürfen. Er schätzte sie auf nicht mehr als fünfzig Mann.

Die Straße verbreiterte sich, wie es auf der Karte eingezeichnet worden war, und führte auf eine steinerne Brücke, die sich achtzig Schritte weit über einen Fluss spannte; zu seiner Verwunderung wählten die Angorjaner jedoch einen breiten Pfad, der neben der Brücke hinab zum Ufer führte.

»Weiter!«, schrie er nach rechts und links. »Wir jagen sie durch den Fluss bis ins Meer zurück nach Angor, wenn es sein muss!« Wanzolef erkannte ein ausgetrocknetes Kiesbett. Damit hatte er nicht gerechnet. Aber es kam ihm eher gelegen als unpassend. Auf diese Weise gab es keine Fluten, die ihn bei der Jagd aufhielten.

Der Pfad führte in einer seichten Linkskurve zum Ufer – mitten in ein Heer aus Angorjanern!

Der Zusammenprall war heftig, und der Hauptmann galoppierte tief in Nechs Streitmacht hinein, bevor er überhaupt begriffen hatte, was geschehen war: Die feindliche Reiterei hatte sich vor den eigenen Fußsoldaten aufgefächert und war rechts und links an ihnen vorbeigeritten, während Wanzolef seine Leute mitten unter die Gegner geführt hatte.

Welch eine Gelegenheit! »Macht sie nieder!«, schrie er. »Tod ihnen allen!«

Auch die Angorjaner waren vom Geeinten Heer überrascht worden. Es war wohl nicht vorgesehen gewesen, dass die Aufklärer von einer zweitausend Reiter starken Einheit verfolgt wurden.

Wanzolef schlug um sich, das Blut sprühte gegen ihn, und bei jedem Todesschrei fühlte er sich glücklich. Diese Attacke würde ihn in seiner Heimat zu einem Helden machen!

Seine Leute streckten innerhalb weniger Lidschläge Hunderte Fußsoldaten nieder; doch die Gegenwehr erfolgte bald.

Die Bogenschützen ließen die Pfeile auf die Angreifer fliegen, Hustrabaner fielen tot aus den Sätteln, und Pferde brachen wiehernd und um sich tretend zusammen.

»Zurück!« Wanzolef sah ein, dass er mit der Kavallerie allein nichts mehr auszurichten vermochte. Er benötigte das gesamte Geeinte Heer.

Seine Einheit ritt im Galopp den Pfad hinauf und zog sich vor den Pfeilen zurück. Wanzolef verwünschte Paltena. »Von wegen ein paar hundert Krieger, die Nech begleiten.«

Er lenkte sein Pferd auf die Brücke und sah ins Flussbett. Es waren Tausende Angorjaner, die gekommen waren, um sich mit dem Geeinten Heer zu messen.

Dem Hustrabaner wurde angesichts des Aufmarsches klar, dass man sie erwartet hatte. »Eine Falle kannst du uns vielleicht stellen, kleiner Kaiser, aber wir bezwingen dich dennoch.« Er befahl seinen Reitern, über die Brücke zum anderen Ufer zu reiten.

Da näherte sich das Hauptkontingent des Geeinten Heeres. Die Schlacht würde gleich mit aller Vehemenz losbrechen.

Wanzolef strahlte. »Ein Heldentag!«

Paltena überließ es Kystrin, die Vorhut anzuführen.

Den Namen hatte sich die Einheit nicht mehr verdient, da sie sich abgeschnitten von den eigenen Leuten im Rücken der Gegner befand. Außer *Wahnsinn* wollte der jungen Spionin keine andere Bezeichnung für das einfallen, was sie zu tun beabsichtigten.

Vor ihnen beschrieb das sich stetig verbreiternde Flussbett eine sanfte Biegung, und sie erkannten eine Brücke, auf der sich Reiter bewegten. Sie wurden allem Anschein nach von den angorjanischen Truppen verfolgt, die einen Pfad zur Straße hinaufstürmten.

Nicht ganz vierzig Schritte von Paltena entfernt erschien die Nachhut von Nechs Heer. Die Angorjaner hatten sie kommen hören und wandten sich ihnen zu; überlange Speere neigten sich, Spitzen so lang wie Unterarme reckten sich gegen sie.

»Wahnsinnige«, sagte Paltena und zügelte ihr Pferd, Kies spritzte auf.

»Was?« Kystrin sah zur Brücke, wo sich seine Landsleute in Gefahr befanden.

»Es ist Selbstmord!«, rief sie. »Wir werden aufgespießt ...«

»Nein. Nicht, wenn wir es klug anstellen.« Kystrin zog den Säbel und gab den Befehl zum Angriff auf die Nachhut. »Wir müssen Wanzolef beistehen und für Ablenkung sorgen.« Er ritt an, und die Kavallerie zog an der Spionin vorüber, die sich nicht bewegte. »Bleibt, wenn Ihr wollt, Serusierin. Ich lasse keinen Kameraden im Stich.« Mit diesen Worten preschte er davon.

Paltena war keine Kriegerin, keine von ihnen, und fühlte sich nicht schlecht, die Soldaten allein antreten zu lassen.

Kystrin schrie etwas, und die Männer warfen ohne die Geschwindigkeit zu verringern ihre Speere gegen die Angorjaner, die mit ihren dunklen Rüstungen und schwarzer Haut zu einer düsteren Masse wurden. Keine leichten Ziele.

Die Speere trafen dennoch, und es taten sich Lücken in der Verteidigungslinie der Nachhut auf. Präzise stießen die Hustrabaner auf ihren Pferden hinein und töteten etliche Feinde.

Doch Nechs Männer wussten sich zu wehren.

Da sie die Bogenschützen nicht zum Einsatz bringen konnten, ohne die eigenen Soldaten zu treffen, schwenkten die überlangen Speere herum und stachen die Reiter oder die Pferde einen nach dem anderen nieder. Kystrins Angriff war nichts weiter als ein kurzes, heftiges Strohfeuer gewesen. Sinnlos noch dazu.

Paltena dankte Ulldrael dem Gerechten, sie davon abgehalten zu haben, mit in den Tod zu reiten.

Die ersten Pfeile flogen in ihre Richtung, und schnell zog sie den blonden Schopf ein. Sie lenkte ihr Pferd nach rechts, wo die Böschung nicht so steil war und sich gleich dahinter Unterholz anschloss. Dort fand sie Deckung.

Paltena gelang die Flucht unverletzt, und als sie ihr Reittier durch die Büsche trieb und für die gegnerischen Schützen unsichtbar wurde, atmete sie auf.

Da entdeckte sie die frische Spur auf dem Boden.

Fronwar verfolgte, wie Wanzolef mit seiner Kavallerie über die Brücke preschte, während Angorjaner den Pfad hinaufgerannt kamen und entsetzt stehen blieben, als sie das feindliche Heer erkannten. »Die Fußsoldaten sollen sie zurückdrängen, macht den Pfad dicht«, befahl er. »Bogenschützen auf die Brücke! Sie sollen die Pfeile gegen alles richten, was schwarze Haut hat. Wenn die Pfeile ausgegangen sind, bewerft sie mit Steinen, aber fügt ihnen Schaden zu!«

Arl von Breitstein führte eintausend Soldaten in das Scharmützel gegen die vordringenden Angorjaner, während die Schützen auf die Brücke rannten und sich hinter die Brüstung geduckt verteilten.

Fronwar befahl viertausend Mann auf die andere Seite zu Wanzolef, um Nechs Truppen im Flussbett von zwei Seiten angreifen zu können.

Unter dem Schutz der eigenen Pfeile schickte er die restlichen siebentausend Krieger auf der anderen Seite der Brücke nach unten und ließ sie im Kies gegenüber dem sich verzweifelt nach Ordnung suchenden angorjanischen Heer Aufstellung nehmen.

»Lanzenträger nach vorn«, schrie er, und die Unteranführer gaben die Order weiter. »Vorrücken! Vorrücken!« Er riss sein Schwert aus der Scheide. »Für Ulldart!«

Der Sturm gegen die Angreifer wurde entfesselt.

Arl von Breitstein warf seine eintausend Mann gegen die linke Flanke der Angorjaner, Wanzolef donnerte zusammen mit der Reiterei in das hintere Drittel des Heeres, das sich schwertat, eine wehrfähige Formation einzunehmen; aus der gleichen Richtung stürmten viertausend weitere Soldaten. Währenddessen gingen ununterbrochen Pfeilschauer auf die Feinde nieder.

Schließlich rannten die siebentausend Soldaten unter der Führung von König Fronwar herbei und warfen sich ins Getümmel.

Die Angorjaner hatten dem geballten Angriff von vier Seiten nichts entgegenzusetzen.

Kleinere Einheiten wurden geradezu vom Geeinten Heer zerrieben, andere flüchteten die Böschung hinauf und wurden dadurch zu einem leichten Ziel für die Bogenschützen auf der Brücke. Die Verluste auf Seiten von Arl, Fronwar und Wanzolef hielten sich dagegen in Grenzen. Es sah nach einem leichten Sieg aus.

Doch der hintere Teil, die Nachhut, hielt sich eisern.

Sie war vor den ulldartischen Pfeilen sicher und grub sich mit ihren langen Lanzen im Kiesbett ein.

Fronwar verfolgte, wie der übermütige Wanzolef bei einem Sturmangriff gegen das Bollwerk aus Schilden und Lanzen einen ersten harten Rückschlag erleiden musste. Etwa fünfhundert seiner Reiter gingen zu Boden, wurden aufgespießt oder verletzt.

In recht kurzer Zeit war aus dem gewaltigen Heer, das Nech gegen sie hatte führen wollen, ein tapferes Häuflein von wenigen Tausend Angorjanern geworden, die sich jedoch umso verbissener wehrten. Sie benutzten sogar die Kieselsteine des Flussbettes als Geschosse gegen die gegnerische Kavallerie.

»Neu formieren!«, befahl Fronwar seinen Untergebenen. »Wir ziehen uns zurück und formieren uns neu. Bieten wir Nech die Gelegenheit, sich uns zu ergeben und weiteres Blutvergießen zu meiden.« Hörner und Fanfaren schmetterten, erteilten die Anweisungen mit ihrem Klang. Er sah in den Kies, der sich durch die Schlacht rot gefärbt hatte; der Untergrund schmatzte feucht, wenn Huf oder Stiefel auftraten.

Fronwar ahnte, dass der Kaiser von Angor ablehnen würde. Aber er wollte nicht später in den Geschichtsbüchern als ein Herrscher erscheinen, der dem Feind nicht die Möglichkeit einer ehrenvollen Aufgabe gegeben hatte.

Die Linien trennten sich voneinander, und im Schein der aufgehenden Sonnen wurde ersichtlich, wie viele Tote und Verletzte dieser erste Angriff vor allem die Angorjaner gekostet hatte: Das gesamte Flussbett auf seinen siebzig Schritten Breite war übersät mit Körpern. Der metallische Geruch von Blut und stinkenden Gedärmen schwebte über dem Schlachtfeld; zum Stöhnen der Verwundeten mischten sich gebrüllte Befehle sowohl auf angorjanischer als auch auf ulldartischer Seite.

Es war noch nicht zu Ende.

Der König atmete den widerlichen Gestank ein. »Ich habe ihn zu oft gerochen«, murmelte Fronwar und verzog das Gesicht. »Sendet einen Unterhändler, und beten wir zu Ulldrael, dass Nech ein Einsehen hat.« Er ritt zur Brücke hinauf, um sich mit Arl und Wanzolef zu treffen.

Das Geeinte Heer ging erneut in Stellung.

Paltena stieg ab und besah die Spuren, welche Männer und Pferde im weichen Boden hinterlassen hatten.

Sie versuchte eine Schätzung und kam zu dem Ergebnis, dass es sich dabei um die Gruppe von Soldaten gehandelt hatte, welche sie vom Schloss an bis zum Heer verfolgt hatten.

»Aber weswegen sind sie abgebogen, bevor sie ihr eigenes Heer erreicht haben?«, fragte sie halblaut und schwang sich auf ihr Pferd.

Der Lärm, der zu ihr drang, sagte ihr, dass die Schlacht voll entbrannt war. Nichts würde sie dazu bringen, sich in den Kampf zu stürzen. Als Spionin nutzte sie Ulldart mehr denn als Tote.

Paltena folgte den Abdrücken. Sie führten die junge Frau weg vom Fluss, eine Steigung und zwischen zwei Hügel hinauf, die ihr Blickschutz gewährten.

Sie ritt langsamer, weil sie sah, dass die Spuren noch sehr frisch waren. Die Einheit besaß kaum Vorsprung. »Welchen Sinn …«

Im letzten Augenblick wich sie dem heranzischenden Bogenschwert aus, das scheinbar aus dem Nichts nach ihr geworfen worden war; mit einem Knirschen fuhr die Klinge in den Baumstamm hinter ihr. Das kurze Auffunkeln hatte sie gewarnt.

Zwei Angorjaner sprangen aus ihren Verstecken und drangen mit erhobenen Schwertern auf sie ein. Einer von ihnen setzte ein Rufhorn an die Lippen.

Paltena trat ihm die Stiefelspitze unters Kinn, das Rufhorn flog davon. Sie ließ sich aus dem Sattel auf ihn fallen und entging damit dem Angriff des zweiten Mannes. Sie zog ihr Schwert und erstach den unter ihr liegenden Angorjaner, sprang auf und erwartete den nächsten Gegner.

Der Mann war mit der dunklen Rüstung und der schwarzen Haut schlecht im Schatten der Bäume zu erkennen, das Monden- und Sternenlicht beleuchtete ihn so gut wie gar nicht.

Er wäre ein viel besserer Spion als ich, dachte Paltena und konnte ihn anhand der Geräusche ausfindig machen; er näherte sich von rechts.

Letztlich verriet ihn das Surren des Schwertes. Die junge Frau erinnerte sich zu spät, dass die wuchtigen, schweren Waffen der Angorjaner nicht für sie zu parieren waren, schon gar nicht mit einer Hand.

Ihre Deckung wurde einfach nach hinten gedrückt, und die Schneide verletzte sie an der linken Schulter. Aufschreiend sprang sie zurück und schlug nach dem Mann.

Ihre Waffe fuhr durch den ungeschützten Hals des Angorjaners, der im gleichen Moment hatte nachsetzen wollen. Paltena hatte ihn nicht einmal gesehen; tot stürzte er zu Boden.

»Wachposten. Dann gibt es wohl bald etwas zu sehen für mich«, murmelte sie und schlich weiter den Weg entlang.

Unversehens stand sie in einer Mulde, in der sich viertausend weitere Angorjaner versammelt hatten – Angorjaner in den bekannten weißen Rüstungen, und sie warteten offenkundig.

Paltena hörte den Schlachtenlärm, der mehr und mehr verebbte. Entweder hatte eine Seite gewonnen, oder man formierte sich neu. Sie rätselte noch immer, was die Truppen vor ihrer Nase taten.

Ein lang gezogener Pfiff ertönte, und eine Bewegung lief durch die Krieger. Die Männer stellten sich in einer Zehnerreihe nebeneinander auf, und die ersten Linien wurden von besonders kräftig aussehenden Streitern mit riesigen Lanzen gebildet.

Seid ihr Nechs Elitetruppe?, fragte sie. Waren sie hier verborgen, um den Kampf herumzureißen und den Sieg zu erringen?

Die Angorjaner machten sich weiter bereit.

Aus dem hinteren Teil der Mulde kam eine Abteilung Reiterei, und die Männer auf den Pferderücken trugen – dunkle Rüstungen!

Als Paltena durch ihr Fernrohr beobachtete, wie verschüttetes Wasser aus einer Trinkflasche die Farbe von ihren dunklen Panzerungen wusch und darunter das gleiche Weiß zum Vorschein kam wie bei den Fußtruppen, bekam sie eine schreckliche Ahnung.

Der Unterhändler hob die weiße Fahne hoch in den Himmel und ließ sie flattern.

Als er sicher war, dass sie im stärker werdenden Morgenlicht vom Feind gesehen wurde, marschierte er los, über Tote und Verwundete hinweg auf die umzingelten Angorjaner zu; neben ihm lief ein Signalist, der mit Fahnen ausgestattet war, um den Verlauf der Verhandlungen unverzüglich mit den Wimpeln weitergeben zu können. Die aufgehenden Sonnen erlaubten ihnen diese Vorgehensweise.

Fronwar, Arl und Wanzolef standen nebeneinander auf der Brücke und beobachteten, was im Flussbett geschah.

»Ich sage, dass Nech nicht aufgibt«, orakelte Arl.

»Und ich *hoffe*, dass er nicht aufgibt«, knurrte Wanzolef feindselig. »Ich habe den Tod von siebenhundertelf Männern zu rächen.«

Fronwar betrachtete die Stellungen des Geeinten Heeres, welche die Streitmacht des Kaisers vollständig umschlossen hatten. Die Fußtruppen waren nach seinen Anweisungen bis zu den Böschungen zurückgewichen und hielten die Schilde so, dass sie einen überraschenden Pfeilangriff jederzeit abwehren konnten. Die Reste der ulldartischen Kavallerie warteten in sicherer Entfernung im ebenen Flussbett, um genügend Anlauf zu haben, falls der Vorstoß befohlen wurde.

»Ich sehe die Bogenschützen nicht«, sagte der König zu Arl.

»Im Wald, mein König«, antwortete der Graf. »Dort stehen sie sicherer, falls die Angorjaner einen Ausfall unternehmen wollen.« Er war sehr zufrieden mit dem Verlauf. »Wir haben noch achttausend Mann, und die Gegner schätze ich auf weniger als dreitausend. Es sollte genügen, um den Sieg sicher nach Hause zu tragen.«

Wanzolef beugte das Haupt plötzlich vor Fronwar. »Ich bitte um Verzeihung«, sagte er.

»Ich verstehe nicht …«

»Ihr wart mit Eurer Annahme, dass sich die Grünhaare nicht einmischen werden, vollkommen im Recht, Hoheit«, erklärte der Hauptmann gefasst, auch wenn es ihm nicht leichtfiel.

Arl nickte. »Und wir wissen, warum: Es ist nicht ihr Krieg, deswegen halten sie sich raus. Das hat der gierige Angorjaner davon.«

Fronwar sah, dass der Unterhändler die Reihen der Feinde beinahe erreicht hatte. Er hob das Fernrohr und verfolgte, wie sich eine Lücke in den Schilden auftat und ein hünenhafter Krieger in einer dunklen Rüstung hervortrat. Er bedeutete dem Unterhändler zu verharren. »Er sagt etwas.«

Gleich danach gestikulierte der Signalist mit den Wimpeln, und ihr Übersetzer auf der Brücke gab wieder, was die Zeichen zu bedeuten hatten. »Der Angorjaner …«

Ein lautes Rufhorn erschallte, und die Köpfe aller wandten sich nach rechts.

Über einen Hügelkamm donnerten berittene Angorjaner mit eingelegten langen Speeren hinweg und hielten genau auf den Rücken der Fußtruppen zu, die keinen schützenden Wald hinter sich hatten.

Es waren nicht viele Angorjaner, aber Wanzolef glaubte, sie gleich wiederzuerkennen. »Das sind die Reiter, die uns überfallen haben und mit denen das Gefecht begann!«, rief er aufgeregt. »Bastarde! Ich gebe ihnen Verhandlungen!« Er hob sein kupferfarbenes Rufhorn an die Lippen und schmetterte eine kurze Tonfolge.

Die hustrabanische Kavallerie rollte das Flussbett entlang.

»Majestät«, rief ihr Übersetzer aufgeregt. »Hört …«

»Haltet Ihr das für einen guten Einfall, Wanzolef?« Fronwar hatte keine Ohren für den Übersetzer. Er sah durch das Fernrohr, wie der Angorjaner zuerst zum Hügel blickte, dann hörte er die feindliche Reiterei nahen. Er schrie etwas, und die Lücke der Schilde schloss sich.

»Es ist zu spät für Milde, König.« Wanzolef setzte das Horn ab. »Sie haben uns getäuscht und sollen ihre Strafe empfangen.«

Arl gab ihm recht. »Dieser sinnlose Flankenangriff macht deutlich, wie sie denken: Sieg oder Tod.«

Fronwar konnte sich von dem Angorjaner nicht losreißen. Mit einer kraftvollen Bewegung zog er sein Schwert und teilte den Unterhändler von der Schulter bis zum Gürtel. Er setzte sogar dem fliehenden Signalisten nach, doch ein Pfeil kam aus dem Wald geflogen und bohrte sich in seinen Oberkörper. Die Ulldarter hielten zusammen.

Der Angorjaner blieb zwar auf den Beinen, aber da wurde er von der heranfliegenden hustrabanischen Kavallerie überrannt. Er verschwand zwischen den Pferdeleibern, Fronwar konnte sich ausmalen, wie ihn die Hufe zertrampelten und in den weichen Boden stampften.

»Dann eben auf diese Weise«, sagte Fronwar dumpf und schwenkte das Fernrohr zum Fuß des Hügels, wo die kleine Truppe angorjanischer Reiter die Fußsoldaten aus Tarpol niedermähte. Er ließ den Angriffsbefehl für das Geeinte Heer geben. »Kommt, Graf von Breitstein. Schreiben wir ein weiteres blutiges Kapitel in Ulldarts Geschichte.«

»Wenigstens ist es siegreich«, warf Wanzolef ein und eilte zu seinem Pferd; der König und der Graf bestiegen ebenfalls ihre Reittiere.

»Majestät, so hört doch!« Der verzweifelte Signalist näherte sich ihnen.

»Wir brauchen dich nicht mehr. Warte hier, bis es vorbei ist«, sagte Fronwar. »Du hast Glück: Dein Leben wird verschont sein.«

Doch der bleiche Mann gab nicht auf. »Majestät, der Angorjaner ...«

»... hat seinen Lohn für den Mord am Unterhändler erhalten.« Arl sah den Mann verwundert an. »Jetzt zügele dich und erinnere dich, mit wem du sprichst, Soldat.« Er preschte davon, und König Fronwar folgte ihm.

»Aber es sind Farkons Soldaten!«, schrie der Signalist verzweifelt und rannte hinter ihnen her. »Farkons Soldaten, versteht Ihr nicht?«

Fronwar riss sein Pferd herum. »Was sagst du da?«

Der Mann zeigte in das Flussbett. »Da unten, das sind die Krieger des Bruders! Der Angorjaner hat gesagt, dass er uns für Verbündete von Nech hält, weil wir sie angegriffen haben!«

»Ulldrael, wir sind doch in eine Falle gegangen.« Fronwar schluckte und sah zu dem kleinen Scharmützel am Fuße des Hügels. »*Das* da drüben, *das* sind Nechs Leute!«, kam es heiser aus seiner Kehle. »Gebt den Befehl aus ...«

Seine Worte gingen in dem gewaltigen Brüllen unter, mit denen die Angorjaner einen Ausfall nach beiden Seiten des Flussbettes begannen. Arl von Breitstein hatte recht behalten: Sie wollten in ihrer letzten Schlacht entweder siegen oder ruhmreich untergehen.

Paltena verfolgte, wie die Reiterei mit den dunkel gefärbten Rüstungen über die Kuppe hetzte.

Sie hatte gefolgert, dass es sich um Nechs Leute handelte – welchen Grund gab es sonst, ein solches Versteckspiel zu betreiben? Zumal sie einige der Gesichter in den Reihen der Lanzenträger erkannt hatte. Sie war in den letzten Wochen oft genug in Ilfaris und in der Nähe von Nechs Einheiten gewesen.

Wenn die Soldaten in der Mulde die Feinde waren, schlug sich Ulldart dann mit Freunden, ohne es zu wissen?

Sie rannte den Abhang hinauf, um sich für die Späher des Geeinten Heeres sichtbar zu machen. Sie wollte das Hauen und Stechen verhindern.

Paltena erreichte den flachen Gipfel zu spät: Nechs Reiter hatten die ulldartischen Fußtruppen am Fuß des Hügels überrumpelt und richteten ein Massaker an.

Dann erklang ein fernes Hornsignal von der Brücke herab, das ein Gewitter auszulösen schien. Der Wald raubte ihr die Sicht, aber sie vermutete, dass es sich um die hustrabanische Kavallerie handelte, die einen Angriff unternahm.

Gleich darauf brandete ein vielstimmiger Schrei auf, der nicht mehr verstummen wollte, bis lautes Waffenklirren erschallte; nicht lange danach sah Paltena, dass angorjanische Truppen durch das Flussbett gerannt kamen und sich gegen die wartenden Soldaten des Geeinten Heeres warfen. Ein letztes Aufbäumen. Sie vermutete, dass das Gefecht in wenigen Augenblicken entschieden sein würde.

Sie stand regungslos und überlegte, was sie ausrichten konnte. Sie hatte die Falle von Kaiser Nech zu spät erkannt, aber noch war es möglich, seinen zweiten Schlag mit den Fußsoldaten zu vereiteln.

Paltena rannte den Hügel hinab, dorthin, wo sie einige herrenlose Pferde entdeckt hatte. König Fronwar musste von der lauernden zweiten Streitmacht erfahren, die in aller Ruhe wartete, um den Sieger des Kampfes zu überfallen.

Paltena fing einen Rappen ein und preschte flach an den Pferdeleib geduckt mitten durch die Reihen der Kämpfenden, am Hügel vorbei und auf den Pfad zu, der auf die Brücke führte.

Ein Schwerthieb traf sie aus dem Getümmel heraus am Unterschenkel; der Schmerz fuhr ihr heiß durch den Körper, und sie schrie auf. Hätten die Riemen des Steigbügels einen Großteil der Wucht nicht abgefangen, hätte sie womöglich ihren linken Fuß eingebüßt.

Der Rappe trug sie in gestrecktem Galopp auf den Pfad zu, vor dem das Geeinte Heer eine Linie aus Schilden gebildet hatte. Dahinter erkannte sie das Banner des Königs von Serusien, und sie glaubte, ihn an der Seite des Grafen von Breitstein zwischen den Reitern auszumachen.

Paltena wagte es, sich aufzurichten und zu zeigen. »Majestät!«, rief sie aus Leibeskräften und hob beide Hände, damit die Soldaten sahen, dass sie unbewaffnet war. »Majestät, eine Falle!«

Die Linie öffnete sich für sie, und sie brachte ihr schnaubendes Pferd vor Fronwar zum Stehen, der sie verwundert und erleichtert zugleich ansah. Er hatte ihre Wunde sofort bemerkt.

»Paltena! Was …«

»Nechs Soldaten warten hinter dem Hügel«, keuchte sie. »Ein Hinterhalt. Die Soldaten, gegen die Ihr kämpft …«

»Wir wissen es. Es sind Farkons Leute«, sprach er grimmig. Er erteilte den Meldereitern das Geheiß, allen Einheiten den geordneten Rückzug zu befehlen und sich unter der Brücke zu versammeln. »Das Morden unter Verbündeten muss auf der Stelle beendet werden!« Fronwar rief einen Cerêler, der sich um die junge Spionin kümmern sollte. »Hinter dem Hügel, sagst du?«

Paltena nickte. »Ich schätze, es sind viertausend Krieger.«

Arl von Breitstein stellte sich in den Sattel, um den Verlauf des

Kampfes zu verfolgen. »Majestät, wir unterliegen auf der rechten Seite!«, rief er aufgeregt.

Paltena und Fronwar schauten zur Uferböschung, wo die Angorjaner die Fußtruppen des Geeinten Heeres vor sich hertrieben und die Langsameren niederstachen. Ihr Kampfwille wurde durch den sichtlichen Erfolg angestachelt.

»Raus mit den Meldereitern«, befahl Fronwar bleich. Je schwächer die Angorjaner und das Geeinte Heer wurden, desto mehr stiegen die Aussichten von Kaiser Nech auf einen Sieg. »Alle Kämpfe sind sofort einzustellen!« Er kehrte mit Arl und Paltena wegen des besseren Überblicks auf die Brücke zurück.

Sie verfolgten, wie sich das Geeinte Heer unter großen Verlusten von den Angorjanern trennte und sich unter der Brücke zusammenzog, während die Kavallerie an den Flanken Aufstellung nahm. Die Angorjaner kehrten in die Mitte des Flussbetts zurück.

Paltena überschlug die Zahl der jeweiligen Soldaten. »Wir haben beide nur noch etwa viertausend Mann«, sagte sie leise.

»Immer noch genügend, um Nechs Leute zu vernichten«, grollte Arl.

Fronwar sandte neue Unterhändler zu den Reihen der Angorjaner. Eine friedliche Einigung musste unter allen Umständen erzielt werden.

Plötzlich erschallte ein warnender Ruf von der anderen Seite der Brücke.

Paltena sah hinter sich und erkannte, dass sich die Kavallerie in den strahlend weißen Rüstungen keine dreißig Schritte entfernt im Kies aufreihte. Es waren nicht mehr als fünfhundert Berittene, und vor ihnen stand eine dünne Linie aus einfachen Soldaten. Gleichzeitig marschierten die Lanzenträger und weiteren Infanteristen über die Hügelkuppe und bereiteten den Angriff auf Farkons verbliebene Krieger vor.

Fronwar war dennoch erleichtert. »Nech hat sich mit seiner Überheblichkeit zu einem offenen Angriff entschieden. Das wird ihm das Genick brechen!« Er ließ einen Meldereiter zu Wanzolef eilen, um ihm den Angriff auf Nechs Kavallerie zu befehlen; bevor sich der Bote auf den Weg machen konnte, ertönte ein langes Hornsignal.

Nechs Berittene wandten sich um und zeigten dem Geeinten Heer den Rücken, die Soldaten bückten sich und schienen etwas aufzuheben, dann machten sie sich an den Hälsen der Pferde zu schaffen. Die Reiterei preschte los, es sah nach Flucht aus.

Unvermittelt flog der Kies in geraden Linien nach oben, und Paltena sah die dicken Seile, die sich strafften. Immer mehr Taue wurden sichtbar und liefen auf die Fundamente der Pfeiler zu.

»Bei Ulldrael!« Paltena sah zu Fronwar. »Runter von der Brücke, Majestät!« Dann peitschte sie auf ihren Rappen ein, der sich vor Schreck aufbäumte und den Weg entlangjagte. Der Hinterhalt war von langer Hand geplant und nichts dem Schicksal überlassen worden: Nech hatte die Fundamente der Brücke untergraben lassen, und die Reiter entfernten die letzten Streben, um sie zum Einsturz zu bringen.

Eine Erschütterung lief durch die Brücke, knisternd zogen sich Risse über die Straße und huschten nach allen Seiten davon, während sich von der Unterseite erste große Quader lösten und auf das Geeinte Heer fielen.

Als die Hufe von Paltenas Rappen den rettenden festen Boden erreichten, zerbarst die Brücke in mehrere Teile und sackte in sich zusammen.

Die Bogenschützen wurden in die Tiefe gerissen und verschwanden schreiend in einer grauen Staubwolke, das Geeinte Heer darunter bekam das Gewicht Tausender Steine zu spüren. Der Länge nach umstürzende Pfeiler erschlugen diejenigen, welche sich bereits auf der sicheren Flucht geglaubt hatten.

Die aufwirbelnden grauen Schwaden verdeckten Paltenas Sicht auf den ausgetrockneten Fluss. Sie schaute bang in die Schlieren und wartete hoffend darauf, dass sich Arl von Breitstein oder König Fronwar zeigten.

Ein Schemen taumelte aus dem Staubnebel, hustend schleppte

sich ein Bogenschütze vorwärts und sank auf die Erde; so sehr sie es sich wünschte, weitere Menschen folgten ihm nicht mehr.

Sie rang ihre Bestürzung nieder und wendete ihr Pferd.

Paltena galoppierte die Straße zurück nach Serusien. Eine Spionin konnte an diesem Ort nichts mehr ausrichten. Hier wurde ein göttliches Wunder benötigt, um den Ausgang des Kampfes noch ändern zu können.

XV.

Kontinent Ulldart, Königreich Ilfaris, Herzogtum Vesœur, Spätsommer im Jahr 2 Ulldrael des Gerechten (461 n.S.)

Nech Fark Nars'anamm begutachtete, was seine Truppen angerichtet hatten.

Das Flussbett lag bis zum Rand der Böschung voller Leichen: die Soldaten seines Bruders, Soldaten aus den verschiedensten Teilen Ulldarts und kaum welche aus seinen eigenen Truppen. Weiter unten bildete die eingestürzte Brücke einen Damm, als wolle sie der Flut der Toten Einhalt gebieten.

»Glorios«, fasste es Nech mit einem einzigen Wort zusammen und sah zum Grafen Pontainue, der auf dem Pferd neben ihm saß. Diesem war der Anblick von so viel Verderben nicht geheuer. »Den Sieg habe ich zu einem Teil dir zu verdanken. Dafür sollst du über die Maßen entlohnt werden.« Nech nickte einem seiner Wächter zu, und man reichte dem Grafen ein Säckchen. »Darin sind Diamanten, Graf Pontainue. Blutdiamanten, dem Anlass entsprechend«, lachte er und wandte sich dem Schlachtfeld zu. »Es war eine gute Idee, die Brücke zu präparieren. Und die Stelle für den Kampf hätte nicht passender sein können. Gut, dass du uns beraten hast.«

Pontainue verneigte sich und fühlte sich unwohl, weil sein Gewissen ihm keine Ruhe gewähren wollte. Er war das Bündnis mit dem leibhaftigen Tzulan eingegangen. Ein Ende des Paktes hätte seinen und den Tod seiner Familie bedeutet. Jedenfalls sagte er sich das immer wieder. »Vielen Dank, allerhöchster Kaiser.«

Nech atmete tief ein und lachte kurz auf. »Ha! Das wird ihnen eine Lehre sein! Niemand fordert einen Kaiser heraus.« Er winkte hinter sich, und ein unbewaffneter Angorjaner in einer dunklen Rüstung wurde vor ihn geführt; die Hände waren ihm auf den Rücken gebunden worden, die Finger waren sicherlich abgestorben. Die Wachen zwangen ihn auf den Boden. »Du bist der Melder, den mein verräterischer Bruder zu König Fronwar von Serusien gesendet hat?«

Weil der Mann keine Antwort gab, bekam er einen Hieb mit dem Lanzenstiel in den Rücken, und er nickte. »Ja.«

»Und wie lautete dein Auftrag? Ich höre es so gern!«

»Ich sollte dem König von unseren Kriegern berichten, die sich ihm anschließen wollten.«

Nech legte den Kopf in den Nacken und lachte laut. »Dann schau dich gut um! Lauf nach Tersion und berichte deinem Kommandanten, was ich mit denjenigen Kriegern mache, welche Farkon gegen mich aussendet. Und richte meinem Bruder aus: Ich fürchte mich nicht vor ihm, sag ihm das. Er soll den Thron räumen, und das Blutvergießen hat ein Ende.«

»Ich bin nur ein einfacher Melder …«

»Dann soll es dein Kommandant nach Angor melden«, schrie Nech unvermittelt und trat nach dem Mann, der rückwärtsfiel und sich umständlich auf die Knie wälzte.

Mehrere Soldaten rannten durch den Kies und zerrten Leichen hinter sich her. Sie waren aus den Trümmern der Brücke geborgen worden. Den Verletzungen und Schrammen auf den Rüstungen nach hatten die Steine sie erschlagen.

Nech erkannte unter ihnen den König von Serusien an seiner Rüstung und den Insignien. »Schneidet ihm den Kopf ab und sendet das Haupt an seine Familie«, befahl er. »Sagt ihnen, dass nicht ich es war, der ihn umgebracht hat, sondern mein Bruder und das Misstrauen der Völker Ulldarts. *Ich* habe diesen Kampf nicht gewollt.«

Die Soldaten trugen die Leiche einige Schritt zur Seite und hackten den Schädel ab. Sie legten ihn zusammen mit dem Siegelring und dem Schwert in eine Kiste und brachten sie weg.

Nech bedeutete den Soldaten, den Melder auf die Beine zu stellen. »Und ich muss dir ebenso danken«, verhöhnte er den Gefangenen. »Ohne dich wäre es uns nicht gelungen, die Truppen so marschieren zu lassen, wie es am günstigsten für unsere Falle war. Du wirst verstehen, dass ich dir nichts schenken kann, abgesehen von deinem Leben. Doch das ist bereits mehr als großzügig, wie ich finde.« Er ließ ihn abführen. »Setzt ihn auf sein Pferd. Er soll die Kunde meines überragenden Sieges verbreiten.«

Nech wandte sich ab und ritt umringt von seiner Leibgarde langsam am Ufer entlang. Die Blicke aus seinen braunen Augen schweiften über die übereinanderliegenden Leichen: mit Pfeilen gespickt, verstümmelt, manche merkwürdig weiß und scheinbar unversehrt, andere nichts weiter als ein Klumpen rohen Fleisches und nicht mehr als ein Mensch zu erkennen.

»Das Gesicht des Krieges«, sagte er abwesend. »Angor, ich danke dir für deinen Beistand.«

Er versank beim Anblick der Toten in Gedanken und erschrak, als er von einem seiner Leibwächter angesprochen wurde. Zwei Nič̌ti standen in seiner Nähe und verneigten sich vor ihm; den rechten kannte er, er nannte sich Mi'in. »Gratulationen zum Sieg?«, fragte er amüsiert und ließ seine Garde Platz für die Verbündeten machen.

»Ja, höchster Kaiser. Es war ein gelungener Zug, das Geeinte Heer gegen die Angorjaner zu führen und es glauben zu lassen, es wären Eure Soldaten«, sagte Mi'in.

»Es hätte ebenso bei Kensustrianern und Nič̌ti geklappt. Wenn sich Völker schon ähneln, sollte man es zu seinem Vorteil ausnutzen.« Nech grinste. »Für die ungebildeten Ulldarter sehen wir Angorjaner gleich aus: breit und schwarz.« Er wurde ernst. »*Wo* wart *ihr*?«

»Ihr meint, falls Euch eine Niederlage gedroht hätte und Ihr unseren Beistand benötigt hättet?« Mi'in lächelte vieldeutig. »Es waren genügend unserer Krieger in der Nähe, um eingreifen zu können. So oder so wärt Ihr als Sieger hervorgegangen. Allerdings wollten wir Euren Triumph nicht dadurch schmälern, indem wir ohne Not eingriffen. Es war Euch doch recht, allerhöchster Kaiser?«

»Schlaue Worte, Mi'in. Sehr schlaue Worte.« Nech versuchte anhand des schmalen, bronzefarbenen Gesichts zu ergründen, was sich hinter der glatten Fassade verbarg. »Es kann sein, dass ich Eure Krieger bald benötige. Die Ulldarter werden sich die Niederlage nicht gefallen lassen und ein zweites Heer aufstellen.« Er schaute zu den Leichen. »Die Quellen meines Bruders sind ergiebig. Das nächste Mal wird er zehnmal so viele Soldaten senden, um mich zu vernichten.«

»Wir werden da sein, um Euch beizustehen«, erklärte Mi'in ruhig.

Nech sah ihn an. »Ihr seid nicht nur deswegen zu mir gekommen?«

»Nein, Kaiser. Ich wollte Euch darauf vorbereiten, dass die Verhandlungen mit den Kensustrianern nicht sehr gut verlaufen sind. Sie gehen auf unsere Forderungen nicht ein, und von daher werden wir bis zum Herbst unsere Offensive einläuten, um sie ein für alle Mal zu vernichten.« Mi'in lächelte. »Wir benötigen Eure Soldaten, allerhöchster Kaiser.«

»Wäre es nicht besser, wenn sie die Grenzen zu Ilfaris sichern …«

»Es hat Euch niemand dazu gezwungen, Ilfaris einzunehmen. Wir haben eine Abmachung geschlossen, allerhöchster Kaiser. Ihr wollt Kensustria nach unserem Abzug für Euch, so kommt und holt es Euch. Sollte ein anderer das brachliegende Land für sich ergreifen, habt Ihr das Nachsehen.«

Nech fluchte innerlich. »Ich habe neue Truppen aus Angor angefordert, doch ich weiß nicht, ob sie es bis zum Herbst schaffen.«

Mi'in verneigte sich. »Wir sehen uns bald wieder, allerhöchster Kaiser. Und nochmals meinen aufrichtigen Glückwunsch zum Sieg.« Die Ničti drehten sich um und gingen.

»Wenn man sie nicht brauchte«, murmelte Nech und rammte seinem Pferd die Sporen in die Flanke.

Er ritt zurück zu seinem Schlösschen, um den Erfolg gebührend mit seiner Gemahlin feiern. Die Zeit, sich Sorgen zu machen und neue Pläne zu schmieden, würde er sich morgen nehmen.

Kontinent Ulldart, Kensustria, Frühherbst im Jahr 2 Ulldrael des Gerechten (461 n.S.)

Tai-Sal Ib'annim befand sich in dem lang gezogenen Graben, in den sich die dreitausend Mann starke Einheit der Ničti seit der Verkündigung des Waffenstillstands zurückgezogen hatte. Um sie herum war jeder Baum, jeder Strauch gerodet worden, damit sich nichts und niemand an die Krieger anschleichen konnte. Es sah trostlos aus.

Durch sein Fernrohr betrachtete er die gegenüberliegende Festung der Kensustrianer: ein viereckiger Klotz, hoch wie acht Häuser, lang wie sieben Gespanne und tief wie vier. Die Steine waren derart perfekt verfugt, dass sich keine Lücken zeigten, und die vielen Luken mit den eisernen Klappen davor versprachen viele unliebsame Überraschungen.

»Mir ist schleierhaft, welche Aufgabe wir bei dem Angriff übernehmen«, sagte der Tai-Sal und setzte das Fernrohr ab. »Ich wüsste nicht, wie man dieses Bollwerk selbst mit einer Batterie Katapulte in die Knie zwingen sollte.«

»Nicht an *einem* Tag, Tai-Sal«, erwiderte Mi'in. Er lehnte neben ihm und musterte den Angorjaner.

Ib'annim kniff die Mundwinkel zusammen. »Ich bin mit meinen zweitausend Mann am völlig falschen Ort«, befand er. »Wir sind Krieger, die den offenen Kampf und das Schlachtfeld bevorzugen.«

»Heißt das, dass es auf Angor keine Festungen gibt?«, staunte Mi'in. »Eure Heere rennen sofort gegeneinander an und entscheiden am ersten Tag, wer Sieger ist?«

»Es gab seit mehr als dreihundert Jahren mehr keinen Krieg der Angorjaner untereinander.«

»Oh. Wie schade, dass sich die Brüder nicht einig geworden sind«, bedauerte der Ničti. »So ein mächtiges Reich, das zersplittert und sich selbst schwächt.« Das Funkeln in den Bernsteinaugen verriet Schadenfreude und Boshaftigkeit. »Eure Heimat wird eine leichte Beute, Tai-Sal.«

»Der allerhöchste Kaiser Nech wird schon bald gewonnen haben und die Einheit des Kontinents hergestellt haben«, antwortete Ib'annim unverzüglich. Er sah nach rechts und links, wo Angorjaner und Ničti nebeneinander und vermischt in den Stellungen auf einen Befehl warteten. »Was kommt nun, Mi'in? Habt Ihr eine Wunderwaffe, um die Wände der Festung zum Einsturz zu bringen?«

Mi'in betrachtete ihn lange schweigend. »Ich möchte Euch zunächst erklären, was sich hinter dem Waffenstillstand mit den Kensustrianern verborgen hatte. Ihr seid unser Verbündeter und habt ein Recht auf die Wahrheit.«

Der Tai-Sal war überrascht. »Eine Taktik, um Vorbereitungen zu treffen, nehme ich an?«

»Eine freundliche Frist. Seht, wir sind nach Ulldart gekommen, um die Kensustrianer zu vernichten und die Nachfahrin einer Frau, die mitten unter schrecklichen Kreaturen lebte, zu einer Göttin zu erheben. Zu *unserer* Göttin.« Der Ničti lächelte. »Das Signum unserer Göttin ist ein heiliges Amulett, welches ihr zu einem Teil gestohlen wurde. Sie hat sich allein auf den Weg begeben, um es unter allergrößten Gefahren zurückzuholen.« Mi'in zeigte mit seinem Fernrohr über den Graben hinweg auf die Festung. »Das Amulett verleiht ihr Kräfte, die Kräfte unserer Göttin Lakastra.«

Ib'annim glaubte zu verstehen. »Daher die Verzögerung! Ihr musstet warten, bis sie mit dieser Waffe zurückgekehrt war!«

»So ist es. Wir sind sehr glücklich, weil wir das höchste Wesen, das es in unserem Glauben gibt, in unseren Reihen wissen. Der Sieg über die Kensustrianer, die Abtrünnigen und Lästerer, ist damit so sicher wie der Aufgang der Sonnen.« Mi'in strahlte über das ganze Gesicht.

»Ich bin gespannt, was diese göttliche Macht mit dem künstlichen Berg anrichtet«, gestand der Tai-Sal. »Sagt, die Nachricht über die Rückkehr Eurer Göttin hat sich auch bis zu meinem Herrn herumgesprochen, oder kommt es mir zu, ihm von der erfreulichen Entwicklung zu berichten?«

»Kaiser Nech wird unserer Göttin schon bald von Angesicht zu Angesicht gegenübertreten. Denn wenn ich mich richtig entsinne, betrachtet auch Ihr den Kaiser als einen Gott?«

»Als den Stellvertreter des Gottes Angor, ja.« Ib'annim hatte vor seiner Abreise an die kensustrianische Front Zweifel gehegt, ob die Unternehmung auf Ulldart überhaupt zu einem guten Ende führen konnte. Diese Kunde weckte berechtigte Zuversicht.

Der Nički grinste und zeigte seine langen, kräftigen Eckzähne. »Dann wird es sehr spannend werden.« Er hob sein Fernrohr und betrachtete die Festung erneut. »Es ist ruhig. Die Frevler fürchten sich vor uns«, sagte er leise lachend.

Ib'annim stutzte. »Was meintet Ihr damit, dass es spannend wird?«

»Wenn zwei Götter aufeinandertreffen, wird lediglich einer von ihnen Bestand haben. Und Angor wird unserer Göttin weit unterlegen sein.« Mi'in rief Befehle nach rechts und links den Graben entlang; die Nički zogen ihre Schwerter. »Es geht gleich los, Tai-Sal Ib'annim.«

Der Angorjaner war alarmiert, doch nicht wegen des bevorstehenden Angriffs. »Ihr redet mir zu wirre Dinge, Mi'in. Droht meinem Herrn Gefahr?«

»Nein, Tai-Sal. Es wird ihm kein Haar gekrümmt.«

Ib'annim war jedoch zu beunruhigt, um die Beschwichtigung ernst zu nehmen. »Ihr ...«

Mi'in zog sein Schwert. »Erst der Angriff. Danach erkläre ich es Euch, wenn Ihr es immer noch wissen möchtet.«

Der Angorjaner knirschte mit den Zähnen, zog die schwere

Klinge und packte den Schild. »Woran erkennen wir, wann es losgeht?«

»Achtet genau auf die untere Reihe der Festungsmauer. Die Steine werden aufglühen und durch die Macht unserer Göttin zum Schmelzen gebracht«, wies ihn der Ničti ein. »Das Gewicht der Quader darüber wird sie zusammendrücken, und dann stürzt ein Teil ihres Bollwerks ein.« Mi'in hob sein Fernrohr und bedeutete ihm, es ebenfalls in die Hand zu nehmen. »Ihr achtet auf die linke Seite, Tai-Sal. Sobald Ihr ein Glühen seht, gebt Euren Soldaten den Angriffsbefehl. Meine Krieger werden sofort folgen.«

Ib'annim war beeindruckt, obwohl er es nicht wollte. Nech besaß keine solchen Kräfte. Er starrte und wartete.

Die Stille lastete schwer auf ihm, die Anspannung kroch in ihn und brachte seine Nackenhärchen dazu, sich aufzurichten. Bald war er dem Ziel, Kensustria erobert zu haben, einen Sieg näher. Oder hatte seine Unruhe einen anderen Auslöser?

»Seht Ihr schon etwas, Tai-Sal?«

»Nein«, gab Ib'annim angespannt zurück. »Wie sieht es bei Euch aus?« Er hörte, dass sich der Ničti aufrichtete.

»Sehr gut, Tai-Sal. Sie ahnen nichts.« Er brüllte einen Befehl.

Als der Angorjaner den Mund öffnete, um seine Soldaten aus dem Graben zu jagen, bekam er einen Schlag in den Rücken, der ihm die Luft raubte und seine Brust in Flammen aufgehen ließ; unfähig sich zu bewegen, rutschte er ächzend an der Wand nach unten, sein Gesicht wurde durch den Dreck gezogen. Blut schoss ihm die Gurgel nach oben und lief ihm über die Lippen, das Kinn und den Hals hinab.

Mi'in zog sein Schwert aus Ib'annims Rücken, drehte ihn mit dem Fuß um und sah ihn an. Seine Augen glommen grellgelb, die Züge wirkten animalisch und furchterregend. »Unsere Göttin hat den Pakt mit Angor aufgehoben. Sie ist nicht der Ansicht, dass wir einen schwachen Verbündeten brauchen, der mehr Ärger macht als er Vorteile bringt.«

Ib'annim vernahm die Schreie seiner ahnungslosen Männer,

die das Schicksal mit ihm teilten, hinterrücks erstochen zu werden. Zweitausend Tote innerhalb eines Atemzuges. Das Blut in seiner Kehle unterband jedes Wort, er hustete und spuckte nur.

»Die Festung, die Ihr seht, ist schon lange verlassen. Auch wir können Hinterhalte legen, doch im Gegensatz zu Euch haben wir nicht einmal Verluste.« Mi'in ging vor ihm in die Hocke, steckte sein Schwert in den Boden und zog den Dolch. Er schlitzte den Ärmel des Tai-Sal auf und schnitt mit einer raschen Bewegung einen handtellergroßen Fleischbrocken vom Unterarm ab. Ib'annim schrie erstickt.

Der Nički schlug seine langen, scharfen Zähne hinein und biss einen Fetzen ab. »Schwarzes Fleisch schmeckt nicht schlecht«, stellte er zufrieden fest. Er wischte sich das Blut aus den Mundwinkeln. »Ihr Angorjaner habt uns ein wahres Festmahl geliefert. Wenigstens dazu taugt ihr.« Er setzte zu einem zweiten Schnitt an, den Tai-Sal Ib'annim jedoch nicht mehr spürte. Dessen Herz stand still.

Kontinent Ulldart, Königreich Ilfaris, Herzogtum Turandei, Frühherbst im Jahr 2 Ulldrael des Gerechten (461 n.S.)

Man sagt, dass du den Bediensteten verboten hast, den Kamin im Arbeitszimmer zu heizen, Fiorell.« Perdór stand auf der Schwelle, die Arme gegen die ausladenden Hüften gestemmt. »Soll mich der Tod holen?«

»Er würde Euch kaum verfehlen, oder?« Fiorell saß am Schreibtisch und zeigte mit dem Federkiel auf den runden Bauch. »Ihr solltet nicht so dastehen, Majestät. Es betont Eure Ausladigkeit im vorderen Bereich besser als der Lichtkegel einer Blendlaterne. Wäre ein Kind hier und hielte einen Stock in der Hand, würde es voller Vergnügen auf Euch eindreschen und Euch eine Pauke mit Beinen nennen.«

»So? Dann werde ich dir die Flötentöne beibringen!« Perdór eilte auf ihn zu und nahm ein Zierwaffeleisen von der Wand. »Noch besser: Ich verpasse deinem Possengesicht ein hübsches kariertes Muster, wenn du deine alten Narrenkleider schon nicht mehr anziehst!«

»Haltet ein, ich ergebe mich!«, jammerte der Narr gespielt und hob die Arme über den Kopf. »Mein Anliegen ist ehrenhaft, Majestät.« Er linste zwischen einem Spalt hindurch.

»Du möchtest Holz sparen?«

»Nein.«

»Dann sehe ich keinen Sinn darin.« Perdór holte zum Schlag aus.

»Er hat auf mich gewartet, Majestät«, kam eine bekannte weibliche Stimme leise aus dem Kamin.

»Ah, der Schornstein spricht wieder. Wie schön.« Perdór fing den Hieb ab und ließ das Eisen vor Fiorells Nase auf das Papier krachen. Er sah dem Narren aufmerksam ins Gesicht. »Was ist mit dir? Keine Rußflecke? Du hast deine Geliebte nicht einmal mit einem Kuss begrüßt?«

Fiorell lächelte verschmitzt und nahm die Arme herab. »Ich habe dieses Mal besser aufgepasst. Und wenn man die richtige Stelle trifft …«

Perdór winkte ab. »Ich möchte nicht wissen, wo dein Mund war, Possenreißer und Herzensbrecher. Tun wir so, als würden wir den Kamin entfachen.«

Sie wandten sich um. Der König stellte sich neben Fiorell, der in aller Ruhe ein Feuer vorbereitete. Dabei sah er Paltenas Schuhspitzen, die Knie und ihre Augen, die im Licht aufglänzten und ihm einen liebevollen Blick schenkten. Sie war in die Hocke gegangen.

»Ich grüße dich«, sagte Perdór gedämpft. »Ich habe sehnsüchtig auf neue Kunde gewartet, denn mehr als Gerüchte habe ich nicht erfahren. Die Angorjaner haben meinen Hausarrest …«

»Schlossarrest«, kam es von Fiorell.

»... was auch immer. Sie haben meinen Arrest verschärft und lassen niemanden zu mir.«

»Glaub ihm kein Wort. Meine Sehnsucht war weitaus größer«, raunte Fiorell grinsend.

Paltena unterdrückte ein Lachen, dann wurde sie ernsthaft. »Fronwar und Arl von Breitstein sind tot, die Söhne haben die Amtsgeschäfte übernommen. Aber es gibt derzeit niemanden, der sich in der Lage sieht, den Zusammenhalt zwischen den Königreichen Ulldarts zu schaffen, wie Ihr es vermögen würdet, Majestät«, berichtete sie. »Die Serusier haben ihre Grenzen geschlossen.«

»Was ist mit Tersion?«

»Es wird von einem kleinen Kontingent Kaiser Farkons gehalten, aber wenn sich Nech und die Ničti dazu entschließen sollten anzugreifen, würde es fallen. Die Verluste lassen sich nicht so leicht verschmerzen.« Paltena holte einige Unterlagen unter ihrer dunklen Kleidung hervor. »Die Truppenverlegungen deuten jedoch darauf hin, dass die Offensive in Kensustria fortgesetzt werden soll. Tersion scheint nicht in Gefahr zu sein. Derzeit.«

»Es ist Herbst. Die Frist läuft ab, die von Simar gesetzt wurde«, murmelte Perdór nachdenklich. »Und die Kensustrianer hatten gedroht, dass sie Ammtára angreifen würden, um es auszulöschen, wenn ihr eigenes Reich untergeht.«

»Sie werden dazu quer durch die Königreiche ziehen müssen.« Fiorell legte jeden Span einzeln in Position, als schaffe er ein Kunstwerk. »Gewähren wir es ihnen, um weitere Tote zu vermeiden?«

»Ammtára und seine Bewohner sind ebenso Ulldarter wie wir, Fiorell. Sie haben uns gegen Govan beigestanden, also können wir sie nicht im Stich lassen.« Perdór ballte die Fäuste. »Mir widerstrebt es, den Ničti freie Hand zu lassen.«

»Das würde bedeuten, den Kensustrianern beizustehen«, überlegte Paltena laut.

Fiorell nahm den Ball auf. »Angenommen, man würde ein Heer aufstellen und die Fremden besiegen – wissen wir denn, wie viel

Nachschub die Ničti bekommen? Wäre es nicht eine Entscheidung, die uns in den Untergang führen könnte?«

Perdór schloss die Augen, seine Gedanken schwirrten umher und fanden keine Lösung. Es würde ihm schon gar nicht gelingen, wenn er in seinem Schloss festsaß, ein Gefangener in einem goldenen Käfig. Argumente rangen in ihm mit Vorbehalten und Zweifeln, aufkeimende Schlüsse und sich auftuende Auswege vergingen zu nichts und rannen ihm davon, ehe er sie zu packen bekam.

Er reckte die Arme nach oben, hob den Kopf und öffnete die Augen. »Ihr Götter! Ulldrael, erwache und steh uns bei! Zeige mir den Weg, der uns befreit und in einen Frieden führt!«, flehte der König verzweifelt. »Wo seid ihr, ihr Götter, wenn euch die Menschen brauchen? Ihr habt uns geschaffen, jetzt kümmert euch! Kümmert euch um eure Kinder!«

»Nicht so laut, Majestät«, zischte Fiorell und sah zur Veranda. »Sonst werden die Wachen …« Aber er sah keinen Schatten vor dem Fenster. »Sie sind weg.« Er blickte Paltena an. »Deine Frettchen leisten wieder ganze Arbeit.«

Sie schüttelte den Kopf. »Ich habe sie nicht dabei.«

Perdór wandte sich auf dem Absatz um und eilte zu den großen Türen. »Wenn das ein Zeichen ist, Ulldrael, lasse ich dir einen Tempel bauen«, versprach er gespannt und öffnete den Ausgang mit einer theatralischen Geste.

Auf der Veranda lagen die angorjanischen Soldaten – schwarze Pfeile ragten aus der Brust, die Geschosse hatten die Panzerung durchschlagen, als sei es Papier. Es gab weder Alarmschreie noch ertönten Rufhörner.

»Fiorell, Paltena«, rief Perdór und konnte die Augen nicht von den Toten abwenden. »Wir haben ein mächtiges Zeichen bekommen.«

Sie eilten zum König, die Spionin näherte sich den Leichen und betrachtete die Pfeilschäfte. Zwischen den Federn machte sie eine Prägung aus. »Eine Sichel«, sagte sie zu Fiorell und Perdór, die sich ins Freie wagten.

»Eine *schwarze* Sichel«, ergänzte der König nachdenklich. »Vintera handelt entschlossener als ihr Bruder.«

Der Hofnarr sprang aufs steinerne Geländer und schaute sich weiter um. »Hier drüben liegen noch welche von den armen Kerlen«, ließ er die beiden wissen. »Treffer in die Köpfe, sie waren auf der Stelle tot.«

Paltena erhob sich. »Majestät, Ihr habt soeben eine Gelegenheit zur Flucht erhalten! Wir sollten sie nutzen!«

Perdór überlegte lange, bevor er antwortete. »Nech würde Ilfaris in Brand stecken, wenn ich entkomme«, lehnte er ab. »Ich werde warten. Er soll sehen, dass mein Land mehr zählt ...«

»... als das Schicksal des Kontinents?«, warf Fiorell ein. »Majestät, Ihr habt die Pflicht, das Schloss zu verlassen! Formiert den Widerstand, setzt Euch mit den gekrönten Häuptern an den Tisch und entscheidet zum Wohle aller.« Er sprang auf den Boden und kam zu seinem Herrn. »Ich bitte Euch!«

»Was wird aus meinen Untertanen?«

Fiorell lächelte. »Ich werde mich als Euch ausgeben, Majestät. Ein bisschen Schminke, ein falscher Bart, drei oder vier Kissen unter der Jacke, und ich sehe aus wie Ihr. Es wird Nech gar nicht auffallen.«

»Rutschst du dann auf den Knien, oder wie schraubst du deine Unterschenkel ab, langes Elend?« Perdór geriet ins Wanken. Es war nicht gut, eine bedeutende Stellung innezuhaben. Zu viele Erwartungen und zu viel Verantwortung lasteten auf ihm.

Laute Schritte erklangen, das Geräusch von Waffen und Rüstungen, die aneinanderrieben, war deutlich zu hören. Neue Wächter eilten die Gänge entlang.

Fiorell schloss die Verandatür. »Rasch, Majestät! Paltena wird Euch auf sicheren Spionagepfaden nach Serusien schleusen, und Ihr könnt endlich wieder tätig werden!« Die junge Frau nickte aufmunternd.

Doch Perdór hatte sich noch nicht entschieden.

Aus dem Arbeitszimmer erklangen mehrere Stimmen. Sie sahen durch die Vorhänge die Umrisse von Bewaffneten, die hin und her eilten; es wurde laut gerufen, dann näherten sich einige der Tür nach draußen.

»Lauft endlich, Herr!« Fiorell nahm ihn am Arm und stieß ihn vorwärts. »Paltena, bring den König sicher fort.« Er wandte sich zur Tür und langte nach einem Kerzenleuchter, der auf dem Sims gestanden hatte. »Ich halte sie auf.«

Perdór fand die Bemühungen seines Freundes rührend. »Mit einem Kerzenleuchter?«

»Mit meiner Entschlossenheit, Majestät.« Fiorell zwinkerte. »Und meinem Humor. Ich kenne immer noch den tödlichen Witz.«

Die Flügeltüren schwangen auf, und Nech erschien auf der Schwelle.

Fiorell sah sofort, dass seine Hände und Beine mit Eisenschellen gefesselt waren. Er blinzelte verblüfft und senkte den Leuchter. »Das ist nicht, was ich erwartet habe.«

Perdór hatte sich nicht bewegt. »Was geht denn nun vor?«, rief er verwirrt. Er betrachtete den Kaiser und sah den abwesenden Ausdruck auf seinen Zügen. Er glich einem Menschen unter Einfluss von starken Rauschgiften, die Pupillen waren glanzlos wie bei einem stumpfsinnigen Tier. »Nech? Was ist mit Euch?«

Hinter dem selbst ernannten Kaiser erschienen ein halbes Dutzend gerüsteter Ničti, einer von ihnen gab Nech einen Stoß, sodass er stolperte und nach vorne fiel, unmittelbar vor die Füße des Königs. Er ächzte und fing den Sturz ab, um mit dem Gesicht nicht auf die Steine zu prallen.

Seine Schultern bebten, und zuerst dachte Perdór, dass der Angorjaner weinte, bis er das glucksende Kichern vernahm. Der König fand es sehr befremdlich.

Ein Ničti trat neben ihn und verneigte sich vor den drei Menschen. Das lange grüne Haar reichte bis zu den Schultern, es sah ungekämmt aus. »Mein Name ist Mi'in. Ich bin gesandt worden, um Euch im Namen der Allerhöchsten ein Geschenk zu bringen, König Perdór.« Er sah auf die erschossenen Angorjaner. »Ihr habt uns die Mühe gespart, Eure Bewacher zu töten, aber wir hätten es sehr gern für Euch erledigt. Eure Schützen sind wahre Meister!«

»Die Allerhöchste? Ein Geschenk? Kaiser Nech?« Fiorell klimperte mit den Lidern. »Ich träume, wie mir scheint.«

»Ihr kennt die Allerhöchste als Estra«, erklärte Mi'in lächelnd.

»Sie ist zurück?«, entfuhr es Perdór erleichtert. »Was ist mit Tokaro und Gàn?«

»Ich kenne niemanden, der so heißt. Die Allerhöchste kehrte allein aus der Fremde zurück und ist endlich zu unserer Königin geworden.« Mi'in sah sehr glücklich aus.

»Bringt mich zu Ihr«, bat Perdór aufgeregt. »Ich muss wissen, was das alles zu bedeuten hat.«

Mi'in verneinte. »Sie hat mich geschickt, es zu erklären. Sie möchte niemanden sehen, Majestät.« Hinter ihm erschienen noch mehr Ničti. »Wie Ihr Euch denken könnt, ist Ilfaris befreit.«

»Was?« Perdór hatte es fast geschrien.

»Es ist das Geschenk der Allerhöchsten an Euch. Ich soll Euch wegen Eurer Umsicht loben«, sagte Mi'in getragen. »Die Allerhöchste wünscht, dass Ihr zurück zu den Mächtigen des Kontinents kehrt und sie sinnvoll leitet.«

Fiorell sah auf den noch immer kichernden Kaiser. »Als ich vorhin meinte, dass ich sie mit meinen Scherzen dazu bringe, sich zu Tode zu lachen, war ich wohl nahe dran. Der hier hat den Verstand aus sich herausgekichert.«

Perdór seufzte und hauchte einen Großteil seiner Sorgen davon. »Wo sind seine Truppen, Mi'in?«

»Wir haben sie umgebracht und in die Flüsse geworfen. Sie werden ins Meer treiben und zu den Fischen gehen.« Der Ničti trug keinerlei Reue in seiner Stimme.

Perdór überlegte. »Dann richtet ihr meinen Dank für die Hilfe aus«, sagte er. »Wie sind die weiteren Pläne, hat sie Euch dazu etwas ausrichten lassen?«

»In der Tat. Denn es bedarf dabei vermutlich Eurer Weitsicht.« Mi'in ließ Nech vom Boden aufheben, und als der Kaiser die Sprache der Ničti vernahm, verstummte er und drückte sich eingeschüchtert an das Geländer. Er schien sich nicht bewusst zu sein, dass er ein erwachsener Mann war und welche Muskeln er besaß. »Die Verhandlungen mit den Kensustrianern sollen neu begonnen werden. Wir möchten eine Garantie für die Unversehrtheit von Ammtára, dafür ziehen wir uns zurück. Es wird ein paar Auflagen unsererseits geben, und *Ihr* sollt der Vermittler sein, falls die Frevler sich sperren.« Er ließ sich von einem seiner Begleiter eine Tasche geben. »Darin sind die Forderungen notiert.«

»Nennt sie mir, bitte.« Perdór nahm sie entgegen. »Damit ich schon einen ersten Eindruck habe.« Paltena horchte aufmerksam.

»Wir werden sämtliche Tempel in dem Gebiet, das wir erobert haben, vernichten, damit die Gottheiten sich neu aus den Ruinen erheben können. Es wird an den Tag bringen, welcher Gott über die strebsamsten Gläubigen verfügt«, erklärte Mi'in mit einem Lächeln, das über den Ernst der Worte hinwegtäuschte. »Die Ur-Lehre Lakastras wird in ganz Kensustria erlaubt sein. Mehr wollen wir nicht.«

Perdór atmete durch. Bittere Schokolade. »Andernfalls ...«

»Ihr wisst es, Majestät. Wozu dann noch aussprechen?«

»Zu wie vielen Zugeständnissen wird Estra ...«

»Die Allerhöchste, Majestät. Nennt sie bei ihrem Titel«, bat Mi'in sofort.

»... wird die Allerhöchste bereit sein?« Perdór wusste die Antwort schon, bevor ihm der Ničti geantwortet hatte.

»Zu keinen, Majestät. Wir sind im Vorteil und zeigen die Gnade der Sieger. Ich sende Euch einen Boten, sobald Eure Hilfe notwendig sein sollte. Vielleicht haben wir Glück, und alles ist in wenigen Tagen vorüber.« Mi'in verneigte sich und wandte sich um. »Der Segen der Allerhöchsten sei mit Euch.« Die Ničti rückten ab.

Fiorell sah zu Nech, der sich kindgleich an den Stein drückte und am ganzen Leib zitterte. »Was haben sie mit dir gemacht, kleiner Möchtegern-Kaiser?«

»Seinen Verstand gebrochen«, meinte Paltena. »Es gibt Mittel, den Verstand eines Menschen zu vernichten. Durch Substanzen. Durch Schmerzen.«

Perdór teilte ihre Ansicht, doch er glaubte weder an Rauschmittel noch an Folter. Er nahm an, dass Nech etwas gesehen hatte, was ihn in den Wahnsinn getrieben hatte.

»Majestät, habt Ihr den Kleinen unter den Ničti gesehen?« Fiorell tippte sich mit dem Zeigefinger gegen die Schläfe. »Er war wesentlich schmaler und deutlich kleiner als die anderen Soldaten, die Mi'in begleitet haben. Weswegen?«

»Es war eine Ničti-Frau«, sagte Paltena zu seinem Erstaunen. »Ich habe mir ihren Wuchs so erklärt.«

»Beschreib sie!« Perdór sah seine Diener ins Arbeitszimmer kommen; sie suchten nach ihrem Herrn. Er winkte ihnen zum Zeichen, dass es ihm gut ging. »Eile dich. Sie müssen es nicht vernehmen.«

Und Paltena beschrieb die Form des Gesichts, die Anordnung der Lippen, des Kinns, der Augenbrauen und die Beschaffenheit der Nase. »Außerdem hatte sie dunkelbraunes Haar, das bis auf den Kragen ihrer Rüstung reichte. Ihre Augen fand ich beeindruckend: Sie waren karamellfarben und mit einem dünnen gelben Kreis um die Pupillen. Ist das bei Ničti so?«

Fiorell und Perdór wechselten einen kurzen Blick.

»Estra«, sagte der König. »Sie wollte sehen, wie wir uns verhalten.«

»Hoffentlich so, wie sie es sich erhofft hat«, sprach der Hofnarr und folgte Perdór, der ins Arbeitszimmer zurückkehrte. »Sonst haben wir es uns mit der mächtigsten Frau des Kontinents verscherzt.«

Kontinent Ulldart, Königreich Serusien, Frühherbst im Jahr 2 Ulldrael des Gerechten (461 n.S.)

Zvatochna hatte so viele Städte durchstreift, dass sie die Hoffnung bald aufgeben wollte, jemals einen Leib zu finden, der ihr genügte.

Das Heer aus Seelen folgte ihr murrend, aber nach wie vor gehorsam. Sie hatte ihnen den Auftrag erteilt, jede andere Seele, die sich ihnen näherte, auf der Stelle anzugreifen und zu vernichten. Die Begegnung mit dem jungen Vahidin hatte sie aufgeschreckt.

Zvatochna glaubte, dass er kein Nekromant war, aber dennoch einen anderen Weg gefunden hatte, sich auf die Ebene der Seelen zu begeben. Dass er sie suchte, zeigte ihr sein Vorhaben, Rache für den Tod an seiner Mutter zu nehmen.

Mein kleiner Halbbruder, dachte sie amüsiert. Sobald sie einen Wirt für ihre Seele gefunden hatte, würde sie sich seiner annehmen. Er war sicherlich nicht ganz so gefährlich für sie wie ihr Vater. Unterschätzen, das hatte sie gelernt, durfte man allerdings niemanden.

In Gedanken war sie geflogen, ohne zu achten, wohin es sie verschlagen hatte.

Das Land unter ihr zeigte fremdartige Häuser und Bauwerke, die Bewohner trugen grüne Haare.

Ich bin in Kensustria gelandet, bemerkte sie und hielt an. Dreißig Schritte über dem Boden schwebend, blickte sie sich um, ehe sie herabsank und zwischen den Kensustrianern umherschweifte.

Nein, sie fand deren Anblick nicht besonders verlockend, um einen von ihnen auszuwählen. Die menschliche Gestalt gefiel ihr wesentlich besser, also wandte sie sich nach Westen, hielt auf Ilfaris zu und überquerte bald die Grenze.

Zvatochna wunderte sich sehr, als sie im Königreich angekommen war und noch immer Grünhaare sah – aber sie wirkten gänzlich anders als diejenigen, welche sie zuvor betrachtet hatte. Diese Aura beherbergte Boshaftigkeit, Gefährlichkeit und Dunkles. Ein Heerlager voller Potenzial.

Das gefiel ihr schon besser.

Sie senkte sich herab und betrachtete die Männer und Frauen von allen Seiten. Zvatochna erkannte ihren Irrtum. Sie hatte Nič̌ti vor sich, die Doppelgänger der Kensustrianer! *Was haben die hier zu suchen?* Sie streifte zwischen den Unterkünften umher und fand Ausrüstungsgegenstände, die den Angorjanern zuzurechnen waren. Doch wo steckten sie?

Zvatochna fand die Erkenntnisse sehr aufregend und geriet schließlich dorthin, wo die Feldküche der Fremden lag.

Sie musste mehrmals hinschauen, bis sie dem traute, was sie erblickte: Leichenteile!

Ausgebeinte Knochen sowie abgezogene schwarze Häute lagen in einer tiefen Kuhle, in einem anderen Zelt hingen unzählige Fleischstücke zum Trocknen an Haken von Balken herab. Zvatochna erkannte ganze Rippenhälften, die menschlichen Ursprungs waren. Köche verarbeiteten die Brocken, es wurde geschnitten und zerteilt.

Bemerkenswert!, dachte Zvatochna. Die Nič̌ti hatten die Angorjaner als Beute entdeckt. Sie ärgerte sich, dass sie durch ihre eigenen Bestrebungen viel zu wenig von den Geschehnissen im Süden des Kontinents mitbekommen hatte. Sie verstand nicht, was hier vorgefallen war. Es gab keinen Anlass, noch zu verweilen.

Sie wollte sich eben auf den Weg machen und weitersuchen, als sie in einem großen Zelt, das sie passierte, inmitten der Nič̌ti eine ganz besondere Aura entdeckte. Etwas stimmte nicht mit ihr; neugierig flog sie näher.

Die Aura gehörte zu einer jungen Frau, die keine Nič̌ti war und sich dennoch wie eine kleidete. Sie saß auf einem geschnitzten Thron aus schwarzem Holz, und das Geschmeide, das sie trug, wies sie als eine reiche Frau aus. Dem Verhalten der Nič̌ti um sie herum nach zu urteilen, musste sie Macht über die Fremden besitzen.

Zvatochna umkreiste die Frau raubtiergleich.

Du hast ein nur leidlich hübsches Gesicht, meine Kleine, wisperte sie. *Unter normalen Umständen wärst du nichts für mich, denke ich. Aber deine Statur ist nicht zu verachten, und du hast Anhänger, die mir dienen können.* Zvatochna konzentrierte sich auf die Aura, um mehr über sie herauszufinden. *Offenbare mir mehr!*

Die junge Frau besaß sowohl etwas von den Ničti als auch von gewöhnlichen Menschen, als sei sie ein Mischwesen. Dazu kam, dass der menschliche Anteil schwach und kraftlos war. Zvatochna kannte die flackernde Aura von Sterbenden, und sie war mehr als fasziniert von dem, was sie vorfand.

Was und wer immer du bist, sagte sie, *du bist eine Besonderheit, die ich nutzen muss. Ein Geschenk an mich, von welchem Gott auch immer.* Sie berührte die junge Frau mit ihren Kräften und versuchte, in sie einzudringen, wie sie es bei der Leiche im Totendorf versucht hatte.

Es gelang!

Dafür zuckte ihre Wirtin zusammen und sah sich erschrocken um. Sie hatte den ersten Angriff deutlich gespürt. Nun sprang sie auf und gab Befehle, die Ničti zogen ihre Waffen und blickten sich im Zelt um.

Das wird dir gegen mich nichts nützen. Zvatochna bündelte voller Vorfreude ihre Gedanken und sickerte in die Frau ein, um Besitz von ihrem schwachen, menschlichen Teil zu ergreifen – und sie glitt in ein lebendiges, pulsierendes Zuhause.

Sie war zurück im Leben!

Estra schrie auf und krümmte sich unter den Schmerzen.

Es fühlte sich an, als steige jemand in sie wie in ein Kleid und bestehle sie. Die Arme, die Beine, jeder Muskel in ihr wurde von dieser anderen Macht übernommen und gegen ihren Willen zur Probe bewegt.

Die gleiche Macht schloss ihren Mund und setzte sie gerade auf den Thron, zwang sie zu einem maskenhaften Lächeln, dann winkte sie den besorgten Ničti zu und sagte, dass es ihr wieder gut gehe.

»Ich bin lediglich erschöpft und leide an grauenvollen Kopfschmerzen«, hörte Estra sich selbst sagen. Es war furchtbar! »Bringt mir etwas zu trinken und lasst mich allein.« Ihr Wunsch zu schreien wurde unterdrückt.

Mi'in sah sie fürsorglich und verunsichert zugleich an. »Wieso redet Ihr in der ulldartischen Sprache? Sollen wir Euch in Euer Quartier bringen, Allerhöchste?«

Estra spürte, dass die Macht, die von ihr Besitz ergriffen hatte, den Ničti nicht verstand.

Sag ihnen, dass es dir gut geht, bekam Estra die Anweisung und erhielt die Kontrolle über ihren Mund zurück. Ein Hund an der Leine. *Wenn du meinem Befehl nicht folgst, tue ich Dinge, welche dich um deinen Titel und dein Leben bringen.*

»Ich war in Gedanken«, wiegelte sie ab und unterdrückte die eigene Furcht vor dem, was mit ihr vorging. Verlor sie den Verstand? »Lasst mich allein, Mi'in. Wir besprechen uns morgen.«

Der Ničti verstaute das Schwert. »Dann gibt es doch nichts, was Euch angreifen möchte, Allerhöchste? Ihr saht sehr besorgt aus und machtet den Eindruck …«

Schick sie weg!

»Nein, ich habe mich getäuscht. Es war ein anstrengender Tag, das ist alles. Ich möchte mich ausruhen«, betonte Estra.

»Sehr gern, Allerhöchste.« Mi'in und seine Begleiter zogen sich zurück.

Geh in dein Zelt. Ich möchte mich mit dir unterhalten.

Estra spürte, dass sie die Beine bewegen konnte, und erhob sich steif. Sie stakte hinaus, durch das Lager und vorbei an den niederknienden Soldaten ihres Heeres, bis sie in ihre Unterkunft trat.

Das hast du gut gemacht. Wie ist dein Name?

»Estra«, sagte sie verängstigt und wusste noch immer nicht, ob sie durch die Macht des Amuletts wahnsinnig geworden war oder nicht.

Und du bist die Herrscherin über die Ničti?

»Wer bist du?«, erwiderte sie, und ihre Furcht schlug um in Wut. »Raus aus mir!«

Zur Antwort bekam sie ein Lachen. *Du gefällst mir. Du bist lebendig und voller Energie. Wir werden Großes erreichen, Estra.*

Die junge Frau begab sich vor den Spiegel und betrachtete ihr verstörtes, bleiches Gesicht. »Was bist du?«, flüsterte sie und versuchte, eine Veränderung in ihrem Spiegelbild zu erkennen. »Warum bist du in mir?«

Ich bin eine arme, zerstörte Seele, der man den Leib geraubt hat, Estra. Ich habe dich auserkoren, mein neues Zuhause zu sein. Du genügst meinen Ansprüchen, auch wenn du nicht so vollkommen bist, wie ich es zu meinen Lebzeiten war.

Estra wurde schlecht, die Leinwände um sie herum drehten sich, und lediglich der Spiegel stand fest an seinem Platz. Sie starrte sich an und kam sich fremd vor – dann brandete der Zorn wieder auf, ihre Augen leuchteten gelb. »Verschwinde! Ich will dich nicht in mir wissen!«

Es blieb lange still, bis sich die Stimme erneut meldete. *Dein Ausbruch war sehr beeindruckend, Estra. Das Nični-Blut in dir besitzt Kräfte, die du nicht erahnst. Du wirst noch vieles herausfinden müssen.* Die Stimme klang zufrieden, versehen mit einem Hauch Verunsicherung. *Du wirst mich nicht los, ich bleibe, so lange ich will. Je eher wir meine Ziele verwirklicht haben, desto früher fahre ich aus dir und verspreche dir, dich niemals mehr zu belästigen. Ist das eine Abmachung, mit der du leben kannst?*

»Nein«, entgegnete Estra störrisch. »Ich weigere mich, deinen Anweisungen zu folgen.«

Dann wirst du sterben. Ich lasse dich verhungern. Oder dich in ein Schwert stürzen, denn ich kontrolliere deinen Körper nach meinem Willen. Aber ich gewähre dir gern Bedenkzeit.

»Du hast mir immer noch nicht gesagt, wer du bist.«

Das ist nicht von Bedeutung. Betrachte mich als deinen Zwilling, der dir zur Seite steht. Die Stimme schwieg wieder. *Wie kommt es, dass du tot und lebendig zugleich bist, Estra? So etwas sehe ich zum ersten Mal.*

Die einstige Inquisitorin schauderte, ohne den Blick vom Spiegel zu wenden. Ihr Geheimnis war keines mehr. »Ich …«

Versuche nicht, es zu leugnen. Sonst hätte ich nicht in dich einfahren können. Also?

»Es ist die Gnade meines Gottes Lakastra«, gestand sie. »Ich bin in einem Ritual der Ničti gestorben und als ihre göttliche Königin zurückgekehrt.« Sie berührte das zusammengefügte Amulett. Eine dünne Schicht Silber hielt die Stelle zusammen. »Ich bin eine von ihnen geworden«, sprach sie traurig.

Nicht ganz. Noch unterscheidest du dich von ihnen. Die Stimme wartete eine Weile. *Bedeutet das, dass du nicht zerfallen wirst?*

»Nein …«

KEINE LÜGEN!, brüllte die Stimme.

Estra verspürte Schmerzen und schwankte, sie musste sich am Schrank abstützen, und ihr Blick verschwamm. »Wenn ich gewisse Bedingungen erfülle, lebe ich … sehr lange«, keuchte sie. »Ich … muss essen.«

Menschenfleisch!, erkannte die Stimme augenblicklich. *Die Ničti nehmen ihre Kraft aus dem Fleisch ihrer Feinde.* Sie lachte. *Dann hast du eine sehr große Zukunft vor dir, Estra. Du wirst bald … nein, ich sage es dir nicht. Erst möchte ich deine Entscheidung hören. Nun gebe ich dir deinen Leib zurück, aber ich werde es sofort spüren, wenn du mich verraten willst.*

Estras Gliedmaßen wurden von den unsichtbaren tonnenschweren Gewichten befreit und gehorchten ihr wieder.

Sie setzte sich zitternd auf den Stuhl und goss sich Wasser ein. Wie sehr wünschte sie sich Tokaro an ihre Seite und wusste zugleich, dass sie ihn niemals mehr in die Arme schließen konnte. Zu seinem eigenen Schutz.

Sie wartete, ob die Stimme erneut erklang, aber es blieb still in ihrem Verstand. Allein war sie dennoch nicht.

Estra hatte keine andere Wahl.

XVI.

Kontinent Ulldart, Königreich Tûris, Freie Stadt Ammtára, Frühherbst im Jahr 2 Ulldrael des Gerechten (461 n.S.)

Man hatte sich auf Einladung von Perdór am frühen Morgen im Herzen Ammtáras versammelt.

In der Halle, in der üblicherweise die Versammlung der Wahren stattfand und über die Belange der gewaltigen Stadt entschied, saßen entweder die gekrönten Häupter oder deren Beauftragte; meist waren es Diplomaten und in seltenen Fällen die Nachkommen der Herrscherinnen und Herrscher.

Für Perdór gab es ein Wiedersehen mit Stoiko Gijuschka und seinem Freund Waljakov, was ihn trotz des trüben Anlasses besonders freute; sie saßen für die Königreiche Tarpol und Borasgotan am Tisch. Leider hatten sie noch keine Möglichkeit gehabt, ein persönliches Wort zu wechseln.

Auch die Ničti und die Kensustrianer hatten jeweils kleine Delegationen gesandt, die Vertreter von Kaiser Farkon saßen neben dem Mitglied des tersionischen Hauses Malchios.

Perdór sah zum Kopf der Tafel, wo Pashtak Platz genommen hatte, und nickte kaum merklich.

Der Vorsitzende der Versammlung trug eine Robe, die noch keinen Riss oder Fleck aufwies, und das bedeutete bei ihm sehr viel. Seine Kinder liebten es, seine Garderobe zu verunstalten. Als Hausherr und Vertreter der Hauptbetroffenen der Lage leitete er die Zusammenkunft, und eben diese sollte nun beginnen.

Die Sumpfkreatur pfiff leise und aufgeregt, ehe sie sich erhob und die roten Augen über die gespannten Gesichter wandern ließ.

Pashtak roch zu viele fremde Ausdünstungen, und er musste sich ständig beherrschen, um nicht zu niesen.

Er hätte jedem Einzelnen sagen können, was er gegessen hatte, welches Duftwasser er benutzte und warum manche mehr stanken als andere. Die süß-fauligen Gerüche der Nicti machten ihm wie immer am meisten zu schaffen, doch er blieb zurückhaltend und lächelte – was zur Folge hatte, dass alle seine spitzen, gefährlichen Zähne sahen.

»Ich grüße Euch, Ihr Weisen und Mächtigen«, sprach er gediegen. »Mögen uns die Götter Einsicht geben, um zu einer Lösung zu gelangen, die allen gerecht wird.« Pashtak verneigte sich vor der Versammlung. »Ich erteile dem Vertreter der Nicti, dem ehrenwerten Mi'in, das Wort.«

Der Nicti erhob sich und wiederholte die Forderungen, die er auch schon Perdór gegenüber genannt hatte, während die Kensustrianer starr auf ihren Plätzen saßen und sich nichts anmerken ließen.

Perdór sah zu Pashtak, den er gebeten hatte, seine feine Nase besonders einzusetzen: Er wollte wissen, ob sich Estra wieder unter den Nicti verbarg. Wenn ja, musste er sie unbedingt sprechen, aber der Vorsitzende hatte ihm noch keinerlei Zeichen gegeben. Dieses Mal war die junge Königin wohl ferngeblieben.

Mi'in hatte seine Rede beendet und setzte sich; es blieb gefährlich still im Saal.

Pashtak erhob sich, es roch für ihn nach einem Gefühlsausbruch der Kensustrianer. Mit einem Schlag befanden sich Substanzen in der Luft, die auf endlose Wut hindeuteten.

»Bevor wir die Vertreter Kensustrias zu Wort kommen lassen«, sagte er daher schnell, »möchte ich als Vorsitzender der Stadt sprechen.« Er lächelte wieder. »Weswegen wir heute verhandeln, verdanken wir einem Umstand, der sich vor vielen, vielen Jahren und vor allem ohne unser Wissen ereignete. Die Einwohner Ammtáras sind vollkommen unschuldig an der Bedeutung ihrer Stadt für Euch, Mi'in. Wir sind nicht einmal an der Gottheit Lakastra interessiert, und dennoch stellt unser Zuhause einen religiösen Mittelpunkt dar – einen Mittelpunkt für Fremde. Das bereitet uns Sorge. Manche haben schlicht Angst vor den Nički und dem, was aus der Verehrung erwachsen wird.« Er sah zu den Kensustrianern. »Auch vor Euch fürchten wir uns, denn Ihr habt uns im schlimmsten Fall den Untergang versprochen, obwohl wir nichts dafürkönnen. Aber ich möchte betonen, dass Ammtára unsere Heimat ist. Eine Heimat, die wir lieben und beschützen werden, und das meine ich neutral als Feststellung.« Einige applaudierten ihm oder pochten mit ihren Trinkgefäßen auf die Tischplatte, und Pashtak setzte sich wieder. »Ich erteile dem ehrenwerten Moolpár dem Jüngeren für Kensustria das Wort.«

Perdór horchte bei dem Namen auf. Moolpár der Ältere war einst ein guter Bekannter und fast schon ein Freund gewesen, ein Krieger mit Stolz und Einsicht, soweit es ihm die Werte und Ansichten seines Volkes und seiner Kaste erlaubten.

Dass Kensustria einen Krieger zu den Verhandlungen geschickt hatte, war bemerkenswert – denn eigentlich wurde das, was von dem Reich noch übrig war, von den Priestern regiert.

Moolpár der Jüngere trug seine Rüstung und Schwerter; das Dunkelgrün der beiden übereinander angeordneten Haarzöpfe bewegte sich leicht, als er sich erhob. Er hatte durchaus entfernte Ähnlichkeit mit Perdórs gutem Bekannten.

»Wie die Versammlung sehen kann, bin ich kein Priester. Sie haben die Macht aus freien Stücken zurück in die Hände meiner Kaste gegeben«, eröffnete er zur Überraschung der Anwesenden. »Es ist nicht die Stunde der Gebete, sondern die des Schwertes.« Die bernsteinfarbenen Augen richteten sich auf die Nički. »Wir stimmen dennoch in großen Teilen dem zu, was ihr fordert. Wir können auf die Tempel verzichten, und es wird einen Wettstreit der Gottesfürchtigen geben. Das klingt gerecht. Auch Ammtára mag von uns aus bestehen bleiben, doch die Bewohner und Ihr, Pashtak, werdet bald erkennen, dass Ihr Euch das Böse hinter die Mauern geholt habt. Die Nički verehren Wesen, denen wir schon lange abgeschworen haben. Sie bringen Vernichtung, das Böse und eine Schlechtigkeit, die sich mit der eines Mortva Nesreca messen kann. Aus diesem Grund«, sein Blick wurde unerbittlich, »können wir nicht erlauben, dass die Urlehre Lakastras in Kensustria Fuß fasst. Wenn Ulldart sich das Grauen in den Pelz packen lässt, ist es seine Entscheidung. Kensustria wird es nicht tun, sondern eher untergehen.« Moolpár setzte sich.

Die Ničti steckten die Köpfe zusammen und berieten sich leise.

Pashtak sog die unvermittelt aufkeimende Sorge bei den Menschenkönigen und Diplomaten förmlich ein. Die Worte des Kensustrianers hatten ihre Bedenken gegen die Fremden geschürt. Bevor er etwas sagen konnte, erhob sich Stoiko.

»Wenn Ihr schon sehr eindringlich vor ihnen warnt, Moolpár der Jüngere, dann habt die Güte zu erklären, *was* so gefährlich an ihnen ist. Bislang haben wir nichts als Andeutungen oder Gerüchte vernommen«, bat der Tarpoler mit den wachen Augen und dem grauen Schnauzbart, der einst braun gewesen war, freundlich. »Oder aber, ehrenwerter Mi'in, wir hören endlich die Wahrheit über das, was sich *dort* ereignet hat, *woher* Ničti und Kensustrianer stammen. Wir alle wollen wissen, was es mit den verschiedenen Gottheiten auf sich hat.« Stoiko nahm unter dem Beifall der Mehrheit der Versammlung Platz.

Mi'in stand auf und öffnete den Mund, aber Moolpár sprach zuerst: »Sie sind wilde Tiere, unkontrollierbar und rasend, wenn ihnen danach ist. Und sie verzehren *jegliches* Fleisch.« Der Kensustrianer sah Pashtak an. »Vorzugsweise das der Menschen. Ihr werdet Euch an Belkala erinnern, an die rätselhaften Morde an den Orten, an denen sie sich aufhielt. Zählt eins und eins zusammen, und Ihr habt einen Vorgeschmack auf das, was Ulldart bevorsteht. Was macht Ihr mit Tausenden von Belkalas?«

Ein lautes Raunen ging durch die Reihen der Menschen.

Mi'in lächelte hilflos. »Bitte, vernehmt meine Erklärung ...«

»... dazu, wo die Angorjaner abgeblieben sind, die Euch als Verbündete gedient haben, bis Ihr sie in Ilfaris und in Kensustria hinterrücks ermordet habt?«, unterbrach ihn Moolpár schneidend. »Von den angeblichen Leichen, die in die Flüsse geworfen wurden, haben die Menschen in Ilfaris nichts gesehen. Nebenbei bemerkt: Es waren so viele Tote, dass sie Schleusen und Wehre verstopft hätten.« Er sah zu Perdór. »Majestät, habt Ihr nur *eine* Klage darüber erhalten?« Der König schüttelte den Kopf, und Moolpár legte die Fingerspitzen zusammen, während er Mi'in lauernd anschaute. »Dann bin ich gespannt, wie du das Wunder erklärst, Ničti. Oder kann es sein, dass du einen halben Angorjaner in deinem Magen spazieren trägst?«

Einige Diplomaten gaben würgende Geräusche von sich und pressten sich Tücher vor den Mund, andere verzogen angewidert das Gesicht.

Pashtak gab girrende Laute von sich, seine Aufregung stieg und stieg. Es hatte Zeiten gegeben, in denen sich einige Bewohner Ammtáras von Menschenfleisch ernährt hatten, bevor sie dieser Art Nahrung abgeschworen hatten. Die Menschen von der Wandlung zu überzeugen, war eine der größten Hürden gewesen, welche die Freie Stadt zu meistern gehabt hatte. Er erinnerte sich sehr genau an das Geständnis von Lakastra – oder Belkala – und Estra. Die Kensustrianerin, die letztlich den Ničti angehörte, hatte einige Morde begangen, um die Sucht zu befriedigen, ehe sie sich zum Tod entschlossen hatte. Pashtak wusste daher, dass Moolpár die Wahrheit sprach.

Stoiko erhob sich und sah Mi'in durchdringend an. »Was antwortet Ihr darauf, ehrenwerter Mi'in? Was entspricht davon der Wahrheit, oder bezichtigt Ihr Moolpár den Jüngeren der Lüge und könnt die Anschuldigungen nachhaltig widerlegen?«

Die Augen des Ničti flammten grellgelb auf, und Pashtak roch die Verwesung deutlich. Es erinnerte ihn an Belkala.

Einige Diplomaten sprangen erschrocken auf und griffen nach ihren Dolchen, andere schrien entsetzt; nur die Kensustrianer blieben ruhig sitzen, und Moolpár lächelte sogar. Der Anblick der langen Eckzähne machte ihn mit Mi'in verwandter als jemals zuvor. Ein schmaler Grat trennte die beiden grünhaarigen Völker.

»Wir sind, was wir sind«, sprach Mi'in grollend. »Wir haben uns nichts vorzuwerfen und verleugnen unsere Natur nicht, im Gegensatz zu den gezähmten Kreaturen, die sich selbst Kensustrianer nennen.« Seine Stimme klang verächtlich. »Es gibt nichts zu leugnen, geschätzte Diplomaten und Vertreter Ulldarts. Wir stehen zu dem Leben, das wir führen. Doch wir gehen nicht davon aus, dass einem Eurer Königreiche und den Bewohnern durch uns eine Gefahr erwächst. Wir möchten lediglich in Ammtára beten ...«

»... und essen, wenn Euch der Hunger befällt«, warf Tuandor ein, der rothaarige Prinz von Tûris, und stand auf, die Arme auf die Tischplatte gestützt. Er trug eine schwarze Rüstung mit Iurdumbeschlägen, seine grauen Augen blickten ernst. »Es ist gut, dass die Wahrheit ausgesprochen wurde, und ich für meinen Teil muss daher meine Meinung über das, was sich im Augenblick zuträgt, überdenken.« Er erntete beipflichtendes Gemurmel. Niemand hatte mit einem derartigen Geständnis der Ničti gerechnet, und die Tragweite war noch nicht abzusehen.

Pashtak hob die Arme, es wurde ruhiger im Saal. »Ich unterbreche die Versammlung. Es soll den Diplomaten und Königreichvertretern ein Tag gewährt sein, um über die neuen Erkenntnisse nachzudenken. Wir sehen uns morgen wieder in diesem Saal, um die gleiche Zeit wie heute.«

Es klopfte laut gegen die hohen Flügeltüren, und die Nimmersatten am Eingang öffneten, nachdem ihnen Pashtak den Befehl dazu gegeben hatte.

Ein kensustrianischer Krieger eilte herein und rannte zu Moolpár dem Jüngeren, verneigte sich vor ihm und raunte ihm etwas ins Ohr.

Es war eine sehr lange Unterrichtung, und die Sorge in den Reihen der Menschen schnellte weiter in die Höhe. Pashtak stöhnte und überlegte, wie lange er die Luft anhalten konnte.

Moolpár richtete sich auf und schaute zu Mi'in, der Blick war voller Hass und unverhohlener Feindschaft. Ginge es nach diesem Blick, würde Kensustria niemals mehr an den Verhandlungstisch zurückkehren.

Die Versammlung erfuhr sogleich weswegen. »Zur Gefährlichkeit der Ničti gesellt sich nun auch noch die Niedertracht«, schmetterte er ihm entgegen. »Während wir versuchen, einen Ausweg für alle zu finden, hat das Heer der Nički seine Angriffe in Kensustria aufgenommen!«

Mi'in wirkte aufrichtig erschrocken, und er sprach kurz mit seinen Begleitern. Die Delegationen redeten laut durcheinander, es war die Rede von Ungeheuerlichkeit und Wortbruch. »Ich schwöre«, rief der Nički, »ich schwöre, dass ich davon nichts gewusst habe! Die Allerhöchste hatte mir nichts davon gesagt!«

Pashtak stieß einen schrillen, lauten Pfiff aus, der die Menschen verstummen ließ. Es war zwar nicht standesgemäß, doch darauf nahm er keine Rücksicht. »Was ist geschehen, ehrenwerter Moolpár?«, fragte er dann.

»Der Bote brachte mir eben die Kunde, dass die Nički ihre Attacken entlang des Frontverlaufs führen. Und wie es aussieht, handelt es sich dabei nicht um taktische Spielereien, um Druck auf uns in der Versammlung auszuüben, sondern um eine Offensive.« Moolpár beherrschte sich mühsam. »Sie haben die ersten Stellungen bereits überrannt und sind tief in unser letztes bisschen Hinterland vorgedrungen. Es war auch die Rede von Gräueltaten, wie ich sie eben angesprochen hatte. Und von rätselhaften Kräften, die unsichtbar töten.«

»Das verstehe ich nicht!«, begehrte Mi'in auf. »Es war nicht vorgesehen. Bei meiner Abreise teilte mir die Allerhöchste selbst mit, dass ich eine Lösung finden solle, die uns und Ulldart vor weiteren Kriegen bewahrt. Wenn sie den Befehl zum Angriff gegeben hat, so hat sie mich ebenso getäuscht wie Euch.«

Perdór hatte nachgedacht. »Kann es sein, dass jemand anderes die Macht im Heer an sich gerissen und sie vom Thron gestoßen hat? Um die Gelegenheit zu nutzen?«

»Niemals!«, wies Mi'in empört zurück. »Sie ist die Nachfahrin von Belkala und im Besitz des Heiligtums. Niemand kann es wagen, sich der göttlichen Königin zu widersetzen. Er würde auf der Stelle von Hunderten Nički ergriffen und zerfetzt.«

»Dann *muss* sie den Befehl gegeben haben.« Perdór sah zu Moolpár. »Was habt Ihr nun vor?«

»Und was wird aus Ammtára?«, warf Pashtak besorgt ein.

Der Kensustrianer schwieg lange, sein schmales Gesicht verriet nichts. »Wir verteidigen unser Land bis zum letzten Mann und zur letzten Frau. Sogar die Priester und alle anderen Kasten werden zu den Waffen greifen«, verkündete er. »Wenn wir gefallen sind, könnt Ihr Euch ausmalen, Majestät, wie es mit Ulldart weitergeht.« Er ging zusammen mit seiner Delegation zur Tür. »Der Hunger der Ničti ist unermesslich, Majestät.« Dann war Moolpár verschwunden und ließ Ratlosigkeit zurück.

Für das Grauen im Saal hatten andere gesorgt.

Kontinent Ulldart, Königreich Serusien, Frühherbst im Jahr 2 Ulldrael des Gerechten (461 n.S.)

Lodrik zog den Mantel enger um seinen Leib, der an Gewicht zugenommen hatte.

Das Essen bereitete ihm Spaß, und er bekam die Statur zurück, wie sie für einen Mann in seinem Alter üblich war. Das Dürre, Skeletthafte gehörte der gar nicht weit entfernten Vergangenheit an. Der einstige Kabcar von Tarpol besaß eine Form wie in seinen besten Tagen und eine unglaubliche Lebendigkeit, die dem ständigen Regen und dem Wind trotzte. Vahidin litt dagegen abwechselnd an Husten und Fieber.

Lodrik saß in der einfachen Stube, die zu einem Wirtshaus nach der Grenze zu Ilfaris gehörte, und verfasste im Kerzenschein Briefe: an Perdór, an Norina, an Stoiko.

Er wollte sie wissen lassen, was ihm in den letzten Monaten widerfahren war. Der größte Schock für alle drei würde sein, dass die Gefahr, die von Zvatochna ausging, noch immer existierte.

Er versiegelte die Umschläge, steckte sie jeweils in eine dicke

Lage Wachspapier und ging zu den drei Boten, die am Tresen auf ihn gewartet hatten.

»Diese Nachrichten müssen rasch überbracht werden«, schärfte er ihnen ein und überreichte ihnen außer den Päckchen jeweils einen agarsienischen Taler aus purem Gold. »Wenn ihr sie zugestellt habt, wird man Euch noch mehr geben.«

Sie nickten und verneigten sich vor ihm. Zwar hatten sie keine Ahnung, um wen es sich bei ihrem Auftraggeber handelte, aber er bezahlte gut und stellte noch mehr Belohnung in Aussicht; nacheinander verließen sie das Gasthaus, und bald darauf hörte Lodrik das Trappeln von Hufen. Erleichtert atmete er auf und nahm sich einen Wein mit zu seinem Tisch.

Dort saß Soscha, wie immer aus dem Nichts erschienen. Es gab keinen äußerlichen Unterschied zwischen ihr und einer Frau aus Fleisch und Blut; inzwischen konnte man sie sogar anfassen, ohne dass die Finger durch den Körper glitten, aber sie war kühl wie Bergwasser. Man merkte sofort, dass etwas mit ihr nicht stimmte.

»Schon zurück?«, meinte er und setzte sich ihr gegenüber.

Soscha nickte. »Ich habe nichts ausfindig machen können. Sie ist nicht in Tersion, das ist sicher.«

Lodrik nippte an seinem Wein. »Dann werden wir warten müssen, bis Vahidin aus Ilfaris zurückkehrt.«

»Du hast ihn allein auf dem Zimmer gelassen?« Soscha hielt den Vorwurf nicht zurück. »Wenn er nun erwacht und flüchten will?«

»Er denkt noch immer, dass ich Macht über sein Leben besitze«, lachte er gemein. »Er wagt es nicht, sich ohne meine Erlaubnis auch nur vier Schritte von mir zu entfernen.«

Sie sah ihn warnend an. »Du überschätzt dich. Oder du unterschätzt ihn, Bardri¢. Er ist der Sohn von Mortva Nesreca.«

»Und er will die Mörderin seiner Mutter auslöschen. Er weiß, dass es ihm nicht mehr aus eigener Kraft gelingt.« Lodrik blieb gelassen. »Das und meine Lüge binden ihn an uns.«

Sie beugte sich nach vorne und hob sein Weinglas an, setzte es an die Lippen und tat so, als ob sie trinke. Soscha mochte es, den

Schein zu wahren, und war dennoch nicht in der Lage, Essen und Trinken aufzunehmen. Einen Versuch hatte sie schon unternommen und war zur Erkenntnis gelangt: Es fiel durch sie hindurch und hinterließ nicht einmal Geschmack. Worauf auch? Eine echte Zunge hatte sie nicht mehr. »Was machen wir mit ihm, wenn er seine Aufgabe erfüllt hat?«

»Er wird seiner Mutter und seinem Vater folgen.« Lodrik sah sie an. »Er ist zu gefährlich für den Kontinent. Sein Machtwille ist ungebrochen, und er wird Wege suchen, sich neue Nachfahren zu züchten. Es ist seine Veranlagung, Nesrecas Vermächtnis. Danach kann Ulldart endlich friedlichen Zeiten entgegengehen.«

»Dass die Ničti Ilfaris geräumt und die eigenen Verbündeten vernichtet haben, ist ein guter Schritt. Jetzt muss Perdór noch gut zwischen ihnen und den Kensustrianern vermitteln.« Soscha blickte ihn an. Unhörbar versprach sie Lodrik den Tod, sobald sich die Dinge auf Ulldart im Lot befanden. Ein Schwur blieb ein Schwur. Der Gedanke, dass in Ilfaris der nächste Nekromant heranwuchs, gefiel ihr überhaupt nicht. Wenigstens brachte Brahim Fidostoi nicht die gleichen Veranlagungen wie Bardri¢ mit; dennoch durfte man untote Magier nicht ohne Aufsicht lassen. Soscha nahm an, dass sie für Einflüsterungen des Bösen offener waren.

»Ja, Friede wäre schön«, befand Lodrik schwermütig und leerte seinen Wein.

Kontinent Ulldart, Kensustria, Frühherbst im Jahr 2 Ulldrael des Gerechten (461 n.S.)

Vahidins Geist hielt Ausschau und folgte dabei seinem Instinkt, nicht dem Plan, den Soscha und Lodrik entworfen hatten. Er flog hoch über Ilfaris hinweg und ließ es achtlos unter sich liegen.

Er glaubte zu fühlen, dass Zvatochna vor Kurzem hier gewesen war, aber sich nicht mehr in dem Königreich aufhielt. Deswegen folgte er dem Zug der Ničti zurück nach Kensustria.

Lodrik, Soscha und er hatten erst in Serusien erfahren, was sich im Süden ereignet hatte und wie der Kampf gegen Nech verlaufen war. Ohne den Verrat der Ničti an ihren Verbündeten hätte es auf die Schnelle kein Heer gegeben, um Nech bei seinen weiteren Vorstößen aufzuhalten.

Vahidin fand den Sinneswandel auffällig. Das war ihm noch mehr Ansporn, sich bei den Fremden umzuschauen, ob es unter ihnen eine fremde Macht gab, die ihnen Befehle erteilte – und wer könnte das besser tun als eine Nekromantin mit einer Schar unbezwingbarer Seelen um sich herum? Zvatochna bekäme zu ihren Geistern noch ein schlagkräftiges Heer dazugeliefert.

Das wäre nach ihrem Geschmack, dachte Vahidin und senkte seinen Geist tiefer der Erde entgegen.

Da entdeckte er die strahlende, leuchtende Wolke am Horizont. Er hatte die Seelen ausfindig gemacht! Wo sie sich befanden, war auch Zvatochna nicht weit.

Vahidin nutzte Bäume, Hügel und verlassene Gebäude als Deckung, um ungesehen vorwärtszueilen. Je näher er den leuchtenden Kugeln kam, desto besser erkannte er, was sich vor ihm abspielte: Er befand sich mitten in einer Schlacht!

Etwa siebenhundert Kensustrianer verteidigten eine Reihe von Gräben gegen die in dreifacher Überzahl anstürmenden Ničti, welche die ersten beiden Linien eingenommen hatten. Hinter dem letzten Graben erhob sich eine Festung, deren Geschützluken sich öffneten. Vahidin erkannte die großen, runden Mündungen von Bombarden. Im Kampf um ihre Existenz nutzten die Grünhaare jede verfügbare Waffe.

»Eine nette kleine Falle für die Ničti«, amüsierte er sich. Der Rückzug der Kensustrianer war berechnet, um die Feinde in die Reichweite der Bombarden zu locken. Gegen diese Feuerkraft brachte auch die Überzahl nichts. Die Kugeln und Kartätschen würden die Leiber samt Rüstungen zerfetzen und sie als Bröckchen durch die Luft schleudern.

Das Vorhaben schien aufzugehen. Die Ničti setzten wie von Sinnen in dem Glauben nach, dass sie die Verteidiger in die Flucht schlugen; keiner achtete auf die Bombarden.

Dann donnerten sie los.

Es war ein imponierender Anblick, wie die Festung Rauch und Feuer spie und die Erde um die Ničti explodierte. Dreck- und Staubfahnen schossen schritthoch in die Luft, zerfetzte Körper wurden umhergeschleudert, Gliedmaßen regneten nach kurzer Zeit nieder.

Die Angreifer verschwanden in dem blutigen Nebel, und ihre Schreie ertönten, um in der nächsten dröhnenden Bombardensalve unterzugehen. Die Schlacht schien entschieden – bis die flirrende Wolke aus Seelen angriff.

Vahidin sah die schimmernden, kugelförmigen Seelengebilde durch die Mauern fliegen, und die Geschütze verstummten. Wie leere, hungrige Mäuler verharrten sie in den Luken, ohne eingeholt und mit Pulver sowie Kugeln gestopft zu werden. Die Bombardiere waren die ersten Opfer der Seelen geworden.

Ein Teil der geisterhaften Heerschar stürzte sich auf die Kensustrianer vor der Festung. Sie fuhren durch die Soldaten hindurch und rissen ihnen die Seelen aus dem Leib, schreckten sie zu Tode; andere nutzen ihre Kräfte und hoben die Feinde an, um sie gegen die Mauern zu schleudern oder in die Höhe zu reißen und fallen zu lassen.

Die Tore der Festung wurden aufgesprengt, und die überlebenden Ničti stürmten das Bauwerk.

Vahidin beobachtete das animalische Treiben der Ničti, die auf ihre Gegner barbarisch eindroschen und sogar die Zähne ins Fleisch der Toten schlugen, um Bissen herauszureißen.

Er flog dorthin, von wo die Wolke aus Seelen gekommen war, um nach Zvatochna zu suchen. Dabei achtete er immer noch darauf, dass er nicht bemerkt wurde. Der Angriff, dem er beim letzten Zusammentreffen knapp entkommen war, war ihm noch in guter Erinnerung.

Er stieß auf ein Heerlager der Ničti, wo sich die Verstärkung aufmachte, die erste Welle zu unterstützen. Die Befehlshaber hatten abwarten wollen.

Wo steckst du? Vahidin erkannte Zvatochna nirgends – und stutzte, als er eine Menschenfrau umringt von Ničti sah. Ihre Aura schimmerte äußerst merkwürdig und besaß etwas von – Zvatochna? *Wie hast du das geschafft?*

Aus der Ferne konnte er dieses Wunder nicht richtig erkunden, und so musste er näher heran, auch wenn er Gefahr lief, dabei entdeckt zu werden.

Vahidin schaffte es, hinter ein Zelt zu gelangen, das nicht weit von der Menschenfrau entfernt war, und studierte die Aura. Sie sah leblos und lebendig zugleich aus, ein Teil deckte sich mit den Ničti, der andere mit der Aura eines Menschen. Eines sterbenden Menschen. Vahidin gelangte immer mehr zur Vermutung, dass Zvatochnas Seele in sie eingefahren war.

Wenn er die Haltung der Grünhaare richtig deutete, war die Frau ihre Befehlshaberin. *Sie ist nahezu perfekt für meine Halbschwester,* befand er.

Er wusste nicht genau, wie sehr Zvatochna auf die Frau Einfluss nehmen und sie steuern konnte, doch mit ihr erwuchs eine nicht zu vernachlässigende Bedrohung sowohl für Kensustria als auch für Ulldart.

Vahidin rang mit sich, ob er einen Angriff wagen sollte.

Es gab keine schützenden Seelen in der Umgebung der Frau, die Ničti sahen ihn nicht. Aber er entschied sich anders. Zvatochna würde ihn sicherlich vorher bemerken und angreifen oder die Seelen zu Hilfe rufen.

Lieber wollte er Lodrik und Soscha von seiner Entdeckung berichten. In diesem Kampf benötigte er Verbündete.

Vorsichtig wandte er sich um und stahl sich davon, bis er sich weit genug entfernt glaubte, um aufzusteigen und zu beschleunigen.

Kontinent Ulldart, Königreich Serusien, Frühherbst im Jahr 2 Ulldrael des Gerechten (461 n.S.)

Vahidins Geist kehrte in den Körper zurück, und er richtete sich auf.

Vor ihm saß Lodrik, der ihn erwartungsvoll anschaute. »Du siehst aus, als hättest du Neuigkeiten«, begrüßte er ihn. Soscha erschien neben ihm, die Hände vor dem Bauch zusammengelegt.

»Ich habe sie gesehen«, sagte Vahidin. »Aber sie … ist in eine Frau eingefahren. Eine Menschenfrau, welche die Nic̆ti befehligt, wie ich glaube.« Er rieb sich die Augen und langte nach dem Glas Wasser, das neben seinem Bett auf dem Boden stand. Nach seinen Ausflügen verspürte er jedes Mal einen schrecklichen Durst. Er berichtete ihnen, was er mit angesehen hatte, und stand auf. »Allein kann ich sie nicht schlagen.«

Lodrik und Soscha sahen sich an und versuchten, sich einen Reim auf Vahidins Worte zu machen. Die Beschreibung der jungen Frau war sehr gut gewesen, und Lodrik glaubte Estra darin erkannt zu haben. Es deckte sich mit dem, was er in der Zwischenzeit über Ammtára, die Nic̆ti und deren Verehrungswut vernommen hatte.

»Ich kann mir nicht erklären, wie Estra zu den Nic̆ti gekommen ist«, sprach Soscha aus, was er dachte. »Oder besser gesagt: zu deren Anführerin wurde.«

»Zvatochna wird ihr die entsprechenden Befehle erteilt haben«, urteilte Lodrik. »Allerdings habe ich keine Erklärung dafür, wie ihr es gelungen ist. Oder was mit Estra geschehen sein muss, damit sie tot und gleichzeitig lebendig ist.«

Vahidin streckte sich und bewegte seine Hände. Er litt gelegentlich unter der Angst, dass er seinen Körper nach einem Ausflug seines Geistes nicht mehr richtig kontrollieren konnte, und vergewisserte sich lieber mehrmals. »Ich dachte, ein Nekromant wie du, Bardri¢, wüsste es mir zu erklären.«

»Nein. Ich bin nicht allwissend, Vahidin.«

Der junge Mann schnalzte mit der Zunge. »Es freut mich zu sehen, dass auch du Grenzen besitzt.« Er bedachte ihn mit einem Blick, der Schadenfreude ausdrückte.

Soscha wollte lediglich eine Lösung einfallen. »Ich reise zu Perdór«, verkündete sie. »Er muss hören, was wir herausgefunden haben, und soll die Herrscher unterrichten.« Sie sah zu Lodrik, als wolle sie seine Erlaubnis einholen.

Er verstand den Blick richtig. »Geh nur. Vahidin und ich sind beinahe schon so gute Freunde geworden, dass keiner den anderen aus den Augen lassen kann«, meinte er spöttelnd. »Wir achten auf Zvatochna.«

Soscha nickte ihm zu und veränderte sich zu einer schimmernden Kugel, die blitzschnell nach oben durch die Decke schoss und verschwunden war.

Vahidin kratzte sich am Hals, dann rieb er sich den Nacken. »Ich wette, dass der dicke König versuchen wird, ein Heer aufzustellen. Und das wird so kurz nach der Niederlage gegen die Angorjaner ein hartes Stück Arbeit. Die Königreiche sind ausgeblutet oder vermutlich wenig gewillt, noch mehr Leben zu opfern.«

»Die Ničti müssen aufgehalten werden. Koste es wie viele Leben auch immer. Notfalls müssen die Edelsten von allen Ulldartern vor Vintera treten, es spielt keine Rolle.« Lodrik atmete tief ein. »Das größte Heer ist nur die Ablenkung für Estra. Wir – du und ich und Soscha – werden diejenigen sein, welche Zvatochna und ihr Heer aus Seelen vernichten. Alleine. Es gibt niemanden sonst, der es vermag. Die Ničti mögen gefährlich sein, blutrünstig und wild wie Tiere, aber man kann sie niederstechen und umbringen.«

Vahidin überlegte seit seiner Rückkehr, welchen Vorteil er aus der Lage ziehen konnte, doch noch sah er keinen. Er benötigte dringend eine Rückversicherung für sein Leben, sonst wäre er unmittelbar nach dem Aus von Zvatochna ebenso tot wie seine Halbschwester.

Er lächelte Lodrik an. Er besaß die meiste Macht über sein

Leben, und somit war es für Vahidin zwingend, dass Lodrik zuerst sterben musste. Soschas Drohungen ließen ihn kalt, er glaubte nicht, dass sie genügend Kraft besaß, ihm etwas anzutun; zudem war sie nicht mehr als eine Seele – und die konnte er beherrschen.
»Wir beide und Kampfgefährten«, sagte er süffisant. »Wer hätte das gedacht?« Er öffnete die Tür und trat auf den Gang. »Ich habe Hunger. Leistest du mir Gesellschaft, Bardri¢?«
Lodrik stand auf und folgte ihm.

**Kontinent Ulldart, Königreich Tarpol,
Hauptstadt Ulsar, Herbst im Jahr 2
Ulldrael des Gerechten (461 n.S.)**

Es war eine Einladung, die Hetrál nur ungern angenommen hatte.
Ulldrael war nicht mehr die Gottheit, welche er verehrte, und zudem wurde er in einer Bergfestung erwartet, die sehr weit entfernt lag und zu der die Reise äußerst beschwerlich war. Er hätte sich schon lange auf dem Weg befinden müssen, bevor die Straßen in den Bergen verschneit und unpassierbar waren.
Hetrál hatte sich in Ulsar vergewissert, dass der Schutz des tarpolischen Kanzlers Gijuschka sowie des Tadc Krutor gewährleistet waren. Alles lief so, wie es sollte.
Nach einem letzten Gespräch hatte er abreisen wollen, da bekam er jene Einladung. Jetzt stand er in einem Seitentrakt des Ulldrael-Tempels und wartete, dass sich der Obere des Ordens mit ihm traf.
Um ihn herum verbrannten Kräuter in Kohlebecken, und er grinste.
Für die meisten Menschen wirkte der Qualm wie ein Rauschmittel, welches die Sinne vernebelte und die Zunge lockerte. Er kannte die Kniffe der Priester, um sich die Menschen gefügig zu

machen und sie an Wunder glauben zu lassen. Hetráls Verstand war dagegen immun, und er mochte den Geruch sehr.

Die Tür hinter dem großen, orangefarbenen Brokatvorhang wurde geöffnet, wie er an den Geräuschen vernahm, dann traten zwei Männer herein und hielten den Stoff zur Seite, damit ein dritter hindurchhumpeln konnte.

Es war Matuc. Er trug eine dunkelgelbe Robe, die ihn als Oberer des Ulldrael-Ordens auswies. Hetrál vermutete, dass es sich bei den anderen beiden um persönliche Schüler handelte, denn nach Mitgliedern des Geheimen Rates sahen sie nicht aus, dafür waren sie zu jung.

»Ich grüße Euch, Meister Hetrál«, sagte Matuc und lächelte, dann wechselte er in die Zeichensprache über. »Ich habe sie in der Zwischenzeit gelernt.«

»Eigens für mich? Das würde mich ehren«, erwiderte er. »Ulldrael möge Euch in Eurem Leben beistehen, Oberer.«

Matuc lachte. »Nein, nicht eigens für Euch. Es ergab sich.« Er bat ihn durch einen zweiten Vorhang, hinter dem ein kleiner Tisch und bequem aussehende Sessel standen. Es gab Tee, Wasser und kleine Kuchenstücke, die saftig und goldgelb aussahen. »Nehmt Platz.« Er setzte sich, die Mönche stellten sich neben ihn.

»Die neue Bescheidenheit gefällt mir«, sagte Hetrál, während er sich Wasser eingoss. »Das hat Euren Orden weit vorangebracht. Die Menschen sehen, dass es dem Oberen ernst mit seinen Reformen ist.«

Matuc bedankte sich. »Wir erzielen Fortschritte. Die Menschen sehnen sich auf ganz Ulldart nach Halt und Beistand unseres Schöpfers, und wir können ihnen diesen Beistand endlich offen geben. Keine Repressalien und keine Verfolgung mehr. Protz und Prunk sind Vergangenheit, der Verschwendung wurde Einhalt geboten. Wenn wir Waslec ausgeben, dann für die Menschen.«

»Die Entwicklung des Ordens wird aber nicht der Grund sein, warum ich hier sitze.«

»Nein, Meister Hetrál, das ist er nicht.« Matuc lehnte sich auf seinem Sessel nach links, sein Gesicht verzog sich vor Schmerzen. »Mein Alter und die Gebrechen machen mir mehr und mehr zu schaffen. Es wird nicht mehr lange dauern, und Vintera wird bei mir anklopfen, um mir ihre Sichel zu weisen«, scherzte er. »Bevor ich abtrete, möchte ich Gewissheit in einer Sache.«

»Leider muss ich Eure Nachfolgeschaft ablehnen, Oberer. Es würde sich nicht gut machen, wenn ein Meisterschütze an die Spitze eines friedlichen Ordens träte«, meinte Hetrál und grinste.

Matuc musste laut auflachen. »Nein, darum würde ich Euch niemals bitten. Aber es gibt eine Sache. Eine *gemeinsame* Sache zwischen uns: Lodrik Bardri¢.« Er sah einen Augenblick ins Leere. »Angenommen es hätte eine weitere Vision gegeben, in der er eine unrühmliche Rolle spielte ...«

Hetrál hob unterbrechend den Arm. »Ihr redet mit einem seiner schärfsten Gegner, Matuc, und das wisst Ihr ganz genau. Er brachte das Übel nach Ulldart, sein Vermächtnis hat sich als ebenso fatal für uns erwiesen, und er wird ein weiteres Mal Gefahr über uns bringen. Davon bin ich überzeugt.« Er zwang sich, die Buchstaben sauber mit den Fingern zu formulieren, trotz seiner Aufregung. »Kabcara Norina sieht es anders, und ich denke, dass auch Perdór weniger Bedenken ihm gegenüber hegt.« Er musterte Matuc. »Es freut mich, dass wir zwei unsere Vernunft behalten haben und für das Wohl aller einstehen. Oder habe ich Eure Andeutung missverstanden?«

Matuc strahlte. »Und ich hatte Angst gehabt, bei Euch auf Ablehnung zu stoßen, Meister Hetrál«, rief er erleichtert. »Dann sage ich es offen: Ich möchte Euch anheuern, Lodrik Bardri¢ zu vernichten.«

»Das wird nicht einfach. Mit herkömmlichen Pfeilen ist er nicht mehr zu töten, und seine Macht als Nekromant ist gewaltig.« Hetráls Gesicht verdunkelte sich. »Ich habe es bereits versucht, Oberer, aber das stärkste Gift vermag nichts gegen ihn auszurichten.«

Matuc schnaufte. »Das hätte ich mir denken können. Welche Mittel bleiben dann noch?«

»Es könnte sein, dass ihn eine Enthauptung ein für alle Mal auslöscht.« Hetrál konnte nur raten, was einen lebenden Toten tilgte.

»Natürlich!« Matuc klatschte in die Hände. »Meister Hetrál, Ihr habt soeben unsere Lösung gefunden.«

»Ohne es zu wissen, Oberer.« Er hatte keine Ahnung, was Matuc meinte.

»Er mag ein Nekromant sein, er mag Geister befehligen können, und er kann der Mann der Kabcara von Tarpol und Borasgotan sein. Doch eines gelingt ihm nicht: über den Gesetzen zu stehen.« Seine Züge hatten einen verschlagenen Ausdruck angenommen. »Das ist brillant, Meister Hetrál. Ohne Euren Hinweis wäre ich auf diese einfache Art niemals gekommen.«

»Nun besteht die Kunst wohl darin, ihn eines Vergehens zu überführen.«

»Nein. Ihm eins *unterzuschieben*. Und zwar mit einer solchen Eindeutigkeit, dass es keine Rettung für ihn geben wird und er seinen bleichen Nacken vor dem Richtbeil beugen muss.« Matuc zeigte sich begeistert, seine Wangen leuchteten vor Freude. »Es muss ein Verbrechen sein, das mit dem Tode bestraft wird.«

»Da bleibt nicht viel, Oberer.« Hetrál fand das Gespräch gefährlich. »Ihr müsstet Unschuldige ermorden und Bardri¢ als Schuldigen darstellen. Könntet Ihr das mit Eurem Gewissen und vor Eurem Gott verantworten?«

Matuc nickte, ohne zu zögern. »Weil ich überzeugt bin, dass er von unserem Kontinent verschwinden muss. Die Prophezeiung zur Dunklen Zeit hat noch immer ihre Gültigkeit, auch wenn das nur die wenigsten sehen.« Er neigte sich nach vorn. »Solange er lebt, stehen Ulldart immer weitere Bedrohungen ins Haus. Daran gibt es keinen Zweifel für mich. Und wir haben lange im Geheimen Rat darüber beraten.«

Hetrál erhob sich. »Verzeiht mir, Oberer, aber ich möchte mit dem, was Ihr plant, nichts zu tun haben.«

»Was? Ihr habt mich auf den Gedanken gebracht, wir teilen die gleiche Überzeugung, und ausgerechnet Ihr wollt nicht teilhaben?« Er war sichtlich enttäuscht. »Für so zimperlich habe ich Euch nicht gehalten.«

»Es macht mir nichts aus, einem Lodrik Bardri¢, der massenweise Verbrechen begangen hat, das Leben zu nehmen, aber Unschuldige zu töten, *das* widerstrebt mir.« Der Meisterschütze verbeugte sich. »Seht es als meinen Beitrag zur Rettung an, doch ausführen dürft Ihr sie allein. Damit gebührt Euch auch der gesamte Ruhm.« Er deutete mit der Linken auf sich. »Lasst *mich* weiter darüber nachdenken, mit welcher Sorte Pfeil ich ihm den Kopf von den Schultern schießen kann. Wir werden sehen, wer von uns beiden sein Ziel zuerst erreicht. Ulldrael der Gerechte möge mit Euch sein, Matuc.«

Hetrál schritt hinaus, durch den Gang zurück auf die Straße.

XVII.

Kontinent Ulldart, Königreich Tûris, Freie Stadt Ammtára, Spätherbst im Jahr 2 Ulldrael des Gerechten (461 n.S.)

Die Geschichten über die Veränderung von Estra bekamen unvermittelt zwei Zeugen, mit denen man nicht mehr gerechnet hatte: Gàn und Tokaro von Kuraschka.

Und diese Zeugen standen vor der Versammlung, bei der lediglich die Gesandten der Nič̌ti fehlten.

Pashtak tat es in der Seele weh, den Beweis präsentieren zu müssen, der sämtliche Gerüchte um die einstige Inquisitorin der Freien Stadt bestätigte. »Hier ist die Karte, von der uns Gàn erzählt hat«, sagte er zu den Männern und Frauen an der langen Tafel und ließ sie von einem Diener hochhalten, damit es alle sahen. »Ich habe Kopien anfertigen lassen, die Ihr vor Euch in den Mappen findet.« Es wurde geblättert und geschaut. »Gàn, sei so freundlich und erkläre, was Estra in Kalisstron zu dir gesagt hat.«

»Sie verlangte das Amulett, um zu den Nič̌ti zu gehen. Als halbe Göttin und Königin«, sprach der Nimmersatte mit seiner dröhnenden Stimme. Er hatte wie Tokaro viel seiner Leibesfülle eingebüßt, die Überfahrt nach Ulldart war entbehrungsreich gewesen. Dennoch wirkte er noch immer stattlich und respekteinflößend. »Ich habe keinen Zweifel, dass sie versuchen wird, das in die Tat umzusetzen, was ihre Mutter begonnen hat. Den Krieg, den sie gegen Kensustria führt, wird sie gegen alle führen, die ihr dabei im Weg sind.«

Die Abgesandten und gekrönten Häupter betrachteten die Karten mit den neuen Grenzen, den veränderten Flussläufen, den Straßen, die lediglich ein Ziel kannten: Ammtára.

Tokaro schwieg und überließ Gàn das Sprechen. Er war innerlich zerrissen. Seine Liebe und sein Versprechen an Estra, sie nicht allein zu lassen und ihr gegen den Fluch zu helfen, rangen mit dem Offenkundigen, was sich in Kensustria ereignete. Es konnte keine friedliche Einigung mehr mit den Ničti geben. Und sie gehorchten den Befehlen seiner Liebsten, der Frau, die er in Kalisstron neu entdeckt und gleich danach wieder an den Fluch verloren hatte.

Aber er weigerte sich, sie aufzugeben. Dieses Mal nicht!

»Wir brauchen ein zweites Heer«, sagte Perdór. »So leid es mir tut: Die Opfer müssen gebracht werden, um die Ničti aufzuhalten und Estra Einhalt zu gebieten. Denn es ist etwas viel Schlimmeres geschehen.« Er hob die Hand, die Tür wurde von den Wachen geöffnet, und Soscha trat ein. Der König und sie hatten sich darauf geeinigt, so zu tun, als lebe sie noch, um die Anwesenden nicht allzu sehr zu verwirren. Dass sie nicht mehr als eine Seele war, würde er bei Gelegenheit darlegen. Bei besserer Gelegenheit. »Der Schrecken hat kein Ende: Es gibt noch mehr schlechte Nachrichten. Hört, was sie zu sagen hat.«

Stoiko und Waljakov machten große Augen, als sie die Totgeglaubte vor sich sahen.

Soscha lächelte ihnen zu, dann trat sie neben Pashtak, der sich wunderte, dass ein Mensch überhaupt keine Düfte besaß. Das konnte nicht sein! Er wollte schon eine Bemerkung machen, da sah er Perdórs Zeichen und schwieg. Auf *diese* Erklärung war er sehr gespannt.

»Zvatochna Bardri¢ existiert noch immer«, sagte sie mit fester Stimme, und sofort erhob sich Tumult im Saal. »Auch wenn wir sie für tot gehalten haben, ist ihre Seele am Leben geblieben. Lodrik Bardri¢ und ich haben sie verfolgt, und wir haben sie ausfindig gemacht: Sie ist in Estra eingefahren und erteilt ihr Anweisungen. Wir kämpfen also nicht gegen die Ničti, sondern gegen Zvatochna und ein Heer aus Seelen. Darin liegt die Erklärung für die geisterhaften Angriffe auf die Truppen der Kensustrianer.« Sie sah zu Moolpár. »Gegen solche Gegner seid Ihr machtlos.«

»Diese Karte«, hob Tuandor an, »verpflichtet jeden einzelnen

Mann, der in der Lage ist, eine Waffe zu führen, dazu, sich gegen die Ničti zu stellen. Estra, Zvatochna – das ist mir einerlei, wir müssen beide vernichten, mitsamt den Ničti. Ich lasse Soldaten ausheben, und wenn wir verkünden, wogegen wir antreten, wird mein Reich nicht genügend Schwerter für die kampfbereiten Arme haben.«

»So ist es«, stimmte Stoiko zu, auch wenn er wesentlich umsichtiger klang. »Stehen wir Kensustria bei und schlagen die Schlacht ...«

»Aber wer kümmert sich um die Seelen?«, rief Tuandor. »Soscha hat gesagt, dass man sie nicht aufhalten kann.«

»Lodrik Bardri¢ ist ein Nekromant. Er wird sie aufhalten können, sofern wir ihm die Gelegenheit verschaffen«, log Soscha. Dass Vahidin die Aufgabe zukam, durfte keiner erfahren, sonst hätten sich die Herrscher vermutlich geweigert, in die Schlacht zu ziehen. »Das ulldartische Heer und die Kensustrianer stellen sich gemeinsam gegen die Ničti, während Bardri¢ und ich uns um Estra und die Seelen kümmern.«

»Den genauen Schlachtplan werden wir noch ausarbeiten, aber es ist wichtig, dass wir so schnell wie möglich Soldaten in den Süden schaffen, um Kensustria beizustehen. Eine ungefähre Vorstellung habe ich jedoch bereits entwickelt.« Perdór gab seinen Dienern ein Zeichen, und drei Männer schafften eine Staffage mit einer Landkarte des südlichen Teils von Ulldart herbei. »Kaiser Farkon ist uns für die Auslieferung seines Bruders äußerst dankbar und sendet uns bis zum Winter vierzig Galeeren mit jeweils einhundert Soldaten. Diese nehmen wir, um Kensustrias Süden anzugreifen. Palestanische, rogogardische und agarsienische Seestreitkräfte werden jeweils hinzustoßen, sodass wir auf einhundertfünfzig Schiffe kommen. Zum einen unterbrechen wir damit den Nachschub, zum anderen eröffnen wir eine neue Front.« Er nahm ein Blatt, rollte es zu einem Zeigestock und tippte auf die Nordgrenze. »Wir benötigen mindestens fünfzigtausend Bewaffnete, um die Ničti in Schwierigkeiten zu bringen. Sie müssen so stark beschäftigt werden, dass sie kaum Gelegenheit haben, sich um Estra zu kümmern.« Er ließ Papiere verteilen, auf denen er aufgeschrieben hatte, von welchem Königreich wie viele Truppen und welche Gattungen erwartet wurden. »Gibt es dazu Fragen?«

Tuandor hob die Hand. »Wäre es nicht besser, die Ničti siegen zu lassen und sie in Sicherheit zu wiegen? Das könnte das Kommandounternehmen von Bardri¢ erheblich vereinfachen. Wer nichts Böses ahnt und feiert, ist leichter zu überraschen.«

Perdór nickte dem König zu. »Ein hervorragender Ansatz. Dazu habe ich bei unserem nächsten Treffen mehr zu sagen. Fiorell ist auf dem Weg, um zusätzliche Verbündete für dieses Unternehmen zu gewinnen.« Bedauernd hob er die Schultern. »Weitere Ausführungen dazu wären reine Spekulation und würden Erwartungen wecken, die ich am Ende vielleicht nicht erfüllen kann.«

Weil ihn der Blick des ilfaritischen Königs kurz gestreift hatte, bekam Tokaro einen Verdacht: Da es keinerlei Konflikt mehr zwischen Angor und Ulldart gab, stand dem Einsatz der Hohen Schwerter nichts mehr im Weg. Es wäre für die Elitekrieger des Gottes Angor ein Unterfangen, das Ruhm und Ansehen brächte und sie endgültig von dem Vorwurf freisprechen würde, sich nicht um die Belange des Kontinents zu kümmern.

Der junge Ritter lächelte Perdór an. »Ich melde mich freiwillig, um Bardri¢ und Soscha beizustehen«, sagte er laut. »Die aldoreelische Klinge ist eine wunderbare Waffe, und auf sie werden der Nekromant und die Magierin trotz ihrer Kräfte nicht verzichten können.« Dass er zwei Qwor mitgebracht hatte, verschwieg er. Sie saßen im Wald nicht weit von Ammtára entfernt, angekettet unter einem Baum, und warteten auf ihn.

Perdór lachte väterlich. »Ein wahrer Ritter, Tokaro von Kuraschka.« Er zwinkerte, und Tokaro verstand es als Andeutung, dass er sich mit seiner stillen Vermutung auf dem richtigen Weg befand.

Kontinent Ulldart, Königreich Aldoreel, Gatronn-Gebirge, Spätherbst im Jahr 2 Ulldrael des Gerechten (461 n.S.)

Fiorell keuchte, seine Beine waren schwerer als volle Kornsäcke, und die Lungen fühlten sich zu klein an. Das Atmen kostete ihn Mühe, also blieb er stehen und stützte sich auf seinen Wanderstab. »Wie weit noch?«, hechelte er und sah zu Petras, seinem Führer, der auch sein Gepäck schleppte.

Petras, ein Hirte im besten Mannesalter und von klein auf im Gebirge unterwegs, grinste den Hofnarren an. »Kann ich nicht sagen, Herr. Wir wissen ja nicht einmal, wonach wir suchen.«

»Nach einer alten, vergessenen Festung, mein Freund. Die wird ja wohl nicht unsichtbar sein.« Fiorell ließ sich in den Schnee sinken und betrachtete die Gipfel um sie herum; der schmale Pfad hatte sie weit nach oben geführt.

Das steile Gatronn-Gebirge befand sich im Herzen Aldoreels und schwang sich bis zu sieben Meilen Höhe empor. Die Hänge waren zerklüftet, es fanden sich kaum Wiesen und Wälder, und entsprechend wenig Tiere gab es.

Auch wenn das Königreich als Ulldarts Kornkammer galt, hier wuchs außer ein paar Blumen, trockenen Halmen und verkrüppelten Systra-Kiefern nichts. Dafür erhielt der Wanderer herrliche Ausblicke auf die Umgebung und die insgesamt elf Gipfel, die alle besondere Namen trugen.

Fiorell wollten sie nicht einfallen und waren ihm im Augenblick auch einerlei. »Wie hoch sind wir? Ich schnaufe wie ein fettes Pferd, das einen Wettlauf gegen einen fliegenden Falken unternommen hat.«

»Ja, wenn man es nicht gewohnt ist, macht es einem zu schaffen«, nickte Petras. »Es sollten etwas mehr als zweitausend Schritt sein. Wo lebt Ihr, Herr?«

»Ilfaris«, keuchte er und stand auf. Es musste weitergehen.

»Ach, das erklärt so manches«, meinte Petras verständnisvoll.

Was genau er damit meinte, sagte er Fiorell nicht, sondern marschierte weiter den verschneiten Pfad entlang. »Gehen wir, Herr. Zu meiner Jugend gab es da oben einen Vorsprung, unter den man eine Hütte gebaut hatte. Da werden wir die Nacht verbringen.«

»Ich wollte, wir wären schon oben«, maulte Fiorell und bemühte sich, zu seinem Führer aufzuschließen.

Der Hirte hatte keine Ahnung, was Fiorell in Wirklichkeit suchte. Perdórs Spione hatten Hetrál nach seinem Aufenthalt in Ulsar verfolgt und seine Spur vor dem Aufstieg ins Gatronn-Gebirge verloren.

Besser gesagt, die Spione waren verschwunden und seitdem nicht mehr aufgetaucht.

Daraus hatte Fiorell geschlossen, dass sich etwas in dem Gebirge befand, das die auferstandene Schwarze Sichel schützen wollte.

Norina hatte Perdór von der Unterredung mit Hetrál geschrieben und ihre Sorge geäußert. Die Vorkommnisse kurz vor dem Auftauchen der Ničti im Schlösschen von Turandei zeigten dem König deutlich, wie sehr er mit dem Orden der Mörder zu rechnen hatte. Perdór und Fiorell hatten vor der Abreise darüber gestritten, ob die Morde an den angorjanischen Bewachern ein Freundschaftsdienst oder eine indirekte Drohung darstellen sollten.

»Hier wird es wieder flacher. Wir sind gleich bei der Hütte.« Petras ging um eine Felsnase herum und war verschwunden.

»Ausgezeichnet«, ächzte Fiorell und schaute über die Schulter zu den Gipfeln. »Ich werde das Dickerchen auf den Pfad hetzen. Das wird ihn Pfunde kosten«, murmelte er und stampfte mit dem Fuß fest in den Schnee, um sicheren Halt zu finden.

Es knirschte laut, dann erklang ein Knistern – und der Pfad brach unter ihm weg!

Geistesgegenwärtig machte Fiorell einen Satz vorwärts und sprang auf das verbliebene sichere Stück, doch auch dieses sackte unter seinem Gewicht ein.

»Ulldrael hilf!«, rief er und hopste weiter, während hinter ihm der Pfad in der Tiefe verschwand. Schließlich bewegte er sich nur noch mit großen Sprüngen vorwärts, und erst als er die Felsnase und das flachere Stück erreicht hatte, blieb der Boden unter seinen Füßen solide.

Hustend und keuchend wie ein Bergmann, besah er sich den Einbruch: Gute elf Schritte des Weges waren verschwunden. »Petras, kommt einmal zu mir!«, rief er und betrachtete die Bruchkante vor sich. Er entdeckte Meißelspuren. »Nanu? Hat da jemand etwas gegen Besucher?«

Fiorell scharrte den Schnee zur Seite. Es gab keinen Zweifel: Der Pfad war so bearbeitet worden, dass er wegbrach. Vermutlich waren Eis und Schnee schuld daran gewesen, dass es nicht bereits den armen Petras erwischt hatte. Das gefrorene Wasser hatte die voneinander getrennten Stücke verbunden und war erst unter Fiorells Gewicht zerbrochen.

»Wie gut, dass das Dickerchen nicht dabei war.« Er stand auf und rief noch einmal nach Petras. Dann trat er unter den Vorsprung, der in einer Höhe von vier Schritten bis zum Pfad hinausragte, und erwartete, seinen Bergführer zu sehen.

Doch da war niemand.

Die Spuren führten auf die kleine, windschiefe Hütte zu, die sich an die Wand schmiegte – aber etwa vier Schritte davor endeten sie.

»Was ist denn das für ein Gebirge?«, wunderte sich Fiorell. »Hat ihn der Boden verschluckt?« Da er in dem Weiß nichts entdeckte, hob er den Kopf und blickte hinauf. »Petras!«, rief er erschrocken.

Der Mann baumelte von der vorspringenden Felsdecke herab, eine Schlinge lag um seinen Hals, und das Tau führte senkrecht nach oben in ein Loch. Fiorell sah an der unnatürlichen Kopfhaltung, dass Petras' Genick gebrochen war.

»Bei den Göttern!« Er schluckte und sah sich um. Unter dem Vorsprung war es dunkel, überall gab es Schatten, in denen sich Angreifer verbergen konnten, und die Hütte machte nicht den Eindruck, als sei sie wirklich sicher. Außerdem – darin könnte ebenfalls jemand lauern …

»Angriff ist die beste Verteidigung«, sagte er zu sich selbst und hob die Stimme: »Hallo! Wer ist da, der einen unschuldigen Hirten aufhängt, als sei er ein Mörder?«

Eine Windböe pfiff zur Antwort und wirbelte Schnee auf; die Eiskristalle ließen sich auf seinen Schultern, der Mütze und in seinem Gesicht nieder.

Fiorell machte ein entschlossenes Gesicht und setzte einen Fuß vor den anderen, genau auf die Hütte zu. Sein Herz pochte schnell. Um Petras tat es ihm sehr leid. Als wäre der Tod eines Unbeteiligten nicht schlimm genug, trug der Hirte auch noch das Gepäck auf seinen Schultern. Den Vorrat.

Die Tür der Hütte schwang auf, und eine Gestalt in weißer Kleidung stand auf der Schwelle. Vor einem verschneiten Hintergrund wäre sie sicherlich unsichtbar gewesen, aber nicht vor einem dunklen. Deswegen erkannte Fiorell auch den gespannten Bogen sehr gut, den sie in den Händen hielt.

»Nein, nein, nein! Einen Augenblick!«, rief er hektisch und hob die Arme. »Ich bin ein Gesandter von König Perdór, dem Herrscher von Ilfaris. Ich suche Meister Hetrál und muss ihm eine Nachricht überbringen.« Fiorell langte unter seinen Mantel – da zischte der Pfeil los!

Das Geschoss traf ihn genau oberhalb der Augen, und er fiel tot in den Schnee.

Kühle Luft umwehte ihn, und Fiorell stellte fest, dass er doch nicht tot war, wie er beim Einschlag des Geschosses gedacht hatte.

Er versuchte, die Lider zu heben. Es gelang ihm nicht.

Um ihn herum blieb es schwarz, und nachdem er sich an die klopfenden Schmerzen in seinem Kopf gewöhnt hatte, die ihm sagten, dass er lebendig war, dachte er über seine Lage nach.

Fiorell verriet durch kein Zucken, dass er erwacht war. Er vernahm mehrere Stimmen in seiner Nähe, hörte das Knirschen von Leder. Er lag auf etwas, das sich sehr schnell nach oben bewegte, ähnlich einem Lastenaufzug.

Diese Fahrt dauerte sehr, sehr lange.

Mit einem Ruck endete die Reise. Starke Hände packten ihn, er wurde über eine Männerschulter gelegt und getragen. Dem Echo der Umgebung nach zu urteilen handelte es sich um einen Gang. Eine Tür wurde geöffnet, dann wurde es heller um Fiorell. Das Blut stieg ihm allmählich in den Kopf.

Bevor er etwas sagen konnte, wurde er unsanft auf einen Stuhl gesetzt; die Augenbinde blieb, wo sie war. »Ich muss schon anmerken: Nicht sehr freundlich, diese Begrüßung.« Er konnte das Licht, das durch viele kleine Fenster in der Wand ihm gegenüber fiel, nur undeutlich erkennen. »Wo bin ich?«

»Wo Ihr sein wolltet«, bekam er zur Antwort; der Mann stand umittelbar neben ihm. »Ihr seid wirklich der Gesandte von König Perdór, man hat Euch als solchen erkannt. Dennoch ist es Euch nicht erlaubt, was Ihr getan habt.«

»Das bedeutet, dass ich meinen Erfolg mit dem Tod bezahle?«

»Wie der Führer, den Ihr dabei hattet, ja.« Der Mann klang unbeeindruckt. »Sein Tod geht Euch zu Lasten. Freiwillig wäre er niemals auf den Gedanken gekommen, nach uns zu suchen.«

»Nun, wenn ich schon sterbe, dann will ich Euch sagen, dass sich Heerscharen ins Gatronn-Gebirge aufmachen werden, um den Orden der Schwarzen Sichel ein zweites Mal zu vernichten.« Er spürte noch immer einen Windhauch, als ziehe es pausenlos in den Räumen.

»Man würde Eure Leiche nicht *hier* finden, Fiorell, sondern weit entfernt«, lachte der Mann. »Und unsere Festung wird von keinem Heer eingenommen werden.«

»Mein Herr hat Magier …«

»Nicht mehr ganz so viele wie vorher. Es hat sich etwas ereignet, das nichts mit uns zu tun hatte. Wir kamen zu spät, um es zu verhindern.« An den Geräuschen erkannte Fiorell, dass sich der Mann ihm gegenüber setzte. »Doch zurück zu dem Grund Eures Kommens: Was wollt Ihr?«

»Spielt das noch eine Rolle?«

Der Mann lachte. »Das entscheiden wir, wenn wir Euch angehört haben. Nur heraus mit der Sprache.«

Fiorell bewegte die gefesselten Hände auf dem Rücken behutsam und löste die Bänder Stückchen für Stückchen; bald wäre er frei – aber was brachte ihm das in der Festung der besten Meuchler des Kontinents? »König Perdór bittet Euch um Mithilfe.«

»Wie viel?«

»Wie viel? Wie viel was?«, wiederholte Fiorell.

»Die Bezahlung, Herr Spion. Wir arbeiten gegen Bezahlung.«

»Oder aber es wäre so bedeutsam für die Zukunft von Ulldart, dass Ihr es ohne Entgelt tun würdet, so wie Ihr die Könige und Königinnen beschützt«, ergänzte er listig. Es machte nichts, dass der Orden sah, wie schnell sich die Kunde von den fragwürdigen Leibwächtern herumsprach.

»Lasst hören, was der König möchte.«

»Ein Heer wird gegen die Ničti ziehen, um sie in Kensustria aufzuhalten. Doch unsere eigentliche Feindin ist eine Frau, welche die Fremden befehligt. Sie befindet sich hinter den Reihen, und es käme Euch zu, sie zu vernichten.« Fiorell wartete, ob seine Worte eine Reaktion auslösten.

»Diese Frau wird vermutlich schwer bewacht sein«, sprach der Mann. »Unsere Männer und Frauen sind über ganz Ulldart verteilt, es ist uns unmöglich, eine große Gruppe zu entsenden. Mehr als vier Bogenschützen und drei Meuchler würde König Perdór nicht bekommen. Es ist zudem schwierig, weil wir uns als Menschen nicht unerkannt unter die Ničti mischen können.«

»Ist das keine Herausforderung?« Fiorell packte den Orden bei der Ehre – oder zumindest versuchte er es.

Der Mann lachte. »Für uns zählt in erster Linie die Bezahlung, und dazu habe ich noch gar nichts vernommen, Fiorell.«

»Ich soll Euch eintausend Iurd-Kronen bieten. Für jeden Mörder, den Ihr entsendet, um die Königin der Ničti zu töten.« Fiorell vernahm eine leise, unverständliche Unterhaltung.

»Wir haben eine bessere Lösung: eine Grafschaft. Oder ein Herzogtum. In Ilfaris«, sagte der Mann. »Niemand wird es betreten dürfen, und wir bezahlen König Perdór Abgaben und Steuern wie alle anderen Adligen in seinem Königreich.«

»Ich weiß nicht …«

»Es gibt keine Verhandlungen, Fiorell. Entweder das, oder es erfolgt keine Unterstützung. Wir sind nicht so uneigennützig, wie Ihr denkt. Und herausfordern, indem man unsere Ehre anzweifelt, lassen wir uns nicht«, erwiderte der Mann ruhig, doch mit großer Souveränität. »Wir wissen, welchen Stellenwert Ihr bei Perdór besitzt. Gebt uns Euer Wort, dass unsere Forderung erfüllt wird, und wir geben Euch die tödlichste Eskorte mit zurück nach Ammtára, die auf Ulldart existiert.«

Fiorell hatte keine Wahl, als sich vom Orden erpressen zu lassen – und er willigte ein.

Die Fesseln wurden ihm gelöst, und ein Federkiel wurde ihm zwischen die Finger der rechten Hand gedrückt. »Dann stehen unsere Leute Euch zur Verfügung. Unterschreibt das Papier.«

»Blind?«, meinte Fiorell.

»Ihr schafft es, ohne hinzusehen. Euren Namen werdet Ihr noch schreiben können, nehme ich an.« Als Fiorell unterschrieben hatte, wurde er gepackt und auf die Beine gestellt. »Wir bringen Euch zurück, zum Fuß des Gatronn-Gebirges. Dort werdet Ihr auf Eure Begleiter treffen. Sie werden sich nicht mit Euch unterhalten und keine Fragen zum Orden beantworten. Weder Geld noch Folter lösen ihre Zungen, also spart Euch die Mühe. Vinteras Gnade möge Euch treffen, Fiorell.«

»Solange es nicht ihre Sichel ist«, grummelte er und ließ sich abführen. Man hatte ihn nicht mehr gebunden, und er massierte die Hände, um den Blutfluss in Gang zu bringen.

Wieder lief er durch Gänge und Zimmer, so vermutete er.

Überall zog es, doch es war recht warme Luft, wärmer als diejenige, die er bei seiner Wanderung um die Nase gehabt hatte. Sie roch nach Wald, nach feuchtem Moos und Herbstblumen, was in den hohen Bergen unmöglich sein konnte. Nicht im Gatronn-Gebirge.

Fiorell hatte beschlossen, ein Wagnis einzugehen. Er stolperte absichtlich und ließ sich gegen einen seiner Begleiter fallen; dabei streifte er sich die Augenbinde kaum sichtbar nach oben, sodass er einen winzigen Spalt bekam, um hindurchzuspähen.

Der Hofnarr staunte.

Sie befanden sich in einer riesigen Felsenhalle, an deren Wände mehrere Menschen mit Seilen gesichert hingen und das Klettern übten; nicht weit von ihnen entfernt gab ein Mann einer Gruppe Unterricht in einer Art Faustkampf, wie ihn Fiorell noch nicht gesehen hatte. Außerdem waren Zielscheiben aufgestellt, in denen Wurfeisen und allerlei andere metallische Gegenstände mit scharfen, spitzen Kanten steckten.

Fiorell ließ sich nichts anmerken.

Sie durchquerten die Halle und gingen durch einen Korridor, der mit dicken Scheiben versehen war.

Fiorell wagte einen raschen Blick hinaus – und sah lediglich Wolken. Der Himmel war strahlend blau, die Sonnen beschienen die weißen Gebilde, die filigran und massiv zugleich aussahen.

Weil es keine anderen Gipfel um sie herum gab, schloss Fiorell daraus, dass sie sich auf dem höchsten Punkt befanden: auf etwa sieben Meilen! So weit hinauf kamen keine normalen Menschen, man erstickte, wenn man den Sonnen so nahe sein wollte. *Wie ist das möglich?*

Sie betraten eine Plattform aus gelochten Eisenblechen, auf der mehrere armlange Hebel angebracht waren. Einer seiner Bewacher, der wie die anderen eine Rüstung trug, legte einen Hebel um, und die Fahrt nach unten begann.

Ketten rasselten, und Wind schoss durch die Löcher, wehte in den Haaren und brachte die Kleidung zum Flattern. Es roch nach Wald, Blumen und Moos ... und endlich hatte Fiorell eine Erklärung gefunden!

»Pass auf seine Augenbinde auf«, sagte einer der Männer. Fiorell sah eine Hand auf sein Gesicht zukommen, dann wurde es wieder dunkel.

Doch er hatte genug gesehen, um Perdór berichten zu können, dass es keine Möglichkeit gab, die Festung der Mörder mit einem Heer oder einem Handstreich einzunehmen. Eine Belagerung gewann man, indem man Mauern zum Einsturz brachte oder den Eingeschlossenen Wasser und Nahrungsmittel raubte.

Fiorell war sich sicher, dass der Orden der Schwarzen Sichel von beidem im Überfluss besaß.

Ihre verwundbare Stelle war eine andere: Luft.

Kontinent Ulldart, im Norden Kensustrias, Frühwinter im Jahr 2 Ulldrael des Gerechten (461 n.S.)

Perdór erklomm die steile Leiter und versuchte, sich nicht anmerken zu lassen, dass ihm die luftige Höhe gar nicht gefiel. Da sich aber die Heerführer auf dem sechs Schritt hohen, überdachten Unterstand versammelt hatten, blieb ihm nichts anderes übrig, als hinaufzuklettern, um mit ihnen reden zu können. Sein Wams hatte er gegen einen Harnisch eingetauscht, um ein bisschen kriegerisch zu wirken.

»Eben dachte ich noch, es sei eine Sonnenfinsternis, aber nun merke ich, dass Euer Gesäß die Taggestirne verdeckt«, kam es von hinter ihm. »Majestät, man sollte Euch …«

»Nicht jetzt, Fiorell«, blaffte er hinab und hob warnend den Fuß. »Ich kann dir eine Abfahrt bescheren, die mit einem schmerzhaften Aufschlag deinerseits enden wird.« Er schwang sich auf die Plattform und begab sich zu den Kriegern, die in einer Linie am hölzernen Geländer standen und mit den Fernrohren hinüber zu den Stellungen der Nič̆ti blickten. »Welch ein schöner Tag!«, rief er zur Begrüßung.

»Es schüttet wie aus Kübeln, Majestät«, erwiderte Tuandor verwundert.

»Doch es ist niemand gestorben«, sagte er betont heiter. »So lange wird es für mich ein guter Tag bleiben. Tretet zu mir an den Kartentisch.«

Die Männer und Frauen in Uniformen aus den unterschiedlichsten Reichen Ulldarts verließen ihre Posten und kamen zu Perdór, während Fiorell die neuesten Karten aus der ledernen Schutzhülle zog und auf dem Tisch ausbreitete.

Seit mehr als einer Woche belauerten sich die Ničti und das Geeinte Heer, zu dem auch die Kensustrianer zählten.

Männer und Frauen, die Vertreter aller Kasten, hatten sich bewaffnet, um ihre Heimat von den Angreifern zurückzuerobern. In diesem Fall verließen sich Bauern, Gelehrte, Priester, Rechtlose und Handwerker weniger auf das Können im Umgang mit den Klingen als auf ihren festen Willen. Perdór sah es zudem als Beweis, wie sehr sie Ulldart doch als Heimat betrachteten. Sie hätten ebenso gut die Flucht ergreifen können, aber das war zu keiner Zeit in Erwägung gezogen worden.

Der König erklärte die farbigen Linien für die Stellungsverläufe von Freund und Feind. »Die Heere sind in etwa gleich stark, was die Anzahl der Soldaten angeht. Rund fünfzigtausend auf jeder Seite. Die Ničti haben mit Estra und der in sie eingefahrenen Zvatochna jedoch die Seelen als Verbündete, und gegen diese gibt es nichts Irdisches«, schloss Perdór. »Daher werden wir den Angriff erst beginnen, wenn wir Nachricht von unserem geheimen Kommando bekommen haben. Vorher wäre eine Attacke gleich einem Freitod. Ich habe die verbliebenen beiden Magier kommen lassen, aber sie werden uns wahrscheinlich nichts nützen, höchstens für das Selbstvertrauen der Krieger.« Er verschwieg ihnen, dass einer von ihnen ein Nekromant war. Vielleicht war Brahim von Nutzen, wenn ihnen die Seelen auf den Hals gehetzt wurden.

»Wir bleiben dabei, dass wir unsere Truppen in den Stellungen hin und her verschieben?«, erkundigte sich Tuandor.

Perdór nickte. »Es wird die Ničti glauben lassen, dass wir unsere Strategie unentwegt verändern.«

Fiorell hob die Hand und deutete auf ein Gebiet, das außerhalb des Kartenabschnitts lag. »Da müsste ungefähr die kensustrianische Küste liegen«, meinte er zwinkernd. »Die Flotte hat eine Blockade errichtet, es wird kein Ničti-Schiff Kensustria verlassen oder erreichen. So weit im Süden sind die Matrosen zudem vor den Seelen sicher. Die Überzahl sichert uns den Seesieg.«

Perdór sah an den Augen der Männer und Frauen, dass sie nur bedingt vom Erfolg überzeugt waren.

Noch immer war nicht klar, woher die Ničti stammten und wie viele Schiffe sie noch geordert hatten, um Kensustria auszulöschen. Weil jedoch keiner den Erfolg infrage stellen wollte, blieben sie stumm. Es gab ohnehin genügend Sorgen.

Tuandor seufzte. »Wir sind also dazu verdammt, untätig abzuwarten, bis wir die Kunde von Estras Tod vernehmen?«

Perdór nickte. »Es geht nicht anders, wenn wir keine sichere Niederlage erzielen wollen.«

»Was, wenn die Ničti uns zuerst angreifen?« Tuandor rieb sich über die Stirn, er hatte vor Aufregung rote Flecken im Gesicht. »Was haben wir ihnen entgegenzustellen? Es gibt Geschichten über die Macht der Seelen ...«

»Es gibt auch Geschichten über die Macht der Kensustrianer, über die Macht der Magier und über die Macht der Götter«, unterbrach ihn Perdór. »Diese drei nutzen uns mehr als das Gerede über die Ničti und Seelen. Besinnen wir uns auf unsere Stärken und beten wir zu Ulldrael.«

»Wäre Vintera nicht passender?« Tuandor sah in die Runde. »Bardri¢ ist Nekromant und damit Vintera wohl näher als Ulldrael. Es wird sich zeigen, wer uns rettet.«

»Mir ist das gleich. Hauptsache, wir werden gerettet«, stimmte einer der Hauptleute zu. »Ich stifte Vintera gern einen Schrein, wenn wir überleben und sie mit ihrer Sichel die Ničti schneidet anstelle von uns.«

»Aber nur einen kleinen«, warnte Fiorell. »Sonst wird Ulldrael der Gerechte noch eifersüchtig.«

Die Versammlung lachte, doch es klang nicht heiter.

Da flogen aus dem Lager der Ničti leise Fanfarensignale herüber, in das sich dumpfe Trommeln mischten. Banner wurden aus den Gräben gehoben und flatterten im Wind.

»Die Vorboten der Schlacht«, sagte Perdór schwermütig und

war mit seinen Gedanken bei dem kleinen Häuflein Unerschrockener, welche die größte Aufgabe vollbringen würden. Er presste die Hände zusammen, weil er nicht wusste, wohin mit ihnen. *Lass sie sich nicht vorher gegenseitig umgebracht haben, Ulldrael.*

Kontinent Ulldart, Ilfaris an der Ostgrenze zu Kensustria, Frühwinter im Jahr 2 Ulldrael des Gerechten (461 n.S.)

»Wie weit ist es noch bis zum Treffpunkt?« Tokaro ritt auf Treskor. Ihm folgten dreißig Ritter der Hohen Schwerter, die unter seinem Befehl standen, sowie sechzig Knappen. An seiner Seite lief ein voll gerüsteter Gàn, der sogar die beiden langen Hörner mit Hüllen aus Stahl hatte versehen lassen; an denen wiederum saßen kleine Klingen, die einen Gegner in zwei Teile schnitten. Der Nimmersatte war eine eindrucksvolle Erscheinung und von enormem Vorteil im Kampf gegen die Ničti.

»Es sollte bald so weit sein. Die Kutschstation liegt eine halbe Meile entfernt.« Soscha hatte ihre Maskerade aufrechterhalten und saß auf einem Fuchshengst. Dass sie kein menschliches Wesen mehr war, würden die Ritter früh genug erfahren.

Sie hatte keine Zeit gehabt, sich um die beiden Magier Brahim und Alsa zu kümmern, die gegen ihren Rat von der Universität ins Heerlager gebracht worden waren. Sie bat die Götter um Beistand für sie und dass sie nicht in den Kampf ziehen mussten.

Soscha fand es zu gefährlich, sie an die Front zu bringen. Brahim wandelte sich zwar zum Nekromanten, doch sie teilte Perdórs Zuversicht nicht, dass er ihnen gegen die anstürmenden Seelen nützte. Brahim hatte zu Lebzeiten kaum Erfahrung mit Magie gesammelt, und dass er sie *nach* dem Tod beherrschen konnte, stellte sie infrage. Alsa war nicht mehr als ein Kind, das von den

Anblicken, die eine Schlacht bereithielt, gelähmt wurde. Aber Perdór hatte so entschieden.

»Da vorne ist sie.« Soscha zeigte auf das Gehöft, das zwei Meilen von der ilfaritisch-kensustrianischen Grenze entfernt lag.

Tokaro sandte einen Ritter voraus, der sich umschauen sollte. »Wir rasten, nehme ich an, und brechen morgen auf? Oder nutzen wir die Nacht, um uns zu den Nički zu schleichen?«

»Wir warten, was uns die anderen empfehlen«, meinte sie leichthin.

»Ihr hattet ein großes Geheimnis daraus gemacht, wer sich hinter den weiteren Mitstreitern verbirgt. Mit wem ziehen wir in den Kampf?« Tokaro beobachtete, wie der Ritter sich dem Anwesen näherte und es umritt, danach verschwand er im Torbogen. »Wir sind wohl die Ersten.«

»Eigentlich sollten sie vor uns angekommen sein.« Soscha musste sich beherrschen, um nicht voranzuschweben und selbst nachzuschauen. »Sagen wir, dass es für alles, was bei einem solchen Unterfangen vonnöten ist, die richtigen Männer und Frauen gibt. Die Hohen Schwerter sind unschlagbar zu Pferde und in der Auseinandersetzung Mann gegen Mann. Doch wir benötigen auch Leute, die sich im Umgang mit Pfeil und Bogen verstehen. Oder mit Seelen.« Sie hatte immer leiser geredet und gehofft, dass er sich mit ihrem Nuscheln zufriedengab.

Tokaro hatte genau aufgepasst. »Ihr meint vermutlich keine regulären Bogenschützen?« Er sah sie an. »Und wer außer Lodrik Bardri¢ kennt sich noch mit Seelen aus, wenn wir von Zvatochna einmal absehen?«

»König Perdór hat in der schweren Stunde für die Menschen unserer Heimat alle Verbündeten in Betracht gezogen. Einen Teil der Frage habt Ihr Euch selbst beantwortet.« Soscha lächelte bemüht. »Bardri¢ und ein Freund von ihm werden uns begleiten.«

»Woher stammen die Bogenschützen?«

Sie lenkte das Pferd näher an seines. »Es ist ein Geheimnis: die Schwarze Sichel«, raunte sie.

Tokaros Unterkiefer klappte nach unten. »Der Orden der Mörder existiert noch?«

Soscha nickte. »Er steht unter der Leitung von Meister Hetrál, soweit wir wissen, und nur deswegen wagt es Perdór überhaupt ein Bündnis mit ihnen einzugehen.«

»Meister Hetrál. Ein legendärer Name, von dem ich dachte, er stünde auf einer Gedenktafel.« Tokaro schluckte. »Wie hat er überlebt?«

Sie zuckte mit den Schultern. »Ich habe nicht weiter nachgefragt. König Perdór hat ihm ein Angebot unterbreitet, und die Schwarze Sichel ist darauf eingegangen.«

»Wir reiten Seite an Seite mit Mördern«, murmelte der Ritter, und sie sah ihm an, dass es ihm nicht gefiel. »Angor ist der Gott der Ehrenhaftigkeit, nicht der Schatten und des Verrates und des heimtückischen Pfeils.«

»Verabschiedet Euch von diesen Gedanken. Sie tragen zu Ulldarts Erhalt bei. Ach ja: In Euren Reihen befindet sich ein *Nimmersatter*. Eine Kreatur, die nach den allgemeinen Vorstellungen vom Gebrannten Gott geschaffen wurde«, erwiderte sie, um seine Vorbehalte auszuhebeln. »Es kommt nicht darauf an, was man ist. Es kommt darauf an, was man tut, Herr Ritter.«

Der Kundschafter erschien wieder, er hob die Hand und winkte. Es war alles in Ordnung.

Tokaro schwieg und musste Soscha recht geben. Er selbst war einst ein Verbrecher gewesen, bevor er von seinem Ziehvater Nerestro eine Gelegenheit auf ein zweites, ehrenhaftes Leben bekommen hatte. »Ein wahres Wort! Doch ich weiß nicht, ob alle meine Leute so denken.«

»Es ist die neue Generation der Hohen Schwerter und viel weniger mit Dünkel behaftet als der alte Orden. Außerdem haben wir keine andere Wahl. Notfalls sollten sie einfach Euren Befehlen gehorchen.« Soscha nickte und wandte sich nach vorn; sie ritten durch das geöffnete Tor in die Kutschstation ein.

Im Hof standen die drei Bediensteten, die das Anwesen betreuten. Kutschen hielten seit einem halben Jahr hier nicht mehr, es war den Reisenden so nahe der Grenze zu gefährlich; die Routen waren umgelegt worden, die Angst vor Plünderern blieb.

Die drei Männer in den einfachen Lederhosen und Leinenhemden zogen ihre Mützen ab und verbeugten sich.

Tokaro ließ die Ritter absitzen, die Knappen kümmerten sich um die Tiere. Zusammen mit Gàn und Soscha ging er zu den Bediensteten, die sie ins Haus führten.

Der Innenraum bot ihnen allen genügend Platz. Wo sich früher Reisende aufgewärmt hatten, nahmen nun die Ritter und Knappen Platz, und Tokaro war sehr verwundert, als es gebratenes Fleisch, Süßknollen und Gemüse gab. Er hatte mit trockenem Brot und altem Schinken gerechnet.

Er betete gerade zusammen mit seinen Leuten zu Angor, als sich die Tür öffnete.

Zwei Frauen und sieben Männer in langen, dunkelbraunen Mänteln betraten den Raum; die Kapuzen waren tief in die Gesichter gezogen, drei von ihnen trugen Bogen auf den Rücken und Pfeilköcher an der Seite. Wenn sie weitere Waffen besaßen, waren sie unter den Mänteln verborgen.

Die Knappen, welche die Türen sicherten, stellten sich ihnen in den Weg.

Einer der Neuankömmlinge streifte die Kapuze nach hinten und offenbarte schulterlange blonde Haare und durchdringend blaue Augen. Das Gesicht war vielen im Raum von Münzen und Bildern bekannt. »Wir werden erwartet«, sprach Lodrik und sah sich um, bis er seinen Sohn entdeckte. »Und wir sind richtig.«

Soscha und Tokaro erhoben sich und gingen zur Tür, der junge Ritter ließ die Wachen zur Seite treten. Ihm fiel auf, wie sehr sich sein Vater zum Guten verändert hatte. Ein Mann in seinem besten Alter, kräftig und keinesfalls ausgezehrt und totenähnlich wie beim letzten Zusammentreffen. Etwas war mit ihm vorgegangen.

Lodrik sah Tokaro die Verwunderung an, und er reichte ihm die Hand. »Ich grüße Euch, Tokaro von Kuraschka«, sagte er förmlich und sah ihm in die Augen, welche die gleiche Farbe wie die seinen hatten. »Es freut mich, dass wir wieder miteinander reiten.«

»Es ist nur schade, dass es stets Kämpfe sein müssen«, antwortete Tokaro mit einem unsicheren Lächeln. »Kommt mich auf meiner Burg besuchen, wenn es vorbei ist.«

Lodrik lächelte und legte ihm die linke Hand auf die Schulter. »Das werde ich«, versprach er, bevor er sich zu seinen Begleitern umdrehte. »Das sind Männer und Frauen, die uns König Perdór schickt. Sie sind Meister im Umgang mit dem Bogen und ihren sonstigen Waffen. Wo die Ritter vielleicht ins Stocken geraten, werden sie uns helfen können.« Weil er ein leises Murren vom Tisch der Knappen vernahm, fügte er hinzu: »Jeder besitzt Stärken und Schwächen. Auch die Hohen Schwerter.«

Zwei Knappen erhoben sich. »Wir …«

Eine der Frauen hinter Lodrik vollführte eine rasche Handbewegung, etwas flog durch die Luft und legte sich im nächsten Augenblick um die Hälse der jungen Männer. Tokaro erkannte drei miteinander verknotete Lederriemen, an deren Enden sich kleine Kugeln befanden. Keuchend griffen sie danach und brachten kein Wort mehr hervor.

Weitere Knappen sprangen auf, aber Tokaro hielt sie mit einer Handbewegung auf. »Eine Vorführung, ich verstehe«, sagte er und legte die Finger an die aldoreelische Klinge, während er auf die Frau blickte, die geworfen hatte. »Ich verzichte zu Eurem eigenen Schutz auf meine. Aber wagt es nicht, einen meiner Männer erneut anzugreifen.« Er sagte es freundlich und klang damit überlegen; die Frau nickte knapp.

Lodrik wies auf den Mann neben sich, der die Kapuze besonders tief im Antlitz trug. »Das ist mein Schüler, und er wird uns gegen die Seelen beistehen. Auch er trachtet nach nichts anderem als nach dem Tod von Zvatochna, die sich der jungen Estra bemächtigt hat.« Er sah seinen Sohn an und leistete ein zweites Versprechen: »Wir befreien sie von der Heimsuchung. Die Inquisitorin darf darunter nicht leiden.«

Tokaro dankte ihm mit einem langen Blick und einem erleichterten Lächeln. »Hat Euer Schüler auch einen Namen?«

»Tarmov«, sagte der Mann, den Tokaro auf Anfang zwanzig

schätzte. Weil er den Kopf etwas angehoben hatte, war das Gesicht zu sehen.

Der junge Ritter stutzte, dann blickte er zu Lodrik, als müsse er sich vergewissern. »Das ist nicht möglich«, flüsterte er. Er hatte die deutliche Ähnlichkeit zu Mortva Nesreca erkannt.

»Er ist *mein Schüler*«, sagte Lodrik betont, um jede weitere Äußerung von Tokaro zu unterbinden. »Nehmt es hin, dass es zwei Nekromanten auf Ulldart gibt, aber sie stehen auf der Seite des Guten.«

»Du hast auch genügend gutzumachen, Bardri¢«, merkte Soscha an. Sie wurde ungeduldig. »Setzt euch an den anderen Tisch, es wird euch etwas zu essen gebracht werden. In einer Stunde treffen wir uns ...«, sie zeigte auf sich, Lodrik, Tokaro und Vahidin, »... um die Marschroute festzulegen. Perdór hat die beste zusammen mit Kensustrianern ausarbeiten lassen.« Sie kehrte zurück zu den Rittern, und Tokaro folgte ihr, auch wenn er sich zu gern zu seinem Vater gesetzt hätte. Die Hohen Schwerter hätten es jedoch nicht verstanden.

Während die Anhänger Vinteras an einer Tafel saßen und sich ihr Mahl schmecken ließen, nahmen die Verehrer des Gottes Angor ihr gemeinsames, lautes Gebet wieder auf.

Tokaro wurde sich einer Sache sehr bewusst: Unterschiedlicher im Glauben und in der Vorgehensweise in einem Gefecht hätte eine Einheit nicht sein können.

XVIII.

Kontinent Ulldart, an der Westrgrenze Kensustrias, Frühwinter im Jahr 2 Ulldrael des Gerechten (461 n.S.)

Die Truppe aus Rittern und Mördern befand sich tief im Feindesland und hatte bereits einundzwanzig Ničti getötet, niedergestreckt von den schwarzen Pfeilen der Assassinen.

Die Männer und Frauen der Schwarzen Sichel waren die meiste Zeit gar nicht zu sehen. Sie bewegten sich rechts und links oder vor dem Tross der Hohen Schwerter und übernahmen die Erkundung des Weges, den Perdór und die Kensustrianer ihnen aufgezeichnet hatten.

Sie ritten in einem schmalen Tal; die grünen Hänge ragten rechts und links von ihnen in die Höhe und verbargen sie vor den Blicken möglicher feindlicher Späher.

Es regnete ununterbrochen, was Lodrik nicht störte. Die Wassermassen verwischten die Spuren der Pferde und verhinderten, dass es verräterische Staubwolken gab.

Er fand die Geschwindigkeit, mit der sie reisten, unglaublich hoch. Noch hielten die Tiere durch, aber die Rasten waren sehr spärlich; nur Gàn trabte weiter, als bedeute es für ihn keinerlei Schwierigkeit.

Mit ihnen zog das Schweigen.

Außer dem gelegentlichen Schnauben eines Pferdes und dem leisen *Ping-Ping* der Tropfen, die auf die Rüstungen niederfielen, war nichts zu hören. Jeder hing seinen eigenen Gedanken nach und beobachtete dabei stets die Umgebung. Sollte sie ein Ničti entdecken und entkommen, wäre ihre Mission zum Scheitern verurteilt.

Lodrik dachte an seinen Sohn Lorin, von dem ihm Tokaro bei einer Rast berichtet hatte. Es freute ihn, dass der junge Mann sein Glück in Kalisstron gefunden und es zu etwas gebracht hatte. Er fand es beruhigend, dass zumindest Lorin auf der anderen Seite des Meeres in Sicherheit lebte. Wer konnte ahnen, wie die Schlacht verlief?

Lodrik rieb sich die Brust, in seinem Sonnengeflecht brannte es. Der Sichelsplitter meldete sich, und er wusste nicht, was es zu bedeuten hatte.

Unsicher war er auch, wie er sich gegenüber den Meuchelmördern verhalten sollte, die sich hartnäckig weigerten, ihre Namen preiszugeben. Vintera hatte ihm versichert, dass sie ihm gehorchen würden, doch sie hatten ihm bislang keinen Hinweis darauf gegeben. Sie nahmen seine Befehle entgegen wie Soldaten, nicht wie Menschen, die ihn als Hohepriester betrachteten. Warteten sie darauf, dass er sich ihnen offenbarte, oder wussten sie schlicht nichts von Vinteras Worten?

Soscha ritt an Lodriks Seite. »Wir nähern uns einem Horchposten des Ničti-Heeres«, sagte sie. »Ich habe ihn ausgekundschaftet, als keiner auf mich achtgab. Es wird nicht einfach, an ihnen vorbeizugelangen.«

»Wir treffen von Westen her auf sie, dort ist die Reihe lange nicht so massiv wie im Süden.« Lodrik rief nach Tokaro und behauptete, dass die Assassinen neue Kunde gebracht hätten.

»Wir müssen uns besprechen«, sagte der junge Ritter und sah den Weg entlang. »Da hinten gibt es einen Vorsprung, unter dem ich anhalten lassen werde.« Er gab den Reitern hinter sich Handzeichen. »Ohne einen Schlachtplan anzugreifen, halte ich nicht für sinnvoll.«

Sie rasteten, und Lodrik, Soscha, Tokaro und der Anführer der Meuchler setzten sich auf den Steinen zusammen.

Soscha breitete die Karte aus und zeichnete mit Steinchen und losem Sand, wie sich die Lage darstellte. »Wir haben einen befestigten Wachposten vor uns, es sind einhundert Ničti, zwanzig davon befinden sich auf Wache, der Rest ist in Bereitschaft. Wenn wir uns dem Holzturm nähern, werden sie uns sehen. Sie haben eine Signalvorrichtung installiert, um ähnliche Posten in ihrer Nähe sofort zu alarmieren.« Sie sah in die Gesichter der Männer. »Was immer wir unternehmen, sie dürfen keine Gelegenheit haben, eine Meldung abzusetzen.«

»Was für eine Vorrichtung ist das?«, wollte der Assassine wissen.

»Ihr wisst es nicht? Ich dachte, von Euch käme die Nachricht.« Tokaro sah zu Soscha. »Habe ich etwas falsch verstanden?«

»Ich habe nichts dergleichen vermeldet«, sagte der Assassine misstrauisch.

»Du musst es ihnen sagen, Soscha. Nur ihnen. Der Rest braucht es nicht zu erfahren«, verlangte Lodrik. »Sonst wird es unnötig verzwickt.«

Soscha ließ sich für einen Lidschlag durchscheinend werden, dann verschwand sie ganz, um gleich darauf wie eine gewöhnliche Frau vor ihnen zu sitzen. »Ich bin nichts weiter als eine Seele, die gelernt hat, sich wie ein Mensch zu geben«, erklärte sie. »Zvatochna hat meinem Leib das Leben genommen, aber meine Seele überstand den Anschlag und blieb auf Ulldart. *Ich* habe den Wachposten ausgekundschaftet, nicht die Schwarze Sichel.«

»Bei Angor«, sagte Tokaro betroffen und konnte nicht verhindern, dass er sie von Kopf bis Fuß musterte. Sie wirkte wie eine gewöhnliche Frau. »Ihr habt mein Mitgefühl.«

Soscha ging nicht weiter darauf ein, es war alles gesagt. Sie blickte zum Assassinen. »Seid Ihr in der Lage, den Posten auszuschalten?«

»Es ist ein ausgedehntes Lager. In der Nacht wäre das ohne Weiteres möglich, aber tagsüber ist die Gefahr zu groß, nach den ersten Toten entdeckt zu werden.« Der Mann überlegte. »Wir können uns um die Wächter an der Signalvorrichtung sowie an den Toren kümmern, die Hohen Schwerter übernehmen den Rest.«

»Das ist ein guter Vorschlag«, stimmte Tokaro zu. »Aber wäre es nicht besser, wenn Ihr, Bardri¢, ein paar Eurer Seelen ausschickt, um die Nĭčti zu erschrecken oder gar zu töten?«

Eine Lüge musste her, um sein Dasein als Nekromant zu decken. »Nein, es geht nicht ohne Weiteres. Ich weiß nicht, warum es so ist, doch die Nĭčti sind anders als die Menschen auf Ulldart. Sie lassen sich von der Macht der Seelen nicht so beeinflussen wie andere. Wir müssen daher auf die Hohen Schwerter …«

Hinter ihnen erklangen Schritte, und Vahidin erschien ungebeten bei ihnen. »Ich tue es«, sagte er. »Es wird nicht lange dauern. Die Bogenschützen sollen sich bereithalten, um die Nĭčti zu erledigen, welche mir entkommen. Es werden nicht viele sein.«

Der Assassine suchte Lodriks Blick. »Sagtet Ihr nicht, dass Seelen nicht gegen die Grünhaare wirken?«

»Ich habe nicht von Seelen gesprochen«, meinte Vahidin unfreundlich, und sein haarloses Antlitz wirkte dämonisch. Er zog sein Schwert; in der anderen Hand hielt er eine Waffe, die einen festen Stiel und ein vielschneidiges, schweres Ende besaß. »Das hier genügt.«

Tokaro lachte ihn aus. »Ihr gegen einhundert Nĭčti, Tarmov! Ich gestehe Euch zwei Siege zu, aber dann werdet Ihr fallen.«

Vahidin lächelte spöttisch und schritt mitten durch die Versammlung hindurch.

»Wohin geht er?«, fragte der Assassine und erhob sich.

Lodrik rief nach Vahidin, doch er hörte nicht und marschierte auf den Hügel zu. »Zum Horchposten«, antwortete er zornig.

»Euer Schüler ist sehr von sich überzeugt.« Der Assassine rief ein paar kurze Befehle, und seine Leute rannten zu ihm. »Wir geben ihm Deckung.« Er verneigte sich und lief los.

Auch Tokaro holte Luft, um seine Ritter zum Einsatz zu rufen, aber Lodrik bat ihn zu schweigen. »Es ist *noch ein Geheimnis* in dieser Truppe. Ich habe vor unserer Abreise aus Ilfaris bemerkt, dass du etwas ahnst«, sagte er leise. »Tarmov ist nicht mein Schüler, und sein Name lautet Vahidin.«

»Mortvas Sohn?« Tokaro starrte dem Mann hinterher. »Das kann nicht sein. Er müsste doch erst wenige Jahre alt …«

»Er ist es«, sagte Soscha. »Er glaubt, dass Bardri¢ sein Leben in der Hand hält. Sein Wunsch, die Mörderin seiner Mutter auszulöschen, bindet uns an ihn.«

»Aber warum versucht er, den Posten allein zu besiegen? Sehnt er sich so sehr nach dem Tod?« Tokaro war ebenfalls aufgestanden. »Ist das seine Art, sich von dir befreien zu wollen?«

»Er erprobt seine magischen Fertigkeiten«, sagte Lodrik. »Ich habe sein Leben bewahrt, und er verspürt seitdem eine Veränderung in sich. Er benötigt Gewissheit über das, was er vermag und nicht vermag.«

»Wir auch. Wir werden seine Magie vermutlich noch öfter benötigen.« Soscha schaute zwischen ihnen hin und her. »Es ist keine schlechte Übung. Ich rufe Euch, Tokaro von Kuraschka, falls Eure Ritter notwendig sein sollten, doch ich gehe nicht davon aus.« Sie verschwand.

Tokaro schwieg mehrere Lidschläge lang, bis er sich seinem Vater zuwandte. »Du bist kein Nekromant mehr, nicht wahr?«

»Ist es so deutlich?«

Tokaro lächelte und freute sich. »Du siehst aus wie das blühende Leben, vom Strahlen der Augen bis zu deinen Fingern, Vater. Norina wird sich freuen, einen solchen Gemahl zurückzubekommen. Auch wenn ich nicht weiß, wie das Wunder vonstattenging.«

»Es gibt Götter, Tokaro, die kümmern sich«, beließ Lodrik es bei einer Andeutung.

Tokaro verfolgte, wie Vahidin den Hügel erklomm. »Wenn du ihn am Ende unserer Mission nicht umbringst, Vater, werde ich es tun.«

»Seine Waffen, Tokaro, sind deiner aldoreelischen Klinge ebenbürtig. Es waren einst solche Schwerter«, warnte er ihn. »Er kann sie mit Magie beeinflussen ...«

»Dann ist er ein Dieb wie sein Vater! Die Klingen gehörten einst den Rittern des Gottes Angor.« Tokaro bedeutete seinen Männern, sich bereitzuhalten, und ging zusammen mit Lodrik zu Treskor. »Ich werde ihn besiegen, wie du damals Mortva besiegt hast. Es liegt nun in den Händen der Söhne.« Er schwang sich in den Sattel, und gleich darauf rückte die Truppe vor, um sich unterhalb des Hügels zu versammeln.

Lodrik nahm noch immer nicht an, dass die Ritter gebraucht würden. Er beeilte sich, auf die Kuppe zu gelangen und das Treiben von Vahidin durch das Fernrohr zu verfolgen. »Wie viel Kraft habe ich dir wohl bei der Erweckung genommen?«, fragte er leise und legte sich ins nasse Gras, während er die Linse auf das schwenkte, was nur äußerlich ein junger Mann war.

Allein der Gebrannte Gott wusste, was sich wirklich unter der Hülle verbarg.

Der Gebrannte Gott und Lodrik.

Ohne dass er sich dagegen zu wehren vermochte, erschienen die Bilder seines bislang größten Kampfes vor seinem inneren Auge.

Der schöne Schein eines Mortva Nesreca war nicht mehr als eine Larve gewesen, in der sich ein unvorstellbares Monstrum versteckt gehalten hatte: Ischozar, einer der Zweiten Götter und Gesandter Tzulans, um die Dunkle Zeit einzuläuten.

Lodrik sah ihn in seiner wahren Gestalt vor sich. Er wartete darauf, dass mit Vahidin die gleiche Verwandlung vor sich ging; dass sein Leib zerbarst und sich ein furchterregender Körper mit Eisenketten und gravierten Stahlbändern an den Unterarmen und Schenkeln erhob; dass sich ein hässlicher Schädel mit drei Hörnern zeigte und sich ein Paar schillernder, transparenter Schwingen entfaltete. Dass die Ketten abfielen und er weiter wuchs und zu einem Wesen mit sechs Armen und einem skorpionhaften Schwanz wurde. Dass die Schlechtigkeit, die in ihm wohnte, die Sonnen verdunkelte und die Hoffnung aus den Herzen der Lebendigen fegte. Er wartete auf die niemals dagewesene Angst, die wie ein schrecklicher Geruch freigesetzt wurde und die Sinne verpestete.

Vahidin aber blieb ein Mensch, der ungerührt auf den Wachposten zuging, während die Ničti ihn sahen.

Lodriks Augen nahmen es nicht wahr. Seine Erinnerung zwang ihn, den Kampf gegen Nesreca noch einmal zu erleben.

Wieder fühlte er sich von den Armen des Zweiten Gottes gepackt und angehoben. Er meinte den gifttriefenden Stachel zu spüren, der tief in seine Gedärme fuhr und auf der anderen Seite seines Leibes austrat. Die Gewalt der Arme war so groß, dass sein Fleisch einriss und die Knochen aus den Gelenken zu springen drohten. Lodriks Körper war in diesem Moment zu einem einzigen, unvergesslichen Schmerz geworden.

Doch ein Nekromant war nicht so leicht zu vernichten.

Lodrik sah sich die aldoreelische Klinge gegen Ischozars Kopf führen, der zwar vor ihr zurückwich, doch einen Arm verlor. Er hatte Lodrik auf den Boden geschleudert und nach ihm getreten, aber der Nekromant war ausgewichen, und der Schwanz war niedergezuckt und hatte die Erde anstelle von ihm zerlöchert.

Dann hatte Lodrik seinen Angriff begonnen. Es war wie ein Rausch über ihn gekommen, alle seine Gedanken hatten aus Rache bestanden. Rache für den Tod seiner geliebten Norina.

Schlag war auf Schlag gefolgt, und jedes Mal hatte Ischozar ein Glied mehr verloren, bis er ihm die Flügel zerschnitten und die Beine abgeschlagen hatte; die eigenen schweren Verletzungen, die ihm der Zweite Gott beigebracht hatte, galten ihm nichts. Er hatte damals nichts anderes gewollt, als das Monstrum zu vernichten und seiner Norina in den Tod zu folgen.

Ein herkömmlicher Krieger, nicht einmal Waljakov oder der überragende Nerestro von Kuraschka, hätte gegen Ischozar nicht einen Wimpernschlag lang Bestand gehabt.

Lodrik legte eine Hand auf die schmerzende Brust, der Sichelsplitter meldete sich erneut.

Oder war es die Angst, dem gleichen Wesen erneut zu begegnen, ohne ein Nekromant zu sein?

Vahidin ging furchtlos auf den Wachposten zu.

Vor ihm erhob sich ein hölzerner Turm, auf dessen Spitze bewegliche, zeigerähnliche Holzleisten angebracht waren. Mit ihnen konnten die Ničti Signale geben – wenn man sie ließ. Die Stellungen der Leisten ergaben bestimmte Buchstaben, eine einfache und zugleich wirkungsvolle Methode, über weite Strecken Nachrichten auszutauschen. Rund um den Turm war eine vier Schritt hohe Palisade errichtet worden, auf den Wehrgängen standen Wachen.

Er war natürlich gesehen worden.

Das Tor öffnete sich, und zwei Ničti traten heraus, die Schwerter in den Händen haltend. Sie riefen ihm etwas zu, was entfernt nach Ulldartisch klang, doch er tat so, als verstünde er sie nicht. Vahidin setzte den Weg fort, genau auf den Eingang zu. Er sah, dass die Wachen ihre Bogen bereit machten.

Er verfolgte einen einfachen Plan: Es würde sich entscheiden, ob er nach seiner Erweckung durch Bardri¢ noch genügend Macht besaß oder im Pfeilhagel der Ničti untergehen würde. Während der Reise quer durch den Kontinent hatte er geübt und in sich hineingelauscht, wie viel Magie er sein Eigen nennen durfte, ohne es genau zu wissen.

Gleich würde er es herausfinden.

Vahidin hegte zudem den Verdacht, dass Bardri¢ und Soscha weitaus weniger Macht über ihn besaßen, als sie ihn glauben machen wollten. Sollte er den Angriff überleben, würde er ein zweites Unterfangen angehen. Alles oder nichts.

»Halt«, sagte ein Ničti und hob das Schwert, als er noch drei Schritte entfernt war. »Was willst du?«

»Ich habe mich verlaufen«, erwiderte Vahidin, ohne anzuhalten, und zog seine Energie zusammen, um sie jederzeit zum Einsatz bringen zu können. »Ich suche eure Königin.« Er drückte das Schwert des Fremden einfach zur Seite, aber der Ničti sprang rückwärts und stieß ihm die Spitze gegen die Brust. Wenn er weiterliefe, würde er sich selbst aufspießen.

»Was willst du von ihr?«

Vahidin zog die Kapuze des Mantels zurück und zeigte den haarlosen Schädel. »Ich möchte sie töten.« Er ließ Magie in sein Schwert fahren, das sich fauchend schwarz färbte und Hitze verströmte, als sei es aus einer glühenden Esse gezogen worden. »Wie ich dich töte.« Damit schlug er zu.

Die Scheide traf gegen die Waffe des Ničti und zersprengte sie, setzte ihre Bahn fort und schlitzte ihm den Hals auf. Bevor Blut floss, zerriss es den Krieger in viele Fetzen, und die Druckwelle fegte seinen Begleiter von den Beinen.

Das Gras duckte und bog sich unter der Luft, die Ničti auf dem Wehrgang wurden nach hinten geschoben, und die Leisten der Signalvorrichtung wackelten im Sturm.

Das lobe ich mir, dachte Vahidin und zeigte mit dem Schwert auf das unterste Stockwerk des Turmes. Probehalber jagte er Magie aus der Spitze der Klinge – und ein blutroter Strahl von der Dicke zweier Finger fuhr hinein und brachte zuerst die Palisaden zum Explodieren, dann trafen sie den Turmsockel.

Balken und Splitter flogen umher, Vahidin hörte Ničti hinter dem Wall aufschreien. Langsam neigte sich das hölzerne Bauwerk nach rechts, es rumpelte.

Vahidin lachte vor Erleichterung und rannte durch das geöffnete Tor in den Horchposten der Gegner hinein.

Der Turm hatte etliche Zelte unter sich begraben, einige Leinwände hatten sich vom Blut der Erschlagenen und Verwundeten rot gefärbt. Dennoch stürzten sich die ersten überlebenden Ničti mit grell leuchtenden Augen auf ihn. Ihre Kampfschreie hätten einem Menschen jeglichen Willen genommen.

»Wir haben eine Gemeinsamkeit.« Vahidin lächelte, und auch seine Augen veränderten sich. Er zeigte ihnen das Magenta, in dem die dreifach geschlitzten Pupillen lagen. Dann wirbelte er mit seinen beiden Waffen und ließ Magie in sie hineinfließen. »Lasst sehen, was ihr taugt, Grünhaare.«

Vahidin warf sich den Ničti entgegen und drosch um sich, dabei lachte er und parierte die Schläge mit solcher Kraft, dass aus den Paraden Angriffe wurden. Er schlug und schnitt sich durch den Pulk von Feinden, die bei aller Aussichtlosigkeit nicht von ihm abließen. Tot fielen sie zu seinen Füßen nieder und gaben der Erde ihr Blut.

Erst als sie von allen Seiten auf ihn einstürmten und er wegen der schieren Menge ihrer nicht mehr Herr zu werden drohte, blieb er stehen, die Arme vom Körper weggestreckt und das Gesicht gegen den Himmel gereckt. Vahidin öffnete den Mund und sprach eine Silbe, wie sie nur von Göttern beherrscht wurde.

Es gab ein Donnern, als detonierten zehn Dutzend Bombarden auf einmal; als fegte ein Sturm von Schrapnellen die Nčti, die Zelte, die Holzpalisaden und sogar das nasse, schwere Erdreich rund um Vahidin davon.

Was er vollbracht hatte, machte ihn zufrieden.

Er stand auf einem armhohen Podest im Mittelpunkt eines zwanzig Schritt durchmessenden Kreises, um den sich ein hoher Wall aus Matsch, Leibern und Holz gebildet hatte. Wer seinen magischen Angriff überlebt hatte, war von den Massen aus Schlamm und Palisaden erdrückt und erstickt worden.

Vahidin atmete tief ein und aus, lauschte in die Stille nach dem Sturm. Ein erleichtertes Lachen kam aus seinem Mund, während er sich auf seinem Sockel drehte und die Verwüstung betrachtete. Seine Hochstimmung erhielt einen jähen Dämpfer. Vahidin fühlte, dass sich all seine Energie mit einem Schlag entladen hatte und bekam Furcht, dass sie sich von der Beanspruchung nicht erholen würde. Doch nach etwas Warten regte sich die Magie aufs Neue in ihm. Sie benötigte Zeit, um sich zu regenerieren, das war alles.

Die verheerende Silbe war ihm wie von selbst über die Lippen gekommen. Vahidin hatte sie schon lange in seinen Gedanken getragen, doch sie hatte anscheinend auf den richtigen Augenblick gewartet, um angewandt zu werden. Oder verdankte er die Sprache der Götter am Ende sogar Bardri¢s Erweckung?

Vahidin wandte sich langsam zum Hügel um und sah zu Lodrik, Tokaro, Gàn und Soscha. Er hob den Schwertarm zum Gruß und lächelte.

Dann rannte er mit übermenschlicher Geschwindigkeit los, über den Wall hinweg nach Nordwesten.

Es war an der Zeit für das zweite Unterfangen. Er wollte unbedingt vor dem Tross bei der von seiner Halbschwester besessenen Estra ankommen.

Vahidin hatte sich selbst den Beweis erbracht, dass er es mit allen Ničti aufnehmen konnte, und vor den Seelen fürchtete er sich nicht. Stellte er es geschickt an, würde Zvatochna nicht einmal mitbekommen, dass er sich ihr näherte.

Ihn verlangte nach Rache, und die würde er sich nehmen. Wenn Bardri¢ und seine Freunde geglaubt hatten, er ließe sich von ihnen umbringen, nachdem er ihnen gegen Zvatochna beigestanden hatte, würde er sie eines Besseren belehren.

Eines *viel* Besseren!

Soscha wollte nicht glauben, was sie sah, während die anderen von dem, was Vahidin ihnen gezeigt hatte, noch immer wie gebannt waren. »Er flüchtet!«, rief sie.

»Wer will ihn aufhalten?«, fragte Lodrik und sah zu, wie der junge Mann schnell wie eine Raubkatze durch das vernichtete Lager hetzte und im nahen Wald verschwand.

»Es war ein Fehler, ihn am Leben zu lassen«, sagte Tokaro düster. »Was wird er tun?«

»Ich nehme an, er will vor uns bei Estra sein«, schätzte Lodrik.

»Und *ich* werde ihn fragen.« Soscha schnellte davon und verwandelte sich ungesehen von den Hohen Schwertern auf der anderen Seite des Hügels in eine leuchtende Seelenkugel, welche die Verfolgung von Vahidin aufnahm.

»Bei Angor! Er wird sie ohne Rücksicht töten.« Der junge Ritter verlor jegliche Farbe aus dem Gesicht und sprang auf. »Wir müssen ihm nach. Wir haben eine Karte, mit deren Hilfe wir einen noch kürzeren Weg finden!«

Die Assassinen kehrten zu Lodrik zurück, während Tokaro schon aufgestanden war und den Hügel hinablief. Er schrie Aufbruchbefehle, setzte sich auf Treskors Rücken und preschte an der Spitze des Trosses los.

Lodrik und den Meuchlern blieb nur, sich zu beeilen und zu ihren Pferden zu gelangen, damit sie den Anschluss nicht verloren.

»Dieser verliebte Narr«, schimpfte einer der Meuchler. »Er wird uns geradewegs in die nächste Ničti-Einheit führen.«

»Es ist mehr als eine Verliebtheit«, sagte Lodrik.

»Und doch hat es auf uns die gleichen Auswirkungen, Herr.« Der Assassine schaute verdrossen. »Wir sind keine Soldaten, die für eine Schlacht im offenen Feld ausgebildet wurden.«

»Ihr werdet uns dennoch nützen.« Lodrik überlegte, ob er eine Andeutung wagen durfte. »Meister Hetrál befehligt den Orden, habe ich vernommen. Gibt es außer ihm noch jemandem, dem Ihr Gehorsam schuldet?«

Der Meuchler schwieg, und das war ihm Antwort genug. Vintera schien ihr Wort diesbezüglich nicht gehalten zu haben.

Soscha musste zugeben, dass sich Vahidin mit enormer Geschwindigkeit vorwärtsbewegte, aber dennoch bedeutete es für eine Seele wie sie keinerlei Herausforderung. Sie hatte keine Vorstellung, wie schnell sie flog, aber es gab auf Ulldart nichts, was mit ihr mithalten konnte – außer einem Sturmwind.

Sie folgte den Spuren und hatte Vahidin bald ausgemacht. Er lag zusammengekauert unter einer Blutbuche, die Waffen in den Händen. Soscha nahm an, dass ihm die Erschöpfung die Augen zugedrückt hatte. Sie würde diesen Umstand nutzen.

Die Ahnung, dass er ihr eine Falle gestellt hatte, kam einen Gedanken zu spät – da wurde sie von einem Schlag getroffen, der sie zwischen die Bäume schleuderte.

Ich wusste, dass du mir folgen würdest, Soscha, hörte sie Vahidins überhebliche Stimme. *Nachdem Bardri¢ mir nichts anhaben kann, wollte ich herausfinden, wie gefährlich du mir tatsächlich zu werden vermagst.*

Soscha sah sich um und entdeckte den heranstürmenden Geist des jungen Mannes. Er war keine Kugel wie sie, sondern ein tatsächliches Abbild des menschlichen Körpers, jedoch in dunklem, wütendem Rot.

Sie wich ihm aus und dachte, dass ihr das Manöver gelungen wäre, doch er traf sie mit der Faust und fügte ihr Schmerzen zu, wie sie sie schon lange nicht mehr gespürt hatte. Es war körperlich, brutal und stumpf; sie schrie.

Anscheinend ist nicht nur Bardri¢ ein Angeber, lachte Vahidin sie aus und zog sich zurück.

Sie folgte ihm und sah, wie sein Geist in den Körper zurückschnellte. Sie nahm feste Gestalt an und trat vor ihn, während er die Augen öffnete und sich aufrichtete. »Du hast mich überrascht. Das war alles.«

Er griente. »Und jetzt bist du besser vorbereitet und stehst vor mir, um mich zu bedrohen und zu zwingen, zu eurer Truppe zurückzukehren?« Vahidin hob ein Schwert, das harmlos wirkte. Nichts deutete auf seine besonderen Fertigkeiten hin. »Richte ihnen aus, dass ich die Königin der Ničti ohne sie vernichten werde. Bardri¢ hat in mir das Göttliche meines Vaters erweckt, ich spüre es deutlich. Ich bedanke mich, indem ich ihm Arbeit abnehme.«

»Und wenn es geschehen ist?«

Er verstaute die Waffen. »Sehen wir weiter.« Vahidin zeigte ihr seine magentafarbenen Augen und die geschlitzten Pupillen ganz unverhohlen; zusammen mit dem kahlen Schädel wirkte er wie eine Kreatur aus einem Albtraum.

»Es wäre besser, wenn du …«

»Ich weiß, was ihr vorhattet, denn ich habe gute Ohren. Ihr wolltet mich ermorden, nachdem ich meinen Dienst getan hätte. Ihr traut mir nicht, und das verstehe ich. Dennoch muss ich es nicht hinnehmen. Niemand stirbt gern. Nicht, wenn ihm viele Wege offen stehen.« Vahidin langte an seinen Gürtel, griff in ein Säckchen und nahm getrocknete Kräuter hervor, die er in den Mund steckte und kaute.

»Estra ist von Zvatochna besessen. Wir wollen sie retten und nicht anstelle von Zvatochna büßen lassen«, rief Soscha eindringlich. »Verschone die Inquisitorin!«

»Ein weiser Mann sagte einst, dass auf einzelne Schicksale keine Rücksicht genommen werden kann, wenn große Taten vollbracht werden müssen«, erwiderte er kalt. »Ihr habt meine Kinder getötet, ohne nach ihnen zu fragen. Ihr nahmt keine Rücksicht, warum sollte ich auf Estra welche nehmen?«

Soscha dachte fieberhaft nach, doch ihr wollte keine passende Erwiderung einfallen. »Es gibt bestimmt eine Lösung, um ihr das Leben zu lassen«, bat sie vage.

»Sicher, Estra ist lediglich das Gefäß. Aber um an den verdorbenen Inhalt zu gelangen, muss ich das Gefäß zerschlagen. Es führt kein Weg daran vorbei.« Vahidin blickte nach Norden. »Ich muss weiter. Kommt mir nicht in die Quere, das ist mein Rat an euch. Meine Kräfte richten sich gegen alle, die zwischen mir und Estra stehen.«

Soscha wurde zur Seelenkugel und unsichtbar für das menschliche Auge. »Das kann ich dir nicht erlauben. Du hast richtig geraten, als du meintest, dass wir dich töten wollen.«

Vahidin lachte sie laut aus. »Da haben sie dich geschickt, um es zu tun?«

Soscha wurde bewusst, dass der junge Mann sie immer noch anblickte: Er *sah* sie! Sie flog nach rechts, und seine Augen verfolgten sie aufmerksam.

»Ich sehe, dass ich dich schon wieder überrascht habe. Ich habe mir die Fertigkeiten eines Tsagaan angeeignet und kann jede noch so kleine Seele und jeden noch so unbedeutenden Geist wahrnehmen.« Vahidin hob den rechten Arm und richtete die Finger ausgestreckt gegen sie, während er die jengorianischen Beschwörungsformeln wisperte. Sainaa hatte sie ihn gelehrt, ohne zu ahnen, welche Stärke sie ihm damit gegeben hatte. Diese Stärke würde er Soscha weisen.

Soscha spürte, dass mit ihr etwas vorging. Aus Vahidins Fingerkuppen lösten sich rote Fäden und sirrten auf sie zu, legten sich um sie und schnürten sich wie dünne Drähte zusammen.

»Vergehe«, hörte sie ihn sagen, und weitere Fäden kamen auf sie zu. Die Schlingen zogen sich enger um sie, und sie verspürte starke Schmerzen. »Vergehe, Soscha!«

Mit einem erschrockenen Schrei und enormer Anstrengung dehnte sie ihre Gestalt aus, sprengte gerade noch rechtzeitig die Fesseln. Der Widerstand war sehr groß gewesen, ein weiteres Mal würde es ihr nicht gelingen.

Soscha flüchtete mit höchster Geschwindigkeit vor Vahidin, der hinter ihr schrie und tobte. Sie spürte vage Berührungen, etwas durchbohrte sie und riss ein Loch. Solche Schmerzen hatte sie zuletzt erlebt, als sie von Zvatochna ermordet worden war. Es zeigte ihr, dass Vahidin wirklich in der Lage war, Seelen zu vernichten!

Senkrecht jagte sie nach oben, flüchtete in die Wolken. Soscha gelangte zur gleichen Erkenntnis wie Tokaro von Kuraschka: Man hätte Vahidin töten sollen, anstatt ihm das Leben zu bewahren. Er war und blieb ein Raubtier.

Sie hatten es befreit, jetzt mussten sie zusehen, wie sie es ausmerzten, ehe es nach den Ničti die Menschen anfiel und nicht mehr aufzuhalten war.

Kontinent Ulldart, im Norden Kensustrias, Frühwinter im Jahr 2 Ulldrael des Gerechten (461 n.S.)

Die Hohen Schwerter, Gàn und die Assassinen kamen rasch voran: Sie folgten einfach Vahidins Spuren.

Er hatte auf seinem Weg zahlreiche tote Ničti und einige vernichtete Horchposten hinterlassen. Den Graden der Verwüstung nach zu urteilen, lernte der junge Mann immer rascher, seine magischen Kräfte einzusetzen.

Lodrik war mehr als besorgt, weil er sich die Schuld an der wachsenden Kraft gab. Soscha hatte ihm von der Unterhaltung mit Vahidin über die in ihm erwachte Göttlichkeit berichtet. Sie hielt es für Unsinn und ein Täuschungsmanöver, aber Lodrik konnte es sich durchaus vorstellen. Er hatte Vahidin durch Vinteras Beistand vor dem Tod bewahrt; seine eigene Macht über Leben und Vergehen gründete auf dem Splitter der Sichel, welche der Göttin selbst gehörte.

Wieder ist durch meine Schuld etwas in Gang gesetzt worden, das dem Kontinent eine schreckliche Zeit bescheren kann, dachte er und ritt neben Tokaro her. *Es war doch etwas Wahres an der Prophezeiung über mich und die Dunkle Zeit.*

Ihnen näherte sich einer der Meuchler, die wie immer die Aufklärung betrieben. »Die Spuren enden, Herr«, sagte er zu Lodrik. »Vahidin hat es vorgezogen, sich nicht mehr so auffällig wie bisher zu bewegen.« Er zeigte nach Westen. »Der Grund liegt da drüben, hinter dem Waldstück. Die Rauchfahnen, die Ihr steht, stammen vom Heerlager der Nički. Wir haben die Nachhut erreicht.«

Die Aufregung bei den Männern stieg. »Habt Ihr schon herausgefunden, wo sich das Zelt der Königin befindet?«, fragte Tokaro angespannt und sah zu Soscha. Es war die Bitte, sich darum kümmern, falls die Schwarze Sichel sie nicht ausgemacht hatte.

Aber der Mann nickte. »Ja. Ich denke, dass wir es gefunden haben. Es ist leicht zu erkennen, doch es liegt inmitten des Lagers. Einen Angriff können wir daher nur bei Nacht führen. Jetzt, in vollem Tageslicht, kämen wir keine zehn Schritte weit.«

»Lasst das unsere Sorge sein«, meinte Tokaro rasch. »Unsere schwere Reiterei wirkt wie ein Pflug in weichem, sandigem Boden.«

Der Assassine sagte dazu nichts, die Zweifel standen offen in seinem bärtigen Gesicht geschrieben. »Das ist nicht die einzige Schwierigkeit. Wenn die Götter nicht mit uns sind, beginnen die Nički bald ihren Angriff auf das Geeinte Heer. Sie treffen Vorbereitungen, das gesamte Lager steht unter Waffen.«

»Dann warten wir, bis er begonnen hat«, entschied Lodrik. »Sie werden sich auf die Front konzentrieren und nicht auf das Hinterfeld. Sie gehen davon aus, dass ihnen keine Gefahr in ihrem Rücken droht, weil die Horchposten keine Meldung über unser Kommen abgesetzt haben.« Er sah zum Meuchler hinüber, der stumm nickte.

Lodrik ließ die Meuchler Vorbereitungen treffen und eine Karte des Lagers anfertigen. »Die Hohen Schwerter rücken bis in den Wald vor und warten. Ist das Stück sauber?«

»Ja, Herr. Die feindlichen Späher wurden von uns ausgeschaltet.« Der Assassine wendete sein Pferd und ritt zurück, um die Anweisungen weiterzugeben.

Tokaro sah seinen Vater an. »Du befehligst die Ritter nicht. Überlasse es mir, was meine Krieger tun oder lassen«, sagte er ruppig, hob die Hand und befahl den Vormarsch.

»Dann hast du eine bessere Eingebung?«

Tokaro sah zu Soscha. »Es wäre Euch ein Leichtes, das Zelt zu erkunden und uns genaue Anweisungen zu geben.«

»Das habe ich bereits getan.« Sie nickte. »Zvatochna hat ihr Geisterheer nach vorn zu den Gräben gesandt. Ich habe Perdór und das Geeinte Heer gewarnt, doch auf eine solche Attacke kann man sich nicht vorbereiten. Nicht als normaler Mensch.« Sie sah Tokaro an. »Wir müssen Zvatochna so rasch wie möglich aus Estra treiben und vernichten.«

»Aber wie, wenn wir Vahidin nicht mehr bei uns haben?« Tokaro schaute zu Lodrik. »Oder gibt es weitere Geheimnisse? Besitzt du eine Waffe, die eine Seele zu vernichten vermag?«

Lodrik verneinte. Er legte eine Hand auf den Unterarm des jungen Ritters. »Sei gewarnt: Es kann sein, dass wir Estra notfalls töten müssen, um ...«

»Niemals«, rief Tokaro bestimmt. »Es wird uns etwas einfallen. Es muss! Sonst könnten wir Vahidin gleich das Feld überlassen und einfach abwarten, was er mit ihr anstellt. Aber wir werden sie vor ihm finden und vom Fluch erlösen. Estra soll endlich wieder ihr normales Leben führen dürfen. Dafür werde ich alles tun!« Er ließ sein Pferd angaloppieren, Gàn folgte ihm.

Soscha kniff die Lippen zusammen. »Und dabei umkommen, törichter Held.«

Lodrik sah seinen Sohn davonreiten, und sein Herz schmerzte bei Soschas Worten. Er erwiderte nichts.

Leise erklangen Fanfaren und Trommeln. Es bedeutete, dass der Angriff der Ničti begonnen hatte.

Damit wurde es auch für sie ernst. Zeit für das Schmieden von Plänen hatten sie keine mehr.

»Sie kommen! Sie kommen!«, schrie der aldoreelische Hauptmann auf dem Aussichtspunkt.

Jeder der Hauptleute, die rechts und links von Perdór standen, erteilte seinen eigenen Signalisten Befehle, und die Männer schwenkten die Wimpel, um den Truppenteilen die Anweisungen zu übermitteln.

Perdór stand stocksteif und beobachtete. Eine grünhaarige Flut sprang aus den Gräben, und die Banner, welche sie mit sich trugen, schienen auf smaragdfarbenem Wasser zu schwimmen. Er *musste* einfach hinschauen.

Die Ničti hetzten über die freie Fläche, gut dreihundert Schritte trennten sie von den ersten Stellungen der Ulldarter; die eigenen Bogenschützen gaben ihnen dabei Deckung und schossen die Pfeile in einem hohen Bogen gegen die Linien der Feinde. Noch während die Geschosse niederstachen und Ziele in den Lücken zwischen den Schilden fanden, ertönte ein dumpfes Rumpeln.

Perdór sah, wie plötzlich Rauch weit hinter der Front aufstieg und sich zwei Dutzend Wurfarme von großen Belagerungsmaschinen ruckartig aus der Erde erhoben. Er schwenkte sein Fernrohr in die Richtung, um zu erkennen, was vor sich ging.

»Seht Ihr es auch, Majestät?«, knurrte Tuandor. »Die Ničti haben tiefe Gruben ausgehoben und darin die Vorrichtungen montiert.«

»Damit haben sie uns glauben lassen, dass sie keine schweren Waffen besitzen.« Perdór verfolgte den Flug der brennenden Geschosse – und sie reichten weit. Viel zu weit!

Sie flogen mit einem Schweif aus fettem, schwarzem Rauch über die ersten Reihen der Ulldarter hinweg und rauschten mitten in die vermeintlich sicheren Stellungen der feuerbereiten Bombarden. Sobald sie aufschlugen, zerbarsten sie und verteilten flüssiges Feuer um sich herum. Es spritzte, traf Menschen und Bombarden gleichermaßen; krachend entluden sich die Waffen und schossen ihre Ladungen ungezielt ab. Mal gingen die Kugeln mitten unter den Ničti nieder, mal in den eigenen Stellungen, und mal trafen sie gar nichts.

Die Vorräte des Sprengpulvers zündeten und schufen neue Explosionen, welche die Geschützmeister und die Mannschaften in den Tod rissen.

Die Katapulte der Ničti feuerten ungerührt weiter ihre künstlichen Kometen ab, während die eigenen Soldaten die Hälfte der Strecke hinter sich gebracht hatten.

»Rückzug in den zweiten Graben«, wies Perdór die Signalisten an. »Wir müssen die Ničti näher heranlocken, um sie zu besseren Zielen für unsere kleinen Katapulte zu machen.« Er gab den Kensustrianern ein Zeichen, die Speerschleudern bereitzuhalten. Die erste Salve würde die Ničti auf der Stelle die Hälfte ihrer Angriffswelle kosten. »Bringt die Magier zu mir.«

Die Ničti hatten die Palisaden vor dem ersten Graben, in dem sich die Ulldarter befunden hatten, erreicht und erklommen sie.

Darauf hatten die Kensustrianer gewartet.

Die Speer- und Pfeilkatapulte traten in Aktion und spickten die Ničti regelrecht mit Geschossen. Andere wurden von den langen Speeren an die Holzlatten genagelt; manche überlebten einen ersten Treffer und hingen zappelnd in der Luft, ehe ein Pfeil oder ein zweiter Speer ihrem Leid ein Ende bereitete.

Die Kensustrianer gebrauchten eine besondere Art von Pfeilschäften, die so geschliffen waren, dass sie auf ihrem Flug mithilfe der Luft einen schrillen Ton erzeugten. Die Wirkung auf die Gegner war verblüffend. Das anhaltende Kreischen zusammen mit dem mannigfachen Tod brachte die Offensive der ersten Ničti-Welle ins Stocken. Anstatt weiterhin über die Palisaden zu klettern, blieben sie auf der abgewandten Seite stehen und kauerten sich schutzsuchend davor.

»Steckt das Holz in Brand«, befahl Perdór und sah zu, wie Pechbeutel gegen die Palisaden geschleudert wurden; brennende Pfeile entfachten das Feuer.

Als die Ničti versuchten, vor den Flammen und den Geschossen zurück in die eigenen Stellungen zu flüchten, erledigten die kensustrianischen Katapulte den Rest. Ein leises Jubeln ging durch die

Reihen des Geeinten Heeres; unterbrochen wurde es nur durch die gelegentlichen Detonationen der Sprengpulverbestände.

Perdór gönnte den Soldaten den ersten kleinen Triumph. Ihre eigenen Verluste an Leben hielten sich in Grenzen, doch sie besaßen so gut wie keine Bombarden mehr.

Ärgerlich und gefährlich waren vor allem die gegnerischen Katapulte. Unaufhörlich rauschten die brennenden Geschosse heran und rissen Lücken in die Stellungen. Zwar gelang es den Kriegern wegen der langen Flugdauer meistens, sich in Sicherheit zu bringen, aber die Gräben brannten und konnten nicht mehr besetzt werden. Der schwarze Qualm wurde vom Wind niedergedrückt und biss in den Augen, reizte die Lungen der Soldaten.

»Ich denke, sie wollten sehen, was wir zu bieten haben«, sagte der rothaarige Tuandor neben Perdór grimmig. »Es war ein Probeangriff.«

Perdór versuchte, die Zahl der gefallenen Fremden zu schätzen, die vor dem Graben und in der Ebene zwischen den Fronten lagen. Zweitausend? »Es bleiben ihnen achtundvierzigtausend«, schätzte er. »Dafür sind wir in der Überzahl.«

Der König hoffte darauf, dass Soscha ihm endlich unsichtbar einen Besuch abstattete und ihm zuflüsterte, mit dem Angriff zu beginnen. Sie hatte ihm von Vahidins Flucht berichtet, und nun führte kein Weg an einer Attacke vorbei. Die Dinge hatten sich nicht zu ihrem Vorteil verändert. Der Angriff musste sein, um ausreichend Verwirrung unter den Ničti zu schaffen, damit Lodrik und seine Krieger an Estra herankamen. *Vor* Vahidin.

Brahim und Alsa erklommen die Plattform und stellten sich hinter ihn. Er drehte sich zu ihnen, und sie verneigten sich. Man hatte beide in Rüstungen gesteckt, darüber trugen sie weite, hellbraune Umhänge gegen die Witterung. Die Köpfe wurden von Helmen geziert.

Alsa war jetzt schon blass, die Gerüche, die Geräusche und das, was sie sah, hatten ihr Angst eingeflößt. Dabei hatte der Krieg erst einen Teil seiner Grausamkeit offenbart.

Perdór nickte Brahim zu, der im Gesicht schon viel hagerer geworden war. »Was könnt Ihr mir sagen? Und antwortet leise.«

Er seufzte. »Ich weiß, was Ihr von mir erwartet, Majestät, aber ich ... kann es nicht«, flüsterte er verzweifelt. »Die Götter wissen, dass ich es versuche. Ich habe schon an vielen Sterbebetten gesessen und nach den Seelen Ausschau gehalten, aber ich erkenne sie nicht. Ich erkenne sie einfach nicht!«

»Dann versucht es weiter«, mahnte der König und zog ihn am Ärmel zur Brüstung. »Starrt auf die Ebene, bis Euch die Augen austrocknen, doch gebt nicht auf! Ihr seid der einzige Schutz gegen die Geister, die uns der Feind sendet. Versagt, und der Krieg ist verloren!« Perdór gebrauchte die harschen Worte absichtlich. Brahim musste wissen, was von ihm abhing.

Alsa starrte an ihm vorbei auf das Schlachfeld. »So viele Tote«, sagte sie leise und zuckte zusammen, als wieder eine Ladung voll brennender Beutel und Fässer einschlug.

»Ihr könnt sie verhindern«, sagte Perdór. »Fangt die Geschosse ab.«

»Ich habe es schon versucht, aber sie sind zu ... schnell«, sagte sie jammernd.

»Das Wort *versuchen* möchte ich nicht mehr hören«, zischte er sie an, auch wenn es ihm leidtat. Doch anders ging es nicht mehr. »Euer Zögern kostet Menschenleben und Material.« Er beobachtete, wie die nächste Salve angeflogen kam. Die Nicti hatten schwere Gewichte benutzt, die künstlichen Kometen flogen dieses Mal noch weiter und würden mitten in den Männern einschlagen!

Die Gefahr war von den Soldaten bemerkt worden, und sie rannten nach allen Richtungen davon, bevor ein Vorgesetzter einen Befehl aussprechen konnte.

Alsa sah zum Himmel und reckte die Arme. »Ich muss sie zwingen«, weinte sie. »Sonst wird sie mir nicht gehorchen.«

Perdór wusste, was das bedeutete. Wer mit der Magie nicht im Einklang lebte und sie respektierte, sondern sie als ein Werkzeug betrachtete und rücksichtslos benutzte, dem schadete sie. »Bitte.

Tut es«, sagte er rau und streichelte ihre Wange. »Ulldrael möge mir verzeihen, aber es geht nicht anders. Zwingt sie.«

Die Magierin schloss die Augen und ließ die Arme nach oben gereckt.

Acht der zwei Dutzend Geschosse blieben hängen, als seien sie in ein unsichtbares, gewaltiges Spinnennetz geflogen, die anderen gingen auf die Truppen nieder.

Alsa schleuderte die gefangenen, brennenden Behälter zurück, mitten in die Soldaten der Ničti; wieder jubelten die Ulldarter, während sich das Mädchen die Nase wischte. Blut sickerte aus beiden Öffnungen, und sie sah erschrocken zum König.

»Alsa, richte die Geschosse gegen die Maschinen, mit denen sie sie abfeuern. Dort, wo die langen Holzbalken aus dem Boden ragen, das sind deine Ziele.« Perdór sah, dass sie immer bleicher wurde. »Bitte, du musst es schaffen.«

»Wieso greifen wir nicht an, Majestät? Es ist besser, als meine Leute in den Flammen verbrennen zu lassen!«, polterte Tuandor.

»Sie werden wollen, dass wir sie angreifen. Geht davon aus, dass sie weitere Überraschungen in der Hinterhand haben, um uns Schaden zuzufügen.« Noch hatte Soscha Perdór das Signal nicht gegeben. Das verlustreiche Ausharren ging weiter.

Wieder flogen brennende Tonnen heran, und Alsa streckte die blutigen Finger aus. Das Rot schoss wie Wasser aus ihrer Nase, rann über den Mund und das Kinn hinab.

Perdór sah an ihrem Gesicht, welche Schmerzen sie erduldete, und er betete.

XIX.

Kontinent Ulldart, im Norden Kensustrias, Frühwinter im Jahr 2 Ulldrael des Gerechten (461 n.S.)

Vahidin schlug einen Bogen und suchte sich von einem Baumwipfel aus eine Stelle in der Nachhut, wo er die wenigsten schweren Waffen entdeckte.

Ansonsten blieb ihm nichts anderes übrig, als die Ničti für ihre Taktik zu bewundern. Da er etwa dreißig Schritt hoch über dem Boden saß, erkannte er, welche Ausmaße das Heer besaß: Er schätzte die Zahl der Fußsoldaten alles in allem auf einhunderttausend, und dazu kamen noch jede Menge Reittiere, die unmöglich von Ulldart stammen konnten.

Der Glanzpunkt war, dass sie eine drei Schritt hohe Leinwand in der Mitte der Truppen aufgerichtet hatten, welche den Gegnern die Sicht auf den zweiten Teil des Heeres nahm. Die Ulldarter mussten raten, was auf sie zukam – sofern sie überhaupt begriffen, was sie sahen. Die Leinwand, das hatte er deutlich gesehen, war auf der anderen Seite bemalt worden und täuschte den Betrachtern eine leere Ebene und Himmel vor.

Die Ničti hatten ihre schweren Wurfvorrichtungen in den Boden gebaut. Aber nicht nur das. Die Erde war an vielen Stellen durch aufklappbare Platten ausgetauscht worden, die so groß wie ein Vorplatz waren. Was sich darunter verbarg, würde er abwarten müssen. Noch mehr Maschinen?

Er wandte die Augen ab und erkundete das weiter entfernt aufgeschlagene Lager mit den gigantischen Zelten, in denen mindestens jeweils eintausend Ničti lebten. Und genau in deren Mitte stand das Zelt der Königin, erkennbar an dem goldenen Dach und den grünen Bannern ringsum. In seiner Geistergestalt hatte Vahidin sich vergewissert, dass er sie dort vorfand.

Als die brennenden Behälter, welche die Ničti gegen ihre Feinde geschleudert hatten, unvermittelt zurückgeflogen kamen, wunderte er sich. »Jemand auf der Seite der Ulldarter beherrscht Magie?«, murmelte er erstaunt und kletterte abwärts. Perdór verfügte demnach doch über Zauberer. »Das macht den Kampf interessanter und nicht ganz so eindeutig.«

Er hatte ein Drittel zurückgelegt, als er die Hohen Schwerter in gestrecktem Galopp angeritten kommen sah. Vahidin fluchte. Sie hatten sich die gleiche Stelle zum Durchbruch ausgesucht wie er.

Schon walzten sie die überraschten Ničti-Wachen nieder. Die Ritter hatten eine keilförmige Doppelformation eingenommen, und im schmalen Hohlraum dahinter ritten die Assassinen sowie die Knappen mit Lodrik und Gàn an ihrer Spitze. Soscha sah er nirgends, sie hatte sicherlich die Form als Seele gewählt.

»Diese Narren!«, rief Vahidin und kletterte schneller abwärts. Sie zwangen ihn zu handeln.

Brahim schwitzte, und die stöhnende Alsa neben ihm sorgte nicht dafür, dass er Zuversicht in seine eigenen Kräfte bekam. Er betrachtete ihr verzerrtes Gesicht; ein Diener wischte ihr unentwegt das Blut von den Lippen und vom Kinn. Die Magie rächte sich grausam und unverzüglich für den Missbrauch an ihr.

»Verflucht, seht nach vorne!«, wies Perdór ihn an. »Wir kümmern uns um Alsa. Achtet Ihr auf die Geister!«

Brahim täuschte vor, sich mit aller Macht auf die Ebene zu konzentrieren, aber in Wirklichkeit sah er noch immer nichts. Seine Verzweiflung wuchs.

»Lasst die Männer sich bereit machen«, hörte er den König überraschend zu den Hauptleuten sagen. »Wir greifen an, sobald Alsa die Brandsätze gegen die Wurfmaschinen geschleudert hat. Die Kensustrianer geben uns mit den Schleudern Deckung, und wir stürmen. Mit allem! Die leichte Überzahl wird uns den benötigten Vorteil verschaffen.«

»Endlich«, knurrte Tuandor.

Brahim hörte das Knattern und Flattern der Wimpel, und er sah, wie gleich darauf ein Ruck durch die Reihen der Soldaten ging. Sie fieberten dem Angriff entgegen, angestachelt von den Erfolgen und dem Wissen, dass eine Magierin und ein Magier über sie wachten. Sie fühlten sich den Ničti überlegen.

Ein eisiger Wind strich um die Plattform, und ihm lief ein Schauder über den Rücken – und da sah er sie! Brahim schrie auf, zu überwältigend war der Anblick.

Vor der ersten Reihe des Geeinten Heeres rotierte eine schimmernde Wolke um die eigene Achse. Er erkannte einzelne helle Lichter, die sich zu dem Gebilde zusammengeschlossen hatten und warteten. Kleinere Lichter huschten knapp über die Köpfe der Soldaten hinweg und kundschafteten bis in die hintersten Reihen, bevor sie zur Wolke zurückkehrten und sich einfügten.

»Majestät, ich sehe ... sie«, krächzte er. Im nächsten Augenblick löste sich das Gebilde auf, und die Seelen flogen den Männern entgegen. »Nein!«, rief Brahim.

»Was immer Ihr seht: Tut etwas dagegen!«, brüllte Perdór ihn an und befahl dem Heer den gemeinsamen Angriff.

Die Kavallerie preschte los und ritt, ohne es zu wissen, auf die ersten, unsichtbaren Feinde zu.

Der Zusammenprall mit den Seelen erfolgte unspektakulär. Kein Krachen, kein Scheppern. Zwei ungleiche Streitmächte rannten ineinander. Brahim konnte es kaum fassen: Die Menschen und Tiere starben einfach!

Er sah, wie das schimmernde Geisterheer durch sie hindurchfuhr und ihnen die Seelen aus den Körpern riss. Woanders machten sich die Wesenheiten einen Spaß daraus, die Soldaten und Pferde in die Luft zu schleudern und sie als Geschosse in die Reihen der Fußtruppen zu treiben. Die Wurfmaschinen verrichteten derweil immer noch ihre Arbeit, auch wenn dank Alsas Bemühungen nur noch wenige funktionierten.

Brahim schrie vor Angst ...

... und die Seelen hielten inne.

Der Nekromant sah, dass sie sich ihm zuwandten, als fühlten sie sich durch seine Stimme angezogen. Sie schwenkten herum und bildeten eine breite Wand. Brahim wich zurück, bis er gegen Perdór stieß. »Seht Ihr sie, Majestät?«, keuchte er. »Bei Ulldrael, es sind so … unermesslich viele und …« Er zitterte am ganzen Körper.

Die Seelen flogen langsam auf ihn zu, erste Kugeln scherten aus dem Gebilde aus und näherten sich der Plattform, um den neuen Nekromanten zu erkunden.

Wer bist du?, vernahm Brahim und erschrak. *Was willst du von uns?*

»Lasst von den Soldaten ab«, sagte er laut und hatte nur noch Augen für sie. Er bekam nicht mit, wie die ulldartischen Fußtruppen ihren Sturm auf die Nički-Reihen begannen und die letzten Reste der Kavallerie vorwegstürmten.

Wir folgen den Befehlen, die sie uns gibt, wisperte eine einzelne Kugel, die sich ihm auf drei Schritte genähert hatte. *Sie bezahlt uns. Warum sollten wir dir gehorchen?*

Brahim rang mit dem Grauen, das er empfand. Er war wohl noch nicht lange genug Nekromant, um unbeeindruckt zu bleiben. »Weicht! Lasst uns in Ruhe! Das ist nicht euer Krieg.«

Wir würden diese Welt gern verlassen, aber sie hindert uns daran. Kannst du etwas dagegen tun? Die Seele kam noch näher, und ohne nachzudenken streckte Brahim die Hand aus. Die Kugel ließ sich von ihm anfassen. Er spürte jedoch nichts. *Kannst du uns von ihr erlösen?*

»Ich …« Er wusste nicht, was er sagen sollte.

»Was geht bei Euch vor, Brahim?«, fragte Perdór ungeduldig. »Was ist mit den Seelen?«

»Sie wollen erlöst werden«, antwortete er.

»Sagt ihnen, dass wir daran arbeiten. Wir helfen ihnen, wenn sie sich zurückziehen«, befahl der König. »Macht schon!«

Brahim wollte Worte Perdórs weitersagen, als er den lauten Schrei vernahm. Es war eine Frauenstimme, und in ihr lag unermesslicher Hass.

Die Wand aus Seelen verlor ihre Form und stob auseinander wie ein verschreckter Vogelschwarm, fügte sich neu zusammen und stürzte sich gegen die Plattform.

Hilf uns, bettelte die Kugel in Brahims Hand, ehe sie davonsurrte und sich in die Gemeinschaft zurückbegab. *Vernichte sie, und wir erfüllen dir einen Wunsch.*

»Vorsicht, Majestät!« Er hielt die Arme vors Gesicht, um sich vor dem Aufprall zu schützen, auch wenn er nicht annahm, seine Seele vor dem Raub bewahren zu können. Wieder schrie er vor Furcht – doch es geschah nichts. Der Angriff blieb aus.

Er sah zwischen den Ärmeln seiner Robe hindurch: Die Seelen verharrten wie eingefroren eine Handbreit vor dem Geländer der Plattform, schimmernd und diamantengleich glitzernd. Dann wandten sie sich ruckartig um und flohen.

Brahim hatte eine ungefähre Vorstellung, weswegen: Er hatte sie mit seinem eigenen Grauen bedacht, das er vor ihnen empfand. Auch sie waren anfällig für Furcht. Keuchend sank er auf die Knie, und Perdór kam an seine Seite.

»Ihr habt es geschafft, nicht wahr?!«, jubelte der König, doch aus dem Lachen wurde Entsetzen, als er in Brahims Gesicht sah. Es war weiß wie der Schnee und besaß die tiefen Falten eines Hundertjährigen; die Haare hatten sich schlohweiß gefärbt. Perdór dachte an eine lebendig gewordene Mumie. »Bei dem Gerechten!« Er taumelte rückwärts und wäre beinahe von der Plattform gefallen, wenn ihn Fiorell nicht abgefangen hätte.

»Majestät, wir siegen!«, wurde er von Tuandor angeschrien, der die Wandlung des Nekromanten nicht bemerkt hatte.

Perdór zog sich am Geländer in die Höhe. »Kümmere dich um ihn«, sagte er zu Fiorell und wies auf Brahim, der benommen auf den Dielen saß und sich das Gesicht hielt. Der Nekromant hatte gespürt, dass etwas mit ihm vorgefallen war.

Der König blickte in die Ebene, wo das Geeinte Heer in die Gräben zwischen die Ničti sprang und den Nahkampf eröffnete. Die Kensustrianer schoben ihre Pfeil- und Speerkatapulte weiter nach vorn, ohne das Feuer einzustellen. Die Läufe zielten nach oben, um indirekte Treffer zu landen: Sie deckten die hinteren Reihen der Feinde ein und sorgten für schwere Verluste, bevor der Nachschub überhaupt in den Kampf eingegriffen hatte.

Perdór nahm sein Fernrohr zur Hand und besah sich das Gemetzel genauer. »Wir halten uns gut«, sagte er. »Sogar besser als gut! Sehe ich das richtig, dass unsere Männer die Gräben unter ihre Kontrolle gebracht haben?«

»Ja, Majestät«, hörte er gleich mehrere zufriedene Offiziere sagen. »Wir sollten nachsetzen und sie gegen die restlichen Ničti kämpfen lassen. Zwei Flankenzangen sollten genügen, um einen Ausbruch zu verhindern. An diesem Tag vernichten wir sie.«

Perdór runzelte die Stirn und drehte an seinem Fernrohr. Er glaubte gesehen zu haben, dass die Ebene hinter den Ničti einen Faltenwurf erhalten hatte. Schnell reinigte er die Linse und schaute nochmals, aber die Falte war noch immer da. »Meine Herren, fällt Euch etwas in der Ebene auf?«, erkundigte er sich.

Fiorell betrachtete sie ebenfalls. »Ich finde, sie … knittert?«

Im selben Moment verschwanden die leere Ebene sowie ein Teil des Himmels gleich einem herabfallenden Theatervorhang – und gaben den Blick auf das zweite Heer der Ničti frei: Es war nochmals so groß wie das erste, das sie fast zu schlagen geglaubt hatten.

Durch sein Fernrohr sah Perdór die Krieger erschreckend groß und grauenhaft. Diese Soldaten waren wesentlich stärker gepanzert; die Augen leuchteten giftgrell, die Reißzähne waren gefletscht.

Dann warfen sie sich in die Schlacht.

Die Hohen Schwerter donnerten dicht nebeneinander und in der Form eines spitzen Keils durch das Lager der Ničti und stampften in den Boden, was immer sich ihnen entgegenstellte. Die gerüsteten Pferdeleiber boten den Schwertern und Pfeilen Widerstand und ließen sich durch nichts aufhalten; Schilde und Panzerung der Ritter bewahrten die Männer darin vor Schaden. Hinter ihnen blieb eine Schneise der Verwüstung von sieben Schritt Breite zurück.

Die Knappen, Assassinen und Lodrik folgten im Rücken der rasselnden Formation und füllten den Hohlraum des Keiles aus. Dadurch gaben sie ihm noch mehr Festigkeit, was den Druck auf jeglichen Widerstand auf ihrem Weg weiter erhöhte. Gàn bildete den Schluss.

Die Nič̌ti erholten sich von ihrer Überraschung und organisierten Widerstand. Lanzenträger rannten herbei und versuchten, ihnen den Weg abzuschneiden. Die Absicht der Hohen Schwerter war erkannt worden.

Tokaro gab das Zeichen für einen Linksschwenk und nahm Kurs auf das Königinnenzelt. Sie näherten sich ihm von hinten. Mit seiner nächsten deutlich sichtbaren Geste beschleunigte die Walze aus Stahl und Fleisch zum scharfen Galopp und senkte die Lanzen auf die Feinde.

Vor ihnen war eine Barrikade aus Schilden und Speeren errichtet worden, doch Tokaro erkannte durch das Visier seines Helmes, dass sie dem Aufprall nicht standhalten würde; trotzdem würde es sogleich die ersten Verletzten, schlimmstenfalls die ersten Toten unter seinen Männern geben.

Lodrik sah, dass sich parallel zu ihnen etwas mit beinahe ähnlich großer Geschwindigkeit wie sie bewegte. Blutrote Blitze schossen knisternd durch die Luft, setzten Zelte in Brand oder fegten schreiende Nič̌ti zur Seite, ehe sie in der flackernden Energie vergingen und als Asche niederregneten.

»Vahidin«, schrie er Tokaro zu. »Von rechts.«

Ein kurzer Befehl genügte, und die Knappen scherten aus dem Keil aus und bogen ab, um sich gegen Vahidin zu werfen. Sie wussten, dass es ein beinahe aussichtloser Kampf gegen den Magier war, doch sie ließen sich dadurch nicht abschrecken.

»Helft ihnen«, befahl Lodrik den Meuchlern. »Verschafft uns den Vorsprung, den wir benötigen.«

Die Männer und Frauen der Schwarzen Sichel folgten den Knappen ohne Murren.

Gleich darauf prallten die Hohen Schwerter gegen die Barrikade. Speere durchbohrten zwei der Ritter und warfen sie aus dem Sattel, drei weitere wurden durch die geschliffenen Spitzen schwer verletzt, doch sie hielten sich auf den Rücken ihrer Rösser.

Die Ritter fegten die Nički zur Seite oder durchbohrten sie mit den Lanzen, andere gerieten unter die beschlagenen Hufe und starben einen schrecklichen Tod oder wurden verstümmelt. Gàns Hörner gabelten die Feinde auf und schleuderten sie weit durch die Luft.

»Ausgezeichnet«, lobte Tokaro. »Weiter! Wir haben es gleich geschafft!« Er sah rasch zu den Knappen, die Vahidin erreicht hatten. Sein Vormarsch wurde langsamer.

Die Nički hatten erkannt, dass sie nur mit Masse gegen die Ritter ankamen. Es galt, deren Geschwindigkeit zu verringern, und das gelang ihnen nur, wenn es genügend Hindernisse gab. Sie stellten sich freiwillig und kaum bewaffnet in den Weg, um sie zu bremsen.

Anfangs waren es Vereinzelte, die von den Tieren umgestoßen wurden, doch bald drängten sie sich zusammen und warfen sich den Hohen Schwertern entgegen. Rücksicht auf sich nahmen sie dabei keine, sie wollten ihre Königin schützen. Einige von ihnen trugen Seile mit sich, welche sie zwischen die Beine der Pferde warfen.

Diese Taktik fruchtete.

Vier Tiere gerieten ins Straucheln und stürzten, kleine Lücken taten sich in der Formation auf, in welche sich die Nički drückten und die Reihen aufspalteten. Der Keil löste sich auf, und von den dreißig Gerüsteten preschten noch fünfzehn auf das Ziel zu; dahinter waren Lodrik und Gàn zu finden.

Sie hatten sich auf zwanzig Schritte genähert.

Tokaro fürchtete, dass die Nički Estra aus dem Zelt holen und vor ihnen in Sicherheit bringen würden – doch aus irgendeinem Grund beschränkten sie sich darauf, eine neuerliche Wand aus drei Reihen Schildträgern zu formieren.

»Da müssen wir durch!« Er zog seine aldoreelische Klinge. »Für Angor und Ulldart!«

Die Ritter warfen ihre Lanzen weg und zogen ebenfalls die

Schwerter. Kurz bevor sie das Hindernis erreicht hatten, drückte Tokaro dem weißen Hengst die Fersen in die Flanken und presste die Schenkel fest an den Leib.

Treskor sprang mit einem lauten Wiehern und setzte über die erste Reihe Schilde hinweg. Die Hufe berührten die Köpfe der Ničti unter ihnen und sandte sie blutend auf den Boden. Über der zweiten Reihe senkte er sich ab und riss erneut Soldaten mit sich, bevor er in die dritte Reihe einschlug und sie umwarf.

Dieses waghalsige Manöver absolvierten sämtliche verbliebenen Ritter und brachten den Tod unter die Ničti. Gàn rannte unbeeindruckt und mit gesenktem Haupt weiter. Den drei Schritt hohen, schweren Koloss vermochte nichts aufzuhalten.

Nur Lodrik hatte von all dem nichts geahnt und ritt ungebremst in die vorderste Schildreihe.

Sein Pferd wurde aufgehalten, und er flog in hohem Bogen aus dem Sattel, zwischen die gestürzten Ničti. Die Hohen Schwerter und Gàn hatten das Zelt erreicht, saßen ab und umstellten es, während Tokaro hineinstürmte, ohne sich umzudrehen.

Lodrik erhob sich schwankend und rannte los. Er brachte zwei Schritte hinter sich, dann wurde er gepackt und zu Boden geworfen. Ein heißes Glühen stach durch seinen Rücken, und er schrie vor Schmerz. Als Nekromant hätte er den Dolch wahrscheinlich nicht einmal gespürt.

Vahidin rannte, hielt die Rechte ausgestreckt nach vorn und ließ unaufhörlich Blitze hervorschießen. Es kostete ihn wenig Mühe, und er bewahrte sich eine große Entladung wie gegen die Wachposten für den passenden Zeitpunkt auf.

Die Ničti hatten gegen ihn keine Aussicht auf Erfolg. Als er jedoch die Reiterei auf sich einschwenken sah, machte sich Vahidin kurzzeitig Sorgen. Auch wenn es nur Knappen der Hohen Schwerter waren, stellten sie eine Kraft aus sechzig Berittenen dar; dahinter folgten die Assassinen, die ihre Waffen bereit machten.

»Da hat jemand sehr viel Angst vor mir«, lachte er. Um seine

Kräfte nicht gegen sie vergeuden, tat er das einzig Richtige: Er drückte sich ab und benutzte seine Magie, um einen gewaltigen Satz über die Reiter und Pferde hinweg zu machen.

Der Sprung trug Vahidin zwanzig Schritte vorwärts, und er landete unmittelbar neben Lodrik, auf dessen Rücken zwei Nič̌ti knieten. Einer hielt einen blutigen Dolch und wollte ein zweites Mal zustechen.

»Lass ihn gehen!« Vahidin richtete sein Schwert gegen den Grünhaarigen, und die Klinge färbte sich schwarz, ehe ein fingerdicker Strahl in die Brust des Kriegers jagte und ihn tötete. Dann zog er seine zweite Waffe und drosch um sich, bis die Nič̌ti in seiner Umgebung tot am Boden lagen.

Lodrik hatte sich erhoben. Sein Sonnengeflecht brannte, weil der Splitter seine Wirkung tat und die Wunde auf seinem Rücken verschloss. Er zog sein Schwert, als Vahidin sich zu ihm wandte. »Warum hast du mich gerettet?«

Vahidin grinste. »Du wirst mir helfen, an der aldoreelischen Klinge des Ritters vorbeizugelangen, Bardri¢. Ich möchte meine Magie nicht an sie vergeuden. Und davon einmal abgesehen: Ohne mich werdet ihr Zvatochna nicht vernichten können.« Er rannte auf das Zelt zu; seine Magie bildete eine schillernde Blase um ihn herum, durch die weder Schwert noch Lanze stieß. Lodrik befand sich in ihr und folgte Vahidin, der eine Waffe verstaute, etwas aus einem Beutelchen zog und es sich in den Mund schob.

»Zur Seite«, befahl Lodrik den Hohen Schwertern, welche die Sicherung des Zeltes übernommen hatten. Die Blase um sie herum erlosch.

Die Ritter wichen nicht. »Es wurde uns befohlen, niemanden hindurchzulassen«, kam es dumpf unter einem Helm hervor.

Lodrik nahm an, dass Tokaro zu viel Angst hatte, dass sie Estra einfach umbrachten, um Zvatochnas Geist zu vernichten. Der junge Ritter wollte es auf seine Weise versuchen – und das bedeutete, dass es zu nichts führte. Tokaro hatte nichts in der Hand, um gegen die Besessenheit seiner Gefährtin anzukämpfen. Die Liebe reichte nicht aus, um die Seele einer Nekromantin zu vernichten.

»Dann doch auf meine Weise.« Vahidin hob die Hand, und die Gerüsteten wurden niedergeworfen. Bevor sie sich erhoben hatten, waren er und Lodrik durch ihre Reihen gelaufen. »Kümmert Euch um die Ničti statt um uns«, riet er ihnen und zeigte auf einen neuen Trupp Grünhaare. Die Fremden rotteten sich zusammen.

Lodrik und Vahidin betraten das Zelt. Leibwächter lagen erschlagen auf den Teppichen, die aldoreelische Klinge hatte wie stets Fleisch, Knochen und Eisen zerschnitten.

»Tokaro?«, rief Lodrik und machte einen Schritt nach vorn, da packte ihn Vahidin an der Schulter.

»Sie ist hier«, sagte er leise und mit glänzenden Augen. »Sie hat ihre Seelen versammelt, und sie umschwirren uns. Aber sie sind aufgeregt und gierig, sie erhalten gerade ihren Lohn für ihre Arbeit draußen auf dem Schlachtfeld. Wir haben sie beim Essen überrascht. Sie sind abgelenkt genug.« Er ging langsam los, Lodrik blieb an seiner Seite. Der einstige Nekromant wusste, was Vahidins Worte bedeuteten.

Er und Vahidin folgten der Spur der vielen Toten, bis sie den großen Saal erreicht hatten.

Estra saß zusammengesunken auf dem Thron; Tokaro stand neben ihr und redete auf sie ein, tätschelte ihre Wangen und versuchte, sie zu wecken. Gàn hielt Wache.

Estra trug ein dünnes Kleid, das viel von ihrer fahl gewordenen Haut zeigte; umso mehr leuchtete das Rot ihres Blutes. Es sickerte aus vielen kleinen Schnitten aus ihrem Leib. Sowie es austrat, lief es nicht weit und verschwand wie von selbst.

»Sie laben sich an ihr«, sprach Vahidin. »Ich sehe es genau! Sie trinken ihr Blut.«

Tokaro schaute auf und hielt den beiden das Schwert entgegen. »Ihr werdet ihr nichts antun«, drohte er. »Wir bringen sie von hier weg.«

»Nein. Zavotchna ist noch immer in ihr«, meinte Vahidin und klang benommen. Er befand sich mit seinen Sinnen in beiden Welten und musste sich stark konzentrieren.

Von draußen erklangen Kampfgeräusche, die Hohen Schwerter verteidigten das Zelt gegen die Ničti.

»Wenn ich ihr nicht helfe, verblutet sie.« Lodrik ging auf Tokaro zu. »Lass mich zu ihr, Sohn«, bat er inständig.

Tokaro legte die Finger an die Halsader der jungen Frau. Ihr Herz schlug kaum noch. »Gut.« Er senkte die aldoreelische Klinge und ließ Vahidin dafür nicht aus den Augen.

Vahidin lachte und drehte sich, bestaunte die umherfliegenden Seelen, die nur er sehen durfte. »Wie schön sie sind«, juchzte er. »Welch ein unschlagbares Heer!«

Lodrik kam an Estras Seite und legte die Fingerspitzen an ihre Stirn. Er erkundete sie, ihren Zustand – und stockte.

»Etwas stimmt nicht mit ihr«, sagte er leise zu Tokaro. Er fühlte, dass der Tod in ihr steckte, aber dennoch sah sie lebendig aus. Lebendig und frisch, nicht wie ein zerfallender Nekromant, der sich mehr und mehr zu einem Leichnam wandelte. Auch sie befand sich zwischen zwei Welten. »*Das* ist es«, flüsterte er. »So ist es ihr gelungen!«

»Was? Was ist los?« Tokaro sah, dass mehrere Ničti herangesprungen kamen. Anscheinend waren die Hohen Schwerter besiegt worden. »Wir müssen weg! Estra muss an einen sicheren Ort ...«

»Nein, muss sie nicht.« Lodrik schloss die Augen und ließ seinen göttlichen Kräften freien Lauf. Sein Solarplexus entflammte mit vertrauter Qual, und die Sichelspitze gab ihre Energie ab. Sie jagte durch die Brust in die Schulter, den Arm und zu den Fingern hinaus – in Estra. »Vahidin, gib acht!«, presste er hervor.

Lodrik packte den Tod, der sich in Estra eingenistet hatte, und zwang ihn mit Vinteras Gabe aus der jungen Frau. Das Tote saß fest in ihr und wehrte sich gegen die Austreibung.

Estra riss die Lider auf und öffnete den Mund zu einem Schrei, aber die Schmerzen verschlugen ihr die Sprache. Ihre Augen leuchteten grellgelb, dann erlosch das intensive Schimmern und verlor sich, bis einzig das Karamellfarbene mit dem gelben Ring darum zurückblieb. Die Wunden an ihrem Körper hatten sich geschlossen. Estra war bis in die letzte Faser lebendig. Der Tod war ausgefahren.

»Atme, Estra!«, befahl Lodrik ihr und hob sie an. Wie eine Ertrinkende sog sie die Luft ein, hustete und hielt sich an ihm fest.

Ein greller, unmenschlicher Schrei erklang, und ein Windstoß riss das Zelt hinfort. Weder Stützen noch Stangen noch die Ketten und Taue hielten es fest. Vahidin, Lodrik, Tokaro und Estra befanden sich unter freiem Himmel, vor dem sich eine Glocke aus leuchtenden Seelen spannte.

Du hast mir mein Zuhause genommen!, brüllte eine Frau, und sie erkannten Zvatochnas Stimme. Die Böen rissen an den Menschen, peitschten Schmutz auf und schoben die Nič̌ti, welche um sie herumstanden, zur Seite. *Verflucht seist du, Vater!*

Die Seelen formierten sich zu einer Säule und drehten sich um eine Achse, deren Mittelpunkt Estra darstellte. Die Wände rückten aufeinander zu, der Durchmesser des Schachtes verringerte sich.

Vahidin hob seine Waffen und lachte. »Aber ich nehme dir dein Leben, Schwester!«, rief er gegen das Tosen an.

Das zweite Heer der Nič̌ti hatte hinter dem täuschend echt bemalten Stoff gewartet und fiel mit solcher Brachialgewalt über die Ulldarter her, wie sie selbst die Tzulandrier nicht an den Tag gelegt hatten.

Überall glommen die giftgelben Augen, ein lautes Fauchen und Knurren lag in der Luft. Doch bei aller Wildheit lag eine Taktik ihrem Angriff zugrunde. Die schwer gepanzerten Einheiten rannten durch die erste Linie des Geeinten Heeres, bis sie tief in die Reihen eingedrungen waren und die Bogenschützen erreicht hatten; weitere Abteilungen hetzten auf die kensustrianischen Katapulte zu, um sie zum Verstummen zu bringen.

Leichter gerüstete Nič̌ti kümmerten sich um die hustrabanische Kavallerie. Wegen der Wendigkeit der Fremden war es für die Reiter fast nicht möglich, den Gegner zu treffen. Die Nič̌ti huschten zwischen und sogar unter den Pferden entlang, stachen den Kavalleristen immer wieder von hinten in die Beine oder trennten ihnen die Füße ab, bis sich die Hustrabaner in die Flucht retteten.

Perdór verfolgte die Schlacht von der Plattform herab mit Entsetzen. Neben ihm lag die ohnmächtige Alsa, die Anstrengung war zu viel für sie gewesen; Brahim kauerte neben ihr und hielt sich nach wie vor die Hände vors Gesicht, und auch das gute Zureden des Hofnarren brachte ihn nicht dazu, sie wegzunehmen. Diese Verbündeten taugten in der Schlacht nichts mehr.

»Was tun wir?«, fragte er Tuandor. »Rückzug?«

»Wohin, Majestät? In unsere brennenden Gräben?«, meinte der Prinz. »Wir müssen siegen oder untergehen.«

Perdór sah mit an, wie sich das Geeinte Heer aufbäumte und einen letzten Ausfall unternahm. Es waren zwanzigtausend Mann geblieben, und dennoch drängten sie die beinahe doppelte Anzahl von Feinden rückwärts. Es war die Macht der Verzweiflung und das Wissen, dass sie siegen mussten.

Oder Kalkül der Ničti.

Das Geeinte Heer marschierte vorwärts, die Kensustrianer mähten die anstürmenden Ničti mit ihren Katapultmaschinen nieder und richteten sie dann gegen die Einheiten, welche die ulldartischen Bogenschützen in Bedrängnis brachten.

»Gerechter, bist du dieses Mal auf unserer Seite?«, fragte Perdór und zwang sich, nicht zu früh zu jubeln.

Da flammte hinter der Front eine Glocke aus schimmerndem Licht auf, und der König vermutete, dass es das Heer aus Seelen war. Dass sie sich den Menschen offen zeigten, machte ihn unruhig, und er rief Brahim zu sich. Aber der Nekromant schüttelte Fiorells Hand ab und regte sich nicht weiter. Er wippte vor und zurück und wimmerte.

Das Geeinte Heer verstand das Erscheinen der Geister als Drohung und verlangsamte seine Anstrengungen.

»Nein, nicht nachlassen!«, schrie Perdór und fuchtelte mit dem freien Arm, weil er mit dem anderen das Fernrohr hielt. »Macht schon!«

Plötzlich lösten sich die Ničti von den Ulldartern und rannten zurück; gleichzeitig tat sich der Boden der Ebene auf, und sieben hausgroße, gepanzerte Türme aus Holz schoben sich in die Höhe.

Dem König wurde schlecht, als er erkannte, was sie trugen: Sie waren von oben bis unten mit Katapulten besetzt, die ihre tödliche Fracht gegen die Ulldarter schleuderten. Speer um Speer ging auf das Geeinte Heer nieder, und ein Ende war nicht abzusehen.

Perdór sah die endlosen Regale voller Geschosse, die von den Bedienmannschaften eingelegt wurden. Er vermochte sich nicht vorzustellen, welcher Schrecken bei den Soldaten angesichts dieser Überlegenheit herrschte. Kein Schild, keine Rüstung taugte etwas gegen den Beschuss. Wo ein Speer niederging, tötete er.

Die Soldaten der Ničti warteten zwischen den Türmen und ließen die Katapulte die Arbeit verrichten, während sie die Feinde mit lautem Rufen und Lachen verhöhnten.

Einen Befehl zum Rückzug benötigten die Ulldarter nicht mehr. Sie warfen Ballast von sich und rannten davon, weg von den Türmen; jetzt nahmen die Ničti die Verfolgung auf und setzten dem letzten Häuflein aus rund achttausend Mann nach, um es gänzlich aufzureiben.

Vahidin sah Zvatochnas Seele vor sich. Sie hatte die Form eines dunkelrot leuchtenden Bluttropfens, und in ihrem Inneren lag eine tiefe Schwärze, wie ein Brunnenloch, das ins Nirgendwo zu führen schien. Man konnte vor ihr Angst haben.

Er nicht.

Es war ihm einmal widerfahren, als er die Wolke zum ersten Mal gesehen und sich sein Verstand schutzlos außerhalb seines Körpers befunden hatte. Doch heute standen die Dinge günstiger für ihn.

Er richtete das Schwert auf sie und murmelte jengorianische Beschwörungsformeln, wie Sainaa sie ihn gelehrt hatte, um einen bösen Geist zu bannen. Vahidin legte all seinen Hass und seinen Zorn in die Worte, um ihnen noch mehr Kraft zu verleihen.

Zvatochna bemerkte sein Tun und schrie auf. *Halt ein!*,

kreischte sie und schoss auf ihn zu. *Oder ich reiße dir die Seele aus dem Leib!*

»Ich fürchte mich nicht mehr vor dir«, entgegnete er behäbig und mit rauschschwerer Zunge. Die Kräuter machten seinen Mund taub, doch ohne sie vermochte er es nicht, derart tief in die Geisterwelt einzutauchen. »Du wirst sterben. Für immer!« Er setzte seine Energien frei und griff nach ihrer Seele.

Zvatochna wich aus! Dann prallte sie gegen ihn und zerfloss, hüllte ihn ein. *Ich werde dich ersticken, Mensch! Du bist ein hübscher Jüngling und wirst mir als ...* Sie brach ab. *Nein, du bist kein Mensch. Was ...*

Vahidin bekam tatsächlich keine Luft und langte nach ihr, um sie von sich wegzuziehen, doch seine Hände griffen ins Leere. Weil sie ihm Mund und Nase verschloss, konnte er die Sprache der Zweiten Götter nicht benutzen, um sich damit gegen sie zu wehren. Er schwankte.

Du bist kein Mensch, wiederholte sie entzückt. *Etwas verbirgt sich in dir, Jüngling. Ich kenne es irgendwoher ... Du erinnerst mich an Mortva!* Zvatochna ließ unvermittelt von ihm ab und umkreiste ihn. *Bist du ein Kind von ihm? Dann höre mein Angebot ...*

Vahidin atmete tief ein. »Du kennst mich, Mörderin!«, schrie er sie an. »Du hast Aljascha getötet, deine eigene Mutter, und mich zum Waisen gemacht!«

Vahidin? Zvatochna lachte. *In dieser kurzen Zeit bist du zum Mann gereift? Mehr als beeindruckend. Nun, jetzt wo ich weiß, dass wir Geschwister sind, sollten wir uns vertragen. Wir könnten Ulldart gemeinsam ...*

Vahidin hatte genug Kraft gesammelt, um einen zweiten Angriff zu wagen – und er traf! Dunkelrote Fäden schossen aus seinem Schwert und legten sich um die Seele, schnürten sie zusammen und zerteilten sie in viele kleine Fetzen.

Zvatochna schrie gellend, aber es half ihr nichts.

Vahidin unternahm einen zweiten Angriff, um sicherzugehen, dass er ihre Seele vollkommen zerstört hatte. Die Fäden peitschen umher, zerschnitten die einzelnen flirrenden Überbleibsel unbarmherzig, mitleidslos, bis sie kleiner als Staubkörner waren und an eine Nebelwolke erinnerten. Das Leuchten verblasste, und die Seele erlosch, verschwand restlos.

»Für dich, Mutter«, sagte er leise und schluckte schwer. »Dein Tod ist gerächt!« Er hob sein Schwert gegen die Wände aus Seelen. »Vernehmt mich, ihr Geister der Verstorbenen! Eure Meisterin ist vernichtet, und ihr gehorcht nun mir!«

Ein leises Summen erklang, die Kugeln flackerten und schienen sich zu unterhalten.

»Ich befehle euch: Vernichtet die …«

Neben sich gewahrte er unvermittelt eine schnelle Bewegung und tauchte hastig unter dem Hieb gegen seinen Kopf weg.

Die aldoreelische Klinge trennte ihm ein fingernageldünnes Stückchen Schädel mitsamt der Kopfhaut oberhalb des rechten Ohres ab. Sofort lief Blut aus der Wunde; es schmerzte grausam.

Tokaro fluchte, sprang vorwärts und schlug erneut zu. »Auf ihn, Gàn!« Der Nimmersatte schwang seine Waffe und holte zum Schlag aus, dem Vahidin nicht mehr ausweichen konnte; dafür war er zu sehr von den Rauschmitteln benebelt.

Sein Gesicht verzerrte sich, und er öffnete die Lippen. Es war weise gewesen, Reserven für den Notfall aufzusparen.

Tokaro schlug ein zweites Mal zu.

Vahidin hatte seinen Zweck erfüllt und durfte nicht länger am Leben bleiben. Dafür war der Sohn von Mortva Nesreca einfach zu mächtig.

Die Klinge sirrte auf den Hals zu und hatte ihn fast erreicht – da gab Vahidin einen Laut von sich. Man konnte ihn nicht beschreiben, er war dunkel und hell zugleich, tat in den Ohren weh und verhinderte das Luftholen.

Tokaro wurde vom Wind gepackt und weggeschleudert, die Erde fiel tief unter ihm zurück, dann prallte er gegen etwas Hartes und klammerte sich instinktiv daran fest. Einen Sturz aus acht Schritt Höhe hätte er nicht überstanden.

Er hing an einem der Katapulttürme, beinahe ganz oben. Von dort aus sah er, wie der Boden um Vahidin wich, als sei der Kahlköpfige ein fassschwerer Brocken, der in einen ruhigen See fällt und eine kreisförmige Woge auslöst.

Der Durchmesser wuchs und wuchs mit jedem Wimpernschlag, drei Schritte, sieben Schritte, dreizehn Schritte! Zelte, Nič̌ti, Erde, alles wurde zu einem Wall aufgetürmt, der sich höher und höher drückte; die Ebene erbebte unter der Gewalt, und sogar der Turm schwankte leicht.

»Estra!«, schrie Tokaro entsetzt. Sie und Lodrik mussten sich irgendwo dazwischen befinden. Hastig kletterte er nach unten, und niemand bemerkte ihn dabei.

Die Vorgänge blieben auch den Kriegern in den hinteren Reihen des Nič̌ti-Heeres nicht verborgen. Sie wandten sich um; schon erklangen Signale und riefen die Truppen von der Jagd auf das Geeinte Heer zurück. Die Ulldarter waren nicht mehr gefährlich, und ihre Königin durfte nicht dem Schicksal überlassen werden.

Das Heer der Nič̌ti vollführte eine abrupte Wende und hetzte nun auf den wachsenden Damm zu, der sich ihnen mit enormer Geschwindigkeit entgegenbewegte. Die Seelen schwebten über dem Mittelpunkt und warteten, was geschah.

Tokaro hatte den Boden erreicht, während die Grünhaare an ihm vorbeihetzten. Sie kümmerten sich nicht um ihn, ihre Sorge galt allein Estra. Genau wie bei ihm.

Der Gürtel aus feuchter Erde, Leibern und Zeltresten gelangte zum Stehen, die Krone befand sich in mindestens acht Schritt Höhe. Die ersten Nič̌ti versuchten, das Hindernis zu erklimmen, weil aber der Boden lose und krümelig war, stellte es ein sehr schweres Unterfangen dar.

Tokaro schlug einen vorbeireitenden Nič̌ti von seinem Tier, das eine entfernte Ähnlichkeit mit einem Pferd besaß, schwang sich in den Sattel und hielt auf den Wall zu. »Los«, peitschte er es an und stach ihm mit der Klinge in den Hinterleib, um es anzutreiben. Bald war es an der Zeit, seinen letzten Trumpf gegen Vahidin auszuspielen.

Merkwürdige Laute von sich gebend, hetzte es den künstlichen Hang hinauf, bis es ausrutschte und zusammenbrach.

Tokaro drückte sich ab und landete im Dreck; dabei rammte er sein Schwert mit der breiten Seite zu sich in den Untergrund und verschaffte sich den notwendigen Halt. Sein Reittier rollte den Abhang hinab und riss die ersten Ničti mit sich. Außer ihm waren erst wenige Fremde so weit nach oben gelangt.

Er robbte nach oben, wuchtete sich auf die Krone und schaute in die Ebene.

Sie war von der Magie bis auf den blanken Fels darunter abgeräumt worden. Vahidin stand noch immer in der Mitte, als könne er nicht fassen, was er angerichtet hatte. Tokaro hörte ihn lachen. *Er ist wahnsinnig geworden.* Tokaro atmete ein, der entscheidende Zweikampf stand ihm bevor. *Angor, segne mich, denn ich erfülle deinen Willen.*

Er rutschte auf dem Hosenboden nach unten und rannte auf Vahidin zu. Tokaro schaute sich dabei um, ob er einen Hinweis auf Estra und seinen Vater entdeckte, aber es herrschte zu großes Durcheinander. Der Gedanke, dass sie gestorben war, nachdem sie endlich von Zvatochna befreit worden war, peinigte ihn bis auf den Grund seiner Seele.

Als er noch drei Schritte von Vahidin entfernt war, nahm er den Griff der aldoreelischen Klinge mit beiden Händen, küsste im Rennen die Blutrinne. »Gib mir Stärke, Angor!«

Vahidin wandte sich lachend zu ihm. »Da ist der Ritter ja wieder. Möchtest du noch einmal fliegen?« Er hob sein Schwert, und ein Strahl zuckte hervor.

Die Diamanten des Ritterschwertes leuchteten auf, eine schützende Kugel flammte auf und leitete die Magie zur Seite ab; harmlos jagte sie in den Wall und hinterließ ein dampfendes Loch.

»Angor ist mit mir!«, grollte Tokaro und schlug zu.

Vahidin bekam den Arm mit dem Schwert noch rechtzeitig nach oben, um den Hieb zu parieren. Er knickte ein, taumelte und konnte sich abfangen. Weil seine Waffe einst eine aldoreelische

Klinge gewesen war, hielt sie Tokaros Angriff stand, bekam jedoch eine leichte Scharte.

Der junge Ritter setzte nach und drosch auf Vahidin ein, der sich nun seiner beiden Waffen bedienen musste, um die Schläge abzufangen. Die Magie, die er gegen Tokaro schleuderte, verpuffte wirkungslos. Die aldoreelische Klinge gab auf ihren Träger acht.

Die Ničti ließen sie in Ruhe; sie wühlten mit bloßen Händen und ihren Waffen in der Erde und suchten nach ihrer Königin.

Tokaro täuschte einen schrägen, hohen Schlag an, den Vahidin parieren wollte, und machte kurzerhand einen Angriff auf die Hüfte daraus. Sein Widersacher sprang zwar zurück, doch er bekam einen tiefen Schnitt über dem Knochen und schrie auf; Blut sickerte aus der Wunde. »Heute ist dein letzter Tag auf Ulldart«, weissagte er Vahidin und stach nach dessen Brust.

Vahidin aber schlug die aldoreelische Klinge beiseite und hackte Tokaro die vielzackige, unbekannte Waffe in die rechte Schulter. Sie verdüsterte sich und versuchte, den Menschen mit Magie zu zerreißen, doch wieder war die schützende Macht der aldoreelischen Klinge stärker.

Die Wunde klaffte dennoch bis auf den Knochen. Tokaro wurde von der Wucht des Schlages in die Knie gezwungen, sein rechter Arm hing nutzlos herab, während sich warmes Blut darüber ergoss. Sofort schlug er mit der Linken nach Vahidin, der sich in der Vorwärtsbewegung befand.

Doch dieser drückte die Spitze zur Seite und versetzte Tokaro einen seitlichen Schlag gegen den Helm, sodass er niederstürzte. Der Riemen löste sich, und der Schutz rollte davon.

»Das Ende eines heldenhaften Kriegers«, sagte Vahidin lächelnd und hinkte näher. »Deine kleine Freundin liegt zwischen all dem Dreck begraben. Ihr werdet euch vor Vintera wiedersehen. Richte Lodrik einen schönen Gruß aus: Er entkam meiner Rache zu früh.«

Tokaro hob den Panzerhandschuh an die Lippen und blies darüber. Die Atemluft verfing sich an den eisernen Plättchen auf dem Handrücken, und ein lauter, schriller Pfiff ertönte.

»Oh, du rufst nach deinem Wunderhengst, damit er angaloppiert kommt und dich rettet!«, höhnte Vahidin und zeigte hinter sich. »Ich glaube, das weiße Vieh liegt da drüben. Es mag vielleicht schnell und klug für ein Pferd sein, aber genützt hat es dir nichts.«

»Wir werden sehen, wie es endet.« Tokaro schlug im Liegen wieder zu, ein kraftloser Versuch, den sein Gegner grinsend parierte.

»Es kostet mich noch einen einzigen Stoß, und dann besitze ich endlich eine echte aldoreelische Klinge.« Er wog seine Waffen in den Händen. »Diese hier sind nicht übel, aber es muss großartig sein, das Original zu führen. Sie wird mir gute Dienste leisten.« Vahidin nahm Maß und zielte auf den Kopf des Ritters.

XX.

Kontinent Ulldart, im Norden Kensustrias, Frühwinter im Jahr 2 Ulldrael des Gerechten (461 n.S.)

Lodrik wusste nicht, wo er sich befand.

Er vermochte sich kaum zu bewegen, aber er hielt Estra noch immer auf den Armen. Es roch nach nasser Erde und Blut, und wenn er den Kopf leicht drehte, rieselte ihm Dreck in den Kragen. »Estra?«

Sie zuckte und murmelte etwas.

Sie lebt. Wenigstens das. Er versuchte, seine Hand freizubekommen, und tastete um sich herum. Er fühlte eine zum Zerreißen gespannte Zeltplane über sich. Sie hatte einen Hohlraum mit Luft darin gebildet, in dem sie sich befanden.

»Estra, wach auf!«, rief er. »Estra!«

»Ja, ja, ich höre Euch«, gab sie zur Antwort. »Wir sind … eingeschlossen.«

»Wir stecken in dem Wall, den Vahidin mit seiner Magie aufgeschüttet hat. Wir müssen uns befreien. Ich …«

Bevor er weitersprechen konnte, platzte die Leinwand über ihnen und überschüttete sie mit losem, kaltem Erdreich. Sonnenschein fiel auf sie, und starke Hände griffen an ihm vorbei und packten Estra. Sie wurde ins Freie gezogen, aber ihn ließ man zurück. Die Ničti hatten keinen Bedarf für ihn.

Vahidin schlug zu – doch ein starker Kiefer mit einer Doppelreihe von Zähnen darin legte sich jäh um sein Handgelenk. Es knirschte, und die Finger fielen mitsamt dem Schwert neben Tokaro nieder.

Kreischend sprang Vahidin zurück und wurde von hinten angesprungen. Er stürzte nieder, während sich Zähne in seinen Nacken schlugen und daran zerrten.

Er wälzte sich herum und versuchte, die Angreifer abzuschütteln, aber sie fielen weiter über ihn her. Jeder Biss riss ihm einen Brocken Fleisch aus dem Körper, und Blut spritzte auf.

Vahidin erkannte zwei hundeartige, geschuppte Kreaturen mit diamantenhaften Augen. »Was, bei Tzulan, seid ihr denn?«

Einer schnappte nach seinem Gesicht, und er antwortete mit einem Strahl Magie. Vahidin traf das Wesen zwischen die Augen – und es grollte zufrieden! Mit einem leisen Knistern richteten sich die Schuppen auf, dann biss es zu und erfasste seine Kehle. Obwohl es die Zähne drohend um Vahidins Hals legte, ohne zu töten, verursachte die Berührung starke Schmerzen. Er spürte, wie die Macht aus ihm wich! Still blieb er liegen und wagte nicht, sich zu rühren.

Tokaros Gesicht schob sich in sein Gesichtsfeld. »Das ist Tharo, und der andere ist Shakan. Es sind meine Haustiere, und sie mögen Magier. Sie lechzen nach deren Magie und nehmen sie in sich auf.« Er hielt die aldoreelische Klinge an Vahidins Nasenwurzel und ließ sie die Haut durchdringen. »Ich habe sie gut erzogen, und sie waren die ganze Zeit über in der Nähe. Ich habe mir ihre Dienste aufbewahrt.«

Vahidins Körper verfiel in Zuckungen, die Magie floss aus ihm. Er ächzte und stöhnte.

»Wenn du deinem Leiden ein Ende machen willst, musst du nur den Kopf heben, Vahidin. Die Klinge wird durch deinen Verstand fahren«, sagte Tokaro. »Solltest du aber der Meinung sein, meinen Qwor entkommen zu können, darfst du dich gern wehren.«

Vahidins Qualen steigerten sich. Er glaubte, dass sein Skelett aus ihm gerissen wurde, langsam, Knochen für Knochen, während ihm jemand ungelöschten Kalk in die offenen Stellen streute und Wasser darüber goss.

»Ich habe …«, stammelte er und hob den Kopf. Die Schneide fuhr durch den Schädelknochen und zerschnitt das Gehirn – die

Augen wurden schlagartig magentafarben. Mortvas Sohn hatte sich selbst gerichtet.

»Fresst ihn«, befahl Tokaro seinen Qwor, und sie machten sich hungrig über den Leichnam her. Er wandte sich ab und ließ seine Blicke über den Wall schweifen. An einer Stelle hievten die Ničti eine Frau aus dem Dreck. Eine Frau, die er sehr genau kannte.

Tokaro bewegte den linken Arm, mit dem er die Klinge führen musste. Seine blauen Augen wurden hart. »Shakan, Tharo – aufgepasst«, sprach er leise, und die Qwor kamen gehorsam an seine Seite. Dann ging er langsam zu Estra.

Die ersten Ničti sahen ihn. Es wurde gerufen, und einige Krieger rutschten mit gezückten Waffen den Hang hinab, um sich ihm in den Weg zu stellen.

Tokaro hustete und spuckte Blut, doch er setzte einen Fuß vor den anderen. Er fürchtete nichts mehr. Selbst wenn die Ničti zehn Schritte hoch und stark wie zwanzig Krieger wären, er würde sich auf einen Kampf mit ihnen einlassen. »Für dich, Estra«, sagte er fest und senkte den Kopf. »Ich habe meinen Schwur nicht vergessen.«

Brahim hielt sich noch immer die Arme vors Gesicht.

Er fühlte sich leer und alt, es gab keinen klaren Gedanken, sondern lediglich ein lautes, anhaltendes Summen wie die Stimmen der Menschen auf einem belebten Marktplatz. Es machte ihm Angst, große Angst.

Hast du uns geholfen?, vernahm er die klare Stimme der Seele, die ihn zuvor angesprochen hatte. Sie durchbrach das Summen wie Lichtschein in der Finsternis.

Brahim lugte zwischen einem Spalt hindurch und sah die leuchtende Kugel vor sich. »Was möchtest du von mir?«

Ich habe dir versprochen, dir einen Wunsch zu erfüllen, wenn du uns von ihr befreist, sprach die Seele. *Es ist geschehen, nun nenne uns, was wir für dich tun können.*

Der Nekromant verstand nicht, doch er liebte es, der Seele zuzuhören, weil sie das Summen übertönte. »Zvatochna ist tot«, stellte er halblaut fest.

Ja. Du bist der Einzige, der es vollbracht haben kann. Sonst gibt es niemanden mit deinen Kräften. Die Seele schwebte ein wenig abwärts. *Beeile dich. Viele von uns möchten in die Erlösung.*

Brahim erhob sich und schaute zum Schlachtfeld. Die wenigen Soldaten des Geeinten Heeres rannten noch immer um ihr Leben, ein Teil der Nič̌ti-Streitmacht folgte ihnen, der andere Teil strömte den Wall hinauf. Ihm wurde klar, dass er die verlorene Schlacht in einen Sieg verwandeln konnte. »Vernichtet die Nič̌ti«, flüsterte er und zeigte den Umstehenden immer noch nicht sein Antlitz; schützend hielt er die Hände davor.

Das sind die Grünhaarigen?

»Ja«, nickte er abwesend und betrachtete die Seelen, die sich über dem Krater aufhielten. Wunderschön.

So sei es. Danach ist unsere Schuld bei dir getilgt. Die Kugel flog davon und kehrte zu den anderen zurück.

Gleich darauf eröffneten sie die Jagd auf die Nič̌ti, die sich eben noch sicher geglaubt hatten, das Schlachtfeld als Sieger verlassen zu können. Brahim empfand Faszination und Bewunderung bei dem Anblick, und sein Verstand verlor sich darin. Das Summen wurde zu einem anhaltenden Ton, der sein Denken auslöschte.

Er konnte den Seelen die ganze Zeit zuschauen, ohne etwas tun zu müssen. Elegant, ohne jeglichen Vergleich auf Ulldart, schwebten sie umher, durchbohrten die Fremden und zerrissen ihnen den Lebensfaden. Sie fielen wie Fliegen, eine Abwehr gab es nicht

Brahim hatte keinerlei Vorstellung, wie lange seine Verbündeten benötigten, um die Nič̌ti zu töten, doch irgendwann stoben die leuchtenden, flirrenden Kugeln in alle Richtungen davon.

»Nein«, jammerte er und reckte eine Hand gegen die Wolken; er fühlte sich allein und verloren ohne sie. »Kommt zurück! Bitte, kommt zurück! Lasst mich nicht hier! Nehmt mich mit! Macht mich zu einer von euch!«

Aber die Seelen verschwanden, ohne sich um ihn zu kümmern. Weinend sank er auf die Planken der Plattform.

Die Hauptleute jubelten, und leise Rufe erklangen auch vom Schlachtfeld zu ihnen. Die Truppen hatten begriffen, dass sie verschont worden und darüber hinaus die Sieger waren. Das Geeinte Heer hatte gewonnen, ohne dass es wusste, wieso.

Fiorell und Perdór hatten Brahim genau beobachtet. »Ich denke«, sagte der König nachdenklich, »sein Verstand ist nicht für einen Nekromanten geschaffen. Wir werden ihn in ein Sanatorium schaffen und zusehen, dass wir ihm helfen.«

Fiorell legte Brahim die Hand auf die Schulter. »Er hat so viel für unseren Kontinent getan. Der Arme.«

Tuandor trat an sie heran. »Majestät, Nachrichten vom Schlachtfeld. Die Signalisten melden uns, dass die Ničti gestorben sind. Einfach umgefallen und gestorben!« Er deutete zu den Katapulten der Kensustrianer, aus denen keine Geschosse mehr geflogen kamen. »Sie allerdings auch.«

»Was?« Perdór riss sein Fernrohr in die Höhe und suchte die Stellungen ab. Und wirklich lagen die kensustrianischen Verbündeten reglos auf der Erde. Er ging vor Brahim in die Hocke. »Was habt Ihr den Seelen befohlen?«, verlangte er zu wissen. »Sprecht, Mann! Was, bei allen Göttern, habt Ihr ihnen befohlen?!«

Aber Brahim antwortete nicht.

Tokaro stapfte entschlossen und mit gezogener aldoreelischer Klinge in der Linken auf die Ničti zu, die beiden Qwor an seiner Seite und die blauen Augen auf Estra gerichtet, die aus dem Wall gezogen wurde. Sie redete auf die Ničti ein, woraufhin die Fremden noch einmal in der Erde gruben und Lodrik hervorzogen.

Die acht Ničti, die sich auf Tokaro zubewegten, hielten ihre Waffen bereit. Sie wollten ihre Königin schützen, ohne zu ahnen, dass er der Mann war, der alles gegeben hätte, um Estra am Leben zu erhalten.

Tokaro hob sein Schwert. »Shakan, Tharo, fasst sie!« Er rannte los und holte aus – und die Ničti blieben stehen. Sie griffen sich an die Köpfe oder an die Brust, dann brachen sie zusammen. Die Qwor stürzten sich dennoch auf sie und zerbissen sie.

Tokaro sah, dass die Ničti rund um sie herum – auf dem Wall, bei Estra und Lodrik – fielen, wo immer sie standen. Er pfiff die Qwor zurück und untersuchte die Gegner, welche sie noch nicht zerfleischt hatten. »Das Herz steht still«, wunderte er sich und küsste die Blutrinne. »Angor, auch wenn es vielleicht nicht dein Werk war, so nehme ich es als deine Gnade.«

Er eilte auf Lodrik und Estra zu, die ihm entgegenliefen, dann lagen sich der Ritter und die Inquisitorin in den Armen. Sie hielten sich fest, drückten sich, bedeckten die Gesichter mit Küssen und weinten vor Freude.

»Wo ist das Amulett?«, fragte er sie und hielt ihr Antlitz mit beiden Händen.

Sie zuckte mit den Achseln. »Ich habe es verloren. Es mag von mir aus für immer in der Erde liegen, ich werde es niemals mehr umlegen.« Estra schaute zu Lodrik. »Ihr wart es. Ihr habt mich mit Eurer Berührung vom Fluch befreit, der auf mir lastete. Ich habe es genau gespürt!« Sie nahm seine Hand und wollte sie küssen. »Oh, ich schulde Euch ...«

»Gar nichts, Estra. Du schuldest mir gar nichts.« Lodrik rührte der Anblick des jungen Glücks. »Ich störe euch ungern, doch lasst uns sehen, was sich außerhalb des Kraters getan hat.« Er betrachtete die Qwor, die sich rechts und links neben ihren Herrn gesetzt hatten und mit aufgerichteten Ohren verfolgten, was geschah. »Was sind das für ungewöhnliche Tiere?«

»Meine«, erwiderte Tokaro leichthin. »Shakan und Tharo. Ich habe sie aus Kalisstron mitgebracht. Man wollte sie dort nicht mehr, und mir leisten sie gute Dienste.« Er hielt Estra noch immer umfangen, küsste ihre Stirn, und sie lächelte glücklich. »Der plötzliche Tod der Ničti – war es das Werk der Seelen?«

»Es bleibt kaum eine andere Möglichkeit. Perdór hat noch einen zweiten Nekromanten, vielleicht ist ihm das Wunder gelungen, sie uns vom Leib zu schaffen. Ich vermag es nicht mehr, und Vahidin«, er sah an ihm vorbei zu den blutigen Überresten von Mortvas Sohn, »war in dem Augenblick schon tot.« Lodrik musterte die geschuppten Tiere, die ihn von der Statur her an große Raubkatzen erinnerten. Die Diamantenaugen sahen gleichmütig zurück, die Schweifspitzen zuckten nach rechts und links.

Sie erklommen den Wall und begegneten auf seiner Spitze einem von Kopf bis Fuß verdreckten Gàn, der sich aus eigener Kraft befreit hatte.

»Ihr seid wohlauf, Herr Ritter!«, atmete er auf und bedachte Estra mit einem argwöhnischen Blick; eine Hand legte sich an den Griff seines überschweren Schwertes.

»Nein, nicht. Estra ist von allem geheilt. Sie wird von keinen Dämonen mehr heimgesucht«, sagte Tokaro rasch und stellte sich halb vor sie.

»Sie hat uns schon einmal getäuscht und mich beinahe getötet«, knurrte er. »Das wird nicht noch mal geschehen.«

Estra ging an ihrem Liebsten vorbei auf Gàn zu und verbeugte sich vor ihm. »Ich muss dich tausendmal um Vergebung bitten, Gàn. Ich war nicht Herrin meiner Sinne und meines Verstandes. Ich tat Dinge, wollte Dinge, die ich mir nicht erklären kann. Lodrik Bardri¢ hat mich geheilt.«

Gàn wandte sich Lodrik zu. »Verzeiht meinen Zweifel, doch wie kann ein Nekromant einen Dämon austreiben?«

»Ich bin kein Nekromant mehr, Gàn. Vintera verlieh mir göttliche Kräfte, um ihr Wort auf Ulldart zu verkünden.« Lodrik lächelte Estra zu. »Es war das erste von vielen weiteren Wundern, welche der Kontinent erleben wird.«

Gàns weiße Augen mit den schwarzen Doppelpupillen schauten zwischen ihm und Estra hin und her, und er sagte nichts. Der Nimmersatte war noch lange nicht überzeugt, doch er behielt seine Gedanken für sich.

»Bei Angor!« Tokaro deutete auf die Ebene.

Sie war übersät mit toten Nǐcti. Sie lagen dicht an dicht und bildeten einen Teppich, der den Boden vollständig bedeckte; einige hingen von den Katapulttürmen herab, andere hatten es die ersten Schritte des Walles hinauf geschafft, ehe sie der Tod getroffen hatte.

»Jetzt lässt sich erahnen, welche Macht Zvatochna besaß«,

meinte Lodrik und sah hinüber zur Beobachtungsplattform, auf der es blinkte. Die Linsen der Fernrohre warfen das Licht der Sonnen zurück. Er hob die Hand und grüßte. »Vintera hat an diesem Tag viele zu sich gerufen.«

Tokaro versuchte die Anzahl zu schätzen. »Es müssen ... beinahe einhunderttausend Ničti sein. Dazu kommen mehr als vierzigtausend von unseren Soldaten.«

»Es wird bald sehr stinken«, meinte Gàn nüchtern.

Estra schluckte und fasste die Hand ihres Geliebten. »Welch ein großes Grab ist hierfür nötig.«

»Sie werden keines erhalten. Die Elemente werden sie zusammen mit den Tieren verschwinden lassen, bis es nur noch wenige Knochen zu finden gibt«, meine Tokaro.

Lodrik sah, dass die Seelen auch vor den Stellungen der Kensustrianer nicht haltgemacht hatten. Alles, was grüne Haare trug, war ihnen zum Opfer gefallen. »Ich werde hierbleiben und mich um die Toten kümmern«, sagte Lodrik. »Ich bin Vinteras Priester, und es ist meine Pflicht, mich ihrer anzunehmen.«

»Du willst sie allein begraben?« Tokaro betrachtete die Leichenebene. »Selbst wenn du an einem Tag zwanzig von ihnen bestattest, bist du Jahre damit beschäftigt.«

Lodrik nickte. »Ich lasse sie nicht allein. Es ist ein Teil meiner Sühne für meine alten Vergehen an Ulldart.« Er schritt den Hang hinab, und die anderen drei folgten ihm.

Zu diesem Zeitpunkt wusste noch keiner, dass die Seelen nicht nur die Kensustrianer in der Ebene getötet hatten.

Sie waren gründlich gewesen.

Kontinent Ulldart, Königreich Ilfaris, Herzogtum Turandei, Winter im Jahr 2 Ulldrael des Gerechten (461 n.S.)

Perdór sah auf die Pläne, welche Ulldarts Küsten in Festungen verwandelten. Gegen Nic̆ti, gegen Tzulandrier, gegen alle Feinde, die jemals wieder über den Kontinent herfallen wollten.

Er war nicht allein im Raum. In seinem Arbeitszimmer hatten sich wiederum die Vertreter sämtlicher Königshäuser und Regierungen eingefunden, um über die Zukunft zu beraten; auch Pashtak befand sich als Vertreter Ammtáras unter ihnen.

»Wer soll das alles bezahlen?«, sprach Scacacci, der Vertreter des palestanischen Kaufmannrates und zugleich ein Bild von einem prunksüchtigen Palestaner. Alles an ihm funkelte, Knöpfe, Schnallen, Zierborten an der Uniform. Dass er keine goldene Perücke trug, war alles. »Festungen kosten Geld, Wachtürme kosten Geld. Und wenn wir die Preise auf unsere Waren erhöhen, verkaufen wir nichts mehr.«

»Es wird niemand etwas bezahlen müssen«, sagte Perdór beruhigend. »Die Bevölkerung wird helfen. Wir erklären ihnen, dass es zu ihrem Schutz dient: eine durchgehende Mauer rings um den Kontinent, wie sie noch niemals zuvor errichtet wurde.« Er hielt die Zeichnungen in die Höhe. »Auf dem Wehrgang zwei Schritte breit und insgesamt acht Schritte hoch. Das sollte genügen, um neuen Eroberern standzuhalten. Die Mauern sind sogar auf den Beschuss durch Bombarden vorbereitet und verfügen über eine federnde Sand-Strohschicht, um die Kraft der Kugeln abzufangen. Ulldarts beste Konstrukteure haben aus den Kriegen der Vergangenheit ihre Lehren gezogen. Derzeit bauen sie die Festungen auf Rogogard nach diesem Muster auf.«

»Eine sehr gute Maßnahme«, sprach Pashtak krächzend und gab ein Geräusch von sich, das seine Zufriedenheit ausdrücken sollte.

»Das bedeutet, dass auch die Häfen entsprechend gerüstet sein müssen, sonst wären sie die Schwachstellen in der Verteidigung«, meinte Scacacci sauertöpfisch. »Wir können nicht jedes Fischerdorf zu einer Festung machen …«

»Sollt Ihr auch nicht, lieber Commodore«, lächelte ihn Perdór nieder. »Die Mauer wird so verlaufen, dass manche Dörfer auch davor liegen. Aber sie wird den Menschen im Falle eines Angriffs immer Gelegenheit geben, sich dahinter zurückzuziehen.«

»Ich finde es gut«, sagte Losker, der junge König von Serusien in der grün-weißen Uniform seines Landes. »Wir haben zwar keine eigene Küste, aber ich unterstütze das Vorhaben und sende Arbeiter in die Königreiche, die über eine lange Küstenlinie verfügen. Alle sollen anpacken.« Er schaute zu Stoiko, der für Borasgotan und Tarpol am Tisch saß.

»Ich danke Euch. Alleine würden wir es nicht schaffen«, erwiderte er. »Auch Kabcara Norina ist Euch dafür dankbar.«

»Mit welchen Angreifern rechnet Ihr denn, Majestät?«, fragte Pallgar, ein Hetmann aus Rogogard. Er trug die braunen Haare kurz geschnitten und dafür einen geflochtenen Bart, der bis auf das rote Hemd baumelte. Alles an ihm war rot, sogar die Lederrüstung und seine Stiefel.

»Wir haben die Tzulandrier zwar nicht mehr am Hals, doch man weiß in Tzulandrien, dass es Ulldart gibt. Und in der Heimat der Ničti wird man sich wundern, dass eine Nachricht von ihrem Heer ausbleibt.« Perdór seufzte. »Wer sie im Kampf gesehen hat, weiß, dass wir diesen Wesen unmöglich Zutritt gewähren dürfen. Zu welchen Gottheiten sie auch immer beten, sie sind auf Ulldart nicht willkommen.« Die Abgesandten und Herrscher klopften auf den Tisch als Zeichen ihrer Zustimmung. »Einige kensustrianische Priester haben den Angriff der Seelen im Verborgenen überlebt, aber sich entschlossen, Kensustria zu verlassen. Ich traue ihnen nicht. Es wird besser sein, ich lasse sie verfolgen und beobachten. Wissen wir denn, ob sie nicht neue Anhänger suchen, um zurückzukehren und Ammtára anzugreifen?«

»Ein gutes Stichwort, Majestät«, rief Bristel, der König von Tûris. Er trug einen wattierten Waffenrock und sein Schwert an der Seite, das er auch gern als Gehstock benutzte. Bristel hatte sich absichtlich neben Pashtak gesetzt, um zu zeigen, dass sein Königreich die Freie Stadt beschützte und unterstützte. So auch jetzt. »Was machen wir mit Ammtára?« Er nickte zu Pashtak. »Erklärt bitte, wie es dort weitergeht.«

»Wie meint Ihr das?«, fragte Perdór.

Pashtak bleckte die Zähne. »Ich weiß, was unseren treuen Freund König Bristel beschäftigt. Auch wir haben beschlossen, die Spuren zu beseitigen, welche Belkala oder Lakastra hinterlassen hat. Wir bauen die Stadt ein weiteres Mal um, sodass nichts an das verhängnisvolle Heiligtum erinnert. Nichts mehr soll auf Belkala und ihren Glauben hinweisen ...«

»Außer der Inquisitorin«, fiel ihm Losker ins Wort. »Man müsste sie verbannen, oder? Sie hat den Nǐcti befohlen, sie war der Grund, weswegen die Nǐcti zu uns gekommen sind, und sie hätte uns beinahe in den Untergang geführt.«

»Estra ist an dem, was geschehen ist, unschuldig«, betonte Pashtak und grollte warnend. »Der Fluch wurde ihr durch Lodrik Bardri¢ genommen, und das Amulett, das ihr das Übel brachte, ist in der Ebene verloren gegangen. Sie bleibt in Ammtára. Als Inquisitorin.« Seine roten Augen schauten herausfordernd.

Perdór stimmte ihm zu. »Estra benötigt Zeit, um sich von dem zu erholen, was ihr widerfahren ist.« Er dachte an den jungen Ritter, der sich liebevoll um sie kümmerte. Wenigstens diese beiden hatten ihr eigenes Glück gefunden. Um den Gegenstand der Unterhaltung zu wechseln, fragte er Pashtak: »Stimmt es eigentlich, dass Gàn einen eigenen Orden nach dem Vorbild der Hohen Schwerter gegründet hat?« Ein Raunen lief durch die Versammlung, und er vernahm ein leises *Tzulan*. Schon ging man wieder vom Schlimmsten aus.

Pashtak lachte girrend und kehlig zugleich. »Ja, unser berühmtester Nimmersatter hat den Orden der Rechtschaffenheit gegründet. Er steht allen Wesen offen, die sich von Menschen unterscheiden. Er ist besessen von dem Gedanken, allen zu zeigen, dass auch die oft gescholtenen Sumpfkreaturen dem Guten dienen, selbst wenn einige es nicht wahrhaben wollen. Trotz unserer Beiträge zum Geeinten Heer.« Er ließ den Blick schweifen. »Ich fordere Euch auf, den Kreaturen in Euren Reichen seinen Orden zu empfehlen. Gàn nimmt sie gern in seine Reihen auf und wird sie lehren, was böse und was rechtschaffen ist. Sie werden sich den Königreichen zur Verfügung stellen, um gegen Räuber und anderes Gesindel anzukämpfen.«

Bristel nickte ihm freundlich zu. »Ein guter Zug, Vorsitzender. Es wird Gàn und allen anderen Wesen das Ansehen verschaffen, das sie verdienen.« Er wandte sich an Perdór. »Wir haben darüber gesprochen, auf welche Weise wir Soldaten von Ulldart fernhalten – wie verhält es sich mit magischen Angreifern? Ihr habt doch eine Universität gegründet und bereits einige Menschen gefunden, die das Talent besitzen. Zwei davon standen uns in der Schlacht bei. Was gibt es davon zu berichten?«

»Und wie kam es, dass die Seelen alle Kensustrianer vernichteten anstatt nur die Ničti?«, hakte Scacacci ein. An seinem gierigen Unterton hörte man deutlich, dass er gleichzeitig nach der Herrschaft über das entvölkerte Land mit all seinen überwiegend unbekannten Reichtümern fragte.

Eine unangenehme Angelegenheit. »Nun«, Perdór räusperte sich, »Brahims Verstand hat unter der immensen Anstrengung gelitten. Er war es, der uns vor den Attacken der Seelen bewahrte. Derzeit befindet er sich in einem Sanatorium, um seine eigene Seele zu heilen. Ich bete zu Ulldrael, dass es meinen Gelehrten gelingt. Aber Alsa ist auf dem besten Weg, eine gute Magierin zu werden. Soscha Zabranskoi bildet sie aus und macht sich gleichzeitig auf die Suche nach weiteren Anwärtern. Ihr habt recht, Ulldart benötigt Magier dringend. Wir sind auf einem guten Weg, König Bristel.«

»Was ist mit Kensustria?«, ließ Scacacci nicht locker.

»Es untersteht meiner Verwaltung«, entgegnete Perdór nach einer kleinen Pause. »Es war Ilfaris, das den Fremden vor vielen Jahren das Land verkauft hat. Wenn sich erneut Kensustrianer blicken lassen, werde ich es an sie übergeben.«

Das schmeckte dem Palestaner sichtlich nicht. Er hatte mit einer Aufteilung gerechnet. »Das habt Ihr Euch schön ausgedacht, Majestät«, kommentierte er ärgerlich. »Woher wissen wir denn, ob wir Kensustrianer oder Nič̌ti vor uns haben?«

»Zumal es keine Kensustrianer in diesem Sinne gibt«, bekam er Hilfe von Pallgar. Die Piraten verbündeten sich ausnahmsweise mit den Krämern. »Die letzten haben Ulldart freiwillig verlassen, und damit haben sie meiner Ansicht nach ihre Ansprüche aufgegeben.«

»Sie haben nichts unterzeichnet, womit sie das Land abtreten«, warnte Perdór. »Offiziell gehört es ihnen.« Er ahnte, dass er sich mit seinem Vorschlag nicht durchsetzen würde.

»Ich bin für eine Abstimmung«, sagte Scacacci rasch. »Wer dafür ist, dass wir Kensustria aufteilen, hebe die Hand.« Außer seinem Arm schossen diejenigen von Rogogard, Hustraban, Serusien, Tersion und Agarsien in die Höhe. »Wer ist dagegen?« Perdór meldete sich ebenso wie Pashtak, Bristel und Stoiko, der Rest enthielt sich. »Damit ist es entschieden.« Er nickte Perdór zu. »Ich schlage vor, wir gehen die Sache gleich an.«

Auch wenn es Perdór nicht behagte, musste er Kensustria unter den sechs Königreichen aufteilen; nur die Ebene, in welcher die Leichen lagen, wollte niemand. Man nannte sie *Vinteras Opferschale* und überließ sie großzügig Lodrik.

»Ich habe gehört, dass Bardri¢ mehr als einhundert Schwerverletzte geheilt hat«, raunte Bristel Perdór zu. »Stimmt das?«

Der König musste nicken, auch wenn er gern gelogen hätte. Der einstige Herrscher Tarpols gewann durch seine Wunder an Anerkennung und errang bei denjenigen, welchen er geholfen hatte, den Status eines Heiligen.

»Er schreibt die Heilungen Vintera zu. Erstaunlich, dass die Göttin des Todes heilt, anstatt zu töten«, sagte Losker, und er klang beeindruckt. »Ich habe selbst gesehen, wie er einen Mann ins Leben zurückholte, den ein Cerêler aufgeben hätte.«

»Aus dem Nekromanten ist ein Heiler geworden«, meinte Perdór nachdenklich. Es war ihm noch nicht gelungen, Bardri¢s

Absicht zu durchschauen. Er glaubte nicht daran, dass er sich zu einem Menschenfreund gewandelt hatte. »Lassen wir ihm sein Totenfeld und das Land in zehn Meilen Umkreis.« Er zog die Karte zu sich und malte Lodriks neues Königreich ein, ahnend, dass es zu einer Pilgerstätte für Kranke und Verzweifelte werden würde. »Damit ist Kensustria aufgeteilt.« Man klopfte wieder auf den Tisch. »Weitere Anliegen, die wir erörtern sollten?« Alle waren zufrieden. »Dann reist zurück und beginnt mit den Arbeiten an der Mauer. Bis zum Frühjahr soll sie fertig sein. Der Segen Ulldrael des Gerechten möge uns alle begleiten.«

Die Abgesandten und Könige erhoben sich und verließen den Palast. Die Dringlichkeit der Aufgaben erlaubte ihnen keine Verzögerungen durch Plaudereien oder lange Festessen.

Perdór schnaufte und lehnte sich zurück. »Endlich ein wenig Ruhe.« Er zog an der Klingelschnur, um sich sein Essen bringen zu lassen; zusammen mit den Dienern betrat Fiorell den Raum.

»Ich weiß, ich weiß, ich habe die Unterredung verpasst«, entschuldigte er sich schon auf der Schwelle. »Aber ich habe eine gute Ausrede: Ich habe mich mit Soscha besprochen. Und mit Paltena.«

Das Mahl wurde serviert, und Perdór freute sich über den Kartoffelbrei mit edlem Ragout und Gemüse; nach Schokolade stand ihm ausnahmsweise nicht der Sinn. Erst nach dem Herzhaften. »Was hat sie berichtet?«

»Paltena oder Soscha?«

»Was du mit Paltena *besprochen* hast, kann ich mir denken und möchte es nicht wissen«, lehnte er ab und grinste vielsagend. »Ich meinte Soscha.«

»Dass Alsa Fortschritte macht und sie zwei neue Talente entdeckt hat. Sie befinden sich bereits auf der Reise zur Universität. Sie ist außerdem mit den neuen Wachen sehr zufrieden. Eine neuerliche Entführung wie damals wird nicht noch einmal geschehen.« Fiorell setzte sich neben seinen Herrn und aß mit den bloßen Fingern vom Brei. »Mmh, genau das Richtige an einem kalten Herbsttag.«

»Nimm eine Gabel!«

»Ach, das geht auch so.« Zum Beweis zog er den Finger wieder durch den Brei und steckte sich eine Ladung in den Mund.

»Was ist mit dem armen Brahim? Hat Soscha herausgefunden, was die Seelen mit ihm angerichtet haben? Oder warum sie die Kensustrianer und die Ničti gleichermaßen vernichtet haben?«

Fiorell nickte. »Also, sie weiß es nicht, aber sie vermutet es. Brahim hat in einem seiner Wahnanfälle *Grünhaare* geschrien.«

Perdór senkte die Gabel, auf der eine große Menge Kartoffelbrei schwankte. »Eine Verwechslung?«

»Eher eine Verallgemeinerung, nimmt Soscha an«, verbesserte Fiorell. »Er hat die Seelen gegen alle Grünhaare gehetzt. Tragisch, sehr tragisch. So viele sinnlose Tote. So viele gestorbene Freunde.« Er schwieg und dachte an bekannte Gesichter unter den Kensustrianern. »Die Seelen sind verschwunden. Warum, das weiß Soscha nicht.«

Der König aß, kaute und überlegte. »Brahim muss beobachtet werden, den ganzen Tag über. Sobald er gefährlich wird, müssen wir ihn töten.«

»Und was ist mit Bardri¢? Glaubt Ihr an seine wundersame Veränderung?«

»Wundersam trifft es sehr genau. Ich kann ihm die vielen Wunder, die er gewirkt hat, nicht abstreiten. Zu viele Zeugen. Er legt den Menschen die Hand auf, er berührt und heilt sie im Namen Vinteras, als wolle er dem Kontinent beweisen, dass sie sich um seine Bewohner kümmert. Sein Ruhm steigt und steigt, er gilt vielen bereits als Gesegneter. Mehr noch: als Auserwählter! Und er sieht wieder aus wie ein Mensch. Warum Vintera ihm dieses Geschenk gemacht hat, vermag ich nicht zu ermessen.« Perdór schob sich etwas Ragout in den Mund und genoss das zarte, raffiniert gewürzte Fleisch. »Wir beobachten ihn weiterhin, Fiorell. Ebenso wie Estra. Pashtak hat vielleicht einen guten Riecher, aber ich verlasse mich auf das, was unsere Spione melden.« Er nahm einen Schluck Wein. »Was ist mit der Schwarzen Sichel? Ergab die Suche im Gatronn-Gebirge etwas?«

»Alles deutet darauf hin, dass sie ihre Festung auf dem höchsten Gipfel haben. Gewöhnlich ersticken Menschen in dieser Höhe, aber sie werden durch einen Schacht mit stetiger Frischluft versorgt. Wenn wir den finden und schließen, erledigen wir die Mörder ohne Aufhebens«, erklärte Fiorell. »Das wird jedoch nicht einfach, Majestät. Und sollte es schiefgehen, sind wir beide so rasch tot, dass Ihr nicht einmal spüren würdet, wie Euch der Pfeil trifft.« Er zeigte auf die Veranda. »Ihr habt die toten Angorjaner nicht vergessen?«

»Wie könnte ich.« Perdór beschloss, vorerst nichts gegen die Assassinen zu unternehmen. Sie waren zu gefährlich, um ihnen grundlos den Krieg zu erklären.

Aber die Grafschaft, die sie von ihm wie gefordert als Lohn für ihre Hilfe erhalten würden, bot eine gute Gelegenheit, sie auszuspionieren. Die Grafschaft der Mörder – eine unheimliche Vorstellung. Ebenso unheimlich wie der alte, aufgegebene Salzturm in der Grafschaft Asemburg, in dem die gefangenen Modrak saßen. »Was machen wir mit ihnen?«, grummelte er.

»Wie bitte?«

Perdór rieb sich durch die Bartlocken. »Die Beobachter, die wir eingesperrt haben. Was machen wir mit ihnen?«

»Lassen, wo sie sind, Majestät.« Fiorell legte die Fingerspitzen zusammen. »Ich fand Euren Vorschlag nicht schlecht. Den mit dem Abgraben.«

»Gut. Dann machen wir es so.« Der König nahm das Schreiben mit dem Befehl an den Grafen von Asemburg heraus. »Er soll die Felsen rund um den Turm wegbrechen lassen, damit er auf einer kleinen Insel steht. Da wir wissen, dass sie kein Meerwasser überqueren können, sind wir auf immer vor ihnen und ihren undurchsichtigen Machenschaften sicher.« Perdór siegelte den Brief und reichte ihn Fiorell. »Veranlasse das, bitte.« Er richtete die Augen zur Decke und überlegte. »Also, Estra und Bardri¢ stehen auf unserer Liste ganz oben. Außerdem möchte ich gern erfahren, was aus meinem verschwundenen Magier geworden ist. Und was hat es eigentlich mit den beiden Hundeviechern auf sich, die Tokaro mit sich führt? Sie haben angeblich Vahidin zerfetzt, stimmt das?«

»Wir werden es herausfinden.« Fiorell stand auf. »Ich kümmere mich um diese Dinge. Esst Ihr lieber in Ruhe zu Ende.« Er ging hinaus, und es wurde wieder still im Raum.

Perdór sah zum Fenster hinaus, vor dem der Regen in dichten Schleiern fiel. Er stellte sich vor, wie er allen Unrat und alles Übel von Ulldart wusch und den Bewohnern endlich ruhige, friedliche Zeiten bescherte. Ganze Landstriche waren durch Zvatochnas Wüten entvölkert worden, und es würde lange dauern, bis diese Schrecken bei den Überlebenden verwunden waren. *Kann man so etwas überhaupt verwinden?*

»Gerechter, tue etwas für deine Kinder«, bat Perdór und schob den Teller von sich. Er hatte keine Zeit zu essen. Dinge mussten angepackt werden.

Kontinent Ulldart, ehemaliges Kensustria, Vinteras Opferschale, Winter im Jahr 2 Ulldrael des Gerechten (461 n.S.)

Lodrik richtete sich auf und hielt sich den Rücken. Schmerzen, die schlicht auf körperlicher Überanstrengung fußten, hatte er schon lange nicht mehr gespürt. Es war sehr menschlich.

Er bewerkstelligte eine harte Arbeit.

Gegen den widerlichen Fäulnisgeruch hatte er sich ein mit Duftessenzen getränktes Tuch vor Mund und Nase gebunden, während er unerschütterlich seiner Tätigkeit auf dem Schlachtfeld nachging. Von den Beinen hinauf bis zur Hüfte trug er steife, mit Wachs durchsetzte Hosen, die keinerlei Feuchtigkeit durchließen; dicke Handschuhe und eine Schürze schützten ihn zusätzlich.

Wieder war er Herr eines Landes geworden: ein Landstrich voller Leichen, der nur Vinteras Opferschale genannt wurde.

Niemand machte es ihm streitig.

Der Boden verwandelte sich durch die austretenden Flüssigkeiten aus den Toten in einen Morast, Pflanzen gediehen auf diesem Grund nicht mehr. Ungeziefer, Aasvögel und Tiere machten sich über die Verstorbenen her, sie verminderten ihre Zahl jedoch nur geringfügig. Es gab zu viele Leichen. Selbst wer in der Schlacht gegen Sinured und Govan am Wunderhügel dabei gewesen war und den Blutsumpf gesehen hatte, konnte sich das, was sich hier ausbreitete, nicht vorstellen.

Lodrik bückte sich wieder und zog einen kensustrianischen Toten die letzten Schritte bis zur Grube. Es war eine der Vertiefungen, in denen die Nički ihre Katapulte und Schleudertürme aufgebaut hatten. Er benutzte sie, um die Kadaver darin zu verbrennen, denn selbst sie fassten die vielen Toten nicht. Die Asche dagegen schon.

Die unterste Lage bestand aus viel dünnem Reisig, darauf befand sich eine Schicht aus Petroleum und Teer sowie losem Sprengpulver. Darüber lagen dickere Äste und Bohlen. Sein Brennstoff stammte aus der Umgebung, aus verlassenen Stellungen der Kriegsgegner.

Ächzend hob er den Kensustrianer an und ließ ihn hinabrollen, wo sich bereits zweihundert Leichen befanden und darauf warteten, zu Asche verbrannt zu werden. Er musste aufpassen, wie viele Überreste er auf einen Schlag den Flammen übergab, sonst löschten das austretende Wasser und die anderen Flüssigkeiten das Feuer wieder.

Lodrik sprach ein leises Gebet und bat Vintera, die Seelen gnädig aufzunehmen oder sie gehen zu lassen, wohin auch immer sie strebten. Danach entzündete er die Fackel und schleuderte sie hinab. Sie fiel an den Bohlen vorbei bis auf das Reisigbündel, das sofort Feuer fing.

Die Flammen breiteten sich unter den trockenen, dünnen Zweigen aus und loderten in die Höhe. Nach und nach fraßen sie die toten Leiber; gelegentlich schleuderte Lodrik in Eimern bereitstehendes Petroleum hinab und achtete darauf, dass der Brand nicht endete.

Schwarz und ölig stieg der schwarze Qualm in die Höhe, Krähen flogen auf und zogen sich vor dem Rauch zurück.

Lodrik wandte sich ab, den Rest erledigte das Feuer für ihn. Er lenkte seine Schritte auf die Hütte zu, die vor nicht allzu langer Zeit die Beobachtungsplattform von König Perdór gewesen war. Aus Zeltplanen und mit Werkzeug hatte er sich daraus eine Bleibe gebaut, die Demut zeigte, wie es sich vor den Toten gebührte; außerdem war der kensustrianische Winter alles andere als eisig kalt, die Zeltwände genügten als Schutz vor der Witterung.

Alles, was er benötigte, befand sich darin. Der ilfaritische König hatte ihm die Sachen zukommen lassen: Bett, Herd, Töpfe – die Vorräte brachten ihm die Pilger.

Die neuen Gläubigen der Todes- und Lebensgöttin, wie Lodrik sie gegenüber den Menschen nannte, kamen Tag um Tag in Dutzenden zu ihm, damit er sie segnete, und sie überließen ihm dafür Gaben, von lebenden Tieren über eingemachtes Gemüse bis zu Schnaps oder sogar einigen wertlosen Münzen. Er freute sich über den Zuspruch.

Während er sich dem Eingang seiner Behausung näherte, kam der nächste Tross, der jedoch nicht aussah, als wolle er Vinteras Beistand erbeten.

Es waren dreißig Berittene, die tarpolische Standarte flatterte an der Speerspitze des vordersten Reiters im Wind. Lodrik sah in der Mitte der Gruppe die breite Gestalt seines einstigen Waffenlehrers Waljakov, und gleich daneben ritt Stoiko. In ihrer Mitte erkannte er Norina.

Sein Herz tat einen Freudensprung. Rasch eilte er in sein Zelt, streifte sich die stinkenden Sachen ab und wusch sich Gesicht und Hände, ehe er in eine hellgraue Robe und Stiefel schlüpfte. Er trat in dem Augenblick vor seine Unterkunft, als seine beiden Freunde aus Kindertagen und seine Gemahlin davorstanden.

Waljakov nickte ihm zu und musterte ihn aus seinen eisgrauen Augen; Stoiko lächelte ihn freundlich an und fuhr sich über den graubraunen Schnauzer.

Norinas Antlitz zeigte sich zuerst ausdruckslos, als könnte sie ihn gar nicht sehen. Sie betrachtete ihn von den Stiefelspitzen bis zu den blonden Haaren, und je höher ihr Blick wanderte, desto mehr Tränen sammelten sich in den Augen, bis sie ihr die Wangen hinabliefen. »Es ist ein Wunder, das ich sehe«, sprach sie belegt. Sie streckte die Hand nach seinem Gesicht aus und streichelte sein Kinn, den Hals. »Man sagte mir, dass du wieder zu einem Menschen geworden bist, und das wollte ich mit eigenen Augen sehen.«

»Du bist mir zuvorgekommen«, antwortete er ihr und nahm ihre Hand, drückte sie, bevor er sie zu sich zog und umarmte.

Gleich einem Strom, der mit einem Sturzbach in sein ausgetrocknetes Flussbett zurückkehrt, überfluteten Lodrik seine Gefühle. Liebe und unbändige Freude ließen ihn aufschluchzen, und er wehrte sich nicht gegen die Tränen. Er genoss sie, wie er die Nähe der Frau genoss, die ihren Empfindungen ebenfalls freien Lauf ließ. Niemals fand Lodrik es ergreifender, schöner, unersetzbarer, ein Mensch zu sein.

Stoiko schluckte schwer und wischte sich rasch die Augen, Waljakovs Kiefer mahlten. Beide waren vom Anblick des Paares zutiefst bewegt, und keinem wäre es gelungen, ein Wort zu sagen.

Norina beugte sich nach vorn und gab ihrem Mann einen langen, innigen Kuss auf den Mund, berührte sein Haar, seine Schläfe, ehe sich ihre Lippen voneinander lösten. »Warum tust du das, Lodrik? Wieso verbringst du deine Zeit bei den Toten, wo du lebendiger als jemals zuvor geworden bist?«, flüsterte sie.

»Ich verdanke mein Glück Vintera, Norina«, erwiderte er behutsam. »Ich bin zu ihrem Hohepriester berufen worden, und ich tue in ihrem Namen Wunder. Die Menschen sollen sehen, dass sie sich im Gegensatz zu Ulldrael um den Kontinent kümmert. Das ist meine Aufgabe.« Er küsste sie auf die Narbe an der Augenbraue. »Ich weiß, dass du mich fragen wolltest, ob ich mit nach Ulsar komme. Aber Stoiko ist ein sehr guter Kanzler«, er nickte dem Freund zu, »und Waljakov benötigt mich ebenso wenig. Ich habe von ihnen gelernt, Norina. Ich bin der Letzte, der ihnen Ratschläge erteilen sollte.«

Sie lächelte nachsichtig. »Ich werde dich niemals fragen, ob du für den Rest unserer Tage zu mir kommst, Lodrik. Du wirst es tun, wann immer es richtig ist. Und ich werde darauf warten.« Norina fuhr über seine Brust, und er meinte, dass sie den Sichelsplitter suchte. Ahnte sie etwas von der Abmachung mit der Todesgöttin und dass er alles, was er tat, für sie tat? Die braunen Augen glitzerten ihn an, scheinbar wissend. »Du wirst nicht verhindern, dass ich oder Krutor dich gelegentlich besuchen kommen«, fügte sie etwas heiterer hinzu. »Dein Sohn vermisst dich und war kaum davon abzuhalten, uns zu begleiten.«

»Darüber freue ich mich sehr. Doch das nächste Mal sage mir vorher Bescheid, und wir treffen uns an einem Ort, der romantischer und weitaus weniger mit Leichengeruch behaftet ist als mein kleines Reich.« Er ließ sie los und schritt zu seinen Freunden, um ihnen die Hände zu reichen. »Ich bin glücklich, Euch zu sehen«, sagte er überschwänglich und spürte erneut diese Wärme in seinem Herzen.

»Dem kann ich nur zustimmen«, meinte Stoiko mit einem Zwinkern, und Waljakov hatte ein für seine Verhältnisse sehr breites Grinsen auf dem kantigen Kriegergesicht. »Ich sage für uns beide«, er deutete zwischen sich und dem Hünen hin und her, »wie erfreut wir sind, dass Ihr nicht länger zu den Toten gehört. Nicht mehr im Sinne eines Nekromanten.« Er seufzte erleichtert. »Was für ein Stein ist mir da vom Herzen gefallen!«

»Vintera zeigte sich großmütig«, gab Lodrik zurück. »Ohne sie wäre ich entweder in den nächsten Jahren an dieser magischen Kunst vergangen oder im Kampf gestorben. Nun ist es meine Aufgabe, ein demütiger Diener zu sein.«

»Und damit macht Ihr den armen Matuc sicherlich nervös. Wo er sich doch solche Mühe gibt, den Ulldrael-Orden zu neuer Größe zu führen. Da kann er Konkurrenz schwerlich gebrauchen. Zumal sie wirksamer arbeitet«, merkte Stoiko an. Auch wenn es belustigt klang, steckte in den Worten eine Warnung.

Lodrik nickte. »Das hat sich Ulldrael der Gerechte selbst zuzuschreiben. Wenn er mich gerettet hätte, säße ich jeden Tag in einem seiner Tempel und würde seinen Namen preisen. So aber bleibt es Vintera vorbehalten.« Er kehrte zu Norina zurück und legte einen Arm um ihre Hüfte. »Du siehst gut aus, Gemahlin. Wie machst du das, bei der Fülle von Aufgaben, die Männern die Haare ausfallen ließen?«

»Ein paar graue sind schon dabei«, lächelte sie und legte den Kopf an seine Brust. Sie war in diesem Augenblick nicht die Kabcara von Tarpol und Borasgotan, sondern einfach Lodriks Frau. Eine sehr glückliche Frau, die sich nach seiner Nähe und seiner Umarmung gesehnt hatte. Jetzt, nachdem sie beides erfahren hatte, würde es schwer werden, ohne sie auszukommen. Norina war allerdings stark genug, das zu ertragen, denn sie wusste: Sie hatte ihren Liebsten zurück.

Lodrik empfand ähnlich und konnte sein Glück noch immer nicht fassen. Er küsste sie auf den Haaransatz. »Ich werde euch nicht hineinbitten«, sagte er entschuldigend. »Aber wir können …«

»Nein, heute ist es ein kurzer Besuch. Ich bin auf dem Weg zu König Perdór. Wir treffen uns, um einige Dinge bezüglich der Zukunft Borasgotans zu besprechen«, sagte sie und streichelte seine Schulter, dann ließ sie ihn los. »Wir können uns aber übermorgen treffen, wenn du möchtest. Ich werde Perdór fragen, ob er ein schönes Schlösschen hat, wo wir ein paar Tage verbringen können, bevor ich auf meinen Thron und du zu den Toten zurückkehrst.«

»Ein wunderbarer Vorschlag«, willigte er auf der Stelle ein. Mit der Liebe war auch das Verlangen zu ihm zurückgekehrt, und seine Gemahlin sehnte sich gewiss ebenso nach mehr als nur Unterhaltungen und Umarmungen. Es war an der Zeit für Zärtlichkeiten. »Lass mir eine Botschaft zukommen, und ich werde da sein.« Er, Waljakov und Stoiko schüttelten sich die Hände. »Bestellt Eurer Frau einen Gruß von mir.«

»Das werdet Ihr bald selbst tun können«, sagte der Krieger.

»Ich werde sie und meinen Sohn zu Euch bringen, wenn er älter geworden ist, damit Ihr ihn segnen könnt. Vintera ist eine starke Göttin, und so soll auch mein Sohn werden.« Er wartete.

»Es wird mir eine Ehre sein, Waljakov.« Lodrik lächelte. »Bei diesem Vater bin ich mir sicher, dass er dazu bestimmt ist, große Dinge zu tun.«

Sie kehrten zu den Pferden zurück und stiegen auf, Norina warf ihm eine Kusshand zu, und die Reise ging weiter.

Lodrik winkte ihnen hinterher. Er freute sich auf die gemeinsamen Tage mit Norina, und Vintera würde es ihm gewiss verzeihen, wenn seine Arbeiten für eine kleine Weile ruhten. Die blauen Augen richteten sich auf die Grube, aus der schwacher Rauch stieg; die Leichen waren so gut wie verbrannt.

»Machen wir weiter«, murmelte er und ging in sein Zelt, um sich umzuziehen.

Betrachtete er es genauer, verdankte nicht nur Norina ihm ihr Leben. Ohne sie wäre er ebenfalls nicht mehr: Soscha hatte ihn verschont, nachdem er ihr von seinem Handel mit Vintera berichtet hatte. Sie wollte sich nicht ankreiden lassen, für den Tod der Kabcara verantwortlich zu sein. Denn Lodrik fürchtete, dass Vintera den Lebensfaden seiner Gemahlin kappte, sobald er verstarb, ohne zuvor seine Schuld bei der Göttin getilgt zu haben, wie er und Vintera es abgemacht hatten. Er hatte sein Leben von ihr zurückerhalten und stand zugleich als Gegenleistung in ihren Diensten. In Leibeigenschaft. Nur sie konnte entscheiden, wann er entlassen war.

Lodrik hatte eine Sache gelernt: Die Götter waren sogar noch grausamer als die Menschen.

Kontinent Ulldart, Königreich Ilfaris, Herzogtum Vesœur, Winter im Jahr 2 Ulldrael des Gerechten (461 n.S.)

Amaly-Caraille stand auf dem Turm des Schlösschens, von dem aus sie so gern mit ihrem Gemahl in die Ferne geschaut hatte. Dorthin, wo Angor und sein Kaiserreich lagen.

Ein frischer Wind strich um sie und brachte sie zum Frösteln. Der grüne Mantel, den sie trug, schützte sie kaum vor den Böen, die dünne Flöckchen umherwirbelten. Schnee war in Ilfaris ungewöhnlich.

Ihre Füße waren nackt, und die langen blonden Haare hatte sie wie damals, beim ersten Zusammentreffen mit Nech, zu Zöpfen geflochten, die nun zu einem Kranz auf dem Kopf miteinander verschlungen waren.

Amaly-Caraille sog die frische Luft in die Lungen, dann stellte sie sich auf die Zinnen und sah hinab. Der Sprung würde ihr den Tod bescheren und sie aus dem Leben reißen, das ihr keine Freude mehr bereitete.

Sie wusste nicht, wohin man ihren Gemahl gebracht hatte. Ihr Vater redete nicht mit ihr, und Pointenue, der sich erfolgreich als Verräter betätigt hatte, erinnerte sich plötzlich nicht mehr an das, was er getan hatte. Auch er hatte sich wie der Rest der ilfaritischen Herrschaften von ihr abgewandt. Sie war durch ihre aufrichtige Liebe zur Ausgestoßenen geworden. Etwas Ungerechteres gab es nicht.

Amaly-Caraille sah zu den grauen Schneewolken. »Sei gnädig mit mir, Gerechter«, sagte sie und wischte sich die Tränen aus den Augen. »Ich weiß mir nicht anders zu helfen.« Dann richtete sie den Blick wieder auf den Boden. Ein kleiner Schritt, und ihre Leiden hätten ein Ende.

Aber dieser kleine Schritt fiel ihr unendlich schwer.

In der jungen Frau sträubte sich etwas gegen den Tod, ohne dass sie wusste, warum. Sie hatte keinen Grund weiterzuleben.

Durch das innere Ringen war ihr entgangen, dass sich drei Reiter dem Schlösschen näherten. Erst als sie die Pferde vor dem Eingang zügelten und einer den Kopf hob, um sie anzusprechen, nahm sie die Fremden wahr. Amaly-Caraille sah in ein schwarzes Gesicht, sah eine weiße Rüstung unter dem schwarzen Mantel.

»Tut das nicht, allerhöchste Kaiserin!«, rief der Angorjaner entsetzt und hob die Arme, als könne er bis zu ihr hinauflangen und sie zurückschieben. »Steigt zu uns herab, und wir bringen Euch nach Angor. In das Kaiserreich, das Euch Euer Gemahl versprochen hat!« Seine Begleiter sicherten in der Zwischenzeit die Umgebung.

Amaly-Caraille zögerte. »Was ist mit Nech? Wo ist er?«, fragte sie aufgeregt.

»Wir wissen es nicht, aber solange er verschwunden ist, sollt Ihr seinen Anspruch auf den Thron verteidigen«, rief der Angorjaner und verbeugte sich. »Ich bin Rasam Do'Iskan und von heute an Euer Diener. Verfügt über mich und meine Brüder.« Seine Stimme wurde nachdrücklich. »Steigt herab, allerhöchste Kaiserin, und sputet Euch. Unser Schiff kann schon bald entdeckt werden, und dann wäre eine Rückkehr nicht mehr möglich. Es gibt viele Menschen, die Euch kennenlernen wollen.«

Sie hob den Kopf und sah nach Süden, nach Angor. Ein zaghaftes Lächeln zeigte sich auf ihrem Gesicht.

Ganz langsam machte sie einen Schritt rückwärts, damit sie nicht durch ein Missgeschick hinabstürzte. »Ich werde dein Reich gut verwalten, mein Gemahl«, schwor sie leise. Dann lief Amaly-Caraille nach unten und ließ die Kutsche anspannen.

Kontinent Ulldart, Königreich Tarpol, Hauptstadt Ulsar, Winter im Jahr 2 Ulldrael des Gerechten (461 n.S.)

Es regnete in Strömen, und außer ihm waren keine Menschen unterwegs. Das ausklingende Herbstwetter mit seinen kalten Schauern trieb die Ulsarer in die Wohnungen und Kneipen; erste Schneeflocken mischten sich zwischen die Tropfen.

Hetrál verspürte Hunger, und er richtete seine Schritte dorthin, wo sich der kleine Vinteratempel befand. Da würde das letzte Gespräch stattfinden, bevor er endlich aufbrechen durfte. Es wurde ein langer Marsch, und er fühlte, wie sich der Regen durch seine Lederkleidung drückte und ihn allmählich durchnässte.

Es war die Stadt des Mannes, nach dessen Tod er immer noch strebte: Lodrik Bardri¢ hatte zu viel Leid verursacht, und an die wundersame Wandlung glaubte er nicht. Er tüftelte bereits an neuen Geschossen und Bogensorten, die genügend Kraft brachten, um einen Nackenwirbel, Sehnen, Muskeln und Fleisch zu kappen. Keine leichte Aufgabe.

Hetrál betrat das in schwarzem Marmor gehaltene Gebäude, das durch seine Form und das Kuppeldach mehr an eine kensustrianische Sternwarte denn an einen Tempel erinnerte.

Er wurde von Mongilev empfangen, dem einzigen Priester Vinteras, den es in Ulsar gab. Er war noch jung, aber ein Visionär, wie es hieß, zu dem die Göttin sprach. Hetrál schätzte ihn auf etwas mehr als zwanzig Jahre, die schwarzen Haare hingen offen bis auf die Schulterblätter herab.

»Meinen Gruß, Meister Hetrál«, sagte er freundlich und half ihm aus dem nassen Mantel. »Das Feuer brennt schon, Ihr könnt Euch wärmen.«

Dankbar eilte er in den Aufenthaltsraum des Priesters, wo ein Feuer in einer Schale am Boden flackerte. An den Wänden hingen Symbole der Göttin, meistens Ährenbündel, Sicheln, aber auch ein Totenkopf, aus dem sich eine Schlange herauswand. »Es ist wie immer einsam bei Euch«, sagte er in der Zeichensprache.

Mongilev, gekleidet in ein dunkelgraues Gewand mit einer schwarzen Kordel um die Hüfte, lachte rau. »Die Göttin des Todes zählt wenige Anhänger, auch wenn sie gleichzeitig von Krankheiten heilt. Doch die Mönche Ulldraels und die Cerêler haben Vintera diesen Teil ihrer Zuständigkeit über die Jahrhunderte hinweg geraubt.«

Hetrál grinste und deutete auf die Symbole. »Man benötigt schon eine ganz besondere Denkweise, um sich Vintera ohne Vorbehalte zu nähern. Totenköpfe und Schlagen stehen nun mal nicht für Freundlichkeit und blühendes Leben.«

»Ich arbeite daran«, gab Mongilev lachend zurück. »Das ist der Grund, weshalb ich Euch gebeten habe, zu mir zu kommen.« Er reichte ihm ein heißes Getränk, das nicht nach Tee und auch nicht nach Alkohol roch. Gewürze lockten Hetrál, davon zu versuchen, und als er kostete, merkte er, dass es Milch war. Milch mit Honig und Kräutern, die belebend auf seine Sinne wirkten. »Ich hatte eine Vision. Eine Vision der Göttin.«

Es klopfte an der Hinterpforte, und Mongilev ging kurz hinaus, um mit sieben Gästen zurückzukehren. Es waren vier Männer und drei Frauen, die dunkle Umhänge über ihrer Kleidung trugen.

Der Meisterschütze bemerkte nichts Außergewöhnliches an ihnen, doch als er die Hemden genauer musterte, erkannte er an den Kragen eine kleine, fast unsichtbare Prägung zusammen mit einem eingestickten dunkelroten Faden. Wenn es überhaupt jemand sah, würde er es für einen Webfehler halten. »Ihr habt die Vertreter von Vinteras Bund eingeladen?«, gestikulierte er und überraschte Mongilev damit.

»Ich hätte wissen müssen, dass Ihr Euch zu gut auskennt«, gestand er lächelnd. »Andererseits gehören wir dem gleichen Glauben an, nicht wahr? Als Oberhaupt der Schwarzen Sichel seid Ihr so etwas wie der große Bruder der Wundheiler, die vor Euch stehen.« Mongilev stellte sie der Reihe nach vor. »Im eigentlichen Leben angesehene Bürger mit angesehenen Berufen, aber wenn sich die Gelegenheit ergibt, erforschen sie die Geheimnisse des menschlichen Lebens und des menschlichen Körpers, um Kranke besser heilen zu können. Diese Sieben stehen den jeweiligen Logen auf Ulldart vor.«

»Ich weiß nicht, wer mehr gefürchtet wird: wir oder Ihr«, meinte Hetrál und nickte ihnen zu. Mongilev übersetzte seine Zeichen für die Gäste, und sie lachten. »Vintera schütze Euch, Freunde.«

»Und auch Euch«, kam es im Chor zurück, und sie verbeugten sich ebenfalls.

Mongilev sah zufrieden aus. »Jetzt sind alle versammelt, die unserer Göttin zu wahrer Größe und Ansehen auf Ulldart verhelfen können«, eröffnete er und trat näher an das Feuerbecken. Die sieben neuen Gäste kamen an die Flammen, warfen ihre nassen Umhänge ab und wärmten sich. »Sie hat zu mir gesprochen und verlangt, dass wir gegen den Gott der Gleichmut ankämpfen sollen: Ulldrael, den die Menschen noch immer den Gerechten nennen, obwohl er in den letzten Jahren keinen Finger gerührt hat, um uns gegen die Bedrohungen beizustehen.« Mongilev sah abwechselnd in ihre gespannten Gesichter. »Die Göttin sandte uns jemanden, der ihr Hohepriester sein und uns führen soll. Ihr werdet ihm folgen, seinen Befehlen gehorchen und alles tun, um die Vormachtstellung der Goldroben zu brechen. Den Menschen müssen die Augen geöffnet werden!«

»Und wer ist diese Person? Seid Ihr das?«, fragte die Frau, die ihm als Ilmarana vorgestellt worden war. Sie sprach mit einem Zungenschlag, der sie als eine Bewohnerin von Aldoreel auswies.

Mongilev lächelte. »Das wäre zu viel der Ehre. Bevor sie sich Euch zeigt, müsst Ihr Vintera und Ihrem Hohepriester Treue schwören. Es ist eine Erneuerung des Versprechens, das wir ihr einst gegeben haben. Sie verlangt es von uns.« Sie reichten sich die Hände und schworen gemeinsam.

Hetrál besaß den Vorteil, die Worte nicht laut aussprechen zu können. Sein Misstrauen war geweckt. Er hätte diese Person gern vorher gesehen. Vor dem Schwur.

Mongilev ließ die Hände los und machte zwei Schritte nach hinten. »Empfangt den Hohepriester.«

Ein Mann in einer weißen Robe, an deren Rändern eine schwarze Schmuckborte verlief, trat an die Seite des Priesters; die Kapuze hatte er nach hinten gestreift, damit alle sein Gesicht sahen. Um die Hüften lag die schwarze Kordel, an der eine Sichel aus massivem Iurdum befestigt war, und die Füße steckten in dünnen, flachen Schuhen.

Ein lautes Raunen erklang, und Hetrál starrte in ein verhasstes Gesicht. Unwillkürlich langte er an den Gürtel, wo sein Dolch steckte.

»Bevor Ihr etwas sagt, schaut mich an.« Lodrik streckte die Arme aus und wies ihnen seine Finger. »Ich bin vom Fluch befreit, als lebendiger Leichnam über die Erde zu wandeln. Vintera hat mir ihre Gnade zuteilwerden lassen, ein Mensch zu sein. In mir schlägt ein Herz, meine Haut ist rosa, und ich besitze keine Macht mehr über die Toten.« Seine Blicke schweiften über die Gesichter der Versammelten, in denen er die unterschiedlichsten Gefühle las. »Doch ich gebiete dem Tod und den Krankheiten. Vintera verlieh mir diese Gabe, um die Menschen zu heilen und ihnen ihre Gnade zu zeigen.«

Hetrál zog seine Waffe. Wie gern hätte er seine Empfindungen hinausgeschrien, anstatt sie mit Fingern in die Luft schreiben zu müssen.

»Eine Lüge!«, fuchtelte er und Mongilev gab seine Worte wieder. »Du versuchst, die Macht über den Kontinent auf diese Weise zu erlangen, nachdem es mit Kriegen und Geistern nicht funktionierte!«

»Du zweifelst an mir, Hetrál, und dazu hast vor allem du guten Grund.« Lodrik sah auf den Dolch, der in der Hand des Mörders zitterte. »Welchen Beweis verlangst du von mir, um dich zu überzeugen?«

»Nichts wird mich überzeugen!«

Mongilev schob sich ihm in den Weg. »Weg mit dem Dolch!«, befahl er aufgebracht. »Ihr habt dem Hohepriester und Vintera Treue geschworen. Die Schwarze Sichel muss ihm ebenso gehorchen wie Vinteras Bund, wenn wir unser Ziel erreichen wollen.«

»Eher sterbe ich!« Hetrál sah keinen anderen Ausweg. Er wirbelte den Dolch um die eigene Achse und rammte ihn sich mit beiden Händen in die Brust. Die Schneide zerteilte das Herz, und er sank sterbend neben der Feuerschale auf die Kacheln.

Lodrik kniete sich neben ihn und zog die Klinge aus der Wunde. »Das werde ich nicht zulassen, Hetrál.« Sanft legte er eine Hand auf die Stirn des Meisterschützen, gleichzeitig brannte seine Brust in grellsten Lohen. Die Macht der Todesgöttin fuhr in Hetrál, verjagte den Tod und schloss die Wunde innerhalb weniger Lidschläge.

Die Männer und Frauen standen stumm und steif um das Geschehen und verfolgten jede Bewegung Lodriks.

Hetrál spürte ein Ziehen und Kitzeln, die Kälte wich aus seinem Körper, und das Herz schlug wieder kräftig wie zuvor. Er wusste, dass er nicht zu einem Untoten geworden war, sondern Lodrik ihm das Leben bewahrt hatte.

Seine linke Hand berührte die Stelle, wo sich die Wunde befunden hatte, doch die Haut war unversehrt. Das Blut an seinen Fingerkuppen war die einzige Erinnerung daran, dass er sich eben hatte umbringen wollen.

Er starrte Lodrik aus großen Augen an, stemmte sich auf die Beine und verneigte sich vor ihm. »Vergebt mir, Hohepriester«, sagte er mit Gesten. »Ich war zu blind, um zu erkennen, welche Wandlung vor sich ging.«

Lodrik lächelte ihn vergebend an. »Du warst verblendet, nicht blind, Hetrál. Ich habe mich durch die Gnade Vinteras gewandelt. Fortan wecke ich Sterbende, nicht mehr die Toten, und sie werden sich als der Mensch erheben, der sie waren.« Er sah in die Runde. »Wir kämpfen gemeinsam gegen den Gott der Gleichgültigkeit und geben Vintera die Macht, die ihr gebührt. Ich werde offenlegen, was damals im Kampf gegen Mortva Nesreca vor sich ging, wie sie Norina Miklanowos Leben bewahrte und mir beistand, um gegen meine Tochter Zvatochna und Vahidin zu siegen.« Er hob die Stimme. »Und bei allen Taten habe ich keine Spur von Ulldrael dem Ungerechten gesehen! Lob und Ehre Vintera!«

Sie stimmten begeistert in seinen Ruf ein und konnten sich von den blauen, vor Leben sprühenden Augen nicht losreißen.

Hetrál musste Lodrik zugestehen, dass er seine alte, charismatische Ausstrahlung wiedergefunden hatte: ein Anführer durch und durch, dem die Menschen folgen würden.

Und während Lodrik ihnen darlegte, wie und wann er Tempel gründen wollte, wie Vinteras Bund seinen makaberen Beigeschmack verlieren musste, wie er öffentlich gegen Ulldrael predigen und Kranke vor aller Augen heilen wollte, die keine Heilung von ihrem Gott erhalten hatten, sah Hetrál es: Lodrik Bardri¢ schwang sich erneut zu einem Herrscher empor. Er hegte nicht den geringsten Zweifel daran, dass Matuc einen Gegner erhalten hatte, dem er auf Dauer nicht gewachsen war.

Hetrál legte eine Hand wieder an die Stelle, wo er sich selbst verletzt hatte. Als Vintera ihm in den Bergen bei Windtrutz das Leben geschenkt und den Handel vorgeschlagen hatte, im Gegenzug Anführer der Schwarzen Sichel zu werden, hatte er sich den Lauf der Dinge nicht ausmalen können.

Jetzt sah er, wie weitblickend die Göttin handelte.

Er war an den Mann gebunden worden, den er hasste und den er hatte umbringen wollen.

Schlimmer noch, er musste ihn beschützen und seinen Anweisungen folgen. Wenn Lodrik der Schwarzen Sichel befahl, die Pfeile gegen die Könige und Königinnen des Kontinents zu richten, würde sie es tun. Er schüttelte sich kaum merklich. Hoffentlich erhielt er diesen Befehl niemals.

Aber in einer Sache konnte Vintera ihn nicht überzeugen: Sie hatte Lodrik zwar zu einem Menschen gemacht, doch die Prophezeiung zu Bardri¢ und der Dunklen Zeit gab es noch immer. Und auch seine Überzeugung, dass durch Lodrik neues Unheil kam, würde niemals vergehen.

Doch unternehmen durfte er nichts mehr gegen ihn.

Als Hetrál den Blick der blauen Augen auf sich spürte, neigte er erneut das Haupt. Es gab keinen besseren Weg, ihnen auszuweichen, als Demut zu heucheln. Er besaß immerhin den Vorteil, seine Zunge nicht im Zaum halten zu müssen.

Epilog

Kontinent Ulldart, Inselreich Rogogard, Verbroog, Winter im Jahr 2 Ulldrael des Gerechten (461 n.S.)

Torben saß auf der Veranda in einem Schaukelstuhl, eine Decke über die Beine gelegt, und betrachtete den Hafen, in dem sich vor allem Frachtschiffe tummelten.

Sie brachten Baumaterial für die neue Festung und die Wehranlagen der Kaimauern. Wenn die Arbeiten in ein paar Jahren abgeschlossen waren, wäre die Festung weder zu Land noch zu Wasser einnehmbar – jedenfalls nicht mit herkömmlichen Mitteln, und auch nicht mit Bombarden.

Er verrichtete seine Arbeit als Freiwilliger, doch es brachte ihm keine wahre Befriedigung. Er schob es darauf, dass er Varlas Tod noch immer nicht verschmerzt hatte. In den dunklen Stunden der Einsamkeit rechnete er nicht damit, jemals über den Verlust hinwegzukommen.

Über mangelnde Fürsorge konnte er sich nicht beklagen. Er erhielt zahlreiche Einladungen, und man munterte ihn bei der täglichen Arbeit immer wieder auf. Torben gab sich Mühe, sie mit der gleichen Herzlichkeit zu erwidern, doch es gelang nicht immer.

»Wie geht es mit meinem Leben weiter?«, fragte er sich halblaut und wippte vor und zurück, wandte sich zur Seite und goss sich einen Tee ein. Nichts reizte ihn mehr, nicht einmal das Kommando eines stattlichen Schiffes, das ihm mehr als einmal angetragen worden war. Auf See fühlte er sich ohne Varla noch mehr allein.

Als er die Augen wieder auf den Hafen richtete, bemerkte er

eine Dreimaster-Dharka, die unter tarvinischer Flagge einlief, gleich danach folgte die *Fiorell*. Sie gingen vor Anker, und vier Beiboote setzten zur Mole über.

Es war im Grunde nichts Besonderes daran. Commodore Puaggi hatte seinen Besuch angekündigt, und mit Tarvin unterhielt Rogogard einen Warenaustausch, seit man sich vor einigen Jahren durch ihn und Varla nähergekommen war.

Verwundert stellte Torben fest, dass sein Herz beim Anblick der Dharka rascher schlug. Erinnerungen erschienen vor seinem inneren Auge und quälten sein Gemüt mit schönen Bildern aus vergangenen Zeiten. Er seufzte schwer.

Er blieb sitzen und erwartete seinen Freund Sotinos auf der Veranda.

Bald darauf erschien die vertraute Gestalt mit dem schlichten Dreispitz auf dem Kopf am Ende der Straße, und er wurde von vier weiteren Menschen begleitet; eine davon war eine Frau …

Torben richtete sich langsam in seinem Schaukelstuhl auf, die Hand mit der Tasse zitterte. Rasch stellte er sie ab. »Ich träume«, murmelte er ungläubig und rieb sich übers Gesicht.

Doch die Frau hatte sich nicht verändert. Sie hatte einen wattierten Waffenrock angelegt, der bis zu den Knien reichte und über den noch eine zusätzliche Schicht nietenbesetztes Leder gelegt worden war.

Jetzt sprang Torben auf. »Das kann nicht sein! Sotinos, was bringt Ihr mir da?«, krächzte er leise. »Einen Geist?«

Wie beim ersten Zusammentreffen mit Varla trug die Frau dicke Lederschienen an den Unterarmen, schwarze Handschuhe schützten die Finger. Ihre schlanken Beine steckten in hohen schwarzen Stiefeln, an ihrer rechten Hüfte baumelte ein Degen, an ihrer linken eine Art Kurzschwert mit breitem, massivem Griffschutz.

Von ihrem Gesicht konnte er auf diese Distanz nichts erkennen, außer dass es schmal war; und sie trug kurze Haare. Kurze schwarze Haare. Wie …

»Ahoi, Kapitän!«, rief Sotinos von Weitem und zog seinen

Dreispitz zum Gruß. »Kommen wir richtig zur Teestunde im Freien?«

Torben vermochte nicht zu antworten. Varla und die Frau, welche die Anhöhe hinaufschritt, verschmolzen zu einer Person. Die phantastischsten Vermutungen schossen ihm durch den Kopf, was sich da auf ihn zubewegte: ein Geist, eine aus dem Reich der Toten Auferstandene, ein magisches Trugbild, um ihn zu trösten …

Seine Besucher waren nun auf zehn Schritt heran, und Torben erkannte, dass die Frau seiner geliebten Varla sehr ähnelte; abgesehen davon war sie etwas jünger. Dennoch verlangten die Eindrücke und Empfindungen von ihm, sie unentwegt anzustarren.

»Ich wünsche Euch auch Kalisstras Segen«, sagte Sotinos schmunzelnd und stieg die Treppe hinauf zur Veranda, dann reichte er seinem Freund die Hand. »Darf ich Euch miteinander bekannt machen: Kapitän Torben Rudgass, und das«, er wandte sich an die vier Begleiter, »sind Livarla, Hivd, Hotgol und Bayant-Ohuu. An den Namen könnt Ihr ermessen: Sie kommen aus Tarvin und sind Abgesandte des Völkerrats.« Zuerst kamen die Männer herbei und gaben Torben die Hand, dann folgte Livarla.

Sie zog den rechten Handschuh aus und streckte den Arm nach vorn.

Torben sah in ihr Gesicht und glaubte, in das Antlitz einer jungen Varla zu schauen. Sie hatte ein braunes und grünes Auge, und sie schenkte ihm ein Lächeln, wie er es früher von seiner Geliebten bekommen hatte. »Bei allen Göttern«, raunte er und erfasste ihre Hand. Es überwältigte ihn, er schluckte mehrmals.

Livarla erwiderte es mit einem freundlichen Nicken. Er bildete sich sogar ein, in ihrem Blick mehr als unverbindliche Nettigkeit zu erkennen. Vertrautheit flammte auf. Konnte die Seele einer Toten in eine Lebendige einfahren?

Sotinos bemerkte den Gefühlskampf in seinem Freund. »Bleiben wir auf der Veranda, Kapitän? Dann springe ich rasch in die Hütte und suche noch mehr Stühle …«

»Nein«, wehrte er ab und riss sich von Livarla los. »Ich gehe und hole sie.« Fahrig nahm er die Teekanne an sich. »Und den bereite ich auch frisch zu.« Er hastete hinein und ging zum Herd, um das Feuer zu schüren, danach pumpte er Wasser und füllte den Kessel.

Die Tür quietschte, Sotinos trat ein. »Ich wollte Euch eben mit den Stühlen zur Hand gehen, Kapitän.«

»Ja, gern.« Torben kam auf ihn zu und packte ihn bei den Schultern. »Wer ist sie, Commodore?«

Er lächelte. »Das wird sie euch selbst sagen. Ich möchte ihr nicht die Überraschung verderben. Aber sie hat einen weiten Weg auf sich genommen, um Euch kennenzulernen, das versichere ich Euch.« Er nahm sich zwei Stühle und trug sie hinaus, Torben brachte zwei weitere und kehrte in die Küche zurück.

Er nahm sich von dem kalten Wasser und besprengte sich damit das Gesicht. »Werde klar, Torben«, spornte er sich selbst an und brühte den Tee auf. Mit dem Tee und weiteren Humpen kehrte er auf die Veranda zurück, wo sich die Gäste unterhielten und ihn anschauten. Wieder bekam er von Livarla einen langen, neugierigen Blick. »Bitte sehr«, sagte er in die Runde und verteilte das heiße Getränk, dann setzte er sich in seinen Schaukelstuhl. »Jetzt möchte ich gern hören, was mir das Vergnügen bereitet, solche ungewöhnlichen Besucher begrüßen zu dürfen.«

Sotinos nippte schlürfend. »Dann beginne ich. Kapitän, ich bin auf Wunsch von König Perdór zu Euch gekommen, um Euch im Namen des gesamten Kontinents darum zu bitten, mich auf einer Expedition nach Westen zu begleiten.«

»Nach Westen? Ich reise nicht nach Kalisstron, das wisst Ihr.«

»Für eine Expedition wäre es kein rechtes Ziel, will ich meinen. Wir wissen ja schon, wo es liegt.« Sotinos gab etwas Zucker in seinen Tee. »Ich rede nicht von Kalisstron, sondern von einem unbekannten Ziel. Ihr wisst schon: dorthin, wo kein Mensch zuvor gewesen war.«

Torben sah ihn ergründend an. »Seit wann versucht sich das Königreich Ilfaris als Entdecker fremder Gestade? Sie sind bekannt für die Entdeckung neuer kulinarischer Geschmäcker, aber gewiss nicht für Kontore.«

»Es sind, wenn man so möchte, die Nachwehen der letzten Krise, die wir im Süden zu bewältigen hatten. König Perdór sucht erfahrene und wagemutige Seefahrer, die den kensustrianischen Priestern folgen. Der König befürchtet, dass diese Handvoll Priester in Wirklichkeit nach neuen Anhängern Ausschau halten wird. Er fürchtet, dass sie sich auf die Suche nach einem Heer machen, das gegen Ammtára ins Feld zieht. Ach ja, und die paar Tzulandrier, die Zvatochna ausgesandt hatte, um eine falsche Fährte zu legen … Erinnert Ihr Euch?«

»Ja.«

»Nach denen dürfen wir bei der Gelegenheit auch Ausschau halten.«

Torben brummte. »Das passt zum Pralinigen. Immer einen Schritt voraus oder zumindest um Absicherung bemüht.« Er sah hinab zum Hafen. »Sie segeln nach Westen?«

»Ja.« Sotinos schaute auf das Gesicht des Freibeuters und meinte, darauf eine allmählich erwachende Neugier für den Auftrag zu entdecken. »Wir sollen sie verfolgen und schauen, was sie anstellen. Wenn dabei neue Handelsbeziehungen erwachsen und wir weitere Erkenntnisse über die genaue Lage von Tzulandrien oder der Heimat der Kensustrianer erlangen, wäre es ausgezeichnet. Sagt zumindest der Kaufmannsrat und hat mich freigestellt.«

Torben sah zu Livarla. »Was ist Eure Aufgabe dabei? Ich nehme an, dass Ihr Commodore Sotinos begleiten werdet?«

Sie nickte. »Ja. Wir in Tarvin kennen das westliche Meer und seine Tücken besser als die palestanischen Kapitäne. Ich führe den Verband, so weit meine Karten reichen, danach wird die Unternehmung ebenso neu für mich sein wie für Commodore Puaggi«, erklärte sie und sprach mit einem hinreißenden fremden Zungenschlag im Ulldartischen. »Wir in Tarvin halten es für besser, sich rechtzeitig zu kümmern. Wir befürchten, dass auch wir zum Opfer von kensustrianischer Bekehrungssucht werden könnten. Oder von dem, was die Priester mitbringen.« Sie sah kurz zu Sotinos, der aufmunternd nickte. »Kapitän, ich bin aber nicht allein deswegen auf Verbroog.« Livarla schaute ihn warmherzig an. »Ihr werdet bemerkt haben, dass ich meiner älteren Schwester sehr gleiche ...«

»Bei den Ungeheuern der Tiefsee!«, kam es Torben über die Lippen. »*Daher!*«

»Sie hat mir sehr viel von Euch und ihren Gefühlen für Euch berichtet, ehe sie uns verließ, um für immer bei Euch zu sein«, sagte sie mit einem Lächeln. »In der Zeit der Trennung von Euch arbeitete sie hart, um sich und uns freizukaufen ...«

»*Uns?* Sie hat niemals von einer Familie erzählt«, sagte er überrascht.

Livarla lachte. »Welche Fassung ihres Lebens hat sie Euch berichtet? Die vom Verkauf an einen Sklavenmeister?« Sie legte die Hände zusammen. »Es war nicht immer ein einfaches Leben, das wir führten, und wir wünschten ihr alles Gute für die Zukunft mit Euch. Sie beschrieb Euch in ihren Geschichten als einen warmherzigen, ehrlichen Mann, und wir kennen Euch beinahe so gut, wie Varla Euch kannte.« Sie legte die rechte Hand an ihre Brust. »Besonders *ich* fühle mich wegen dem, was Ihr für meine Schwester getan habt, mit Euch zutiefst verbunden.« Ihre Augen wurden traurig. »Als wir die Nachricht von ihrem Tod vernahmen und wie Ihr ihren Tod gerächt habt, hegte ich den Wunsch, zu Euch zu eilen und Euch in Eurer Trauer beizustehen. Wie Ihr mir in meiner Trauer beistehen könnt.«

Torben wusste nicht, was er sagen sollte, und sah sie verwirrt an.

»Bitte!« Livarla senkte die Stimme zu einem Flüstern. »Ihr könnt mir den Halt geben, den ich zu Hause nicht finde. Darum bitte ich Euch auch aus diesem Grund, an der Expedition teilzunehmen.«

Torbens Stimme hatte sich ein weiteres Mal verabschiedet. Die kleine Rede rührte ihn, und er vernahm die gleiche Hilflosigkeit in Livarlas Worten, mit der er zu kämpfen hatte. Sie teilten intensive Gefühle für Varla: sie als kleine Schwester, er als liebender Gefährte. Vielleicht stimmte es, und sie konnten ihre Trauer gemeinsam besser bewältigen. »Ich«, sagte er rau und räusperte sich, nahm einen Schluck Tee, »ich möchte mir Bedenkzeit ausbedingen.«

Sotinos nickte. »Aber mehr als einen Tag haben wir nicht, Kapitän. Sonst werden die Stürme zu gefährlich, und wir kommen nicht so rasch von Verbroog zurück in den Süden, wie es vorgesehen ist.« Er nahm seinen Dreispitz und stülpte ihn auf den Kopf, erhob sich. »Ich habe mir ein Quartier unten im Hafen genommen. Ihr findet mich im *Rostigen Anker,* vermutlich werde ich zusammen mit einigen alten Freunden ein Fass leeren. Es soll ja eine rogogardische Sitte sein, mit Kopfweh auf Fahrt zu gehen.« Bayant-Ohuu, Hotgol und Hivd, die sich schweigsam verhalten hatten, standen ebenfalls auf.

»Ich werde die Nacht darüber schlafen, Commodore.« Als Livarla Anstalten machte, ihren Stuhl zu verlassen, legte Torben die Hand auf ihre Linke. »Nein, bleibt, bitte.« Es war mehr ein Reflex, und er zog seine Finger sofort zurück. »Ich möchte mit Euch über Eure Schwester sprechen.«

Livarla lächelte glücklich und stimmte zu.

Sotinos reichte seinem Freund die Hand. »Wir sehen uns morgen, Kapitän.« Er ging die Veranda hinab, Livarla sagte etwas zu Bayant-Ohuu, Hotgol und Hivd auf Tarvinisch, die ihm daraufhin folgten.

Sie sah Torben in die Augen. »Wo möchtet Ihr anfangen?«

Sotinos verließ den *Rostigen Anker,* ging zur Kaimauer und streckte sich ausgiebig. Es war kurz nach Sonnenaufgang, und letzte Nebelschleier hingen in den Mastspitzen, als wären sie zum Trocknen befestigt worden. Er war gespannt, wie sich Torben entschied.

Hinter ihm traten Bayant-Ohuu, Hotgol und Hivd auf die Straße, sie wirkten verschlafen und sprachen leise auf Tarvinisch.

»Guten Morgen«, grüßte er sie. »Es wird ein guter Tag, um ein neues Abenteuer zu beginnen, und ich hoffe sehr, dass wir dabei einen Helden an Bord haben werden.« Einer der Tarviner bedeutete ihm, leiser zu sprechen und tippte sich andeutend an den

Kopf. Sotinos grinste. »Verstehe. Noch jemand, der die guten rogogardischen Traditionen pflegte. Aber mein Schädelsausen ist mit dem ersten Rührei verschwunden.« Er sah den Hang hinauf, wo sich Torbens Unterkunft befand. »Wo ist Livarla?«

Bayant-Ohuu, Hotgol und Hivd zuckten mit den Achseln.

»Dann werde ich unsere Dame mal aus den Federn werfen.« Sotinos marschierte zurück in die Herberge, stapfte zur Zimmertür und klopfte polternd an. »Aufstehen, Livarla. Wir werden Kapitän Rudgass den entscheidenden Besuch abstatten.«

Es blieb still auf der anderen Seite der Tür.

»Livarla? Hört Ihr mich?«

»Ich höre dich, palestanischer Schreihals«, rief jemand müde aus einem anderen Zimmer. »Sei still, oder ich komme hinaus und bringe dich dazu, den Mund zu halten.«

»Verzeihung«, rief Sotinos heiter zurück und öffnete mit dem nächsten Klopfen Livarlas Tür; das Bett war leer und unberührt, lediglich ihr Seesack stand darin. Unausgepackt. »Hoppla.« Er nahm sich das Gepäck und kehrte zu den Tarvinern zurück. »Kann mir das einer erklären?«, fragte er, den Seesack auf den Boden legend. Sie verneinten. »Es wird ihr doch nichts auf dem Nachhauseweg zugestoßen sein?«

Sotinos eilte den Hang hinauf und achtete auf jede noch so kleine Seitengasse. Nirgends bemerkte er eine Spur von der jungen Frau.

Als er in Sichtweite der Hütte kam, traute er seinen Augen kaum: Torben und Livarla saßen noch immer auf der Veranda, beide hatten sich Pelze umgelegt, und sie redeten noch immer!

Er näherte sich ihnen und betrat das Holzpodest. »Es war eine lange Nacht, wie ich vermute.«

»Es gab viel zu bereden, Commodore.« Torben lächelte Livarla an, dann stand er auf und umarmte den verdutzten Palestaner. Er hatte gerötete und geschwollene Augen, als wären die letzten Stunden nicht ohne Tränen verlaufen. »Ohne Euch hätte sie mich niemals gefunden. Wir wären an unserer Trauer erstickt.« Er klopfte ihm auf den Rücken.

Livarla sah müde, aber befreit aus. Auch ihrer Seele hatte es gutgetan, das Leid zu teilen.

»Es freut mich sehr, das zu hören.« Er sah abwechselnd zwischen ihnen hin und her. »Vernehme ich noch weitere gute Nachrichten, oder soll es das für den heutigen Tag gewesen sein?«

Torben lachte, und Sotinos erkannte es. Es war das *alte* Lachen! Eine Mischung aus Lausbub und Mann, aus Freibeuter und ehrenvollem Kämpfer, in dem Übermut und Zuversicht steckten. »Ich dachte, ich höre es niemals mehr wieder«, flüsterte er glücklich.

»Ich komme mit«, offenbarte Torben. »Es gibt zwischen Livarla und mir noch so viel zu erzählen. Und ich werde unbekannte Küsten sehen. Ach ja, die Gelegenheit für Heldentaten bekomme ich als Dreingabe noch dazu.« Er drückte Livarlas Hand, dann legte er die Linke auf Sotinos Schulter, und sein Blick sagte beiden, wie dankbar er ihnen war. Kein Wort hätte es besser auszudrücken vermocht.

Der Palestaner trat einen Schritt zur Seite, damit sein Freund auf den Hafen schauen konnte. In diesem Augenblick segelte ein Schiff herein, das Torben zu gut kannte: der Nachbau der *Varla*.

Sotinos zog den Dreispitz. »Willkommen zurück, Kapitän Rudgass. Eure Mannschaft erwartet Euch.«

Dankesworte

Das war es.

Vieles wurde zum Abschluss gebracht, andere Dinge gehen auf eine zwanglose Reise, um vielleicht eines Tages wieder zurückzukehren.

Es ist ähnlich wie bei den Zwergen: Es darf auch mal eine Pause eintreten. Eine Pause von unbestimmter Dauer, und Nachfragen hierzu bringen nichts. Ich weiß es selbst noch nicht. Sicher ist, dass ich diese phantastische Welt nicht auf Dauer verlassen habe und sie wieder zum Leben erwachen wird.

Bedanken möchte ich mich an der Stelle bei: allen.

Und zwar allen, welche die Abenteuer von Lodrik und Konsorten verfolgt haben; welche die Serie mit Lob und Kritik begleitet haben; welche sie empfohlen haben; welche an sie geglaubt haben, als sie weit vor den Zwergen bei einem anderen Verlag aus der Taufe gehoben wurde, und für sie gekämpft haben.

Letztlich hat sie die Aufmerksamkeit erhalten, die sie verdient hat, und DAS freut mich am meisten!

Mein Dank geht daher folgerichtig an Gabriele Engel und die Riege der Engagierten aus alten Tagen, Ralf Reiter, Angela Kuepper, Nicole Schuhmacher, Sonja Rüther, Tanja Karmann, Meike Sewering und meine Gattin Carina, den Piper Verlag und Carsten Polzin, Friedel Wahren sowie alle Freunde der Serie!

Glossar

Orte und Begriffe

KALISSTRON: Nachbarkontinent Ulldarts im Westen
TARVIN: Kontinent südwestlich von Ulldart
ANGOR: 1. Gott des Krieges, 2. südlicher Kontinent; Exil von Königin Alana II. von Tersion
KHÒMALÎN: kensustrianische Stadt und Sitz des Priesterrates
DONBAJARSK: neue Hauptstadt Borasgotans
KULSCAZK: Stadt im Nordwesten Borasgotans
ANSLIZYN: Stadt im Westen Borasgotans
VERBROOG: rogogardische Insel

NRUTA: Nebenfluss des Repol
REPOL: Hauptstrom Tarpols
GATRONN-GEBIRGE: höchstes Gebirge auf Ulldart
CERÊLER: kleinwüchsiges, magisch begabtes Heilervolk
K'TAR TUR: Nachfahren Sinureds
JENGORIANER: Nomadenvolk im Norden Borasgotans
QWOR: Ungeheuer

HARA¢: Herzog
VASRUC: Baron
SKAGUC: Fürst
TADC: Prinz
KABCAR: König
¢ARIJE: Kaiser
TAI-SALI, TEI-NORI, TAI-SAL: angorjanische Offizierstitel
TSAGAAN: jengorianischer Geisterseher

IURDUM: seltenstes Metall auf Ulldart
IURD-KRONE: Handelswährung Ulldarts
TALER: Währung Agarsiens
PARR: Währung Borasgotans

SERIN-REN: Hirschart
KAPELIUM und LEMSANIUM: Rauschmittel

Personen

NECH FARK NARS'ANAMM: angorjanischer Adliger
FARKON NARS'ANAMM: angorjanischer Adliger
ARRANT CHE IB'ANNIM: angorjanischer Offizier
RASAM DO'ISKAN: Angorjaner
NI'SÌN: Shadoka
SAINAA: Jengorianerin

LODRIK BARDRI¢: einstiger Kabcar von Tarpol, Nekromant
STOIKO GIJUSCHKA: einstiger Vertrauter Lodriks
WALJAKOV: einstiger Leibwächter Lodriks
HÅNTRA: Waljakovs Frau
NORINA MIKLANOWO: Kabcara von Tarpol und Borasgotan; Lodriks Gemahlin
MATUC: Neubegründer des Ulldrael-Ordens auf Ulldart
HETRÁL: Befehlshaber des Ordens der Schwarzen Sichel
ILEG und ARMOV: seine Gesellen
BOGUSLAWA: Magd
WUSCKO: Fischer

KALEÍMAN VON ATTABO: Großmeister des Ordens der Hohen Schwerter
TOKARO VON KURASCHKA: Ritter im Orden der Hohen Schwerter

ALJASCHA RADKA BARDRIĆ: ehemalige Kabcara und einstige Gattin Lodriks
VINTERA: Göttin des Todes
VAHIDIN: Mortvas Sohn
DAGGAN: sein Sohn
DOBRA: seine Tochter
UNDA: seine Tochter
KALKAYA: seine Tochter
ZVATOCHNA: Lodriks Tochter
KRUTOR: Lodriks jüngster Sohn
DEMSOI LUKASCHUK: Priester Tzulans
PUJLKA: borasgotanische Republikanerin
HARIOL: borasgotanischer Republikaner
ACHNOV: borasgotanischer Republikaner
LOVOC: borasgotanischer Republikaner
SCHUJEW: borasgotanischer Republikaner
CHOSOPOV: borasgotanischer Republikaner
RYSTIN: Gouverneur von Donbajarsk
ULMO RADORICZ: Bürgermeister von Kulscazk
BRAHIM FIDOSTOI: Hajduk
WANJATZI: Hauptmann im borasgotanischen Heer
EVLOVA: Gelehrte in Vinteras Bund
WANZOLEF: hustrabanischer Hauptmann
KYSTRIN: hustrabanischer Späher

KÖNIG PERDÓR: Herrscher von Ilfaris
FIORELL: Vertrauter Perdórs und Hofnarr
GUEDO HALAIN: Herzog von Vesœur
AMALY-CARAILLE: seine Tochter
PONTAINUE: Graf in Ilfaris
SOSCHA: tarpolisches Seelen-Medium
TORBEN RUDGASS: rogogardischer Freibeuter
SOTINOS PUAGGI: palestanischer Commodore
PALTENA: serusische Spionin
BRISTEL: König von Tûris

TUANDOR: Prinz von Tûris
FRONWAR: König von Serusien
FÜRST ARL VON BREITSTEIN: serusischer Adliger
ALSA: magisches Talent
ORMUT: magisches Talent
VALERIA: magisches Talent
GISTAN: magisches Talent
DÉMÒN: Verwalter, Koch und Mädchen für alles
BRUJINA: Unterhändlerin
PETRAS: Hirte
SCACACCI: Commodore und palestanischer Unterhändler
LOSKER: König von Serusien
PALLGAR: Hetmann aus Rogogard
ILMARANA: Bewohnerin von Aldoreel
MONGILEV: Priester Vinteras
HIVD, HOTGOL, BAYANT-OHUU, LIVARLA: Gesandte Tarvins

ESTRA: Inquisitorin Ammtáras und Belkalas Tochter
PASHTAK: Vorsitzender Ammtáras
GÀN: Nimmersatter aus Ammtára

MI'IN: ein Befehlshaber der Ničti
MOOLPÁR DER JÜNGERE: kensustrianischer Unterhändler

LORIN: Norinas und Lodriks Sohn
JAREVRÅN: Lorins Frau
SINTJØP: Bürgermeister Bardhasdrondas
FATJA: borasgotanische Schicksalsleserin und Geschichtenerzählerin
ARNARVATEN: Geschichtenerzähler und Fatjas Gemahl

Von Markus Heitz liegen bei Piper vor:
Schatten über Ulldart. Ulldart – Die Dunkle Zeit 1
Der Orden der Schwerter. Ulldart – Die Dunkle Zeit 2
Das Zeichen des Dunklen Gottes. Ulldart – Die Dunkle Zeit 3
Unter den Augen Tzulans. Ulldart – Die Dunkle Zeit 4
Die Magie des Herrschers. Ulldart – Die Dunkle Zeit 5
Die Quellen des Bösen. Ulldart – Die Dunkle Zeit 6
Trügerischer Friede. Ulldart – Zeit des Neuen 1
Brennende Kontinente. Ulldart – Zeit des Neuen 2
Fatales Vermächtnis. Ulldart – Zeit des Neuen 3

Die Zwerge
Der Krieg der Zwerge
Die Rache der Zwerge
Das Schicksal der Zwerge

Die Mächte des Feuers
Vampire! Vampire!

SERIE PIPER

Richard Schwartz

Das Erste Horn

Das Geheimnis von Askir 1.
400 Seiten. Serie Piper

Ein verschneiter Gasthof im hohen Norden: Havald, ein Krieger aus dem Reich Letasan, kehrt in dem abgeschiedenen Wirtshaus »Zum Hammerkopf« ein. Auch die undurchsichtige Magierin Leandra verschlägt es hierher. Die beiden ahnen nicht, dass sich unter dem Gasthof uralte Kraftlinien kreuzen. Als der eisige Winter das Gebäude vollständig von der Außenwelt abschneidet, bricht Entsetzen aus: Ein blutiger Mord deutet darauf hin, dass im Verborgenen eine Bestie lauert. Doch wem können Havald und Leandra trauen? Die Spuren führen in das sagenhafte, untergegangene Reich Askir …

Ein sensationelles Debüt mit einer intensiven, beklemmenden Atmosphäre, die in der Fantasy ihresgleichen sucht.

05/2032/02/L

Tobias O. Meißner

Die letzten Worte des Wolfs

Im Zeichen des Mammuts 2.
352 Seiten. Serie Piper

Der Bund des Mammuts, unter Führung von Rodraeg Delbane und frisch verstärkt durch den jungen charismatischen Magier Eljazokad, erhält einen neuen Auftrag: In Wandry droht ein massenhaftes Abschlachten von Walen. Die Gruppe bricht zu der Küstenstadt auf, doch schon bald wird sie von einem unheimlichen Werwolf angegriffen. Und seine letzten Worte klingen alles andere als beruhigend: »Ihr werdet die Wale nicht retten können!« Als die Gefährten nach Wandry gelangen, entpuppt sich die Stadt als Labyrinth aus Machtintrigen, Auftragsmördern, verrückten Sehern, magischen Fallstricken und dem organisierten Verbrechen des Rotleuchtenviertels. Können die verführerische Schauzauberin Ronith und eine uralte, geheimnisumwobene Gezeitenfrau dem Mammut bei seiner bislang schwierigsten Aufgabe beistehen? Oder werden hunderte von Walen die auf morschem Holz gebaute Stadt in den Untergang reißen?

05/2051/01/R